Amadís

Amadís

Fernando Bartolomè

NARRATIVA
NOWTILUS

Colección: Narrativa
www.nowtilus.com

Título: Amadís
Autor: © Fernando Bartolomé Benito
Editora: Isabel López-Ayllón Martínez

Doña Juana I de Castilla 44, 3°C, 28027 Madrid

ISBN 978-84-9967-330-1
Fecha de publicación: Abril 2012

Impreso en España
Imprime: Cofás Artes Gráficas
Depósito legal: M-6607-2012

Para Isabel,
abnegada presencia
en mis trabajos y mis días.

Para Nico,
hermoso Doncel del Mar,
nuevo *Amadís* redivivo...

Quiero, Sancho, que sepas que el famoso Amadís de Gaula fue uno de los más perfectos caballeros andantes. No he dicho bien fue uno: fue el solo, el primero, el único, el señor de cuantos caballeros hubo en su tiempo en el mundo. [...] Amadís fue el norte, el lucero, el sol de los valientes y enamorados caballeros, a quien debemos de imitar todos aquellos que debajo de la bandera del amor y de la caballería militamos.

Don Quijote, I, cap. XXV
Miguel de Cervantes

La guerra es bella porque inaugura el sueño de la metalización del cuerpo humano, desde el caballero andante con sus damas, sus duelos, armaduras y lanzas hasta nuestros aviadores con sus damas, sus duelos, bombas y ametralladoras... Desde Amadís, Orlando o Ettore Fieramosca hasta Richthofen, Baracca o Scaroni.

Prigionieri e vulcani
Filippo Tommaso Marinetti

La época de la caballería ha fenecido; la de los sofistas, la de los banqueros, la de los agiotistas calculadores ha triunfado. Tartufo, el Mentiroso, se pasea por plazas y juzgados.

La Gloria de Europa se ha extinguido para siempre.

Reflexiones sobre la Revolución francesa
Edmund Burke

Índice

¿Por qué el Amadís? 15

Libro primero 19

Capítulo 1. En la corte del rey Garínter 21
Capítulo 2. Nacimiento de Amadís y de quiénes fue hijo ... 29
Capítulo 3. Los primeros pasos del Doncel del Mar 33
Capítulo 4. Perión, Helisena y Galaor 39
Capítulo 5. La princesa Oriana 45
Capítulo 6. Primeras aventuras de un caballero bisoño 53
Capítulo 7. Noticias del Doncel del Mar 67
Capítulo 8. Gaula en llamas 71
Capítulo 9. En combate singular 77
Capítulo 10. Hacia Gran Bretaña 87
Capítulo 11. La investidura de Galaor y sus primeras aventuras 91
Capítulo 12. El soberbio Dardán 101
Capítulo 13. En amoroso abrazo 109
Capítulo 14. Amadís deja las plumas del blando lecho y vuelve a su oficio de caballero 117
Capítulo 15. El amortecimiento de Oriana 139
Capítulo 16. El caballero de los leones 145
Capítulo 17. Donde se vuelven a unir las dos ramas 155
Capítulo 18. Júbilo cortesano 159
Capítulo 19. Camino a la Corte de Lisuarte 161
Capítulo 20. En Vidilisora 175
Capítulo 21. Adversa fortuna 179

Capítulo 22. Cortes en Londres 183
Capítulo 23. ¡Al rescate! 191
Capítulo 24. Galaor libera a Lisuarte 197
Capítulo 25. La reina sitiada 201
Capítulo 26. Briolanja de Sobradisa 207

Libro Segundo 229
Capítulo 27. La historia de Apolidón y Grimanesa 231
Capítulo 28. Amadís ante los prodigios 237
Capítulo 29. La ira de Oriana 243
Capítulo 30. Errando entre llantos y florestas 249
Capítulo 31. Beltenebros, el caballero bruno 255
Capítulo 32. En busca de Amadís 261
Capítulo 33. La penitencia de Beltenebros en la Peña Pobre ... 265
Capítulo 34. La otra carta de Oriana 273
Capítulo 35. Desconsuelo en la Corte 279
Capítulo 36. El triunfo de Beltenebros 285
Capítulo 37. Placeres y dulzores 299
Capítulo 38. El triunfo del amor 305
Capítulo 39. Vísperas de la batalla de los Gigantes o de los Cien Caballeros 313
Capítulo 40. La batalla de los Gigantes o de los Cien Caballeros 317
Capítulo 41. De la sanación de don Galaor y los nuevos sufrimientos de Oriana 325
Capítulo 42. Las profecías de Urganda 329
Capítulo 43. Amadís contra el mal: Ardán Canileo, el Fiero ... 335
Capítulo 44. Mentira y labilidad en la Corte de Lisuarte 349
Capítulo 45. Donde se multiplican las angustias de Oriana y da fin el pleito de los maldicientes 361

Libro tercero 371
Capítulo 46. Amadís de Gaula 373
Capítulo 47. Guerra en la isla de Mongaza 377
Capítulo 48. El niño Esplandián 379

Capítulo 49. La batalla del Caballero de las Sierpes 381
Capítulo 50. La frustrada venganza del malvado Arcaláus ... 389
Capítulo 51. Infancia y juventud de Esplandián 395
Capítulo 52. Nuevas aventuras de Amadís 401
Capítulo 53. La espantable aventura del endriago 409
Capítulo 54. En Constantinopla 419
Capítulo 55. La resoluta Grasinda 425
Capítulo 56. Grasinda, dueña de la hermosura 435

Libro Cuarto 447
Capítulo 57. Oriana, señora de la Ínsula Firme 449
Capítulo 58. La saña de Lisuarte 455
Capítulo 59. Vísperas de sangre 461
Capítulo 60. La primera batalla 473
Capítulo 61. La segunda batalla 479
Capítulo 62. Haya paz entre los príncipes cristianos 485
Capítulo 63. La tercera batalla 491
Capítulo 64. Los frutos de la victoria: concordia y paz 499
Capítulo 65. Y fueron felices 505

Un epílogo necesario 527

Índice onomástico 529

¿Por qué el Amadís?

El *Amadís* no fue nunca una obra arcaica. Su texto remozado, reelaborado y refundido tuvo la frescura de estar siempre al día y mantuvo durante siglos su popularidad. Sin embargo, el paso del tiempo lo ha ido transformando en un libro erudito. Un imposible para lectores carentes de una robusta formación filológica. Su extensión, su lenguaje y su narratividad frenética y dispersa, que no sus valores heroicos, le han hecho perder el favor del público. ¿No es continuar legítimamente la tradición original el revisarlo hoy dándole las dimensiones, la expresión y el *tempo* propios de la novela moderna? El diseño de sus personajes, sus valores (lealtad, fidelidad, amistad fraternal, amor inquebrantable, etc.), tan requeridos por nuestros jóvenes, escasos de marcos de comportamiento dignos y el renovado gusto por la literatura de corte artúrico hacen del *Amadís* en este cercano V Centenario una lectura digna de ser puesta al día.

Nuestros educandos se han leído *tochos* enormes (*El señor de los anillos*, *Millennium*, la tetralogía *Crepúsculo* o el más moderno *Juego de tronos*), pero tienen dificultad con nuestros clásicos que necesitan de una revisión urgente. Preguntados qué les gustaba de sus lecturas modernas, muchas chicas no dudaron en decir que en *Crepúsculo*, la más leída con mucho, el trato amable y fiel de los protagonistas, así como su belleza, que las subyugaba a través de miles de páginas de más que previsible trama; en *El señor de los anillos*, se perdían en la narración y las decenas de personajes, pero les gustaban las palabras nuevas: *hobbits*, orcos, elfos y la blanca túnica de Gandalf; pero sobre todo que era fácil saber que allí luchaba el Bien contra el Mal, así de simple y elemental. De *Millennium*, su facilidad aparente y la bizarría de su protagonista femenina, suma y compendio del *friki* que todos llevamos dentro. De *Juego de tronos* admiran, curiosamente, la fractalidad narrativa, la utilización de la magia y el viaje como camino de perfección. Todo ello apoyado por una serie de televisión de una estética épica muy potente.

Mucho más tiene nuestro texto.

Creo que hay que darle una oportunidad a nuestra primera novela moderna como hizo Steinbeck con su *Los hechos del rey Arturo*..., que convirtió, hasta hoy, en lectura obligada en el mundo juvenil anglosajón. Hagamos una nueva relectura con la máxima devoción por la obra, suprimiendo episodios secundarios ajenos a los personajes principales, fijemos el texto, quitando frases o palabras que nos parecen objetivamente superfluas para un lector moderno y dejemos fuera el tráfago, muchas veces embarazoso, de detalles menores y personajes insignificantes. Hemos resumido y «afeitado» lo profuso y procurado dar a cada capítulo una unidad narrativa moderna. Ha llegado la hora de quitarle al *Amadís* algo de su aire vetusto, arrancarlo del ámbito erudito y restituirlo con todo su valor al gran público al que siempre perteneció, al mejor público, a nuestros jóvenes que reclaman héroes positivos de comportamientos imitables. Esperan que les dictemos alguna lección de caballería y quieren ver las plumas del airón en la cimera de un héroe ahormado a sus hechuras. Entre sus libros favoritos está. Aunque ellos no lo sepan.

Aquí dan comienzo las grandes proezas y espantables aventuras de *Amadís de Gaula*, su amada Oriana, sus hermanos Galaor y Floristán, el malvado Arcaláus y el lábil rey Lisuarte, hoy remozadas y puestas al día por el Licenciado *Fernando Bartolomé, infanzón,* desde los cuatro libros del regidor *Garcí Rodríguez de Montalvo* del linaje de los Pollino de Medina del Campo

INCIPIT

Libro Primero

1

En la corte del rey Garínter...

Hacia el fin de los Tiempos Oscuros, algunos siglos después de la muerte de Cristo, tuvo lugar la más sangrienta de las batallas narrada en las viejas crónicas; en ellas se cantó la insígnita gloria alcanzada por un caballero, Amadís de Gaula, que sobrepujaría las hazañas de Arturo por más que el orín del tiempo haya relegado su nombre a los desvanes del olvido. Hoy pretendemos rescatarlo entre las brumas de la memoria.

Nuestra saga comienza en la Pequeña Bretaña, siendo rey Garínter de Guerande, varón cristianísimo y de limpias costumbres. Acompañaban sus días dos hijas en la prestancia de la edad. Cuando empieza nuestra narración, la mayor ya estaba casada con Languines, rey de Escocia, y era conocida como «La Dueña de la Guirnalda», pues su marido nunca le consintió que se cubriera los cabellos, antes bien que sólo los adornara con una riquísima guirnalda de flores, pues creía que eran los más bellos del mundo. Fueron padres de Agrajes y Mabilia, caballero y doncella de amplio protagonismo en nuestra obra. La hija menor, Helisena, de mayor hermosura que su hermana, aunque grandes príncipes la pretendieron, jamás tuvo deseo de casarse; antes bien, de vida santa y un tanto retraída, se orientó hacia la religión y desde muy niña llevó fama de beata. Todos los caballeros que la conocían y admiraban consideraban que era una lástima que mujer de su linaje y calidades humanas, dotada de tan grandes perfecciones y solicitada por tan altos varones, se perdiera en aquel áspero estilo de vida.

El rey Garínter era ya un anciano y, aunque de corajudo corazón y ánimo crecido, ya no estaba para entrar en combate como los caballeros más jóvenes, así que para sosegar sus ímpetus frecuentaba la caza. Un día, alejado de su séquito y en hábito de montero, se desvió por la floresta con intención de rezar sus horas cuando vio una descompensada batalla de un solo caballero contra dos rivales. Conocía a los dos caballeros que combatían de consuno porque eran vasallos suyos, gentes de gran soberbia y altanería, pero no a su rival. Oculto tras unos arbustos, contempló la justa a su placer, a cuyo fin los dos caballeros quedaron vencidos y muertos. Saliendo de su escondrijo se dirigió al caballero vencedor, que a modo de saludo le dijo amablemente:

–Buen cazador, ¿qué tierra es esta en donde asaltan a traición y sin motivo a los caballeros andantes?

–No os espantéis de eso –dijo riendo el rey–, que como en otras tierras aquí tenemos buenos y malos caballeros. Y esos que allí habéis muerto han infligido grandes ofensas, incluso a su rey, que no ha podido ejercer justicia contra ellos por ser linajudos y aforados.

El caballero le respondió:

–Buen montero, pues a vuestro rey vengo buscando desde lejanas tierras para darle buenas noticias. Decidme dónde puedo encontrarlo y os recompensaré.

–No es necesario, caballero –se afirmó con dignidad Garínter–. Yo soy el rey que buscáis.

El caballero entonces se destocó del yelmo y le abrazó al tiempo que decía:

–Mi señor, yo soy el rey Perión de Gaula.

Los corazones de ambos se llenaron de alegría. En compañía del séquito real ya se retiraban al castillo cuando se les atravesó un ciervo que había superado a los batidores. Los dos reyes picaron espuelas para cobrar su presa cuando saliendo de unas espesas matas un león se les adelantó, alcanzó al ciervo y ante sus ojos lo desjarretó con sus potentes y afiladas garras. Con ojos de desafío retó a los perseguidores. El rey Perión descabalgó, apretando el escudo contra su pecho, desenvainó la espada y se fue hacia el león desoyendo las voces prudentes del rey Garínter. Se enzarzaron en una lucha desigual, pero aunque el león lo derribó y estuvo a punto de matarlo, el rey consiguió ponerse bajo su panza y atravesarlo de lado a lado.

El rey Garínter, todavía sobrecogido, decía para sí:

–Con razón tiene fama de ser el mejor caballero del mundo.

Cargaron en dos palafrenes al león y al ciervo y se encaminaron al castillo. Cuando llegaron al palacio, la reina, que ya conocía las calidades de su huésped, les había preparado un suculento banquete. Las mesas así estaban dispuestas: en la más alta tomaron asiento los reyes y su invitado; en otra, cercana y un poco más baja, Helisena, la hija del rey Garínter y todas sus damas de honor. En cuanto la infanta y Perión cruzaron sus miradas, ni la honestidad ni la santa vida de la joven fueron muralla para resistir las flechas del amor que sojuzgaron su corazón y el del rey en un mismo instante. Así fue que los dos estuvieron todo el tiempo que duró la comida absortos, con los sentidos casi perdidos.

Levantadas las mesas, la reina quiso retirarse a sus aposentos seguida de su hija, que se lavó las manos en una jofaina de oro, no sin antes quitarse un anillo que se le cayó al suelo y con gran turbación se agachó a recogerlo, pero el rey Perión, que estaba junto a ella, se inclinó con la misma intención, así que las manos de ambos se rozaron y el rey, más osado, se las apretó entregándole el anillo. A Helisena se le subió toda la sangre al rostro y mirando al rey con ojos amorosos le susurro un ahogado «gracias».

–Señora –le respondió el rey con un hilo de voz–, sólo he de vivir para serviros.

Helisena siguió a su madre, pero iba tan turbada que casi no veía. Llorando y con el corazón llagado, descubrió su secreto a Darioleta, su doncella de confianza, y le preguntó cómo podría saber si el rey Perión amaba a otra mujer. La doncella, espantada por la mudanza tan repentina de su señora, siempre tan alejada de negocios amorosos, sintió piedad de tan cándidas lágrimas y le dijo:

–Señora, bien veo que el tirano dios del amor no ha dejado en vuestro juicio lugar para la razón y el buen consejo. Yo haré lo que me mandáis para que con discreción sepáis lo que esconde su corazón.

Darioleta, amparándose en las sombras de la noche, buscó la alcoba del rey Perión y vio que un escudero estaba preparando las vestiduras reales para el día siguiente. Así le dijo:

–Escudero, podéis marcharos. Yo serviré a vuestro señor.

El criado, creyendo que esto era costumbre de aquella corte, le dio la vestimenta y se marchó. Darioleta entró en la alcoba donde el rey descansaba. Cuando este la reconoció como doncella de Helisena tuvo un pálpito y le dio un vuelco el corazón.

–Buena doncella, ¿qué hacéis aquí?

–Preparar vuestros vestidos, mi señor –dijo ella.

–Eso, más que mi cuerpo, lo necesita mi corazón, que de alegría está desnudo.

–¿Y cómo es así? –inquirió la sagaz Darioleta.

–He venido a esta tierra –dijo el rey– en entera libertad, buscando la aventura de las armas. Pero apenas he entrado en este castillo me siento herido de llaga mortal; si vos, buena doncella, pudierais procurarme alguna medicina para mi mal, yo sabría recompensaros.

–Si supiera qué mal es, señor, me tendría por muy contenta de poder servir a tan alto varón y mejor caballero.

–Yo os lo diré si prometéis no descubrirlo a nadie.

–Mi corazón es buen arca para secretos, no tengáis temor en decir el vuestro.

–Amiga fiel, os confieso que apenas vi la gran hermosura de vuestra señora Helisena, quedé atormentado de angustias y congojas, tanto que si no hallo algún remedio, creo que moriré muy pronto.

La doncella, que ya conocía el corazón de ambos enamorados, se alegró al oírlo y le dijo:

–Señor, si me prometéis por vuestra dignidad real y por vuestro honor de caballero tomar a Helisena por mujer, cuando el tiempo lo disponga, yo haré que vuestro corazón quede tan consolado como el suyo, que aún más se encuentra herido de congoja y dolor.

Con gran solemnidad en el gesto, el rey tomó la espada y, poniendo la diestra en la cruz, dijo:

–Yo, rey Perión de Gaula, juro por la cruz de esta espada con la que fui investido en la orden de caballería hacer lo que vos me pedís cuando vuestra señora Helisena me lo demandare.

Y Darioleta voló a los aposentos de la angustiada infanta, que esperaba su vuelta con el alma estremecida; apenas entró le contó lo que había hablado con el rey. Helisena, con gran alegría, entre abrazos le preguntó:

–Mi amiga y confidente, dime: ¿cuándo veré la hora de tener entre mis brazos a aquel que me habéis dado por señor?

–Por hoy conformaos con esta esperanza. A su tiempo ya os lo diré. Eso es cosa mía.

Y así pasó el día siguiente y, llegada la noche, Darioleta buscó al escudero del rey Perión y con gran secreto le preguntó:

–Amigo, decidme si sois discreto.

–Sí, lo soy e hijo de noble caballero. ¿Por qué me lo preguntáis?

–Porque quiero saber, por la lealtad que le debéis a Dios y a vuestro señor, de qué doncella o dueña está enamorado vuestro rey con ardiente amor.

–Mi señor, como caballero andante, ama y respeta a todas, pero no conozco a ninguna a la que quiera de esa manera que decís.

Y así con esa certeza se lo comunicó a su señora, quien le manifestó que era tanta su alegría que estaba a punto de perder el juicio.

Llegada la noche y dormido el palacio, Darioleta se levantó y sacó de su lecho a Helisena, que sólo en fina camisa estaba, cubriola con un manto y salieron al jardín iluminado por la luz de una luna llena y fantasmal. La doncella miró a su señora, que parecía nimbada por el claror y el ansia amorosa y, abriéndole el manto, recorrió su cuerpo con sus ojos y sus manos y dijo después riendo:

–Señora, en buena hora nació el caballero que esta noche os poseerá y bien decían de vos los que afirmaban que erais la más hermosa doncella de rostro y cuerpo que había sobre la capa de la tierra.

A Helisena le temblaba todo el cuerpo y no podía ni hablar. Cuando llegaron a la puerta de la alcoba, el rey Perión, vencido por la congoja, se había adormecido y entre sueños vio acercarse a su lecho una presencia inquietante, oculta bajo un capuz, que con unas garras afiladas le atravesaba el costado por el que sacaba el corazón palpitante y lo arrojaba al río. Y él, desesperado, preguntaba entre brumas a qué venía sufrir tal crueldad mientras un coro de seres encapuzados le respondía con pavorosos acentos que otro corazón más habrían de arrancarle. Y el rey Perión se revolvía en el lecho entre crueles dolores. Al punto despertó sobresaltado cuando sintió que alguien andaba cerca de su cama. En el contraluz de la luna distinguió las siluetas de las doncellas; confuso por la pesadilla y temiendo alguna traición por lo recatado de sus pasos, echó mano a la espada y fue contra ellas.

Darioleta, que lo vio de aquella guisa, le dijo:

–¿Qué es esto, señor? Bajad esa espada, que de nada os vale contra nosotras.

El rey las reconoció y al ver a su muy amada Helisena arrojó al suelo el arma, se cubrió con un manto y tomó a su señora entre sus brazos.

Darioleta cogió la espada en recuerdo del juramento que le había hecho y volvió al jardín a vigilar el honor de su señora. El rey, a solas, contempló a su amiga a la luz de tres antorchas que ardían en la cámara y le pareció que reunía en ella toda la hermosura del mundo. Finalmente, abrazados yacieron en el lecho.

Estuvo el rey Perión diez días en palacio entre estos placeres, haciendo el amor con la infanta todas las noches; al cabo de ese tiempo contra su voluntad y las lágrimas de su señora, se vio obligado a partir hacia sus tierras. Despedido con gran boato por Garínter y su esposa, revestido con todas sus armas, echó a faltar su espada y no la halló por más que su escudero la buscó por todo el palacio. Y aunque le dolía mucho su pérdida por las calidades de hoja y temple, no quiso insistir por miedo a descubrir sus amores con la infanta y mandó a su escudero que le procurase otra. Antes de marcharse, Darioleta habló con él y le recordó la gran angustia y soledad en que dejaba a su amada. El rey le dijo:

–Cuidadla como sabéis, Darioleta, que yo os la encomiendo como a mi propio corazón. Y no dudéis de que algún día yo he de saber recompensaros.

Y sacando de su dedo un hermoso anillo, de dos iguales que traía, se lo dio para que Helisena lo llevara como recuerdo y presencia de su amor. Y así quedó la infanta Helisena entre memorias y soledad con la sola ayuda de su doncella, que cada día la esforzaba y le procuraba con su conversación algún descanso con el que mitigar el vacío de su amado Perión.

El rey Perión dejó los palacios del rey Garínter con el alma estremecida por la ausencia de Helisena y los malos presagios de un sueño que sólo podía interpretar en clave de futuros infortunios. Pensaba seguir su camino de caballero errante, pero a pocas leguas decidió volver a sus posesiones de Gaula y confiarse a sus sabios estrelleros para que le interpretasen su pesadilla.

Así llegado, habló con ellos de las cosas del reino, pero siempre con semblante triste, lo que daba a todos gran pesar. Cuando despachó los negocios más urgentes llamó a su gabinete a los tres más esclarecidos clérigos y les obligó a jurar secreto y verdad; secreto de cuanto allí se hablara, y verdad, porque nada le ocultaran por grave que fuese. Después les contó minuciosamente el sueño. Todos le quitaron importancia, pero apretados por el rey pidieron un plazo para estudiarlo. Perión les dio doce días, al cabo de los cuales se reunieron de nuevo y los tres dieron de consuno su versión en las palabras del más sabio, llamado Ungán el Picardo:

–Todos hemos venido aquí con una interpretación que las estrellas y Dios nos han revelado como unánime. Tú amas a una dama con tierno amor. Habéis estado unidos en una cámara a la que tu amante entró silenciosamente, las manos que llegaban a tu corazón es la unión entre ambos y el corazón que sacaban significa hijo o hija que tendrá de ti.

–¿Y qué significa que lo echaba al río?

–Eso, señor, es mejor que no lo sepas…

–Dímelo inmediatamente y no temas nada –le intimó el rey.

–Pues debes saber desde ahora que el hijo que tengas será arrojado al río.

–¿Y el otro corazón que me queda, según el sueño? –se atrevió a preguntar el rey Perión.

–Tendrás otro hijo y también lo perderás contra la voluntad de aquella que os hará perder el primero.

El rey quedó aterrorizado, pero el estrellero le dijo finalmente:

–Las cosas ordenadas y permitidas por Dios nadie sabe en qué terminarán, por eso los hombres no se deben contristar, porque muchas veces lo malo como lo bueno pueden terminar como no se espera. Tú, rey, olvida lo te he contado, sé firme, ruega a Dios y pon su confianza en Él. Cuanto hagas, hazlo a su servicio, que Él no te abandonará.

Con el ánimo confuso el rey salió al jardín donde se encontró con una extraña mujer vestida de raros atavíos y de rostro joven y viejo a la vez, que le dijo:

–Sábete, Perión, que cuando recobres tu pérdida, Irlanda perderá su flor.

Y desapareció en la nada sin que el rey la pudiera detener. Desde entonces el ánimo del rey no encontró descanso ni paz interior y vivió temeroso de su sueño y de las palabras de la que parecía bruja o adivina.

2

Nacimiento de Amadís y de quiénes fue hijo

Por primera vez Helisena supo lo que era la soledad y la ausencia. La invadió un gran dolor interior, dejó de comer y el sueño se le huyó. Cada día se mustiaba como una rosa cortada y su rostro perdió el lustre y el brillo que acompaña a las jovencitas sanas. El tiempo pasó y una mañana tuvo la certeza de que estaba encinta. Sintió una gran alegría, pues aquel hijo era parte de su amado, pero la angustia borró de un plumazo su alegría, pues una mujer soltera, por elevado que fuera su estado y señorío, si era embarazada sería considerada puta reconocida y reo de muerte. Tal era la brutal costumbre que perduró durante muchos siglos hasta la llegada del rey Arturo. Pero otra angustia le reconcomía las entrañas: la ausencia de su amado, que como caballero andante, por ganar fama y honra, erraba por todas partes y no se detenía en ninguna. Y así, una vez más se confió a Darioleta, quien puso toda su discreción y talento en ayudar a su señora.

En el palacio del rey Garínter había una estancia abovedada, un poco apartada y cercana al río, a la que se llegaba a través de un postigo de hierro y un jardincillo, a la sazón yermo y mustio. En otro tiempo Helisena y sus damas acostumbraban a jugar allí. Helisena se la pidió a sus padres para poder entregarse a la vida solitaria y para rezar sin ser molestada por nadie, como en otro tiempo. Sus padres, viéndola tan desmejorada, le concedieron lo que llamaron el capricho, creyendo que tal vez así recuperaría la salud de su cuerpo y de su alma con la vida en la que durante tantos años se había ejercitado. Y así, acompañada sólo de Darioleta, se aposentó en aquel lugar donde consumían su tiempo pensando qué harían con aquel niño. Las asaltaban mil pensamientos, alguno de ellos extraviado y confuso, más propio de su desesperada situación que de la agudeza de su despejo.

Muchas veces pensaron en matar al infante, pero se imponía el amor al padre ausente y su fruto.

Ya llegaba el tiempo de parir. Y Darioleta, que era doncella muy sesuda y guiada por la gracia de Dios, dio finalmente con el remedio, que fue juntar cuatro tablas recias y largas como una espada, darles forma de arca y embetunarlas para que ningún agua entrase. Aplicó al negocio tal genio que ni el mejor carpintero pudiera superarla. Llenó el arca de ricos paños y la guardó bajo la cama sin que Helisena se enterase.

Pronto llegó el día y sintió los dolores como cosa nueva, extraña para ella, acrecentados por no poder gemir, ni quejarse, ni llamar a su madre, por lo que su angustia se doblaba, a no ser por la industriosa Darioleta que como experta matrona le ayudó y en un momento parió un niño. La doncella lo tomó en sus manos y vio que era hermoso, muy hermoso. Con determinación lo envolvió en pañales bordados y se lo presentó a su madre; a continuación trajo el arca susodicha.

–¿Qué quieres hacer? –preguntó con horror Helisena, que adivinó al instante las intenciones de su doncella.

–Ponerlo aquí y echarlo al río. Si Moisés se salvó, también este lo hará.

La madre, anegada en llanto, se resistía a entregarlo a tan dudoso destino. Finalmente, se impuso la resolución de la doncella sobre la perplejidad de la madre y el niño ocupó su lugar en tan inusitada cuna. Después Darioleta tomó tinta y pergamino y escribió: «Este recién nacido se llama Amadís, hijo de rey».

Bañó en cera la carta y la ató al cuello del pequeño con el anillo del rey Perión. Metió al niño en el dornajo y sujetó a su lado la espada de su padre. Claveteó el arca y de nuevo la calafateó para que no pudiese entrar agua. Finalmente, esperó a la noche para llevarla hasta el río, en cuyas aguas la arrojó.

Como el río bajaba crecido y era la corriente muy viva pronto el arca llegó al mar, que no distaba del castillo ni media legua. La del alba sería que el amanecer anuncia cuando sucedió una maravilla de esas que al Señor le gusta hacer. Y fue que por el mar navegaba un barco en el que iba un caballero escocés llamado Gandales, acompañado de su esposa, que a poco había parido un hijo. Iban de la Pequeña Bretaña a Escocia y en el crepúsculo del amanecer, entre cendales, vislumbraron el arca y el caballero ordenó que la trajeran. Al punto la abarloaron y subieron. Al abrirla encontraron al niño. Por los paños, por el anillo y por la espada, Gandales supuso la nobleza de tan bello infante y maldijo a la madre que con pecho pétreo lo había desamparado. Al instante los dos esposos sintieron gran amor por el huérfano y sin mediar palabra decidieron adoptarlo y darle la teta de la misma ama de cría de su hijo Gandalín. La tomó con ganas, lo que alegró a los esposos, que como regalo divino interpretaron su hallazgo. Con buen tiempo terminaron su viaje y pronto aportaron a una villa de Escocia que tiene por nombre Antalia y desde allí se trasladaron a uno de sus castillos, donde Gandales hizo criar a Amadís como si fuera hijo suyo y así fue creído por todos.

3

Los primeros pasos del Doncel del Mar

Para el veterano Gandales y su esposa aquellos dos niños fueron un regalo divino ante la que se adivinaba cercana vejez, y así criaban con mucho esmero a Gandalín y al niño que habían recogido, y este crecía y se hacía tan hermoso que cuantos lo contemplaban se maravillaban por ello.

Un buen día Gandales, que era muy amigo de madrugar para ejercitarse en el arte cinegético, pues en tiempo de paz la caza era el mejor sustitutivo del combate, salió solo a la floresta. Hemos dicho que ya era un hombre de cierta edad, pero todavía era membrudo y valiente y ningún caballero de la corte del rey Languines se atrevía a discutirle el alferezazgo y debía estar presto siempre para el combate singular. Pronto halló un rastro y persiguiendo a un corzo se encontró en un claro del bosque con una doncella extraña que, alzando la mano, paró en seco a su caballo.

–Gandales –dijo la muchacha–, escucha un momento algo que os convendrá a ti y a los tuyos.

–Doncella –respondió el caballero Gandales, un poco turbado por la repentina aparición–, decidme vuestra cuita que si en mi mano está, yo os remediaré.

–Gandales, cuanto digo es por tu bien. Escucha: aquel que hallaste en el mar será flor de los caballeros de su tiempo. Hará estremecer de terror a los fuertes y destemidos. Terminará con gloria las mayores aventuras donde otros fracasaron; tales acometerá y de ellas saldrá tan honrado que nadie creerá que pudiesen ser hechas por hombre mortal. Derrotará a los soberbios que mudarán su talante con la derrota. Será cruel con los malvados y aún te digo más: este será el caballero más leal en el amor y mostrará su fidelidad en el lugar más exigente para su virtud. Finalmente, debes saber que desciende de estirpe de reyes por ambos linajes. Vete ahora, buen caballero Gandales, y cree cuanto te digo pero mantenlo en secreto, pues si lo descubres el infortunio se abatirá sobre ti y los tuyos.

La sangre se retiró del rostro del caballero que poco a poco fue recuperando el continente para preguntar:

–¡Por Dios, señora, decidme quien sois!

–Gandales, a mí me llaman Urganda la Desconocida y mírame para saberlo.

Y él la vio primero dulce doncella de menos de dieciocho años, al instante la vio tan vieja y cansada que asombraba ver cómo se mantenía cabeceando sobre el palafrén. Ante aquellos cambios Gandales se santiguó. Cuando ella vio tal asombro, volvió a su primera y fresca imagen y con voz firme dijo:

–¿Crees que me encontrarías si me buscases? No pierdas el tiempo intentándolo, que ningún nacido lo haría si yo no lo quiero.

–Señora, por Dios –dijo aterrado Gandales–, os juro que no lo intentaré, pero acordaos del niño, que está desamparados de todos menos por mí.

–No pienses que lo está, pues él será amparo de muchos y lo amo más de lo que tú piensas. Pronto recibirá dos galardones; y ahora me voy. Queda con Dios y sábete que pronto volverás a verme.

Y así volvió a sus heredades a toda prisa y, entrando al castillo por una poterna, vio al doncel; antes de desarmarse lo cogió en sus brazos y comenzolo a besar, derramando tiernas lágrimas.

–¡Mi hermoso hijo, quiera Dios que no te malogres, pues estás llamado a acometer grandes hazañas!

Tenía Amadís a la sazón tres años, y como vio a Gandales llorar trató de limpiarle con sus manitas las lágrimas.

Así lo cuidó hasta que cumplió cinco años, edad en la que Gandales les hizo a sus dos hijos sendos arcos, para que practicaran bajo su mando al tiempo que crecían en fuerza y sabiduría.

Cuando ambos tuvieron siete años el rey Languines visitó el señorío y fue muy bien acogido por el caballero Gandales. Pero a Amadís, Gandalín y a otros donceles los ocultó en un patio cerrado lejos de la vista de los reyes.

Una mañana cuando la reina se peinaba vio por casualidad a los donceles que practicaban el tiro con arco. Pronto le llamó la atención el Doncel del Mar porque descollaba por encima de los demás en apostura y belleza. La reina estaba maravillada y el tiempo se le pasó en un suspiro. Le pareció que aquel joven, por su porte y vestido, era el señor de aquellos rapaces y como no vio ningún sirviente del caballero Gandales a quien preguntar llamó a sus damas y doncellas para compartir con ellas su descubrimiento.

Todas se asombraron de la belleza de Amadís, que de repente sintió sed y dejó en el suelo el arco y las flechas. Otro muchacho mayor que los otros lo cogió e intentó tirar con él, pero Gandalín no se lo permitió, lo que irritó al otro doncel, que derribó al hijo de Gandales de un empujón.

Gandalín llamó con grandes voces a su hermano:

–¡Socórreme, Doncel del Mar!

Y como lo oyó, dejó de beber y se fue contra el doncel mayor y le obligó a soltar el arco, mientras indignado le afeaba su acción:

–¡Desgraciado, ahora verás lo que te espera por pegarle a mi hermano!

Sin mediar más palabras le dio con el arco en la cabeza y el mayor, descalabrado, huyó topándose con el ayo que le preguntó cómo se había hecho aquel chirlo.

–El Doncel del Mar fue –contestó entre pucheros.

Entonces el ayo echó mano a la correa y le amonestó:

–¿Por qué has hecho eso? Mereces ser castigado...

Amadís entonces se hincó de rodillas y ante el viejo profesor dijo:

–Señor, antes prefiero vuestro castigo que ante mí se maltrate a mi hermano.

Y comenzó a llorar de rabia. El ayo entonces tuvo compasión y le dijo:

–Si lo vuelves a hacer, tendré que azotarte. Marchaos tú y tu hermano.

La reina contempló toda la escena y quedó maravillada por la entereza del muchacho al que todos llamaban Doncel del Mar.

Así estando en animada conversación con sus damas llegó el rey con Gandales y le dijo la reina:

–Dime, don Gandales, ¿es vuestro hijo ese hermoso doncel?

–Sí, mi señora –le respondió Gandales con un deje de angustia en su voz, pues tuvo en aquel instante una mala corazonada.

–¿Por qué le llaman el Doncel del Mar?

–Porque en el mar nació cuando yo volvía a Escocia desde la Pequeña Bretaña.

–¡Por Dios, Gandales, y qué poco se os parece! –rió divertida la reina.

Esto se lo decía comparando la belleza de Amadís con el rostro trabajado de Gandales, en el que predominaba más los rasgos cándidos de la bondad añosa que la hermosura. El rey, que hasta entonces no había dicho ni una palabra, miraba y remiraba al doncel. Finalmente le dijo a Gandales:

–Hazlo venir, que quiero criarlo cerca de mí, en la corte.

Eso era lo que temía Gandales y tal era el motivo por el que había ocultado a los jóvenes, pues conocía la afición del rey de rodearse de los mejores jóvenes del reino para formar con ellos una suerte de guardia personal.

–Señor –dijo Gandales–, aún es muy niño, está en la edad en que más necesita a su madre.

–Yo cuidaré personalmente de él –se apresuró a responder la reina.

Y Gandales supo que había perdido la partida, pues no podía contravenir la voluntad de su soberano.

Entonces fue a por Amadís y ante los reyes le preguntó:

–Doncel del Mar, ¿quieres ir a la corte con nuestros señores los reyes?

–Yo haré cuanto me mandéis, padre mío, pero quiero que mi hermano me acompañe.

–Creo, señor –dijo Gandales, pugnando por no llorar–, que habréis de llevaros a ambos.

–Mucho me place –dijo el rey, mirando a su esposa, que asintió complacida.

El rey se alegró mucho, después llamó a un mocete mayor que los dos hermanos y apoyándole su mano en el hombro dijo:

–Hijo Agrajes, quiere mucho a estos donceles. La reina y yo apreciamos mucho a su padre porque es el mejor caballero de nuestros reinos.

A Gandales se le llenaron los ojos de lágrimas y haciendo de tripas corazón se apartó una pieza con los reyes y así les dijo:

–Mis señores, puesto que os lo lleváis, sabed toda la verdad de este doncel.

A continuación les narró toda la historia de Amadís, sin olvidarse de las apostillas de la maga Urganda.

–Y ahora que conocéis su secreto, haced cuanto esté en vuestras manos para protegerlo, que hasta aquí Dios sabe que lo he mantenido con bien, que no se me oculta que proviene de un gran linaje.

–Pues que Dios y yo sabemos que tan bien lo cuidasteis, es razón que Nos, desde ahora, tomemos el relevo para bien guiarlo el resto de sus días.

La reina dijo:

–Mi señor y rey, yo quiero que este doncel quede bajo mi protección, que aún está en edad de servir a mujeres. Cuando sea mayor será vuestro y de las armas.

El rey lo concedió.

A la mañana siguiente se partieron del castillo de Gandales llevando a los donceles consigo. Dicen las crónicas que la reina cuidaba del muchacho como si fuera hijo suyo, pero sus desvelos no eran en vano porque su talento y su noble condición eran tales que todo lo aprendía mejor y más pronto que sus compañeros de juegos, estudios y armas, pero él amaba tanto la caza y el monte que si lo dejasen nunca saldría de la floresta con su arco y sus perros. La reina, que sabía sus inclinaciones se lo permitía, pero no pasaba un día sin que dejara de reclamarlo a su presencia, pues mucho se pagaba de su belleza y apostura.

4
Perión, Helisena y Galaor

Volvamos unos años atrás y vayamos ahora a los palacios del rey Perión, que desde que dejó en la Pequeña Bretaña a su amada, la princesa Helisena, era el varón más melancólico de cuantos vivían bajo la capa del cielo, pues su corazón se entristecía ora pensando en la soledad de su amada, ora dejando volar su imaginación con las interpretaciones que los estrelleros habían hecho de su sueño, por no hablar de las enigmáticas palabras de aquella extraña doncella...

Mil y una veces había estado a punto de atravesar el mar y reunirse con su amada, pero otras tantas los asuntos de la corte le habían embarazado la voluntad, paralizando su deseo, que el oficio de rey es servir más que servirse del cetro. Pero aunque pasaba el tiempo la herida de amor permanecía abierta y lacerante, hasta que un día llegó hasta Gaula un heraldo que le entregó una carta de Helisena. En ella le anunciaba que su padre el rey Garínter había muerto y que sus vecinos se aprestaban a invadir sus tierras.

–Id y decid a vuestra señora que parto hacia la Pequeña Bretaña con un ejército y que resista hasta mi llegada.

El rey preparó una poderosa hueste, la embarcó y se dirigió al puerto de Brest.

Al llegar supo que su amada Helisena había buscado protección en una ciudad amurallada llamada Arcarte y que alguna de sus tierras ya había sido ocupada por sus vecinos. Dividió su ejército y una parte, al mando de su mejor general, Pingantil, fue a batir a los enemigos de su dama, y otra, mandada por él mismo, se dirigió en derechura a Arcarte. A marchas forzadas llegó en dos jornadas, donde fue recibido con toda pompa y boato por Helisena.

Renovaron al instante sus votos amorosos pues mucho se amaban, tanto que el rey le dijo que quería desposarse con ella de inmediato y que ya jamás se separarían ni un solo día. A los pocos días llegó a Arcarte el general Pingantil, que había pacificado el reino y firmado tratados con los reyes vecinos a quienes había derrotado tomando numerosos rehenes. De todo se alegraron los nuevos esposos que habían decidido fijar su residencia en Gaula. El general Pingantil fue nombrado virrey con un buen golpe de tropas con la misión de proteger las fronteras. Como regalo de bodas los nuevos esposos dieron la libertad a los rehenes, gesto magnánimo que fue bien recibido en los reinos vecinos cuyos reyes firmaron tratados de paz.

Después emprendieron el regreso. Perión y Helisena llegaron a la desembocadura de un río donde pensaron descansar. El rey, aburrido de la travesía marina, buscó en la caza un rato de diversión y comenzó a subir ribera arriba con el pensamiento puesto de nuevo en su sueño y sus interpretaciones; absorto en estas cuitas, anda que te andarás, llegó hasta una ermita donde descabalgó para descansar un rato y hacer oración. Cuando entró en el atrio encontró a un ermitaño que se dirigió a él con estas palabras:

–Caballero, ¿es verdad que el valiente rey Perión se ha casado con la hija de nuestro rey?

–Verdad es –respondió Perión.

–Mucho me alegra, porque yo sé que ella lo ama de corazón.

–¿Cómo sabéis eso vos? –se extrañó el rey.

–Por su boca –respondió al punto el ermitaño.

El rey, pensando que tal vez estuviera allí la solución de sus cuitas y preocupaciones, se dio a conocer y abrasó con sus preguntas al clérigo, pero al poco rato este le respondió:

–No me apretéis tanto, buen rey, porque gran pecado cometería y vos me tendríais por hereje si os contara lo que ella me reveló bajo secreto de confesión. Que os baste con saber que ella os ama con tierna y leal fe, pero también quiero que sepáis que hace muy pocas horas apareció por aquí una extraña mujer que a mí me pareció muy sabia y así me dijo cosas que yo no he podido entender y que vos tal vez podáis interpretar: que de la Pequeña Bretaña saldrían dos dragones que tienen su señorío en Gaula y sus corazones en la Gran Bretaña y que pelearían y devorarían a otras bestias de tierras extrañas, aunque manifestarían una variada condición: contra unas serían bravos y feroces y contra otras se manifestarían blandos y humildes. Esto dijo y no sé interpretar sus palabras, buen rey.

Perión quedó absorto y aunque no entendió el mensaje del ermitaño tuvo la certeza de él estaba en el centro de las palabras de aquella enigmática mujer que sin duda era la maga que se manifestaba con mensajes encriptados.

A continuación se despidió del ermitaño y volvió al lecho de su amada Helisena. Tras folgar con más placer del acostumbrado le contó a la reina su sueño y lo que los maestros estrelleros habían interpretado, finalmente mirándola a los ojos la intimó para que le dijera si había parido algún hijo.

La reina, temiendo mil cosas, entre ellas la felicidad de su matrimonio y su propia vida, lo negó, diciendo que nunca pariera.

Al día siguiente partieron a su destino, en pocas jornadas atravesaron el mar y llegaron a Gaula donde todos los cortesanos alabaron la belleza de la nueva soberana, su disposición por aprender nuevas costumbres y la nobleza de su porte. Uno dijo que tal mujer había nacido para ocupar nuestro trono y otro dijo que tales palabras resumían el pensamiento de los ciudadanos de tan noble pueblo. A los meses cumplidos de su matrimonio parió dos hijos, un niño y una niña: Galaor y Melicia.

Pasaron dos años de felicidad para el reino y sus soberanos hasta un día en el que el rey había ido a un puerto de mar llamado Bangil y la reina jugaba distraída con sus damas en el jardín, cuando de improviso entró a través de un postigo que daba a la mar un jayán gigantesco como un ciprés, armado de una gran maza y cubierto de una capelina. Era tan grande y de rostro tan horrendo que a cuantos miraba infundía temor. Todos huyeron de su presencia, incluida la reina, sus doncellas y dueñas, mientras el jayán se internaba entre los arriates del jardín hasta que encontró solo al niño Galaor, pues sus cuidadoras también habían puesto pies en polvorosa al ver aquel ser monstruoso.

Cuando llegó hasta el niño este no mostró el menor temor, antes bien tendió sus bracitos hacia el jayán que lo tomó entre los suyos y se volvió hasta una barca que lo esperaba. La reina, cuando se enteró, comenzó a gritar su desesperación hasta que llegó el rey y ambos lloraron el robo de su heredero. Finalmente, el rey se recogió con su esposa en su alcoba y sosegando su corazón le dijo:

–Señora, todo lo ocurrido concuerda con lo que me leyeron mis estrelleros. Este niño perdido es mi segundo corazón. Decidme si tuvimos otro hijo y se malogró.

La reina, sin miedo a mayor dolor que la pérdida de sus dos hijos, se confesó con su esposo y le contó como arrojó al mar al primogénito.

–Tranquilizaos –dijo el rey–, que aunque poco hemos disfrutado del fruto de nuestro amor no sabemos si ambos han muerto y según mis sabios algo bueno nos ha de venir de estas desapariciones.

Fueron estas palabras bondadosas, que aunque poco, algún bálsamo llevaron al corazón desesperado de la reina Helisena.

El gigante secuestrador se llamaba Gandalac y era natural de un islote llamado Leonís, lugar que tenía dos castillos. Aunque brutal por su naturaleza, no era malvado como la mayoría de los miembros de su raza, antes bien era muy querido por los habitantes de la isla, que eran cristianos perseguidos por herejes y que él, Gandalac, había acogido y proporcionado tierras para criar hermosas vacas y gigantescas calabazas. Un santo ermitaño gobernaba sus espíritus y a él le llevo el niño y entregándoselo dijo:

–Criad este pequeñuelo, educadlo como un caballero y no escatiméis cuidados pues es hijo de rey y reina.

–¿Por qué lo habéis secuestrado si sabéis el dolor que infligís a sus padres?

–Cuando me dirigía a luchar contra Albadán, un gigante malvado que mató a mi padre y nos robó la Peña de Galtares, se me apareció entre la bruma una extraña doncella joven y vieja, con vestiduras ricas y pobres, bella y de horrible rostro, poseedora de una voz que no era humana, paró la barca con un gesto y me dijo:

«Eso que pretendes lo hará mejor el hijo del rey Perión de Gaula, que tendrá más fuerza y ligereza que tú». Yo le pregunté si decía verdad y me contestó: «Eso ocurrirá cuando se unan los dos brazos de esta rama rota». Y sacando de su seno un grueso tronco lo partió como quien rompe un junco seco.

5

La princesa Oriana

Por aquel tiempo reinaba en la Gran Bretaña un rey llamado Falangriz, que murió sin descendencia. Los nobles pensaron entonces para el trono en su hermano Lisuarte, varón discreto y valiente, casado con Brisena, princesa de Dinamarca y en cuya corte vivía. Llamado de urgencia, volvió acompañado de la gran flota real de su suegro, el rey danés.

En pocas jornadas aportaron a Escocia donde fueron recibidos con gran honra y boato por el rey Languines. Acompañaba a Lisuarte y a su esposa una hija de diez años llamada Oriana, que era llamada «La Sin Par», pues era la más hermosa criatura que jamás vieran los siglos. Allí la dejaron sus padres para que fuese educada en la escuela de princesas que regentaba la reina de Escocia. En aquellos palacios quedó guardada la niña y la reina Silene, la que en su juventud fuera llamada la Dueña de la Guirnalda, dijo a sus padres:

–Yo os la guardaré como lo haría su madre.

Amadís, el Doncel del Mar, tenía doce años, aunque estaba tan crecido como un muchacho de quince. Todas las damas de la reina estaban enamoradas de él. Cuando llegó Oriana, la reina llamó a Amadís y dijo:

–Querida niña, te entrego a este doncel para que te sirva.

En el punto donde se cruzaron sus miradas Cupido revolvió en su carcaj y lanzó dos flechas de punta de oro y plumas de paloma.

Ambos jóvenes quedaron mutuamente enamorados y su turbación fue manifiesta.

Después Oriana con un hilo de voz respondió:

–Que me place, reina mía.

Y a partir de ese instante el Doncel retuvo estas palabras en su corazón y en su memoria pues nunca ya en todos los días de su vida dejó de servir a Oriana y ella a su vez también le otorgó su corazón, y este mutuo amor duró mientras ambos vivieron y ni una sola hora dejaron de amarse.

El Doncel del Mar no sabía que ella lo amaba y se tenía por muy atrevido por haber puesto en tan alta dama, aun siendo tan niña, su pensamiento, según la veía tan elevada en grandeza y hermosura. Así andaba siempre confuso y medio turbado cuando la tenía delante y apenas se atrevía a dirigirle la palabra y otro tanto le ocurría a ella pues, para que los demás no se dieran cuenta de su amor y por no traicionarse, se guardaba de tener mucha conversación con Amadís y todo se resumía en miradas. Pero los ojos son siempre traicioneros y con ellos se hablaban sin palabras y sin poder evitarlo y así transcurrían sus días, entre el temor a las hablillas de los demás y al empacho de su natural timidez que tanto sobraba a ambos.

Fue pasando el tiempo en estas humildes e ingenuas prácticas hasta que el Doncel llegó a la edad tercera, que según San Agustín está en los quince años tras la mocedad, dura hasta los veintiocho y la llaman de la mancebía y entre los griegos la de la sazón, pues los cuerpos crecen en vigor y los niños se hacen hombres en fuerzas, que no en talento, que para tal potencia está la cuarta, que es la de la hombredad o madurez, que algunos cultos de oriente llaman la edad perfecta, pero quedémonos en los quince años de Amadís a quien sus fuerzas le pedían hazañas que ofrecer a su dama y estas sólo podían cumplirse desde la caballería andante.

Un día, agobiado por este deseo, se dirigió al rey que andaba jugando con sus pájaros en la huerta:

–Señor, si vos lo permitís quisiera jurar las armas…

El rey se revolvió como si le hubiera picado un alacrán:

–Sois muy joven, Doncel. Eso no le gustará a la reina. Además, sabed que quien posee ese nombre, el de *caballero*, debe estar preparado para enfrentarse a cosas muy peligrosas, algunas tanto que se encoge el corazón con sólo pensarlas, y si un caballero se acobarda y se le empaña el corazón por cobardía, más le valdría una muerte rápida que vivir en vergüenza y vituperio, que así quedaría su memoria entre los hombres.

A lo que Amadís respondió muy templado:

–Señor, mi rey, yo todo eso ya lo tengo muy pensado y estoy preparado para tomar las armas y jurar la caballería, pero aunque sois mi señor natural, si algo os impide u os embarga para no cumplir conmigo, yo buscaré otro señor que me haga tal merced.

El rey Languines, que ya se temía esto, pero más temía a su esposa, que de ninguna manera consentiría que el doncel partiera de su lado, quiso ser político y poniendo una mano en el hombro del joven le miró de hito en hito y le dijo con semblante serio:

–Por ahora que os valga mi palabra: cuando sea el momento seréis nombrado caballero muy honradamente y ahora marchaos, que en cosas de más momento me necesita este reino.

Cuando se hubo marchado Amadís, el rey Languines se quedó pensando un rato y como conocía al joven tuvo por cierto que su determinación estaba tomada y que quisiera o no la reina, ¡siempre la reina!, su destino era el de ser caballero errante, y así le escribió una carta a Gandales dándole cuenta de lo que se decía su hijo.

Gandales, que intuía un futuro heroico para Amadís, le envió la espada, el anillo y la carta encerada, aquellos objetos que encontró en el arca.

Una tarde en que la reina y sus doncellas andaban ramoneando por el jardín llegó un paje y anunció a Amadís que le habían llegado unos regalos del caballero Gandales. Amadís se encontró con un criado que le entregó las mandas de su presunto padre, después se sentó y, tras admirar un momento el anillo y extrañarse de la carta encerada, finalmente descubrió la espada que venía cubierta por un paño de lino y le llamó la atención que no viniera en su vaina. Estando en estas, entró Oriana y cogió la carta cubierta de cera creyendo que no había nada en su interior y sin más reflexión se la pidió como regalo; a él le hubiera gustado más regalarle el anillo que era hermosísimo, pero en ese momento entró el rey y mirando la espada le preguntó a Amadís:

–Doncel del Mar, ¿qué os parece esta espada?

–Señor, es muy hermosa y está muy bien templada, pero viene sin su vaina...

–Tampoco la tenía hace quince años –murmuró el rey y tomando por el brazo a Amadís se apartó con él fuera de la pieza.

–Vos queréis ser caballero, pero no sabéis quién sois, y yo voy a contaros lo que me dijo Gandales.

Y a continuación le contó toda su historia.

–Yo os creo, señor, y ahora sé que más quiero ser caballero andante, pues yo me tengo por hidalgo, como me dice mi corazón. Y es necesario que gane honra y prez, pues no sé de dónde vengo pues a los míos los tengo por muertos. Tengo que ganarme los honores desde la nada.

Y estando en estas hablas un criado les anunció que había llegado el rey Perión.

–Señor, ¿cómo habéis llegado a mi casa tan de improviso? –dijo el rey Languines.

–Vengo a buscar amigos, tan necesarios en casos apretados –respondió tristemente Perión–, y en el que me ocupa son más necesarios que nunca, pues el rey Abiés de Irlanda ha desembarcado en mi patria ayudado de su primo Daganel con otro gran ejército y no encuentro ayuda en mis aliados tradicionales. En fin, que estoy solo...

Languines le contestó:

–Yo os ayudaré como pudiere. A la cabeza de mi ejército irá Agrajes, mi hijo. Con él –dijo Languines–, irá lo mejor y más granado de mi ejército.

El rey Perión abrazó a su cuñado. El Doncel del Mar no dejaba de mirar al recién llegado. No podía intuir siquiera que fuera su padre, ya que de haberlo sabido se hubiera sentido muy orgulloso, pues era conocida la valentía y los hechos de armas del rey de Gaula y pensó que no habría en el mundo mejor padrino que él. Como no vio a la reina que podía desbaratar sus intenciones, tomo de la mano a Oriana y se la llevó a un rincón.

–Señora, debo pediros una cosa y espero que me la concedáis.

Oriana, que vio el apuro de su amado, sintió un ahogo en su corazón y le dijo:

–Será la primera cosa que me pides y la haré con mi mejor voluntad.

–¡Ay, señora mía! –se dolió él–, que no me atrevo a pedíroslo, porque sólo estoy en este mundo para serviros…

–¿En tan poco me tienes que no sabes pedir lo que te conviene o eres tan cobarde que te achicas ante quien te quiere bien? –y por primera vez se atrevió a mirarle directamente a los ojos.

–Sí, soy tan flojo y cobarde que en cuanto os miro desfallezco y sólo vivo para serviros, como aquel que sin ser suyo es todo vuestro.

–¿Mío? –se absortó ella–, ¿desde cuándo?

–Desde el primer día que os vi. Cuando vuestros padres se fueron, la reina me cogió de la mano y poniéndome ante vos dijo: «Este doncel os doy para que os sirva». Y vos dijisteis que os placía. Desde entonces soy vuestro, sin que en todos los días de mi vida pueda servir a otra mujer.

–Habéis tomado lo dicho por la reina al pie de la letra, pero me alegro de que así sea.

Él no supo responder, pues estaba transido de felicidad, y ella supo así del señorío y el mando que ejercía sobre el Doncel. Se despidieron con gran cortesía y Oriana fue a ocupar su lugar en el estrado de la reina, a la que encontró rodeada de sus damas, llorando por el infortunio de su hermana. Entre todas consiguieron levantar un rato su ánimo. Después Oriana buscó a Amadís y le puso a prueba, pues era mujer y quería afirmar su dominio ante su amado.

–¿Si fueseis caballero iríais a servir a la hermana de nuestra reina?

–Si vos, señora –contestó el ingenuo Amadís–, desearais que fuese caballero, iría a defender a la reina de la Hermosa Guirnalda, siempre que tuviera vuestra venia.

–Y si yo no os la otorgase –dijo la pícara Oriana, dándose vuelta hacia una ventana para ocultar su sonrisa–, ¿también iríais?

–No –dijo él con firmeza–, porque mi corazón está tan vencido y prisionero de vos que sin su permiso no podría intentar hazaña alguna.

Ella se volvió con semblante risueño y dijo:

–Pues os he ganado hasta tal punto que os otorgo seáis mi caballero y ayudéis a la hermana de nuestra reina.

El Doncel le besó las manos y le dijo:

–Pues que el rey mi señor no me ha querido investir caballero por no sufrir la ira de la reina, os ruego que se lo pidáis al rey Perión, que es el caballero más esforzado de estos reinos.

–Yo haré cuanto pueda –y se quedó pensando un momento–, pero se lo diré a la infanta Mabilia, a la que concede todo por ser su padrino.

Fuese a buscarla y le manifestó el deseo de Amadís. Mabilia, que era muchacha animosa de las que nada se le ponía por delante y quería al Doncel con el sano amor de una hermana le dijo:

–Vamos a hacerlo por él, que bien se lo merece. Esta noche que venga a la capilla de la reina con todas las armas y nosotras le acompañaremos en su vela con las otras doncellas de la corte de mi madre, que no se debe enterar de todo esto. Y antes de que el rey Perión se vaya al alba, como ha dicho que hará, yo le haré llegar nuestro ruego.

Después se lo comunicaron a Amadís. Él se lo agradeció entre lágrimas cándidas de los tres. Cuando se fueron las doncellas Amadís llamó a su hermano Gandalín.

–Lleva las armas a la capilla de la reina sin hacer ruido, pues esta noche pienso armarme caballero y quiero que seas mi escudero.

–Ya sabes –dijo Gandalín emocionado– que nunca te abandonaré por difícil que sea la empresa.

Gandalín llevó las armas mientras la reina cenaba. La infanta Mabilia vertió una droga en su vino y, creyendo estar fatigada por las emociones del día, se retiró a descansar sin pasar por su capilla. Quiso rezar el rosario en el lecho acompañada de sus damas, pero a la tercera avemaría se durmió.

Amadís se revistió con toda la armadura menos el yelmo y los guanteletes y se puso en oración acompañado por Oriana, Mabilia y las damas de la corte real. Así pasaron la noche hasta la llegada del crepúsculo matutino, ese momento antes del alba, cuando Mabilia envió a una de sus damas a la cámara del rey Perión, que ya estaba dispuesto para cabalgar. El rey, ante la llamada de su sobrina, llegó a la puerta de la capilla donde le esperaban Orina y la infanta. Esta le dijo:

–Rey, mi tío y señor, escuchad a esta doncella, hija del rey Lisuarte.

El rey dijo que haría cuanto estuviera en su mano. Oriana, que estaba en la sombra, se acercó hasta su prima y el rey la contempló a la luz y vio a la más bella doncella que jamás imaginar pudiera. Ella dijo:

–Señor, os quiero pedir un don.

–De grado lo haré.

–Pues haced caballero a mi Doncel.

Y abrió la puerta de la capilla.

–Sea en nombre de Dios y que tal investidura alcance tanta honra como vuestra hermosura merece –dijo el rey, embelesado por el encanto de la Sin Par Oriana.

Aunque todos los presentes hubieran deseado una ceremonia con más pompa y solemnidad, las circunstancias impusieron la brevedad como nota más distintiva, pues pronto se levantaría la reina para rezar sus maitines y si encontraba a las damas de su corte en tal rito de investidura algo muy parecido a una tragedia sucedería en la corte del rey Languines. Ni siquiera al cronista de estos aconteceres le está permitida la licencia de imaginarse la ira de una reina al ver como su favorito estaba apunto de abandonar su jaula dorada...

Pero volvamos a la ceremonia.

–¿Queréis ser caballero, joven conocido como «El Doncel del Mar»?

–Sí, quiero.

–¿Estáis dispuesto morir por la fe cristiana, por el rey tu señor natural y por tu tierra?

–Sí, lo estoy.

–¿Sabréis manteneros impávido ante cualquier peligro, por grave que este fuese?

–Sí, sabré.

–Así pues, yo os calzo las espuelas de oro.

El rey le calzó la derecha, diciendo:

–Yo os calzo la derecha para que vuestros actos sean diestros.

Y para asombro de todos, Perión entregó a Oriana la espuela izquierda y la joven con firme voz dijo al calzársela:

–Os calzo el lado izquierdo donde está el corazón, para que como en cárcel de amor guardéis para siempre en él vuestros afectos.

A continuación el rey le invitó a que hincara la rodilla para recibir el espaldarazo y después, tomándole por los hombros, lo levantó y le ciñó la espada en el brial.

Finalmente el rey le besó en ambas mejillas y le propinó la pescozada en el carrillo derecho, diciendo:

–Esto es para que recordéis vuestras promesas de caballero y que este golpe os recuerde que es el último ultraje que consentís. Ya sois caballero. Me hubiera gustado armaros caballero en ceremonia de más rango y honores, como merecen vuestro rostro y apariencia, pero yo espero en Dios que vuestra fama sea tal que dará testimonio de los que con más honra me hubiera gustado hacer, caballero Amadís.

Mabilia y Oriana quedaron muy contentas y besaron las manos del rey Perión.

Investido caballero, el Doncel del Mar quiso despedirse de su señora Oriana, de la infanta Mabilia y de cuantas damas habían velado las armas en la capilla. Besó a todas las manos y a Mabilia en el rostro. Al llegar a Oriana se le partió el corazón aunque pugnaba por ocultárselo. Viéndole en tal paso, Oriana le cogió la mano y lo sacó aparte para decirle:

–Querido Doncel del Mar, en nada de vuestra figura parecéis hijo de Gandales. Si sabéis de lo que estoy hablando, decídmelo presto, pues el corazón me dice que sois de muy altas sangres.

Amadís le contó cuanto le había relatado el rey Languines y ella quedó muy alegre y satisfecha, pues alguna corazonada ya había y ahora se le cumplía en su pecho enamorado. Después lo encomendó a Dios y Amadís se marchó buscando a su escudero y hermano Gandalín.

6

Primeras aventuras de un caballero bisoño

Encontró a su hermano y escudero protegido a la dudosa luz de una candileja guardando un postigo disimulado en la muralla por el que salieron sin ser vistos por nadie. Anduvieron toda la mañana hasta mediodía, hora en la que dejaron el camino real y se internaron en una floresta. Gandalín dio de comer a Amadís el recado que llevaba en una cumplida alforja y después, para restaurarse por completo, durmieron una buena siesta a la sombra de una copuda encina.

Pasadas unas horas y puestos sobres sus monturas vieron venir a dos doncellas. La primera venía montada en un palafrén y traía una lanza con un gallardete, la otra cabalgaba unos metros más atrás acompañada de un escudero.

La doncella armada se dirigió a Amadís y le dijo:

–Señor, tomad esta lanza y sabed que antes de que pasen tres días daréis tales golpes que salvaréis la casa de donde primero salisteis. Os la doy porque espero algunas mercedes de vos. La primera será que honraréis a un amigo vuestro que se verá en gran peligro como no se ha visto un caballero en los diez últimos años.

No gustó esta manera ambigua de hablar al Doncel, que replicó un poco perplejo:

–No querrá Dios que en tal dificultad ponga yo a un amigo.

–Yo sé bien, querido caballero –pareció mofarse la mujer–, que así será, pues no podéis contravenir la voluntad divina.

Y dando espuelas al palafrén se fue pasando al lado de Amadís, al que obsequió con una leve inclinación que al joven le pareció un tanto burlona.

La otra doncella se llegó frente al caballero y le dijo:

–Señor caballero, soy extranjera de Dinamarca. La doncella que os ha entregado la lanza me ha dicho que es para el caballero mejor y más enamorado del mundo y que os hiciese saber que ella es Urganda la Desconocida y que os ama mucho.

–¡Ay, Dios! –dijo él–. ¡Y qué desgraciado me siento por no haberla reconocido…!

–Caballero, yo os pido un don –la doncella cortó así el lamento del Doncel–, y es que me permitáis hacer camino con vos durante tres días.

El Doncel lo consintió.

Anduvieron hasta el anochecer, cuando encontraron a un escudero que les invitó a ir a un castillo pues otro albergue no hallarían por aquellos pagos. Luego dijo que tal albergue era de su padre y que estaría feliz de hacerles tal servicio como a tan buen caballero que por su estampa parecía. La doncella, que se sentía cansada, se apresuró a suplicárselo a Amadís, que se lo otorgó. Allí llegados fueron muy bien servidos por el castellano y sus criados, pero Amadís, a pesar del buen lecho, durmió poco pensando en su amada Oriana, y a la mañana siguiente se despidieron del señor del castillo y su hijo, que les acompañó un trecho hasta el castillo siguiente, que se encontraba a más de tres leguas.

En efecto, encontraron un hermoso castillo con una airosa torre del homenaje. El castillo estaba sobre un río y era forzoso entrar en él para pasar al lado contrario.

Amadís, desestimando el peligro que entrañaba entrar en el castillo, se levantó sobre sus estribos y dijo:

–¡Adelante!

La doncella iba la primera, los escuderos detrás y cerraba el grupo Amadís pensando en su señora Oriana, e iba un poco atacado por los celos, por lo que cabalgaba un tanto distraído aquella mañana.

Apenas había entrado la doncella en el patio de armas cuando seis peones armados con hachas y cubiertos con capelinas y coracillas asaltaron su caballo, tomándolo por el freno. La doncella se puso a gritar mientras intentaban descabalgarla. A sus gritos Amadís, saliendo de su letargo amoroso, atravesó como una centella el puente levadizo y entró como un halcón en el patio de armas; sin mediar palabra se dirigió al que parecía el jefe de la hueste y, tras parar un hachazo que este le mandó, lo golpeó con la contera de la lanza en el almete y le rompió el colodro, quedando en tierra como un sapo. Los otros le acometieron a la vez, pero el doncel, echando mano a la espada, le dio al primero un tajo que le hundió el casquete y le entró el filo hasta el ojo, salpicando de sesos y sangre a cuantos estaban cercanos. Cuando vieron a los caídos tan mal heridos que eran de muerte, el resto comenzó a huir, momento que aprovechó Amadís para lanzarle el hacha al último y cortarle la pierna por el muslo.

Siguieron adelante hacia el segundo patio y la doncella dijo:

–Ahí se oye ruido de armas.

–No temáis, doncella –la tranquilizó el joven–, que donde maltratan a las doncellas no puede haber hombre que valga.

–Caballero –respondió la doncella, mirando a Gandalín antes que al Doncel, buscando un rastro de complicidad–, sin duda sois el mejor justador que yo he conocido, pero dejad vuestros ensueños para cuando deis fin a esta aventura en la que os habéis enfrentado a malsines de carne mortal…

El escudero Gandalín ocultó una sonrisa burlona, mientras Amadís fingió no haber oído nada.

De repente apareció ante los caballos un escudero herido en la cabeza, que huía dando traspiés.

Al Doncel le pareció un rostro conocido y le preguntó:

–¿Dónde vais, amigo, tan maltratado?

–Señor, ayuda, que están matando al mejor caballero del mundo.

Amadís picó espuelas y entró en un patio de armas más pequeño que el anterior, donde para su sorpresa se encontró al rey Perión rodeado de peones y caballeros que le habían matado el caballo con un lucio, una gran maza para derribar caballos, y entre todos le herían por delante y por detrás.

Un caballero le decía:

–Rendíos o muerto sois.

–¡Fuera de aquí, canalla mastuerza! –gritó Amadís–. No oséis poner ni un dedo sobre el mejor caballero del mundo o moriréis todos.

–Derrotaos vos también o seréis el siguiente en perder la vida, caballero –le gritó uno de los contrarios.

Y con un gesto dividió a los peones en dos grupos, quedando cada uno al mando de un caballero. Así, uno de ellos comenzó a rodear al Doncel, mientras el otro caballero levantó su brazo y cayó el rastrillo cerrando así el patio.

Amadís atacó al caballero que tenía enfrente y de un lanzazo en el escudo le derribó ancas atrás del caballo, rompiéndole el casco y descalabrándole en la caída. Amadís se extrañó de la potencia de su golpe pero no tuvo tiempo de reflexionar sobre ello porque se vio asediado por una nube de peones. Los desbarató con la lanza y se dirigió contra el otro caballero que hería al rey Perión; le travesó con la lanza el escudo, el arnés y el peto pasándole de lado a lado, que ya no hubo necesidad de médicos.

El rey Perión, que estaba malherido, se apoyaba en la pared esforzándose por defenderse espada en mano de una lluvia de golpes que le propinaba la gente de a pie.

El Doncel metió desenfrenadamente su caballo en medio de ellos, dando mandobles a diestro y siniestro, tan mortales que los derribó a casi todos como bausanes o muñecos de feria. Así entre ambos hicieron grande mortandad. Los pocos que quedaron en pie huyeron subiéndose al muro por una estrecha escalera, pero el Doncel los persiguió con tal saña que ellos se tiraron muro abajo, salvo dos que se metieron en una cámara. El Doncel entró tras ellos y vio en un lecho a un anciano, baldado por la edad, que decía a grandes voces:

–¡Malditos!, ¿de quién huís?

–De un caballero –contestó uno de los peones– que ha matado a vuestros sobrinos y a todos nuestros compañeros.

El Doncel llegó hasta el lecho.

–Anciano, con ese escaso aliento de vida que os resta, ¿por qué atacáis a los caballeros que llegan a vuestro castillo? Si pudieseis tomar las armas os pasaría de lado a lado.

El viejo tullido lo miró con rabia y espetó:

–Si diez vidas tuviera, diez empleara en matar al rey Perión, que hace años me derribó en un torneo dejándome en esta triste yacija en el que cada día envejezco un año. Desde entonces sólo vivo para la venganza y vos hoy me habéis desbaratado el trabajo de tanto tiempo. Matadme, estúpido caballero, matadme y marchaos de mis tierras.

El Doncel le dio una patada a la cama, derribándola, y encomendando al diablo el castillo y al castellano salió al patio y tomando de las bridas uno de los caballos de los muertos se lo llevó al rey a quien curaba la doncella y le dijo:

–Cabalguemos, señor, que ni es sano el aire ni bueno el lugar y peor el castellano que gobierna este antro.

Salieron fuera del castillo y el Doncel del mar seguía con el yelmo puesto para que el rey no le reconociera y cabalgadas un par de leguas este le dijo:

–¿Quién sois, caballero amigo, que me socorristeis cuando estaba punto de ser muerto?

–Señor, mi rey, yo soy sólo un caballero que está obligado a serviros –respondió con humildad Amadís.

–Os ruego por cortesía que os quitéis el yelmo –pidió el rey.

Amadís hizo una pequeña reverencia y no respondió. Entonces el rey le hizo una seña casi imperceptible a la doncella que estaba tras Amadís y, sin que este lo sospechara, le arrancó de un tirón el yelmo contra su voluntad y Perión vio el rostro de aquel doncel que armara caballero a ruego de doncellas.

Después abrazándole le dijo:

–Ahora viéndoos luchar sé que vais a ser el mejor caballero de la Cristiandad.

–Señor –dijo Amadís, embridando su enojo–, yo no quería darme a conocer hasta serviros en vuestra guerra de Gaula como caballero novel.

Así hablando llegaron a un bimio, lugar en el que se bifurcan los caminos, y el rey dijo:

–Yo me voy por la siniestra parte que me lleva a mis dominios.

–Con Dios vayáis –respondió Amadís–, que yo tomaré la diestra.

–Dios os guíe y recordad vuestra promesa, que con vos en mi ejército pierdo los temores y gano en esperanzas de remediar pronto mis pérdidas.

A buen trote siguió su camino mientras el Doncel acompañaba a la doncella, que le dijo:

–Señor caballero, la doncella de la lanza me dijo que se la entregaba al mejor caballero del mundo y ahora sé que es verdad. Voy a tomar mi camino para ver a una señora de mi patria a quien sus padres me envían para que la sirva.

–¿Y quién es ella? –preguntó Amadís, que sintió un pálpito en el pecho.

–Oriana, la hija del rey Lisuarte.

Cuando él oyó mentar a su señora se le estremeció el corazón tan fuertemente que si no hubiera sido por su escudero Gandalín se hubiera caído del caballo. Sin reponerse del todo, el Doncel dijo con un hilo de voz:

–Muerto soy del corazón.

La doncella quedó turbada, creyendo que le había sobrevenido una grave dolencia.

–Señor caballero, desarmaos y recostad bajo ese fresno, que tenéis quebrada la color.

–No es menester –dijo Gandalín con media sonrisa burlona–, que a menudo sufre de este mal, que sólo amores son.

Después le preguntó a la doncella:

–¿Vais a casa del rey Languines?

–Sí.

–Pues seguid por esta vereda que es camino seguro y al cabo de tres leguas llegaréis a sus tierras.

Y se despidió de la doncella guiñándole un ojo y ella respondió con una breve reverencia.

–Adiós, Gandalín, adiós, Doncel del Mar –dijo ella, guiando el palafrén hacia la vereda, acompañada de una sonrisa cómplice.

Ida que fue, Gandalín tornó sobre su señor que estaba todavía absorto y con cierta expresión embebecida.

–Vamos, señor –dijo el escudero–, que un largo camino nos espera.

–Vamos, hermano –respondió Amadís, saliendo de su encantamiento.

Anduvieron dos días sin encontrar aventuras y al mediodía del tercero se encontraron ante un hermoso castillo que pertenecía a un caballero llamado Galpano, que por su valor y destreza con las armas era temido por todos en muchas leguas a la redonda. Juntaba a la valentía una muy mala costumbre, que era su condición de soberbio y descomedido y cuantas mujeres, ya fueran dueñas o doncellas, pasaran por sus predios las obligaba a subir a su castillo y las tomaba por la fuerza, haciéndoles jurar que mientras vivieran no tendrían otro marido o amante que él. En cuanto a los caballeros que por allí transitaban, se veían obligados a luchar contra sus dos hermanos o contra él. Todos habían sido derrotados y les hacía jurar que a partir de entonces ya no se llamarían caballeros sino «los vencidos de Galpano», que era fuerte baldón, y debían jurarlo o les cortaba la cabeza. No contento con esto, los despojaba de cuanto llevaban y medio desnudos los abandonaba en las encrucijadas de los caminos, y hubo caballero que murió del disgusto y la ofensa.

Pues llegando el Doncel del Mar a las cercanías del castillo vio venir huyendo a una doncella hecha un mar de llanto, rotas las ropas y mesándose los cabellos. Ante Amadís se hincó de rodillas. El Doncel le preguntó:

–¿Doncella, por qué os hincáis de hinojos? ¿Cuál es la causa de vuestro mal?

–¡Ay, señor, es tan vergonzosa que no me atrevo a contarlo!

–Decidla –la intimó Amadís–, y si el derecho os ampara, yo os remediaré o perderé la vida en el intento.

–Señor, caballero amable, yo iba con un recado para mi señora cuando me desvié de mi camino y vine a dar a dos leguas de este castillo. Me encontraron perdida unos peones que me trajeron engañada hasta aquí. Después me pusieron en presencia de su señor, por quien fui violada y además me hizo jurar que no sería de ningún otro varón mientras él viviera.

El Doncel la consoló con estas palabras:

–El juramento no es válido si es apretado por la fuerza, pero os asiste el derecho por haber sido forzada. Yo os devolveré el honor, si puedo.

Y se encaminaron hacia el puente levadizo del castillo, ante cuya puerta estaban unos peones jugando a los dados y maldiciendo.

Cuando vieron llegar a Amadís llevando de la mano a la doncella, se armaron y cargaron contra la pareja. El Doncel entonces dejó a la joven con su escudero Gandalín y se dirigió a los peones sin mediar palabra, pues todas sobraban.

Al primero que venía blandiendo un hacha de las llamadas franciscas, de doble filo, le dio tal tajo en el brazo que se lo cortó por el jarrete. El peón cayó al suelo dando voces. Después a otro le cortó media cara desde las narices a la oreja. Cuando los demás vieron estas horribles heridas huyeron en dirección a un regato oculto tras unos arbustos muy espesos.

Amadís envainó su espada y cogió a la doncella de la mano.

–Vamos dentro –dijo Amadís, pero notó como la joven se retraía–. Doncella, confiad en mí y no temáis.

Afirmó su paso en la puerta que daba a un patio de armas. Apenas entraron apareció un caballero montado y armado.

De repente, tras Amadís cayó el rastrillo desde la barbacana y así quedaron encerrados los tres frente al caballero, que con gran soberbia les dijo:

–Es la hora de vuestra deshonra.

–Eso lo veremos –contestó con tranquilidad Amadís–. ¿Sois vos quien forzó a esta doncella?

–No fui yo, pero como si lo hubiera sido –dijo con desprecio el caballero.

–Yo vengo a vengarla –dijo Amadís.

–Veamos como combatís –dijo el caballero, y lanzó su caballo sobre Amadís al tiempo que trataba de ensartarlo con su lanza, pero el Doncel se ladeó en el último momento y la lanza se clavó en el suelo, quedando el pecho del caballero a merced de su oponente, que le clavó el hierro en el pectoral y le salió por el espaldar, cayendo muerto en tierra. Amadís sacó con esfuerzo la lanza y se enfrentó con otro caballero que gritaba:

–Este castillo será tu tumba.

Y aunque el caballero le clavó la lanza en el escudo, el hierro resbaló por el peto que era de los de dos capas, a continuación Amadís le hirió con la lanza en el yelmo y el caballero cayó al suelo con la cabeza ensangrentada. Cuando se vio de aquella guisa comenzó a dar grandes voces pidiendo ayuda mientras se arrastraba.

Por un postigo salieron tres peones armados con un lucio con el que hirieron al caballo de Amadís, que cayó al suelo con estrépito de metales, pero el joven se levantó muy sañudo por haber perdido aquella cabalgadura que tanto quería. Primero terminó con el caballero herido en el rostro, a quien propinó un fendiente entre el pescuezo y la oreja que acabó con él sin confesión. Momento que aprovechó uno de los peones para herirle en el costado con un chuzo y comenzó a perder mucha sangre, pero la rabia por la muerte de su caballo era tanta que le blindaba frente al dolor. Finalmente, de un espadazo le cortó a otro peón la oreja y bajando el tajo le incrustó la espada hasta los pechos, desgarrando el tabardo que los defendía.

Los dos que quedaban dieron la espalda gritando:

–¡Venid, señor, venid, que ha entrado un demonio en el castillo y muertos somos!

El Doncel del Mar tomó el caballo del caballero muerto y los persiguió. De repente salió por una puerta un caballero alto, desarmado y vestido con un manto rojo, y desairadamente se dirigió a Amadís:

–¿A qué habéis venido aquí, caballero, a matar a mis hombres?

–He venido a vengar la ofensa que se hizo a esta doncella, si encuentro a quien la forzó.

La doncella con voz temblorosa le dijo:

–Señor, ese me escarneció.

El Doncel dijo airado:

–Caballero soberbio y villano, ahora pagarás tu maldad. Ármate presto, pues estoy por matarte desarmado, que con los que son como tú no habría que tener templanza.

–Matadle ya –dijo con desesperación la doncella afrentada–, y no os fieis de él, que os hará traición.

–En mal momento le habéis traído aquí –dijo con desprecio Galpano.

Y con intención de meterse en el palacio se dirigió a Amadís:

–Esperadme, caballero, y no pretendáis salir de aquí que os será imposible.

–Aquí os espero –dijo secamente Amadís.

Poco tardó Galpano en volver a la palestra sobre un caballo blanco, revestido de hierro y acompañado por dos escuderos.

Llegado ante el Doncel le espetó:

–Caballero malandante, sea duelo a muerte. En mal momento visteis a esta mujer pues aquí perderéis la cabeza...

Así dijo al tiempo que golpeaba con la punta de la lanza el escudo del Doncel, haciéndolo sonar con estrépito.

Cuando Amadís se vio amenazado de muerte respondió con saña:

–Que cada cual guarde la suya lo mejor que sepa.

Se separaron un buen trecho para que los caballos alcanzaran un potente galope. Galpano obligó al suyo a caminar marcha atrás hasta el extremo norte. Esta muestra de habilidad le valió el aplauso de su hueste, que le observaba al amparo de la muralla.

Entonces dejaron correr a sus caballos acometiéndose el uno contra el otro a la velocidad del rayo, chocando en mitad de la plaza de armas con el estrépito de un trueno.

La lanza de Galpano quedó hecha astillas hasta el mismo mango, mientas que la de Amadís quedó intacta, no así los escudos que quedaron falsados, esto es, partidos por la mitad, aunque las puntas de las lanzas no se clavaron en las carnes de los contendientes. Por un momento se juntaron los cuerpos, los rotos escudos y los yelmos, tan bravamente que ambos se fueron a tierra, pues a los caballos se les doblaron las patas traseras por la violencia del encuentro. Hombres y bestias rodaron por el suelo envueltos en una nube de polvo. Cuando este se disipó, todos vieron como ambos se desembarazaban de los estribos de sus monturas, aunque Amadís parecía más entero que el maltrecho Galpano, que a duras penas se pudo levantar cegado por la rabia.

Metieron mano a las espadas y pusieron nuevos escudos ante sus corazones, hiriéndose tan ásperamente que ponían espanto a cuantos los miraban. De los escudos comenzaron a caer astillas y de las armaduras también se iban desprendiendo piezas. Amadís perdió un guardabrazo y Galpano recibió un golpe en el hombro que le hizo perder parte de la gorguera y el plaquín que protegía el espaldar.

Los yelmos se veían abollados y rotos mientras se iban clavando en las cabezas protegidas por las cofias, tintas de sangre.

Amadís soltó un fendiente sobre la cabeza de Galpano, que a duras penas pudo cubrirse con el escudo que saltó hecho añicos; la espada se dobló pero golpeó de plano en la cabeza del violador, que trastabilló con el rostro ensangrentado. Se tiró fuera del campo para limpiarse los ojos de sangre, pero Amadís le persiguió diciéndole:

–¿Qué pasa, Galpano, no te acuerdas de que luchas por tu cabeza y si la guardas mal la perderás?

Galpano dijo entre dientes:

–Espera un poco y descansemos, que tenemos tiempo de sobra para matarnos.

A lo que respondió el Doncel:

–Eso sería en otras circunstancias. Yo no combato contigo por cortesía, sino por cobrar la honra de aquella doncella que forzaste.

Y de nuevo le acometió con un golpe en el rostro que le destrozó la visera, la barbera y la gola, dejando al descubierto las facciones desencajadas y ensangrentadas de Galpano que, ya sin fuerzas ni defensas, pues ni escudo ni armadura le protegían, comenzó a huir de Amadís dando vueltas por la palestra, mientras este le perseguía sin descanso. Finalmente, Galpano quiso escapar a la torre donde estaban sus hombres, pero el Doncel del Mar le alcanzó en las escaleras y, agarrándole del cubrenuca, le arrancó lo que quedaba del yelmo y tiró de él tan fuerte que Galpano cayó de espaldas y el morrión quedó en manos de Amadís, que le dio tal golpe en el cuello que le cortó la cabeza a cercén separándola del cuerpo.

A continuación el doncel se volvió a la doncella y le dijo:

–Desde hoy podéis tener amigo si quisiereis, que este ante quien jurasteis poco os puede reclamar.

–A Dios y a vos doy las gracias, caballero, de que lo matarais –dijo ella.

Después Amadís cogió el caballo de Galpano y penosamente subió a él.

–Vámonos de aquí –dijo con un gesto de dolor.

La doncella, que tenía alma vengativa, cogió entonces la cabeza de Galpano y la metió en un cesto. Amadís con un gesto de asco le dijo:

–Doncella, no llevéis con vos esa carroña, pues pronto se descompondrá y olerá. Llevaos el yelmo, eso será suficiente.

La doncella a regañadientes convino en ello y luego salieron del castillo.

Una media legua más adelante le dijo al Doncel:

–Valiente caballero, decidme vuestro nombre.

A lo que se negó Amadís, pero la Doncella era terca y le buscó las vueltas al caballero:

–Señor, ¿para qué sirven las hazañas si no para conseguir gloria? La muerte del soberbio Galpano quedará anónima si el mundo no sabe de su autor y no podré decir quién me devolvió la honra.

Ya vio el buen Amadís que la doncella era de las que consiguen siempre sus propósitos y locura era mantenerse en la humildad. Así que entre dientes y de mala gana dijo:

–A mí me llaman el Doncel del Mar.

La doncella se despidió muy contenta sabiendo el nombre del caballero. Al poco rato las heridas de Amadís se abrieron y chorreaba tanta sangre que las ancas de su caballo se tiñeron de rojo y el camino se tintó en esmeralda. Era inútil dolerse, pues estaban solos, y apretando los dientes llegaron a la hora en la que el sol se va y los romanos llamaron de las vísperas, pues la noche estaba cercana. Para su suerte encontraron una pequeña fortaleza y ante ella un caballero desarmado, que llegándose a ellos preguntó:

–Señor, ¿de dónde venís tan herido?

–De un castillo que dejamos atrás –respondió Amadís casi sin aliento.

–Ese caballo es conocido…

–Al mío me lo mataron y tuve que coger este…

–¿Y su dueño?

–Perdió la cabeza.

Entonces el caballero intentó besar los pies de Amadís, gesto que no admitió el joven, que estaba para pocas dignidades, pero el otro insistió hasta besarle la falda de la armadura en señal de agradecimiento y respeto.

–Gracias, señor –dijo el castellano entre lágrimas–, pues por vos he recobrado mi honra.

–Señor caballero –suplicó el Doncel–, ¿sabéis donde puedo curar estas heridas?

–Aquí en mi casa –dijo el caballero–, que mis físicos y una doncella mi prima os sanarán.

Descabalgaron y entraron en la torre y, tras aposentar en un buen lecho a Amadís, dijo el castellano:

–Ese malsín Galpano, a quien habéis dado muerte para vuestra honra, me ha tenido escarnecido año y medio con la prohibición de tomar mis armas y perdido honor y nombre, pues me hizo jurar que sólo sería llamado «su vencido»; ahora de nuevo soy honrado, por vos. Mi persona y mi casa son vuestras.

Y un médico muy diestro, tras coserle los tajos recibidos, dijo que quedaría sano si excusase y olvidase por unos días el oficio de las armas. Y el dolorido Amadís tuvo que admitir que tal consejo seguiría.

7

Noticias del Doncel del Mar

A los pocos días de la partida de Amadís de la corte del rey Languines comenzaron a llegar extrañas noticias sobre un caballero desconocido y encubierto. Primero fueron unos rústicos hablando de grandes combates, después escuderos que habían oído maravillas de un caballero novel, del que nadie sabía su procedencia.

Tal agitación producían estas nuevas un tanto confusas que llegaron hasta el rey que se maravilló mucho, preguntándose quién sería el caballero que tales prodigios hacía. Estas hablillas coincidieron con la llegada de la Doncella de Dinamarca, acompañada del escudero al que el rey preguntó por las señas del caballero:

–Señor mi rey –dijo el escudero–, él es muy joven y tan hermoso que se maravilla quien lo ve, e hizo tanto en negocio de armas en tan poco tiempo que no dudo que se será pronto el mejor caballero del mundo.

Y contó el episodio del rey Perión.

–Amigo –preguntó el rey–, ¿sabes su nombre?

–No, señor –respondió el escudero–, que se guarda mucho de decirlo.

Aquel secreto picó más la curiosidad de toda la corte. Finalmente el escudero le dijo a Languines:

–Señor, la doncella lo trató más que yo, tal vez ella lo sepa…

–¿De qué doncella me hablas? –preguntó el rey.

–Es la que viene a servir a la hija del rey Lisuarte.

El rey mandó llamar a la doncella que le contó la historia de la lanza, pero ocultó decir el nombre de Urganda y, apretada por el rey, mintió:

–Yo, señor, poco sé de él, que nunca dijo su nombre.

Y era porque antes quería hablar con la señora Oriana, quien no dudaba que era Amadís el caballero de las hazañas, pero tomó gran agitación al saber que debía abandonar la corte del rey Languines para volver con sus padres y eso sería perder las noticias de quien tanto quería.

Así se pasaron seis días sin nuevas del Doncel, mientras Agrajes preparaba la hueste con la que debía luchar en la guerra de Gaula.

Estando en conversación el rey con su hijo entró una joven y se hincó de hinojos ante ellos diciendo:

–Oídme, señores, oídme un momento.

Entonces metió la mano en un bolsón de arpillera y sacó de él un yelmo con tantos golpes y abolladuras que no tenía lugar sano y se lo entregó a Agrajes diciendo:

–Señores, este yelmo es de la cabeza de Galpano y os lo traigo de parte de un caballero diz que bisoño, tan valiente y digno en el uso de las armas como no hay otro y este yelmo os lo envía de mano de la doncella que aquel malsín deshonró y que recobró su reputación y la vida por aquel valiente.

–¿Qué me dices, mujer? –se asombró Agrajes–, ¿que Galpano ha muerto a manos de ese caballero?

–Cierto es, señor –respondió ella–, como que la noche sucede al día, pues aquel derrotó y mató a sus secuaces, después justó con Galpano en combate singular, le cortó la cabeza y por ser enojosa de traer me dijo que bastaba el yelmo.

–Cierto estoy –reflexionó el rey– que es aquel caballero novel de quien tanto se habla en la corte por estos días…

Y le preguntó a la doncella si sabía su nombre.

–Sí, señor mi rey, sí lo sé, pero le obligué a confesarlo con engaños, pues todavía piensa que no ha hecho méritos y hazañas significantes.

–Por Dios, doncella –apremió el rey–, decídmelo, que me haréis el más feliz de los hombres.

–Sabed, señor –respondió ella bajando los ojos–, que es llamado el Doncel del Mar.

–¡Me lo decía el corazón! –exclamó Agrajes levantando el yelmo–. ¿Dónde lo podré encontrar?

–Él se acuerda mucho de vos, a quien trata de hermano, y os manda decir que lo encontraréis en la guerra de Gaula, si vais a ella...

–¡Qué excelentes nuevas me dais! –dijo Agrajes–. Ahora aún tengo más voluntad de ir y no veo el momento de partir y encontrarlo.

–Es justo que así sea –replicó la doncella–, pues él mucho os ama.

Grande fue la alegría entre toda la corte por estas buenas noticias, pero sobre todo para Oriana, que a duras penas podía encubrir su contento y no perder la compostura. El rey quiso saber por las doncellas cómo Amadís fue investido caballero y ellas se lo contaron todo. Y él, un poco apesadumbrado, dijo:

–Más cortesía halló en vosotras que en mí, pero retardé su nombramiento por su bien, pues la reina y yo lo encontrábamos muy mozo todavía...

8

Gaula en llamas

Pasados diez días desde la partida de Agrajes, llegaron a la corte del rey Languines tres naves procedentes de Dinamarca al mando de Galdar de Rascuil, con intención de llevarse a Oriana a su tierra. Más de cien caballeros y damas componían el séquito que fue cumplimentado y honrado por el rey con fiestas y recepciones.

Galdar de Rascuil le entregó al rey la carta de petición y le rogó que por un tiempo permitiese a la princesa Mabilia acompañar a Oriana a su nuevo destino, pues ambas se querían como hermanas y la reina danesa quería responder con el mismo afecto que Oriana había recibido en la corte de Languines.

El rey y la reina fueron muy contentos viendo feliz a su hija Mabilia entusiasmada con el viaje y durante unos días se celebraron fiestas y se repartieron mercedes a los recién llegados, mientras se aparejaban naves, caballeros, doncellas y regalos que convenían para el viaje.

Oriana, por el contrario, desde que supo que debía abandonar el reino de Languines se vio presa de angustias pensando en las dificultades que hallaría para reencontrarse con su Doncel; a cada instante se acordaba de él y el llanto acudía a sus ojos. En uno de aquellos transportes encontró sus prendas y entre ellas el sobre de cera y con la desesperación por la cuita amorosa lo llevó con tanta fuerza hasta su corazón que se quebró el caparazón, cayendo al suelo la carta que dentro estaba. Muy confusa por el hallazgo leyó su contenido que decía: «Este recién nacido es Amadís, hijo de reyes».

Tal alegría le inundó el corazón que pensó que jamás había sido tan feliz y llamando a la doncella enviada por sus padres le dijo:

–Amiga, quiero compartir contigo un secreto que sólo se lo diría a mi corazón, pero necesito de ti un servicio, pues tú conoces a quien me posee, ese que no has dudado en llamar el mejor caballero del mundo.

–Ya sé de quién me habláis, princesa –dijo sonriendo con malicia la doncella.

–Pues que ya conoces mi secreto, amiga, ve hasta él que estará cercano a Gaula, y entrégale esta carta y dile de mi parte que si antes era bueno, ahora que es hijo de reyes, es mejor. Dile también que mis padres me ordenan volver con ellos y que tras la guerra de Gaula venga a Gran Bretaña a buscarme.

Así se partió la doncella camino de Gaula al tiempo que Oriana, Mabilia, dueñas y doncellas recomendadas a Dios por los reyes subieron a las naves y en pocos días con vientos bonancibles partieron a Gran Bretaña.

El Doncel del Mar estuvo recuperándose de sus heridas durante quince días en el castillo y todavía convaleciente partió con Gandalín camino de Gaula. Era un domingo de abril y entraron en una floresta llena de plantas, pájaros y flores de mil colores, palestra hermosa para el amor. De repente el ámbito le recordó a su amada y comenzó a dolerse así:

–¡Ay, desdichado Doncel del Mar, sin padres y sin bienes! ¿Cómo te has atrevido a poner tu corazón y tu amor en poder de aquella princesa que vale más que todas las mujeres juntas en bondad, hermosura y linaje?

Así iba doliéndose y andaba tan absorto que no veía más allá de las orejas de su caballo cuando de repente en medio de la espesura de la floresta aparecieron dos caballeros que le impedían el paso y que sin duda habían oído su cuita amorosa. Uno de ellos se adelantó y con desprecio le espetó de este modo:

–Caballero, me parece que amáis a vuestra amiga mucho más que a vos mismo despreciándoos y alabándola en exceso. Quiero que me digáis su nombre para amarla yo, pues no valéis para servirla dada la flaqueza de ánimo que mostráis.

–El paso en el que estáis –respondió templado Amadís– os obliga a los que pedís tan descomedidamente, pero jamás sabréis su nombre y además os pido que moderéis vuestro tono, pues no sacaréis nada bueno si mantenéis vuestra soberbia actitud.

–De venir a hombre afán y peligro –dijo el caballero– por una hermosa dama es gloria que debe recibir porque si triunfa gran galardón le espera. Por eso os vuelvo a preguntar su nombre.

–Dios no me ayude si os lo revelo –respondió Amadís un tanto amostazado.

–Pues conmigo estáis en batalla –dijo airado el caballero.

–Más deseo esto que esta inútil charla –fue la respuesta de Amadís.

Y entonces llegó la Doncella de Dinamarca y, poniéndose delante de su caballo, le dijo:

–Doncel, os traigo noticias de vuestro amigo Agrajes, el hijo del rey de Escocia.

Pero ya el caballero impaciente por combatir daba voces exigiendo palestra, por lo que Amadís le pidió mesura y cortesía para un asunto de importancia, a lo que le contestó soberbio y descompuesto, hablando de doncellas y cobardía.

–Masticaréis vuestras palabras –respondió airado Amadís y, volviéndose a la joven, la intimó–. Y vos decidme presto vuestro mensaje, que veis que soy apremiado en cuestión de dignidad. Decidme dónde está Agrajes.

–Está cerca de aquí, esperando embarcar para pasar a Gaula y quiere saber si vais a ir con él.

–Vámonos presto –dijo el Doncel– y guiadme.

A continuación la doncella entró por una vereda y pronto vieron una ribera cubierta de tiendas y los caballeros pululando entre ellas. Cuando ya se encontraban cerca oyeron voces tras ellos que decían:

–Volved, mal caballero, que os exijo me digáis el nombre de vuestra dama.

Amadís volvió la cabeza y vio a los dos caballeros que cargaban contra él. Un poco de mala gana y obligado fue contra ellos. Desde las tiendas lo vieron tan bien montado que todos loaron su figura, jamás se viera caballero tan apuesto sobre silla, pues aunque algunas veces él quería encubrir su identidad su apostura le denunciaba.

Dos caballeros le destrozaron el escudo, pero no llegaron a la armadura y las lanzas se quebraron antes. El Doncel atacó primero al caballero descomedido entrándole tan fuertemente que lo derribó, rompiéndole un brazo y quedando inerte en el suelo. El lanzazo fue tan grande que a todos en el campamento puso espanto y pensaron que el caballero era muerto.

También el impacto sorprendió al Doncel, pero no tuvo tiempo de pensar en ello pues ante el embate del otro caballero tiró la lanza y echó mano a la espada. Amadís optó por una maniobra táctica y, fingiendo retirarse esquivando los golpes, apoyó su espalda en el tronco de una encina y cuando el caballero creyó tenerle acorralado levantó la espada para lanzarle un fendiente de arriba abajo. Amadís le hizo una finta y se dejó ir hacia el lado contrario del que su oponente esperaba, golpeando al aire. El espadazo fue tan grande que casi perdió el equilibrio, quedando su espada clavada en una raíz nudosa y retorcida; momento que aprovechó Amadís para descargar un golpe sobre el yelmo, entrándole la espada hasta el cuero cabelludo, partiendo en dos el morrión, que sonó como una sandía al estallar contra el suelo. Tal fue el impacto que el caballero soltó gritando espada y escudo, llevándose las dos manos a la cabeza, trastabilló como un borracho y cayó al suelo aturdido y ensangrentado.

Amadís dio las armas a Gandalín y se fue con la doncella al campamento. Agrajes, que le había reconocido por su destreza en el uso de las armas, salió a abrazarle dándole la bienvenida. Cuando los otros caballeros le reconocieron se alegraron abrazándole.

Después Agrajes ordenó que asistieran a los caídos que habían quedado en el campo malheridos. Cuando se presentaron ante él, vizmados y cariacontecidos, les espetó:

—¡Por Dios, menguados, gran locura cometisteis entrando en batalla con tal caballero!

–Verdad es –dijo el braciquebrado–, que lo tuve en tan poco que pensé derrotarle sin dificultad al verle tan mozo y novel.

Todos se rieron de él, reconociendo su soberbia y la paciencia del Doncel.

Aquel día descansaron allí entre vino y alegrías del reencuentro y al día siguiente cabalgaron hasta Palingues, que era el puerto donde estaba surta la escuadra de Agrajes.

Embarcaron con buen viento y llegaron a la villa de Gaula que se llama Galfán y desde allí cabalgaron hasta Baladín, el castillo donde se hallaba el rey Perión, que, perdida gran parte de su ejército, se alegró de la llegada de los escoceses. Y la reina Helisena llamó a su lado a Agrajes, que llevó consigo al Doncel del Mar y a otros caballeros.

El rey Perión reconoció al Doncel a quien había investido caballero y le había auxiliado en el castillo del viejo vengativo.

–Amigo –le dijo–, sed bienvenido, con vos en mi campo no dudo que el resultado de esta guerra será nuestra victoria.

–Señor –dijo Amadís–, me encontraréis a vuestro lado en cuantos combates os halléis.

Así hablando llegaron ante la reina y su sobrino Agrajes le besó las manos. El rey entonces dijo:

–Dueña, he aquí el buen caballero del que os hablé, el que me sacó del mayor peligro en el que me vi en mi vida de peligros. A este caballero os digo que le améis por mí como a ningún otro.

Y ella abrazó a al joven Amadís, que lejos de saber que estaba en presencia de su madre, cayó de rodillas ante ella para decir:

–Señora, vuestra hermana me crió, por ella os vengo a servir y deseo que me mandéis como lo haría ella, a quien fui encomendado desde mi temprana edad.

La reina le agradeció su reconocimiento y, viéndole tan hermoso y gentil, se acordó de los hijos que había perdido y se le llenaron los ojos de lágrimas. Sin saberlo estaba llorando por quien tenía delante y no podía reconocerlo.

El Doncel del Mar dijo entonces enternecido:

–Señora, no lloréis, pues pronto recobraréis vuestra alegría con ayuda de Dios, del rey, de vuestro sobrino y de mi espada si en algo vale.

Ella contestó:

–Mi buen amigo, vos sois caballero de mi hermana y quiero teneros en mi guardia personal.

Aunque Agrajes quería tenerlo cerca, tanto porfiaron los reyes que tuvo que ceder.

9

En combate singular

Mientras estos acontecimientos pasaban en el castillo de Perión, sus enemigos se preparaban para el asalto final.

El rey Abiés de Irlanda y su hermanastro Daganel supieron de la llegada de refuerzos al campo de Perión. El rey Abiés dijo:

–Si Perión tiene corazón de lidiar ahora con sus refuerzos nos atacará.

–No lo hará –dijo Daganel soberbio– porque os tiene demasiado respeto.

Galaín, duque de Normandía, un guerrero sagaz, apostilló:

–Yo sé cómo podemos provocarle. Cabalgaremos esta noche Daganel y yo con la mitad de nuestras fuerzas y al alba nos presentaremos ante sus murallas, mientras Abiés se ocultará en el bosque que está más allá de media legua del castillo; así saldrá contra nosotros y, aparentando temor después de un rato combatiendo, fingiremos retirarnos para que nos persiga y entonces saldrán los emboscados y acabarán con Perión y sus aliados.

Al día siguiente, el rey Perión y la reina visitaron a Amadís en sus habitaciones. Cuando se presentó ante ellos, asombrados, vieron que las lágrimas corrían a hilo por su rostro. La reina, discreta, llamó a Gandalín y le preguntó si su señor tenía algún motivo de queja.

El escudero respondió así:

–Señora, aquí él recibe de vos mucha honra, pero es costumbre que llore por la noche, pues se duele de amores por su dama.

La reina, como mujer aguda, sonrió a su esposo con una mirada de complicidad quitando importancia al asunto y en estas armonías estaban cuando oyeron voces que gritaban alarma y tras mirar por las aspilleras vieron que había enemigos frente al castillo y dentro todos gritaron: «¡Armas, armas!». Y el primero que se armó y apareció en la puerta de la fortaleza fue Agrajes, que era de genio vivo y se impacientaba por entrar en combate. El rey mandó abrir la puerta y todos los caballeros salieron.

Los enemigos eran tantos que parecía locura entablar combate en campo abierto. Agrajes y Amadís espolearon sus caballos y todos los caballeros los siguieron hambrientos de gloria.

Daganel y Galaín salieron a su encuentro. Amadís se enfrentó a Galaín y le asestó tal lanzazo que lo derribó a él y a su caballo. Después arrojó la lanza, pues el combate era tan trabado que sólo la maza era arma en el cuerpo a cuerpo. Con ella se lanzó contra sus enemigos como un león sañudo, repartiendo golpes a diestro y siniestro, derribando a unos y matando e hiriendo a cuantos se cruzaban en su camino. Pero tanto penetró en las filas enemigas que su caballo no tuvo espacio para moverse y se encontró cercado de enemigos. Agrajes, que lo vio, se internó entre las líneas enemigas con unos cuantos caballeros, haciendo gran mortandad entre los que rodeaban al Doncel.

El grueso del combate lo llevaba el rey Perión que se enfrentaba a Daganel con lo mejor de su guardia. Ambos ejércitos se mezclaron en el combate. El Doncel del Mar hacía cosas extraordinarias, derribando y matando a cuantos encontraba, destrozando las haces enemigas. Agrajes decía a grandes voces:

–Mirad al mejor caballero de todos los tiempos, y lucha a nuestro lado.

Daganel vio que el Doncel penetraba hacia su posición, deshaciendo sus filas, y quiso herirle el caballo para que cayese entre los suyos y rematarlo en el suelo. Pero no pudo y el Doncel le dio tal golpe en el yelmo que se lo arrancó de la cabeza. El rey Perión, que venía en auxilio de Amadís blandiendo un hacha francisca, se encontró de frente a Daganel y le dio un hachazo en pleno rostro que le destrozó la faz, salpicando de sangre y sesos a cuantos le rodeaban.

El golpe tuvo un efecto desastroso para la tropa invasora, que comenzó a retirarse desordenadamente hacia la floresta. El rey Abiés de Irlanda, que lo vio, entró en combate diciendo a grandes voces:

–¡A ellos! Que no quede hombre con vida, el castillo ha de ser nuestro.

Eran muchos y con armas frescas. El miedo se apoderó de la mesnada de Perión porque estaban cansados y ya no tenían lanzas para frenar la carga de caballería. El rey Abiés era conocido como uno de los mejores caballeros del mundo, vencedor en cien torneos, y muy temido por su crueldad con los vencidos.

El Doncel del Mar dijo entonces:

–¡Juntad nuestras filas, que es hora de luchar por salvar nuestras vidas más que por ganar gloria!

Y tocando un olifante reunió a los suyos que andaban esparcidos por el campo, pero los irlandeses llegaban con gran ímpetu. El rey Abiés no dejó caballero sobre su silla mientras le duró la lanza; luego echó mano a la espada y comenzó a dar golpes con tal bravura que espantaba a las filas enemigas al tiempo que se animaban los suyos. Las falanges de Perión comenzaron a retirarse hacia la fortaleza en desorden.

Amadís vio que la batalla se aparejaba mal para los suyos, pues comenzaban a desordenar las filas y, renovando sus ímpetus, se metió en medio de los irlandeses hiriendo y matando ya caballeros, ya peones. Agrajes y Perión vieron que de nuevo quedaba en peligro y fueron a defenderle, formando los tres una muralla de amparo para los suyos que ya reblaban volviendo la espalda. El rey Abiés, viéndose victorioso, lanzó a los suyos tras los fugitivos tratando de entrar con ellos en el castillo, pero desde dentro lanzaron una nube de flechas que les impidió el avance.

Un caballero de Irlanda le dijo a su rey:

–Ese caballero del caballo blanco está haciendo maravillas y ha matado a muchos de vuestros capitanes. Es el culpable de que no hayamos vencido ya esta batalla.

Lo decía por Amadís, que montaba el hermoso alazán de Galpano. El rey Abiés se fue acercando y le desafió:

–Os culpo de la muerte del caballero que más amaba en el mundo, mi medio hermano Daganel. Quiero combatir con vos.

–Para combatir nosotros no es hora –dijo Amadís–. Vos tenéis mucha gente y descansada y nosotros poca y muy fatigada. Mas si queréis vengar como caballero a ese que decís y mostrar la valentía de que sois loado, escoged a los mejores de vuestro campo y yo haré lo mismo. Así ganaréis más honra que viniendo con mayor ejército e injusta soberbia a tomar lo ajeno sin motivo ni causa alguna.

–Pues decid de cuantos queréis que sea la batalla –respondió picado Abiés, que era varón puntilloso en cuestiones de honra

–Si me dejáis la elección –dijo el Doncel–, os propongo otro combate que tal vez os agrade más. Tenéis gran saña contra mí por la muerte de ese caballero y yo contra vos por vuestra invasión a esta tierra. Y como no hay razón para que se derrame más sangre, sea la batalla entre nosotros dos en combate singular.

El combate quedó concertado para el día siguiente. El día estaba muy avanzado y era preciso reparar las armas y restañar las heridas. Ambos ejércitos estaban muy maltrechos y las gentes necesitaban reposo. El Doncel del Mar entró en el castillo con Agrajes, flanqueando al rey Perión entre una cascada de pétalos de rosa como vencedores. Llevaba la cabeza descubierta y todas las damas decían:

–¡Ay, buen Doncel, Dios te ayude y dé honra para acabar lo que has comenzado! ¡Ay, qué hermosura de caballero!

Cuando amaneció, los caballeros oyeron misa en la capilla de los reyes, después se armó el Doncel con nuevas armas bruñidas y fuertes, y cabalgó en un nuevo caballo. El rey Perión le llevaba el yelmo, Agrajes el escudo y un caballero anciano, decano de los de la corte, la lanza de Urganda. El escudo tenía el campo de oro y sobre él estaban pintados dos leones en actitud de acometerse a mordiscos.

Cuando llegaron a la palestra, vieron que ya Abiés ocupaba su extremo, montado sobre un caballo negro. En su escudo había pintado su mejor y más conocida hazaña: un caballero que mucho se le asemejaba cortaba la cabeza a un gigante. Ambos contendientes tomaron sus armas y salieron al campo, entre exclamaciones de sus amigos y adversarios. Sin esperar orden alguna, se acometieron a galope tendido. Las lanzas chocaron con los escudos y

Abiés salió despedido por aquel golpe que de nuevo sorprendió a Amadís, pero su oponente era un caballero tan hábil que consiguió penetrar con su lanza hasta las carnes del joven, que también trastabilló y cayó al polvo. Pero como ambos eran ligeros y vivos de corazón, echaron mano a las espadas y se acometieron. En el suelo la lucha parecía desigual porque el rey Abiés tenía la talla de un gigante y poseía unos brazos hercúleos. Los golpes eran tan vivos y repetidos que por el ruido parecía que luchaban veinte caballeros. Los nuevos escudos se hacían astillas, los yelmos se abollaban clavándose en las sienes y de las armaduras saltaban chapas de metal desguarneciendo los cuerpos. Las heridas menudeaban tiñendo los aceros y a los ojos de los espectadores era milagro que se sostuvieran en pie. Muchos rezaban, pues era lástima que muriera uno de tan buenos caballeros. Así continuaron hasta mediodía sin mostrar flaqueza ni cobardía, pero el sol iba calentando los metales y les iba poniendo en ellos cansancio y en sus manos la temida y pesada fatiga. El rey Abiés, tomando aire, se apartó un paso y le dijo a su oponente:

–Enderecemos nuestros yelmos y dejemos el combate para después, que tiempo hay para entrematarnos, que aunque te odio por la muerte de Daganel, te respeto más que a ningún caballero con quien he combatido hasta hoy. Pero eso no te salvará, porque me pone en vergüenza ante los míos que este combate dure tanto.

–¿Eso te da vergüenza, rey Abiés? –dijo con indignación el Doncel–, ¿y no el venir hasta aquí cargado de soberbia a hacer el mal, dejando tinta la tierra de sangre y tantas casas sobradas del dolor de viudas y huérfanos? Mira que los hombres y más los reyes no han de hacer lo que quieran, sino lo que deban, pues a la larga el daño que quieran hacer a los demás puede caer sobre ellos hasta hacerles perder la vida. Y así como ahora quieres descansar, así lo hubieran querido otros a los que con tu soberbia has llevado a la muerte. No, no habrá descanso para ti.

–Tus palabras de predicador te costarán la cabeza –exclamó, rabioso, el rey.

Se acometieron con más saña que antes y combatieron como si comenzase la lucha. El rey Abiés, más cansado pero muy diestro y veterano en el manejo de las armas, combatía con mucho talento, adelantándose a los golpes de Amadís para atajarlos con facilidad e hiriendo donde más podía dañar. Pero la agilidad, la rapidez y la variedad de golpes del joven le desconcertaban y poco a poco iba perdiendo terreno. El Doncel acabó por destrozarle el escudo y los golpes le llagaban las carnes. Estaba herido en muchas partes de su cuerpo y la espada se le revolvía en sus manos ensangrentadas cada vez más débiles. Sentía que le abandonaban sus fuerzas y pensó en una solución desesperada. Se fue batiendo en retirada hasta su caballería, tras la que buscó un aliento de descanso y su temible maza, la sujetó con ambas manos y fio su defensa en su golpe definitivo sobre la cabeza de Amadís, pero fue muy lento en sus movimientos y el Doncel tuvo tiempo de ladearse y el hierro acicalado se hundió en el suelo con estrépito. Sin darle tiempo a recuperar el equilibrio, Amadís le dio un terrible tajo en la pierna a la altura de los tendones de la rodilla, cortándoselos. El rey dio un gran aullido de dolor y quedó tendido en el suelo envuelto en sangre; el Doncel se abalanzó sobre él, gritando para que lo oyera todo el mundo:

–¡Muerto sois, rey Abiés, si no os dais por vencido!

–¡Muerto soy, pero no vencido, pues no me vences tú, sino mi soberbia! Te ruego que permitas a mis caballeros que lleven este cuerpo herido a mi reino. Yo perdono a todos mis enemigos y mando que se devuelva al rey Perión las tierras que le usurpé. Y ahora quiero que llamen a un confesor.

El Doncel del Mar sintió gran piedad. El rey recibió los sacramentos y después expiró en paz. Sus vasallos organizaron un gran cortejo fúnebre, mientras el rey Perión y los suyos celebraron la victoria.

Llegados a la corte entre vítores y alborozos, en un aparte se acercó al Doncel la doncella Aguasclaras, enviada por Oriana con un mensaje.

–Os felicito, caballero, he llegado al comienzo del combate y he podido contemplar vuestro arrojo.

–¿Qué queréis de mí? –preguntó con alteración Amadís, a quien la presencia de aquella doncella le llevaba a recordar a su dama y caer en los transportes conocidos.

–Oriana, mi ama y vuestra amiga, me envía para que os entregue esta carta en la que está escrito vuestro nombre verdadero.

La misiva venía envuelta en un paño de fino terciopelo perfumado. Cuando Amadís besó el paño, el perfume de su dama le penetró por todos los átomos de su cuerpo, alterando su ánimo mucho más que el largo combate mantenido con el rey Abiés.

Se le cayó la carta y su escudero Gandalín, que ya sabía de estos desórdenes, se apresuró a sujetar a su amo, que perdía los sentidos. La doncella recogió la carta del suelo y, maravillándose una vez más de la turbación caballeresca, dijo un tanto airada:

–¿Qué es esto, señor, así recibís el mandado de quien tanto os ama y me hace pasar tantos afanes para buscaros?

–Amiga –acertó a murmurar el Doncel–, ante el recuerdo de mi señora Oriana pierdo mi ser...

–Señor, no es necesario que vayáis con disimulo o secreto en asunto de amores, pues ella os ama tanto que no se podría contar. Sabed que ya está en casa de sus padres y os manda a decir que cuando termine esta guerra sin dilación vayáis a verla. Aun os dice más en esta carta, y es que sois hijo de reyes y que ella mucho se alegra de esto. Finalmente, os recomienda que, pues ya que no conocéis vuestro linaje, trabajéis para ser mejor todavía de lo que lo sois ahora.

Le devolvió la carta y continuó:

–Ahí está escrito vuestro verdadero nombre.

El Doncel leyó la breve carta y supo que Amadís era su verdadero nombre.

Después Amadís se reunió con el rey y su gente y entró en la sala del trono donde todos decían:

–Bienvenido sea el caballero por quien hemos cobrado honra y fama.

Después pasaron a las habitaciones de la reina que esperaba con todas sus doncellas y dueñas. La misma reina desarmó al Doncel en prueba de máximos honores. Más tarde, con el ánimo más sosegado, llegaron los médicos y revisaron sus heridas que, aunque muchas, ninguna era de grandes cuidados.

Así descansaron unos días y el doncel pudo hablar largo y tendido con la doncella dinamarquesa de Oriana y de sus proyectos.

Un día, paseando por el palacio real, Amadís se encontró con Melicia, la hija pequeña del rey, que estaba llorando con gran desconsuelo. Amadís le preguntó el motivo y ella se lo dijo:

–Caballero, he perdido un anillo que me había dejado mi padre.

–No lloréis, infantina –le dijo Amadís–, yo os daré otro más bello que el que habéis perdido.

Ella lo vio y exclamó:

–Pero, ¡si es el que yo he perdido!

–No lo es, princesita –dijo el joven sonriendo.

–Pues yo no sabría distinguirlos–respondió remirándolo la infanta.

–Mejor así– contestó sonriendo Amadís, que acompañó sus palabras con una carantoña en el rostro de la niña–, pues vuestro padre no os reñirá entonces.

Y al instante se olvidó de la preocupación de la infantina y volvió a sus asuntos.

Cuando el rey se despertó le pidió a la infanta el anillo y ella le entregó el de Amadís. Se lo puso en el dedo distraídamente, pero al calzarse sus pantuflas encontró el otro junto a la pata de su cama y, comparándolos, vio que era el que la reina había perdido hacía tantos años y con voz muy seria le preguntó a la niña:

–Melicia, ¿quién te ha dado este anillo?

Ella, muy azorada, sin atreverse a mirar a los ojos de su padre, le contestó entre pucheros:

–Señor, mi padre, yo perdí el vuestro no sé dónde, después pasó por el salón el Doncel del Mar y al verme llorar me dio el que tenía y yo pensé que era el que había extraviado.

Por un momento el rey tuvo un ataque de celos: la hermosura y bondad del Doncel, la pena de la reina por la pérdida de sus hijos, la confusión de sentimientos, todo se revolvió en la mente de Perión, que tomando la espada se presentó en el costurero de la reina.

–¡Señoras, dejad un momento vuestros estrados! –dijo con tono de irritación a las damas que con ella cosían, y una vez que se retiraron dijo a su esposa con una mirada que le heló el alma–. Señora mía, durante años me habéis dicho que perdisteis el anillo que os di en Bretaña y ahora el Doncel del Mar se lo ha dado a Melicia. Decidme por qué lo tenía él y si me mentís, os cortaré la cabeza.

La reina, que jamás había visto a su esposo tan airado, sintió pavor y cayó de rodillas sollozando:

–¡Ay, señor, por Dios, merced y piedad, no sospechéis mal de mí, que me ha llegado la hora de confesar lo que tantos años he negado!

Y allí le contó su preñez, su parto y cómo echó a su hijo al mar en aquel arca donde iban su espada y su anillo.

–¡Por Santa María! –suspiró el rey–. ¡Dueña, este es nuestro hijo!

La reina lloraba tanto que no podía ni hablar.

–Vayamos a buscar al Doncel –y ambos fueron a su cámara y lo encontraron durmiendo plácidamente. La reina lloraba porque el rey había dudado de ella, pero también porque si el Doncel no era su hijo se moriría allí mismo de desesperación. Recordó cómo el corazón se le había violentado cuando vio por primera vez al Doncel y ahora estaba medio muerta de esperanza.

Pero algo llamó la atención del rey y fue ver que en la cabecera de la cama estaba, mellada, embotada y rota, su espada, la heroica, aquella con la que había dado tantos y tan buenos golpes. Y poniendo una mano sobre el hombro de la reina dijo:

–Señora. Creo que hemos encontrado a nuestro hijo.

–Señor, despertémosle –dijo la reina– o mi corazón se romperá en un minuto.

Y sin esperar la respuesta del rey, que se retiró tras una cortina, se puso a zarandear al joven que se despertó sobresaltado y, al verla llorar tan reciamente, dijo:

–Señora, ¿qué tenéis? Si yo os puedo remediar en algo, mandádmelo que yo os he de servir hasta la muerte.

–Decidme, Doncel –preguntó la reina con hilo de voz–, ¿de quién sois hijo?

–Yo, señora, no lo sé, que me encontraron en el mar y de ahí mi apodo.

El rey, saliendo de tras la cortina, dijo con voz recia:

–Hijo, he aquí a tus padres.

La reina cayó turbada a los pies de la cama y entre lágrimas le dijo:

–Yo como mala madre te eché al mar y aquí ves al padre que te engendró.

Entonces el joven se hincó de hinojos y les beso a ambos las manos con muchas lágrimas de placer, dando gracias a Dios por haber conseguido tanta honra y buenaventura con tales padres.

Entonces la reina le preguntó:

–Hijo, ¿sabes si tienes otro nombre que el de Doncel del Mar?

–Señora, después de la batalla la Doncella de Dinamarca me dio una carta que llevaba envuelta en cera cuando fui arrojado al mar y en ella dice que mi nombre es Amadís.

Entonces metió su mano en un falsopecto y se la dio, antes de leerla la reina reconoció al instante la letra de Darioleta y dijo:

–De aquí en adelante llamaos con ese nombre.

Y desde entonces fue llamado Amadís por todos y pronto unió su nombre al de su patria, Gaula.

10

Hacia Gran Bretaña

Terminaron los festejos de la victoria y los caballeros comenzaron su marcha de la corte en procura de nuevas aventuras individuales. También Aguasclaras, la doncella dinamarquesa, se marchaba cumplida su misión y volvía a servir a su señora Oriana. Antes de partir se acercó a Amadís y le dijo:

–Señor, me voy con estas buenas nuevas para mi señora y vos quedad con vuestras aventuras para conseguir más honra y gloria, pero no olvidéis que ella os espera.

Oídas estas palabras al caballero se le anegaron los ojos y comenzó a llorar a hilo rostro abajo.

–Amiga –dijo Amadís–, yo os encomiendo a Dios en vuestro viaje y decidle a vuestra señora que pronto estaré con ella para le servir.

Después Amadís se despidió de Agrajes, diciéndole que su camino era la corte del rey Lisuarte donde la caballería se mantenía con mayor alteza que en ningún otro reino.

Los reyes acompañaron a los caballeros hasta los límites de su reino y a la vuelta se encontraron con una doncella que, tomando al caballo del rey por el freno, díjole:

–Acuérdate, rey, de lo que te dije: que cuando recobrases tu pérdida, perdería Irlanda su señorío y su flor. Mira ahora si te decía verdad, que has recobrado a tu hijo Amadís y muertos son Abiés y todos sus caballeros. Y esto te lo envía a decir mi señora Urganda.

Amadís se adelantó entonces y dijo:

–Doncella, decid a vuestra señora que besa sus manos el caballero a quien entregó la lanza que ella sabe y que ahora veo que es verdad lo que me dijo que con ella libraría la casa de donde primero salí, pues libré el reino de mis padres que en punto de derrota estaba.

El rey Perión convocó cortes para que todos conociesen a su heredero y en su honor se repitieron fiestas, alegrías y juegos, pues los reyes en su persona y herencia esperaban vivir el resto de sus día con honra y descanso. También conoció Amadís el rapto de su hermano don Galaor y juró que lo recobraría por la fuerza de sus armas. Terminadas las cortes, Amadís manifestó su determinación de partir hacia la Gran Bretaña y para ello, aunque no tenía necesidad, pidió licencia a sus padres. Mucho le porfiaron los reyes para que se quedase mayor tiempo con ellos, pero no había en el mundo fuerza que pudiese separarle de su señora Oriana, pues ella en verdad era la única dueña de su corazón.

Después de muchas despedidas y con la única compañía de Gandalín partió hasta el mar y, embarcando en una fusta, pasó a la Gran Bretaña, al puerto de Bristoya y allí supo que el rey Lisuarte descansaba en una villa llamada Vindilisora con gran boato y acompañado de mil caballeros y de todos los reyes de la vecinas islas que le obedecían. Hacia allí partió Amadís y al poco tiempo se encontró con una doncella que le preguntó:

–¿Venís de Bristoya, señor?

–Sí –respondió él.

–¿Podéis decirme si hay alguna nave que pueda llevarme a Gaula?

–Yo vengo de allí. ¿Y vos a qué vais, doncella?

–Busco a un joven y buen caballero llamado Amadís que hace poco conoció a sus padres.

Él se asombró de aquel saber y se lo demandó.

–Lo sé –respondió la doncella– por aquella que todo lo sabe y que bien conocía su linaje antes que él y sus padres. Hablo de Urganda la Desconocida, y necesita a Amadís por encima de todas las cosas.

–Pues sabed, doncella, que yo soy quien demandáis.

–¿Vos sois al que yo busco? –se asombró la doncella.

–Yo soy –afirmó el joven caballero.

–Pues seguidme, que os llevaré ante mi señora.

Amadís recordó en un relámpago los ojos de su dama y sintió que le arrancaban el corazón, pero dejó su camino y siguió a la doncella.

11

La investidura de don Galaor y sus primeras aventuras

Pasó el tiempo y Galaor ya tenía dieciocho años y se había convertido, acostumbrado a fatigar florestas y bosques en hábito de cazador, en un varón robusto y resuelto. Leía a todas horas los libros de caballería que le daba aquel hombre santo y soñaba con ser algún día como uno de aquellos héroes con los que fantaseaba. Vista su inclinación, el eremita le dijo con lágrimas en los ojos:

–Hijo mío, mejor sería que tomaseis un camino más seguro para vuestra alma que las armas con las que andáis embebido.

–Padre, si Dios me da su ventura seré caballero a su servicio.

Cuando el gigante supo el deseo y la vocación inquebrantable de Galaor acudió a verle y lo encontró mucho más hecho de lo que podía esperarse para sus años. Así que le dijo:

–Sé que quieres ser caballero. Yo te ayudaré para que lo seas.

Aquella noche lo llevó a su castillo, le preparó las armas adecuadas y le puso dos esgrimidores para que lo ejercitasen. Pasó más de un año y, vistos sus progresos, el gigante le preguntó quién quería que fuese su padrino de armas.

–Sé que nadie excede en virtud al rey Lisuarte –contestó Galaor.

El gigante lo condujo hasta la corte y al quinto día llegaron al castillo de Bradoíd. Se levantaba en la meseta de una peña, cercada de un lado por un río y del otro por un pantano sombrío y fangoso. De la parte del agua no se podía entrar más que en barca y sobre la otra iba una ancha calzada de madera sobre el tremedal, que al llegar al castillo se estrechaba en un puente levadizo que se tendía al arbitrio del castellano. La entrada estaba flanqueada por dos altos olmos.

Galaor y el gigante se acercaron al puente cuando vieron avanzar por la calzada, sobre un caballo blanco de gran alzada, a un caballero en cuyo escudo se dibujaban dos leones rampantes. El puente estaba levantado y el caballero dio voces a los del castillo para que le franqueasen la entrada. Bajaron el puente y ocuparon la puerta dos caballeros y no menos de diez peones. Uno de los caballeros preguntó al recién llegado qué quería.

–Vengo cansado y quiero hablar con el castellano. Dejadme el paso franco –dijo el de los leones un tanto irritado.

–El derecho de entrada se gana en combate –dijo uno de los peones.

–Sea –dijo el caballero.

Sin previo aviso se abrieron las filas y uno de los caballeros salió a galope tendido con la lanza baja contra el de los leones. Este lo recibió firme sobre las patas traseras de su alto caballo. Cuando el castellano quiso llegar con su lanza al escudo de su contrario, este ya lo había desmontado con un extraño movimiento de su lanza que pareció adelantarse más allá de su brazo para asombro de todos. Se volvió entonces contra el otro. Ambos caballos chocaron reciamente, pero el del castillo recibió un lanzazo tan fuerte que cayó con su caballo al agua, muriendo ahogados el bruto y el caballero.

Otros tres caballeros se lanzaron contra él, con golpes tan recios que hicieron arrodillarse al caballo y casi lo derribaron. En el esfuerzo quebraron sus lanzas, pero el de los leones clavó su lanza milagrosa en los costados de uno, atravesándole de parte a parte como si la armadura fuera de papel. Dejó la lanza en el cuerpo exánime y echó mano a su espada dando largos molinetes, hasta que encontró el brazo derecho de uno de sus contrarios que, cortado a cercén por el codo, cayó a tierra con un gran chorro de sangre. El tercero huyó puertas adentro, diciendo a grandes voces:

–¡Alarma todos, que matan a vuestro señor!

Cuando el caballero de los leones supo que el huido era el señor del castillo intentó perseguirlo. Tomó una maza que llevaba en el arzón y se internó en el patio de armas. Boleó la cadena y descargó un mazazo sobre el yelmo que casi derribó al castellano tras alcanzarle de lleno. A duras penas se agarró al cuello de su montura para no caer, pero quedó tan inerme ante el de los leones que no tuvo más remedio que rendirse.

Galaor, que lo había visto todo, dijo al gigante:

–Olvidaos de Lisuarte. Quiero que este me haga caballero. Si el rey es afamado por sus virtudes, nadie hay más esforzado que el de los leones.

Y acercándose le saludó diciéndole:

–Señor, os pido un don.

Él, que vio al joven más hermoso que jamás viera, poniéndole la mano en el hombro dijo:

–Mozo, si es justo, os lo concedo.

–Pues os ruego que por cortesía me hagáis caballero sin más tardar y excusaré pedírselo al rey Lisuarte.

–Mozo –dijo el de los leones al oír el nombre del rey–, no te equivoques al cambiar al mejor rey del mundo por un pobre caballero errante como yo.

De repente se apareció Urganda saliendo de la nada y, apartándose con el caballero de los leones, le preguntó:

–Señor, ¿qué os parece este doncel?

–Me parece el más gallardo mozo que jamás vi, pero me pide un don que no nos beneficia ni a él ni a mí.

–Pues yo os digo que se lo concedáis –respondió Urganda sin ni siquiera oírlo–, pues la orden de caballería se verá mejorada con su inclusión, pues será el mejor de los caballeros errantes y sólo uno será mejor que él.

–Pues si vos lo decís, sea. Vamos a una iglesia a preparar la vigilia.

–No es necesario –dijo Galaor–, que ya he oído misa.

–Eso basta –dijo el de los leones.

Y poniéndole la espuela diestra, le besó en la mejilla diciendo:

–Ahora sois caballero, tomad la espada que más os agrade.

–Dadme una vos, que de ningún otro la tomaré más a gusto.

Y Amadís le pidió a su escudero una de las que llevaba en su equipaje, pero se interpuso Urganda para decir:

–Os daré la que está colgada de aquel árbol, que es mejor que cualquier otra forjada por hombre.

Todos miraron al árbol, pero no vieron nada. Ella comenzó a reírse de buena gana y dijo:

–Por Dios, hace diez años que está ahí y nadie la ha visto nunca, pero desde hoy la verán todos.

Y volvieron todos a mirar al árbol y vieron la espada colgada de una rama, tan hermosa y recién forjada como no vieron nunca, y la protegía una funda ricamente bordada en seda y oro. El de los leones levantó la mano, la tomó blandiéndola con sabiduría y finalmente se la ciñó diciendo:

–Tan hermosa espada conviene a tan gallardo caballero.

Y Galaor le respondió:

–Señor, mi primera misión me espera. Mucho me gustaría volver a encontraros, decidme donde os podré encontrar.

–En la corte del rey Lisuarte, pues yo también soy su caballero desde hace poco tiempo y para aquella casa tengo que ganar alguna honra, como vos.

Galaor, volviéndose a Urganda, le dijo:

–Doncella y señora, mucho os agradezco esta espada, desde hoy seré vuestro caballero.

Y se despidió de ellos para reunirse con el gigante, que estaba escondido en la ribera de un río, pero Urganda le paró antes y le dijo que el caballero de los leones era Amadís de Gaula, hijo del rey Perión, su hermano, y al que jamás debería enfrentarse fuese cual fuese la circunstancia o el paso, por honroso que fuera.

Al mismo tiempo la maga Urganda en una revuelta del camino salteaba al caballero de los leones para decirle:

–Buen caballero Amadís, debéis saber a quién habéis investido caballero para que nunca os enfrentéis a él.

–Decidme pues.

–Sabed que es hijo de vuestros padres y es el que fue robado por un gigante siendo niño de dos años y medio y ya veis qué grande y gallardo es. Yo para vos la lanza guardé y para él la espada, y desde aquí os digo que hará con ella maravillas tales que jamás se vieron en la Gran Bretaña.

A Amadís, que era de natural sentimental, se le llenaron los ojos de agua y de placer y dijo:

–Señora, decidme donde podría encontrarlo.

–No es tiempo de que lo hagáis, que las cosas están ordenadas antes de que podáis decidirlo. Y ahora marchad de nuevo a Vindilisora donde se encuentran el rey Lisuarte y Oriana.

Amadís enrojeció bajo el casco y saludó a la maga con una breve reverencia.

Galaor buscó al gigante que había visto todo y le dijo:

–Padre, ya soy caballero, gracias a Dios y al buen caballero que me nombró.

–Ahora que lo eres, yo debo pedirte un don.

–Si es por ser caballero, seguro que ganaré honra. Lo otorgo.

–Hijo, el más ennoblecido de mi estirpe, sabed que el gigante Albadán mató a traición a mi padre y nos usurpó la peña Galtares, que por herencia debía ser mía. Nadie mejor que vos para restituírmela: hacedlo, ese es el don que os demando.

–Nada en el mundo me complacería más que satisfacer a mi padre y, si salgo vivo de esa aventura, haré cuantas cosas sean en vuestra honra para pagar la deuda que tengo con vos.

En pocas jornadas se presentaron ante la peña Galtares y Galaor se apartó del gigante para observar sus defensas. A dos leguas de la peña, pasó la noche en casa de un ermitaño, con el que se confesó. Cuando le contó su propósito, el ermitaño le dijo espantado:

–Hermoso joven, ¿quién os quiere poner en tal locura? ¿Ni diez caballeros juntos se han atrevido y vos queréis perder el cuerpo y el alma siendo tan joven? Los que de ese modo se exponen en la muerte, pudiéndola excusar, ellos mismos se matan como suicidas.

Tras una larga e inútil discusión, el hombre santo, al ver que no había razones capaces de hacerle desistir, llorando lo encomendó a Dios. Al amanecer, oída misa, Galaor se armó de punta en blanco y se dirigió a la peña. En medio del camino se le apareció una doncella que le suplicó permitiera su compañía, pues su ama la enviaba con una prenda que debía llevar en el combate. Era un cendal de gasa etérea y dorada. Galaor preguntó el nombre de la dama, pero la doncella se negó a proporcionárselo. Aun así Galaor se anudó la venda a su brazo derecho, gesto que satisfizo a la doncella. A galope tendido se acercó el caballero a la peña. Era muy alta y con fuertes torres que hacían más hermoso el castillo. Galaor halló cerrada la puerta y llamó a grandes voces.

–Castellanos, decid a Aldabán que aquí hay un caballero de Gandalac para combatir con él. Y por aquí no saldrá ni entrará nadie hasta que salga.

Unos cuantos peones se burlaron de él desde el adarve.

–Mozo, haznos caso y márchate rápido bajo las faldas de tu madre o perderás la cabeza.

Interrumpiendo las burlas, salió el gigante en su caballo. Parecía tan descomunal que no había hombre que osara mirarle. Era un monte de acero. Se cubría con un yelmo cubierto de plumas que aún lo hacía más monstruoso y se armaba con una maza de cadenas que llaman mangual.

El mismo Galaor se quedó petrificado con aquella visión y sintió un escalofrío, pero como era de corazón poderoso y ánimo esforzado se afirmó sobre sus estribos y se dirigió al jayán que le dijo:

–Desgraciado caballero, nada se te ha perdido aquí. ¿Cómo osas venir a tu muerte? Porque no volverá a verte quien te envió aquí. Mi maza acabará contigo como se aplasta a un gusano.

Galaor sintió que la rabia le calentaba el rostro y le contestó con saña:

–Te venceré con los que traigo en mi ayuda, que son Dios y la razón.

El gigante se lanzó contra él y pareció que avanzaba una torre de aceros. Galaor se lanzó contra él con la lanza baja y a galope tendido. La lanza le atravesó el escudo y le entró al jayán por el pecho haciéndole perder un estribo, mientras la madera se rompía. El gigante hizo girar la maza por encima de su cabeza y descargó un golpe tan fuerte que si Galaor no se hubiera ladeado a tiempo su cabeza se hubiera convertido en pulpa sanguinolenta, pero el golpe sólo le alcanzó en el brocal del escudo, quebrando todas las abrazaderas y tirantes de cuero que lo sujetaban al brazo. El golpe fue tan violento que, al no encontrar el cuerpo de Galaor, el brazo del gigante no pudo sostener la maza y esta fue a caer sobre la cabeza de su propio caballo, que se derrumbó, arrastrando a su jinete. Galaor se lanzó sobre él como un rayo, pero su caballo tropezó con el del gigante y también cayó. Ambos se levantaron rápidamente, el gigante con su maza y Galaor con la espada de Urganda.

Pero el joven caballero fue mucho más ágil y lanzó un tajo a su oponente que paró con su maza, pero quedó esta cortada en dos y en manos del gigante sólo el palo desmochado de sus bolas. Con esa vara le dio tal golpe a Galaor en el yelmo que le hizo doblar las rodillas, hundiéndole el casco en las sienes. Pero como era ligero y de corazón vivo, se levantó en seguida y, desviándose del gigante, le dio un tajo en el hombro, haciendo saltar por los aires docenas de láminas de acero de su armadura y al instante el hombro comenzó a sangrar como una fuente; luego descargó otro golpe en los tendones de la rodilla, subiendo el tajo por los quijotes que protegen los muslos, llegando el filo hasta el fémur, y el gigante cayó sentado entre aullidos de dolor. Finalmente, con un esfuerzo titánico, pretendió abrazarse a Galaor, que le esquivó con facilidad mientras le tiraba otro tajo al pecho; el jayán, desesperado, se cubrió con las manos y la espada le seccionó todos los dedos de su mano derecha. El gigante se desplomó y Galaor le cortó la cabeza limpiamente.

Galaor puso en libertad a diez caballeros que estaban atados a una cadena y les encomendó que entregasen el castillo al gigante Gandalac, que llegaría en breve. La doncella había presenciado el combate y se mostraba exultante. Galaor volvió a demandarle el nombre de su señora, pues no en vano había luchado por ella, ya que llevaba al brazo su cendal en el combate.

–Seguidme y os la mostraré de aquí a cinco días –fue la respuesta de la doncella.

Se pusieron en marcha. A la entrada de la floresta Brananda había un cruce de caminos. La doncella iba delante cantando y cogiendo flores y Galaor, distraído, sin advertirlo, dejó ir a su caballo y se internó por otra senda. Pronto oyó voces que pedían socorro. Galaor se puso el yelmo, embrazó su escudo y cabalgó hacia ellas. Vio a un enano y a cinco peones que estaban escarneciendo a la doncella con intención de violarla. El enano, divertido y confiado, armado con un palo, golpeaba a la doncella entre las risotadas de los suyos.

Galaor tomó la lanza con la izquierda y con la derecha le arrebató el palo al enano y le pegó tal golpe que dio con él en tierra dejándole sin sentido. Con la lanza golpeó en la cabeza a uno de los peones y persiguió a los otros, que huyeron por unas matas muy espesas. Cuando volvió, se encontró con el enano que huía azotando a su rocín y le insultaba a gritos desde una apreciable distancia:

–Mal caballero, esta me la pagarás.

Prosiguieron su camino y llegaron a un río profundo que había que vadear en una barca. La doncella pasó la primera y mientras Galaor esperaba con su caballo apareció el enano acompañado de tres caballeros.

–Ahora, don traidor, vais a morir y la doncella será mía.

Galaor vio venir a los tres, pero de repente uno de ellos dijo:

–Esto va contra las reglas de la caballería. ¿Vamos a luchar tres contra uno? Yo seré el primero y sin ayuda.

Y atacó con valor y a galope tendido. Galaor fue también contra él y chocaron sus lanzas. El caballero del enano le atravesó escudo, arnés y cota de malla, llegando hasta la tetilla, que rasgó, aunque no fue herida seria. Galaor en cambio le dio un golpe tan grande que salió volando de la silla para asombro de todos, hasta del mismo Galaor, que ignoraba la fuerza de su brazo. Los otros quedaron maravillados y atacaron a la vez, pero eran poco diestros y el uno falló el golpe y el otro apenas tocó el escudo de Galaor, que viéndolos tan torpes los golpeó con poca saña. Al primero le dio un lanzazo en el yelmo que le hizo perder los estribos y salió huyendo del campo. El otro, que tuvo tiempo de prepararse, atacó a traición y dio un buen lanzazo a Galaor, que perdió el escudo, buena parte del peto y quedó desarmado, pues la lanza se le enganchó en unos matorrales. Ambos echaron mano a sus espadas y se acometieron con saña.

El enano decía a grandes voces a sus peones, que llegaban a la carrera:

–¡Matadle el caballo y será victoria segura!

Galaor vio mal aparejada la partida y decidió poner toda la carne en el asador. Atacó al que había derribado con un golpe en el yelmo y antes de que se incorporara le descargó un fendiente que le abrió yelmo, cofia, cráneo y sesos hasta llegarle el hierro a la quijada, quedando muerto. El otro, que vio tal destrozo, salió huyendo, arrojando espada y escudo, fiando su salvación en su fusta y sus espuelas. Galaor no quiso perseguirle y se volvió hacia el enano, que huía paticorto y garroso. Con un breve trote Galaor lo capturó y después de azotarle un buen rato lo colgó por una pierna de un fresno.

Finalmente, Galaor se dirigió al primero de los caballeros que con dificultad recobraba el conocimiento. Galaor le preguntó por qué le habían acometido sin motivo y el caballero le respondió:

–Lleváis razón, pero este enano traidor nos dijo que le habíais matado a sus hombres a traición para robarle a la fuerza una doncella que era su sobrina.

Galaor le mostró a la joven que con solicitud le curaba las heridas.

–Veis la doncella. Si yo la forzara no me atendería con atención afectuosa. Viniendo en mi compañía se perdió en la floresta y él con sus peones la raptó para forzarla y la hería con este palo.

–¡Ay, don traidor! –se lamentó el caballero–, ¡que nos has engañado para nuestra perdición!

Galaor le devolvió el caballo y el palo para que castigara al enano.

Luego pasó al otro lado del río y prosiguió su camino. Durante todo el día vagaron por una floresta cerrada y al anochecer salieron de ella y divisaron una hermosa ciudad, de nombre Grandares. Se dirigieron al alcázar y entraron por un postigo disimulado en el muro.

–Guardad silencio –dijo la doncella a Galaor–, que ahora conoceréis a la que os he prometido.

–¿Debo llevar mis armas?–preguntó Galaor.

–Sí, pues nunca sabe el hombre lo que le esconde el porvenir.

Después ascendieron por una larga escalera que desembocó en un hermoso jardín donde esperaba otra doncella, que sin dilación preguntó:

–Señor caballero, decidme de quién sois hijo.

–Si he llegado hasta aquí es porque soy merecedor de ver a quien esta doncella me ha prometido –dijo Galaor de mal humor.

–Decídmelo y no os pesará –respondió ella.

–Sabed que soy hijo del rey Perión de Gaula y de la reina Helisena.

–Entrad, señor, y hacedlo con toda vuestra honra.

Entrando ambas lo desarmaron y le cubrieron con rico manto colorado. A continuación los tres entraron en un rico palacio excavado en la piedra por donde pululaban numerosas mujeres que entretenían su tiempo ya en juegos de tablas, ya con cantos amorosos o en conversaciones livianas. A Galaor le extrañó no ver hombres allí, pero poco tiempo tuvo de reflexión, pues fue introducido en la más hermosa cámara que jamás viera y en ella se encontró con una bellísima doncella que peinaba sus cabellos de oro con peines de diamantes y rubíes. Al entrar Galaor dos doncellas le pusieron en su cabeza una guirnalda de cien rosas. Después se levantó diciendo:

–Amigo, bienvenido seáis como el mejor caballero que vieron los siglos.

Y Galaor vio que sólo la cubría un manto transparente e inconsútil. Después, haciendo un esfuerzo para hablar, se arrodilló y dijo:

–Señora, sed bien hallada como la más bella entre cuantas bellas yo he conocido.

La doncella, tomándole una mano, lo levantó y Galaor la sintió leve como el ala de una mariposa.

–Señor, yo soy Aldeva, hija del rey Serolís. Urganda, la maga desconocida, me dijo que buscara al caballero más puro...

–Él es Galaor, hijo del rey Perión de Gaula y de la reina Helisena–dijo la doncella–, y Urganda me lo señaló. Ambos sois hijos de reyes y muy hermosos y no digo más.

Después las doncellas salieron fuera y aquella noche y muchas más Galaor y Aldeva folgaron a su sabor, pero esto es algo que no contaremos aquí, pues transportes semejantes no son conformes de ser narrados según la buena conciencia y la recta virtud, y además con razón el hombre debe pasar levemente sobre ellos en la lectura, pues cosas de más enjundia merecen ser contadas.

12

El soberbio Dardán

Investido caballero Galaor, Amadís siguió su camino y tras cabalgar varias horas se paró en una fuente. Quiso descansar un rato y se retiró bajo unos árboles; al instante se adormeció y entre la niebla del duermevela se apareció Urganda que le dijo:

–Buen caballero Amadís, sabed que habéis investido como nuevo caballero a vuestro hermano Galaor, aquel a quien un gigante robó de vuestros padres siendo niño. A vos os regalé esa lanza con la cual haréis mil prodigios y para él guardaba la espada con la que se os iguala en virtud militar. Nunca se habrán de ver caballeros como vosotros en la Gran Bretaña.

Amadís, llorando, subió a su caballo para volver con su hermano, pero la maga con un gesto imperioso se lo impidió diciendo:

–No es momento de que le busquéis. Ahora debe seguir las pruebas que marcan su iniciación a la caballería.

Amadís con cierto pesar se despidió de la maga y continuó su marcha hacia Vindilisora. Se internó en un bosque muy cerrado y pronto cayó la noche; a lo lejos vio una luz sobre los árboles. Con paso presto se dirigió hacia ella con la esperanza de encontrar alojamiento y llegó hasta una poderosa fortaleza. Dentro parecían celebrar una fiesta, pues sonaba música y se escuchaban risas de hombres y mujeres. El escudero Gandalín llamó a la puerta y al cabo de mucho rato le contestó una voz airada desde las almenas:

–¿Quién llama a tales horas?

–Soy un caballero extranjero –respondió Amadís.

–Por lo que veo sois de esos que descansan de día y andan de noche para no tener que combatir. Seréis un valiente luchando con los fantasmas de la noche –se burló el castellano con una carcajada displicente.

–Caballero, si es que lo eres –respondió molesto Amadís–, aquí hay un caballero que anda de noche y de día.

–Marchaos, que aquí no vais a entrar –cortó el otro.

–No sin saber vuestro nombre, descomedido caballero.

–Os lo diré para que cuando me encontréis luchéis conmigo. Me llamo Dardán y el día que me encontréis será para vos peor que esta noche.

–Mal caballero, yo os desafío a que luchemos ahora y aquí a la luz de esas antorchas.

–Sois un pobre iluso; me sobran caballeros para cruzar mis armas a la luz del día. No pensaréis que voy a tomar las armas en esta noche de fiesta por ganar un adarme de honra justando con un desconocido zascandil y nocherniego. Dejadme seguir con la fiesta.

Apenas dijo estas palabras cuando llovió sobre Amadís y Gandalín el contenido de unos cuantos orinales, entre las burlas de las murallas.

–Marchemos, señor, que aquí no somos bienqueridos –dijo Gandalín, tomando de la brida al caballo de un enfurecido Amadís.

Y se apartaron del muro con gran saña, jurando venganza y buscando refugio por aquella en la floresta umbría.

Dos días más tarde llegaron a la vista de Vindilisora. Amadís no quería ser reconocido y se ocultó en una colina cercana no lejos de un río. Ambos subieron a lo más alto para observar la ciudad desde el otero. Sentado al pie de una copuda encina, miró las adornadas torres y los altos muros y dijo en su corazón:

–¿Dónde estará ahora la flor del mundo? ¡Ay, ciudad, cómo te enalteces por estar en ti la señora sin par en hermosura y bondad!

Después de haber loado a su señora, sintió una pena tan honda que al instante los ojos se le anegaron de lágrimas y quedó absorto, casi sin sentido. Gandalín vio venir por un camino de herradura a muchas dueñas y algunos caballeros mientras Amadís seguía llorando; el escudero no quería que los que se acercaban lo vieran en tal estado de aniquilamiento. Por la fuerza quiso ocultarlo, pero él era como una piedra suspirante bañada en llanto. Finalmente, su escudero y hermano le dijo airado:

–Señor, mucho me pesa veros en este estado. Amor tan entrañado es mala ventura. Y a fuer de ser sincero os diré, mal que os pese, que no creo que haya mujer tan buena, ni tan hermosa que iguale vuestra bondad.

Amadís le replicó con gran enojo:

–Calla, loco desvariado, ¿cómo puedes decir tal sinsentido? No hay ser nacido que valga ni la décima parte como la que atesora todos los bienes del mundo Y más te diré para que te gobiernes: si otra vez repites tus palabras, olvídate de mí para el resto de tus días. Y da gracias por ser mi hermano.

Gandalín no se tomó muy en serio la ira de Amadís y le respondió con mesura, pero con firmeza:

–Dejad de llorar que por ahí suben unas dueñas con sus caballeros.

A toda prisa se limpió los ojos. De un salto subió a su caballo y cabalgó al trote a su encuentro. Vio como todos trataban de consolar a una bella dama que lloraba desconsoladamente.

Amadís la saludó con estas palabras:

–Dueña y señora, Dios haga que estéis alegre.

–Y a vos os dé honra, caballero, que alegría no podré tener si Dios no remedia mi ofensa.

–Decídmela.

–Caballero, todo cuanto poseo me lo juego mañana en un combate que sostendrá contra mi derecho el caballero más fuerte y temido de la Gran Bretaña.

–¿Y quién es? –inquirió curioso Gandalín, alegre por ver que su señor recuperaba su determinación.

–Es conocido como Dardán el Soberbio. Por un capricho de su dama, mi vecina, quiere incorporar mi casa y bienes a su territorio. Perderé cuanto tengo si no encuentro caballero que mantenga mi derecho.

–Concededme un don, señora –dijo Amadís–. Permitidme tomar las armas por vos, tanto por vuestros derechos como por el desamor que guardo hacia ese caballero.

–Dios os mantenga en esa condición de hombre bueno por mucho tiempo. En vos cedo mi derecho, amigo –dijo la dueña, besando sus manos con lágrimas en los ojos, pero de alegría.

Amadís se volvió a sus tendejones y la dueña y sus acompañantes a la villa, donde le informaron unos caminantes que Dardán ya estaba en la ciudad. La justa sería al día siguiente y Dardán daba por hecho que no habría quien osara enfrentarse a su brazo. Amadís rezó sus oraciones y descansó toda la noche en paz. Dios le había deparado el mejor combate que un caballero podía desear: defender a una dama de un caballero soberbio y descomedido.

Levantado el sol, a la hora tercia, el rey Lisuarte con toda su corte fue a una palestra bien armada que había entre la ciudad y el bosque. Allí acostumbraban sus caballeros a ejercitarse en el oficio de las armas. Al poco rato acudió Dardán con un buen séquito, bien armado y conduciendo por las riendas el palafrén de su amiga que, altiva y desdeñosa, medía con su mirada a toda la corte. Se pararon frente a la tribuna del rey Lisuarte y Dardán dijo en voz alta:

–Rey y señor, por mi honra, entregad a esta dueña lo que es suyo. Y si hay caballero que mantenga lo contrario, yo lucharé con él.

Y con gran altivez repasó lentamente con la mirada las gradas de la palestra.

El rey Lisuarte, que no amaba a Dardán, mandó llamar a la otra dueña y le preguntó con amabilidad:

–Señora, ¿tenéis quien combata por vuestros derechos? –Lisuarte en su interior ardía en deseos de defenderla, pero la dignidad de la corona se lo impedía

–Señor, no tengo –dijo ella llorando, sin atreverse a mirar a la concurrencia.

El rey se dolió porque sabía que le asistía la razón, pero no podía hacer nada. Con una mirada repasó a cuantos nobles y caballeros le acompañaban, pero ninguno le resistió la mirada. Así pues, Dardán dirigió su caballo al centro de la palestra para mantener su desafío hasta mediodía, momento en el que si no llegaba ningún caballero las tierras pasarían a su amante.

Amadís salió de la floresta montado en el alazán de Galpano y armado de punta en blanco con una letra a la redonda en el escudo que rezaba ius calcatur, violentia cum dominatur: se pisotea el derecho cuando impera la violencia. Entró en la palestra y sin saludar al rey se dirigió a Dardán. El rey y su corte se maravillaron al verle. Nadie sabía quién era, pero todos decían que nunca habían visto un caballero tan bien plantado. El rey, intrigado, preguntó por él a la dueña:

–Señor, no lo sé.

Amadís dijo a Dardán:

–Dardán, mal caballero soberbio, prepárate, vengo a cumplir mi promesa.

–¿Y qué me prometisteis?

–Que combatiría con vos si me decíais vuestro nombre la noche que acudí a vuestro castillo.

Dardán enrojeció bajo su yelmo y masticando las palabras respondió:

–Cobarde caballero nocherniego que lucha contra fantasmas, ahora os desprecio más que antes.

–Pues a mí poco me pesan vuestros insultos, pues mi venganza está cercana, con la ayuda de Dios.

El rey, impaciente ante tantas palabras, dio una voz y dijo:

–Vamos, acercaos los caballeros. Dueña, este caballero viene a defender vuestro derecho. ¿Le concedéis vuestra venia?

–Se la otorgo con mi bendición y la de Dios.

Dardán y Amadís tomaron su distancia para comenzar el combate. Los caballos eran potentes y sus pezuñas hicieron retumbar la tierra. Ambos contendientes embrazaron los escudos y apretaron las lanzas en el ristre. Amadís quería cebar la soberbia de Dardán y en el primer encuentro no utilizó la lanza de Urganda. El choque fue violento y ambos falsaron lanzas y escudos, pero se mantuvieron en sus monturas. En el segundo encuentro con nuevas lanzas, Dardán cayó a tierra, pero mantuvo las riendas en la mano y como era ligero se levantó de un salto con la espada en la mano. Amadís soltó la lanza y se fue contra él a galope tendido. Se acometieron ambos tan bravamente que todos se espantaban viendo tal batalla. La gente de la ciudad ocupaba torres, muros, ventanas y los lugares que les permitían ver a los duelistas. Ambos se golpeaban en la parte superior de los yelmos, que eran de fino acero, que herido por los tajos despedía tales chispas que a la vista semejaban llamaradas sobre las cabezas. De las armaduras caían chapas y mallas y los escudos estaban tan rajados que apenas contenían los golpes.

Con el cansancio las defensas eran menores y se golpeaban por todas partes, mientras las armaduras iban tiñéndose de sangre.

El rey Lisuarte dijo complacido a su esposa:

–Hacía mucho tiempo que no contemplábamos batalla tan fiera. En la entrada de esta palestra haré esculpir la figura del vencedor, para que las generaciones venideras se honren recordando a tal guerrero.

Aquel combate no contemplaba descanso y la fatiga iba atenazando a los dos guerreros; mientras a Dardán le mantenía la soberbia y la fama, Amadís apelaba a su saña de caballero ofendido y al amor a su dama, señora de aquel reino en el que esperaba servirla. Así, exigiendo un esfuerzo a su caballo, comenzó a girar en torno a su oponente y a descargar grandes y duros golpes sin que Dardán, mucho más pesado, pudiera cubrirse a tiempo. Todos comenzaron a decir que el caballero extranjero llevaba la mejor parte, pero los caballos estaban exhaustos y tropezaban a cada paso, poniendo en riesgo a sus jinetes.

Dardán, que era más fuerte que su oponente, creyó que combatiría mejor a pie y en voz alta dijo a Amadís:

–Caballero, nuestros caballos están cansados, por eso dura tanto la justa y tenéis ventaja. Si hubiéramos combatido a pie ya hace tiempo que habría vencido.

–Lo propio de un caballero es luchar sobre su montura, pero si crees que montado te saco alguna ventaja, descabalga –respondió Amadís airado.

Dardán sonrió bajo su yelmo, creyendo que el joven había caído en su trampa, pero Amadís se dio cuenta de que pretendía ganar tiempo y siguió girando en torno a él mientras elegía el lugar donde descargar cada golpe, de manera que su contrincante no tomara aliento. Poco a poco le iba acorralando, llevándole a de un extremo a otro del palenque hasta casi caer de rodillas.

Así traía el caballero extranjero a Dardán, que sólo podía protegerse de los golpes malamente y el combate se fue corriendo bajo las ventanas de la reina. Las doncellas decían:

–¡Santa María, Dardán muere!

Y en aquel instante Amadís reconoció entre otras la voz de la Doncella de Dinamarca, levantó la vista y vio a Oriana junto a ella. Y tal como la vio, la espada se aflojó en su puño y las cosas comenzaron a dar vueltas como si perdiera los sentidos. Dardán tuvo un instante de reposo y vio cómo su enemigo miraba hacia otro lado. Tomando la espada con las dos manos le lanzó un fendiente sobre el yelmo que le hizo trastabillar y caer de rodillas. Dardán comenzó a tajar por todas partes a Amadís, mientras este apenas se defendía.

La Doncella de Dinamarca entonces le dijo a Oriana:

–En mala hora nos ha visto el caballero.

Amadís la oyó y sintió gran vergüenza creyendo que su dama tomaba su desfallecimiento por cobardía. Sacando fuerzas de flaqueza se incorporó y como un león herido se lanzó contra Dardán, a quien propinó un golpe en el hombro que le hizo caer de manos en la tierra. Le agarró por el yelmo y se lo arrancó y con él le dio un golpe que le dejó aturdido. Se acercó al caído y, dándole con el pomo de la espada en el rostro, le dijo:

–Dardán, date por vencido o muerto eres si no renuncias a la demanda.

Dardán, con un hilo de voz, dijo:

–Merced, caballero, renuncio a todo.

Amadís tomó de la mano a su dama defendida y la llevó en triunfo hasta el centro de la palestra, mientras la amante de Dardán se acercó al caído y le dijo con desprecio:

–Dardán, cobarde y vil caballero, no quiero volver a verte como amiga, ni a ti, ni a ningún otro, sólo a este que te ha derrotado.

–¿Cómo? –dijo Dardán desde el suelo–. Me he jugado la vida y mi honor por ti. Ahora que me encuentro escarnecido quieres deshonrarme más entregándote a quien me ha vencido. Por Dios, que bien se ve que eres mujer por ser tan casquivana, pero yo te he de dar el premio a tu traición.

Se levantó con esfuerzo, cogió la espada que aún estaba en el suelo y le dio tal tajo que le separó la cabeza del tronco; apoyado en su acero, reparó en su obra y gritó con desesperación:

—¡Ay, desgraciado! Que he matado a lo más quería en este mundo. No es justo que yo viva.

Y tomando la espada, puso la punta en su pecho y se arrojó de bruces. Así murió, por sus propias manos, Dardán el Soberbio.

13

En amoroso abrazo

Terminado el combate en el que Dardán y su amiga encontraron tan crueles muertes, el rey mandolos enterrar en la misma palestra bajo ricas sepulturas coronadas por leones de piedra. También ordenó que en el mismo lugar una estatua recordara al vencedor de quien nadie sabía nada, pues acabada la batalla volvió a la floresta umbría, dejando a cuantos querían celebrarlo, comenzando por el monarca, absortos y chasqueados.

En la corte la ausencia del caballero extranjero era tema de conversación y Oriana le dijo a la Doncella de Dinamarca:

–Amiga, sospecho que tal caballero es Amadís, pues ya se cumple el tiempo desde que le mandé llamar y estoy segura de que nada le habrá detenido hasta llegar aquí.

–Cierto –dijo la dinamarquesa–, yo también creo que es él, pues reconozco ese caballo blanco de tan gran alzada que monta...

–Amiga Aguasclaras –volvió a decir Oriana–, salid a dar una vuelta por los alrededores a ver si conseguimos alguna noticia. Esta espera me tiene tan desazonada... –Voy en su busca, señora.

–¡Ay, Dios, que gran meced me haríais si me lo pusieras delante!

Amadís, tras el combate, se internó por el bosque cerrado antes de que nadie de la corte pudiera hablarle y al poco rato comió y descansó en sus tendejones con mucho placer, ayudado por Gandalín que le curó las heridas, que eran de poca importancia. Pero Amadís no podía apartar a su señora de su pensamiento; preso de una inquietud creciente dijo a su escudero que bajara a la villa para tratar de ponerse en contacto con Oriana o con alguna doncella de su séquito.

Poco tiempo tuvo que vagar por las cercanías de palacio cuando vio a Aguasclaras, la Doncella de Dinamarca, que también iba con el mismo cometido. Al verlo ella le saludó muy alegre y lo introdujo secretamente en las habitaciones de Oriana. Dominada por un gran nerviosismo le preguntó dónde quedaba su amo:

–Allá en la floresta queda con vos en el pensamiento.

–¿Y está bueno después de tantas heridas? –inquirió con angustia la dama.

–Señora, su cuerpo no padece, sino su alma que es de vos toda entera y por vos muere sufriendo como no lo ha hecho nunca caballero.

Al oír esto ella comenzó a llorar mientras Gandalín seguía con su oración cargando su mano:

–Y os digo que tanto se duele que es imposible que otro pudiese más; tanto que muchas veces creí que caería muerto pues el corazón se le deshace en llanto. Si no muere en uno de esos transportes, no dudéis que será el mejor caballero que ha calzado espuela. Sabed, señora, que grandes hazañas ha hecho para acrecer honra, pero estoy cierto que por vuestro amor ha de morir antes de tiempo, pues viéndole sufrir más le hubiera valido morir en la mar donde fue arrojado sin que sus parientes lo conocieran, pues lo hemos de ver morir sin que nadie, si no vos, pueda socorrerle. Señora, cruda será la muerte de mi señor si vos no ponéis remedio a su mal.

Oriana, cuyos ojos eran dos fuentes, cogió las manos del escudero y apretándoselas con desespero le apostrofó así:

–¡Ay, amigo Gandalín, por Dios, cállate, no me digas más, que tus palabras me traspasan como una zarza el pecho de un infante! Tú me culpas porque sabes su dolor y no el mío, que si sólo lo sospecharas más te condolerías conmigo y no me culparías.

Tras un instante de silencio Gandalín le respondió:

–Señora, si lo amáis socorredle, que él os ama sobre todas las cosas del mundo y me pide que le mandéis.

Oriana le acercó a una ventana y le señaló un jardincillo que había debajo y le dijo:

–Amigo, ve con tu señor y dile que venga esta noche muy escondido y entre en el jardín. Aquí debajo hay otra ventana cerrada con una verjilla de hierro, allí duermo yo. Que se llegue y hablaremos…

Y sacando de su dedo un anillo lo besó y se lo dio a Gandalín para que se lo llevase como prenda a su amo Amadís. El escudero volvió a toda prisa pues sabía que había dejado a su señor entre la vida y la muerte. Así lo encontró demudado y sin fuerzas, sólo esperando la llegada de su escudero y tal como lo vio venir lo sujetó entre sus brazos y le preguntó así:

–Amigo, ¿qué nuevas me traes?

–Señor, buenas son, mejores de lo que esperas.

Y le relató minuciosamente su encuentro; le entregó el anillo que Amadís recibió entre lágrimas y besos, después se quedó en un silencio eucarístico hasta que Gandalín le dijo:

–Señor, esta noche iremos y quedad alegre descansando un rato, porque tan gran cuidado amoroso os está destruyendo más que el hierro enemigo y si seguís así os podrá hacer mucho daño. Estas son las palabras de la señora Oriana.

Así se le sosegó el corazón y en aquella cena habló más y con más placer del que solía, que parecía el caballero más gracioso y agradable del mundo cuando el pensamiento y el pesar no le daban estorbo. Llegada la hora de dormir, se acostaron en sus catres de campaña y antes del amanecer se levantó Amadís y se encontró con que Gandalín ya tenía los caballos ensillados y aparejadas las armas. Cabalgaron hasta la ciudad y dejaron los caballos en el claro de una arboleda, que Gandalín ya había dispuesto, y se fueron a pie hasta palacio. Entraron en el jardín por un portillo que las aguas habían hecho y llegados bajo la ventana Gandalín llamó con discreción. Oriana, que no había dormido en toda la noche, apenas lo oyó se levantó acompañada por dos doncellas. Abrieron la ventana baja y las jóvenes pusieron de fondo unas candelas para que alumbraran a su señora. Amadís pudo así contemplar a su gusto a Oriana y le pareció que no había en el mundo mujer más bella. Apenas cubrían su desnudo unos paños de seda india, bordados con flores de oro. Llevaba sueltos los rubios cabellos y le caían en cascada, apenas sujetos por una rica guirnalda que aún los hacía más sedosos a la luz dorada de las candelas. Cuando Amadís la vio así se le estremeció todo su cuerpo y el corazón comenzó a darle saltos de alegría. Oriana se aproximó lentamente a la ventana y con voz que no era humana le habló:

–Mi señor, sed muy bienvenido a estas tierras, donde tanto hemos deseado vuestra presencia. Hemos tenido conocimiento y placer con los éxitos de vuestras aventuras y nos alegramos sabiendo quiénes son vuestros padres.

–Señora –respondió Amadís, sobreponiéndose al éxtasis del momento–, estoy sojuzgado ante la vista de tanta belleza y creo perder ante vos todos mis sentidos. Si yo fuese digno o mis servicios lo mereciesen, os pido piedad para mi atribulado corazón antes que muera deshecho en lágrimas. Y os lo pido no para mi descanso, que cuanto más os amo más crece mi deseo de poseeros, sino porque si muriera todo cuanto pienso serviros moriría conmigo. Y eso no sería justo.

–Mi señor –respondió Oriana al borde del llanto–, todo cuanto me decís lo creo a pies juntillas, porque mi corazón en lo que siente me dice que todo es verdad, pero os digo que no hacéis bien en tomaros tantos pesares porque con ellos podéis descubrir nuestros amores, lo que no sería conveniente a día de hoy, o porque muriendo vos yo no podría sostener mi vida. Y por eso os mando, por el señorío que sobre vos tengo, que pongáis templanza en vuestra vida, que haciéndolo la pondréis sobre la mía, que no piensa más que buscar la manera de que vuestros deseos descansen.

–Señora, en todo haré lo que me demandáis menos en el pensamiento para el que no bastan mis fuerzas.

–Caballero, tampoco digo que me apartéis de él totalmente, sino en la medida de que no os lleve a perecer, quiero deciros que obréis con mesura. Y os pido que no escapéis de aquí si mi padre os busca, que lo está haciendo; en adelante hablad conmigo sin empacho, diciéndome las cosas que más os agraden que yo haré cuanto esté en mi mano para procurar vuestro contento.

–Señora, yo soy vuestro y estoy aquí por vuestro mandato.

Mientras hablaban se acercó Gandalín. Comenzaba a amanecer y era tiempo de partir.

Amadís tomó las manos de Oriana que se apoyaban en el alfeizar de la ventana y comenzó a besarlas mientras la dama le limpiaba las abundantes lágrimas que rodaban por su rostro. Oriana, poseída por la candidez del momento, se arrojó en sus brazos cubriendo de besos los ojos de su amado; el tiempo se paró y salió el sol. Corrían peligro y con dificultad Gandalín consiguió arrancar de la ventana a su amo y cabalgando llegaron a su campamento donde, tras desarmarse Amadís, fue a su lecho y al instante se durmió profundamente. Horas después se despertó y mandó a su escudero que fuera a la villa, mientras él continuaba descansando.

A las pocas horas regresó el escudero acompañado de una doncella, bañado el rostro en llanto. Amadís le preguntó el motivo y ella le dijo que el rey había ordenado poner en prisión a su prima, por quien él había luchado, y que no la soltaría hasta que tal caballero hiciera acto de presencia en la corte. Como su prima no sabía quién era el caballero que había defendido sus derechos ahora sufría en cadenas la saña del rey que no la creía y sólo por la gracia de la señora Oriana, que se había enterado de la injusticia, ella podía demandarle ayuda.

A regañadientes y por su honor de caballero, ante tan diáfana arbitrariedad accedió Amadís a bajar al día siguiente y presentarse ante el rey, aunque su humildad de caballero novel se sintió violentada, ya que en su opinión todavía no había contraído méritos suficientes para presentarse con la ufanía del vencedor ante el rey Lisuarte.

Así, la doncella bajó a la ciudad y al palacio real donde se entrevistó con el rey, a quien anunció la llegada del caballero a la tercia hora tras la salida del sol, pero con la condición de no preguntar su nombre ni forzar su voluntad. El rey aceptó las condiciones. Tal nueva corrió por todo palacio y en la ciudad no había otra hablilla que volase con más prisa: que aquí vendría al punto y hora matutina el buen caballero vencedor del más soberbio y descomedido. Y todos se alegraban de ello porque odiaban a Dardán por su mala condición.

A la hora convenida Amadís, con la cabeza descubierta y a paso tendido, entró por la puerta principal de la ciudad y se dirigió al palacio del rey. Cuantos le veían pasar le reconocían por la apostura y el buen talle y decían:

–Este es el buen caballero que venció a Dardán.

El rey, que oyó el clamoreo, salió a la puerta de su alcázar con toda su corte y se dirigió a Amadís con los brazos tendidos, diciendo:

–Amigo, sed bienvenido, que mucho os hemos deseado.

Amadís, humilde de condición, se hincó de hinojos ante él y humillando la cabeza respondió:

–Señor, Dios os mantenga en honra y alegría.

A lo que el rey contestó:

–A Él doy gracias por haberme traído al mejor caballero del mundo.

–¿Señor, está libre la dueña que yo defendí? Pues debéis creer que ella nunca supo quién mantuvo sus derechos.

–Sí, caballero –respondió el rey–, libre está.

Todos se admiraban de la hermosura de Amadís y más recordando su valor mozo ante Dardán, varón tan fornido como cruel, que todos en Gran Bretaña le temían y odiaban.

Amadís se puso en pie y dijo:

–Señor, ya conocéis mi rostro y la dueña es libre. Debo marchar para ganar más honra. Si en verdad vos me necesitarais, sabed que os serviría como vuestro primer caballero.

–Pues si así estáis determinado a partir, os ruego que os quedéis al menos hasta mañana –casi suplicó el monarca.

–Sea –dijo Amadís, recordando su promesa a Oriana, pero sin mostrar entusiasmo.

Después, acompañado por sus dos lugartenientes, el rey Arbán de Norgales y el conde de Glocester, llevó a Amadís a una hermosa alcoba donde le desarmaron cinco doncellas vestidas a la morisca y le cubrieron con riquísimo manto purpúreo. Allí quedó bien acompañado por los nobles, escuchando música y jugando a las tablas con las sagaces doncellas.

El rey fue a buscar a la reina a quien comunicó su disgusto por la negativa de Amadís. Ella, sonriendo, le respondió que dejara la cuestión en sus manos.

–¿Ya sabéis su nombre? –inquirió la reina.

–No, porque prometí no hacerle tal pregunta.

–Creo que por las señas bien puede ser el hijo de Perión –dijo la reina, pensativa, mordisqueándose el labio inferior.

–No sé –dijo el rey, sin ocultar su mal humor.

En aquel momento entró la infanta Mabilia corriendo y, tomando las manos de los reyes, les dijo:

–Yo sé quién es el caballero valiente –que lo recordaba de la corte de Languines.

–¿Quién? –preguntaron a la vez ambos esposos.

–Es Amadís, hijo de Perión y de la reina Helisena. Fue quien mató al rey Abiés de Irlanda y salvó el trono de Gaula.

Todos se llegaron a él haciéndole mucha honra por la nobleza de su estirpe. Llegada la noche, Amadís fue servido por el rey Norgales, que de nuevo le insistió en vano para que se quedara en la corte de Lisuarte.

El rey, por su parte, importunaba una y otra vez a su esposa por la terquedad de Amadís y por la torpeza de su promesa.

–Dadle algo que necesite –le dijo cansada la reina.

–No me demanda nada, pues yo le otorgaría todo de buen grado.

–Descansad esta noche, esposo –dijo la reina sonriendo enigmáticamente–, que mañana guerrero tan cumplido se verá derrotado por el ejército más blando. Y os digo más, señor, si mañana se marcha de nuestros palacios fracasaremos, pero bien podremos decir que es más corto en crianza y cortesanía que largo en esfuerzo y virtud. Si no se queda, es que no nos merece, mi señor.

Llegado el día, Amadís se llegó a despedirse del rey y este le dijo:

–Por cierto, amigo, mucho me pesa la promesa que hice a la doncella de no forzaros la voluntad. La reina os pide despediros antes de que os vayáis.

–Eso haré de buen grado.

Después ambos fueron a las habitaciones de la reina.

–He aquí al hijo de Perión de Gaula –dijo la reina cuando lo tuvo delante.

Entonces Amadís quiso besarle las manos, pero la reina quiso departir con él y lo sentó a su lado. Ante este gesto de familiaridad, el rey y sus caballeros abandonaron la sala y aguardaron en un patín ajardinado con una fuente sonora en su centro. La reina habló con Amadís de muchas cosas y él le respondía tan sagazmente que las dueñas y doncellas de compañía estaban maravilladas tanto de su buen juicio como de su hermosura, que cuantas allí estaban creían caer enamoradas ante tal varón. Pero él no podía levantar los ojos, pues estos se le iban en pos de los de su señora Oriana, que flanqueaba con Mabilia a la reina. Tan embarazosa situación la rompió la infantina, dándole al joven un abrazo como si no le hubiera visto en muchos años. La reina dijo a su hija:

–Recibid vos a este caballero que tan bien os sirvió cuando era doncel y ahora lo hará con la misma mesura. Y ayudadme, todas vosotras, a rogar para conseguir lo que yo le pidiere. Caballero, el rey mi señor quisiera que vos quedarais con él, pero no lo ha podido alcanzar. Ahora quiero ver qué poder tienen las mujeres sobre los caballeros, pues os ruego que seáis mi caballero, de mi hija y de cuantas damas están aquí. Si en esto consentís, mostraréis mesura y el rey olvidará la afrenta por haberos demandado en demasía, cosa que jamás hizo a ningún caballero.

Todas a una se acercaron con sus ruegos, pero él no despegó sus labios hasta que Oriana le hizo una seña discreta con sus ojos para que lo otorgase. Como ya tardaba la reina le dijo:

–Pues qué, caballero, ¿no vais a responder a nuestro ruego?

–Señora –dijo Amadís–, ¿quién podría negarse a vuestro mandato, siendo como sois la mejor reina del mundo y estas damas la mejor corte? Yo, señora, acato vuestro ruego y el de vuestra hija y de estas señoras. Y digo más, que seré vuestro y no de otro. Y podéis decirle al rey que soy vuestro y no de él.

–Así os recibimos yo y todas –dijo la reina.

Luego envió a una doncella con la buena nueva para el rey, que mucho se alegró de la decisión del caballero. Venido ante él, lo abrazó con mucho afecto al tiempo que decía:

–Amigo, alegre estoy por haber acabado este negocio como deseaba y mucho más lo estaré colmándoos de mercedes como corresponde a los de mi casa y linaje.

Amadís se lo agradeció. De esta manera se quedó Amadís en la corte del rey Lisuarte por mandato de su señora.

14

Amadís deja las plumas del blando lecho y vuelve a su oficio de caballero

Mucho folgaba Amadís como caballero de la reina, a todas horas honrado y agasajado por una corte femenina, pero a los pocos días su natural animoso y guerrero le llamaba a la floresta, a las encrucijadas y al duro batallar. Era tiempo de abandonar las blandas plumas, pero la constante presencia de su señora Oriana hacía que todo el deseo de lo antedicho palideciera frente a una mirada, una palabra o un roce fortuito en un pasillo.

Así pasaban los días para el joven caballero, que no sabía en su interior a qué carta quedarse, pero el destino le tenía preparada una inesperada como son todas las suyas. Y fue que una doncella llegó a la corte de Lisuarte buscando al caballero de los leones de parte de su hermano Galaor, para que le ayudase en una empresa que reportaría a ambos grandes honores. Oriana desde un alto balcón vio llorar a Amadís, emocionado por las noticias de su hermano, que hablaba con una doncella extraña. Al instante sintió en su interior el aguijón de los celos y le envió a una de sus damas con el mensaje de que lo esperaba de inmediato en el fondo de una rosaleda. Amadís fue tras ella y al verla a solas, trastornados sus sentidos por las fragancias del lugar, puso en olvido su hermano, la empresa heroica y cuanta honra pudiera alcanzar en el mundo. Pero todo se vino abajo cuando contempló el semblante airado de su amada.

–¿De quién o de qué hablabais con esa doncella extraña que ahora departe con la reina? Os he visto llorar.

Él le contó la petición de Galaor y su hambre de gloria.

Oriana perdió su enojo, su semblante se tornó alegre y le dijo:

–Mi señor, perdonad mi pensamiento errático, pues sospeché lo que no debía.

–¡Ay, señora! –replicó Amadís–. Nada os debo perdonar ni hoy, ni nunca, pues mi corazón está cerrado a cualquier saña contra vos.

Aprovechando el momento propicio, Amadís se atrevió a pedir el permiso para buscar a su hermano.

–Pronto lo traeré aquí con más honra y prez ganadas y también él entrará a vuestro servicio –dijo por mejor justificar su ausencia.

Oriana, que estaba desarmada por el episodio de celotipia, tuvo que admitir:

–Me sentiría muy alegre de que tal caballero viniera y morara cerca de vos y del rey. Pero pedidle el permiso a la reina y que parezca que ella otorga vuestra marcha como si os concediera un don.

Él se lo agradeció humildemente y buscó a la reina, a la que dijo:

–Señora, sería bueno para la corte y para mi señor el rey tener aquí un caballero de las calidades de Galaor.

–Hágase –dijo la reina.

–Así será, señora, si me dais permiso para salir en su busca y traerle con más honra. Concededme este galardón.

–En nombre de Dios, idos con la condición de que en hallándole volváis ambos.

Amadís partió al día siguiente muy alegre, después de haber oído misa. Acompañado por su escudero Gandalín, que le llevaba las armas, buscó un camino, anduvo hasta la caída de la noche y se albergó en casa de un infanzón viejo que compartió con él su modesta cena. Al día siguiente, por acortar viaje se internó en una floresta fragosa donde anduvo todo el día. Al atardecer, cansados, salieron al camino real y vieron venir un cortejo de doncellas y escuderos que acompañaban a una dueña que velaba a un caballero herido puesto en unas andas. Todos lloraban fieramente previendo el fin del caído. Amadís se acercó y preguntó a la dama por el dañado.

–Con él va toda mi angustia y mi tristeza. Soy casada con este caballero, pero va tan herido que creo que no pase de esta noche.

Amadís se acercó a las andas y alzó un paño que cubría a un caballero gigantesco y bien proporcionado, pero con el rostro tan desfigurado y otras heridas por todo el cuerpo que ya era la estampa de la muerte. Amadís, cogiéndole la mano le preguntó:

–Señor caballero, ¿de quién recibisteis estas heridas?

El silencio fue su respuesta, pues tenía perdidos los sentidos.

–Señor –dijo la dueña–, de un caballero que guarda un puente siguiendo este camino. Cuando quisimos pasar nos preguntó si éramos de la casa del rey Lisuarte, mi señor le preguntó el motivo. Y el otro dijo que para los de esa casa y sus amigos el paso del puente estaba vedado y si alguno lo intentaba sería muerto. De nuevo mi señor preguntó el motivo. «Porque en la corte de Lisuarte está el caballero que mató al esforzado Dardán y él y los que son de su corte han de recibir deshonra de mi brazo», y cuando esto oyó mi marido le pesaron las palabras y le respondió: «Sabed que soy vasallo del rey Lisuarte y el combate fue leal». Entonces el caballero del puente con gran saña tomó sus armas y lucharon durante muchas horas con crudeza y mi marido quedo tan maltrecho como veis.

Amadís sintió que una venda de sangre velaba sus ojos y dijo:

–Dueña, dejadme uno de vuestros escuderos para que me lleve hasta el puente, que vuestro marido recibió daño por mí y a mí me corresponde vengarle.

–¿Sois vos quien mató a Dardán?

–Yo soy, y si puedo este no volverá a herir a ningún otro vasallo de Lisuarte.

–¡Id, buen caballero, y que Dios guíe vuestro brazo!

Cuando llegaron al puente Amadís vio cómo dos caballeros jugaban a las tablas. Cuando se apercibieron de su presencia dejaron los trebejos y uno subió a su caballo con todas las armas dispuestas y dijo:

–¡Alto, el caballero, no piséis el puente sin jurar!

–¿Qué tengo que jurar? –respondió Amadís, que sabía cómo terminaría aquel diálogo.

–Si sois de la corte de Lisuarte, porque si lo sois os cortaré la cabeza.

–De su casa soy y caballero de la reina.

–¿Desde cuándo sois?

–Desde que defendí a una dueña ofendida por un tal Dardán.

–¡Vos, la defendisteis!

–Sólo le hice alcanzar su derecho.

–Vos habéis matado al mejor de mi linaje, por ello perderéis la cabeza.

Sin mediar más palabras lanzó contra Amadís su caballo y este hizo otro tanto. Se golpearon con las lanzas y el caballero del puente se fue a tierra con la lanza quebrada. Amadís se asombró de su facilidad con la lanza, pues no había caballero que resistiera el hierro de Urganda, que ni se quebraba el astil, ni tan siquiera se resquebrajaba y por el contrario, su empuñadura multiplicaba la fuerza de su brazo. Saltó al suelo donde ya le esperaba el del puente que le recibió con una lluvia de espadazos que Amadís esquivó con facilidad. Después le soltó un golpe entre el yelmo y el hombro. La espada llegó hasta el pescuezo y penetró hasta dejar la cabeza colgando sobre el pecho con un gran reguero de sangre. El caballero estaba muerto. Amadís enderezó contra sus compañeros, que huyeron en desbandada. El escudero de la dama estaba maravillado de que con dos golpes, uno de lanza y otro de espada, se hubiera resuelto el paso en el que su amo había estado varias horas. Amadís le dijo:

–Ahora vuelve con tu señora y dile lo que has visto.

Cuando él oyó esto, le hizo una reverencia y regresó por sus pasos. Amadís pasó el puente sin detenerse un punto. Siguió el camino paralelo al río hasta que llegó a una vega abierta y hermosa en frutos y árboles. El joven sintió que el pecho se le ensanchaba y comparó la sazón de los árboles con la grandeza de su amor. Charlaba alegremente con su escudero cuando en una de las revueltas del camino apareció un enano feo, disforme, montado en un palafrén. Con gran prosapia y apersonamiento levantó su mano derecha para que se pararan los recién llegados.

–Caballero –dijo antes de ser preguntado–, pertenezco a la casa del conde Claros.

–¿Sabéis noticias del caballero Galaor del reino de Gaula? –preguntó Amadís.

–Señor, no; mas sé donde estará al tercer día el mejor caballero que anda por estas tierras.

Pensando que sería Galaor, Amadís le pidió que le guiase por el camino más directo y entonces el enano le pidió un don a cambio, Amadís se lo prometió y marcharon al trote. Aquella noche durmieron en la fortaleza de una dueña, pero a pesar del riquísimo lecho y de las insinuaciones de la castellana, Amadís durmió solo en compañía de los recuerdos de Oriana. Despedidos agrazmente por la señora del castillo, siempre conducidos por el enano, se encontraron con un caballero que combatía con otros dos. Amadís los apartó de la lucha con buenas razones, pero cuando supieron que era el matador de Dardán lo acometieron los tres, pues constituía la presa más buscada y su derrota llenaría de honra a su vencedor. Amadís con poca dificultad los rindió con cierto disgusto, pues ahora tendría que vérselas con buenos caballeros que harían oídos sordos a sus razones. El enano iba muy contento y ufano en su palafrén.

Al día siguiente, entraron en un valle luminoso sembrado de altos pinos. Siguieron adelante hasta que encontraron a dos caballeros maltrechos buscando sus caballos, que huían, pues un caballero montado en un gran caballo los había derribado. Un poco más allá estaba otro caballero, descansando bajo un fresno con el escudo y el yelmo a su lado y un armero con más de veinte lanzas preparadas. Un par de caballos pastaban ensillados y listos para el combate. Unos cuantos escuderos jugaban a las cartas despreocupadamente.

Amadís, que los miraba, preguntó al enano:

–¿Conoces a esos caballeros?

–¿Veis al que está acostado junto al fresno? –repreguntó el enano con una sonrisa pícara.

–Lo veo.

–Pues es el caballero que mejor calza espuelas en estas tierras.

–Su nombre.

–Angriote de Estraváus y jamás he visto caballero más capaz y más ardido.

–¿Por qué tiene tantas lanzas en armero?

–Es una bella historia –dijo el enano–. Él amaba a una doncella de esta tierra, ella lo aborrecía, pero era hombre poderoso y con un su hermano la raptaron. Sus padres tuvieron que ceder a la fuerza. Cuando la vio en su castillo se sintió el más feliz del mundo, pues pensaba que la doncella con el paso del tiempo terminaría por amarlo, pero pasaban los días y el aborrecimiento de la joven iba en aumento. Un día en la comida ella le dijo: «No os tengáis por cortés por más que me agasajéis a cada momento, ni siquiera valéis como hombre, pues me tenéis aquí a la fuerza. Podréis tener mi cuerpo, pero nunca mi amor, pero os daré una oportunidad». «¿Qué debo hacer?», preguntó el de Estraváus. «Habéis destrozado mi pundonor de caballero». La dueña, que vio la oportunidad de vengarse, le pidió que con su hermano, a quien odiaba más todavía, defendieran este valle de cuantos caballeros intentaran pasar y los obligasen a prometer por la fuerza de las armas que ella era la mujer más bella del reino del rey Lisuarte y que los vencidos lo voceasen en la corte para que todos y todas lo supieran. Tal prueba durará un año día por día y por la noche descansan en su castillo que cierra el valle en ese otero que veis. Hace tres meses que están en esta recuesta y Angriote todavía no ha derrotado a ningún caballero, pues todos han caído bajo la lanza de su hermano y con estos dos van catorce.

–Yo creo que me dices la verdad, enano –dijo Amadís–, que cuando estaba en la corte de Lisuarte algo oí de esto y recuerdo el nombre de la dama, que se llama Gronovesa. Vamos presto. que esta es aventura de las que llaman de paso honroso.

Como estaban en un altozano fue preciso bajar buscando el valle; a su entrada estaba un escudero que les dijo:

–No paséis adelante si no otorgáis que la dueña del caballero del fresno es más bella que la vuestra, caballero.

–Tal mentira no la otorgaré de grado –respondió airado Amadís.

–Volved –insistió el escudero–, tendréis que luchar contra dos y seréis el décimo quinto en caer.

–Si ellos me atacan, yo me defenderé si puedo –dijo Amadís levantando la lanza y pasó adelante, ávido de gloria.

Cuando Marcellán, el hermano de Angriote, vio venir a Amadís dijo:

–Caballero, estáis loco no concediendo lo que os pidió el escudero. En combate sois conmigo.

–Que me place eso mucho más que ser esclavo de una mentira.

–Ya otorgaréis belleza a vuestro pesar –respondió Marcellán.

–No, si Dios quiere.

–Pues guardaos.

Buscaron un lugar abierto y ancho. Lanzaron sus caballos uno contra otro. Amadís sintió que su lanza cobraba fuerza cuando se adelantó, antes de que Marcellán llegara a falsarle el escudo. El hermano de Angriote cayó de espaldas, dándose un fuerte golpe en la cabeza. Amadís saltó al suelo, le quitó el yelmo y le vio ausente de sentido y de palabra. Cogiéndole por los hombros le sacudió para que volviera en sí y cuando abrió los ojos le dijo:

–Muerto sois, si no os dais preso.

El caballero, que vio la punta de la espada frente a su boca, temió la muerte y se dio preso.

Amadís lo dejó tendido en manos de sus escuderos y montó en su caballo. Pronto vio cómo Angriote cabalgaba hacia él y le enviaba una lanza con un escudero. Amadís no quiso ser descortés y aceptó la lanza que le enviaban, aun sabiendo que perdía ventaja. Lanzaron sus caballos e hiriéronse en los escudos; al instante saltaron quebradas las lanzas y hechas pedazos. Ni uno ni otro sufrieron la menor herida, ni perdieron los estribos. Los caballos corcoveaban y piafaban, ansiosos de un nuevo encuentro.

–Caballero –dijo Angriote–, tomad de mi astillero la lanza que más os agrade, yo tomaré la mía después, aunque todas están hechas de la madera de los fresnos de este valle.

Amadís se vio obligado por cortesía a tomar otra lanza y ocupó su lugar en la palestra. Después se acometieron bravamente y Angriote se fue a tierra, cayendo bajo su caballo, que tenía las hechuras de un percherón. Amadís no tuvo tiempo de retirarse y su caballo tropezó con el caído, perdiendo las manos y cayendo a su vez. Rodó por tierra, clavándose una astilla de la lanza de Angriote que había atravesado su escudo. Comenzó a sangrar por su pecho aunque no sentía dolor, tal era la vergüenza que le embargaba por haber sido descabalgado, aun por accidente. Así se levantó muy ligero e invocó el nombre de su señora Oriana al tiempo que se arrancaba del pecho la astilla. Poniendo mano en la espada se fue contra Angriote, que se levantaba mucho más maltrecho, pero con fuerzas para decirle:

–Caballero mancebo, aún tenéis tiempo de reconocer la belleza de mi dama Gronovesa y no sufriréis mal.

Amadís, que vio cómo el otro quería recuperar huelgos con las palabras, le dio un cachetazo sobre el yelmo con la espada de plano, al tiempo que decía:

–Callad y guardad fuerzas, que tal mentira no será nunca una verdad otorgada por mí ni en la hora de la muerte.

Se acometieron de nuevo y comenzaron a descargar golpes tan fuertes que ponían espanto en los espectadores e incluso ellos mismos dudaban de poder resistir tal acometividad, pero el combate no podía durar mucho porque Amadís luchaba por la hermosura de su señora, a quien solicitaba valor y entereza en cada choque, redoblando la fuerza del anterior. Así descargó sobre su rival tal lluvia de golpes y estocadas que, a pesar de la valentía de Angriote, este vio tan mal aparejada su aventura que se salió del campo. Su cuerpo sangraba por más de veinte heridas y sólo su corazón esforzado le hacía mantenerse en pie. Apoyando la espada en el suelo, dijo:

–Caballero mancebo, sé que ya podríais haberme matado, pero distingo en vos una bondad nunca usada.

–Daos preso, caballero –respondió Amadís–, nada tengo contra vos, pero estáis muy maltratado y si continuáis con la espada en la mano me veré en la obligación de mataros y me dolería hacerlo.

Angriote cayó de rodillas, diciendo:

–Yo me doy vencido por el mejor caballero del mundo y os digo que no lo tengo por mengua, sino por gran derrota, pues rendido hoy pierdo a la que más amo de entre todas las criaturas forjadas por Dios.

–No la perderéis, que habéis justado con valor y catorce caballeros son la prueba de ello.

–Señor –preguntó Angriote–, ¿dónde os encontraré?

–En la corte de Lisuarte, que soy caballero de su reina.

Angriote le quiso llevar a su castillo para que curara sus heridas, pero Amadís tenía prisa por encontrar a a Galaor. Así continuaron su camino con gran contento del enano y durante cinco días no hallaron aventura, lo que fue bueno para sanar las llagas cobradas en el combate con Angriote, que le había jurado amistad verdadera.

Al cabo del quinto día se encontraron frente a un castillo grande, hermoso y de fuertes murallas.

–Este castillo –dijo el enano– se llama Valderín; tomad las armas, señor, que aquí matan a los que entran.

Amadís se armó y siguió adelante, Gandalín y el enano detrás de él. Entraron por las puertas abiertas de par en par y tras esculcar por uno y otro lado no vieron a nadie.

–Despoblado parece este lugar –dijo Amadís.

–También a mí me lo parece –contestó el enano con voz temblorosa.

–¿Para qué nos has traído hasta aquí, enano? –preguntó un poco airado Amadís, que era poco amigo de silencios.

–Señor, este castillo pertenece al caballero más fuerte y más bravo que jamás vi. En estas mismas puertas mató a dos caballeros, uno de los cuales era mi señor, y le dio una muerte tan cruda y sin merced que aún tiemblo al recordarla. El don que os he pedido es que le cortéis la cabeza, y os digo más, que hasta aquí traje a otros caballeros para cobrar mi venganza y ¡desgraciado de mí!, todos murieron a sus manos o se pudren en dura y oscura prisión.

–¡Maldito enano! –dijo Amadís–, siendo leal con tu señor, eres traidor y desleal con quienes aquí vienen engañados, pues no les dices con quién han de combatir. ¿Cómo se llama tan fiero castellano?

–Arcaláus, el Encantador, conocido como uno de los más corajudos del mundo, poseedor de una magia tan poderosa que si antes dijera su nombre ninguno de vosotros se llegaría hasta estas puertas del infierno.

–Yo esperaré aquí, a pie firme, a ese endriago o quien guste mandar contra mí –dijo afirmándose en sus estribos Amadís.

–Señor, llega la noche y no es lugar para esperas –dijo nervioso el enano–. Tengo mucho miedo porque Arcaláus me conoce y sabe de mi odio y mi deseo de matarle.

–Aquí te quedarás conmigo, enano, que yo te he dado un don y has de cumplir, como yo hago.

Siguieron adelante hasta un patio de armas, continuaron hasta las caballerizas y se metieron en un corral sin que nadie saliera a su encuentro. Volvieron sobre sus pasos por no ser lugares nobles y en una de las esquinas del patio de armas descubrieron una escalera que penetraba bajo tierra.

Amadís, de corazón esforzado, dijo a sus acompañantes:

–Bajemos por esas gradas y veremos lo que hay.

–Señor –dijo el enano con hilo de voz y temblando de miedo–, permitidme que huya de este lugar espantoso.

–Vete en buena hora –respondió Amadís, que no podía sufrir su cobardía–, que yo encontraré aquí a ese que tanto temes.

Acompañado sólo por Gandalín, Amadís continuó bajando hasta llegar a un llano oscuro que parecía no tener fin. Durante un rato continuaron andando hasta dar con una pared y, tanteando en ella, toparon con una barra de hierro de la que colgaba una llave y un poco más allá una verja cerrada que se abría con ella. Penetraron en otro espacio oscuro y en el fondo oyeron una voz:

–¡Ay, Dios mío! ¿Por qué debo sufrir tanto? ¡Muerte, ven y llévame ya!

Amadís se fue acercando a las voces y distinguió entre las tinieblas la entrada de una cueva. Afirmó el paso, aprestó la espada y con el escudo al cuello y el yelmo bien afirmado penetró siguiendo la débil luz de una lámpara, que fue creciendo poco a poco hasta iluminar una gran pieza en la que dormían seis hombres armados de escudos y hachas. Sin hacer ruido, Amadís cogió una de las hachas y continuó adelante, siguiendo el eco de más de cien voces que decían:

–¡Dios, danos la muerte para no tener que seguir sufriendo!

Al ruido de las voces se despertaron los carceleros y una voz de mando dijo:

–¡Afranio, levántate, toma el azote y haz callar a esos bastardos!

–Que me place –dijo el otro, haciendo restallar el cuero.

Tomado la antorcha iluminó el corredor y al fondo vio a Amadís, a quien llamó con estas voces:

–¿Quién va allá?

–Yo voy.

–¿Y quién sois?

–Un caballero extranjero.

–Compañeros, aquí tenemos a un intruso –dijo, volviéndose a los suyos.

Entonces volvió a sonar la voz de mando:

–Dejádmelo a mí, que lo mataré o lo llevaré con esos que tanto gritan.

Era este carcelero un tipo gigantesco que volteaba el hacha entre sus dedos como si fuera un junquillo. Plantado en medio de la estancia, amenazó de muerte a Amadís si no se entregaba, pero el joven caballero sintió gran saña en su pecho y se lanzó contra el hombretón al tiempo que este también le acometía con el hacha en alto.

El carcelero, más alto y corpulento, trató de golpear con todas sus fuerzas en el yelmo a Amadís, pero este le esquivó recibiendo el golpe de refilón. La cimera saltó hecha añicos y Amadís sintió un vivo dolor en el cuero cabelludo y sus ojos se tiñeron de rojo. De haber recibido de lleno el hachazo, hubiera muerto al instante, pero la herida fue poco más que un rasguño porque el filo no penetró hasta el hueso. A su vez, Amadís, poco versado en armas de villanos, descargó su hacha en el escudo de su oponente y allí quedó clavada. Viéndose desarmado se echó atrás, retirándose un paso mientras ponía mano a la espada y, lanzándose con decisión contra el carcelero, le cortó el mango de su hacha, dejándolo inerme.

El gigante, que se vio desarmado, arrojó con rabia el palo al suelo y ágilmente se abrazó a Amadís que, sorprendido, quedó entre sus brazos a merced de su enemigo, que lo levantó del suelo tratando de asfixiarlo. Amadís comenzó a sentir el ahogo, pero con un esfuerzo sobrehumano levantó la espada y descargó con el pomo un gran calabazada en el cráneo, que sonó como cuando una sandía es reventada en el suelo, repitió el golpe en el rostro y le rompió la quijada. El carcelero cayó de espaldas, aturdido, y Amadís le dio tal tajo en el cuello que ya no necesitó médicos.

Envainó la espada, tomó de nuevo el hacha clavada en el escudo y se dispuso a luchar con los otros que se abalanzaron sobre él. Al primero le clavó el hacha hasta los sesos y cayó a sus pies, a otro que le atacaba por el lado derecho le dio un hachazo en la cintura que casi lo partió en dos y al tercero le dio tal golpe en el escudo que cayó arrodillado con el brazo partido. Los otros dos arrojaron sus armas y huyeron despavoridos, pero Gandalín arrojó a los pies del último una antorcha apagada que le hizo trastabillar y caer al suelo, se levantó y pidió merced a Amadís que le dijo:

–Muéstrame a esa pobre gente que da voces.

Tomó las llaves y abrió la puerta del primer calabozo. Una mujer que estaba dentro al ver al carcelero rompió a llorar diciendo:

–Mal carcelero, ten compasión de mí y dame la muerte. ¡Oh, rey, en mala hora tuve vuestro amor, que tantos martirios me da!

–Dueña –dijo Amadís–, no soy el que pensáis, sino alguien que os sacará de aquí.

–¿Quién sois vos que os habéis atrevido a llegar hasta estas prisiones?

–Soy un caballero extranjero.

–¿Pues qué se hizo del cruel carcelero y de los otros que me escarnecían?

–Muertos son.

Amadís mandó que trajeran más antorchas y entonces vio que la mujer tenía la garganta sujeta por una gran cadena y los vestidos rotos por muchas partes como si hubiera sido forzada; como ella vio que él la miraba con piedad y no con concupiscencia, dijo:

–Señor, aunque me veáis así, sabed que soy hija de rey y por ello me veo en esta cuita.

Amadís mandó que Gandalín le quitara la cadena y que le trajesen algo con que cubrir su desnudez y el carcelero le trajo un manto escarlata que le habían robado cuando la encadenaron. Amadís la cubrió con él, después tomándola por la mano la condujo fuera de aquella sentina y cuando pasaron donde estaban derribados los carceleros ella se espantó y dijo:

–Bien muertos estáis, crueles, que tantas veces con vuestras sucias manos me habéis infligido dolor.

Después Amadís se la confió a Gandalín y él volvió a liberar a los demás cautivos.

Así volvieron a los calabozos, cuando apareció un criado con un candelabro que dijo:

–Arcaláus dice que os deis preso.

Amadís le lanzó tal mirada de rabia que al recién llegado se le cayó el candelabro. Reconsideró la situación y decidió salir con la dueña, temeroso de que pudiera sufrir daño si la desamparaba. Subieron por las escaleras y salieron al patio, allí encontraron al enano colgado de una viga y con una hoguerilla que le estaba quemando los pies. Amadís lo liberó y todos se acercaron a la puerta, pero la encontraron cerrada. Amadís se debatía entre el deseo de liberar a los presos y el temor de desamparar a la dama; finalmente decidió esperar a que fuese de día. La mujer comenzó a contarle su historia.

–Sabed, señor, que Arcaláus es gran enemigo del rey, mi amante, que le ha derrotado dos veces y como no podía tomar venganza con él la tomó conmigo, sabiendo el pesar que le causaba. Un día, en una fiesta, rodeada de mucha gente, se presentó arrogante y ante todos hizo venir una nube negra que me ocultó de toda aquella concurrencia. Y así me metió en aquella mazmorra y me entregó a los carceleros, mientras él disfrutaba pensando en mis padecimientos y en los de mi rey.

–Decidme, señora, quién es ese rey.

–Arbán de Norgales. No sé si tenéis noticia de él.

–Es el caballero del mundo que más respeto.

–Pues yo soy su dama, Grindalaya.

En este diálogo estaban cuando salió el sol y vieron aparecer un caballero enmarcado en los montantes de una ventana, que a recias voces decía:

–¿Sois vos quien ha matado a mis carceleros?

Amadís respondió así:

–¿Y sois vos quien sin motivo mata a caballeros y prende a mujeres? Yo os tengo por el más infame caballero del mundo en cuyo corazón sólo anida la crueldad.

–Todavía no me conoces a mí, ni mi crueldad –respondió desdeñoso Arcaláus–, pero yo haré que la conozcas y la sufras cada día de la vida que te queda por vivir.

Y sin esperar contestación se retiró de la ventana para aparecer al instante revestido de todas sus armas y montado en un caballo de gran alzada, erizado de hierro. Amadís, viéndole al contraluz, creyó que era un gigante y por un instante quedó absorto y petrificado.

Arcaláus, que también se destacaba por su inteligencia, se apercibió de la impresión que causaba en Amadís y le espetó soberbio:

–¿Qué miras, rapaz?

–Al mirarte veo que por tus hechuras podrías ser un varón muy señalado si tus malas acciones y tu deslealtad no te lo impidieran.

–Esto es lo último que me faltaba por oír –rió sarcástico Arcaláus–, recibir lecciones de un jovenzuelo.

Y sin esperar respuesta lanzó su caballo contra Amadís con la lanza baja y el joven hizo lo mismo, chocando ambas en los escudos. La de Arcaláus saltó hecha pedazos y su caballo, por el impulso del lanzazo del joven, quedó suspendido en el aire para terminar cayendo como un peso muerto en tierra, arrastrando a su jinete en una nube de polvo. Amadís trató de evitar aquel monte de aceros, pero su caballo, cegado por la polvareda, trastabilló y lo descabalgó. El nigromante barritaba en el suelo como un elefante, pues nadie le había hecho perder jamás los estribos y ahora se revolcaba en el polvo.

Se levantaron ambos como picados por un escorpión y se acometieron con las espadas, olvidados los escudos, y por sola protección sus armaduras y arneses: tal era la saña que se profesaban. Uno y otro descargaban terribles golpes, pero Amadís era más ágil y sentía menos los golpes que su rival, quien iba fiando su suerte a sus poderosas estocadas que, por previsibles, hacían poco daño en la integridad del joven. Tras asestar un rasponazo en el brazo a su rival, el mago se salió del campo para preguntar:

–Caballero mancebo, estás en trance de muerte y todavía no sé quién eres, ni cuál es tu nombre; dímelo para que lo sepa, que yo más quiero matarte que vencerte.

–Mi muerte –respondió Amadís– está en la voluntad de Dios y, pues deseas saber quién soy, dígote que mi nombre es Amadís de Gaula y pertenezco como caballero a la reina Brisena, esposa de Lisuarte. Y ahora lucha, que bastante te he dejado descansar con tanta palabrería.

Arcaláus entró de nuevo en la palestra, esta vez con el escudo, gesto que aprovechó Amadís para hacer lo mismo, y otra vez se acometieron con una lluvia de fieros golpes. Al poco tiempo los escudos estaban falsados y el suelo sembrado de sus astillas y de las mallas y placas de las armaduras.

Arcaláus iba perdiendo sus fuerzas y a cada instante caía en las armadillas y pequeñas emboscadas de Amadís. En medio de un intercambio de golpes, Amadís fingió bajar la guardia y Arcaláus le lanzó un fendiente al yelmo con todas sus fuerzas; el joven esquivó con facilidad el golpe y el encantador precipitó su espada contra el suelo, quedando desarmado. Por un instante la buscó por entre el polvo, momento que aprovechó Amadís para golpearle en los riñones, reventándole el corsé de cuero y acero que le protegía la espalda, obligándole a caer de rodillas. A duras penas y entre gestos de dolor, Arcaláus se volvió a incorporar, pero recibió otro golpe en el yelmo que le hizo caer de nuevo. A rastras se salió del campo y comenzó a huir en dirección al palacio. Amadís, un poco sorprendido por el desenlace, lo persiguió sin mucha prisa, creyendo decidido el combate. Arcaláus se ocultó tras la puerta de una habitación oscura de la que salió una dueña con el rostro aterrorizado.

Cuando el encantador se vio dentro retó a Amadís con fuertes voces.

–Traidor –respondió Amadís–, ¿piensas que estás a salvo ahí dentro?

Y sin esperar respuesta, el joven con el escudo embrazado y la espada en alto penetró con intención de ultimarlo, mas cuando pensaba descargar el golpe definitivo sintió que las fuerzas le abandonaban y sus extremidades se ablandaban como si fueran de algodón; la mirada se le oscureció y cayó al suelo como muerto.

Arcaláus lanzó una risotada que heló la sangre de la mujer que estaba en la entrada de la pieza, después dijo mirando al caído como si pudiera escucharle:

–Esta es la muerte que quiero darte, lenta y cruel; irás muriendo poco a poco y tu cuerpo sentirá cómo se le escapa la vida.

Después con violencia cogió a la mujer del brazo y la metió en la habitación diciéndole:

–Ya ves cómo mueren los que me retan, ¿crees que me vengo lo suficiente de este caballero?

–Os pido que le perdonéis la vida pues ha combatido lealmente contra vos –respondió la dueña con un hilo de voz.

–No sería yo si le perdonara la vida, esposa; bastante hago con perdonaros la vuestra cada día –respondió el mago con desdén, arrojando al suelo a la mujer.

Luego desarmó a Amadís, que seguía privado de sus sentidos, y se armó con su armadura; con voz recia se volvió a dirigir a su esposa con estas palabras:

–Que nadie toque a este caballero hasta que en una hora muera.

Salió al patio de armas y, al verlo con la armadura de Amadís, todos creyeron que lo había matado. La dueña Grindalaya comenzó a llorar con desesperación y Gandalín cayó al suelo desmayado. Arcaláus se dirigió a la cautiva para decirle con sarcasmo:

–Señora, idos buscando a otro protector para que os saque de vuestras prisiones que este ya está saludando a los santos.

Después la llevó donde yacía Amadís.

–¿Qué os parece?

Ella comenzó a llorar fuertemente y dijo:

–¡Bueno y noble caballero, a cuántos llenará de dolor y tristeza tu muerte!

Arcaláus se volvió a su esposa para decirle:

–Mujer, quiero que ella lo vea morir, después que vuelva a la cárcel con la cadena al cuello. Yo voy a la corte de Lisuarte y allí diré que vencí a Amadís en duelo y que condición ha sido que el vencedor corte la cabeza del vencido antes de quince días. Así ascenderé a la mayor gloria del mundo que con las armas haya alcanzado caballero alguno.

No se olvidó de meter en cárcel oscura al enano y a Gandalín, que varias veces le pidió la muerte en vano, a lo que Arcaláus respondió burlón:

–Si te matase ahora poco sufrirías. Allá dentro sabrás que hay tormentos peores que la misma muerte.

Grindalaya se desesperaba ante el bulto de Amadís que poco a poco iba perdiendo la vida.

–¡Ay, mi señora! –decía a la esposa de Arcaláus–. ¡Jamás se vio caballero tan bello y ya es pena que en tan tierna edad tenga que morir el que estaba destinado a ser sol de la caballería andante! ¡Yo maldigo a los encantadores que tanto poder tienen para hacer mal a los buenos!

La esposa de Arcaláus trató de consolarla con estas palabras:

–Dueña, contened el llanto y aprended a arrostrar estos avatares de la Fortuna. Yo llevo seis años en poder de mi esposo, que por fuerza me tomó y tiene a mis padres encerrados dentro de un castillo sobre una nube. Tres veces al año puedo verlos unas pocas horas y me amenaza cada día con endurecer su cadena. Ved si es cruel con su propia sangre que a mi hijo lo educa él y el infante me ve como una extraña. Yo también pido la muerte cada día.

De repente se oyó un gran ruido que paralizó a criados, doncellas y dueñas. Saliendo de la nada entraron cuatro doncellas con velas en las manos, que colocaron en las cuatro esquinas del cuarto. Todos los presentes contemplaban absortos su ir y venir, privados de sus sentidos. Una de las doncellas sacó un libro de una arquilla que llevaba bajo el sobaco y al instante se difundió por todos los ámbitos un perfume sutil y agudo. La doncella comenzó a leer una salmodia en lengua extraña e incógnita, respondida por otra; a sus voces se fueron uniendo otras hasta hacerse el eco de ciento. Después la doncella lectora arrancó cuatro páginas del libro y las fue quemando en las cuatro velas esquineras. Todo el aposento se iluminó con una luz ambarina y dos doncellas, acercándose a Amadís, le tomaron por las manos y dijeron a la vez:

–¡Señor caballero Amadís, levantaos y volved a la vida!

Amadís, con buen semblante y como si volviera de un dulce sueño, dijo:

–Señoras, leo en vuestros rostros tal sombro como si en vez de verme vierais a un desenterrado.

De improviso se repitió el gran ruido y las doncellas desaparecieron como habían llegado. Amadís preguntó por Arcaláus y Grindalaya le refirió todo su encantamiento y los sucesos que habían acaecido.

–Yo sentí como me desarmaban, pero todo me pareció como en sueños.

Fue la única respuesta de Amadís.

Después se armó con las armadura de Arcaláus y salió al patio de armas; cuando lo vieron los castellanos huyeron despavoridos creyendo ver al diablo. Luego se dirigió a la prisión, bajó las escaleras y buscó los calabozos, lugares largos y estrechísimos donde no entraba la claridad del día y el hedor era insoportable. Liberó a todos los presos, más de cien, y a treinta caballeros; también estaban el enano y Gandalín, que parecía un muerto viviente, pues se había abandonado creyendo que su hermano y señor había muerto.

Salieron todos a la luz del día entre grandes muestras de júbilo y agradecimiento a Amadís. Llegados al patio se hincaron de rodillas para dar gracias a Dios, aquella hueste de desenterrados más parecían muertos que vivos; entre todos ellos destacaba un caballero de gran estatura y de muy correctas facciones a pesar del hambre y las penalidades sufridas. Se llegó a Amadís y preguntó:

–Señor caballero, ¿quién diremos que nos liberó de esta cruel cárcel?

–Señor –respondió Amadís–, yo os lo diré de buen grado. Sabed que mi nombre es Amadís, mi patria es Gaula, tierra que he unido a mi nombre, soy hijo del valiente rey Perión, aunque al día de hoy pertenezco a la corte del rey Lisuarte y soy caballero de la reina Brisena, su esposa. Estoy aquí por un don que prometí a este enano.

–Pues yo también soy de Lisuarte –respondió el caballero–, de su séquito personal donde cobré honra y más dignidad de la que tuve en esta prisión exterminadora.

–¿De qué casa sois –preguntó Amadís– y cual es vuestro nombre?

–Brandoivás, conde de Merulo.

Cuando lo oyó Amadís tuvo gran contento y le abrazó diciendo:

–Muchas veces os nombró Lisuarte, por vuestras hazañas, nobles acciones y virtudes caballerescas.

Todos los prisioneros rodearon a Amadís y le dijeron:

–Señor, estamos a vuestra merced, mandadnos y os obedeceremos.

–Amigos –respondió Amadís tomando por las manos a los más cercanos–, sois libres, disponed de vuestras vidas; id donde os agrade o donde debáis.

–Señor –dijo Brandoivás–, aunque no nos conozcáis, ni sepáis nuestras naciones, desde hoy somos deudores de tal caballero y si hubiera ocasión de ayudaros, no esperaremos vuestro mandato, pues sabiendo vuestra necesidad acudiremos en vuestra ayuda donde quiera que os encontréis.

Al día siguiente, tras descansar Amadís y Brandoivás, buscaron a la mujer de Arcaláus, que estaba con otras en su estrado, también estaba Grindalaya pues ambas habían anudado una amistad forjada en el mutuo infortunio.

–Dueña –dijo Amadís a la castellana–, no quemo este castillo por no dejaros desamparadas a vos y estas mujeres, pero la maldad de vuestro marido así lo merece.

La dueña respondió llorando:

–Dios es testigo de que soy la primera en sufrir cuantos males mi marido causa. Está en vuestra mesura cobrar vuestra venganza contra él o contra mí, como su esposa...

–Jamás vilipendié a mujer nacida y sólo pido que vistáis a la dama Grindalaya de ricos paños y al caballero Brandoivás le proporcionéis las armas que vuestro marido le robó con hechizos o en su lugar otras que sean adecuadas a su dignidad de caballero. Yo llevaré las armas de Arcaláus y su caballo, pues también se llevó el mío y digo más, que en su robo incluyó mi espada, que es mi condición y mi persona, pues con ella nací.

–Señor –acató la dueña– vuestras peticiones son justas.

Al instante se cumplieron las demandas de Amadís y se dispusieron a partir de aquellos palacios, lo que mucho alegró a Grindalaya y más al enano, que de continuo se quejaba de la pierna por la que estuvo colgado y por el olor a azufre que se le había quedado metido en sus narices y decía que a cada paso olía a infierno. Palabras estas que movieron a risa a cuantos las escuchaban.

Después de comer abandonaron el castillo y las últimas palabras de la esposa de Arcaláus fueron:

–Señor Amadís, quiera Dios poner avenencia entre mi señor y vos.

–No creo, dueña –respondió Amadís–, pero vos siempre tendréis el respeto que merecéis.

Salieron del castillo y cabalgaron juntos hasta la noche; hicieron posada en un pequeño castillo de la viuda de un caballero, que les hizo mucha honra y servicio. Al día siguiente, oída misa, despedidos de la castellana, separaron sus caminos. Amadís siguió buscando a Galaor mientras Brandoivás y Grindalaya volvieron a la corte de Lisuarte. Tras las cortesías de la despedida el enano solicitó a Amadís seguir en su compañía como criado, lo que le fue concedido, dijo llamarse Ardián y besó mil veces las manos de Amadís. Siguieron andando y encontraron llorando a una de las doncellas que le habían desencantado. Amadís, que llevaba las armas de Arcaláus, le preguntó por qué lloraba, y ella contestó:

–Lloro por la arquilla que me robó el caballero que va ahí delante, en cuyo interior está el encantamiento que salvó la vida al mejor caballero del mundo y lloro por mi compañera, que otro caballero la lleva contra su voluntad para deshonrarla.

Amadís llevó a su caballo al galope hasta que encontró al primer caballero a quien dijo:

–Caballero, no tengo tiempo que perder, devolved la arquilla que habéis robado a esa doncella.

El caballero comenzó a reírse bajo su casco y Amadís, indignado, le preguntó:

–¿Por qué os reís, caballero descortés?

–Me río de vos, pues os tengo por loco si creéis que voy a devolver lo que ya es mío.

–Mejor sería para vos devolver la arquilla –dijo con paciencia Amadís.

–Me siento amenazado –se burló de nuevo el caballero.

–Os amenaza vuestra estúpida soberbia –respondió airado Amadís.

El caballero lentamente colgó de una rama la arquilla y con insolencia dijo:

–Si vuestra osadía es como vuestras palabras, venid por ella.

Estas palabras colmaron la paciencia del joven que, lleno de rabia y sañudo, se fue contra él. Apretó la lanza contra el ristre y sintió que la fuerza de su brazo se multiplicaba por cien. Apenas el astil de su lanza tocó el escudo del caballero soberbio, este salió despedido a varios metros y quedó tendido en la tierra como muerto. Poco le preocupó el estado de su contendiente a Amadís, que volvió grupas hasta encontrar al otro caballero que estaba a punto de violar a la otra doncella. A toda prisa se revistió de su armadura y con gran desprecio dijo:

–Si no acabo con vos, jamás volveré a llevar armas.

A lo que Amadís respondió, masticando las palabras:

–Caballero indigno, el mundo perdería muy poco, pues tal vileza usáis con las mujeres.

Ambos se acometieron. El caballero rompió su lanza contra el escudo de Amadís, que aguantó el golpe firme en sus estribos, mientras descargaba un lanzazo que envió a tierra a su rival ancas atrás de su montura; en su caída se torció el cuello quedando en tierra más muerto que vivo.

–Caballero rijoso –dijo Amadís acercándose al caído–, así aprenderéis a contener vuestro celo deshonesto.

Entonces Amadís se quitó el yelmo y la doncella lo reconoció. Amadís le preguntó cómo fue que le socorrieran en el castillo y ella le dijo:

–Mi tía Urganda me envió hace diez días con la misión de que os librara del hechizo en el que Arcaláus os hizo caer.

–Dios os lo agradezca –dijo Amadís–, que yo la he de servir los días que me quedan de vida en aquello que mandare y quisiere.

15

El amortecimiento de Oriana

A los diez días de estos sucesos, en una límpida mañana primaveral Arcaláus, revestido con las armas de Amadís, entraba por las puertas del palacio de Lisuarte.

Coincidió con la salida a cazar del rey acompañado de su corte; en la distancia todos reconocieron las armas y el caballo de Amadís y la alegría se instaló en sus corazones, sobre todo en el del monarca, pero acercándose el jinete vieron chasqueados que no era el que pensaban y el contento se trocó en perplejidad y un cierto pálpito angustioso.

Arcaláus lentamente se acercó a la comitiva y tras contar su mentira terminó diciendo:

–Yo le dije que si me mataba, mataba a Arcaláus, tal es mi nombre. Y él dijo que era Amadís de Gaula, caballero de vuestra reina. Y así en leal combate recibió su muerte y yo quedé con la honra y la fama de la batalla.

El rey, que oyó esta oración, comenzó a llorar y sin decir palabra volvió grupas a palacio para comunicar la mala nueva a la reina. Todos miraron con saña y odio a Arcaláus, pero ninguno le insultó, ni le dijo mala palabra, pues el encantador había hablado de combate leal; no obstante, leyó en todos los rostros el desprecio y la esquividad. Así que se volvió por donde había venido, mascullando su enojo y maldiciendo a cuantos lo desdeñaban, mientras pedían a Dios que le diera mala muerte, que ellos mismos se la darían si supieran en verdad las artimañas y malos encantamientos que usara para vencer al íntegro Amadís.

Antes de que el rey llegara a palacio ya había llegado la noticia hasta la reina y sus damas, que nunca mejor se puede decir que malas nuevas vuelan. Oriana, que estaba en sus habitaciones, al oír los llantos desgarrados envió a la Doncella de Dinamarca a conocer el motivo de tanto desespero. Cuando volvió, entró hiriéndose el rostro con sus uñas y llorando fieramente, mientras miraba su ama sin poder articular palabra.

Oriana sintió que unas tenazas de acero le tajaban el corazón y dijo con un suspiro:

–¡Ay, Santa María, mi Amadís es muerto!

Y la dinamarquesa respondió:

–¡Doncella desgraciada, muerto es!

Al instante Oriana sintió como se le paraba la sangre en los pulsos y cayó al suelo amortecida. La doncella, que la vio así, dejó de llorar y buscó a la infanta Mabilia, que lloraba mesándose los cabellos, y le dijo:

–Infanta, socorred a mi señora que se muere.

Volvió la cabeza y vio a Oriana yacer en medio del estrado como si estuviera muerta y, aunque su congoja era muy grande, sacando fuerzas de flaqueza y olvidándose un momento de su dolor quiso remediar lo más urgente y mandó que se cerrase la puerta para que nadie viese a su amiga en aquel estado, después la tomó en sus brazos y le echó agua por el rostro. Oriana volvió en sí y de forma entrecortada murmuró:

–¡Ay, amigas!, por Dios no pongáis trabas a mi muerte si queréis mi descanso y no me hagáis tan desleal viviendo una hora más que quien era mi vida, pues bien sé que él no viviría sin mí ni un minuto.

Se recuperó un instante y prosiguió:

–¡Ay, flor y espejo de toda la caballería!, que con vuestra muerte no sufro sólo yo, sino todo el mundo, pues se pierde un gran caudillo y capitán tanto en armas como en virtudes, pues los que viven en esta tierra tantos ejemplo habían de tomar. Joven mueres, pero nos acompañará la fama perdurable de tus hazañas, que como el árbol de los héroes siempre estará verde y con el fruto en la rama.

Entonces se amorteció de nuevo agotada por el esfuerzo de sus palabras y esta vez todos creyeron que había muerto, con sus hermosos caballos desordenados y revueltos por tierra, penosamente puso sus dos manos sobre el corazón donde sentía que le sobrevenía la rabiosa muerte.

Mabilia creyó que había muerto y, golpeándose la frente contra la pared, dijo:

–¡Ay, Señor Dios!, no es tiempo de que yo viva, pues las dos cosas que yo más amaba en el mundo son muertas.

La Doncella de Dinamarca temió que la infantina también muriese y dijo, sacudiéndola por los hombros:

–Señora, no fallezca mujer de vuestro talento y ponedlo cuando todavía hay remedio.

Mabilia, haciendo un esfuerzo, se levantó y con ayuda de otras doncellas llevaron a Oriana hasta el lecho. Entonces la Naturaleza se impuso y Oriana suspiró profundamente y comenzó a menear los brazos desordenadamente como si el alma se le escapara. Cuando vio esto Mabilia salpicó con agua el rostro y el pecho de la joven y con suaves cachetes la obligó a abrir los ojos y volver en sí un poco más. Cuando vio que tenía sus sentidos un poco más vivos le dijo:

–¡Ay, señora!, qué poco seso es este que así os dejáis morir por noticias tan inseguras como las que ese supuesto caballero trajo, porque no está claro que hablase con verdad. Quién os dice que Amadís no le dio las armas o se las robó, que tal como contó el cuento no parecía varón de mucho fiar, pues no hizo Dios a nuestro amigo para llevárselo tan pronto. Por tanto no os perdáis para siempre por chisme de tan poco momento.

Oriana hizo un nuevo esfuerzo y, fijando los ojos en la ventana donde ella hablara con Amadís, dijo con un hilo de voz:

–¡Ay, Amadís, cuántos con vuestra muerte perderán socorro y defensa! Y aunque todos se duelen mi mal es mayor y más amargo, pues yo era más vuestra que mía y así como yo ponía en vos todo mi gozo y mi alegría, ahora vos faltándome, mi corazón se llena de graves e insufribles tormentos; mi ánimo se verá fatigado día a día hasta que la muerte me sobrevenga para que más pronto que tarde se una mi alma a la vuestra y así dar descanso a la atribulada vida que le espera.

Mabilia, que era mujer práctica y menos dada a transportes y desvanecimientos que su amiga, la cogió por los hombros y al tiempo que la sacudía le dijo con voz afable, aunque un tanto airada:

–¿Volvemos a lo mismo, señora? ¿Pensáis que si creyera esas noticias tendría fuerzas para consolaros? Ese supuesto caballero dicen los que lo han visto que no es de fiar, así que tanto llanto y amortecimiento cese, que en nada os aprovecha e incluso nos traería algún problema si se descubriera lo que tan en secreto llevamos.

–Poco me importa eso ahora –respondió Oriana–, que tarde o temprano nuestro amor ha de ponerse de manifiesto por mucho que yo pugne en encubrirlo, que quien no quiere vivir ningún peligro teme que le ha de sobrevenir.

En estas tristes cuitas pasaron la noche: Mabilia, sin atreverse a separarse del lecho de su amiga, temiendo que se matase y esta amorteciéndose una y otra vez, de suerte que muchas veces las damas de compañía pensaron que no llegaría al alba con vida, que tal era el grado de abandono y postración en que había caído.

Pero llegó el día y este no vino con su malicia, como dice el refrán popular, sino con una noticia, la mejor que podía recibir toda la corte de Lisuarte, y fue que a la hora en que le ponían los manteles al rey, entró por las puertas de palacio el caballero Brandoivás acompañado por la dueña Grindalaya, cuya aparición llenó de gozo los corazones, pues hacía mucho tiempo que ambos habían desaparecido como si se los hubiera tragado la tierra. Hincaron la rodilla ante el rey, quien inquirió el porqué de su desaparición.

–Señor –respondió Brandoivás–, he sido en prisión oscura donde hubiera muerto a no ser por el buen caballero Amadís que nos libró a mí, a esta dama y a más de un centenar de hombres y caballeros. Diré más, que venció en limpia lid con las armas en la mano al encantador Arcaláus, pero este recurrió a un hechizo diabólico y hubiera matado a nuestro caballero si no hubiera sido socorrido por unas doncellas que tenían el collar y las puntas de magas.

El rey cuando oyó esto, se levantó de un salto y a grandes voces dijo:

–¡Brandoivás, por la obediencia que debéis a Dios y a mí, te ordeno que me digas si está vivo el caballero Amadís!

–Por mi fe y mi obediencia digo que es verdad que lo dejé vivo y sin heridas diez días hace hoy, pero, señor, ¿por qué me lo preguntáis?

–Porque ayer ese Arcaláus nos dijo que lo matara en duelo.

–¡Mago traidor y malsín! –barbotó Brandoivás–, pero descansad, señor, que Amadís está sano y con honra.

Entonces Brandoivás le fue contando al rey por lo menudo cuanto aconteciera en el castillo de Arcaláus. Todos cuantos le oían se alegraban en sus almas y el rey ordenó que la dueña Grindalaya fuera a los aposentos de la reina para contarle las nuevas de su caballero. La Doncella de Dinamarca, que a la sazón se encontraba en el comedor real, fue a avisar a Oriana y a Mabilia para que se acercaran al estrado de la reina para participar de la felicidad que embargaba a todo el palacio.

Con la dulzura y sagacidad que caracterizaban a Mabilia consiguió que Grindalaya terminara en la alcoba de Oriana y fuera contando paso por paso las hazañas de su amado. Poco comieron aquel día y mucho gozaron tornándose la tristeza en júbilo. A disgusto tuvieron que dejar que Grindalaya volviera al estrado real, donde junto a la reina estaba el rey Arbán de Norgales, a quien mucho amaba y a quien buscaba desde su llegada a la corte. El placer de ambos en este encuentro no puede narrarlo esta humilde pluma y así lo callará con discreción.

Allí acordaron que Grindalaya se quedara en el séquito de la reina, pues no habría casa en la que fuera más reconocida y honrada y más cuando Arbán de Norgales dijo que era hija del rey Adroid de Serelois y que todas las desgracias sufridas tenían en él la causa. Cuando la reina oyó esto mucho más deseó su compañía, tanto por las buenas nuevas que había traído como por su alto linaje. Y tomándola de la mano la nombró como hija, suplicando la perdonara por no haberla honrado más al no conocer sus prendas.

Aquella noche sería recordada en la corte de Lisuarte como una de las más felices de su reinado.

16

El caballero de los leones

Amadís se despidió de la sobrina de Urganda y se internó en la floresta durante varias horas. Allí hizo oración y recuerdo de su amada Oriana. En estos transportes se le pasaron las horas en un suspiro y de su ensimismamiento le sacaron el enano y Gandalín, que le recordaron que ya era la hora de comer. Satisfecha frugalmente la necesidad, salieron de la floresta y ante ellos se abrió un amplio valle con un gran llano en su centro y a su fin un hermoso castillo al que dirigieron sus pasos. Buscaron el camino real y poco anduvieron por este cuando se toparon con una carroza que se dirigía hacia el castillo. Tiraban de ellas doce palafrenes con gualdrapas negras y bordadas con cruces de plata; cubría la gran carroza un paño rojo de seda que impedía ver su interior. Rodeaban la carroza ocho caballeros armados que montaban guardia en sus cuatro esquinas.

Amadís sintió curiosidad y se acercó al monumento. Le salió al encuentro un caballero veterano que le dijo en tono airado:

–Apartaos y no seáis osado.

–No lo hago por mal –casi se disculpó Amadís.

–Sea como sea, no os interesa lo va ahí debajo. Si porfiáis, os costará la vida, pues deberéis combatir con su guardia.

El tono irritado y la amenaza ofendieron a Amadís que dijo:

–Por las buenas o por las malas he de ver lo que hay dentro de esa carroza.

Se adelantó a levantar el paño y fue atacado por los dos caballeros más cercanos que se aproximaron espada en mano. Amadís derribó a ambos de un solo lanzazo; detrás llegaban otros dos a los que hirió, a uno en el escudo tan fuertemente que lo descabalgó sin rozar siquiera las ancas de su caballo, estampándolo contra un árbol mediano que se partió por el impacto. Soltó la lanza, tomó una maza y se fue contra el otro, al que golpeó sobre el yelmo con tal fuerza que su oponente para no caer tuvo que agarrarse al pescuezo de su caballo, que salió dando corcovos como el que lleva un borracho, pues su jinete así cabeceaba sin sentido hasta caer en medio de un zarzal.

Los otros cuatro cuando vieron a sus compañeros vencidos por un solo caballero dudaron si atacar en bloque o huir buscando cada uno su salvación. Amadís afirmó su lanza en el ristre y lanzó su caballo al galope para aprovechar su desconcierto, pero ellos, al ver como se les echaba encima aquel monte de acero, prefirieron la huida y abandonaron el campo sin presentar batalla.

Lentamente Amadís se aproximó a la carroza, pero se interpuso el caballero veterano que le dijo:

–Tendréis que pasar sobre mi cadáver.

Amadís que vio el rostro del anciano enmarcado por el acero de su yelmo sintió piedad y mansamente dijo:

–Caballero, sed razonable, si en vuestra juventud y edad entera no ganasteis honra, hoy vuestros años os excusan de lograrla.

El viejo respondió:

–Mucha logré en mis días floridos, hoy sólo me toca sostenerla. Sin duda habéis oído hablar de Cristián de Montoro, ese soy yo.

–Así es, caballero –dijo Amadís–, vuestro pasado os honra; los mancebos que os acompañaban poco han hecho para merecer la dignidad que a vos os sobra, yo no combatiré con vos.

–En combate habéis ganado vuestro derecho, podéis contemplar el catafalco – finalmente dijo resignado el caballero veterano y levantó un pico del terciopelo carmesí que cubría la carroza.

En estas razones estaban cuando vieron como los caballeros derrotados huían hacia el castillo en penosa procesión que avergonzó al viejo Cristián de Montoro y al propio Amadís, que sin hacer comentario alguno metió la cabeza bajo el paño y vio un sepulcro de mármol y sobre el mismo el bulto de un rey coronado cuya cabeza estaba hendida hasta los dientes en horrible herida.

Amadís se volvió al caballero y le preguntó así:

–Caballero, ¿por qué ese rey tiene el rostro partido?

Pero antes de que el anciano respondiera se presentó ante ellos, llegando del castillo, una mujer ricamente ataviada y a su lado la doncella más hermosa que jamás Amadís contemplara en todos los días de su existencia.

La dueña lanzó una mirada por el campo donde pacían los caballos de los vencidos, los restos de armaduras, lanzas y escudos y dijo:

–¿Dónde están mis caballeros, Cristián, y qué hace este extraño mirando bajo el paño?

–Señora –respondió el interrogado–, nuestros caballeros hicieron más mal que bien.

–¡Maldito caballero, que tales diabluras habéis hecho! –se quejó la dueña–. Y qué poco valor en ellos que han permitido que veáis el catafalco.

–Señora, ellos me acometieron y decidme ahora la historia de ese rey mutilado.

–No la sabréis por mí –fue la respuesta airada de la dueña, que se volvió al castillo seguida de la doncella que mimó ante Amadís una graciosa reverencia, respondida por este con una amable sonrisa mientras se llevaba la mano derecha al pecho a la altura del corazón. Una leve turbación se apoderó del joven, que por un instante no supo que determinación tomar, pero cuando contempló los gestos de enojo y la irritación de la dueña hacia sus criados decidió variar el rumbo de su camino y olvidarse de los moradores del castillo. Ordenó a los suyos darse la vuelta y buscar otra senda. Mientras, los escuderos y criados de la dueña metieron a los heridos en la carroza, muchos de ellos corridos de vergüenza y derrota mientras volvían grupas al castillo.

El enano le preguntó a Amadís qué viera bajo el paño, este se lo dijo y que no pudo averiguar más por el enojo de la dueña.

–Si ella hubiera sido un caballero armado, bien pronto os lo hubiera dicho –respondió el enano.

–Vámonos –dijo Amadís–, que donde no somos queridos, nuestra presencia es excusada.

Callaron todos y siguieron adelante. No habían caminado una legua cuando vieron venir al caballero veterano desarmado y a galope tendido. Cuando les alcanzó les pidió con gran humildad y de parte de la dueña que se albergasen en el castillo para enmendar las descortesías que había tenido con caballero tan valiente. Los ruegos fueron tan insistentes que Amadís terminó por ceder. Al llegar cerca del castillo, el caballero se adelantó para avisar a la dueña. Ardián, el enano, dijo a su amo que tenía un mal pálpito con aquella mujer, pero Amadís rechazó sus miedos y se dispuso a entrar cuando vio a la dueña acompañada por la niña hermosa, ambas acodadas en una ventana sobre las puertas de entrada. La niña y el joven se miraron a los ojos y Amadís leyó en ellos un mensaje de aviso, pero estaba tan absorto en su belleza que sin darse cuenta ya había entrado en la fortaleza.

–Entrad, el caballero –dijo la dueña–, que os agradecemos mucho vuestra venida.

–Señora –dijo él sin dejar de admirar la hermosura de la joven–, más me agrada daros placer que enojo.

Aún no había terminado de hablar cuando se vio rodeado de una docena de caballeros y peones armados que le pedían rendición o muerte.

Apenas pudo calarse el yelmo, pero no tuvo tiempo de embrazar el escudo, cuando empezaron a lloverle golpes y estocadas por todas partes. La ira justa de buen caballero engañado por una dama torticera, algo que jamás hubiera podido contemplar en su código, multiplicó sus fuerzas y comenzó a derribar a cuantos se le acercaban, pero algunos llevaban largos lanzones con los que le mataron el caballo y tuvo que descabalgar, refugiándose bajo un cobertizo con la espalda en la pared. Desde allí vio como prendían al enano y a Gandalín que se defendió fieramente derribando hasta tres peones; su ejemplo le dio garra para cobrar más ánimo, pero sus enemigos eran muchos y los golpes tan continuados que le hacían hincar la rodilla en tierra. Cada vez le quedaban menos fuerzas y se multiplicaban sus heridas; por primera vez en su vida vio cercana su muerte. Redobló una vez más su coraje, sacando fuerzas de flaqueza pensando en su amada Oriana y, aunque había matado a seis y herido a muchos más, supo que su fin estaba cercano cuando le rompieron la espada de Arcaláus de un mazazo.

Pero Dios y su entereza le socorrieron en este trance y fue de esta guisa: la niña hermosa que contemplaba la batalla desde la ventana, asombrada por la belleza y la gallardía de Amadís, se sintió movida por una gran piedad y, sin que la dueña se apercibiera, llamó a su doncella y le dijo:

–Suelta a mis leones para que desbaraten a los que atacan a ese caballero que tengo para mí que es el mejor del mundo. Hacedlo por mi orden que yo me responsabilizo de ello.

Y ordenado esto volvió junto a la dueña con rostro impertérrito.

La doncella hizo su mandato y al instante aparecieron dos leones en el patio, rugiendo y en actitud amenazante. Detrás, la doncella daba voces pidiendo que todo el mundo se guardara de ellos, pero ya era tarde y varios murieron despedazados. Amadís vio cómo se despejaba el campo, pues todos huían hacia la barbacana o hacia las torres. Rápidamente salió del castillo y atrancó la puerta por fuera con una gran piedra, dejando a los leones dentro, campando por sus respetos. Después, herido y muy fatigado, se sentó sobre un poyo de piedra y tristemente contempló su espada rota y mellada. Oyó como los leones ramoneaban por el patio desierto y pretendían salir arañando las puertas con sus fuertes garras.

La situación se iba haciendo cada vez más difícil para los del castillo, y la dueña, apelando a su condición femenina y a las obligaciones del caballero, salió a la ventana y se dirigió a Amadís con suaves maneras para pedirle perdón por cuantas traiciones había perpetrado; finalmente, le rogó que abriera las puertas a los leones. Allí mismo juró que jamás había pensado en matarlo, sino tan sólo ponerlo en prisiones.

Amadís contestó mesuradamente:

–Eso, señora, nunca debisteis hacerlo así, que yo os hubiera servido de grado pues por mi condición me debo a todas las mujeres y soy de ellas sin mirar rango, religión o raza y a todas entrego mis servicios.

–Pues, señor –dijo la castellana impaciente–, abrid presto las puertas.

–No lo haré, pues vos no merecéis esta cortesía.

La dueña se apartó de la ventana maldiciéndole. De repente, apareció en el vano la niña hermosa que llevaba el cabello suelto y Amadís pudo ver que era más rubia que el oro de Arabia.

–Señor caballero –dijo suavemente–, aquí hay quienes no tienen culpa alguna del mal que recibís; antes bien, merecen otro trato por vuestra parte.

Amadís oyó su voz que no era humana y creyó oír la voz de un ángel. Se sintió fuertemente atraído por la joven y le dijo:

–Amiga hermosa, ¿queréis vos que abra la puerta?

–Os lo agradecería, buen caballero.

Amadís sintió que su voluntad ya no dependía de él y se olvidó del dolor de las heridas. Sin pensarlo dos veces comenzó a abrir las puertas, pero la joven le dijo:

–Señor caballero y amigo, esperad un momento, yo empeño con vos mi palabra y por ello voy a pedir seguridades a la dueña. Vos no merecéis más traiciones.

Y se alejó de la ventana dejando absorto a Amadís que no sabía que admirar más en la niña, si su belleza impar o aquel adarme de lealtad y discreción. Al poco tiempo aparecieron en la ventana Gandalín y el enano, venía con ellos el caballero viejo que ató una cuerda por la que se descolgaron ambos criados. Después arrojó un escudo y una maza para que Amadís matara a los leones.

–Las armas no las emplearé contra estos animales, pues mal haría si matara a quien me ayuda –dijo Amadís para su santiguada.

Después envainó lo que le quedaba de espada, embrazó el escudo y con la maza en la mano abrió las puertas. Los leones que las vieron, salieron al campo rugiendo, pero cuando vieron al joven se acercaron con la panza en el suelo ronroneando como gatitos. Amadís les acarició la melena y al instante las bestias pacíficamente se internaron en la floresta.

Entonces apareció de nuevo la castellana en la ventana y dijo:

–Entrad en paz el caballero en mi castillo.

–Señora –dijo Amadís sin soltar la maza–, yo perdí aquí mi caballo y si queréis que entre debo hacerlo montado cual corresponde a mi condición; dadme otro, pues, si no seguiré a pie mi camino.

–Caballero –respondió la dueña–, habéis mi palabra, desarmaos, curaremos vuestras heridas y descansaréis esta noche. Aguardad un instante y tendréis caballo, que muy deshonroso sería ir a pie tal caballero.

Amadís entró, fue llevado a la zona noble del castillo y en una rica cámara le atendieron la hermosa joven y su doncella, que lo desarmaron y cuidaron sus heridas que merecieron poca consideración, luego le cubrieron con un rico manto. Pero cuando vieron su cuerpo, ambas se maravillaron de su hermosura y más que siendo de tan tierna edad fuera capaz de hacer tales proezas con las armas.

Amadís y la niña se miraron y creyeron que era un espejo de belleza lo que sus ojos contemplaban, hasta el punto de perder ambos la palabra como si en un sortilegio hubieran caído a la vez y así estuvieran sin tiempo si la llegada de la dueña no les hubiera sacado de tal estado de abandono.

–Señora –dijo Amadís recuperándose–, creo que ya es momento de que me digáis por qué la figura de la carroza tenía la cabeza partida; ¿quién era ese caballero?

La dama asintió con la cabeza, mandó despejar la pieza de doncellas y sirvientes; luego pidió a la niña que se quedase a su lado y dijo así:

–Señor caballero, aquella escultura de piedra que visteis se hizo en recuerdo del padre de esta joven, el cual yace en la caja que va debajo de la estatua. Tal varón fue rey coronado, de nombre Tarascón, y estando en su trono presidiendo una fiesta, llegó su hermano Abiseos y diciendo que era a él a quien correspondía la corona por ser del mismo linaje ya que eran hermanos gemelos, sacando una espada que traía revuelta en el manto, descargó un golpe sobre la corona que le abrió la cabeza hasta los dientes. Tan grande traición la tenía muy bien estudiada, pues se hacía acompañar de muchos caballeros cortesanos, de manera que muerto el rey y sin más descendencia que esta niña, pronto ocupó el reino que hasta hoy gobierna injustamente. El caballero viejo que conocéis era el ayo y preceptor de la infantina y poniendo cien veces en peligro su vida consiguió huir con ella y la trajo a este castillo porque es mi sobrina. Después conseguí con sobornos el cuerpo de su padre y cada día lo pongo en la carroza y voy con él al campo a la búsqueda de un caballero lo bastaste valiente como para poder defender los derechos de la niña y vengar la injusta muerte de mi hermano. Ello lo debe demostrar por la fuerza de las armas derrotando a cuantos se le opongan. Vos lo habéis conseguido y, si queréis emplear vuestra valentía y el esfuerzo de vuestro corazón en una causa justa, conseguidme otros dos caballeros para que combatan con Abiseos y sus hijos, porque ellos han decidido luchar de consuno si se les demandare en batalla.

–Señora –dijo Amadís–, hacéis bien en querer vengar la mayor traición de que nunca oí hablar y si vinieran uno a uno a la batalla no sería preciso buscar más caballeros, que me basto yo solo para combatir con ellos, con la ayuda de Dios.

–No lo harán pues son traidores de alma –respondió la dueña–. Si estáis vivo y libre dentro de un año, yo habré buscado otros dos para que justen con vos.

–Me place –dijo Amadís–, pero no os preocupéis de buscar, que yo os traeré los que mantendrán vuestro derecho con la bravura exigida.

Amadís pensaba en su hermano Galaor y Agrajes, su primo. La dueña y la niña se lo agradecieron y le dijeron que tuviera presente que Abiseos y sus hijos eran los caballeros más esforzados, crueles y traidores de aquellos reinos y que jamás habían sido vencidos.

–Señor –dijo la dueña–, ¿quién sois, de dónde venís y cómo os buscaremos?

–Mi nombre es Amadís, mi nación Gaula, de la casa del rey Lisuarte y caballero de la reina Brisena, su mujer.

–Cenemos ahora y bien nos aprovechará –dijo la castellana.

Entraron en un hermoso y bien iluminado comedor, abastado de toda clase de viandas. Amadís y los suyos comieron a placer, pues hacía varios días que sólo se sustentaban de agua de las fuentes, pan duro y reseco queso de cabra. Llegada la hora de dormir, llevaron a Amadís a una gran cámara cuyo centro lo ocupaba un suntuoso lecho, de rey, dijo el enano.

Quedaron solos Amadís y la doncella de la niña, que le dijo:

–Señor caballero, aquí está quien os ayudó.

–¿De qué me hablas, doncella? –se extrañó Amadís.

–Yo soy quien os salvó la vida soltando a los leones, cuando estabais a punto de morir. Debéis saber que mi ama, la niña hermosa Briolanja, me lo ordenó.

Amadís se quedó sin respuesta, cuando se repuso de la sorpresa le dijo:

–Decidle cuánto se lo agradezco y que desde hoy me tenga por su caballero más rendido.

–Decídselo vos mismo, caballero –respondió la doncella al tiempo que descorría una cortina tras la que apareció sonriente la niña.

A continuación los tomó a ambos de la mano y los sentó frente a frente, después se retiró y ellos comenzaron una sabrosa conversación. Briolanja sirvió un vino especiado mezclado con miel que Amadís bebió con unción, después el tiempo desapareció como magnitud y cayó en un dulce abandono del que salió al amanecer con una sensación ambigua: olvido y plenitud se mezclaban con un difuso sentimiento de culpa que no acertaba a explicar. En la soledad de su cámara su corazón se enturbió de pesadumbre y el tiempo hasta la hora prima de la misa se volvió a tornar interminable.

Acabada esta, Amadís se despidió de la dueña y preguntó el nombre de los hijos del usurpador Abiseos, que habían de ser sus adversarios.

–Darasión y Dalmás y los tres son reconocidos justadores.

–¿Y la nación? ¿Cuál es su nombre?

–Sobradisa, frontera con Serolois y por el otro lado comarca con el mar.

–Esperadme el año –concluyó Amadís–, pues yo vendré con dos caballeros y el reino volverá a vuestra sobrina.

Luego se armó y montó en el buen caballo que la castellana le dio; en la despedida apareció la niña con una rica espada en sus manos, la que fuera de su padre y, ofreciéndosela a Amadís, dijo con una sonrisa que congeló la sangre en el cuerpo del joven:

–Amadís, mi caballero, llevad por mi amor esta espada que merecéis; fue de mi padre y que Dios os ayude con ella

Amadís se lo agradeció y le dijo:

–Amiga Briolanja, tenedme por vuestro caballero para defender vuestro derecho ante quien os ofenda.

Ella le ofreció su mano y Amadís la besó con un fervor que sorprendió a todos, incluso a él mismo.

El enano, que todo lo miraba con asombro e ignoraba el amor de Oriana, dijo a la doncella de la niña:

–Mucho gana la jovencita con tal caballero.

–Él no lo sabe, pero será suyo para siempre –respondió la doncella enigmáticamente.

17

Donde se vuelven a unir las dos ramas

Amadís se despidió de la dueña y de la niña prometiendo su vuelta. Después, hambriento de aventuras, se internó en la floresta que el enano llamó de Angaduza; este iba abriendo camino como práctico cuando en una revuelta del sendero se topó con un caballero y una doncella que al verlo le susurró algo al oído de su acompañante, quien se lanzó con la espada desnuda contra el enano, que volvió grupas buscando amparo en su amo.

Pero el caballero le iba acortando los terrenos, por lo que se vio obligado a tirarse del rocín gritando:

–¡Ayuda, mi amo, que me matan!

Amadís, que lo vio, se interpuso pidiendo explicaciones al caballero que le respondió:

–Mucho me pesa que otro caballero ampare a esa bestia miserable, pero es necesario que le rebane la cabeza.

–No lo intentéis, es mi criado y os veréis en batalla.

Y así tomaron las armas, lanzaron sus caballos al galope y Amadís empuñó su lanza pero la fuerza de otros días no le acompañó, poco le importó pues otras cosas tenía de que ocuparse y pronto chocaron los escudos que comenzaron a astillarse. Por un momento ambos caballeros pensaron lo mismo y, arrojándose sobre su enemigo, juntaron caballos, cuerpos, escudos y yelmos, de guisa que ambos cayeron al suelo entre una nube de polvo. Cuando este se disipó se encontraron frente a frente con las espadas en la mano. Con golpes espantosos se acometieron durante varias horas, deshaciéndose escudos y lorigas que pocas defensas iban ofreciendo a sus portadores, dejando muchas brechas para que las espadas hirieran las carnes y lo mismo en los yelmos que abollados y rajados se clavaban en las cabezas de ambos contendientes, haciéndoles sangrar tanto que era lástima ver a tan buenos caballeros ofendiéndose por cuestión de tan poco momento.

Tomándose ambos caballeros un respiro, Amadís le preguntó a su rival por qué tanta saña, a lo que este le contestó:

–Caballero, mal hacéis en defender a esta bestia de corral, que los de esta raza todos son traidores y peste de la tierra. O yo moriré o su cabeza la tendrá esa doncella que me la pidió.

–Luchemos, pues –fue toda la respuesta de Amadís–, pues antes perderemos una de las nuestras.

De nuevo volvieron a herirse sin causa y por la gran tozudez de aquel caballero que matar quería a quien no tenía culpa. Sólo el cansancio hubiera acabado el combate cuando apareció un caballero que a distancia contemplaba largo rato la batalla antes de dirigirse a la doncella, a la que preguntó el motivo de tan sañosa porfía y quiénes eran tales caballeros que hacían nunca vistos prodigios de valor y sabiduría militar.

–Sí sé quienes son ambos y sea cual sea el resultado de la lucha me alegraré de la muerte de cualquiera, aunque mejor sería que ambos murieran y camino llevan de ello viendo las heridas que se infligen.

–No es ese buen deseo, ni placer, doncella, más os valdría rogar a Dios por varones tan valientes; pero decidme por qué los odiáis tanto –preguntó de nuevo asombrado el caballero.

–Os lo diré, pues mi obra casi está concluida. Aquel que tiene el escudo más entero es el hombre a quien más desprecia mi tío Arcaláus y se llama Amadís. El otro es su hermano, se llama Galaor y mató al hombre a quien yo más amaba. Es caballero ardiente y supe seducirlo, por caballerosidad y sin saber mis intenciones me otorgó un don y cuando apareció Amadís, le pedí la cabeza de aquel sirviente enano y Galaor por satisfacerme y Amadís por lealtad a su criado van a morir desangrados.

–¡Mal nacida de vientre de víbora eres, que con traición quieres que mueran los mejores caballeros del mundo! –dijo el caballero y sacando una daga rebañó el cuello de la doncella de lado a lado–. Este es el galardón que le debía a tu tío Arcaláus, que en cruel prisión me tuvo y de la que me sacó ese buen caballero.

Y luego dando grandes voces se interpuso entre ambos contendientes diciendo:

–¡Parad, señor Amadís, no matéis a vuestro hermano Galaor, a quien tan tiernamente buscáis!

Cuando Amadís lo oyó dejó caer la espada y el escudo llorando. Galaor hincándose de hinojos se abrazó a las rodillas de su hermano sollozando a su vez y diciendo:

–¡Maldito de mí, que he querido matar a mi sangre y a mi señor!

Amadís lo alzó del suelo diciendo:

–Buena ventura tenga quien hizo tanto por nuestro reconocimiento.

Entonces se desenlazaron penosamente los yelmos, mientras el caballero les contaba la traición de la doncella y cómo la degollara.

–Gracias a vos, caballero –dijo Galaor–, ya tiene cumplido su don.

–Más me place a mí –dijo con cierta sorna el enano–, que ya no tengáis que cumplirlo.

Viendo su lamentable estado, el caballero recién llegado les propuso pasar la noche y curar sus heridas en su castillo que se levantaba a menos de dos leguas. Proposición que fue bien acogida por ambos hermanos. Más tarde el caballero se dio a conocer como uno de los cautivos excarcelados por Amadís en las mazmorras de Arcaláus el Encantador.

–Llamadme Baláis y por mi castillo que se levanta en la montaña de Carsante, soy conocido como Baláis de Carsante y mucho me alegra que vengáis conmigo, señores.

Entonces cabalgaron como mejor pudieron y llegaron a un buen castillo donde hallaron caballeros, dueñas, doncellas y físicos que los recibieron con gran amor y Baláis les dijo después de presentarlos:

–Estos dos jóvenes son la flor de la caballería del mundo y los hallé en tal punto que si Dios no me hubiera puesto en su camino, uno de ellos hubiera muerto o por mayor desventura, ambos. Servidlos y honradlos como se merecen.

Y así fueron agasajados y curados con esmero y puestos en dos lujosos lechos descansaron esa noche.

Galaor dijo a Amadís:

–Hermano y señor, yo haré lo que vos me demandéis, pues otro fin no tengo en esta vida sino pretender igualaros en obras y fama o morir en el intento.

Al día siguiente, Amadís envió al enano a la corte de Lisuarte para que, besando la mano de la reina, le informara de que había encontrado a Galaor y que cuando las llagas lo permitieran partirían hacia allá.

18

Júbilo cortesano

Tras las angustias por la supuesta muerte de Amadís, la Fortuna quiso que Lisuarte y su esposa disfrutaran viendo llegar a la corte a varios caballeros de importancia con noticias favorables.

Primero llegaron don Galvanes sin Tierra, su sobrino Agrajes y Olivas. Todos inquirieron noticias sobre Amadís, de quien había dudas sobre su vida o muerte.

Agrajes, hermano de Mabilia, se reencontró con su amada Olinda. Era tiempo de amar y descansar de hazañas y aventuras. El rey les pidió que se quedaran por un tiempo y durante la comida llegó Angriote de Estraváus, derrotado por Amadís.

Angriote, caballero derrotado pero leal, dio buenas nuevas que se multiplicaron con la llegada del enano Ardián, que certificó el hallazgo de Galaor. El enano contó con detalle el combate entre los dos hermanos para asombro y terror de los oyentes, a los que tranquilizó con el anuncio de la cercana llegada de ambos caballeros.

El rey decidió celebrar cortes con la presencia de todos los caballeros, todos se lo otorgaron y decidieron esperar la llegada de Amadís y Galaor.

19

Camino a la Corte de Lisuarte

Las heridas de Amadís y Galaor necesitaron más cuidados de los previstos, pues no en vano ambos eran la flor de la caballería y también en sus golpes excedían a los demás caballeros. Cuando estuvieron curados partieron hacia la corte de Lisuarte en compañía de Baláis, que ansiaba pertenecer a la fraternidad de los caballeros del rey, y ambos hermanos deseaban mostrarle su agradecimiento por las atenciones recibidas en su castillo.

Tras oír misa y armados los tres tomaron el camino de Vindilisora y lo hicieron a tan buen paso que al cabo de cinco días estaban en límite de los territorios reales de Lisuarte. Al caer de la tarde del quinto día llegaron a una encrucijada de caminos cuyo centro lo ocupaba un poderoso tilo bajo cuya copa estaba un caballero muerto yaciendo en un suntuoso lecho flanqueado por cuatro cirios inapagables por el viento. El caballero estaba armado de punta en blanco, con la cabeza descubierta y golpeada sañudamente en muchas partes con su rostro muy desfigurado.

Pero lo que más absortaba a los que lo contemplaban era que tenía la garganta atravesada de lado a lado por el asta de una lanza y ambas manos engarfiadas en el hierro como si hubiera querido arrancárselo en un supremo esfuerzo.

Los tres caballeros quedaron mudos ante tal gesto trágico y al instante desearon saber quién era aquel desgraciado caballero.

Amadís descabalgó y acercándose al lecho dijo:

–Detrás de esta muerte hay un gran pleito, si aquí nos quedamos presto toparemos aventura.

Galaor, con su natural impulsivo, apostilló:

–Yo juro por mi fe de caballero que no me moveré de aquí hasta saber quién es este caballero, quién lo ha muerto y vengarlo si la razón y la justicia me lo otorgan.

Amadís, que no veía el momento de presentarse ante su señora Oriana, a quien había prometido volver en cuanto hallara a don Galaor, pesole la determinación de su hermano y le dijo:

–Hermano, mucho me pesa vuestro juramento de caballero, pues pienso que esta aventura va a retrasar mucho nuestro camino a Vindilisora.

–A él me debo, hermano –fue la respuesta un tanto desabrida de Galaor.

Al punto descendió de su cabalgadura y se sentó junto al muerto, sus compañeros hicieron otro tanto, pues no se deja solo a un caballero en una encrucijada si no es por otra aventura,

Ya había anochecido cuando vieron venir por uno de los caminos a un caballero acompañado por dos escuderos; uno llevaba de las riendas un caballo sobre el que lloraba una mujer sonoramente, el otro cargaba con el escudo y el yelmo del caballero que golpeaba con la lanza a la doncella.

Así pasaron junto al muerto y cuando la doncella vio a los tres caballeros dijo con desprecio:

–¡Ay, buen caballero, que con traición te han arrebatado la vida! Si estuvieses vivo no consentirías que me escarnecieran. ¡Ay, muerte, más te valiera llevarte la vida de esos tres cobardes que no la suya!

El caballero que la llevaba la hirió con más saña hasta hacerla sangrar por la sien. Al instante abandonaron el campo a buen paso. Amadís se había quedado de piedra, pero pronto se repuso para decir con pesadumbre:

–Galaor, bien sabía yo que quedándonos aquí, en esta encrucijada, nos asaltarían aventuras embarazando nuestro regreso. Pero si es el sino del caballero ayudar a viudas, menesterosos y doncellas agraviadas y creo que esa lo es, pues nunca vi caballero tan villano que hiriera a una mujer de tal guisa, tal desafuero no lo he de pasar. Escucha, hermano, si yo tardo idos a Vindilisora, que iré en cuanto pueda y vos, Baláis, hacedle compañía. ¡Vamos, Gandalín!

Y puso su caballo a galope tendido en procura del caballero que ya iba lejos.

Ya era noche cerrada cuando Galaor y Baláis sacaron de sus zurrones recado para cenar. Entonces llegó a la encrucijada un caballero que venía por donde había ido Amadís y llegaba herido de una pierna doliéndose. Llegose hasta Galaor y Baláis y les preguntó:

–¿Sabéis vos quién es un caballero con el que me he cruzado por ese camino?

–¿Por qué lo preguntáis? –repreguntó a su vez Galaor haciendo un guiño de complicidad a Baláis.

–¡Maldito sea, va tan furioso que parece que le acompañan mil diablos!

–¿Debemos entender que os hizo alguna burla o traición? –ironizó Baláis, que tenía un carácter un poco zumbón.

–No me quiso decir dónde iba y cuando le trabé las riendas me dio tal empujón y con tan mala fortuna que caí bajo el caballo y me dejó esta pierna como podéis ver.

–Eso os ha pasado por meteros en las vidas y haciendas de quien no os interesa –dijo Galaor.

–Caballero –dijo Baláis, que era hombre de gran agudeza en la palabra–, aprended el dicho:

No te metas en dibú-
ni en saber vidas ajé-
que en lo que no va, ni vié-
pasar de largo es cordú-

Galaor no pudo evitar espurriar la sopa de la risa, lo que hirió al caballero, que barbotó:

–¡Menguados, os reís de mí! Yo haré que os arrepintáis.

Y sin más argumentos se fue hasta donde estaban los caballos y le dio un puntazo en las ancas al de Galaor que le hizo encabritarse y tras romper las riendas se perdió por el monte; después el caballero quiso repetir la hazaña con el de Baláis, pero este y

Galaor se interpusieron espada en mano. Viendo que no podía con ambos volvió grupas diciendo entre risas:

–Si el otro caballero me la jugó, me he vengado con vosotros.

Pero ya Baláis enjaezaba su montura para perseguirle.

–Ese mal caballero os ha de dar su caballo por el que os ha espantado...

–Que lo pague con sangre –masculló Galaor, siempre de genio vivo.

–Con Dios, Galaor –dijo Baláis, lanzando su caballo a galope tendido.

–Con Él vais –respondió entre el crepitar de guijarros y herraduras.

Don Galaor se quedó solo con el cadáver del caballero, mientras su escudero se dedicaba a buscar inútilmente el caballo; así estuvo aguardando hasta que de la noche pasaron más de cinco horas. Entonces, vencido por el sueño, puso el yelmo en el suelo y sobre él su escudo; pensó recostarse un poco, pero apenas se reclinó, cayó en adormecimiento. Así estuvo mucho tiempo y cuando despertó sobresaltado allí no había ni cirios, ni lecho, ni caballero muerto. Le embargó un sentimiento de vergüenza por su flojedad de ánimo y juró encontrar a pie el motivo por el que se había desviado del recto camino hacia Vindilisora. Se sentía confuso, bebió un sorbo de agua del arroyo que pasaba a su lado y de nuevo lo tomó el sueño en sus brazos haciéndole perder sus sentidos corporales.

Cuando volvió de nuevo en sí, el alba ya era llegada y sin más comenzó a seguir el camino que su voluntad le mostraba y al cabo de andar una hora halló a dos caballeros armados. Galaor les preguntó por el muerto; ellos le dijeron que la medianoche pasada se habían cruzado con tres doncellas y diez escuderos y pajes que cargaban unas andas. Le indicaron el camino a seguir y al cabo de un rato se encontró con un paje de librea parigual a los colores del caballero muerto, al que preguntó por el cadáver de su amo.

–Rapaz, ¿por ventura sabes quién se ha llevado al muerto que estaba bajo el árbol de la encrucijada?

–Si vos me prometéis vengar su muerte, para consuelo de muchos, yo os diré dónde está.

–Yo lo prometo, pues lo extremoso de su muerte merece venganza sin mayores consideraciones.

–Es muy cierto, señor. Ahora subid en este palafrén y yo lo haré en sus ancas.

Y siguiendo el camino como unas dos leguas llegaron a un hermoso castillo y el pajecillo dijo:

–Decidme vuestro nombre y linaje, caballero.

–Mi nombre es Galaor y pertenezco a la casa del rey Lisuarte.

Se fue el joven y Galaor entró en el castillo hasta un amplio patio de armas donde vio el catafalco del caballero muerto y en torno a él una parvada de mujeres haciendo un gran duelo y, llegándose a un sirviente viejo, le preguntó quién era el difunto.

–Señor, era hombre por el que se duele todo el que lo conoció. Tenía por nombre Antebón y tenía a Gaula por nación.

Galaor se sintió más obligado todavía y preguntó la causa de muerte tan acerba.

–Con gusto os la diré. Vino a esta tierra y se casó con la dueña que ahora llora junto a él y que es la señora de este castillo. Antebón acostumbraba a ir muchas veces al árbol de la encrucijada, porque siempre pasan por allí muchos caballeros andantes y acostumbraba a medirse con ellos en hechos de armas, por lo que por estos pagos era hombre muy loado y de todos respetado. Pero Antebón tenía una hermosa hija, llamada Brandueta, de la que estaba enamorado un caballero llamado Palingues, que tiene una fortaleza no lejos de aquí. Un día que Antebón estaba en la encrucijada de charla con unos caballeros, vino Palingues a este castillo, tomó violentamente a Brandueta y se la llevó tras matar a un par de escuderos. La doncella no hacía más que llorar y negarse a las imposiciones de Palingues, que se tenía por más noble que su padre. La doncella le dijo que había jurado no amar sino al caballero que fuera más loado y esforzado en armas que su padre. Corrido de rabia, Palingues salió de su castillo y llegó al árbol de la encrucijada. Allí estaba Antebón desarmado y sentado al pie del árbol. Se acercó a traición y sin saludo ni palabra le atravesó de un lanzazo la garganta, después lo remató a golpes. Desde entonces, todos los días ponemos su cuerpo bajo el árbol por si alguno de los caballeros que pasan quisiera vengarlo. Siempre protegen el catafalco cuatro escuderos, pero anoche Palingues y los suyos les atacaron.

–El caballero fue muerto sin razón –dijo Galaor apesadumbrado– y su muerte me duele más por la traición perpetrada, pero decidme, anciano, por qué estaba bajo el árbol de la encrucijada.

–Porque es lugar de paso y parada de caballeros andantes, pues en las encrucijadas siempre hay aventuras y así, tal vez por ventura, alguno de los buenos quisiera arrostrar su venganza.

–¿Y por qué estaba solo?

–Siempre está velado por cuatro escuderos y hombres de armas, pero esta noche los ha amenazado su asesino y por eso lo trajimos al castillo.

–Siento no haberos visto –se dolió Galaor.

–¿Erais vos el que dormía sobre su yelmo? –preguntó el anciano con cierta sorna.

–Era –dijo Galaor, ignorando el tono del sirviente.

–¿Y qué esperabais?

–Vengarlo, si le asistía la razón.

–¿Y mantenéis el propósito?

–¡Por Dios, más que antes! –se afirmó don Galaor.

–Que Él os deje acabar con honra este pleito –respondió el veterano sirviente, tomando de la mano al caballero y lo llevó ante su señora que, informada, cayó de rodillas ante Galaor.

–Buen caballero, Dios te guarde en tus hazañas. Ahora todos recuerdan que mi esposo era de tierra extraña, pero cuando estaba vivo y los favorecía, a ninguno parecía importarle.

Galaor dijo muy orgulloso:

–Dueña, por ser de mi patria, con mayor deseo será vengado y toda esa monserga de extranjero sólo es cobardía para excusarse de cumplir con obligación armada.

–Joven caballero –dijo la dueña–, ¿sois el hijo del rey de Gaula, el que está en la corte del rey Lisuarte?

–Ese es mi hermano, pero yo también pertenezco a ella. Y ahora dadme quien me guíe a cumplir mi obligación.

La dueña mandó que dos escuderos le guiasen.

–Señora –dijo Galaor humildemente–, yo vengo a pie…

–Dadle el mejor caballo, el de torneo de mi esposo –dijo la mujer, volviéndose al anciano escudero–, sed digno de tal montura.

Anduvieron tres leguas floresta arriba hasta dar con una fortaleza roqueña puesta sobre una peña.

–Ese es el castillo de Palingues –dijo con temor uno de los escuderos.

En menos de una hora llegaron a la puerta, que hallaron cerrada. Galaor golpeó la jamba con la manzana de la espada. Un hombre armado y de mala catadura se asomó por la ventana de la torre diciendo:

–Esta puerta es sólo para salir los que dentro están. Si queréis entrar lo haréis por aquí, pero dudo que os atreváis.

Y mostró un cesto sujeto con fuertes cuerdas.

–Si me subo en esa banasta, dadme vuestra palabra de que llegaré salvo.

–La tenéis, pero no os diré lo que os espera dentro del castillo.

–Subidme, me fío de vuestra palabra.

Al punto desenvolvieron un polipasto por donde subió muy rápido el cestón hasta la ventana de la torre. Apenas tocó el antepecho de la ventana, Galaor, espada en mano, se coló por ella con salto de gato.

El guardián, que estaba acompañado de otro hombre armado con gesto poco amistoso, le dijo así:

–Caballero, jurad que ayudaréis al señor de este castillo contra quienes quieran vengar la muerte de Antebón.

–A eso vengo yo –se afirmó Galaor.

–Loco sois viniendo solo –dijo uno de ellos.

Echando mano a sus espadas fueron contra Galaor y este, que ya estaba apercibido, los recibió a pie firme. Al primero le dio un golpe en la cimera del yelmo y la espada se le hundió dos dedos en el cráneo. El caballero cayó de rodillas, manando sangre por el ventalle y la barbera, pidiendo confesión. Cuando el otro se vio solo quiso huir, pero Galaor lo alcanzó, tomándolo por el brocal del escudo lo derribó y en el suelo acabó con él de dos golpes.

Tiró los cuerpos ventana abajo, envainó la espada y bajó por una escalera, mientras preguntaba a voces a los escuderos si alguno de los muertos era Palingues. Ellos le dijeron que no parecía ninguno, pero que no estaban seguros, pues la sangre cubría el rostro de ambos.

Oyó voces y se metió por una puerta, dio en una gran habitación donde una hermosa joven decía en tono burlón:

–Palingues, valiente Palingues, si fuiste tan intrépido para matar a mi padre a traición, enfréntate a este caballero cara a cara.

Galaor vio a un caballero armado que quería huir, tratando en vano de abrir una puerta cerrada.

–Palingues, aquí estoy para vengar la muerte inicua del digno Antebón. Lucha sin trucos contra otro caballero de Gaula.

Al oír el nombre de la nación, Palingues trató de reventar a espadazos la cerradura para huir sin presentar batalla. Galaor se fue hacia él y le descargó un fendiente en el hombro. El brazo derecho quedó unido al hombro por una tira de piel y la sangre inundó la alfombra morisca. Después, Galaor le dio la vuelta, se arrodilló y poniéndole la punta de la espada bajo el barbote del casco se la clavó, reventando huesos y dientes con siniestro crujido.

–No haya cuartel para los traidores –dijo la joven acercándose a Galaor y cayendo de rodillas le besó el guantelete ensangrentado.

–Señora… –comenzó a decir Galaor.

–Mi buen caballero, Dios os haga vivir con eterna gloria pues habéis vengado al mejor caballero y me habéis devuelto el honor que este villano me había robado.

Galaor se prendó al instante de la joven y dijo:

–Amiga hermosa, indigno de varón es infligir pesar a mujer tan bella como vos, nacida para ser servida y no enojada.

Galaor mandó entrar a los pajes que le habían conducido hasta el castillo. Llegaron corriendo a besar las manos de su señora y preguntáronle si era vengada la muerte de su padre.

–Sí –dijo ella–, gracias a este caballero, valiente como ninguno.

Se acercaron a Galaor y le ayudaron a desnudarse de la armadura, desembarazarse del escudo y destocarse del yelmo. Cuando le vio tan joven y hermoso, Brandueta, que así la doncella se llamaba, cayó enamorada al instante y sin poder contenerse corrió a abrazar al doncel.

–Joven amigo y ya mi señor, yo os amo más que he amado a persona alguna en el mundo. Decidme quién sois.

–Soy natural de Gaula, patria de vuestro padre.

–Vuestro nombre, caballero –siguió inquiriendo la impaciente doncella.

–Galaor, me llaman.

–Muchas veces os mentaba mi padre y a otro buen caballero hermano vuestro, por nombre Amadís.

En esta conversación estaban mientras los pajes buscaban algo de comer, hasta que les cegó la pasión, pues ella era muy hermosa y él codicioso de semejante bocado. Y así, olvidados de todo, buscaron una cama, conjugando los deseos de ambos que en tan pequeño espacio de tiempo habían juntado sus florecientes y hermosas juventudes. Pasado el tiempo y aguijoneados por el hambre dejaron las blandas plumas del lecho y satisficieron sus necesidades con lo mucho que los criados habían encontrado; después de compartir risas y viandas, Brandueta se comenzó a contristar pensando en la congoja de su madre. Y así, a pesar de lo alto de la hora, se pusieron en marcha y llegaron dos horas pasada la media noche al castillo de Antebón, en cuyo patio de armas esperaban su madre, toda la servidumbre y allegados. Cuando los vieron llegar sanos y salvos prorrumpieron en grandes muestras de alegría.

La señora abrazó a Galaor diciendo:

–Señor caballero, este castillo y cuantos en él moramos, os pertenecen.

Después lo desarmaron, con gran boato y ceremonia lo condujeron a una rica cámara donde había un lecho con finas sábanas y recamados paños. Allí descansó a placer aquella noche, porque Brandueta, cuando todos se retiraron a sus habitaciones, lo visitó y unas veces durmiendo, otras hablando y muchas amando, pasaron las horas hasta que llegó la aurora y la joven dueña se volvió a su cama.

Amadís entró en la floresta en busca del caballero maltratrador, pero no lo encontró y perdió la senda. Al poco rato tuvo un encuentro con un caballero necio e indiscreto al que se vio obligado a descabalgar y herir en una pierna con gran disgusto, pues le repugnaba cruzar las armas por asuntos de poco momento. Continuó su camino un tanto desorientado, paró un rato a descansar y ordenó a Gandalín que abrevara a su caballo y le trajera agua. Los tres bebieron del arroyo y los tres se quedaron dormidos casi al instante, como le ocurriera a su hermano Galaor.

Tardó varias horas en despertar, pues había bebido ansioso y sofocado por el combate estúpido. El sol ya estaba alto y Amadís recordó a Oriana. Nada hacía fatigando sin objeto la floresta y así decidió desandar el camino y volver a la encrucijada a esperar a sus compañeros.

Baláis de Carsante fuese en pos del caballero que espantara la montura de Galaor; aunque se dio prisa en perseguirle este iba muy lejos y le cayó encima la noche que era muy oscura. Así, desorientado y sin rumbo, anduvo unas cuantas leguas hasta que oyó unas voces cerca de un riachuelo. Se acercó con prudencia y se encontró frente a cinco malhechores que pretendían forzar a una doncella que se resistía desesperadamente. Uno de ellos la arrastraba por los cabellos hacia unas peñas. Todos estaban armados con hachas y cotas de malla. Baláis salió de la espesura dando grandes voces:

—¡Villanos, traidores, dejad a la doncella o sois muertos!

Se arrojó sobre ellos, al primero le clavó la lanza entre los pechos y cayó muerto con el hierro por entre las escápulas, pero los otros cuatro le hirieron el caballo hasta que cayó desjarretado. Baláis era esforzado y se levantó con la espada en la mano; protegiéndose con la rodela procuraba hacer frente a la lluvia de hachazos que se le venía encima. Al primero que osó acercarse lo hirió en medio de la cabeza, tajándosela hasta los dientes. Allí quedó la espada, pero Baláis cogió el hacha del villano caído y se fue contra los otros, que viendo los chorros de sangre de sus amigos muertos sintieron miedo y se arrojaron de cabeza al arroyo; Baláis, antes de que escaparan, le lanzó al último el hacha, clavándosela en medio de la espalda. Le arrancó el hacha con la vida y se fue contra los dos que habían atravesado el regato y ahora se ocultaban en una cueva donde crepitaba una mediana hoguera. Baláis ocupó la entrada y ellos, fuego por medio, apoyaban la espalda en la pared.

Baláis había recuperado la espada, se cubrió con el escudo y cargó contra ellos que le atacaron de consuno, algo que no esperaba el caballero. Golpeado por las dos franciscas trastabilló y cayó al suelo, pero se levantó pronto y tiró al más cercano una estocada al corazón, tan certera que le atravesó la loriga y no necesitó más de médicos. El último, que se vio solo, tiró el hacha y, abiertos los brazos en cruz, cayó de rodillas suplicando:

–¡No me matéis, señor, dejadme arrepentirme, pues por la maldad de mi oficio si muero ahora perdería el alma!

–¡Jura –dijo Baláis, poniéndole la punta de la espada a un dedo de la boca–, jura que cambiarás de vida!

Así lo hizo el ladrón en tan apretado paso, y aseguró ir de rodillas a una ermita no lejana más de dos leguas y profesar de santero.

Abigeo, que así dijo llamarse el caco, besando el suelo que Baláis pisaba, salió de la cueva. Este buscó a la doncella, que apareció entre las matas muy alegre de verle sano. Agradeciole su defensa y él le preguntó cómo y dónde la habían apresado aquellos malhechores.

–En lo alto de un puerto angosto de montaña que ellos guardan para asaltar a caminantes. Allí, emboscados y a traición, me mataron a dos hombres de armas que llevaba y me arrastraron hasta esta cueva para satisfacer su voluntad.

Baláis, que se había prendado de la belleza de la doncella, díjole con más fervor del que la situación exigía:

–Bien cierto es, señora mía, que si ellos no os hubieran prendido, nunca os hubiera podido liberar y así disfrutar de vuestra belleza.

–Señor caballero –dijo la joven con las mejillas arreboladas–, si yo hubiera sido forzada, ninguna culpa habría, pero si me entregara a vos de grado sin apenas conocernos, sólo llevada por la pasión o el agradecimiento, ¿cómo podrían ser disculpados mis apetitos? Lo que habéis hecho hasta aquí os ilustra como un buen caballero, os ruego que os mantengáis en la mesura y la virtud a las que obligado estáis por la fuerza de vuestro estado. El de caballero andante.

–Mi buena señora –respondió Baláis, corrido de vergüenza–, olvidad mis palabras, que a los caballeros conviene servir a las doncellas y después quererlas como señoras y amigas, si ellas consienten. Pues si al comienzo alcanzamos lo que de ellas deseamos, son mucho más apreciadas y estimadas por nosotros cuando, como vos, se defienden resistiendo los malos deseos y apetitos, guardando aquello que perdido ya nada les quedaría por alabar y defender.

La doncella se humilló tratando de besar sus manos.

–Sabias son vuestras palabras y nos obligan a ambos, caballero.

–Pues ahora –dijo Baláis, a quien turbaba la situación más de lo que quisiera–, ¿qué queréis que haga?

–Que marchemos de aquí, lejos de estos hombres muertos.

–Mal lo haremos en noche cerrada y sin montura, que esos malsines me mataron el caballo.

–Iremos –dijo ella– en mi palafrén.

Entonces cabalgó Baláis con la doncella en las ancas y pretextando frío y miedo se hizo uno abrazada al caballero. Caminaron unas leguas hasta encontrar un prado a resguardo de vientos, ruidos y alimañas. Allí albergaron, hablando animadamente de sus vidas. La tibieza de la noche y la soledad del ámbito dieron al traste con las palabras de moderación y templanza que habían pronunciado ante la cueva de los ladrones. Y la doncella fue dueña y Baláis tierno amador. La mañana venida, armose y cabalgaron hasta encontrar una vereda por donde al poco rato vieron llegar un caballero que traía una pierna por encima de la cerviz y las orejas del caballo. Al llegar más cerca de Baláis metió el pie en la estribera y, sin mediar palabras, se lanzó contra la pareja lanza en ristre.

Baláis, que lo vio venir, se afirmó sobre los estribos, ordenó a la dama que se abrazara a él y se aprestó a recibir la lanzada en el escudo. El impactó dio con ellos en tierra, mientras el caballero decía:

–Siento que cayerais, señora, pero ahora yo os protegeré, que ese no os merece.

Baláis se levantó airado y reconoció al caballero que buscaba, aquel que les había espantado las monturas a traición, como ahora. Embrazó el escudo y metió mano a la espada.

–Caballero villano, si tuviera mi caballo no os hubierais atrevido a atacarnos, que bien os huelo la cobardía, pero a pie firme os espero que ahora y aquí vais a pagar todas en una vuestras maldades.

–¿Pues vos sois uno de los que se burlaron de mí? Ahora seréis vos el escarnecido.

Fue contra Baláis con la lanza bien empuñada dándole un arreón que le destrozó el escudo en mil pedazos, pero Baláis se mantuvo en pie. La lanza se partió en dos y el caballero empuñó la espada. Ciego de rabia pretendió golpear a Baláis en la cimera, pero este le adivinó la maniobra y aguantó la esquiva hasta el último momento. Cuando caía la espada se ladeó y el caballero, que fiaba todo a la fuerza de un solo golpe definitivo, se balanceó en la silla, perdiendo el equilibrio, momento que aprovechó Baláis para agarrarlo por escudo y tirar tan fuertemente que dio con el enemigo en el polvo. Baláis se arrojó sobre él, le arrancó el yelmo y le golpeo por el rostro y la cabeza con el pomo de la espada hasta que perdió el sentido. Cuando vio que no podía defenderse tomó la espada del contrario y la destrozó a golpes en una gran piedra, después, encendido de rabia, se la arrojó encima del caballero necio. Subió a la joven al palafrén, tomó el caballo del caído y trotaron hasta la encrucijada. Hallaron en el camino unos escuderos que buscaban a la doncella. Baláis los acompañó hasta los confines de sus heredades y regresó en busca de sus compañeros.

Encontró a Amadís esperando y al cabo de poco tiempo vieron venir a Galaor. Todos se alegraron de reencontrarse tan bien y con su honra acrecentada. Baláis propuso pasar la noche en el castillo de los padres de su doncella. Así lo hicieron y fueron muy bien agasajados. El día llegado, oída misa, se armaron y cabalgaron. En el puente levadizo esperaba la doncella de Baláis. Le sujetó las riendas y mirándole a los ojos le dijo:

–Volved, mi señor, volved pronto.

–Lo prometo, señora –respondió el caballero.

Sus compañeros picaban espuelas camino de Vindilisora.

20

En Vindilisora

Con las felices noticias de Amadís que el enano Ardián le llevó al rey Lisuarte, el monarca decidió celebrar las cortes más honradas y famosas de cuantas se hubiera memoria hasta esa fecha, en las que se pusiera orden y se reglamentaran las cosas de la caballería, pues en ningún reino como en aquel había florecido.

Y así, en espera de Galaor y Amadís, llamó a todos los caballeros de la Gran Bretaña y mandó emisarios allende los mares que invitaran a cuantos nobles quisieran llegarse a sus palacios. A la reina le pidió que hiciese lo mismo con las más hermosas doncellas para colmarlas de honores y mercedes. Fijó la fecha en Londres, por aquel tiempo ciudad que como el águila así sobrepujaba a todas las de la Cristiandad, y el día del nacimiento de la Virgen, 8 de septiembre; pero quiere la adversa Fortuna herir cruelmente con sus asechanzas cuando la felicidad parece más duradera para mostrar a los hombres la levedad de las que creen regocijadas certezas.

Absortos y embebidos estaban todos en los preparativos de tan glorioso evento, cuando penetró en el patio de armas una doncella ricamente ataviada, acompañada por un doncel, montados en sendos palafrenes. Descendió ayudada por el joven y preguntó por el rey. Llegada ante él dijo:

–Señor, bien se ve por la gallardía de vuestro bulto que sois el rey, pero no sé si lo sois por la fortaleza de vuestro corazón.

–Doncella –respondió el rey–, lo uno a la vista está, lo otro podéis probarlo cuando queráis.

–Señor –dijo la joven–, recordad vuestra palabra en el futuro, pues me la dais ante tantos hombres nobles porque yo quiero probar el esfuerzo de vuestro corazón. He oído que vais a celebrar cortes y que vendrán muchos caballeros; ahí os quiero ver si merecéis ser rey de tan gran reino y de tan famosa caballería.

–Doncella –respondió el rey un poco amohinado–, mis hechos exceden a mi fama hasta el presente y cuantos más los contemplen en el futuro más crecerá esta.

–Majestad –dijo la doncella en tono de despedida–, si así son los hechos como los dichos, quedad con Dios que yo me voy contenta.

–Con Dios, doncella –se despidió del rey, un poco harto del desparpajo de la joven.

Lisuarte se quedó un poco preocupado hablando con sus caballeros, muchos de los cuales temían que la doncella pudiera poner al rey en algún peligro, pues era hombre que no se arredraba ante cualquier brete por no menoscabar en público su dignidad. En suma, que entre todos se extendió un sentimiento de preocupación al ver como tan alto príncipe había dado su palabra sin más deliberación a una mujer extraña de quién se desconocían sus intenciones.

Cuando la reina se retiraba a sus mansiones entraron en la sala del trono tres caballeros, el de más edad, membrudo, entrecano, pero de buen color para sus años, que se adivinaban muchos; llevaba en sus manos una arqueta y tras saludar al rey rodilla en tierra dijo:

–Dios os guarde, señor, pues habéis hecho la mayor promesa del mundo; ahora debéis mantenerla, pues he oído que queréis convocar cortes para engrandecer la caballería en mayor alteza y decoro. Si es así, os traigo algo que merece que tal propósito se cumpla.

–Cierto, caballero, tal promesa mantendré mientras me quede un hálito de vida –respondió el rey.

–Contemplad, pues, lo que os traigo para que en tal fiesta luzcáis.

Entonces, abriendo la arqueta, sacó una corona de oro tan bien trabajada con piedras preciosas y perlas que a todos dejó boquiabiertos.

El rey la contemplaba con tal deseo de poseerla que el caballero le dijo:

–Sabed, señor, que esta joya hoy nadie sabe labrarla. No tiene precio. Pero además posee una virtud que la hace única y es que quien con ella se coronare, tendrá acrecentada honra y gloria más allá del día de su muerte. Si vos la queréis, os la daré por algo con que pueda salvar mi cabeza, que estoy a punto de perder.

–Señor –intervino la reina con el ansia en la voz–, mucho os conviene esa joya. Dad al caballero lo que os pidiere.

–Para vos, señora –dijo el caballero abriendo de nuevo el cofre–, también tengo algo que colmará vuestros deseos.

Y a continuación sacó un manto, el más rico y finamente bordado que jamás vieron los siglos, embellecido con piedras preciosas y perlas de Ormuz. Sus dibujos representaban todos los animales y las aves del mundo, tan sutilmente delineados que fascinaban a cuantos lo admiraban.

La reina quedó atónita y dijo:

–Este paño ha sido labrado por una mano divina…

El caballero, apurando el argumento, remachó:

–Más allá de su belleza, os digo, reina, que este manto conviene a mujer casada más que a soltera, pues tiene tal virtud que el día que se lo pone desaparece todo resquemor entre marido y esposa.

–Si es así, caballero –dijo la reina–, este paño no tiene precio. Pedid por él lo que queráis.

–Yo soy de la misma opinión –dijo el rey–; poned precio al manto y la corona.

–Señor –respondió el caballero–, triste es mi destino. Estoy emplazado a prisiones y no tengo tiempo para discutir el valor de ambas joyas. Yo estaré con vos en Londres y mientras tanto quedaos con las preseas. Cuando vuelva ya me daréis lo que pida o me devolveréis ambas. Lucidlas y probadlas, que bien sé que de mejor talante que ahora me las pagaréis.

Ambos esposos asintieron.

El caballero dijo dirigiéndose a los presentes:

–Caballeros, dueñas y doncellas, todos habéis oído que el rey y la reina han prometido darme lo que yo les pida o me devolverán manto y corona.

–Prometieron –respondieron a coro los cortesanos.

–Adiós, majestades –se despidió el caballero–. Ahora me encamino a la más dura prisión que jamás sufrió hombre alguno.

Uno de los caballeros que le flanqueaban se quitó el yelmo y apareció el rostro de un hermoso joven. El otro permaneció cubierto y con la cabeza baja, era casi un gigante de miembros tan enormes que en mucho excedían a cuantos caballeros poblaban la corte del rey Lisuarte. Los tres se inclinaron con una reverencia y abandonaron el palacio.

21

Adversa fortuna

En pocos días Amadís, Galaor y Baláis llegaron a Vindilisora, donde fueron recibidos por el rey, la reina y toda la caballería con tanto boato y circunstancia como jamás gozara caballero alguno. Todos querían verlos y tocarlos, hasta el punto de que las calles estaban repletas de viandantes y la multitud casi impedía la entrada en palacio, tal era el entusiasmo que despertaban los héroes. A Galaor ya le llamaban «el Deseado» porque nunca lo habían visto y sólo conocían sus hazañas de oídas, esto es, multiplicadas; de Amadís, todos recordaban la noticia de su muerte y querían verlo vivo y de Baláis se decía que gracias a él ambos hermanos estaban juntos.

El rey condujo a los tres a sus habitaciones y los hizo desarmar. Cuando la corte los vio a cuerpo gentil tan jóvenes y tan apuestos, comenzó a maldecir a Arcaláus y a su sobrina que a tales donceles pretendieron matar. Después el monarca los condujo a los aposentos de la reina y cuando Amadís vio a su señora Oriana se le estremeció el corazón de placer, otro tanto sintió ella que se turbó al punto del desmayo; quien la hubiera mirado descubriría su cerúlea palidez, tantas cosas había oído que de vez en cuando sospechaba que no estaba vivo y ahora que lo veía sano y bello se acordaba de sus ansias a las puertas de la muerte. Las lágrimas se agolparon en sus ojos y se retiró unos pasos del cortejo para enjugárselas, gesto en el que ninguno reparó pues todos los ojos estaban puestos en los caballeros.

Amadís hincó las rodillas ante la reina y, tomado a Galaor por la mano, dijo:

–Señora, este es el caballero que me mandasteis ir a buscar.

La reina alzó a Amadís y lo abrazó. El rey dijo:

–Señora, quiero que me deis a Galaor, ya que Amadís es vuestro.

–Es por derecho, sois el rey –respondió la reina.

Y dirigiéndose a Galaor, dijo la reina:

–Amigo, ¿os parece justo?

–Señora –dijo el doncel, que ya iba aprendiendo los modos de la cortesanía –, me parece que toda cosa que pida tan gran rey se le debe dar y yo estoy para serviros, como mi hermano y señor.

Y así quedó Galaor como caballero del rey. Ambos monarcas se sentaron y fue la señal para que cada dama buscase a su caballero y pronto Amadís se vio en la cercanía de Oriana. A cada paso que daba se le saltaba el corazón en el pecho y ya sólo tenía ojos para ella. Finalmente se encontraron frente a frente y ambos tendieron las manos bajo las mangas del manto como señal del primer abrazo.

Oriana dijo, apretando las manos de su amado:

–Amigo mío, qué angustia y cuánto dolor me hizo pasar el traidor que vino anunciando vuestra muerte. Sabed que pude morir, que a las puertas estuve de la misma muerte. Nunca hubo mujer más perdida en el mundo, pues sabiéndome la más amada también me sentí la más desdichada.

Cuando Amadís oyó las alabanzas de su señora bajó los ojos sin atreverse a mirarla, embargado por el bochorno. Le parecía tan hermosa que la palabra moría antes de llegar su boca y así permanecía mudo. Oriana, que había tomado la delantera, seguía apretando sus manos, mientras buscaba sus ojos para decirle:

–¡Ay, amigo, cómo no os he de amar, si os aman hasta los que no os conocen!

Amadís, que iba templando su turbación, dijo mansamente:

–Señora, pido que os doláis de la muerte que padezco por vuestra causa cada día, que de esa otra de la que habláis, si algún día me llega, será para mí motivo de consuelo. Mi triste corazón resiste y se sostiene por mi gran deseo de serviros, pero de él salen muchas y amargas lágrimas de ausencia. Os pido merced para seguir sosteniéndolo y si esta no me concedéis, pronto en cruel fin...

Mientras hablaba Amadís, caían en finos torrentes las lágrimas de sus ojos y tal desconsuelo mostraba que si su señora no lo consolara de inmediato con la esperanza que las mujeres amadas saben poner en estos casos, no sería extraño que muriera en aquel mismo instante.

Oriana, que lo vio tan desfallecido, dijo, desnudando su corazón:

–¡Por Dios, mi Amadís, no me habléis de vuestra muerte, que desfallece mi corazón que sin vos no latiría ni una hora, pues si estoy en el mundo es porque vos vivís. Cuanto me decís, lo creo a pies juntillas, pues estoy en el mismo estado. Si parece que vuestra pena es mayor, no lo es, que yo me miro en vuestro espejo, pero como doncella debo retraerme de manifestarlo en público. Pero yo os prometo que a partir de aquí, incluso con el sufrimiento de mis padres, encontraré el modo, aunque me cerquen los peligros, de no volver a haceros padecer tan graves y crueles dolores. Yo os he de sanar, mi señor.

Amadís, que oyó esta declaración, suspiró desde el fondo de su corazón, quiso hablar para darle las gracias, pero no pudo, pues estaba apunto de perder los sentidos.

Oriana, apretándole una vez más las manos, le dijo:

–Señor, cese vuestra aflicción que yo sabré cumplir mi promesa, mientras tanto quedaos a las cortes convocadas por mi padre. El rey y la reina os lo rogarán pues saben cuánto más serán más honradas con vuestra presencia. Quedaos pues.

La reina llamó a Amadís y lo sentó junto a Galaor. Las doncellas y las dueñas de la corte los miraban y comparaban, siendo ambos muy parecidos, aunque algunas diferencias había y eran que Galaor era más blanco de rostro y Amadís tenía los cabellos rizados y rubios y el rostro de más sangre y encendido. No acababan ahí las diferencias, pues Amadís era un tanto más membrudo que su hermano, dos dedos más alto y, aunque los dos hermosos, más paz despedía de su gesto que el de Galaor, de genio más vivaz e impetuoso.

Ambos estuvieron un rato hablando con la reina mientras las damas los comparaban, hasta que Mabilia y Oriana hicieron una seña a la soberana para que les enviara a Galaor.

–Aquellas doncellas os quieren ver, vos no las conocéis pero sabed que una es mi hija y la otra vuestra prima.

Galaor se acercó a ellas y estas lo saludaron. Cuando vio la hermosura de Oriana quedó espantado. Jamás había visto tales perfecciones y al instante intuyó que era la amada de su hermano sin que nadie se lo dijera; Oriana alzó los ojos y mirando a Amadís suspiró arrobada. Galaor, que siguió su mirada, supo que su sospecha era cierta y le pareció justo que la más hermosa amara al mejor de los caballeros.

22

Cortes en Londres

Pues queriendo el rey hacer notorio el poder, la grandeza y el fasto de su monarquía ordenó, como tenía decidido, que el día del nacimiento de la Virgen todos los grandes de sus reinos se juntaran para celebrar cortes en Londres, ciudad a la sazón que, como el águila a otros animales, así sobrepujaba a todas las de la Cristiandad. En dichas cortes Lisuarte pensaba poner orden en las cosas de la caballería, pues en ningún reino esta había florecido en excelencia como en aquellos días bajo su mandato.

Más allí donde él pensaba que todo el mundo se le había de humillar, allí le sobrevendrían las asechanzas de Fortuna, que pondrían a su persona y reinos a pique de perderse, como aquí os será contado, pues no hay soberbia que no caiga.

Había partido el rey de Vindilisora con toda la caballería y la reina con todas sus damas; a su paso todas las gentes del reino parecían salir a lo largo del camino a saludar a sus soberanos. El rey había ordenado llevar un gran campamento de tiendas para no entrar en las poblaciones y aposentarse en las vegas y en las fuentes que eran muy abundantes; todo con el fin de no embarazar la marcha y evitar al máximo los homenajes de las villas. Así, entre alegrías populares y no pocos agasajos municipales, llegaron a Londres, donde parecía que se había congregado toda la gente del mundo.

El rey y la reina se aposentaron en sus palacios y con ellos los mejores caballeros: Amadís, Galaor, Agrajes y los de mayor respeto.

Durante tres días descansaron entre danzas y juegos, dentro y fuera de palacio. Galaor y Amadís eran mirados y admirados por todos, rodeados por la multitud cuando andaban por la calle, hasta el punto de tener que renunciar a sus paseos.

A las cortes llegó un gran señor poderoso, más en el estado y señorío que en dignidad y virtudes, llamado Barsinán, señor de la lejana Sansueña; no era un vasallo de Lisuarte, sino un igual.

Sabed que estando este Barsinán en su tierra llegó hasta él Arcaláus el Encantador, y le propuso:

–Barsinán, eres un gran señor rico y poderoso, pero te falta algo y es ser rey. Yo sé cómo puedes serlo sin gran trabajo ni menoscabo.

–Dímelo, a mí nada se me pone por delante que yo no sepa doblegar –respondió orgulloso Barsinán.

–Yo haré que lo seas si sigues mi plan, pero dame tu palabra de hacerme primer ministro con nombramiento a perpetuidad.

–Concedido, y venga el plan –respondió el ambicioso Barsinán.

–Este es: Lisuarte celebra cortes, enviadle ricos presentes y llegaos de inmediato con un gran golpe de caballeros de escolta. Yo sabré prender al rey con un lazo que ninguno de su casa sepa romper. Así mismo, os daré a su hija Oriana por mujer y al cabo de cinco días enviaré a la corte la cabeza del rey. En ese interregno vos tomaréis la corona del muerto y ya casado con su hija y única heredera no habrá quien se os pueda negar el señorío.

–Si así lo hacéis –continuó Barsinán, cebado por el apetito de poder –, yo os haré el más poderoso y rico hombre de mi corte.

–Juradlo y yo lo haré –respondió Arcaláus.

–Lo juro –dijo Barsinán, poniendo la mano en la cruz de su espada.

Con estos presupuestos llegó Barsinán a Londres; le habían precedido sus regalos, que fascinaron a los monarcas, siempre ávidos de novedades exóticas; entre los regalos mucho gustaba un cuervo blanco, que imitaba con gracia el habla del rey Lisuarte para regocijo de toda la corte, y para la reina, un collar de perlas negras jamás vistas en Inglaterra.

Su entrada fue acorde con sus regalos, singular y ostentosa, lo que agradó a Lisuarte, pues creía que su fama se correspondía con el poderío de sus huéspedes.

–Amigo –le dijo el rey Lisuarte–, yo agradezco mucho vuestra venida y os digo que con la misma buena voluntad con que salisteis de vuestra tierra, yo os recibo en esta y sabed que desde hoy seréis mi hermano para los buenos momentos y para las malas ansias.

–Lo tengo por cierto –respondió Barsinán a modo de saludo–, yo he venido aquí sólo para serviros y en lo que yo supiere seréis aconsejado con bien y ayudado por mi brazo y el aliento de mis nobles.

Tan agradecido quedó Lisuarte que ordenó armar tiendas para sí y para la reina fuera de la villa y cedió sus palacios a Barsinán y su séquito mientras durasen las cortes. Más tarde, se reunieron ambos y hablaron de muchas cosas. Lisuarte, subyugado por el buen juicio de Barsinán, le anticipó los planes de aquel evento y en especial los artículos del arte de la caballería y su ordenación. Después, todos se retiraron a descansar.

A la mañana siguiente, el rey se revistió con las galas que convenían para jornada tan señalada, pidió a la reina la corona que aquel caballero le dejara y le dijo que no se olvidara de vestir el manto. La soberana, presa de un nerviosismo visible, comenzose a santiguar y entre medias palabras y titubeos confesó no tener en su poder ambos objetos.

El rey, al verla casi fuera de sí, contuvo su genio para no contristarla más y con voz suave le preguntó qué había ocurrido.

–Señor –respondió ella–, no estoy segura de que ha pasado. La arqueta está cerrada y yo no me he separado de la llave ni un instante, pero debo confesaros que esta noche, en el duermevela, ahí donde se juntan el sueño y la vigilia, vino a mí una doncella y me pidió que le mostrara el contenido del cofre de sándalo y yo lo hacía. Después ella sacaba el manto y la corona y se revestía con ambos. Estaba muy hermosa con las preseas y abriendo los brazos me dijo estas palabras: «Quienes tengan corona y manto reinarán antes de cinco días en tierra del poderoso que trata de conquistar tierras ajenas». Y yo le preguntaba quién era ese poderoso y ella tapaba mi boca con su mano y me decía que ya llegaría su tiempo y desaparecía en la noche llevándose manto y corona. Y no sé decir si fue sueño o realidad.

El rey se quedó espantado y le pidió secreto total. Se dispusieron para el desfile y fueron acompañados de todos los caballeros y damas, muchos más que el día anterior, pues varios cientos habían llegado por la noche y superaban en número a los que el rey de Francia reunía en sus cortes de París.

Sentose el rey en un trono muy rico y la reina en otro, unos dedos más bajo, rodeados de paños de oro, reposteros repujados y sus estandartes. En la parte del rey se pusieron los caballeros y con la reina sus dueñas y doncellas. Los más cercanos al rey eran los caballeros más queridos: Amadís, Galaor, Agrajes, el más veterano y sabio don Grumedán, don Galvanes y, guardando las espaldas del monarca, su sobrino Arbán de Norgales con armadura completa y la espada desnuda en la mano al frente de doscientos caballeros de su guardia personal.

Durante toda la mañana discutieron normas y mandamientos de caballería, acatamientos y preeminencias nobiliarias, obligaciones y respetos a las damas, defensa y celo para con los débiles y desheredados de la fortuna. Todos los acuerdos se pusieron por escrito con la transfirma del rey, que pidió que se hicieran tres copias y se guardaran; ningún caballero discrepó y las normas aprobadas se mantuvieron en vigor por largos años sin que ningún caballero las quebrantara y cuando uno lo hizo no os lo contaremos hoy, pues tal asunto no hace.

Así se consumieron muchas horas, hasta la de cenar, que excusaron la comida de lo embebecidos en la discusión como estaban; finalmente, embargados por el hambre y otras necesidades, levantaron los estrados y pasaron a las tiendas que les esperaban con ricas viandas y dulces y pacificadoras músicas. Cuando los votos de amistad y felicidad restallaban por todo el campamento y el vino corría en abundancia por las venas de los caballeros, la Fortuna quiso comenzar su obra de turbación.

En estas estaban cuando entró en la sala del trono el caballero del manto y la corona e hincando la rodilla en tierra ante los monarcas dijo:

–Señores, ¿cómo no lucís las prendas que os dejé?

El rey calló y bajó los ojos un poco avergonzado. El caballero siguió:

–Puesto que no son de vuestro gusto, pues no los vestís, devolvedme ambas joyas o si por mala casualidad, las habéis perdido, exijo mi don cuanto antes.

El rey se sintió dolido ante estas palabras y dijo:

–He perdido manto y corona, caballero, y me pesa más por vos que por mí, pues en paso apretado decís que os encontráis...

El caballero comenzó a dolerse amargamente:

–¡Desgraciado de mí, a quien injustamente espera la muerte...!

Las lágrimas le caían del rostro hasta las barbas que eran blancas como la lana. El rey se sintió conmovido y le dijo:

–Caballero, no temáis por vuestra cabeza que yo mantengo mi palabra y mi promesa de concederos el don que pidáis –el caballero cayó de hinojos y besó los pies del monarca que dijo, olímpico–. Pedid, sea lo que sea.

–Señor, Dios sabe que nunca pensé demandar lo que ahora os he de pedir y sabed que si otra cosa hubiera en el mundo que pudiera salvarme jamás os enojaría con esta urgencia petulante, pero otra cosa no puedo hacer.

–Pedid, caballero –dijo el rey un tanto incomodado–, que no habrá cosa en mi corte tan cara que yo no os pueda conceder.

–Gracias, señor, pero antes debéis asegurarme que nadie en vuestra corte se opondrá al cumplimiento de vuestra palabra.

Así se lo aseguró el rey y el caballero suspirando dijo:

–Majestad, yo sólo puedo salvarme de la muerte si me devolvéis manto y corona o me entregáis a vuestra hija, la princesa Oriana. Yo más querría que me devolvieseis lo que os di...

–¡Ay, caballero –gimió el rey– y como me apretáis en vuestra petición!

Sobre toda la corte cayó un velo de dolor, pero el rey sobreponiéndose dijo:

–No os pese, que para un rey y su reino más conviene la pérdida de una hija que malbaratar su palabra, porque lo primero daña a unos pocos y lo otro mancha a todos, porque mis vasallos no se sentirían seguros de su rey y yo perdería su verdadero amor, que es su respeto, y cuando este se quiebra por esa grieta entran todos los males al reino.

Y con gesto imperioso ordenó que le trajesen a su hija.

Cuando la reina y las doncellas vieron su determinación comenzaron a hacer el mayor duelo del mundo, pero el rey, inflexible, las ordenó que se retirasen de inmediato a sus aposentos y mandó que todos embridasen su llanto y su pesar, después dio un paso adelante y dijo:

–Pongo en manos de Dios a mi hija, pues en la palabra de un rey no cabe falsedad.

Al instante llegó la bella Oriana con el asombro en el rostro y, cayendo a los pies de su padre, dijo:

–Padre, ¿qué vais a hacer conmigo?

–Lo que mi honor me ordena: que os acompañe una doncella para que vayáis con mayor honra y honestidad.

–Señor –dijo el caballero–, os doy mi palabra de protegerla hasta que la ponga en manos de aquel a quien la he de entregar.

Cuando Oriana oyó esto cayó amortecida, pero el caballero la cogió en sus brazos y llorando se la entregó a un escudero y entre ambos la subieron a un palafrén de gran alzada.

La colocaron sobre la silla con el escudero a las ancas, después el rey llamó a la Doncella de Dinamarca y le dijo:

–Id y no os separéis de ella ni en el bien que os halle ni en el mal que os acorra.

El caballero giganteo tomó por la rienda el palafrén de Oriana y salieron de palacio.

Las últimas palabras de Oriana fueron para Amadís:

–¡Ay, amigo!, en mal momento otorgó mi padre este don, pues por él somos vos y yo muertos.

El rey con veinte caballeros los acompañó un trecho, cuidando de que nadie se acercara tal y como había prometido; al llegar a la floresta se dio la vuelta llorando, mientras ellos se internaban a buen paso hasta llegar a un valle hondo y cerrado. Volvía Lisuarte apostemado y cariacontecido cuando vio venir a la doncella que había dudado de su grandeza de ánimo. Venía sobre un palafrén andador, armada con una hermosa espada y una lanza con el hierro bien acicalado. Llegando ante el rey díjole:

–Señor, Dios os salve y os dé alegría, ante vos me presento para que me cumpláis vuestra promesa hecha en Vindilisora ante todos los caballeros de vuestra corte.

–Doncella –respondió el rey con cansancio en el alma–, no es buen momento para reclamarme dones y promesas, pero ya veo que poco os importa mi estado de ánimo. Yo cumplo lo que prometo: pedid.

–Señor –dijo con humildad la doncella–, yo os tengo por el hombre más leal del mundo. Vengadme de un caballero que mató a mi padre a traición y me forzó contra mi voluntad. Le protege un poderoso hechizo y sólo puede morir si el hombre más honrado de estos reinos le hiere con estas armas que su amante despechada me entregó; son tales que pueden destruir el sortilegio que le protege, pues fueron forjadas por ella, que es una maga poderosa. Ahora le desama mortalmente y como sabe de mi afrenta me las entrega para nuestra común venganza. Rey Lisuarte, si no es por vuestra mano, de otra no puede ser muerto ese vil violador. Ahora ese felón está en esta floresta, si os atrevéis a mantener vuestra palabra, que es dar cumplimento a mi venganza, debéis ir contra él, solo y armado con mis armas. Si él os vence, juro olvidar mi ultraje, si vos vencéis, yo afirmaré mi voluntad sobre él.

–¡En el nombre de Dios! –bramó el rey, que era de espíritu aguerrido–, vamos, doncella.

El rey se revistió a toda prisa con las armas de la doncella, que llevaba el yelmo y la lanza. Después, acallando sus protestas, prohibió a los caballeros de su escolta que le acompañaran y picando espuelas siguió al palafrén de la joven. Se internaron en la floresta y al cabo de unas leguas encontraron junto a un fresco arroyo el campamento de los captores de Oriana.

Frente a las tiendas estaba un caballero negro, al cuello un escudo verde y yelmo del mismo color. La doncella le dijo al rey:

–Señor, ahí tenéis al caballero traidor. Armaos y combatid por mí.

Así lo hizo y ambos contendientes se acometieron con las lanzas enristradas. En el primer encuentro quebraron las lanzas en los escudos y la del rey, tan adornada y compuesta, se deshizo como si fuera de cartón. Tomaron las espadas y a los primeros golpes el rey se quedó con la empuñadura en la mano, pues la hoja cayó al suelo rota en dos mitades. Lisuarte supo al instante que había caído en una trampa. Su rival le golpeaba a él y a su montura con total impunidad tratando de descabalgarlo. Sin pudor, el caballero del yelmo verde acuchilló el pescuezo del caballo del rey y este cayó al suelo envuelto en una nube de polvo, pero en un esfuerzo definitivo Lisuarte agarró a su rival por el brazo cuando este caracoleaba, buscando un golpe definitivo, y lo derribó. El rey se arrojó sobre él y comenzó a golpearle el rostro con la manzana de la empuñadura hasta aturdirlo.

La doncella, que vio que tan mal se aparejaba el combate para el caballero, comenzó a gritar:

–¡Arcaláus, ven, que matan a tu primo!

El rey, preso de furor bélico, le había roto la visera y el barbote del yelmo, llegándole al rostro del caballero, que había perdido el conocimiento y sangraba abundantemente. Se oyó un gran estruendo y cuando Lisuarte levantó la cabeza vio lanzarse contra él una docena de caballeros y el que los comandaba decía a grandes voces:

–¡Muerto eres, Lisuarte, aquí pierdes tu corona!

–¡Moriré, pero vosotros lo haréis conmigo, malsines!

El primer caballero le descargó una lanzada que Lisuarte paró con el escudo, pero la violencia del golpe lo derribó; sacando fuerzas de flaqueza, pues veía que la muerte le rondaba cerca, se levantó y con la espada del caballero caído le cortó una de las patas delanteras al caballo de su atacante, que cayó con gran estrépito de metales; pero ya se le echaban encima el resto de los enemigos, que lanzaron sus caballos contra el rey, al que cocearon sin piedad y sólo su armadura le libró de la muerte, pero quedó tan mal parado que sus enemigos lo desarmaron sin dificultad y le echaron un gruesa cadena de hierro al cuello; tenía esta dos ramales y arrastraron por ellos al monarca hasta ponerlo a los pies de Arcaláus.

Entre brumas de sangre, Lisuarte vio detrás del caballero nigromante a su hija Oriana y a la Doncella de Dinamarca.

–¡Traidor, vergüenza para la caballería! –dijo el rey mascullando sus palabras–, por fin te reconozco en tu propia condición, Arcaláus; aunque herido, te desafío en combate singular.

–Vos ya estáis vencido –sentenció con desprecio Arcaláus–. Encerradlo.

Más tarde, en la soledad de su tienda, el mago envió a Londres a un escudero con un escueto mensaje para Barsinán: era el tiempo de ocupar el trono. Finalmente, ordenó encerrar a Lisuarte en la dura fortaleza de Daganel y él mismo llevó a Oriana al monte Aldín, oscuro presidio donde se ocultaba su laboratorio de magia negra.

23

¡Al rescate!

Amadís se había quedado en palacio deshecho en llanto; la prohibición del rey era taxativa: nadie perseguiría a Oriana y sus captores, era su palabra y estaba empeñada. Pero el tiempo pasaba y el rey no regresaba; la reina habló con Galaor y Amadís, que mandó a su enano Ardián en busca de noticias. Este no tardó mucho en encontrar a los veinte caballeros de la guardia real y a uña de caballo regresó a palacio. La reina volvió a llamar a los dos hermanos para pedirles consejo y valorar la situación:

–Poco podemos hacer contra la palabra del rey –dijo Galaor, humillando los ojos ante la reina.

–Mi señora –respondió Amadís–, la más alta orden puede revocarse ante la traición…

–Tú también piensas que aquí hay engaño –afirmó la soberana con un gesto de rabia.

–Que Oriana y el rey hayan desaparecido a un tiempo no es casualidad, señora; dadme vuestro permiso e iré a buscarlos; donde esté la una, estará el otro. El corazón me lo dice.

–Marchad ambos y traedlos con bien. También es mi palabra y es real. Amadís, llevad la espada de mi señor Lisuarte. Que nadie sepa de vuestra marcha, id con mi bendición.

Ambos salieron de inmediato de palacio por un portillo disimulado en la muralla y, tras seguir un rastro por la floresta, se encontraron con unos leñadores que escondidos tras unas matas habían visto el combate del rey, a la señora Oriana y a sus captores;

también narraron el encuentro con la doncella. Ante las preguntas de Amadís, ellos respondieron que el rey había sido capturado y puesto en cadena; finalmente, uno recordó haber oído el nombre de Arcaláus. También les dijeron cómo habían dividido la hueste: diez caballeros escoltaban al rey y cinco a Oriana y con estos iba el llamado Arcaláus.

Amadís no quiso saber más y dijo a su hermano:

–Galaor, vos tras el rey y Dios te guíe, yo por Oriana.

Y allí se separaron, siguiendo las indicaciones de los leñadores. Amadís partió a galope tendido y ya caía el sol cuando su caballo comenzó a dar muestras de agotamiento, descabalgó y tras andar una legua vio en un claro, junto al camino real, un caballero muerto, a su lado un escudero velando el cadáver y un caballo atado a un árbol. Amadís se acercó y le preguntó:

–Doncel, ¿quién mató a ese caballero?

–Señor, lo mató un mal caballero traidor que llevaba a dos hermosas doncellas forzadas en sus voluntades y lo mató sin razón, sólo por preguntar quiénes eran las damas. Yo aquí estoy esperando que alguien me ayude a llevar a sagrado a mi señor…

Amadís le dijo:

–Mi escudero te ayudará, pero déjame su caballo y ya te lo devolveré cuando acabe esta aventura.

El escudero aceptó contento y Amadís cambió de montura.

–Gandalín, ayuda a este doncel y cuando dejéis el cadáver, búscame.

Picó espuelas y cabalgó toda la noche en su nueva montura; al alba llegó a una ermita y allí un hombre santo le dio algo de comer, después le preguntó si había visto pasar a cinco caballeros llevando a dos doncellas.

–Por aquí no han pasado, pero cerca de aquí está el castillo de Grumen, sobrino de Arcaláus, un caballero tan poderoso como mezquino, pues abusa de todos cuantos vivimos en esta comarca y somos sus vasallos naturales.

–¿Arcaláus, decís, buen ermitaño? A ese traidor busco yo –dijo Amadís, excitado.

–Mucho mal ha hecho en esta tierra; Dios quiera ayudaros, pero, ¿no traéis otra ayuda que vuestro brazo?

–Sólo Dios.

–Ellos son cinco y Arcaláus, que vale por más de dos.

–Para mí no es más que un traidor soberbio y engañador y tales serán quienes le ayudan en sus tropelías y a esos no les temo.

Dio descanso y cebada a su caballo y partió hacia el castillo con la bendición del ermitaño.

A buen paso, Amadís se aproximó al castillo y vio que era sombrío, con muros espesos y una torre altísima que el caballero supuso el lugar donde el nigromante ocultaría sus retortas, matraces y serpentines. Anduvo alrededor y vio que no había más que una puerta. El silencio era ominoso, pesado. Amadís se retiró tras unas peñas y ató a su caballo en un arbusto, subió a un pequeño otero donde se tumbó un rato vigilando la puerta. Rompía el alba cuando sonaron ruidos y movimientos en el patio de armas, después se abrió un portillo y salió un caballero que avizoró por todos los lados buscando encontrar algún intruso; al no encontrar a nadie, volvió a entrar. Amadís estaba bien escondido, dominando la explanada frente a la puerta por donde salieron Arcaláus y sus cinco caballeros, todos bien armados. En el centro de esta comitiva estaban Oriana y su doncella. Cuando Amadís la vio comenzó a llorar tiernamente, pero haciendo un esfuerzo impuso a su corazón el espíritu guerrero que el instante requería.

De un salto subió a su caballo y, poniéndolo al trote, se dirigió a su enemigo con estas palabras:

–¡Arcaláus, mal caballero, suelta a esa señora! ¡La manchas con mirarla, hi de puta!

Oriana, al reconocer la voz de su amado, se estremeció, separándose la camisa de su cuerpo. Arcaláus y los suyos atacaron al unísono a Amadís, quien enristró y apretó la lanza contra su costado. Arcaláus encabezaba el grupo y el joven se lanzó contra él como el halcón a su presa.

Su lanzazo descabalgó al mago ancas abajo, pero los otros le atacaron con una nube de golpes de los que Amadís trató de zafarse como pudo. Malamente consiguió salir de este primer encuentro y seleccionó a su siguiente enemigo. No era otro que Grumen, señor del castillo, a quien atravesó con la lanza de lado a lado, de modo que murió al instante. Allí dejó el asta clavada y partida por el fuste. Empuñó la espada del rey y se arrojó en medio de sus enemigos con tanta saña y ardor que ponía pavor en los que recibían sus golpes. Tales maravillas de valor hizo aquel día que la Doncella de Dinamarca no pudo por menos que decirle a Oriana, que ocultaba el rostro entre sus manos, aterrada:

–Señora, dejaos de melindres que bien defendida estáis, pues no hay caballero más aguerrido que el vuestro.

–¡Amigo –suspiró Oriana, angustiada–, Dios os guarde para mí!

El escudero de Arcaláus, que la llevaba de la rienda del palafrén, viendo a su amo aturdido en el suelo masculló:

–Si yelmos y lorigas no paran los golpes de ese diablo, no será mi cabeza la que los sufra.

Y huyó picando espuelas.

Amadís, en lo más espeso del combate, cruzó sin pretenderlo su mirada con la de su señora y el deseo de su cercanía multiplicó su fuerza y al siguiente caballero al que acometió le cortó de un tajo limpio el brazo por la codera, que cayó a tierra mientras daba voces con la rabia de la muerte. Al siguiente lo golpeó entre las plumas de la cimera, hendiendo la espada hasta los dientes. El último caballero volvió grupas hacia el castillo sin presentar batalla. Amadís comenzó a perseguirlo, pero oyó los gritos de Oriana, volvió la vista y vio cómo Arcaláus se la llevaba al galope. Con la rabia en los ojos, picó espuelas hasta hacer sangrar los flancos de su montura en un esfuerzo por llegarse hasta el mago; poco le costó alcanzarle, pues Oriana se defendía incomodando la carrera del corcel. El joven alzó la espada y preparó un fendiente para abrir en dos la cabeza del mago como si fuera una sandía madura, pero por un momento pensó que el filo de la espada podría alcanzar a su señora y cambió el golpe, dándole un espadazo de plano entre los hombros con tal fuerza que se le desprendió el espaldar y un ala de la hombrera, de las llamadas poldrones. La espada saltó rota en tres trozos. Una sierpe de fuego recorrió la espina dorsal de Arcaláus, que sintió que se le nublaba la vista; soltó a Oriana y se abrazó al pescuezo de su caballo para no caer; la muchacha rodó entre las patas de la cabalgadura de Amadís, que tuvo que saltar sobre ella.

Aterrado el joven, cesó la persecución, temiendo que su señora se encontrara herida, pues más le pudo su amor que el odio a su enemigo jurado. Volvió donde ella estaba y, descendiendo de su caballo, se hincó de hinojos y besándole las manos entre lágrimas dijo:

–Ahora haga Dios de mí lo que quiera, pues pensé que nunca más os volvería a ver.

Ella estaba tan dolorida y espantada que no podía hablar y más viéndose rodeada de cadáveres. La Doncella de Dinamarca vio la espada de Arcaláus en el suelo y se la llevó a Amadís diciéndole:

–Señor, buena espada habéis perdido, he aquí una mejor.

Al instante la reconoció como suya. Era la espada con la que le habían echado al mar y que Arcaláus le había arrebatado en su castillo bajo un encanto.

Amadís se sentó en el suelo con su señora en el regazo, pues del golpe y las emociones se había medio desvanecido, espantada y sin fuerzas para levantarse. A galope tendido llegó Gandalín que, tras dejar al caballero muerto en una ermita, había cabalgado toda la noche. Todos se abrazaron con alegría por encontrarse con bien y sanos. Recuperada un punto Oriana, partieron del campo de batalla buscando el camino de la corte. La princesa montaba en el palafrén que Amadís sujetaba por las riendas, pero a los pocos pasos de nuevo la joven perdió el conocimiento al contemplar tanta mortandad. La Doncella de Dinamarca le aplicó en las sienes un pañolito empapado en esencia de bergamota, que después se lo pasó por el rostro hasta hacerle recobrar el sentido.

Pasado un tiempo, Amadís dijo a su señora:

–Grande es la muerte que en poco tiempo habéis contemplado, pero mayor y más espantosa es la que por vos padezco. Acordaos de que me habíais prometido darme sosiego y sustento para mi mal y por esa promesa me mantengo.

Oriana le respondió:

–Yo os sacaré de ese peligro, pues os concederé lo que más deseáis, que aunque pecado parezca, no lo será a los ojos de Dios.

Así anduvieron más de tres leguas hasta entrar en un bosque muy espeso. Oriana, que estaba agotada del no dormir y de las emociones, le dijo a su amado:

–Amigo, ya no puedo más, busquemos donde descansar un rato.

–Señora, vayamos a ese vallecillo y dormiréis.

Y enderezaron el camino hacia el valle, donde encontraron un arroyo, un prado de hierba esmeraldina y un puñado de chopos bien copudos que ofrecían sin tasa fresca sombra a los cuerpos cansados. Amadís descabalgó a su señora y le dijo:

–El calor aprieta a esta hora, aquí dormiréis hasta media tarde. Ahí delante humean las chimeneas de un pueblo, Gandalín nos buscará algo de comer...

El escudero y su amo prepararon una cama de hierba sobre la que pusieron la capa de Amadís y el manto de la Doncella de Dinamarca, después el joven se desarmó y la camarera se fue a descansar entre unas matas espesas.

Amadís se sentó junto al lecho de su señora para velar su sueño, pero cuando la vio tan hermosa y en su poder se sintió tan turbado de placer que no se atrevía ni a mirarla; de repente, ella se despertó y le pidió que se acostara a su lado. Así que se puede decir que en aquella hierba esmeralda y sobre el manto de una sierva, más por gracia y comedimiento de Oriana que por desenvoltura y osadía de Amadís, se convirtió en dueña la más hermosa de las doncellas y las encendidas llamas de sus amores fueron más ardientes desde ese día, como suele acontecer con los sanos y verdaderos amores.

La llegada de Gandalín despertó a Amadís y la Doncella de Dinamarca preparó un hermoso festín, que tal les parecieron las viandas traídas por el escudero; más gustosas les supieron que si las hubiera servido un enjambre de criados en vajillas de oro y plata que allí faltaron, pero que nada hurtaron el placer que todos hallaron en aquella comida sobre la hierba.

24

Galaor libera a Lisuarte

Galaor se separó de Amadís y anduvo varias horas siguiendo el camino que le indicó el ermitaño, a la búsqueda de los captores del rey. Tras una pequeña loma creyó oír voces y dirigió hacia ellas a su caballo. De repente le cerró el paso un caballero bien armado que le espetó:

–Deteneos, caballero y decidme el motivo de tanta prisa.

–Por Dios, no me embaracéis, que el negocio que me espera no admite tardanzas.

–Luchad, pues calláis.

Galaor pasó adelante. El caballero lo seguía con la misma canción:

–Huís porque habéis hecho algún mal. Mal caballero, luchad.

Y se arrojó contra Galaor con la lanza baja. Galaor, que lo vio venir, hizo una finta con su caballo y lo dejó pasar con estrépito de aceros. Rabioso, el caballero volvió contra él a toda carrera. Galaor, que como a buen caballero le repugnaba el combate sin motivo, volvió a repetirle la finta y siguió su camino. El caballero quedó de nuevo chasqueado viendo como se alejaba, pero ciego de indignación tomó un atajó y se plantó frente a Galaor escupiendo estas palabras:

–Cobarde, escoged entre luchar conmigo, volver por vuestro camino o responder a lo que os pregunto.

–Si queréis saber por qué tengo prisa, seguidme y lo sabréis.

Galaor siguió su camino y el caballero se puso a pocos metros de su grupa. Como a media legua vieron un caballero armado que perseguía a un caballo y a otro caballero que abandonaba el lugar al trote. El caballero perseguidor conocía al desmontado y se paró hasta recuperar su montura; después le contó lo que le pasaba con Galaor. El desmontado dijo:

–O es el caballero más cobarde del mundo o va tras una gran hazaña. Vayamos detrás, tal vez encontremos la gloria si le seguimos. Yo dejo mi venganza para ver lo que pasará.

Galaor se había alejado un gran trecho, se hizo de noche y en la floresta perdió el rastro. Tras dar unas cuantas vueltas se bajó del caballo y se puso a rezar pidiendo a Dios que le ayudara a encontrar el camino. Vencido por la fatiga se echó a dormir y le sorprendió el alba; a lo lejos se levantaba una tenue columna de humo, subió a un otero y se encaminó hacia el fuego. Al rato se encontró con unos arrieros que al verle armado tomaron piedras, picas y hachas. Galaor les dijo que nada temieran y ellos le ofrecieron recado de comer, que él rechazó y sólo pidió cebada para su caballo. Descansó un rato y se alejó comiéndose un requesón con miel que le alivió la madrugada. Buscando alguna señal, volvió a subir a otro otero y comenzó a mirar alrededor. Allí le descubrieron los dos caballeros y el segundo dijo:

–Ya nos ha visto y huye. Nada bueno está urdiendo, si lo alcanzamos quiero darle su merecido.

Pero Galaor ya había columbrado por un claro entre los árboles a los cinco que abrían camino y después un grupo más confuso entre los que le pareció distinguir a Lisuarte y un poco más atrás los cinco que cerraban caravana. Sin pensárselo dos veces y con total desprecio por su vida, picó espuelas y a la salida del claro se enfrentó con los cinco que iban delante, a los que apostrofó con estas palabras:

–¡Traidores fementidos, que habéis puesto vuestras sucias manos en el mejor hombre del mundo!

Y los cinco se le vinieron encima con estrépito de aceros, pero él hirió al primero entre los pechos, entrándole el hierro y medio astil, rompiendo armadura, cota, piel y huesos del esternón para salir por el espaldar. Los otros cuatro cayeron sobre nuestro héroe, haciendo arrodillar a su caballo; uno le mandó un lanzazo que, para su suerte, entró entre el pecho y el escudo, allí perdió la lanza su vuelo y Galaor la arrancó de la madera para herir al otro en el muslo, atravesándole el quijote, las carnes, llegando el hierro hasta el caballo que cayó envuelto en una nube de polvo. Allí se le quebró la lanza y, echando mano a la espada y a pie, se metió en medio de los que le acometían con tal denuedo que aun recibiendo golpes de los tres no se arredraba un paso, pero su situación se hacía insostenible pues en gran inferioridad se encontraba.

Mas Dios quiso socorrer a tan buen caballero y así aparecieron sus dos perseguidores con tiempo para ver la bondad de tal caballero y su oficio de armas. Uno de ellos dijo a su compañero:

–Sin razón le tachábamos de cobarde, malos caballeros seríamos si no le auxiliáramos al punto.

–¿Quién no socorrería a tal caballero? –dijo el otro, enristrando la lanza y calándose los estribos.

Entonces se lanzaron colina abajo con gran correr de sus caballos y el esfuerzo y sabiduría de caballeros veteranos.

Ahora os digo que el uno era Ladasín el Esgrimidor y el otro Guilán el Protector, considerado uno de los más honrados caballeros. Gran necesidad tenía de su ayuda el buen Galaor, que tenía su yelmo tajado y abollado por muchos lugares, el arnés roto por todas partes y el caballo medio destumbado. La llegada de los dos caballeros decidió pronto la lucha y sus tres oponentes fueron vencidos y muertos. Los que les seguían volvieron grupas y cada uno busco su salvación como mejor pudo.

Cuando el primo de Arcaláus vio esto, fue hacia el rey con intención de matarlo, pero Lisuarte ya se había tirado de su palafrén y, aunque encadenado, había tenido tiempo de pertrecharse con el escudo y la espada de uno de los caballeros muertos. Pildaín, que así se llamaba el primo del encantador, le lanzó un fendiente sobre su cabeza. El rey alzó el escudo que saltó hecho pedazos y la espada se le hincó cortándole pelo, cuero y carne hasta el hueso, pero el rey desde el suelo con la suya hirió al caballo en la cara con tal golpe que la dejó clavada en los belfos sin poderla sacar. La bestia se encabritó y derribó a su jinete. Galaor se arrojó sobre Pildaín para cortarle la cabeza, pero el rey le gritó para que no lo matase.

Ladasín y Guilán, que habían perseguido a los que huían, volvieron grupas y cuando vieron al rey bajo cadena quedaron espantados, pues nada sabían de los manejos y traiciones de Barsinán y Arcaláus. Bajaron de sus caballos, se arrancaron los yelmos, se hincaron de rodillas y besaron las manos del monarca, que levantándoles del suelo les dijo:

—¡Por Dios, amigos, seáis bienvenido que en buena hora me salvasteis!

Galaor, conteniendo su saña, pues su espada pedía más sangre, sacó al primo de Arcalaus de bajo el caballo y quitándole la cadena al rey se la puso a él. Tomaron las cabalgaduras de los muertos y tornaron camino de regreso a Londres con el corazón alegre. Así llegaron hasta el castillo de Ladasín, que no muy lejos estaba, y hasta allí llegaron Gandalín y el enano Ardián, que iban en busca de su señor. Galaor contó al rey cómo Amadís y él se partieron en su busca y de Oriana. Allí descansaron y al día siguiente retomaron el camino a la corte y el primo de Arcaláus les contó las traiciones de Barsinán por consejo del nigromante y de cómo aquel pretendía la corona de Gran Bretaña. A marchas forzadas y extenuando caballos cabalgaron a Londres.

25

La reina sitiada

Los leñadores que habían visto al rey en cadenas llegaron a Londres con la noticia; cuando esta se extendió por la ciudad reinó la confusión, los caballeros se armaron y aprestaron sus monturas para perseguir a los captores.

Arbán, duque de Norgales, estaba despachando con la reina cuando llegó ante él su escudero para decirle:

–Señor, armaos, el rey es preso.

–¿Por quién? –inquirió Arbán.

–Señor, unos rústicos dicen haberlo visto preso entre diez caballeros.

–¡Ay, Dios, mi corazón lo barruntaba! –dijo la reina y cayo amortecida sin sentido.

Arbán la dejó con su séquito de dueñas y doncellas que hacían gran duelo, después se armó y cuando ya estaba en las puertas le avisaron de que se luchaba en el alcázar.

–¡Traición –gritó Arbán–, el enemigo está entre nosotros!

Le vino en mientes que la reina estaba desamparada y sin pensarlo dos veces volvió sobre sí, dejando doscientos caballeros protegiendo las mansiones de la soberana. Después se dirigió al alcázar para ver cómo Barsinán ya lo había ocupado y degollaba y arrojaba por los muros a cuantos se le oponían.

La noticia de la captura del rey había sido la señal para comenzar el ataque con seiscientos caballeros. La sorpresa y la perfidia habían jugado a su favor.

–La felonía de un amigo ha puesto al rey en prisiones –dijo Arbán a sus caballeros–, es preciso luchar hasta la última gota de nuestra sangre y tal vez eso será poco.

En posesión del alcázar, Barsinán dejó para su seguridad una fuerte guardia y salió para prender a la reina y ocupar su trono. Cuando la noticia de la traición voló por los cuatro rincones de la ciudad, los villanos se armaron y acudieron a palacio a defender a su soberana. Cuando Barsinán llegó a la sede real se encontró al duque Arbán de Norgales y sus caballeros acompañados por un millar de pecheros, dispuestos a morir por su señora.

Barsinán, que no esperaba aquella multitud, pidió parlamentar con el duque y le dijo conciliador:

–Arbán, a pesar de tu juventud hasta hoy he reconocido en ti no pocas virtudes, no es la menor la sagacidad, hija aventaja del talento. No desearía que hoy la perdieras luchando inútilmente contra mí. Escúchame con atención, pues yo sé que antes de cinco días llegará a Londres la cabeza de Lisuarte y yo seré investido rey de Gran Bretaña. Es inútil por tanto derramar más sangre, únete a mí y engrandeceré tu señorío de Norgales, pero si no te avienes he de cortarte la cabeza como a un villano más.

–Sábete, Barsinán –respondió airado el duque de Norgales–, que yo seré tu enemigo mientras viva, pues en tus palabras anida la doblez. Primero, quieres que traicione al rey Lisuarte, mi señor natural, y segundo, sabes que lo han de matar sus captores y así demuestras la infidelidad de tus actos desde que llegaste la corte. Eres, simplemente, un fementido y desleal Judas y mereces la peor de las muertes, pues estás manchado del pecado de la deslealtad. Un traidor no se sentará jamás en el trono de Londres.

Barsinán ordenó toque de carga, contestado por Arbán, que cayó con su guardia personal sobre la vanguardia del impostor, después el combate se generalizó y todos pugnaban por vencer y matar. Arbán realizaba prodigios de valor acudiendo a todos los puntos de mayor peligro. El combate duró hasta el caer de la noche. La vanguardia de Arbán, conocedora de las callejuelas cercanas al alcázar, hizo retroceder a Barsinán, que viéndose en terreno peligroso decidió recogerse en la fortaleza, pues en las últimas horas había perdido muchos caballeros y los heridos superaban en mucho a los ilesos. Arbán ante los muros del alcázar arengó a los suyos:

–¡Señores, vuestra lealtad y coraje se han impuesto, es hora de descansar!

Después se fue a visitar a la reina, su tía, que no se había recuperado todavía y más cuando ante ella se quitó el yelmo que estaba medio deshecho. Cinco heridas orlaban su garganta y rostro, que estaba desfigurado y tinto de sangre, pero que muy hermoso les pareció a dueñas y doncellas, pues heridas por honra hermosean y más las de aquel que para las damas era, después de Dios, su amparo en aquella jornada.

Cuando la señora lo contempló tan llagado se compadeció y le dijo llorando:

–¡Ay, mi buen sobrino, Dios os mantenga y guíe vuestro brazo que no hay caballero que os iguale en lealtad! ¿Qué será del rey y de todas nosotras?

–No temáis, pues Dios está con nosotros y pronto tendremos buenas noticias, que los mejores caballeros han ido a liberarlo. Confiad en Amadís y Galaor, que si ellos no lo consiguen, nadie lo hará. Y de estos traidores que nos cercaron –dijo con desprecio Arbán–, poco pueden contra los pechos leales que os defienden, señoras –terminó, dirigiéndose a las damas con un gesto amplio de su mano.

–Sobrino don Arbán –dijo la reina, conteniendo la emoción–, creo que no estáis en condiciones de volver a tomar las armas y sin vos al frente no sé que harán vuestros soldados…

–No temáis, tía y señora –respondió Arbán–, que mientras me quede un hálito de vida no dejaré de defenderos. A mí y a los míos nos mueve el impulso de la sagrada lealtad.

Después volvió con sus hombres y descansaron aquella noche; aunque todos estaban muy llagados le manifestaron su deseo de luchar hasta el final.

Al día siguiente, Barsinán le envío un heraldo con bandera blanca pidiendo una entrevista.

–Os ofrezco una tregua de cinco días –propuso Barsinán.

–Quiero, pero con una condición y es que no hagáis daño a los prisioneros del alcázar. Esperaremos la llegada del rey y cuando llegue haremos su voluntad.

–Eres un iluso, Arbán –respondió desdeñoso Barsinán–, te admito tu primera petición, pues todos necesitamos curar las heridas, también los tuyos, que al terminar esto serán de mi partida cuando veáis la cabeza sangrante de Lisuarte y a mí casado con su hija. Y todo eso lo has de ver antes de que acabe la tregua.

–¡Dios me confunda –respondió Arbán airado–, si acepto tu tregua, pues sería cómplice de la traición que hiciste a mi rey! ¡Guerra, sangre y cuchillo hasta la última gota!

Y os digo, lectores, que por tres veces atacó Barsinán mientras duró la luz del día y por tres veces fue rechazado.

Amadís y Oriana descansaban en el valle y el joven, siempre deseoso de conocer los puntos débiles de sus rivales, le preguntó a su amada qué le decía Arcaláus durante su cautiverio:

–Me decía que dejara de gemir y que secara mis lágrimas, que él me haría reina de Londres antes de quince días y que me daría a Barsinán por marido; por la noche le oí comentar con sus hombres que si le entregaba la cabeza de mi padre sería primer ministro a perpetuidad y metería a mi madre en prisiones hasta que muriera, alguno de sus caballeros le dijo que podría hacerla su amiga…

–Jamás escuché tal sarta de maldades –se rebeló Amadís–; Gandalín, con la aurora cabalgaremos, prepara la impedimenta.

Folgaron aquella noche y con el alba cabalgaron a marchas forzadas; pronto descubrieron el camino de Londres y se fueron encontrando con muchos caballeros que sin sospechar la traición habían salido a buscar al rey. A cinco leguas de Londres se encontraron con don Grumedán, el ayo de la reina, acompañado por veinte caballeros de su casa y linaje. Habían recorrido la floresta durante la noche buscando a Lisuarte. Cuando reconoció a Oriana sana y buena se acercó a ella llorando e inquiriendo noticias de su padre.

–Don Galaor va en su procura –fueron las palabras de Amadís.

–Ahora abrigo más esperanzas –afirmó don Grumedán–, pues de tan buen caballero sólo queda esperar lo mejor. Vayamos presto a Londres, pues temo por la reina.

Amadís contó a don Grumedán la traición de Barsinán y Arcaláus y le dijo:

–Don Grumedán, yo voy a Londres reventando caballos, enviadnos a cuantos caballeros vayáis encontrando, pues serán necesarios contra Barsinán.

En las puertas de la ciudad halló a un escudero del rey que iba con la buena nueva de su liberación, también supo del gran mal que Barsinán había hecho siguiendo el plan ideado por Arcalaus. Finalmente, Amadís entró encubierto en Londres y se presentó secretamente ante Arbán, a quien relató las buenas noticias, después fueron ante la reina acompañados por el escudero real para darle las novedades. Sin tiempo para alegrías decidieron atacar por sorpresa a Barsinán y Amadís se ocultó tras un yelmo mohoso y viejo, embrazando un escudo despintado sin mote ni divisa.

Para cebar a Barsinán y sacarlo del alcázar fingieron un ataque desesperado. Barsinán ordenó levantar las barreras y atacó al frente de los suyos viendo el escaso número de enemigos, pero de improviso le salieron más de quinientos caballeros de las callejuelas, que trabaron sangriento combate con docenas de heridos y muertos.

Amadís, aprovechando el anonimato, se plantó ante Barsinán y, llegándose frente a él, enristró la lanza y empuñándola le ensartó con todas sus fuerzas, destrozándole el escudo, atravesándole arnés y cota le llegó hasta las carnes con el hierro del asta que se quebró haciendo gran herida. Amadís echó mano a la espada y descargó un fendiente que hubiera llegado hasta los dientes de su rival, pero la espada se resbaló en su mano torciendo su dirección y cayendo de plano sobre el yelmo de Barsinán, que sintió que se le juntaban el cielo y la tierra; incapaz de defenderse lanzó un espadazo al aire, pero Amadís le devolvió el golpe con una estocada en el brazo de la espada, cortándoselo casi a cercén, bajando el tajo hasta la pierna y rompiendo el quijote llegó hasta el hueso del muslo. Barsinán quedó tendido en el campo y Amadís, que sabía el punto de su estrago, atacó a otros rivales dejándolo por muerto. Arbán y los suyos avanzaron hasta las puertas del alcázar haciendo una gran mortandad; en el último arreón fueron rechazados y desde dentro cerraron con cadenas y una gran viga. Volvieron donde había caído Barsinán y vieron que aún alentaba, después lo llevaron a palacio hasta que el rey llegara.

Viendo Amadís que unos muchos estaban muertos y otros pocos encerrados, levantó la espada del rey y dijo:

—¡Ay, espada, en buen día nació el caballero que os ciñó, que siendo vos la mejor sólo podéis pertenecer al mejor!

Después se mandó desarmar y juntamente con Arbán se postraron en triunfo ante la reina, que los recibió entre lágrimas de alegría. Tras cumplimentarla se retiraron a descansar, pues por un emisario supieron que el monarca llegaría *prima luce*.

Tardó algunas horas más en llegar el soberano, que hizo su entrada acompañado por cuantos caballeros habían salido en su busca, entre ellos Agrajes, Galván y Galvanes sin Tierra. A pocas leguas de Londres se encontró con don Grumedán, que traía a Oriana. Cuando entró por la Puerta del Sol su séquito era de más de dos mil caballeros, pues, enterados de la traición, todos los de los reinos vecinos habían llegado para auxiliarle. Después de besar las manos de la reina y cumplimentar a sus damas, Lisuarte se armó y se presentó ante el alcázar. Ante sus puertas, ordenó traer a Barsinán y a Pildaín, el primo de Arcaláus; allí les obligó a contar los detalles de su traición punto por punto y al terminar, a la vista de todos, sitiadores y sitiados, los hizo quemar vivos, para escarmiento de generaciones.

Los del alcázar, pocos días después, se rindieron y el rey ajustició a los de mayor responsabilidad y al resto los puso en cadena y así nadie se libró de su justicia.

Las fiestas que se habían interrumpido siguieron de noche por toda la ciudad y de día por el campo. Doce días duraron las cortes, los más consumidos para honra del rey y sus caballeros; a su cabo se fueron los extranjeros, quedando los naturales para goce y disfrute de sus amigas.

26

Briolanja de Sobradisa

Pero poco les duró este contento pues a Amadís aún le quedaba cumplir con un don que había otorgado.

Volvamos, pues, al castillo de Gronovesa y la hermosa niña Briolanja, a quien su tío Abiseos usurpara el trono. Casi un año había pasado de aquella extraña, confusa y no terminada aventura cuando Amadís descansaba en la corte del rey Lisuarte disfrutando a diario de la bella Oriana, su señora, principio y fin de sus mortales deseos, cuando le vino al recuerdo el don concedido y la batalla que debía rendir en un plazo que se acercaba a grandes pasos. Así, obligado por su promesa y por un ansia que no sabía explicar, decidió tras mil rodeos pedir licencia a su señora, a sabiendas de que la separación sería para ambos como arrancarles las telas de sus corazones. Así le hizo saber de su promesa de restituir en su trono a aquella Briolanja. Oriana, que barruntaba la desventura que de tal tuerto les devendría, sopesó la falta en que su amado incurriría si no cumplía como caballero y tragándose sus conjeturas le otorgó licencia.

A los pocos días Amadís partió con Galaor y Agrajes con armadura completa. Así, yendo a paso tendido se encontraron con una doncella que les aconsejó que cambiaran su camino porque pocos pasos más adelante estaba el mejor caballero del mundo y durante quince días había muerto o herido gravemente a cuantos caballeros habían tratado de disputarle el paso. Demandaron su nombre, pero la doncella dijo desconocerlo; ya se marchaban de la floresta cuando ante un puentecillo vieron a un caballero gigantesco, bien armado, sobre un caballo ruano; un escudero tenía cuatro lanzas y cuando les vio les dijo:

–Señores, aquel caballero os manda decir que ha guardado esta floresta contra todos los caballeros andantes durante quince días y de todos los encuentros ha salido vencedor. Por el placer de justar se ha quedado un día más del plazo que tenía marcado y cuando estaba apunto de partir vio que veníais. Si os place justar con él, lo hará siempre que no sea a espada, porque con ella ha hecho mucho mal sin quererlo.

Galaor, que era de corazón más vivo, temiendo que otro le tomara la delantera, se caló con presteza el yelmo, embrazó el escudo y dijo:

–Decidle que se prepare y que le acepto una lanza.

Galoparon sus caballos y chocaron las lanzas contra los escudos, Galaor perdió los estribos y cayó al suelo para admiración de sus compañeros.

Agrajes tomó su lanza para vengarle y el caballero de la floresta tomó una lanza nueva. Se acometieron con fuerza y, quebradas las lanzas, juntaron sus caballos y se golpearon chocándose los escudos. El caballero era más grande y su caballo de más alzada. El encuentro fue brutal: Agrajes rodó por el polvo mientras su caballo se escapaba por el campo sin control.

Amadís se santiguó y calándose el yelmo dijo con admiración:

–Bien se puede alabar de haber derrotado a los dos mejores caballeros del mundo.

Puso al trote a su caballo, pero se encontró con el escudero que le ofrecía una lanza; mucho disgustó a Amadís tener que dejar la suya, que bien la precisaba para tan singular combate, pero era de buena crianza caballeresca aceptar la lanza ofrecida y así lo hizo, con una inclinación de cabeza a su contrario.

Lanzó a su caballo al galope y las lanzas se hicieron trizas, volando sus astillas por el aire, pero Amadís cometió el error de su primo y juntó escudo y yelmo, entrando en choque con el gigante, y así él y su caballo se fueron a tierra, pero también cayó el caballero de la floresta, aunque se levantó presto y tomando las riendas subió a la silla de un salto.

Amadís dijo entonces:

–Caballero, es obligado justar de nuevo, pues ambos hemos caído.

–No tengo ganas de justar más, pues los tres habéis rodado por tierra.

–Caballero –dijo airado Amadís–, vos también habéis caído. Si no justáis cometéis afrenta.

–Os he vencido a los tres, ya nos volveremos a encontrar.

Volvió grupas y se alejó a galope tendido por lo más cerrado de la floresta. Los tres se quedaron muy avergonzados y sin saber quién era el caballero que los había derrotado con tanta gloria.

Amadís dudaba entre perseguir al caballero o continuar camino de Sobradisa para cumplir su palabra. Galaor, a quien la vergüenza le embargaba desde las plumas de la cimera hasta la punta del espolique, dijo:

–Hermano, cumple tu palabra de caballero y corona a la niña Briolanja, que Agrajes os acompañe y yo buscaré al caballero siguiendo a esta doncella; dejadme hacerlo porque ya nunca más seré feliz hasta que no lo encuentre y lo venza. Os juro por mi honor de caballero que llegaré a tiempo para librar vuestra batalla.

–En el nombre de Dios que os la tomo, don Galaor –y le ofreció la cruz de su espada para que jurara.

Amadís y Agrajes siguieron ruta hasta el castillo de Tomín donde estaba la hermosa Briolanja, no sin ir haciendo en su camino buenas obras de caballería.

Cuando la dueña Gronovesa supo de la llegada de Amadís preparó un gran recibimiento y, llevando de la mano a Briolanja, salió a recibir a los paladines que defenderían su derecho. Un año había transcurrido y la niña era, a la sazón, tan hermosa como la más luciente estrella y ambos caballeros quedaron maravillados, tanto que Agrajes dijo:

–Si Dios tuvo voluntad de hacer la hermosura, en esta muchacha se cumplió su voluntad.

Al punto los llevaron a un aposento donde se desarmaron y, cubiertos con sendos mantos, volvieron a la sala donde les esperaban;

mientras ellos hablaban con Gronovesa, Briolanja pudo volver a admirar a su sabor la belleza de Amadís, que le pareció el más hermoso caballero que jamás viera y apreció su juventud, que no sería más de veinte años y ya tenía el rostro marcado por cicatrices que multiplicaban su varonil gallardía, pues hay heridas gloriosas que hermosean a quien las luce. Lo miraba con tanta afición que se volvió a enamorar de él y por largo tiempo resellaría la imagen de aquella noche en su corazón.

Cinco días estuvieron preparando el combate en el castillo de Grovenesa y cada noche Briolanja yació con Amadís sin que este lo supiera, pues una doncella durante la cena vertía una droga en su vino y así el joven perdía al amanecer la capacidad de recuerdo, pero confusamente se iba aficionando a la niña y de ese sentimiento mixto le iba creciendo un gran desconcierto y una cierta vergüenza, que se borraba tras cada encuentro y regresaba con el nuevo día cuando se encontraba solo en su cámara, ahíto de perplejidad y de placer.

Dispuestas todas las cosas para el camino, partieron hacia el reino de Sobradisa llevando Grovenesa y Briolanja un par de doncellas y cinco hombres a caballo con tres palafrenes ricamente guarnecidos. Briolanja vestía enteramente de negro, pues había jurado ataviarse así hasta que su padre quedase vengado y recuperado su derecho al trono.

Andando poco más de una legua, Briolanja demandó un don a los dos caballeros, quienes lo concedieron sin dudarlo, por más que pronto les pesó, y fue que vieran lo que vieran por el camino, por grave afrenta que fuese, que no pararían hasta que resolvieran el negocio que les ocupaba. Mucho les pesó otorgar tal don pues con frecuencia hallaron tuertos y abusos que precisaban de su socorro, pero ella fue inflexible y así iban de avergonzados ambos, que sólo pensaban en llegar a Sobradisa y acabar con bien su negocio.

Pasaron doce días de viaje y entraron en el reino de noche oscura; dejando el camino real, metiéndose por una senda anduvieron unas tres leguas y pasada la media noche llegaron a un pequeño castillo que era propiedad de una dueña de Gronovesa que tenía por nombre o así se hacía llamar doña Gabalumba, tan vieja como discreta dueña.

Fueron bien acogidos y descansaron en cómodas habitaciones y lechos honrados que tras tantos días de marcha todos los cuerpos agradecieron.

Al día siguiente enviaron una doncella a la gran ciudad de Sobradisa, de donde tomaba nombre todo el reino. Allí estaba la corte de Abiseos y sus dos hijos, Darasión y Dramís. Gobernaba desde la muerte de Clareos, el padre de Briolanja, más por fuerza que por grado entre los naturales de aquella tierra, pues no pasaba un día sin que recordasen a su monarca tan inicuamente asesinado.

Gronovesa había pedido tres caballeros y Amadís, que seguía esperando la llegada de Galaor, estaba un tanto escamado por la tardanza de este, pues si no llegaba a tiempo serían dos para tres, algo que disgustaba profundamente a la dueña, que quería igualdad en el combate que se avecinaba.

Llegó la doncella y se encaminó a los palacios del rey, donde entró muy ricamente ataviada. Varios caballeros se acercaron para ayudarla a descabalgar, pero ella les dijo que sólo descendería de su palafrén en presencia del rey y tomada bajo su protección.

La condujeron hasta la sala del trono donde entró montada, allí estaban el rey y sus hijos celebrando consejo del reino. Prestamente descendió de su montura por orden de Abiseos y le dijo:

–Señor, antes de hablar pongo como condición que me toméis bajo vuestro amparo y guarda por cuanto pueda decir.

El rey aceptó la condición y la doncella continuó así:

–Señor, yo os traigo un mensaje que requiere la presencia de los grandes señores del reino. Llamadlos y hablaré.

–Estos que ves lo son y forman mi consejo –fue la respuesta del tirano Abiseos, que comenzaba a sentirse molesto ante tantas exigencias.

–Rey –dijo la doncella con voz potente–, Briolanja, tu sobrina, a quien tienes desheredada, te envía esta carta para ser leída en público y espera respuesta.

Cuando oyó el rey el nombre de su sobrina sintió un bofetón de ira mezclada con la vergüenza de su crimen; tragándose sus ansias permitió la lectura de la carta en la que se pedía que creyeran el mensaje de la doncella.

Casi todos los presentes sintieron que la piedad embargaba sus corazones al recordar a su princesa desheredada y en su interior rogaron a Dios para que remediase tamaña injusticia más pronto que tarde, pues la tiranía de Abiseos y sus hijos les era difícil de sobrellevar.

El rey dijo a la doncella con la voz cargada de desprecio:

–Decid pronto lo que os mandaron, que todos os creeremos.

Ella respondió:

–Todos sabemos cómo matasteis al padre de Briolanja, la despojasteis de sus derechos y vos y vuestros hijos defendéis el trono con las armas en la mano. Briolanja os manda decir que ella vendrá con tres caballeros que defenderán su razón en batalla y harán conocer a todos la deslealtad y soberbia que hicisteis.

Cuando Darasión, el hijo mayor, oyó estos términos se levantó de su sitial y con rostro airado se dirigió a la doncella:

–Si Briolanja ha conseguido engañar a esos caballeros para su causa y están dispuestos a luchar y perder sus vidas, yo acepto por mí y en nombre de mi padre y de mi hermano. Si esto no hiciere, prometo solemnemente ofrecer mi cabeza a mi prima para que la mande cortar, por la de su padre.

–Darasión –respondió tranquila la doncella–, habláis como caballero esforzado aunque la negra saña se trasmite en todas vuestras palabras. Ahora os pido, rey, que deis seguridades a los caballeros hasta terminar el combate, sea cual sea su desenlace.

–Señor –se adelantó Darasión, hincando la rodilla ante su padre–, ya oís lo que pide la doncella; concedédselo por vuestra honra y la nuestra. Os digo más, que aun sin mi promesa debemos aceptar el desafío, pues, según me han dicho mis informantes, esos tres caballeros son de los más locos de la casa de Lisuarte, y que en su gran soberbia y escaso entendimiento tienen en gran estima las cosas propias y desprecian las ajenas.

El rey, que amaba a este hijo más que a sí mismo y que lo había distinguido como su sucesor, dudaba del resultado de la batalla, pero dio seguridades a la doncella y fijó para el día siguiente la justa con los caballeros de Briolanja.

La doncella volvió al castillo y contó su embajada, pero cuando relató cómo Darasión los tenía por locos, Amadís se sintió movido por gran saña y dijo dominado por la ira:

–A estos locos y a otros tales no les importará cortarle la cabeza a ese soberbio.

Al instante recapacitó y se arrepintió de aquel acto furioso, pero Briolanja, que no apartaba sus ojos de él, dijo:

–Mi señor, no os arrepintáis de vuestra justa ira, que esos traidores merecen la peor de las muertes, pues ya sabéis la que sufrió mi padre y cuanta sinrazón ha caído sobre mí, huérfana y desheredada. Doleos de mí y tenedme piedad, pues sólo en Dios y en vos dejo mi confianza y mi futuro.

Amadís se sintió transido de misericordia y con el corazón de blanda cera dijo, tomando entre las suyas las manos de la niña y mirando sus ojos de hito en hito:

–Mi buena señora, mantened vuestras esperanzas en Dios, que mañana noche vuestra negra tristeza se habrá trocado en límpida alegría.

Briolanja cayó de rodillas y quiso besarle los pies, pero Amadís, lleno de vergüenza, se abalanzó para levantarla del suelo. A pesar del énfasis de sus palabras el joven caballero estaba preocupado por la falta de noticias de Galaor.

Decidieron partir con el alba y oír misa en la Ermita de las Tres Fuentes, que estaba a media legua de Sobradisa; luego se retiraron a sus aposentos y pasaron aquella noche en amoroso abrazo y a su placer, pues aunque mayor droga llevaba el vino, Briolanja, refrenando con la razón su voluntad, abandonó el dulce lecho para que Amadís durmiendo y reposando pudiese levantarse a la hora antedicha.

Pues la mañana venida, se trasladaron hasta la ermita donde oyeron misa, celebrada por un santo hombre que les absolvió de sus pecados; después se armaron y cabalgaron hasta las puertas de Sobradisa, donde les esperaban Abiseos y sus hijos con gran compañía de gente. Todos buscaban con sus miradas a Briolanja, montada en un alto palafrén que Amadís traía por la rienda. Muchos derramaron clandestinas y encubiertas lágrimas, pues la amaban de corazón y a pesar del tiempo transcurrido seguían considerándola su derecha y natural señora. La niña ocupó el centro de la escena, se quitó el velo que cubría su rostro y cuantos la vieron en todo su esplendor sin poderlo remediar lloraron a lágrima viva, mientras la bendecían en sus corazones, rogando a Dios que allí, en aquel día, acabara aquella inicua tiranía.

Abiseos, ante quien se había parado su sobrina, sintió que por un momento le abandonaban su codicia y su maldad, vencido por el cándido rostro de la niña, pero su endurecido corazón se sobrepuso a lo que juzgó con rabia como un rapto de debilidad. Y así dijo con desdén:

–Gente cativa y desventurada, parece que compadecéis a esta flaca mujer en vez de honrarme, pues bien os gobierno para vuestro descanso y defensa. Y si no, ved la fuerza que tienen sus ruegos, pues a la vista está que no ha podido encontrar más que a dos caballeros muchachos que vienen aquí engañados a recibir muerte o deshonra. En verdad que siento por ellos más piedad que desprecio.

Aún no había terminado de decir la última palabra, que casi escupió, cuando se presentó a galope tendido un caballero, luciendo en las suyas las armas de la casa de Lisuarte; levantando la celada dijo con voz alta y clara:

–¿Qué decís, felón usurpador, estáis ciego o no sabéis contar? Aquí esta Galaor, que con mis parientes hace el número tres que doña Gronovesa exigía para daros combate.

En efecto, allí estaba don Galaor que regresaba, perdida la cuenta de los días, de la más fantástica aventura que se pudiera imaginar, pero no es el momento de su narración que ahora se juega el destino de la niña Briolanja y del magnicida Abiseos y sus hijos.

–Pocos sois tres para nosotros, que ni trescientos de los locos de Lisuarte podrían con la furia del linaje de Abiseos –con estas palabras Darasión se adelantó un paso, mirando de hito en hito a Galaor.

Amadís, embridando su saña contra Darasión, se dirigió a Abiseos y de pie sobre sus estribos con voz suficiente y buen temple dijo para que todos le oyeran:

–Abiseos, veo que mucho te pesa la presencia de Briolanja por la gran traición que hiciste cuando asesinaste a su padre, tu hermano mayor y señor natural. Si te quedara un resto de virtud para pedir perdón, reconociendo tu maldad y restituyéndola el trono, aún estarías a tiempo de presentarte ante Dios y salvar tu empecatada alma.

Darasión, a quien la ira represada se le desbordaba en sangre por los ojos, barbotó:

–Loco de la casa de Lisuarte, jamás pensé vivir para sufrir que delante de mí se osase tanto con tales palabras, pero lo sobrellevo sabiendo que bien pronto podré lavar esa ofensa y si el corazón os falta y queréis huir, yo os haré castigar de tal forma que sufran por vos todos los que lo vean.

Agrajes, que hasta aquí había guardado silencio, dijo templadamente:

–Basta de palabras. Si quieres sostener la traición de tu padre, ármate y ven al combate.

–Di lo que quieras, aprovéchate –dijo riendo Darasión–, porque estas serán tus últimas palabras antes de que tu lengua sea enviada a casa de Lisuarte para que sirva de lección a otros locos como vosotros.

Y luego a grandes gritos comenzó a demandar sus armas y otro tanto hicieron su padre y hermano, y así armados cabalgaron hasta el campo limitado en sus cuatro puntos. Lo mismo hicieron Amadís, Agrajes y Galaor.

Dramís, el menor de los hermanos, valiente caballero, tanto que en aquella tierra comenzaba por derecho los combates, pidió a su padre:

–Donde habláis mi hermano y vos, está escusada mi palabra, pero ahora os pido la primera lanza y, si con ella no mato a mi adversario, que nunca más vista armadura, pero si por mi desventura no acierto con la lanza, juro hacerlo al primer envite con la espada.

Galaor también pidió la primera lanza, pero Amadís se adelantó y le dio la suya, la inquebrantable. Galaor no quiso enemistarse con su hermano y aceptó su lanza.

–Acabad presto y devolvédmela entera –le dijo su hermano al tiempo que golpeaba la grupa de su caballo.

Dejaron correr sus caballos al mayor galope que pudieron, enristrados y bien cubiertos por los escudos. Dramís apuntó al centro y lo mismo hizo Galaor, que espoleó hasta herir a su montura.

–Muy fuerte va –dijo Agrajes.

–Demasiado corazón –asintió Amadís.

El choque frontal fue horrísono y por un instante pareció que se hundía la tierra; se falsaron los escudos, pero Galaor sintió que la fuerza de su brazo se multiplicaba por cien y sin que el arnés de Dramís fuera roto por parte alguna todo su cuerpo retembló, sintió que el golpe le partía el corazón y todas las venas se le abrían e implosionaban con estruendo interior. Cayó muerto con tal golpe en el suelo que pareció la caída de una torre de combate, pero Galaor, ya por la violencia del golpe, ya por la velocidad de su caballo, tuvo que agarrarse a su pescuezo, incapaz de sujetarlo, y trastabillando se salió de las marcas. Había acabado con su contrincante, pero él estaba excluido para el resto del combate.

Eran dos contra dos.

Blasfemando le devolvió la lanza a su hermano, que le dijo:

–Don Galaor, algún día aprenderéis a dominar vuestro corazón imprudente.

Agrajes se lanzó contra los dos contrarios que se habían quedado paralizados ante la súbita muerte de Dramís. La perplejidad de Abiseos era total, pues jamás había visto en muchos años de caballería cómo un solo lanzazo podía acabar con un guerrero tan fuerte como su hijo. Por un momento pensó que la soberbia de Dramís se había vuelto contra él; recordó cómo había prometido matar a su contrincante de una sola lanzada. Ahora yacía en el polvo con el corazón reventado, como una vejiga rasgada por el cortaplumas de un niño.

Darasión lanzó su caballo contra Agrajes y ambos quebraron sus lanzas. El choque fue fuerte, pero ambos aguantaron en sus monturas. Darasión perdió un estribo, pero lo recuperó sin que su oponente se percatara.

Abiseos tenía imantada la mirada en el cadáver de su hijo Dramís, cuya gigantesca humanidad no bullía por más que los físicos intentaran reanimarlo. Como saliendo de un mal sueño, miró a Amadís, que le esperaba, y apretó la lanza bajo el brazo al tiempo que dirigía su caballo contra su oponente. Puso en el golpe todo su empeño y su lanza rompió el escudo del joven y el hierro penetró hasta el brazo hiriéndole levemente. El golpe de Amadís fue seco y en el centro del escudo; el rey sintió como todas las vísceras se removían dentro de su cuerpo y se tambaleó en la silla como un bausán; aturdido, trató de echar mano a la espada, pero ya Amadís estaba sobre él. Sin darle tiempo para recuperarse le descargó un fendiente encima del yelmo que le entró hasta el hueso, haciéndole perder el sentido hasta caer al suelo.

Miró a Briolanja y viola sin lumbre en los ojos. Su madre la sujetaba para que no cayera del palafrén. Su gesto de dolor y de amor hirió a Amadís, que se lanzó como un tigre contra Darasión. Tan turbado y lleno de saña estaba Amadís por la angustia que despedía el rostro de la niña que sin respetar el turno de Agrajes se plantó ante su enemigo con el belfo espumeante. Agrajes se vio obligado a parar a su primo:

–Amadís, primo y señor, ya bastante habéis hecho, dejadme ahora con este que con tanta soberbia y descomedimiento me amenazó con arrancarme la lengua.

Pero Amadís estaba lleno de insania, pues o no entendió a su primo o no oyó sus palabras y así, levantándose sobre los estribos, gesto que fue de gran temeridad, pues olvidó toda protección, dio un gran espadazo a dos manos en la rodela de Darasión, derribándolo por tierra; la espada descendió por el arzón del caballo hiriéndolo en la cerviz. Darasión había caído a plomo de su montura, pero era un guerrero duro y experto y en su caída desbarrigó al caballo de Amadís, que con las tripas fuera comenzó a dar corcovos sin que su jinete pudiera detenerlo; desesperado, Amadís tiró tan violentamente de las riendas que le arrancó el bocado, mientras la bestia moribunda huía sin control a punto de traspasar los límites del campo de batalla. Amadís dio tal golpe con la manzana de su espada entre las orejas de su caballo que le abrió la cabeza en dos partes y cayó muerto al instante. Nuestro heroe rodó por tierra con gran estrépito de metales, se levantó muy quebrantado y frente a él se encontró con Abiseos, ya recuperado.

Agrajes se enfrentaba a Darasión, a quien propinó un golpe en el yelmo que rompió el acero del casco, la cota y la cofia, llegando el filo al mismo hueso, que rechinó como una cerradura mohosa. Allí debería haber terminado el combate, pues la sangre de Darasión bajaba por el barbote abajo extendiéndose por todo el arnés, pero el golpe había sido tan profundo que la espada de

Agrajes quedó encajada entre el yelmo y el hueso sin poderla retirar. Darasión, que estaba hecho de pedernal, aún tuvo arrestos para sobreponerse al golpe y comenzó a golpear con su espada a su rival; estaba aturdido, cegado por la sangre y sus golpes carecían de precisión, pero su instinto le llevaba a herir a Agrajes, que sintió sus carnes tajadas, sin poderse defender. Así, desarmado y herido, se abrazó apretadamente a Darasión, cual haría sodomita con gomorreo. Darasión arrojó la espada y, como era más grande, le trabó a su vez y así, tirando el uno del otro, se arrancaron de las sillas y cayeron abrazados a tierra. De esa forma estaban cuando llegó Abiseos, que comenzó a herir a Agrajes y pronto lo matara, pues alzándole la falda del arnés buscaba acuchillarle en blando. Ahí terminara su joven vida cuando llegó Amadís y le dio al rey un espadazo en el hombro que le hizo trastabillar y olvidarse de Agrajes.

Cuando este vio a su primo a su lado, se esforzó para levantarse, al tiempo que Darasión pensó lo mismo y ambos se soltaron para terminar el combate a pie. Agrajes, más ágil por menos pesado, se incorporó primero y, viendo la espada de Darasión en el suelo la cogió, pero este echó mano a la que tenía clavada en el yelmo y de un tirón la arrancó, acompañando el gesto de un grito horrible.

Al instante estaban frente a frente los cuatro contendientes. De nuevo comenzaron a golpearse, pero ya las fuerzas eran pocas y las heridas muchas, la sangre corría por las armaduras abajo, tanta y tan abundante que a todos los presentes ponía espanto.

Así estuvieron más de una hora hasta que Amadís vio a Agrajes herido en el cuello con un tajo por el que parecía desangrarse; de nuevo le creció la ira y comenzó a dar tales golpes que hizo añicos las armas de sus enemigos y a herirles en las carnes. Darasión y Abiseos, que vieron llegar su muerte, pretendieron huir saliéndose del campo, olvidado el honor y la dignidad de caballeros, pero Galaor les amenazaba con una gran partesana. Desesperado Abiseos, juntó la poca fuerza y la mucha rabia que le quedaban y, tomando la espada con las dos manos, fío su destino a un último golpe y arrojándose como cabrón contra Amadís lo hirió tan pesadamente por sobre el yelmo que si el joven no se hubiera ladeado a tiempo le abriera la cabeza como una sandía madura; mas

Amadís, en el último instante, hurtó la testa y la espada se llevó parte del yelmo, penetrando hasta el cuero cabelludo, y resbaló sobre el hombro izquierdo para arrancar la hombrera del arnés y el mollete del hombro. Amadís cayó sentado al suelo, pero aguantando el dolor se incorporó para ver cómo Abiseos trataba de levantar de nuevo la espada, pero antes de que pudiera hacerlo el joven le dio un tajo bajo el hombro que el brazo asesino de su hermano cayó a tierra con la espada empuñada. Amadís, señalando el brazo cercenado, dijo:

–Abiseos, el que con traición te puso en el trono y la alteza te deja ahora en la muerte y a las puertas del infierno.

Abiseos, desangrado, ya no podía contestar. Agrajes tenía en tierra a Darasión y de un tajo le cortó la cabeza. Entonces todos los nobles y espectadores gritaron de alegría y corrieron a besar las manos de su señora Briolanja.

Al final del día llegó a cumplimentar a la reina un grande y poderoso señor, de nombre don Gomán, acompañado por cien hombres de su linaje. Le contó a Amadís que él y los suyos habían estado en prisiones por su lealtad a Briolanja, pues también habían caído en una celada urdida por Abiseos y sus hijos; gracias le daba por la muerte de los usurpadores y le rogaba que no temiese por el futuro del reino, pues allí mismo todos jurarían lealtad y vasallaje a la nueva soberana.

A continuación todos se trasladaron a los palacios reales, donde nuestros héroes pasaron más de ocho días recuperándose de sus heridas con mucho gozo y alegría de sus ánimas. Allí Amadís descansó en un suntuoso aposento, cercano a la cámara real, desde donde Briolanja accedía a través de un postigo disimulado en el muro, de esta forma compartió lecho con su amado desde la primera noche hasta la última.

Las heridas de Agrajes requirieron largos cuidados, pues el tajo de su cuello era de no poca gravedad, y así fue puesto en manos de un gran físico que lo atendió en una pieza separada para que nadie le hablase, pues requieren silencio los males de garganta.

Galaor, como joven alocado, triscaba por los estrados y las cámaras de las dueñas y doncellas hasta que su hermano le reconvino la conducta a instancias de Gronovesa.

–Mal la hubierais pasado –se rió Galaor–, si no llego a tiempo.

–Tiempo es precisamente –le respondió con semblante serio Amadís– de que nos contéis dónde estuvisteis por más de doce días.

–Veo que ya estáis recuperado, pues de nuevo me hacéis objeto de vuestras reprehensiones –siguió riendo Galaor–. Escuchadme con atención, pues el final de mi aventura acelerará vuestra mejoría.

»Recordad que aquel caballero que nos derrotó partió a galope tendido por la floresta. Durante cuatro días me guió la doncella y por ella justé con varios caballeros con tanta saña en el corazón que los más de ellos muertos fueron. Al cabo de esos cuatro días llegamos a un hermoso valle donde estaba el castillo de un anciano caballero de unos setenta años que nos acogió ricamente.

»Quise folgar con la doncella, pero rehusó y pasé la noche solo; al día siguiente el caballero anciano me dijo que tenía dos hijos muy malheridos tras un encuentro con un caballero gigantesco. También me enseñó las armas, tan cortadas y tintas de sangre, que quedé espantado. Cuando le pregunté por las divisas o emblemas que el caballero portaba me dijo que un escudo bermejo con leopardos, y que montaba en un caballo ruano.

»–Ese es el caballero –respondí–, ¿sabéis dónde mora?

»–No –respondió el castellano.

»Seguimos camino hasta llegar a un lago que cruzamos en una barca hasta una isla, anduvimos tres leguas y apareció una hermosa fortaleza. La doncella me dijo que esperara y volvió al rato acompañado de otra más bella y diez hombres a caballo.

»Esta nueva doncella me dijo:

»–Sé que buscáis al caballero de las armas bermejas y los leopardos. En estos últimos tres años otros caballeros han intentado saber su identidad y han fracasado con las armas.

»–Doncella, yo lo buscaré hasta en el infierno –respondí– y sabré su identidad.

»–Veo que estáis determinado, seguidme –fue la respuesta de la doncella.

»Recorrimos de la isla, caminamos un buen trecho hasta el mar y tomamos un barco que nos llevó durante un día hasta otra gran isla y entonces la bella doncella me dijo:

»–La señora de esta isla tiene a este caballero por amigo desde hace medio año. Dijo que venía de tierras extrañas y ganó aquí un torneo. Al instante ella quedó de él tan pagada que lo tiene para sí en esta isla y como él tiene gran sed de aventuras, ella hace venir aquí a algunos caballeros. A todos ha vencido y como prueba de sus victorias se queda con los caballos y las armas de los vencidos; a los muertos los entierran en esta isla y a los demás los echan fuera. La dueña es muy hermosa y se llama Corisanda de Gravisanda, que es el nombre de la isla, y os diré que es muy celosa de mujeres y de hombres. El caballero, por un don que había concedido a una doncella, guardó la floresta de donde venís durante quince días y Corisanda, contra su voluntad, se vio obligada a concederle el plazo de un mes para ir y volver.

»Anduvimos hasta la noche y aunque la doncella me miraba a placer no quise requebrarla de amores hasta tener ocasión de ofrecerle mi amparo. Triste me retiraba a mi tendejón cuando al rato entró una dama antañona y en la oscuridad me dijo venir de parte de la doncella. Excuso el resto y sigo al día siguiente, cuando hicimos un par de leguas de camino y al entrar en un amplio valle vimos en su fondo un gran castillo. Nos aproximamos hasta llegar a un gran padrón de piedra bien labrada del que colgaba un cuerno. Entonces la doncella me dijo:

»–Sonad el cuerno y saldrá el caballero que buscáis.

»Soplé con todas mis fuerzas y al poco salieron unos escuderos que levantaron en pocos minutos una hermosa tienda y un estrado. A continuación aparecieron diez dueñas y doncellas escoltando a una riquísimamente ataviada y muy señora de las otras, que con gran seriedad sentaron en el estrado ante la tienda, pero allí no salía ningún caballero y cuando le pregunté me dijo la doncella:

»–No saldrá hasta que su dueña se lo ordene.

»–Pues os ruego –le dije un poco airado– que le pidáis que se lo mande porque en otra parte tengo asuntos que me requieren y no puedo detenerme en estas armonías.

»La doncella lo hizo a regañadientes y la dueña se levantó muy airada para decirme:

»–Caballero descortés, ¿en tan poco tenéis a nuestro campeón?, pues pronto os habréis de ver más llagado de lo que pensáis.

»Y con un gesto despachó a un doncel; al momento salió el caballero del castillo, a pie y armado, detrás sus hombres le traían el caballo, el escudo, varias lanzas y el yelmo muy empenachado. A paso tranquilo se dirigió al estrado de la dueña y, tras besarle la mano, ella le dijo en voz alta y clara:

»–Veis ahí a ese loco que quiere terminar con vos enseguida. Haced que se duela por su locura.

»Y le abrazó y besó tiernamente.

»Os digo, hermano Amadís, que estos gestos amorosos hacían crecer dentro de mí la saña. El caballero giganteo era de rostro muy apuesto y sobre el caballo aún parecía más alto. Corrieron nuestros caballos, las lanzas hirieron los escudos y los hierros llagaron nuestras carnes haciendo sangrar nuestros cuerpos, pero no perdimos los estribos.

»Yo tiré de mi espada, pero el caballero se acercó a mí y me dijo:

»–Caballero, por lo que más améis, justemos con la lanza de nuevo.

»–Lo haré –respondí de mala gana–, pero mi caballo está cansado y el vuestro descansado y esa es mucha ventaja para vuestra lanza.

»El caballero no me respondió y me mandó una lanza nueva. Mi caballo hincó las rodillas pero resistió y el caballero de los leopardos perdió los estribos y para no caer se tuvo que agarrar al pescuezo de su montura. Yo piqué espuelas y puse la mano en la espada, mientras el caballero se recomponía avergonzado, pues se había balanceado ante su dama como un tentetieso. Muy airado, desenfundó la suya y me acometió tratando de sacar ventaja del descanso de su caballo.»

–Pero dejad que calle mi voz, hermano –dijo Galaor a Amadís– y leed lo que escribió un testigo de nuestro combate.

Y sacando un canuto metálico de su bota huesa extrajo un documento que cedió a su hermano, y su texto rezaba así:

Entonces se acometieron tan bravamente que no hubo hombre que los viese que no retemblara de espanto. Eran muy diestros con la espada y así ambos se herían tan a menudo y con tales golpes que las cabezas caían sobre los pechos y saltaban los arcos de acero que sustentan las piezas de los yelmos y los filos llegaban hasta las cofias rompiendo las mallas de las cotas entrando hasta las cabezas y tintando de sangre las armaduras. Poco podían los escudos, pues sus tablas saltaban en astillas por todo el campo y así poco a poco todos los golpes llegaban a su destino, saltando la sangre hasta los espectadores que atónitos contemplábamos aquella carnicería. Cada uno se maravillaba de la resistencia de su oponente. La igualdad mantenían hasta que el caballo de don Galaor comenzó a desmayar, yendo de lado a lado del campo, bañado en espuma y sin responder a la rienda. Su jinete sintió gran rabia temiendo que por culpa de su montura podía perder el combate e incluso la vida, pues el caballero sin nombre, sabedor de su superioridad, le golpeaba casi a placer y aunque cuando don Galaor le alcanzaba le hacía sentir la espada en sus carnes, su caballo andaba como ciego, tanto que don Galaor le dijo a su oponente:

—Caballero, o combatimos a pie o dadme un caballo que me sirva para combatir. Si no, mataré al vuestro y de vos será la culpa de tal villanía.

—Vos me habéis buscado —fue su respuesta despectiva—. Haced lo que podáis, que ya siento vergüenza de que esta batalla dure tanto.

—Pues guardad el caballo —dijo rabiosamente don Galaor.

Y el caballero le fue a herir, pero con el recelo de que don Galaor le matase el caballo se acercaba para dejar poco espacio entre ambos. Era lo que esperaba don Galaor, que al verlo cerca se abrazó a él y tirando fuertemente lo arrancó de la silla. Ambos cayeron abrazados al suelo, pero sin perder la espada y así estuvieron un rato revueltos hasta que se soltaron, pues ninguno sacaba ventaja. De pie reanudaron su batalla, tan brava y cruel que parecía que ahora comenzaban a combatir; si a caballo había sido áspera, esta segunda lo era mucho más, pues con más facilidad y espacio se juntaban y herían sin descanso ni cuartel, pero don Galaor, más ágil y menos pesado que su rival, desembarazado de las flaquezas de su caballo, entraba y salía con facilidad en la guardia de su enemigo, dándole tan grandes y pesados golpes que le hacían retroceder paso a paso, aunque no dejaba de golpear bravamente.

Don Galaor, caballerosamente, dijo tomando distancia:

—Buen caballero, parad un momento.

El otro, que bien necesitaba un respiro, bajó la espada.

—Ya veis que llevo la mejor parte de la batalla. Decidme vuestro nombre y acabe esta sangría.

—Mi condición me impide terminar así y os digo que nunca deseé más luchar hasta vencer, pues jamás me vi tan obligado como hoy. Además, perdería mi honra si tal hiciera ante un solo caballero.

—Mal hacéis, pues yo os juro que no he de cejar hasta que conozca vuestra identidad.

—Antes moriré que decírselo a nadie, salvo a dos caballeros a los que estoy obligado.

—Tal vez los conozca…

—Tampoco eso sabréis de mí.

—Estáis muy difícil —dijo airado don Galaor—, de aquí saldrá muerto uno de los dos.

Se acometieron de nuevo con saña renovada, tanta que se olvidaron de las heridas y sus enflaquecidas fuerzas parecieron renovarse; pero don Galaor había tomado la medida a su enemigo y ya lo hería a placer, sin que este pudiera protegerse de la lluvia de golpes con que le castigaba.

Cuando Corisanda vio cómo la muerte en forma de tajo corrido se cernía sobre su caballero se levantó seguida de sus damas y se interpuso entre los contendientes diciendo:

—¡Alto, caballero!, maldita y despedazada sea la barca que os ha traído hasta aquí para hacerme tanto daño.

—Dueña —respondió don Galaor—, yo lucho por la afrenta que nos infligió a mí y a otros dos mejores que yo. Y no cejaré hasta saber lo que pregunto.

—Y vos, ¿qué preguntáis?

—Que me diga su nombre y quiénes son los dos caballeros a quienes se lo diría.

—¡Maldito sea quien os enseñó a manejar así la espada! Mi caballero se llama Floristán y esos caballeros son sus hermanos, de tanta *bondad en hechos de armas que no se atreve a presentarse ante ellos sin empacho de vergüenza hasta que pueda igualar sus proezas. Los dos son de la casa del rey Lisuarte. El uno es Amadís y el otro es Galaor y los tres son hijos del rey Perión de Gaula.*

Don Galaor cayó de rodillas llorando ante el caballero Floristán diciendo:

–¡Por Santiago y Santa María! ¿Qué he hecho? –después rindió su espada diciendo–. Buen hermano, tomad mi espada, vuestra es la honra de esta batalla.

–¿Cómo? –dijo maravillado el caballero Floristán–. ¿Yo soy vuestro hermano?

–Yo soy Galaor de Gaula, hermano de Amadís.

–Perdonadme, señor –dijo Floristán arrodillándose–. Si erré al combatir con vos sólo fue para que pudierais llamarme sin vergüenza vuestro hermano.

Don Galaor lo tomó por las manos y lo alzó del suelo, después de mirarse a los ojos se abrazaron llorando de alegría por haberse reconocido y con gran piedad por el daño infligido, que fue mucho.

Luego la dueña Corisanda tomándolos de la mano los llevó al castillo donde los hizo acostar en una rica cámara con dos suntuosos lechos y como ella supiese mucho de sanar heridas los curó con gran cuidado, pero la gravedad de las mismas se compadecía mal con la prisa de don Galaor, que una y otra vez se levantaba dispuesto a reanudar su camino en busca de su hermano Amadís. Tanto persistió en sus intentos don Galaor que la dueña mandó llamar a un hombre extraño, mezcla de sanador, brujo y ermitaño, que elaboró un bálsamo que, bebido durante tres días por ambos caballeros, les sanó y cicatrizó sus heridas como si nunca se las infligieran.

A los ocho días cumplidos, don Galaor abandonó la ínsula Gravisanda en procura de su hermano Amadís y su primo Agrajes que en oficio de caballería estaban.

Así terminaba el relatorio del cortesano de Corisanda.

–Esa fue la causa de mi tardanza, pero llegué a tiempo de igualaros el combate –dijo risueño don Galaor.

–Pero contadme más de nuestro nuevo hermano –inquirió curiosamente Amadís.

–Según me contó, esta sería la historia a grandes rasgos. Siendo nuestro padre Perión mancebo y buscando aventuras en tierras extrañas vivió durante dos años en Alemania donde hizo tales maravillas que su rostro se amonedó en oro. Cuando consideró que era tiempo de regresar a su tierra, antes de embarcar fue albergado en el castillo del conde de Zelandia, que lo recibió con honra y contento. Y estando entre el sueño y la vigilia, medio adormecido, se encontró entre los brazos de una doncella muy hermosa. Tras los primeros transportes, recuperó la conciencia y, sorprendido, quiso saber quién iba a ser su amante; tras ardua discusión, la joven confesó ser la hija del conde.

De inmediato, Perión se arrojó fuera del lecho, pretextando infamia y traición al huésped que tan generosamente le había acogido, pero ella lo retuvo con la amenaza de decirle a su padre que él la había forzado en su voluntad y tomando su espada se la puso en el corazón y dijo:

–O me hacéis vuestra o a mi padre le pesará más mi muerte que la suya propia.

Perión, aterrado, consintió hacerle el amor y así ella quedó preñada en aquella noche. Ocultó a todos su estado y se marchó a vivir con una tía suya que lloró con ella y la socorrió. Allí parió un hermoso rapaz y a los pocos meses volvió a casa de su padre el conde.

El niño creció educado por un ayo hasta los dieciocho años, muy valiente de cuerpo y fuerzas, tanto que no había nadie en la comarca que se le igualase. Su tía lo llevó ante su abuelo para que lo armase caballero y así lo hizo sin saber que era su nieto.

A la vuelta quiso saber quién era su padre y su viejo ayo le confesó que era Perión, el mejor caballero del mundo. Mucho se maravilló el joven, que decidió buscar la gloria con que presentarse ante tan buen padre para hacerse merecedor de él. Se despidió de su ayo y su tía camino de la Cruzada de Constantinopla, allí estuvo cuatro años haciendo grandes cosas de armas y consiguiendo el reconocimiento del mejor caballero que esas tierras pisara. Así volvió a Gaula, pero al llegar a la Gran Bretaña conoció vuestra fama y la mía, de manera que mudó su propósito, pensando que lo hecho en nuestra comparación nada era. Y decidió comenzar de nuevo su camino de honra hasta que sus obras cubrieran la satisfacción de sus deseos. En combates victoriosos ha pasado estos últimos años hasta que me ha encontrado. Pronto, cuando esté recuperado plenamente de sus heridas, viajará a Londres para veros y después desea que lo acompañemos ante nuestro padre.

Apenas había terminado de hablar cuando entró un sirviente anunciando la llegada de un caballero que decía ser hermano del gran Amadís de Gaula. Le hicieron entrar a toda prisa y Galaor, reventando de satisfacción, presentó con estas palabras al recién llegado ante los presentes:

–Mi señor y mi hermano Amadís, señores, tenéis ante vos a don Floristán de Zelandia, nuestro nuevo hermano.

Floristán, que era, como hemos dicho, casi tan grande como un gigante y hermoso como todos los hermanos, tuvo una entrada teatral revestido con una armadura de acero limpio y una capa de terciopelo rojo bordada con las armas de Zelandia, y aún más cuando cayó de rodillas ante su hermano Amadís, que se apresuró a levantarlo entre comunes lágrimas. Ambos se abrazaron entre los vítores de toda la corte de Sobradisa. Como si de común acuerdo estuvieran abrieron su abrazo y a él se incorporó Galaor. Después, sosegados los ánimos, y retirados y solos los hermanos en una buena alcoba, Amadís le pidió que les contara muy por extenso su vida y sus hazañas en el lejano Oriente.

Mucho se ha escrito sobre la salida de Amadís y los suyos de Sobradisa, que cada autor o recopilador ha dado su versión. Todos sienten piedad por la joven reina Briolanja y así distorsionan la historia a su gusto y afición. Sea como sea, aquí se torna a la verdad y al punto donde la dejamos.

A pesar de llantos y entorpecimientos, pasados mas de doce días y cuando todos los nobles del reino vinieron a dar obediencia la reina, Amadís, con el corazón contrito por la larga ausencia de su señora Oriana, enderezó camino a la corte del rey Lisuarte y todo lo demás que se cuente habremos de dejar como superfluo y vano para el total de la historia, pues otro no hace al caso.

Pero si el lector amable quisiera saber otra versión sobre los amores de Amadís y la hermosa Briolanja yo os diré la que se cuenta en un códice que mandó escribir el rey Alfonso de Portugal y que reza como sigue:

> *Viendo Briolanja que la determinación de partir de Amadís era definitiva, se sintió constreñida por un gran arrebato de amor y, no pudiéndolo sufrir en su ánimo ni ocultar su pasión más, requirió a su amado Amadís sin intermediarios y le manifestó su dolor con palabras claras.*
>
> *Al punto Amadís conoció y reconoció el oscuro motivo de sus angustias y transportes, pero firme, le dio a conocer su amor por la señora Oriana, sus muchas lágrimas derramadas y su inquebrantable lealtad. Pareció aceptarlo la joven, pero caída la noche, la reina mezcló en el vino otro filtro con el que Amadís perdió durante cuatro horas todos los sentidos, tiempo que aprovechó Briolanja para encerrarlo en una torre de donde no saldría hasta que ella quedara preñada de hijo o hija. Pero él, ya en sano juicio, no queriendo juntamiento con Briolanja, que jamás le contó sus noches apasionadas y menos aún la existencia de un filtro amoroso, se negó al comer y al dormir, poniendo su vida en grave peligro de muerte. Lo cual, sabido en la corte de Lisuarte por la señora Oriana, esta le envió licencia para que fuese amigo de aquella hermosa reina el tiempo que precisara para embarazarla, y así lo hizo, pues tuvo un hijo y una hija de un solo vientre.*

Todavía hay otra versión que cuenta que no fueron así los hechos. Pues viendo Briolanja como Amadís, arrepentido de tantas noches de pasión indeseada, corría en pos de la muerte, prefirió la vida de su amado y su contemplación a la de su muerte. Entre amargas lágrimas, diole la libertad, quedando en su corazón resellado el recuerdo del amor que no pudo conseguir.

Tales son las versiones que han quedado recogidas y de las que damos traslado, mas por no hacer mayor prolijidad terminamos esta primera parte celebrando la vuelta de nuestros héroes a la corte de Lisuarte.

Libro Segundo

27

La historia de Apolidón y Grimanesa

Había terminado la primera parte de nuestra historia cuando Amadís y sus hermanos se partían del reino de la joven Briolanja.

De allí salieron muy honrados y servidos, aunque la reina procuró dilatar su camino pues amaba a Amadís más que a sí misma, como en su desesperación, dicen algunas crónicas se lo había manifestado al joven, pero él, roca firme en su amor a Oriana, le demandó licencia con apoyo de sus compañeros, que día a día le veían de nuevo derramando lágrimas de ausencia, durmiendo poco y suspirando mucho, con atribulado corazón y el rostro teñido de blanca palidez. También lo percibió la reina, que dio licencia a su amado, aunque al despedirlo desde el adarve de la muralla sintiera que mil cuchillos le desgarraban su joven corazón enamorado.

Así caminaron con gran deseo, pero la Fortuna, que es maestra en deshacer planes que urden los humanos, quiso que una noche descansaran en una ermita donde hallaron a una doncella bien acompañada de sirvientes. Ella les preguntó qué camino consagraban, a lo que Amadís respondió:

–De la casa del rey Lisuarte somos y si vuestro camino es ese, con gusto os protegeremos.

–Mucho os lo agradezco, joven caballero, pero mi camino es otro y, puesto que veo que todos sois gallardos, tal vez alguno quiera venir conmigo a la Ínsula Firme, por ver las maravillas y los fenómenos portentosos que en ella se hallan. Yo voy a ella, pues soy hija del gobernador que tal isla mantiene.

Galaor, de vivo corazón, dijo muy alentado:

–Muchas veces oí hablar con admiración y pasmo de las cosas prodigiosas de esa ínsula, pero hasta hoy jamás había tenido ocasión ni rumbo de verla.

–Buen caballero, sosegad vuestro entusiasmo y no os pese vuestra tardanza, que muchos desearon tal viaje y no volvieron tan contentos como entraron.

–También eso he oído y como un reto lo tengo –continuó el caballero, cebado ya su deseo de aventura.

–Mas decidme –inquirió el prudente Amadís, que sentía en el pecho en el recuerdo de su señora Oriana– si retrasaría mucho nuestro viaje si fuésemos allá.

–No más de dos jornadas.

Con una mirada todos acordaron seguir a la doncella y Floristán, en un aparte, dijo a su hermano Amadís:

–Señor, he pasado casi toda mi vida en tierra extraña y jamás oí hablar de tal isla. ¿Vos sabéis algo de ella?

–Un caballero amigo, joven y buen amador, Arbán de Norgales, me dijo que estuvo allí cuatro días y volvió con gran vergüenza, pero preguntemos a la doncella que dice ser hija del gobernador de la ínsula.

Así se lo preguntó Floristán a la joven, pretextando diversión por largueza de camino.

Entonces la doncella les contó la historia de Apolidón y la hermosa Grimanesa:

–Hubo un rey en Grecia que tenía dos hijos. El mayor, Apolidón, era joven de gran fortaleza de cuerpo acompañada por un corazón esforzado y generoso, también era aficionado a todas las ciencias y artes en las que ejercitaba un ingenio sutil y nigromante.

»Unía en su persona tanto la fuerza como la sabiduría. Era el varón perfecto. El hijo menor era diestro en armas y buen conocedor de los mares.

»El padre, viendo llegar su vejez y cercana la muerte, decidió que el mayor, Apolidón, heredara su reino; su gran biblioteca y sus grandes tesoros quedarían para el menor, pero este, malcontento, le dijo a su padre entre lágrimas que se consideraba desheredado.

»Viendo Apolidón la angustia de su padre, que a ambos quería por igual, buscó consolación para sus almas y rogó a su progenitor que cambiará la herencia. Él se quedaría con libros y tesoro y el reino sería para su hermano. Ambos hermanos quedaron satisfechos y el padre consolado.

»Tomó Apolidón los tesoros y los libros, hizo aparejar varias naves y con cien caballeros escogidos se hizo a la mar, adonde la Fortuna le guiara. La cual, satisfecha al ver como tal joven se ponía a su arbitrio, quiso pagarle con gloria y grandeza. De entrada, le dio un viento favorable con el que arribó a Roma, donde era a la sazón emperador el Suidán, que los recibió muy honrosamente. Allí Apolidón se enamoró de Grimanesa, hermana del emperador, mujer que sobresalía entre todas por su inteligencia y hermosura.

»El emperador no consentía el matrimonio, pues Apolidón, aunque rico, no poseía un palmo de tierra y así una noche, Grimanesa, sin más ajuar que su manto, se embarcó en la flota de su amigo y ambos navegaron hasta llegar a la Ínsula Firme, gobernada por un gigante bravo y cruel. Allí aportaron muy apretados, sin saber de quién era tal tierra, pues Grimanesa estaba enferma a causa del mar embravecido. Por ello Apolidón ordenó plantar en la playa una gran tienda y un rico estrado para descanso de su señora, mientras exploraba el territorio.

»Al poco tiempo el gigante señor de la isla los atacó con una gran maza, de las llamadas clavas, poniendo a todos en estado de pánico, pero Apolidón, con gran presencia de ánimo, le lanzó un venablo entre los ojos dejándolo muerto en el campo y pasando a ser el nuevo señor de la isla.

»Allí no temió al emperador de Roma ni a ningún otro poderoso de la tierra, antes bien durante dieciséis años vivió en completa felicidad con su amada, rodeado del respeto y contento de sus súbditos, que tanto habían aborrecido al gigante malvado como le amaron a él. Con su gran inteligencia levantó edificios nunca vistos y enriqueció tanto la Ínsula como jamás hizo emperador o rey a lo largo de la historia. Al cabo de esos dieciséis años, murió su hermano, el rey de Grecia, sin heredero. Los griegos, que conocían las cualidades y virtudes de Apolidón y sabían que era de la sangre y el linaje del difunto, le ofrecieron el trono. Apolidón, que en su isla había conseguido armonía y felicidad para sí y para sus súbditos, sopesó con Grimanesa el nuevo estado que la Fortuna le imponía, pues como varón inteligente sabía que los grandes señoríos se alcanzan más con sufrimientos y trabajos que con deleites y placeres. Y así, tras mucho pensarlo, siguió la naturaleza de los hombres, cuyo deseo nunca está satisfecho, y aceptó el gobierno del reino griego. Pero ella, que tan feliz había sido en su isla con el mejor caballero del mundo, sentía una gran pena teniendo que abandonar su pequeño pero tan amado mundo. Una tarde, rogó a Apolidón que antes de partir dejase allí una prueba de su saber por la cual en los tiempos venideros aquel lugar sagrado sólo fuera poseído por quienes los excedieran en el dominio de las armas, lealtad en amores y sobra de hermosura.

»–Mi señora –respondió Apolidón–, pues que así os place, yo he de hacer una construcción a guisa de templo que ningún hombre o mujer pueda señorear sino quienes nos sobrepujen en esas tres pruebas que tú has trazado.

»Entonces levantó un arco a la entrada de su jardín, donde había plantado árboles de las cuatro partes del orbe conocido, después hizo cuatro palacetes rica y extrañamente construidos y finalmente cercó el jardín, de manera que para acceder a él sólo pudiera hacerse a través del arco. Encima de él puso una estatua de cobre con forma de hombre que tañía una trompa o bocina. En el más rico de los palacetes levantó dos estatuas, efigies a semejanza suya y de Grimanesa, tan perfectas en su ejecución que parecían tomar vida al contemplarlas, y junto a ellas una gran piedra de jaspe muy clara. A la entrada del palacio de las estatuas puso una gran cartela que rezaba así:

De aquí en adelante no pasará ningún hombre ni mujer que hubiesen engañado a quienes primero comenzaron a amar, porque tañerá la trompa con son espantoso y de su interior arrojará humo y llamas que expulsaran de aquí como muerto al infractor. Pero si vinieran un caballero, una dueña o una doncella que por su lealtad sean dignos de acabar esta aventura, penetraran sin dificultad y la imagen tañerá un dulce son. Y verán vivas las estatuas y sus nombres aparecerán escritos en el jaspe, sin que se sepa quién los mandó escribir.

»Ceñidos ambos en amoroso brazo por la cintura penetraron bajo el arco y la trompa tañó una hermosa melodía, las estatuas tomaron el color de la vida y una mano invisible escribió sus nombres en la piedra de jaspe. Grimanesa sintió una gran alegría en su corazón y propuso a sus cortesanos que realizaran la prueba, pero la trompa despidió un trueno tan espantoso, acompañado de llamas y humo, que todos, uno a uno, fueron despedidos por los aires y arrojados a tierra desmayados. Aunque los golpes y aturdimientos no revestían peligro, todos estaban espantados, menos Grimanesa, que se reía con mucho placer, agradeciendo a su amado el hechizo.

»Después le dijo:

»–Mi señor, haced otro prodigio en nuestro aposento, allí donde hemos tenido tantos placeres y deleites.

»–Sea –respondió–, vayamos y veréis lo que hago por vos.

»Se trasladaron a su alcoba y Apolidón mandó traer dos columnas, una de cobre y otra de mármol, con dos cartelas encima. Las puso a ambos lados de la entrada separadas por doce pasos, después dijo a Grimanesa:

»–Aquí sólo podrá entrar el caballero que me sobrepase en bondad de armas y sólo entrara la mujer que os sobrepuje en belleza. Si tales vinieran entrarán sin problemas.

»Y escribió en cada poste las siguientes leyendas: «De aquí en adelante pasaran los caballeros según la bondad de sus armas. El que atraviese desde la entrada hasta el fondo de la alcoba será señor de esta ínsula. Aquí entrará sólo la dueña o doncella que exceda en belleza a Grimanesa».

»Apurando su talento y saber, cerró con un encantamiento para que nadie pudiera acercarse a menos de doce pasos de la alcoba y así se viera obligado a pasar entre los dos postes. También dejó escrito que la ínsula tuviera un gobernador que la rigiera, cobrara impuestos y los guardara hasta que apareciera quien, penetrando hasta el fondo de la alcoba se convertiría el señor de todos sus territorios. También dejó por escrito que los vencidos en el Arco de los Leales Amadores fueran expulsados de la isla sin contemplaciones ni honra. Asimismo, los caballeros que intentasen entrar en la alcoba, si no traspasaban la cartela de cobre, que dejasen allí todas las armas, los que la traspasaran un poco que dejasen las espadas; si llegaban a la de mármol, los escudos, y los llegados a la puerta, las espuelas. Para doncellas y dueñas, no era necesario que dejaran nada sino que fueran puestas en la puerta, escrito su nombre y el lugar hasta donde habían conseguido llegar. Cuando la isla tenga nuevo señor se deshará el encantamiento para los caballeros y lo mismo ocurrirá cuando llegue la que supere en hermosura a Grimanesa, y entonces ambos albergarán en la alcoba.

»Tras de dejar escritas estas mandas, partieron a Grecia, donde gobernaron por largos y felices años dejando en herencia el imperio para los hijos de sus hijos.»

28

Amadís ante los prodigios

Oyeron las palabras de la doncella y sus corazones quedaron suspendidos ante la existencia de tantas maravillas; de común acuerdo renovaron su deseo de ir a la Ínsula Firme y así se lo manifestaron a la joven que, a lo largo de aquella jornada y a paso tendido, los guió hasta que se puso el sol, cuando en el fondo de un valle vieron un prado salpicado de tiendas y gente que andaba entre ellas. Bajaron y pronto se encontraron a un caballero ricamente ataviado y de mayor edad que el resto. La doncella se lo presentó como su padre, Isanjo, el gobernador de la Ínsula Firme, que mucho se alegró al conocer el propósito de los cuatro caballeros. Después les rogó que aquella noche descansaran y cenaran como huéspedes en su tienda.

Al día siguiente partieron y caminaron unas dos leguas hasta llegar a un castillo que era puerta de entrada a la isla, a la que se accedía por una estrecha lengua de tierra firme de no más extensión que un tiro de arco. El mar rodeaba la isla, que medía siete leguas de largo por cinco de ancho y era llamada ínsula por estar rodeada de mar, y por la tierra que la unía al continente la llamaron firme. No tuvieron que andar mucho para encontrarse con un palacio de puertas abiertas. En su interior vieron una gran cantidad de escudos colocados a distintas alturas: un centenar de ellos estaba apoyado en unos estrados, sobre estos había otro estrado con diez escudos más y en otro banco sobre estos estaban tres, cada cual a más altura que los otros.

Amadís preguntó por qué estaban en esa distribución y el gobernador Isanjo le respondió que era según la bondad del caballero que los portara y hasta dónde había llegado en su paso por la Cámara Maravillosa. Se acercó a los diez más altos y luego a los tres más señeros y reconoció las armas de Arcaláus, más arriba las del rey Abiés de Irlanda, pero desconoció las armas del más distinguido. Isanjo le dijo que pertenecían a don Cuadragante, hermano del rey de Irlanda, que lo había probado doce días antes del presente y había llegado hasta la columna de mármol, donde no había llegado jamás caballero alguno. También le informó de que don Cuadragante había llegado a Gran Bretaña con el propósito de vengar la muerte de su hermano Abiés.

Amadís meditó sobre la dificultad de la prueba ante la que tantos y tan buenos caballeros habían fracasado y en estas reflexiones estaba cuando Isanjo les condujo hasta el Arco de los Leales Amadores, donde les invitó a entrar.

Agrajes, de corazón vivo, se apresuró a descender del caballo y, tras encomendarse a Dios, dijo con decisión:

–Amor, siempre os he sido leal, acordaos en este paso honroso de mi.

Y traspasó el arco; al instante la bocina emitió una música tan dulce que puso en gran deleite los corazones de cuantos la escuchaban. Agrajes, con el pecho henchido de entusiasmo, llegó hasta la estancia donde estaban las estatuas de Apolidón y Grimanesa, que en su presencia parecieron revivir en la color de sus rostros y en la dulzura de sus sonrisas. Agrajes se acercó a leer en la cartela de jaspe y allí vio los nombres de Madansil, que amó a Guinda Flamenca, señora de Flandes; debajo estaba Bruneo de Bonamar y su amada Melicia, hija del rey Perión de Gaula y su prima hermana. Debajo de estos estaba el suyo. Los tres habían triunfado en la prueba de la fidelidad.

Amadís preguntó a sus hermanos Galaor y Floristán si querían probar su fidelidad, a lo que ellos le respondieron entre risas que no estaban sojuzgados por el amor, y Galaor afirmó su fracaso pues su fidelidad a una dama jamás había superado una noche.

–Pues ahí os quedáis –dijo riendo Amadís–, podéis haceros compañía, que yo voy a buscar a mi primo Agrajes.

Dejó sus armas y caballo a Gandalín y se fue adelante sin ningún temor, pues sentía en su fuero interno la certeza de no haber engañado nunca a su señora Oriana ni en pensamiento, pues los transportes nocturnos con la reina Briolanja fueron los causados bajo los efectos de un filtro amoroso contra su razón y con los sentidos extraviados fuera de la realidad y la consciencia.

Entró con paso decidido bajo el arco y la trompa emitió el son más dulce y matizado que jamás se oyera, y por la boca broncínea comenzaron a caer en cascada miles de olorosas flores muy hermosas y coloridas, tantas que en pocos instantes todo el campo quedó cubierto. Jamás caballero alguno había disfrutado de semejante prodigio. Mucho hubiera querido gozar Amadís de tan hermoso milagro, pero estaba decidido a llegar hasta el final y así pasó a la cámara de las estatuas y cuando se acercó a ellas las estuvo mirando con mucho asombro y más cuando ambas parecieron tomar vida y abrazarlo dulcemente, a pesar de su contextura pétrea. Siguió adelante y vio cómo Agrajes le esperaba en la huerta; se abrazaron fraternalmente y se tomaron de la mano. Así quedaron embelesados disfrutando de la belleza del lugar.

Mientras estas maravillas sucedían en el Arco de los Leales Amadores, Galaor y Floristán, que los esperaban inquietos, decidieron ir hasta la Cámara Maravillosa para probar su bondad militar. Rogaron a Isanjo que se la mostrase y los llevó hasta su entrada, después les explicó la existencia de las columnas de cobre y mármol.

Don Floristán dijo:

–Hermano Galaor, vos primero.

–No lo querrá Dios –respondió Galaor con reluctancia–, que nunca me han interesado asuntos de magia y encantamientos.

–Pues yo sí quiero medir mi valía allí donde tantos han fracasado –se afirmó don Floristán.

Se encomendó a Dios, embrazó con fuerza el escudo sobre su corazón y con la espada en la mano penetró en la estancia. Apenas había hollado sus umbrales cuando comenzó a caer sobre él una lluvia de golpes tan poderosos y espesos que parecía imposible que hombre alguno los pudiera sufrir, pero Floristán, que era valiente y de esforzado corazón, sobreponiéndose al desmayo, siguió adelante descargando espadazos contra las sombras. Le parecía que hería a hombres ocultos, pero que su espada no cortaba. Resistiendo nuevos ataques llegó hasta la columna de cobre y después hasta la de mármol, pero allí sintió que las fuerzas le abandonaban y cayó sin sentido, como muerto. Una mano invisible, misteriosa y gigantesca lo arrojó fuera de la cámara.

Galaor, que lo vio exánime, sintió un gran dolor y arrepintiéndose de sus palabras anteriores ordenó a sus servidores que reanimasen al caído echándole agua en el rostro. Después se armó a toda prisa, rezó un instante y penetró hecho una furia en la cámara.

Apenas pisó dentro cuando lanzas y espadas invisibles cayeron sobre él sin que apenas pudiera defenderse. Trastabillando llegó al padrón de cobre, agobiado se abrazó a él, pero al avanzar un paso cayó sobre su pecho lo que sintió como una gran mano de coces que lo desacordó tanto que no sabía si estaba vivo o muerto. Sintiendo que perdía el entendimiento la misma gran mano le arrojó fuera como a los otros.

Amadís y Agrajes se recreaban en el jardín y las estancias de los leales amadores; transcurrido un rato volvieron hasta la logia de las estatuas y allí Amadís leyó su nombre escrito en la piedra de jaspe: «Por aquí pasó Amadís de Gaula, hijo del rey Perión y leal enamorado de su señora Oriana».

También sus sentidos se suspendieron por largo tiempo en este lugar hasta que llegó a la puerta Ardián, el enano, que a grandes voces gritó:

–Salid, señor Amadís, que vuestros hermanos muertos son.

Salieron a toda prisa y encontraron a ambos sin sentido. Agrajes, varón de corazón esforzado, se internó en la cámara al mayor paso que pudo, dando y recibiendo golpes, tantos que cayó entre ambas columnas y fue lanzado fuera como sus primos.

Amadís, varón más reflexivo, viendo a los suyos sin sentido comenzó a maldecir su estancia en la isla y dijo a don Galaor que poco a poco parecía recuperarse:

–Hermano, no puedo excusar mi cuerpo del peligro que habéis sufrido.

Galaor quiso detenerlo inútilmente, pero Amadís, tras armarse bien y rezar se encaminó a la puerta, se arrodilló un instante y dijo con voz alta y clara:

–Oh, mi señora Oriana, de vos me viene toda mi valentía. Acordaos de mí en este paso y ayudadme en el esfuerzo.

Y luego, destemido y alentado, penetró como un rayo, golpeado por todas partes y respondiendo a cada golpe hecho un torbellino de acero, llegó hasta la primera columna donde tomó aliento y se fue hasta la de mármol y la superó; creyó que todo los golpes del mundo caían sobre él, mientras el universo se fundía entre el truenos y rayos al tiempo que escuchaba voces del infierno y sobre ellas una que decía:

–Jamás pisó estos umbrales caballero más esforzado, si lo rechazamos, no habrá otro en el mundo que entrar pueda.

Pero él, con el nombre de su señora en los labios, siguió adelante paso a paso, cayendo de rodillas unas veces y otras levantándose puestas las manos en tierra, hasta que sintió que una maza le golpeaba en el pecho y perdía la espada, pues se aflojaba su mano y no podía recobrarla ya pues le abandonaban todos los sentidos. Con un supremo esfuerzo llegó hasta el final de la estancia y cuando se desmayaba una mano grande y dura tomó la suya, al tiempo que otra voz de metal único y no humano decía:

–Bienvenido sea el caballero que ha superado en valentía a aquel que este encantamiento hizo y que en su tiempo par no tuvo. En adelante será el señor de esta ínsula.

Aquella mano sarmentosa y huesuda, la de un muerto, venía dentro de una manga de terciopelo bordada en seda y oro y le llevó de vuelta a través de toda la cámara, mientras Amadís se sentía fresco y descansado. Al llegar cerca de la puerta de entrada le soltó y desapareció. Amadís se quitó el escudo, el yelmo y envainó su espada, después se arrodilló para agradecer a Oriana tanto su auxilio como la honra ganada y con paso sosegado salió a la luz del día.

29

La ira de Oriana

Al instante se deshizo el hechizo y ambos hermanos recuperaron por completo la conciencia y corrieron hacia Amadís y su primo, con quienes se fundieron en un abrazo al verlos sanos y salvos. Después recorrieron la cámara, admirando sus inmensas riquezas y la belleza de su construcción. Todo era tan formidable que excedía con mucho el poder de la inteligencia humana, que incapaz de asumir tal construcción sólo podía absortarse en su contemplación. Allí estuvieron un largo rato disfrutando de aquellos portentos, mientras la noticia de la victoria de Amadís se difundía por toda la isla.

Los hermanos se sentían felices porque uno de su sangre por su valentía y lealtad había triunfado allí donde tantos en cien años habían fracasado, pero la felicidad de los naturales de la ínsula no era menor, pues pensaban que con tal señor sólo les cabía recuperar aquella felicidad de los tiempos de Apolidón y señorear desde allí muchas tierras y naciones. Al día siguiente acudieron todos los señores de la isla a besar la mano de Amadís y quedar como vasallos del mejor caballero habido en el mundo en cien años.

Muy ajena a estas alegrías se encontraba la señora Oriana; antes bien, la inocente palabra de un sirviente iba a desatar la peor pasión y pecado que alberga hasta el corazón más enamorado: la ira devenida por los celos. Y así, cuando el enano le dijo a Oriana, ignorando la secreta relación que mantenía con Amadís, que el caballero había entregado su corazón a Briolanja, en el pecho de la joven se desató una tormenta de cólera y saña contra las que nada pudieron los buenos consejos de Mabilia y la Doncella de Dinamarca.

Oriana, presa de gran enojo, comenzó a recordar, mezclando malsanamente suposiciones y certezas, el interés con que Amadís le había pedido licencia para luchar contra Abiseos. Su razón se nubló y cerró los ojos y los oídos a lo que no fuera recrearse en buscar venganza para la que creía más alta traición. Cambió su costumbre de buscar compañía y, apartándose de sus amigas con esquiveza, buscó la soledad más radical. Cerró la puerta de su alcoba y tomando de su cofre tinta y pergamino escribió una carta que decía así:

> *Mi rabiosa queja llena de razón hace que mi mano declare lo que mi triste corazón no puede encubrir contra vos, el falso y alevoso caballero Amadís de Gaula. Ahora conozco vuestra deslealtad y la mentira que habéis utilizado contra mí, la más desdichada y estúpida de todas las mujeres, yo que os amaba sobre todas las cosas. Pues ya que mi sojuzgado corazón otra venganza no puede tomar, quiero acabar aquí con todo el engañado amor que os tenía. Pues sería gran yerro querer a quien tanto me desama. ¡Oh, qué mal empleé mi humilde corazón, pues en pago de su pasión y suspiro he sido burlada y despreciada! Y pues tal engaño ya ha sido puesto de manifiesto de forma indubitable, no os molestéis nunca más en mostraros en mi presencia, no importa el momento ni la altura y dignidad del lugar, porque aquel encendido amor que por vos sentía se ha tornado, por vuestros merecimientos, en el más acerbo de los desprecios. Id, malvado, id a convencer a otra incauta e ingenua doncella con vuestras mentiras y sabios engaños, a otra que como yo se deje vencer por vuestras falsas palabras y engañosas promesas, de las que ya no recibiré excusa alguna. Sin veros más, lloraré lágrimas de sangre por mi desdichado futuro, pues con ellas daré fin a mi vida.*

Acabada la carta, la cerró con lacre sobre el que puso el sello de su anillo, tan conocido por Amadís, y escribió este remite: «Yo soy la doncella herida de punta de espada en el corazón y vos sois el que me ha herido».

De forma encubierta llamó a su alcoba con gran secreto a un doncel hermano de la Doncella de Dinamarca, que se llamaba Durín, y le encomendó que buscase por terramar a Amadís y le entregase la carta; después le insistió en que observase con toda atención su semblante cuando la leyera y que no aceptará respuesta bajo ninguna circunstancia, ni llanto.

Durín buscó el palafrén más andador para cumplir el mandato de Oriana y así en pocos días llegó a Sobradisa, vio a la reina Briolanja y le pareció la mujer más hermosa tras Oriana que jamás contemplar pudiera y despedido por ella llegó a la Ínsula Firme a tiempo de ver entrar a Amadís bajo el Arco de los Leales Amadores y ser testigo de su triunfo. Tras las fiestas y los besamanos, cuando las cosas tomaron sosiego el paje se presentó ante Amadís y ambos se internaron por el deleitoso jardín de Apolidón. Amadís le preguntó entonces por las nuevas de la corte de Lisuarte, pero Durín, que deseaba cumplir punto por punto lo que su dueña le había ordenado, tras escuchar a Amadís le dijo:

–Señor, yo vengo a vos por orden de mi señora Oriana sólo para entregaros esta carta.

Amadís, conmovido, tomo la carta; suponiendo que Durín no estaba en el secreto de su relación, se retiró un paso para encubrir sus emociones, pero cuando leyó el terrible texto, sintió que una espada partía en dos su corazón y no le bastó ni el buen juicio, ni su esfuerzo para mantener la entereza, pues comenzó a derramar tantas lágrimas acompañadas de tales suspiros que parecía como si su corazón se hubiera quebrado y no hubiera más aire en sus pulmones que para el último estertor, quedando él tan desmayado como si el alma se hubiera escapado de sus carnes. El mundo le daba vueltas entre ahogos e incapaz de mantenerse en pie se sentó en la hierba. La carta se cayó de sus manos y al recogerla leyó, como trágico estrambote, las palabras del remite sobrescrito, entonces cayó amortecido, desmayado, sin que Durín supiera qué hacer, pues estaba obligado al silencio por Oriana.

Finalmente, Amadís se recobró un tanto para decir, mientras metía la carta en un falsopecto:

–Puesto que así lo quiere ella, estarás cerca de mi corazón hasta mi último suspiro y serás el cuchillo que corte sus cuerdas.

Después se volvió a Durín, que espantado había contemplado todo el proceso.

–Llevarás mi respuesta.

–No, señor, que me prohibieron cualquier palabra tuya.

–Y Mabilia y tu hermana…

–Nada saben de mi venida, ni de esta carta, que he jurado secreto a la señora Oriana.

–¡Ay, Santa María, mi desventura no tiene remedio! A la muerte voy.

Entonces se acercó a una fuente y se lavo el rostro y los ojos, después llamó a Durín y Gandalín. Cuando ambos llegaron lo encontraron ausente, como ido. Con mucho esfuerzo volvió en sí y pidió que llamaran a Isanjo. Reunidos los cuatro les rogó silencio y secreto de cuanto allí se hablara, pues no quería que nadie y menos sus hermanos supieran de su gran desgracia, ni le estorbaran en sus intenciones. A Isanjo le pidió que le abriera secretamente un portillo en la muralla y a Gandalín que le aprestarse sus armas y caballo con total secreto, pues pensaba abandonar la isla sin que nadie se enterase.

Ellos se fueron a cumplir sus peticiones y Amadís se quedó reflexionando sobre el último sueño de la noche anterior. Era el siguiente: Él se encontraba armado y a caballo sobre un otero rodeado de una multitud. De entre la masa salió un hombre que le invitó comer una jalea que llevaba en un cofrecillo; él la probaba y resultaba ser la fruta más amarga que pudiera imaginarse. Inmediatamente, sintió que se desmayaba e incapaz de sostenerse soltó las riendas del caballo y este, desmandado, se fue hacia un lugar agreste entre piedras y agua. Cuantos se cruzaban se afligían al verlo tan triste. Finalmente, un hombre viejo en hábito de clérigo le tomaba de la mano y con gran piedad y consolación le hablaba en una lengua extraña. Después se despertó.

Y ahora todo lo veía como una premonición.

Al poco tiempo, llegó Durín y le dijo que ya todo estaba preparado y ambos salieron del castillo. Fuera los esperaban Gandalín e Isanjo y los cuatro se dirigieron a una ermita cercana. Amadís iba gimiendo y suspirando y cuantos lo veían se compadecían de él. Llegados a la ermita, se arrodilló ante el altar de María Auxiliadora y rezó un buen rato, pidiendo merced para su alma, pues creía llegado el final de su vida, ya que sólo esperaba la muerte. Después pidió a Isanjo que con las rentas de la Ínsula levantará cabe la ermita un monasterio en honra a la Virgen para que en él albergaran a treinta frailes y volviéndose a Gandalín le abrazó entre lágrimas. Poniendo al gobernador y a Durín como testigos le dijo:

–Mi buen amigo Gandalín, mi hermano, pues mamamos de la misma leche y fuimos criados como tales, poseyendo las mismas cosas como si fuéramos uno. Hemos compartido los mismos peligros y tu padre nos crió iguales a los dos desde el día que me sacó del mar. Tú siempre me has servido con la lealtad de un hermano y ahora me ha llegado esta desventura más cruel que la muerte y es preciso que por vez primera nos separemos. No tengo nada que darte más que esta isla y desde aquí ordeno a Isanjo que a mi muerte te reconozcan a ti por señor de esta tierra. Y como quiero que este reino sea tuyo, quiero que lo gocen tus padres mientras viva y luego pase a ti y a tus descendientes. Esto es para pagar un poco cuanto hicieron por mí y hasta hoy no he podido satisfacerles como merecen.

Gandalín entre lágrimas le respondió así:

–Señor, nunca habéis tenido una pena sin compartirla conmigo, también compartiréis esta y si vos morís, yo no quiero vivir. De vuestra muerte no quiero yo heredar honras, ni señoríos y este que me dais dadlo mejor a alguno de vuestros hermanos pues no lo pienso tomar, ni lo necesito.

–¡Basta, hermano, por Dios! –dijo Amadís–, cúmplase lo que yo quiero, que mis hermanos ya ganarán tierras y señoríos para sí y para dar a otros. Y digo más, si quieres ser caballero, viste mis armas, pues tan bien las has custodiado que deben ser tuyas, porque yo ya no las necesito, y que te haga caballero mi hermano Galaor, a quien yo amé siempre por encima de todos los de mi linaje. También le encomiendo a Ardián, mi enano, y dile a este que viva con él y le sirva con lealtad.

Después los abrazó uno a uno y les hizo prometer que no le seguirían. Llorando de sus ojos y desarmado se metió por lo más espeso de la montaña soltando las riendas de su caballo. Así anduvo hasta pasada la medianoche cuando el bruto encontró un arroyo.

Comenzó a seguir la corriente hasta llegar a una fuentecilla que estaba oculta entre unas matas muy espesas. Amadís se alegró mucho de lo apartado y agreste de lugar y apeándose de su caballo se sentó en el tronco de un árbol para continuar con su duelo, pero había llorado mucho y la mente la tenía medio desvanecida. Al instante se durmió.

30

Errando entre llantos y florestas

Gandalín, que se había quedado atónito ante las desesperadas palabras de Amadís, se repuso y decidió seguir a su amo con Durín.

–Aunque me lo prohibiera mil veces –dijo Gandalín, llorando más de rabia que de dolor–, yo le llevaría sus armas y el consuelo.

–Contad conmigo para esa misión –apostilló Durín.

Gandalín, que conocía a su hermano y sus dolores, supo seguir por la floresta las huellas de su caballo y con la Fortuna por aliada llegó hasta donde se había ocultado el doliente Amadís; su caballo relinchó cuando olió a los otros. Los dos escuderos supieron que allí emboscado se encontraba el joven y cautelosamente se acercaron hasta la fuente donde dormía.

Con paso silencioso tomaron su caballo y lo juntaron con los suyos, desensillaron a los tres y quitándoles los frenos los dejaron pacer a su sabor.

Al poco rato se despertó Amadís con gran sobresalto en su corazón porque el sueño no era reposado y vio que se ocultaba la luna dejando la noche en total oscuridad. En aquel escenario comenzó un largo lamento recordando la liviana ventura, la dureza de Oriana y su deseo de morir. Después medio desvanecido recordó a todos sus seres queridos desde sus padres, Perión y Gandales, sus compañeros de armas, Angriote, Arbán y Galaor y terminó por las amigas de su amada, Mabilia y la buena Doncella de Dinamarca.

Grandes gemidos acompañaban sus palabras hasta que agotado se adormeció de nuevo.

En estas estaban cuando pasó por una senda cercana un caballero cantando y cerca de las matas donde se encontraban dijo este soliloquio:

–¡Amor, amor, cuánto os tengo que agradecer por los bienes y la excelencia en que me levantáis sobre todos los caballeros! Siempre me has llevado de bien en mejor, pues me disteis a la reina Sardámina y ahora me traéis a esta tierra para entregarme a la Sin Par Oriana. ¡Ahora os pido fuerza para servirla como merece!

Gandalín quedó espantado ante estas palabras, mientras el caballero se retiraba a descansar bajo un copudo fresno en espera de la llegada de un nuevo día. El escudero, turbado el corazón, se acercó a Amadís, que de nuevo se incorporaba buscando su caballo y al ver a Gandalín dijo con la mente extraviada tras reconocerle:

–¿Quién te manda seguirme habiéndotelo prohibido? Dame mi caballo y vete, que harás que te mate a ti y a mí.

Gandalín, más templado, le respondió:

–Señor, dejad esas locuras y decidme si habéis oído lo que ha dicho ese caballero que está ahí.

–Sí, lo he oído y quiero marcharme de aquí con mi caballo.

–¿Y no vais a pedirle explicaciones por sus falsas palabras?

–Nada tengo que hacer ni que decir.

–Sí: luchar, vencerle y hacerle conocer su locura.

–Loco eres tú. Cuando perdí el favor de mi señora, perdí mi seso, mi corazón y mi esfuerzo, pues de ella y no de mí venían mis virtudes, si alguna tenía. Ahora ella me lo ha arrancado todo y valgo lo mismo que un caballero muerto. Cualquiera me vencería, pues yo soy el hombre más derrotado y desesperado de cuantos hay en el mundo.

–Señor –dijo Gandalín, revolviendo sus manos con desespero–, mucho me pesa haber visto cómo desfallece el corazón más esforzado, pero hablad bajo para que no os oiga Durín, que está horrorizado de contemplar vuestro comportamiento después de gozar con vuestro triunfo en la Ínsula Firme y tiemblo al pensar que cuente vuestras exaltaciones a quien aquí lo envió.

Amadís se ensombreció y dijo:

–Mucho me pesa lo que has dicho.

Pero sabiendo que allí estaba Durín y tras él su dama Oriana le subió la valentía por un momento en el corazón y sacando fuerzas de flaqueza dijo así:

–Trae mi caballo y llévame ante ese caballero descomedido.

Así lo hizo Gandalín y lo llevó hasta el caballero, al que Amadís apostrofó así:

–Caballero que estás tan descansando, levántate y veamos si sabes defender esos amores de los que tanto te alabas.

El caballero se levantó presto y dijo:

–¿Quién eres tú? Ahora verás si soy capaz de mantener mis palabras y si te atreves a luchar conmigo quedarás humillado, tú y todos los desheredados del amor.

–Presto lo veremos –dijo Amadís–, que bien dices soy uno de sus desheredados, pues por más servicios que le hice, me dio mal pago, y diré más, que nunca hallé una verdad en él, sino siete veces mentira. Pero vamos, caballero pomposo, veamos quién gana o pierde defendiendo a tan falso señor...

El caballero se armó, subió a su caballo y dijo:

–Caballero desesperado, si el amor os desamparó hizo bien, pues por vuestras desbaratadas palabras no lo merecéis, pues no sabéis servirle. Marchad de aquí, que sólo con veros siendo gran enojo y os desprecio por más armado que estéis.

Y dio la vuelta para irse, pero Amadís le dijo sañudo:

–Mal caballero, sólo sabéis defender el amor con palabras: sois un cobarde.

–Yo te despreciaba por loco –respondió airado el caballero–, pero veo que crees que tengo miedo. Tú mismo has buscado tu perdición; lucha si puedes.

Entonces lanzaron sus caballos, casi sin rozarse las lanzas el caballero enamorado se fue a tierra con las riendas en la mano y de un salto subió de nuevo su montura. Amadís vio que era un luchador mediano y le apostrofó así:

–Si no podéis mantener mejor el amor con la espada que con la lanza, mal empleados están con vos tantos favores como ese mal señor os ha dado.

El caballero, amohinado, no respondió, pero muy rabioso metió mano a la espada y se lanzó contra Amadís; a los primeros molinetes lanzó un golpe que se estrelló contra el brocal del escudo y allí quedó incrustada la espada, quedando medio desarmado. Amadís se puso en pie sobre los estribos, algo que un caballero sólo hacía cuando contaba con mucha ventaja sobre su rival, y le dio un fendiente con la espada plana sobre el yelmo. El acero le hundió el casco en el cráneo y al bajar cortó el cuello del caballo que se derrumbó con estrépito, arrastrando a su jinete, que ya había perdido el sentido y sangraba abundantemente por las narices y los oídos.

Amadís desde su caballo esperó a que volviera un poco en sí y cuando abrió los ojos le dijo:

–Caballero, quedaos para siempre con vuestro amor, que yo me voy.

Después se dirigió a Durín y le dijo:

–Amigo Durín, no hay dónde amparar mi desamparo y ya no puedo sufrir más mi dolor y mi soledad. Es tiempo de morir y espero, por mi bien, que sea pronto. Ve y saluda a mi prima Mabilia y a tu hermana, la buena Doncella de Dinamarca, que tanto hicieron por mi felicidad. Diles que no se duelan de mi y que siento morir sin haberles dado el galardón que ambas merecen.

Despidieron a Durín llorando y con el alba Amadís dijo a Gandalín:

–Ya veo que es inútil que pretenda separarnos, pero si quieres venir conmigo no te entrometas, ni estorbes nada de cuanto diga o haga.

Gandalín aceptó esta condición, pues era necedad tratar de razonar o discutir con un enajenado; después Amadís le ordenó que arrancara la espada del escudo y se la llevara al caballero desmayado. Gandalín así lo hizo y por piedad acomodó la cabeza del herido sobre su maltrecho escudo. De repente el caballero volvió en sí y llamó al escudero al tiempo que se quitaba lo que le quedaba del yelmo; al dejar libre la cabeza, toda la sangre que estaba represada le tiñó el rostro y el cuello mostrando una imagen patética. Gandalín, que era de corazón bondadoso, se acercó y le limpió con un lienzo el rostro y le restañó un tanto la herida de la cabeza. El caballero se lo agradeció y le preguntó:

–Buen doncel, tengo todo el cuerpo molido y esta herida de la cabeza requiere de cuidados, decidme si sabéis de algún lugar cercano donde pueda curar mi llaga.

–Sí, sé, pero es un lugar embargado por la tristeza.

–¿Por qué es así?

–Porque el caballero dueño de aquel señorío, tras vencer las pruebas de Apolidón, ahora vaga por los campos en espera de la muerte y allí ha dejado a todos sus súbditos en medio de una gran pena.

–Si habláis de Apolidón, os referís a la Ínsula Firme –replicó el caballero.

–Cierto –afirmó Gandalín.

–Me decís que ya tiene señor y yo estaba en camino para probarme y ganar el señorío... –dijo con pesadumbre el caballero herido.

–Si vuestra firmeza en el amor es la que tenéis con las armas, es mejor que no hayáis entrado en la Cámara Defendida –se mofó Gandalín.

El caballero se levantó a duras penas apoyándose en la espada y quiso echar mano a la rienda del caballo de Gandalín, pero este se apartó. El caballero, chasqueado, preguntó entonces:

–¿Quién es el señor de la Ínsula Firme?

Primero decidme quién sois vos –repreguntó Gandalín.

–Sabed que soy Patín, hermano del emperador de Roma.

–Por Dios, que sois de más alto linaje de sangre que de bondad con las armas y de mesura con la palabra; sabed que el que os ha derrotado es el señor de la Ínsula Firme, el único en armas y fidelidad capaz de ganar tan gran señorío. Adiós.

Cuando sus hermanos se percataron de la ausencia de Amadís buscaron por toda la ínsula e Isanjo, pasada una jornada como había prometido, les informó de su dolor y el ruego de que le dejasen morir en paz.

–¡Santa María nos valga! –exclamó Galaor–; va a morir el mejor caballero del mundo, olvidemos sus extraviados ruegos y busquémosle, pues su muerte será la nuestra y la de toda la caballería errante.

Isanjo dijo a don Galaor que nombrase caballero, si así se lo pedía, a Gandalín, y que cuidase de su enano Ardián. Galaor lo aceptó y al punto tras oír misa partieron, anduvieron todo el día desnortados y a la caída de la tarde llegaron al claro donde estaba Patín y su caballo muerto.

Sus escuderos lo habían encontrado y estaban con él, pero permanecía desmayado. Ellos les contaron lo que entre sueños murmuraba de un caballero de la Ínsula Firme que le había derrotado de un solo golpe y que era el poseedor de aquel señorío que tantos caballeros ambicionaban.

–Buenos escuderos –preguntó Floristán–, ¿visteis a ese caballero?

–No –dijo el que parecía de mayor edad–, pero se cruzó con nosotros un caballero en un gran caballo que lloraba y maldecía su suerte con gemidos que partían el alma, le acompañaba un solo escudero que portaba unas cárdenas armas y también iba fuertemente llorando.

Todos dijeron a la vez:

–Ese es Amadís.

Picaron espuelas en la dirección indicada y tras dos horas de búsqueda inútil salieron de la floresta y se encontraron en una encrucijada donde se mezclaban muchas huellas. Decidieron dividirse y buscar cada uno a su pariente, poniendo como fecha límite el día de San Juan para encontrarse en la corte del rey Lisuarte. Luego se abrazaron llorando y cada uno tomó un camino que les llevaría a muchas tierras, a grandes peligros y a hechos de armas, tantos y tan gloriosos que sólo fuertes y bravos corazones como los suyos serían capaces de coronar con tanto honor.

31

Beltenebros, el caballero bruno

Amadís salió de la floresta y al llegar a la encrucijada no tomó ningún camino, pero intuyendo que por allí sería buscado se desvió por un vallecillo y después se internó por una montaña oscura donde soltó algo la rienda de su caballo y este llegó al mediodía a un regato que venía de lo alto de la montaña. Agotados bestias y hombres, después de una noche de camino allí descansaron.

Amadís reconoció el territorio y como no vio en muchas leguas poblado alguno se sintió satisfecho, descabalgó y bebió un largo trago de agua del arroyo. Gandalín, que tras él marchaba, tomó los caballos y los puso a pacer en un sotillo, después volvió con su señor y lo encontró derribado en tierra, tan desmayado que muerto parecía, pero acostumbrado a estos transportes de la razón de su amo, le dejó a su albur y se acostó a su lado. Así estuvieron hasta el atardecer, cuando Amadís se levantó y dando con el pie a Gandalín le dijo con desabrimiento:

–¿Duermes o qué haces?

–No duermo, pienso en un par de cosas que debo deciros si las queréis oír y si no me las guardaré en mi corazón.

–Ve y ensilla los caballos –respondió despectivo Amadís–, que no quiero que me encuentren los que me buscan.

–Señor –dijo con impaciencia el escudero–, el lugar es harto apartado y los caballos necesitan descanso y alimento, y si no se lo dais reventarán en estas montañas.

–Haz lo que quieras –se derrotó Amadís, preso de nuevo de súbita congoja–, que para mí no hay descanso, ni paz para mi desgracia.

Gandalín, al verle tan desesperado, sacó de su alforja una empanada y le rogó que comiera un pedazo, pero Amadís rechazó la invitación

–Señor, mucho me duele veros en este estado, aunque os pese vais escuchar lo que quiero deciros...

–Di lo que quieras, Gandalín, que digas lo que digas yo sólo quiero vivir en este mundo hasta que me confiese.

–Aun con esa determinación os ruego que me escuchéis. Yo he pensado mucho en la carta de Oriana y en aquellas extrañas palabras que dijo Patín, el caballero vencido. Sabido es que la firmeza de muchas mujeres no pasa de liviana y con facilidad confunden sus afectos y así puede ser que Oriana finja enojo contra vos. La segunda reflexión es que tengo a vuestra señora por tan buena y tan leal que nunca hubiera procedido así si no hubiera mediado engaño o falsedad, y como nunca la engañasteis, más pronto que tarde se ha de saber la verdad y entonces se arrepentirá y hecha un mar de llanto os pedirá humildemente perdón. Confiad en Dios y tomad consuelo, comed y sosteneos con vida, pues muriendo la perderéis a ella, a vuestra honra y la salvación de vuestra alma.

–¡Silencio, mentecato, cállate, necio! –dijo Amadís, rojo de ira–, que has dicho tales afrentas y embustes que sólo porque eres mi hermano me contengo y además porque sé que lo has dicho por confortarme. Sábete, badulaque, que Oriana, mi señora, nunca equivocó nada jamás y si ella quiere que muera será por alguna buena razón, no importa si lo merezco o no, sino porque con mi muerte se cumple su voluntad y su mandato. Y te digo más, si yo supiera que lo que me has dicho no ha sido para darme ánimos, sin mediar palabra te cortaría la cabeza pues me has dado un gran disgusto en achaque de duda sobre el proceder de mi señora y te pido que nunca más me vuelvas hablar así en adelante.

Y sin esperar respuesta se puso a caminar río abajo. Gandalín, despechado, se echó a dormir, pues hacía dos días y una noche que no había descabezado un sueño. Volvió Amadís y, al ver dormido a su escudero, escondió su caballo y sus arreos para que no le siguiera.

Después tomó sus armas y caballo y se internó por lo más espeso de la montaña todavía sañudo contra su hermano. Anduvo toda la noche y el otro día hasta el atardecer, cuando salió a un gran valle donde se encontró una fuente flanqueada por dos altos cipreses. Allí se acercó para abrevar a su caballo, que estaba al límite de sus fuerzas, y en el brocal encontró a un monje que daba de beber a su asno y vestía un hábito de lana tan blanca como sus barbas.

Amadís le pidió confesión y el monje aceptó. Desensilló su caballo y lo dejó ramonear por la fresca hierba en compañía amiga del asnillo, luego se hincó de rodillas ante el santo hombre que tomándole de la mano lo alzó del suelo y le obligó a sentarse a su lado. El clérigo lo miró de hito en hito y contempló al caballero más hermoso, pero más descolorido y lloroso que jamás viera.

–Caballero –le dijo con voz afectuosa–, parecéis mordido por un gran dolor y si esas lágrimas son de arrepentimiento por algún pecado en buena hora habéis venido aquí. Y si esa pena es por la causa de algún asunto temporal, propio de vuestra edad y vuestra hermosura, tranquilizaos, acordaos de Dios y pedidle perdón. Ahora, desahogaos y decid vuestros pecados.

Así lo hizo largamente Amadís y el hombre santo le dijo, dándole su bendición:

–Caballero, según vuestro entendimiento y vuestro linaje no os debéis rendir por ninguna cosa y menos por amores de mujer, cuya ligereza y mudanza de sentimientos nos son bien conocidas. Os ordeno que os quitéis de vuestra cabeza esas locuras de dejaros morir y no penséis más que en vivir para vos y para los que tanto necesitan de vuestro valor y amparo .

–Buen padre –respondió Amadís–, yo estoy tan herido que sé que voy a morir pronto y ese tiempo os pido vivirlo con vos. Aquí dejo las armas y el caballo que para nada me sirven ya. Y os quiero seguir a pie adonde vayáis, para hacer la penitencia que me mandéis. Si no me queréis con vos, andaré perdido por esa montaña y moriré en pecado sin hallar quien me remedie.

El hombre bueno se espantó ante las palabras de caballero tan apuesto y de tan buen corazón para el bien.

–Caballero –le dijo firmemente tomándole de la mano–, os ordenó que olvidéis vuestra muerte por motivo de amores. Yo no sé qué mujer os ha llevado a este estado, pero aunque hubiera una que reuniera en ella la suma de bondad y belleza de todas las mujeres del mundo, ni aun por ella debería perderse un hombre como vos, que tan gran señorío tiene, y os digo que además no podéis abandonar vuestras obligaciones como mantenedor de la justicia. No, un hombre como vos no debe hablar de muerte.

–Buen padre –dijo llorando Amadís–, yo no os pido consejo para mi alma, sólo quiero que me llevéis con vos o moriré en estos barrancos.

El religioso comenzó a llorar y las lágrimas le caían a hilo por la barba blanca.

–Señor caballero, hijo mío –le dijo con afecto–, yo habito en un lugar agreste y duro de vivir. Mi casa es una ermita metida en el mar más de siete leguas, allí hay una peña muy alta y es tan estrecha que ningún navío puede llegar más que en verano. Allí vivo desde hace treinta años y me mantengo con las limosnas que en tierra me dan.

–Me gustaría pasar con vos y en vuestra roca la poca vida que me queda. Os pido, por Dios, que me lo otorguéis. Mandadme y os obedeceremos sin dudar.

El santo hombre le dio la bendición muy en contra de su voluntad y sacando de la alforja pan y pescando le ordenó que comiese, pues llevaba más de tres días de ayuno. A la hora de dormir, el ermitaño se arrebujó en su manto y Amadís, como un perro fiel, a sus pies pasó la noche dando vueltas y suspiros hasta que se durmió, pero no fue un sueño tranquilo. Soñó que estaba encerrado en una bóveda oscura, en la que no se veía nada, ciego en su desespero, palpando las paredes y no hallando puerta sentía el ahogo en el corazón hasta que su prima Mabilia y la Doncella de Dinamarca acudían a él y tomándole de las manos le acompañaban hasta una luz lejana y le decían:

–Señor, venid con nosotras.

Y él sentía gran alivio, mas al salir veía a su señora Oriana rodeada por altas llamas y él daba grandes voces para que alguien la socorriera. Nadie acudía y él desesperado saltaba sobre el fuego sin quemarse y tomándola en sus brazos la llevaba a salvo hasta un jardín, el más verde y lozano que jamás viera.

A las grandes que daba Amadís despertó el ermitaño y tomándole de la mano le preguntó por su congoja.

–He tenido un sueño tan malo que creí morir en él.

–Algo así me pareció por los gritos que dabais, pero ya habéis dormido varias horas y es tiempo de partir –dijo el ermitaño.

El monje subió a su asno. Amadís quiso seguirle a pie y aun descalzo, lo que indignó al anciano, que le obligó a subir a su caballo y tras mucho discutir caminaron juntos al paso. Amadís le pidió encarecidamente que olvidase cuanto le había contado en confesión y que olvidase de él hasta su nombre. Reiteró su deseo de morir y que después de su muerte se lo hiciese saber a sus hermanos para descansar en su tierra de Gaula.

–Vuestra muerte y vuestra vida –dijo airado el monje, un poco amostazado por tanta flojedad de amores– están en manos de Dios, y no habléis más de ello, que Él ya os remediará si lo merecéis. Mas decidme, si no queréis vuestro nombre, ¿cuál os place tener?

–El que a vos os cuadre.

El ermitaño se separó un paso y, viéndole tan hermoso y tan triste, después de un instante de reflexión dijo:

–Yo os quiero poner un nombre que sea conforme con vuestra persona y con vuestra angustia, pues sois joven y hermoso, pero vuestra vida está amargada y oscurecida entre tinieblas. Por todo ello yo os nombro como Beltenebros.

En estas conversaciones estaban cuando llegaron al mar con noche cerrada, allí hallaron una barca con la que pasar a la ermita del monje. Beltenebros les regaló a los barqueros su caballo y ellos le dieron una pelliza y un tabardo de lana gruesa.

Ya en el mar el joven Beltenebros preguntó al ermitaño el nombre de su morada.

–Se conoce por la Peña Pobre, pues en ella no hay nada de que vivir. Ya es tiempo de que conozcas mi nombre, pues al menos conviviremos juntos durante un tiempo. Yo soy Andalod y, aunque era un clérigo muy entendido en cosas sagradas, el mundo me tentó mucho con sus vanidades, pero me arrepentí de mi disipación a tiempo y decidí retirarme a este lugar tan solitario donde llevo treinta años. No salgo de él jamás y vivo de limosnas. Ahora me has conocido porque he ido a enterrar a una hermana.

Cuando pisó tierra, Beltenebros gustó de aquel abrupto lugar y de la dura vida del ermitaño. Llorando consideró que era el lugar idóneo para morir olvidado de todos y lejos de la gloria y de las vanidades del mundo, sólo atendiendo a la causa de su destrozo: la ira de Oriana.

32

En busca de Amadís

Gandalín despertó mucho tiempo después de que Amadís partiera, buscó por todas partes y no halló a su amo ni a su caballo. Pronto se percató de la situación y comenzó a dar voces y a llorar tratando de embridar su montura, pero entonces no halló ni la silla ni las bridas y fue consciente de la intención de su hermano, que no era otra que la búsqueda de la soledad más radical para morir. Entre llantos y rabias encontró finalmente silla y bocado ocultos en una mata compacta de espinos. Ensilló su caballo y preguntó por su señor por yermos y poblados durante seis días hasta que llegó a la fuente donde Amadís había dejado sus armas. Bebió en ella y a los pocos pasos encontró una tienda y en ella a dos doncellas a las que dio las señales físicas y las armas de su señor, escudo de oro y leones cárdenos.

–No vimos a tan hermoso caballero, pero guardamos estas armas que encontramos abandonadas en la fuente. Allí las tenéis.

Cuando Gandalín las vio comenzó a hacer gran duelo tirándose al suelo y quedando como muerto.

Las doncellas trataron de revivirlo inútilmente hasta que le echaron agua en el rostro y pudo volver en sí. Cuando se tranquilizó un poco le dijeron:

–Buen escudero, tal desesperación no es propia de cristianos, afincaos en la esperanza, pues no sabéis si está vivo o muerto. Esforzaos en su busca, que a los buenos como vos os toca el esfuerzo en los grandes peligros y no dejarse morir desesperados.

Gandalín se vigorizó con estas palabras y les prometió buscar a su amo y hermano hasta la muerte, si preciso fuere. Después, les pidió las armas porque quería llevarlas consigo.

Le contaron que don Guilán las había liberado a ambas y a otras veinte doncellas de las manos de Gaudinos el Follón, y que cuando pararon a descansar en la fuente encontraron las armas. Cuando don Guilán las reconoció tuvo gran pesar y llevaba cuatro días buscando al que decía ser el mejor caballero del mundo.

–Y puesto que tal no aparece mañana iremos a la corte de Lisuarte para entregar estas armas a la reina Brisena.

–Pues quedad, doncellas, bien protegidas por tan buen caballero –dijo Gandalín–, que yo tomando vuestro consejo seguiré buscando al mejor y más desgraciado caballero que nunca nació.

Durín dejó al malherido Patín en manos de sus escuderos y tras cruzar la floresta tomó el camino de Londres donde estaba la corte de Lisuarte y en ella su hija Oriana, a quien deseaba contarle cuanto antes las desventuras de Amadís para que en algo remediase tanto mal como con su carta había hecho. Tanta prisa se dio que a los diez días aportó a su destino y sin parar en su posada fue a palacio. Cuando Oriana lo vio, el corazón se le desmandó tanto que no lo podía sosegar, se tumbó en su lecho e hizo en llamar a la Doncella de Dinamarca y a su hermano. Embridando sus ansias le apremió a que le contara todo.

–Amigo –dijo Oriana–, dime todos tus caminos, dónde hallaste a Amadís y qué hizo cuando leyó la carta.

–Señora –dijo Durín–, todo os lo diré punto por punto, que no es poco. Desde que partí, en pocos días llegue a Sobradisa y vi a la hermosa Briolanja, que tras vos es la mujer más hermosa que vieron los siglos; allí supe noticias de Amadís y sus hermanos y siguiendo su rastro llegue a la Ínsula Firme, tan a tiempo que pude contemplar cómo Amadís entraba en triunfo bajo el Arco de los Leales Amadores y superaba la Cámara Defendida, hito jamás logrado por caballero alguno.

–¿Dices –preguntó Oriana– que se atrevió con el Arco sabiendo que no podía superarlo?

–Señora, errada estáis, que escrito está en su piedra que nunca hubo caballero más leal en los siglos de los siglos.

Después le fue relatando minuciosamente ambas pruebas y cómo Galaor, Floristán y Agrajes fracasaron probando suerte en la Cámara Defendida y cómo Amadís ganó el señorío de la ínsula más hermosa y rica del universo mundo.

El color desapareció de las mejillas de la joven, que con un resto de voz dijo al escudero:

–Cállate un poco.

Se levantó del lecho y alzando las manos al cielo comenzó a rezar a Dios para que ella también pudiese pasar por el mismo arco que Amadís con su gran lealtad había superado. Más sosegada volvió el rostro a Durín y le dijo:

–Dime ahora qué hizo Amadís cuando recibió mi carta.

A Durín se le llenaron los ojos de lágrimas, pero embridando la emoción dijo:

–Señora, mejor sería que no lo supieseis, pues habéis hecho con ella el mayor daño y diablura que nunca doncella hizo en este mundo.

–¿Qué me dices, rapaz?

–Os digo que habéis hecho la mayor sinrazón al más leal caballero que habrá mientras dure este mundo, pues creo que a esta hora ya le habréis causado su muerte.

Entonces le contó punto por punto todos los episodios hasta el combate con Patín y cómo sólo el buen Gandalín procuraba defenderlo de su propia saña.

Cuando Oriana oyó esto, la armadura de ira y celos quedó vencida y su brava dureza de corazón se trocó en piedad y desesperanza.

Así que subió a su alma un sentimiento de culpa tan fuerte que se le turbaron todos los sentidos con tal fuerza que cayó como muerta. Durín, que aunque se alegraba pues lo merecía, se compadeció de ella y llamó a su hermana y a Mabilia; entre ambas con sales y agua al rostro hicieron que volviera en sí y cuando recobró sus sentidos comenzó a llorar tan amargamente, culpándose de la muerte de quien tanto amara, que partía el corazón de cuantos la miraban, después mesándose los cabellos pedía su propia muerte con tanto dolor que parecía que el corazón iba a partírsele en mil pedazos. Pero sus amigas sabían el remedio y acostumbradas a tales transportes la obligaron a escribir otra carta, esta con palabras humildes y mesuradas, donde rogaba a su amigo que viniese de nuevo a ella y al castillo de Miraflores, donde podría enmendar su gran yerro. Así lo aceptó Oriana, cuya mente y voluntad estaban completamente quebrantadas. La Doncella de Dinamarca se hizo acompañar de su hermano Durín y por un sobrino de Gandales de nombre Enil; Durín les dijo lo mucho que Amadís en su desesperación nombraba a Gandales y a su esposa y el amor puro que de ambos había recibido. La Doncella de Dinamarca consideró que sería bueno comenzar su búsqueda por el señorío de Gandales y hacia allí partieron, pero el caballero no estaba allí. Descansaron dos días y continuaron camino adelante. Encubrieron el motivo de su viaje, pues Gandales mucho hubiera sufrido sabiendo el dolor de su hijo.

A los pocos días de su partida llegó a Londres don Guilán, que en el camino había sostenido varios encuentros con caballeros que reconocían el escudo de Amadís y pretendían la gloria de su derrota. Don Guilán salió victorioso de todos los combates y pudo llevar a la reina Brisena las armas de su caballero favorito y la noticia de su triunfo y señorío en la Ínsula Firme. Pero todas estas buenas nuevas estaban empañadas por su desaparición; muchos en la corte ya pensaban en su muerte, sobre todo Oriana, que se retiró a su cámara agobiada por la culpa y los malos presagios.

33

La penitencia de Beltenebros en la Peña Pobre

Beltenebros en la Peña Pobre, piedra a piedra, había limpiado una hondonada para cultivar un pequeño huertecillo, en el que trabajaba de sol a sol hasta quedar exhausto. Tanto se esforzaba que un día el ermitaño le hizo sentar en un poyo de piedra a su lado y le dijo:

–Hijo, te ruego que me cuentes la pesadilla que te hizo dar tales voces entre sueños cuando estábamos en la fuente de la vega.

–Yo os la diré de buen grado y os pido que me la interpretéis, tanto si es por mi bien como si es por mi mal.

Entonces le narró el sueño y mientras el hombre bueno iba oyendo la narración sonreía con buen talante. Al terminar Amadís el ermitaño dijo, poniéndole una mano sobre el hombro:

–Beltenebros, mi buen hijo, mucho me alegro de haber oído tu sueño y quiero que sepas cómo lo interpreto: la cámara oscura en que te encontrabas y de la que no podías salir significa esta angustia, esta pena de amor que te asedia. Las doncellas que abren la puerta son tus amigas, que están cerca de aquella a la que a más quieres y te sacarán de aquí y de la desesperación que te atrapa. El rayo de sol que las precede es la noticia que recibirás y te hará recuperar la alegría por la que desearás salir pronto de aquí. El fuego que rodeaba a tu amiga es el gran dolor que hoy sufre por ti, muy parecido al que a ti te muerde y que terminará cuando os encontréis de nuevo. La hermosa huerta donde la trasladabas simboliza el placer de vuestro encuentro. Bien sé que según este santo hábito no se deben interpretar estas cosas, pero entiendo que sirvo mejor a Dios diciendo la verdad, con la que creo que te consolarás.

Beltenebros cayó de rodillas, le besó las manos y pidió a Dios que se cumplieran las palabras de aquel santo hombre. Entonces, fiado de su buen sentido, le pidió que interpretara el otro sueño, cuando estaba en la Ínsula Firme, la noche anterior a recibir la carta de Oriana.

El ermitaño se tomó un tiempo de silencio antes de contestar, después mirándole a los ojos le dijo:

–Todos los dolores con los que soñaste ya los has pasado. Mira, aquel cerro cubierto de árboles y rodeado de gente era el momento de tu triunfo y el gran placer que proporcionaste a todos tus nuevos súbditos. El hombre que os ofrecía aquella mermelada amargada de la cajita era el emisario que te trajo la carta de tu señora. La tristeza de las gentes es en la que se han quedado los habitantes de la ínsula, que se sienten abandonados y solos sin tu presencia y mando. Los paños de los que te desnudaste eran tus armas, esas de las que un caballero no debe despojarse nunca. Aquel lugar pedregoso al que huías es esta peña en la que moras y el hombre que te hablaba con bondad y cuya lengua no entendías, ese soy yo, que discurría con palabras sabias y que tú desatendías.

–Gran verdad decís, padre sabio, que todo cuanto me habéis contado me ha sucedido así y en vuestras palabras tomo ahora esperanza para mi porvenir.

Así dijo, pero no era esta tan grande ni tan cierta que pudiera quitarle de aquellas angustias en que la desesperación por la carta de su señora le había puesto. Con frecuencia se quedaba suspenso mirando al suelo, la mente perdida en los deleites y dulzores que habían disfrutado y comparándolos con las crudezas en que se habían tornado. Sufría entonces tal desasosiego que sin los consejos de aquel hombre bueno pondría Beltenebros su vida en gran peligro. Y pues sabiendo que la soledad es gran enemiga del triste, el ermitaño le hizo acompañar de dos muchachos sobrinos suyos, que le enseñaron los secretos de la pesca que muy abundante era en la ribera de aquella peña. Así pasaba los días Beltenebros haciendo su penitencia entre el mucho dolor del recuerdo y los grandes pensamientos puestos en su señora, creyendo que si Dios no le socorriese con el perdón de Oriana, que veía como imposible, la muerte tenía por más cercana que la vida. Las noches las pasaba debajo de unos añosos árboles en la huerta cercana a la ermita, lugar apartado del santo hombre y sus mozuelos sobrinos, donde a resguardo de miradas indiscretas y afectuosas podía hacer su duelo y llorar sin tasa. Y recordando la lealtad que siempre había guardado a su dama, cuántos trabajos y hazañas había hecho por ella para, al fin, recibir tan mal galardón, compuso la siguiente cantiga:

Pues se me niega victoria
do justo m'era debida,
allí do muere la gloria
es gloria morir la vida.
Y con esta muerte mía
morirán todos mis daños,
mi esperanza, mi porfía,
el amor y sus engaños;
mas quedara en mi memoria
lástima nunca pérdida
que por me matar la gloria
me mataron gloria y vida.

Una noche, cuando estaba en la huerta con sus acostumbrados llantos y quebrantos, oyó el suave tañido de unos instrumentos tan dulcemente extraños en aquel lugar remoto que, movido por una fuerza interior, se dirigió a donde sonaba la música. Cubierto tras unas matas vio a dos doncellas junto a una fuente cantando, se acercó y ambas dejaron de tocar sorprendidas por su apostura; más aplomadas le preguntaron quién era y en qué lugar estaban:

–Mis señoras, esta es la que llaman la Peña del Ermitaño, y yo soy un hombre muy pobre que vive con él, haciendo mucha penitencia por mis grandes pecados.

–Habrá aquí algún lugar donde pueda descansar una muy noble dueña que viene muy quebrantada del viaje y muy doliente de amores para que se recuperase durante dos o tres días.

–Aquí hay una casilla –dijo humildemente Beltenebros– donde yo albergo y si el ermitaño os la concede, yo dormiré, como es mi costumbre, bajo estos árboles.

Las doncellas agradecieron la bonhomía y estando en estas llegó el alba y vio Beltenebros debajo de los árboles, en un hermoso y rico lecho, a la dueña con cuatro caballeros que le guardaban el sueño. También rodeaban la cama otros escuderos desarmados y al fondo de la pequeña bahía se encontraba una nave ancorada. La dueña era hermosísima y Beltenebros corrió avisar al ermitaño, que se revistió para celebrar misa.

Todos se llegaron a la ermita llevando a la dueña doliente; el ermitaño lo tuvo a bien y en su pobreza le concedió la casilla de Beltenebros y así comenzó el rito.

Beltenebros miraba a las doncellas y a los caballeros y su contemplación le llevó a pensar en sí mismo, en su señora y en su vida pasada, tan lejana la de hoy. Comenzó a llorar sonoramente de rodillas ante el altar, pidiendo la ayuda de la Virgen en voz alta, lo que absortó a todos los recién llegados que se maravillaban de ver la apostura, la edad y los modales de aquel desgraciado joven.

Terminada la misa, trasladaron el lecho de la dueña a la casilla y ella lloraba y se retorcía las manos por la congoja y pesadumbre que la embargaban.

Beltenebros, que la vio en ese estado, preguntó el motivo y ellas le dijeron:

–Amigo, ahí donde la veis esa es dueña muy rica y muy hermosa, que aunque la pena la menoscaba en su belleza, es porque se siente abandonada de su amigo y vamos a buscarlo a la corte del rey Lisuarte; quiera Dios que lo encuentre para que esta pasión tan desmandada quede amansada y ella consolada.

Cuando oyó hablar de la corte de Lisuarte y de dolor de amores, Beltenebros con lágrimas en los ojos preguntó el nombre del caballero:

–Os lo diremos, si vos sois caballero y nos decís vuestro nombre.

–Sí a la primera, y responderé a la segunda cuando vos respondáis –dijo Beltenebros.

–Pues bien, el caballero de la dueña es por nombre Floristán, hermano del buen Amadís, de don Galaor, hijo del rey Perión y de la condesa de Zelandia.

–Yo lo vi –dijo emocionado Amadís–, no ha mucho con sus hermanos en casa de la reina Briolanja y os pregunto ahora si es esta la hermosísima dueña Corisanda.

–Esta es –respondieron asombradas las doncellas.

–Ahora ya no siento tanta pena por su mal de amores –dijo Beltenebros llorando de nuevo–, que bien sé que su caballero es muy celoso amador y está bueno de salud.

–Decidnos quién sois, caballero –le apremiaron las doncellas.

–Buenas doncellas –respondió–, yo soy caballero y ahora pago mi paso despreocupado por los bienes de este mundo y me nombre es Beltenebros.

Con esta información volvieron con su señora para contarle lo que Amadís les había relatado; al instante, Corisanda pidió la presencia del joven para que le diese noticias de don Floristán.

Beltenebros le contó que había estado con sus hermanos en la Ínsula Firme hacía pocos días y que después se habían separado.

Corisanda, que era mujer muy aguda y observadora, mirándole con desenvoltura le dijo:

–Caballero, decidme, si no os ofende, si tenéis algún parentesco con mi amigo, pues hallo en vos un aire familiar.

–Señora –dijo sonriendo por primera vez en mucho tiempo Amadís–, su padre me nombró caballero, a él lo conozco por sus buenas y valientes obras. También sus hermanos han compartido armas conmigo, pero estoy muy triste por unas nuevas que oí de Amadís...

–¿Qué noticias son esas, caballero? –inquirió.

–Encontré cuando venía a este triste lugar a una doncella que endechaba una cantiga muy hermosa; le pregunté por el autor y ella me dijo que la aprendió oyéndosela a Amadís que la entonaba llorando tiernamente.

–¡Por Dios! Caballero, decidme esa cantiga para que mis doncellas la canten.

–Lo haré por vuestro amor y por el caballero al que amáis –dijo Beltenebros.

Pidió un laúd que una de las doncellas llevaba y la entonó con una voz extraña, dulce y muy acordada, varias veces, hasta que las jóvenes la aprendieron.

Estuvieron cuatro días en la Peña Pobre hasta que la dueña Corisanda se recuperó de su quebranto que más era de corazón que de cuerpo, las doncellas mucho se holgaron con la conversación y trato de Beltenebros y allí se hubieran quedado mucho más, pues ya estaban enamoradas del joven caballero, pero al fin la dueña sobreimpaciente se despidió del ermitaño y de Beltenebros, a quien preguntó si estaría en tan duro lugar por mucho tiempo.

–Señora –respondió Beltenebros con los ojos en el suelo y la voz rota–, hasta que muera.

Subieron a la nave y se dirigieron a la corte de Lisuarte en busca de noticias de don Floristán. Los reyes la recibieron con la distinción que merecía su alta condición y la aposentaron en sus palacios. No encontró a su amigo ni a sus familiares, pues todos habían salido en busca de Amadís.

Oriana, que vio cómo la dueña Corisanda oía estas nuevas con lágrimas en los ojos, quiso honrarla y la invitó a sus aposentos para hablar con ella de sus amigos y de sus amores, pues mucho se parecían en juventud y aflicciones. Corisanda les contó a Oriana y Mabilia su estancia en la Peña Pobre, la canción de Beltenebros y su penitencia hasta la muerte. Oriana sintió un ahogo en su corazón y casi sollozando le rogó que sus doncellas cantarán la canción. Los versos le confirmaron la autoría de Amadís y su queja; sintió que estaba cerca del desvanecimiento y no pudiendo resistir la angustia se retiró a lo más profundo de su cámara para dar rienda suelta a su congoja. Mabilia, ante el estado de enajenación de su amiga, pidió a Corisanda detalles de Beltenebros. Pronto Mabilia coligió que tal caballero sólo podía ser Amadís, tanto por la expresión de su dolor como por la apostura de su figura. Se despidió con amabilidad de Corisanda y entró en la cámara de Oriana que, como esperaba, estaba llorando muy reciamente, lo que no impresionó a la infantina, que con buen talante y riendo le dijo a su amiga:

–Querida Oriana, ya veis que cuando alguien pregunta, termina sabiendo más de lo que espera. Como vos ya sospecháis, aquel caballero doliente que se llama Beltenebros no es otro que Amadís, que quiso abandonar todo y a todos los del mundo y así apurar vuestro mandato de desaparecer de vuestra vida. Alegraos y consolaos, vive y aún podéis enmendar vuestro error.

Oriana no podía dejar de llorar y pedir a Dios que su amigo viviera; luego recordó a la Doncella de Dinamarca y volvió a rezar para que encontrara a Amadís, que ahora Beltenebros se llamaba.

34

La otra carta de Oriana

La Doncella de Dinamarca estuvo diez días en la corte de la reina de Escocia, más obligada por un mar embravecido que por su propio deseo, que no era otro que seguir buscando a Amadís para entregarle la carta de Oriana. Los días pasaban y con ellos la esperanza de un mar calmo; la doncella decidió volver a la mar y a la tormenta pues el deber se imponía a su seguridad. Y así fue pues pronto su nave se encontró de nuevo en medio de una tempestad tan fuerte que perdieron el timón quedando a merced de las olas, hasta el punto de que los marineros sólo fiaban su esperanza en Dios. Durante tres días navegaron a la deriva hasta que al alba del cuarto un golpe de mar los metió al pie de la Peña Pobre de Andalod, al que algunos conocían por su vida ejemplar.

Cuando la doncella supo de su existencia, y tras tomar conciencia de las angustias pasadas en la que vieron tan cerca la muerte, mandó que subiesen a la peña en humilde procesión para dar gracias a la Virgen María para oír la misa de aquel hombre bueno.

Beltenebros, desde la fuente donde dormía, vio llegar el navío a la pequeña bahía; su salud estaba tan quebrantada que ni los consejos del ermitaño podían impedir el camino hacia su fin, que de no mediar un milagro le sobrevendría antes de quince días, y del mucho llorar y del poco comer había enflaquecido y descarnado hasta la calavera y la piel se le había denegrido tanto por la pena que nadie podía reconocerlo.

Desde el cantil vio llegar la nave y contempló el penoso subir de la doncella, sus escuderos y los marineros, todos cubiertos sus rostros con antifaces de viaje. Corrió a avisar al ermitaño, que se revistió para celebrar misa, y Beltenebros salió entonces a recibirlos.

Cuando la doncella, Durín y Enil entraron en la ermita se despojaron de sus antifaces, Beltenebros los reconoció al instante y su alteración fue tan grande que sufrió un desmayo y cayó al suelo como muerto. Cuando el ermitaño lo vio, pensó que había llegado su último instante y dirigiéndose al Cristo del altar dijo:

–¡Oh, Cristo mío!, ¿no habrá piedad para este varón que servicios tan grandes te ha hecho?

Y después llorando a hilo se volvió a los recién llegados y les dijo:

–Ayudadme a llevarlo a su lecho, que será el último favor que podamos hacer por él.

Con ayuda de un marinero, entre Durín, Enil y el ermitaño lo tendieron en su pobre yacija, después el ermitaño celebró la misa y la Doncella invitó al anciano a comer con ella en tierra, pues la mar seguía muy arbolada. La Doncella preguntó por Beltenebros y de qué gran dolencia estaba agraviado. El hombre bueno le respondió:

–Es un caballero errante que hace aquí su penitencia.

–Grandes pecados habrá cometido para llegar a tal estado de aniquilamiento.

–Por los bienes de la Fortuna y perecederos de este mundo se halla así.

–Permitidme verlo, buen ermitaño, pues me decís que es caballero y tal vez con las cosas que traigo en la fusta pueda restañar en algo sus males.

–Sea así, si es vuestro deseo –dijo el buen hombre–, pero creo que poco podéis hacer ya por él.

La doncella entró sola en el tabuco, mal iluminado por una vela de sebo; cuando la vio entrar de nuevo Amadís se acongojó, dudando entre cumplir el mandato de su señora y el deseo de darse a conocer.

Optó por el silencio y la obediencia a Oriana y así fingió dormir, mientras la doncella se acercaba hacia el lecho y llegando a él dijo:

–Buen hombre, sé que sois caballero y como las doncellas estamos obligadas a vosotros por los grandes peligros que pasáis en nuestra defensa y nuestro honor, he decidido veros y ofreceros las medicinas que llevo en mi barco.

Él no podía responder, sólo gemía y sollozaba tan bravamente que la doncella creyó que se le iba el alma y sintió por él gran piedad. Trató de despabilar la vela, pero esta se apagó y entonces abrió un tragaluz que estaba cerrado. Se acercó con cuidado a la cama por ver si estaba muerto y lo estuvo contemplando un rato sin reconocerlo, pero le llamó la atención una cicatriz que le hizo Arcaláus con la cuchilla de la lanza. Al instante, se le hizo la luz, recordó que aquella señaleja aún embellecía más el rostro del caballero Amadís y dijo agitada:

–¡Por Santa María!, vos sois el que busco con tanto afán. Vos sois Amadís, el primero y el mejor de los caballeros.

Y cayendo de bruces sobre el lecho, hincada de rodillas comenzó a besarle las manos y a decir:

–Señor, a vos vengo pedir piedad y perdón para aquella que por una mala sospecha os ha puesto en estas angustias. Sabed que ella también, con causa y mucha razón, está padeciendo una vida más amarga que la propia muerte.

Beltenebros la abrazó sin fuerzas para hablar. Ella dándole la carta le dijo:

–Aquí está la que os envía vuestra señora y por mí os hace saber que si sois Amadís que solíais ser, al que ella tanto ama, pongáis en olvido este desgraciado episodio y volváis con ella a su castillo de Miraflores, donde tratará con amor multiplicado de haceros olvidar tantos dolores y quebrantos como os ha causado.

Sin poder hablar por la emoción, tomó la carta; después de besarla muchas veces la puso sobre su corazón y comenzó a leerla.

La carta decía así:

Si los grandes errores que se cometen y causan por la soberbia y el orgullo, cuando se entierran bajo el manto de la humildad son dignos de ser perdonados, me pregunto humildemente qué será de aquellos cometidos por el exceso de amor que es el demonio de los celos. No niego yo, mi único y verdadero amigo, el que merezca esta pena que me ahoga, por no haber considerado que las mayores y más felices alegrías están sujetas a las asechanzas de la Fortuna que las puede apodrecer y viciar con la mezquindad de una palabra. Sobre todo cuando yo debiera considerar vuestra firmeza, vuestra discreción y vuestra honestidad, que jamás erró en ninguna cosa, pues siempre mostrasteis firmeza de corazón. Pero yo erré como aquellas hembras que, estando en el culmen de su buena ventura y de la fidelidad de sus amigos, no siendo capaces o no sabiendo salvaguardar tanto bien, por sospechas o inocentes hablillas dejan oscurecer su felicidad con la niebla de los celos o la duda. Así que, mi leal amigo, reconociendo yo humildemente mi yerro, recibid a mi doncella, que ella os hará conocer los extremos en que mi vida queda, de la que os ruego tengáis piedad, no porque mi falta lo merezca, sino por vuestra propia grandeza de corazón que tanto me sustenta.

Vuestra doliente Oriana.

Leída la carta, la alegría de Beltenebros se igualó a la tristeza pasada y de nuevo corrieron las lágrimas por sus mejillas a hilo. Con pocas palabras explicó a todos que la Doncella, por servicio de Dios, le sacaba de aquel lugar donde esperaba a la muerte y con la mayor diligencia partían a la Gran Bretaña. Pero antes se despidió del ermitaño, a quien prometió reformar la Peña Pobre y levantar un monasterio a sus expensas.

Llegados con buen mar a tierra firme comenzaron a caminar, pero la mucha prisa, la emoción y la extrema debilidad de Beltenebros hicieron necesario tomar reposo en un prado cerca de la ribera de un río entre hermosos árboles. Allí se intercambiaron dolores, la Doncella los de su ama Oriana cuando supo por Durín su triunfo en la Ínsula Firme y su errante desesperación por ásperas montañas. También le contó la enajenación de su señora ante las palabras del enano Ardián y de cómo ni ella ni Mabilia tuvieron conocimiento de la carta que ella le envió. Beltenebros le contó su deseo de dejarse morir siguiendo el apremiante deseo de su señora.

Después hablaron de la hermosa Corisanda y de la canción que él hiciera. Diez días se detuvieron en tan plácido lugar y tanto se recuperó en ese trecho que su corazón le pidió de nuevo tomar las armas que no tenía. Caminaron hacia la corte de Lisuarte y al cuarto día llegaron a un monasterio de beatas, y allí se quedó Amadís con Enil, mientras la Doncella y Durín se dirigían al castillo de Miraflores.

En la cercanía había una buena villa donde Amadís esperaba comprar, con los haberes que le dejó la doncella, armas, caballo y vestiduras dignas, mientras esperaba la llegada de Durín con el beneplácito y otorgamiento de su señora.

35

Desconsuelo en la Corte

Al cabo de un año los hermanos de Amadís regresaron a la encrucijada cargados de gloria y vencedores en mil lances de armas tanto en ciudades y castillos como en florestas y montañas. Cerca de allí había una ermita y el primero que llegó fue don Galaor, seguido de Agrajes, y al poco rato Floristán con Gandalín. Era el día de San Juan y la búsqueda había resultado infructuosa. Se abrazaron y llorando de sus ojos por su hermano ausente se dirigieron a Londres con la esperanza de buenas nuevas. Oyeron la misa del ermitaño y entrando en la corte se encontraron con el rey a quien presentaron a don Floristán, cuyo parecido con Amadís maravilló a todos, tanto que muchos le confundieron con el ausente. El rey fue uno de ellos, porque la belleza de su rostro le semejaba más que a ninguno de sus hermanos.

Ardián, el enano, y Gandalín lloraban inconsolables la pérdida de su amo, tanto que hasta el mismo rey, movido por una gran piedad, trato de consolarlos inútilmente. Los caballeros uno a uno relataron sus aventuras al monarca y si la tristeza no embargara todo los corazones, hubiera sido aquel día señalado como entre los mejores por las hazañas alcanzadas por tales caballeros que tanto lustre daban a la corte del rey

La noticia de la llegada corrió hasta los aposentos de la reina y sus damas. Allí fue digno de ver la alegría de Olinda la Mesurada, amiga de Agrajes, orgullosa de su comportamiento en el Arco de los Leales Amadores y qué decir de Corisanda, tan fiel a don Floristán. Mabilia, hermana de Agrajes, llevó la noticia a Oriana, que pasaba los días llorando su desesperanza, asomada a una ventana con un libro de horas en las manos. Cuando Mabilia la invitó a ir a la cámara de la reina para escuchar las hazañas de los caballeros, Oriana le respondió llorando y suspirando, como si se le hubieran quebrado las cuerdas del corazón:

–Amiga, ¿dónde quieres que vaya si ya no me gobierno, que estoy ya más muerta que viva? ¿Cómo podré ver a esos caballeros, si con ellos no está como solía mi señor Amadís? ¡Por Dios, que quieres matarme, llevándome a su presencia!

Y no pudiendo estar de pie, cayó medio desplomada en un estrado. Mabilia la forzó, poniéndola en la esperanza de las noticias que traería la doncella; Oriana la interrumpió diciendo:

–Si esos, los mejores caballeros andantes, en vano y con tanta afición durante un año han fatigado selvas y ciudades ¿cómo lo podría hallar nuestra doncella que sólo puede ir a una parte?

–Ten confianza en ella, que es la única persona en el mundo capaz de llegar donde otros no pensarían nunca ir.

Oriana con estas palabras tomó algo de consuelo, se levantó como pudo y acompañó a Mabilia hasta los aposentos reales. Cuando los caballeros la vieron, se inclinaron ante ella rehuyendo su mirada. El rey dijo entonces a don Galaor en un aparte:

–Ya veis cómo anda de maltrecha y doliente vuestra amiga Oriana.

–Señor –dijo el caballero–, hemos de hacer cuanto esté en nuestras manos para que recupere la salud.

Oriana al oír estas palabras ensombreció su semblante y don Galaor se apresuró a decirle:

–No desmayéis, amiga, que yo tengo confianza en Dios porque muy pronto tendremos noticias y buenas, pues Amadís es hombre que no se rinde puesto en grandes peligros y no hay caballero en el mundo como él para sostenerse frente a la adversidad.

Gran consuelo tuvo Oriana de estas palabras y tomando con sus manos a Galaor y a Floristán los condujo a un estrado y, aunque mostraba su mejor semblante, cada vez que miraba a este se le representaba el rostro de su amado y el corazón se le quebraba.

Mabilia sentó a Agrajes junto a su enamorada Olinda, a quien el caballero amaba más que a su vida, pero adoptó un semblante circunspecto, esforzándose en no besar sus manos para no hacer manifiesto el secreto a voces de sus amores.

Así transcurrió la velada en la que todos pretendían fortalecer el ánimo desde la esperanza de prontas buenas nuevas de su más querido amigo. Cuando cayó la tarde se presentaron Gandalín y Ardián, el enano de Amadís, haciendo ambos grandes extremos de dolor, achaque que transmitieron a Oriana, que pidió permiso a los reyes para retirarse con Mabilia a sus habitaciones. Llegadas a ellas, Oriana le manifestó a su amiga su deseo de trasladarse al castillo de Miraflores buscando el reposo y el sosiego que no tenía la corte. Mabilia estuvo de acuerdo y le manifestó que tenía el pálpito de la llegada cercana de la Doncella con buenas noticias y sería Miraflores un lugar sabroso para gozar a placer de ellas, sin el recato que la corte exigía, por más que todos ya estaban sabedores a cencerros tapados de sus amores con Amadís. Pero la instó a que pidiera permiso a sus padres los reyes, so pretexto de que la soledad y el retiro del castillo ayudarían a recobrar su salud quebrantada.

El castillo de Miraflores estaba a tres leguas de Londres y era pequeño y cómodo. No era de defensa y estaba asentado entre huertas y arboledas de abundantes frutales, yerbas y flores traídas de los cuatro puntos cardinales del mundo conocido. Dentro había salas y estancias muy bien labradas, pero a Oriana le gustaban por encima de todo sus patios con sus fuentes de aguas calientes y sus rincones arbolados donde ocultarse y leer durante largas horas. El rey se lo había regalado y con frecuencia se retiraba allí con sus amigas para hablar de amores y leer libros galantes. A un tiro de ballesta había un monasterio de monjas que Oriana había levantado y al que de vez en cuando se retiraba rezar con aquellas mujeres de buena y contemplativa vida.

Al día siguiente, cuando los caballeros cazaban con el rey, este les dijo:

–Yo confío en Dios, amigos, que pronto tendremos noticias de Amadís, pues no ha mucho he enviado en su busca a treinta de mis mejores caballeros y si no volvieran con noticias en unos días, podéis volver a buscarlo con el resto de los hombres de mi corte.

Pero ruego que ello sea después de librar la batalla que tengo concertada con el rey Cildadán de Irlanda, hombre muy experto en el arte de la guerra y casado con una hija del rey Abiés, a quien derrotamos con no poco trabajo y dolores. Ahora su yerno quiere vengar esta muerte y solicita una batalla de cien caballeros contra otros cien. Justifica su desafío por unos tributos que los reyes de aquel reino están obligados a pagar a los de la Gran Bretaña, y si yo venciera se doblaría el tributo y el irlandés quedaría como mí vasallo por los siglos de los siglos; si él venciera se acabaría para siempre con el tributo. Sé con certeza que en su campo lucharán grandes y muy fuertes guerreros y es por esto que os pido que os juntéis a mis caballeros, pues a todos os he de necesitar en este paso glorioso.

Los caballeros hubieran preferido continuar con la búsqueda de Amadís, pero la petición del rey fue tan directa y perentoria que se creyeron obligados a posponer la búsqueda hasta después de la batalla.

Acabada la comida, don Floristán mandó a Gandalín a las habitaciones de Mabilia, que así se lo había pedido. Apenas llegado le faltó tiempo para echarle en cara su contribución en la escritura y envío de la carta. Bañado el rostro en llanto, Mabilia excusó su participación en la redacción y achacó la saña con que fue escrita a las palabras del enano Ardián, que asentaron los celos y la incredulidad en el corazón de Oriana.

–No creas, Gandalín –dijo la joven–, que ni yo ni la Doncella de Dinamarca tuvimos algo que ver con la carta ni con su envío, que cuando la saña poseyó el entendimiento de Oriana pensando que el hombre a quien tanto amaba la había dejado por otra, con todo secreto la escribió y la mandó con Durín. Cuando supo su efecto en Amadís se quedó con tanta pena y cuidado que hoy está más cerca de la muerte que de la vida.

Oriana estaba en la habitación contigua escuchando lo que hablaban; embridando su emoción salió afectando entereza, pero cuando vio a Gandalín se le rompieron las cuerdas de su corazón y dijo llorando reciamente:

–¡Oh, Gandalín! Dios te guarde, haz conmigo lo que debes.

–Señora –respondió el escudero–, ¿qué debo hacer por vos?

–Que me mates, porque yo he matado a tu señor sin corazón y con saña. Venga en mí su muerte y mátame.

Una vez más perdió el sentido y cayó amortecida. Tardó varios minutos en recuperar sus sentidos y sólo las buenas palabras de Gandalín consiguieron animar un tanto su espíritu. Finalmente le dijo:

–Mi buen Gandalín, yo me voy mañana a mi castillo de Miraflores, donde quiero vivir lo que me resta de vida según las nuevas que he de recibir. Tú no dejes de visitarnos, pues eres la única persona capaz de quitarme la tristeza del corazón.

Así lo prometió y tras abandonar las mansiones de Oriana llegó don Grumedán con el permiso real para partir con el alba a Miraflores bajo su protección.

36

El triunfo de Beltenebros

Pasados unos días, estaban el rey y sus caballeros levantando manteles cuando entró un caballero revestido de todas sus armas, sólo descubiertas cabeza y manos, acompañado de dos escuderos. Hincado de rodillas frente al monarca le entregó una carta credencial lacrada con cinco sellos, uno por cada señor a quien representaba como faraute heraldo.

Leída la carta por Lisuarte, este dijo:

–Bien veo que estáis acreditado como heraldo, decidme vuestra encomienda.

–Rey –respondió con voz tonante el mensajero–, yo os desafío a ti y a tus caballeros en nombre de don Cuadragante, hermano del rey Abiés de Irlanda, ignominiosamente muerto en esta tierra, y hago lo mismo en hombre Famongomadán, jayán del Lago Ferviente, y de Cartadaque, jayán de la Montaña Defendida, de su cuñado Mandanfabul, jayán de la Torre Bermeja, y de Arcaláus, el Encantador. Todos de consuno te mandan decir que tú y los tuyos esperen la muerte en venganza de la muerte de Abiés, pero si queréis dar tu hija Oriana a la giganta Madasima, la muy hermosa hija de Famongomadán, para que sea su doncella y la sirva, levantarán este desafío y te harán el honor de casarla con Basagante, su hermano. Y ahora, rey, piensa despacio lo que te conviene: o la paz que te proponen mis señores o la muerte en cruda guerra contra hombres y gigantes de pujanza y fuerza nunca vistas.

El rey respondió con porte tranquilo y sonriendo:

–Caballero heraldo, mejor prefiero guerra sangrienta que paz deshonrosa. Mal podría enfrentarme al Señor, que me dio tan gran excelencia –abarcó con un gesto a sus cortesanos–; he aquí a mis caballeros, si por falta de corazón me humillara con tanta mengua y envilecimiento aceptando vuestra proposición, jamás podría volver a mirarles a los ojos como primero entre mis iguales. Marchaos ahora, y decid a vuestros señores que prefiero antes la guerra todos los días de mi vida y al cabo morir en ella, que aceptar la paz que me demandan. Decidme en dónde los podría hallar un caballero mío para que sepan mi respuesta por mi propia voz.

–En la ínsula que llaman Mongaza, dentro del Lago Hirviente.

–Yo no sé –dijo el rey–, según la condición de los gigantes, si habrá seguridades para mi caballero.

–No dudéis de ellas, mi buen rey, que donde esté don Cuadragante nada se hace contra la razón y la lealtad.

–Decidme vuestro nombre y rango, caballero –inquirió el rey.

–Yo soy Landín, sobrino de don Cuadragante, hijo de su hermana; somos venidos de Irlanda por vengar la muerte del rey Abiés y en busca de su matador, vivo o muerto. De todos modos, me encontraréis en la batalla.

–No os faltará con quien combatir –respondió el rey

–Ni a ellos –respondió el heraldo–, que lo haremos hasta más allá de la muerte.

De repente, se adelantó don Floristán, sañudo y ganoso de ocupar el lugar de su hermano.

–Caballero, yo no soy de esta tierra ni vasallo del rey, así que nada me va ni me viene en este desafío y además hay otros mejores caballeros que yo para decir y hacer, pero como venís buscando a Amadís, el mejor caballero del mundo, y no lo halláis, si os place bien, podéis luchar conmigo, que soy su hermano Floristán, bajo la condición de que si sois vencido no participéis en esta batalla.

–Don Floristán, tomo en cuenta vuestras palabras pues en ellas está vuestro deseo de pelea, mas no puedo entrar en ella pues los señores a los que represento en esta embajada tienen mi palabra de que no aceptaré desafío ni peligro que la embarace, pero si salgo vivo, nos encontraremos en la batalla.

–Así se haga –admitió don Floristán–, pues os tomó la palabra como buen caballero honrado.

Y entregando sus guantes al rey en prenda fue respondido por Landín que hizo lo propio con la falda del arnés, quedando así concertado el combate treinta días después de la batalla de los reyes.

Entonces mandó el rey a un caballero de nombre Filispín que en compañía de Gandalín y como faraute fuera a desafiar a quienes lo desafiaron.

Partieron los heraldos y el rey se apartó con Galaor, Floristán y Agrajes, a quienes con rostro preocupado les dijo:

–Amigos, jamás como hoy he sentido la ausencia de Amadís. No hay en el mundo en quien pueda confiar más que en vosotros; el plazo de la batalla está cercano y ya habéis oído qué gente está contra mí y hay que suponer que estos no estarán solos, pues larga es la saga de los gigantes y mucho el temor que infunden en todas las naciones. Por todo ello, permitidme un ruego y es que no caigáis en provocación alguna, ni aceptéis afrenta de damas ni demanda de desamparados que os estorben hasta después de la lucha, pues los enemigos que tengo son mortales y vuestra falta me haría gran mengua.

–Señor –respondió Galaor por los tres–, para combate tan señero y señalado que ocupará buenas páginas en los libros de Historia, no es menester que encarezcáis nuestra presencia con vuestro ruego, que además de la obligación como caballeros de serviros en este paso honroso, con vos están nuestros corazones que han de encontrar aquí mucho más honor que hallarán buscándolo por tierra extraña. Pues si vencedores alcanzaremos la fama para la que vivimos, vencidos cumpliremos de sobra con el fin para el que nacimos.

Al día siguiente los tres acompañaron a Corisanda a su tierra y Gandalín llevó la noticia a Miraflores.

–Ahora quien goza es Corisanda –dijo llorando Oriana–, pues disfruta de la compañía de su amado Floristán, ¡que Dios se lo guarde para siempre! ¡Oh, Señor, si no queréis que vuelva a ver a Amadís llevadme de este mundo, pues ya no puedo sufrir más dolor en mi corazón!

Y así una vez más Gandalín y Mabilia volvieron a esforzarse para levantar su ánimo.

En estas continuas cuitas estaban cuando entró una menina corriendo y dijo:

–Señora, ha llegado la Doncella de Dinamarca con noticias y viene sonriendo.

A Oriana se le estremeció el corazón y perdió el habla. De una palabra dependía la vida o la muerte para su ser y cayó de rodillas con las manos entrelazadas en un rezo convulso.

Mabilia, que en este trance la vio, dijo a la infantina:

–Ve y di a la Doncella que entre sola porque Oriana la quiere ver de inmediato y apartadamente.

Esto dijo para que ninguno viese la reacción de Oriana según fuesen las noticias. La Doncella entró alegre y con la sonrisa en los labios, cayó de rodillas ante Oriana y dándole una carta que traía dijo:

–Señora, traigo buenas nuevas, leed esta carta de puño y letra de vuestro Amadís.

Temblándole las manos, Oriana cogió la carta, pero la emoción era tal que el pliego se le cayó dos veces; poco a poco el corazón se le fue sosegando hasta poder abrir el pergamino del que rodó el anillo que ella le enviara cuando combatió con Dardán en Vindilisora. Lo besó muchas veces murmurando:

–Bendito sea quien te forjó, que con tanto gozo vas de una a otra mano enamoradas.

Leyó las primeras líneas llenas de palabras humildes, donde Amadís narraba su vuelta de la muerte a la vida. Oriana sintió que su corazón se le ensanchaba y, alzando las manos al cielo, llorando de alegría comenzó a dar gracias, luego hizo sentar a la Doncella ante sí y le dijo:

–Contadme todo, desde cómo lo hallaste, los días que estuviste con él y cómo y dónde lo dejaste.

Después que pausada y minuciosamente se lo relató, Oriana dijo:

–Que vaya Durín a buscar a mi amado Beltenebros.

Beltenebros se había ido acercando a Miraflores y ahora descansaba bien recuperado de salud y fuerza en un beaterio, esperando el mandato de Oriana para reunirse con ella. Mientras, mandó a Enil que le encargase unas armas en campo verde como símbolo de su esperanza restaurada, estampando abundantes y pequeños leones de oro esmaltados y una túnica sobrevesta pintada con los mismos motivos. Le insistió en las calidades del caballo, la espada y la armadura, para que fueran acordes con las dificultades de las empresas que pensaba acometer. Pasaron veinte días hasta que todos los encargos de Amadís estuvieron en perfecta disposición.

Cuando ya estaban los bastimentos de caballero dispuestos, llegó Durín con el mandato de Oriana para que fuera a Miraflores más pronto que tarde. El escudero trajo las noticias de que sus hermanos y Agrajes estaban en la corte y preparaban la batalla contra Cildadán y los jayanes. Aunque lo intentó no pudo ocultar, pues conocía la ira de Amadís, la demanda al rey para que Oriana fue la doncella de Madasima y cómo pretendían casarla con el gigante Basagante. Como se temía Durín, cuando esto oyó el caballero comenzaron a temblarle las carnes como si fuera enfermo de perlesía y el corazón le hirvió de furia. Allí mismo se juró que hasta no matar a toda aquella turba de gigantes no aceptaría ni afrenta ni demanda que pudiera embarazarlo.

Después despidió a Durín, prometiendo llegar cuanto antes a Miraflores, pero hubo de quedarse unos días en el monasterio probando las armas y dando gracias a Dios por haber recuperado el favor de su señora. Cuando juzgó que había recuperado su ardimento se despidió de las monjas y una hora antes del alba, armado de aquellas verdes y frescas armas, bien montado en el nuevo alazán salió con un contento en el corazón que no le cabía en el pecho. Durín, también alegre, le llevaba el escudo, el yelmo y la lanza. Llegado el día y pisando el campo llano, Beltenebros picó espuelas probando el caballo, su agilidad y dando luz a la espada.

Enil, que lo vio lanzar su montura, dijo maravillado:

–Señor, de vuestro valor en combate no sé nada, pero jamás vi caballero más apuesto sobre su corcel.

–Los corazones de los hombres alcanzan las hazañas, no la arrogancia sobre caballos de parada. Pero cuando Dios junta ambas, lo da todo y hace gran merced. Si ahora me has juzgado por mi apostura, en adelante júzgame por lo que merezcan mis hechos de armas.

Así decía, recuperada la alegría de vivir, espantando las tinieblas en las que había estado embargada su alma.

Así anduvieron hasta la noche, en que albergaron con mucha honra en el castillo de un caballero anciano. A la mañana siguiente, Beltenebros se revistió de armadura y yelmo para no ser reconocido y así cabalgó durante siete días sin entrar en aventura alguna, pero al octavo día transitando por una estrecha senda se encontró frente a un caballero tan grande que parecía un gigante, montado sobre un bridón tan membrudo que más parecía elefante que caballo. Iba acompañado por dos escuderos que le llevaban las armas. Cuando estuvieron cerca, el caballero gigantón dijo con voz tonante:

–Tú, caballero, no pasarás hasta que respondas a mi pregunta.

Beltenebros paró su caballo, leyó el escudo del caballero y vio que campeaban en fondo rojo tres flores de oro. Eran las armas de don Cuadragante, las que había visto en la Ínsula Firme, bien destacadas a la entrada de la Cámara Defendida.

Era caballero de probada valía y esto pesó a Beltenebros, porque no podía excusar batalla y le retrasaba en sus propósitos de acabar con Famongomadán y su hijo y, lo que era peor, le embarazaba su reencuentro con Oriana.

–Caballero –dijo Cuadragante–, ¿sois de la casa del rey Lisuarte?

–¿Por qué me lo preguntáis?

–Porque yo he desafiado –dijo Cuadragante– a él y a todos sus caballeros. Y os digo que mataré a cuantos de ellos encuentre.

Beltenebros sintió que le subía la saña al corazón y dijo:

–¿Cual es vuestro nombre?

–Yo soy don Cuadragante.

–Por altos que sean vuestro linaje y vuestras hazañas hasta hoy, es locura la vuestra al desafiar al mejor rey del mundo que cuenta con los mejores caballeros desde los tiempos de Cristo. Yo propiamente no soy uno de ellos, pero con razón podéis contarme entre vuestros desafiados y, pues queréis batalla, la tendréis; y si no dejadme seguir mi camino.

Don Cuadragante le dijo:

–Caballero, creo que tenéis poca noticia de mí y de mis hechos de armas, pues me habláis con ligereza y osadía. Os ruego que me digáis vuestro nombre.

–Beltenebros soy –respondió–, aunque a día de hoy sea de poca nombradía, también sé aunque procedo de tierras extremas y apartadas que vais buscando a Amadís y por las noticias que de él tengo, creo que ganáis al no encontrarle.

–Veo que apreciáis mucho a ese caballero, mi enemigo. Sabed que ha llegado la hora de vuestra muerte: tomad las armas y defendeos.

Sañudos y airados ambos, lanzaron sus caballos y chocaron con estrépito de aceros. El caballo de Beltenebros trastabilló doblando las rodillas y el joven sintió que la cuchilla de la lanza le había llegado hasta la tetilla. La lanza de Beltenebros reventó el escudo de don Cuadragante, que salió despedido de su silla y el asta le llegó hasta el costado penetrando la loriga. Cuadragante se levantó hecho un tigre y se lanzó contra Beltenebros, que estaba tratando de controlar a su caballo y enderezarse el yelmo; por un momento el joven perdió la visión y no vio cómo don Cuadragante hería a su montura en las ancas, espantándola.

Beltenebros se tiró del caballo, espada en mano, y se lanzó contra Cuadragante.

–Mal caballero Cuadragante –gritó airado–, poca virtud mostráis en matar a un caballo.

Se acometieron con las espadas en alto y tanto ruido hacían como si allí combatiesen diez caballeros. Chocaban y se trababan por los brazos tratando de derribarse. Los escuderos pensaban que ninguno de los dos iba a quedar vivo. Combatieron todo el día hasta la hora de las vísperas, cuando cae la tarde y la luz cede a las tinieblas. En ningún momento habían descansado, ni se habían cruzado más palabras.

Don Cuadragante sentía un gran cansancio y le faltaba resuello cuando Beltenebros le dio un fendiente sobre el yelmo, perdió el sentido y cayó como muerto. Beltenebros le quitó el yelmo y le puso la punta de la espada ante la boca diciéndole:

–Cuadragante, reza, porque muerto eres.

Y don Cuadragante, que ya había vuelto en sí, dijo sollozando:

–¡Ay, Beltenebros, os ruego por Dios que me dejéis vivir!

Beltenebros le respondió:

–Si te das por vencido y haces lo que yo te mande.

–Haré vuestra voluntad para salvar mi vida, pero no me doy por vencido, porque no lo está aquel que lucha hasta el límite de sus fuerzas sin mostrar cobardía. Vencido es el que es derrotado por falta de corazón y de coraje.

–Cierto es –dijo Beltenebros– y verdad cuanto habéis dicho; mucho he aprendido de vuestras palabras. Dadme la mano y juradme que cumpliréis mi mandato.

Y el caído se la estrechó lo mejor que pudo. Después llamó a los escuderos para que auxiliaran a don Cuadragante y díjole:

–Yo os mando que vayáis a la corte de Lisuarte, que permanezcáis en ella hasta que llegue Amadís y os pongáis a su servicio. También os pido que le perdonéis la muerte de vuestro hermano, el rey Abiés, pues según he sabido ellos se desafiaron por propia voluntad y lucharon limpiamente, de modo que una muerte como esa, sin traición, no es digna de demandarse ni entre bandidos de baja estofa y menos entre caballeros iguales. Asimismo os mando que retiréis el desafío al rey Lisuarte y no toméis armas contra él ni contra sus caballeros.

–Mucho me apremiáis –dijo don Cuadragante–, pero cúmplase vuestra voluntad.

Beltenebros tomó el caballo de don Cuadragante, se desarmó y siguió su camino. Al poco rato, ya de noche, encontraron a unas doncellas que estaban cazando con unos halconcillos y habían contemplado el combate desde un cerro próximo.

Al verlo herido, le rogaron que fuera hacia su castillo, donde fue curado de llagas de poca importancia, siendo la más grave la herida de la tetilla, por donde se le había ido mucha sangre.

Descansó tres días y al cabo de otros tres llegó hasta un monte donde contempló Londres y a su derecha el castillo de Miraflores, donde estaba su señora Oriana. Su pecho se llenó de alegría pensando en ella. Así estuvo embelesado mucho rato, hasta que descendió de la montaña y se dirigió al castillo.

Envió a Enil a Londres con la orden de buscar a Gandalín y enterarse de cómo se corrían y comentaban sus hazañas y cuándo sería la batalla contra el rey Cildadán, pues pensaba participar en ella.

No tardó en bajar al terreno llano y en una ribera halló dos tiendas levantadas y en medio otra más grande y más rica. Ante ella se hallaban varios caballeros y damas distraídos jugando y riendo. Pronto supo que allí hallaría aventura, mas sólo quería llegar ante Oriana y así se apartó del camino tratando de rodear el campamento, pero un caballero lo vio y a gritos le invitó a justar con ellos.

–No me place –dijo Beltenebros–, vosotros sois muchos y yo solo, cansado y convaleciente.

–Yo creo –dijo uno, displicente–, que teméis perder tan hermoso caballo.

–¿Y por qué lo habría de perder?

–Porque sería de aquel que os derribase.

–Pues si es así, prefiero ir en el mío y no quedarme con los vuestros.

Otro caballero le dijo:

–Parece que sólo queréis luchar de palabra y no con las armas, que bien podrían servir para adornar vuestra sepultura, pues vais a vivir cien años.

–Podéis decir lo que queráis, que no me ofenden vuestras palabras –respondió Beltenebros.

Otro caballero riendo le dijo:

–Si por casualidad se os antojara luchar conmigo, hoy no iríais en ese caballo a buscar posada y no subiríais en él durante un año.

–Eso me temo –respondió Beltenebros sonriendo– y por eso me aparto de tu camino.

Todos se burlaron de Beltenebros llamándole cobarde a coro, pero él continuó su camino hasta que oyó que le decían:

–Caballero cobarde, en esa tienda está la infantina Leonoreta, la hija del rey Lisuarte, y os manda decir que justéis con nosotros por la obligación que como caballero debéis a ruego de doncella.

–¿La hija del rey Lisuarte? Me pesa tener que luchar con sus caballeros; antes preferiría servirla, pero pues lo manda seamos en combate. Justemos.

Beltenebros se armó y halló un campo bueno y llano. No tardó mucho en llegar el caballero con el que había discutido por el caballo y esto alegró mucho nuestro héroe. Dejaron correr sus monturas y en el choque el caballero quebró su lanza y Beltenebros le hizo volar rodando por el campo gimiendo y revolcándose con tres costillas rotas y la cadera quebrada. Enil cogió su caballo y Beltenebros riendo dijo al herido:

–Caballero, me quedo con vuestro caballo, pues creo que en un año no lo vais a necesitar hasta que curéis vuestras llagas.

Y estando en esto, vio llegar a otro caballero a la justa y lo derribó sin dificultad; lo mismo hizo con los dos siguientes, dejando a uno bastante malherido, pues la lanza le atravesó el brazo y gritaba y gemía como un endemoniado. Beltenebros siguió su camino de nuevo, pero llegó un quinto caballero con su escudero y traía cuatro lanzas.

–Señor caballero –dijo al recién llegado–, Leonoreta os envía estas lanzas y dice que estáis obligado justar con los caballeros que le quedan, pues habéis derribado a sus compañeros.

–Por amor a Leonoreta, lo haré pues que lo manda, pero no por los caballeros, pues los tengo por boquirrotos y desmesurados al obligar a quienes siguen su camino a combatir contra su voluntad.

Y tomando una lanza los fue derribando a todos, menos al último al que le permitió aguantar dos envites. Era este nada menos que Nicorán de la Puente Medrosa, que tenía a sus espaldas más de treinta victorias y era considerado uno de los mejores justadores de la Gran Bretaña. Cuando Beltenebros se quedó sin rivales, envió los caballos de los derrotados a la infanta Leonoreta; estos se sintieron tan avergonzados al verse derrotados por un solo caballero que no se atrevían a presentarse ante la princesa. Nicorán dijo lo que los otros pensaban y no se atrevían a decir:

–Si no hubiera muerto Amadís, juraría que este caballero es él.

–No creo que lo fuera –afirmó Galisteo–, pues alguno lo habría reconocido.

Giontes, sobrino del rey, afirmó:

–Si Dios quisiera que ese caballero fuera Amadís, daríamos por bien empleadas llagas y vergüenza, y si no lo es, Dios le dé buena ventura, pues en buena lid nos venció.

–Maldito sea por mil años –bramó desde el suelo Lasclarión–, que aquí me ha dejado con las costillas y la cadera rotas; aunque bien me lo merezco por haberle insistido tanto para que combatiera…

Pues había sido el primero de la justa. Un poco a la fuerza todos rieron.

Beltenebros iba muy contento; había derrotado a varios caballeros y no había sufrido ni un rasguño, pero se sentía cansado y sediento. Era tiempo, le dijo a Enil de buscar cobijo y un buen lugar donde mitigar la sed que con el gran calor y el ardimento de la batalla le quemaba la garganta.

Caminaron un cuarto de legua y dieron en una ermita en medio de un sotillo cubierto de árboles. Allí ramoneaban tres palafrenes de otras tantas doncellas a las que acompañaban tres escuderos. Las doncellas bebían agua que les ofrecían sus escuderos bajo unos árboles copudos.

Beltenebros acercó a ellos y estos le preguntaron:

–Caballero, ¿sois de la corte del rey Lisuarte?

–Me gustaría serlo, pero decidme cuál es vuestro camino.

–Vamos a Miraflores –respondió uno de ellos–, para ver a la abadesa nuestra tía y a Oriana, la hija de Lisuarte. Aquí descansamos hasta que caiga el calor.

–Permitidme acompañaros un rato, pero decidme cómo se llama este lugar.

–No sabemos su nombre, pero esa que está ahí abajo junto a esos árboles se llama la Fuente de los Tres Caños –dijo otra, señalando un pequeño boscaje.

Bien conocía Beltenebros la fuente, pues acostumbraba a cazar en sus alrededores y desde allí pensaba separarse de Enil mientras visitaba su señora.

Estando en conversación, Beltenebros vio venir una carreta tirada por doce potentes caballos frisones y conducida por dos enanos.

Dentro vio que iban varios caballeros puestos en cadenas y con ellos varias niñas y doncellas que gritaban aterrorizadas. Delante de la carreta iba un gigante de rostro feo sobre un no menos gigantesco caballo negro y un gran venablo de hierro en la mano izquierda. Guardaba la zaga de la carreta otro gigante más grande y más espantoso que el primero. Beltenebros vio que las tres doncellas estaban paralizadas por espanto y les ordenó que se escondiesen tras unos árboles.

El gigante que guiaba se volvió hacia el carro y con voz tonante dijo a los enanos:

–Os haré mil pedazos si una de esas niñas derrama una sola gota de sangre con vuestro traqueteo. La quiero toda para el sacrificio a mi ídolo Lascuraim.

Cuando Beltenebros oyó estas palabras supo de cierto que el gigante era Famongomadán, de cuya fama se decía que degollaba doncellas ante un ídolo del Lago Ferviente. Beltenebros no quería combatir, pues había prometido que nada le haría apartarse de su encuentro con Oriana como había concertado y además se encontraba cansado y un tanto quebrantado de su justa con los diez caballeros, pero había reconocido a varios amigos en la carreta y a Leonoreta con sus doncellas entre ellos y esa era afrenta que no podía sufrir. Olvidándose por momento de su señora Oriana, subió a su caballo y ordenó a Enil que le vistiese las armas; el escudero le dijo:

–Olvidaos de las cautivas y dejad pasar a esos malditos diablos.

–Vísteme las armas, que quiero tentar una vez más la misericordia de Dios enfrentándome a tan malos enemigos.

–Señor –dijo gimiendo Enil–, ¿por qué queréis malbaratar vuestra juventud? Ni los mejores caballeros de Lisuarte se atreverían a acometer a tales seres del infierno.

–Si no me enfrentara a ellos sería indigno de presentarme ante hombres buenos y no merecería vivir ni un día más.

Enil a regañadientes le aprestó las armas. Beltenebros se lanzó cuesta abajo contra el primer gigante y antes de llegar a él miró hacia Miraflores y se encomendó a Oriana:

–¡Oh, mi señora Oriana, nunca comencé ninguna hazaña confiado en mis fuerzas, sino en vos! ¡Socorredme ahora, pues os necesito más que nunca!

Al instante sintió como se multiplicaban sus fuerzas, perdió todo temor y a grandes voces ordenó a los enanos que detuviesen el carro. Cuando el gigante oyó sus gritos, se volvió hacia Beltenebros con gran saña, tanta que le salía el humo del resuello por el visal del casco. Levantó el venablo como si fuera un junquillo y con voz tumbal dijo:

–Pobre desdichado, ¿quién te dio tanta osadía?

–Aquel Señor a quien tú ofendes con tus sacrificios humanos, Él, Él me ha dado el coraje para quebrar tu soberbia impía.

–Pues acércate y verás si su poder te defiende de mis golpes –rió con estrépito el gigante, golpeándose el pecho de hierro.

Beltenebros apretó la lanza bajo el brazo y lanzó su caballo contra el gigante. El choque fue brutal y la lanza del joven entró por la barriga del jayán, rompiéndole las láminas férreas de la armadura, atravesándole de parte a parte. La lanza se rompió quedando cuatro palmos en el cuerpo del malvado, que cayó a tierra no sin antes lanzar su venablo que atravesó el pecho del caballo de Beltenebros saliendo la punta por el ano del pobre bruto. El polvo de la caída de ambas monturas parecía la erupción de un volcán. Beltenebros se levantó con la espada en la mano, pero el gigante estaba herido de muerte bajo el caballo. De repente, Famongomadán con un gran esfuerzo salió bajo la panza y, arrancándose el asta de las tripas, se la arrojó a Beltenebros con tanto acierto que golpeándole entre el casco y el pectoral lo derribó por tierra, medio aturdido, pero su herida era mortal y sus vísceras se le escapaban por herida. Cayó al suelo gritando:

–¡Hijo Basagante, ayuda, que muerto soy!

Oídos estos gritos por Basagante, lanzó su caballo, gobernándolo con las rodillas, mientras blandía a dos manos un hacha de doble hoja más pesada que un arado. Ciego de rabia pensó hacer dos pedazos de Beltenebros, pero el joven caballero con gran astucia esperó hasta el último instante para ladearse, esquivar el golpe y pasar junto a su enemigo cortándole los tendones de la pierna con la punta de la espada.

El jayán, ciego de rabia, volvió grupas contra Beltenebros, que embrazó con firmeza el escudo, esperando un nuevo golpe que cayó en el centro, dejando atrapada el hacha. La violencia del hachazo fue tal que rompió las embrazaduras y arrancó el escudo del brazo del caballero. Beltenebros con rapidez dio un gran tajo en el brazo desnudo del gigante, llegándole hasta el hueso. El hacha y el escudo cayeron a tierra, momento que aprovechó el joven para descabalgar y liberarla. Basagante, desarmado, saltó del caballo tratando de sacar una enorme espada, pero al pisar tierra su rodilla se dobló y cayó de hinojos, mientras Beltenebros, que ya blandía la segur, le descargó un hachazo por encima del yelmo, una auténtica torre de hierro, destrozándolo, aunque el gigante salvó la cabeza pero no la oreja ni la mejilla. Barritando como un elefante y con el rostro ensangrentado, Basagante, rodilla en tierra, trató de levantarse trastabillando y al ver acercarse al joven le lanzó un mandoble alcanzándole en el pecho y en el yelmo, pero la espada se le revolvió en la mano y el golpe cayó plano rompiendo el barbote y una carrillera, aturdiendo a Beltenebros por un momento. El yelmo se resquebrajó y la espada de Basagante, que había puesto toda su fuerza en el golpe, se quebró en dos mitades. El impacto fue tan grande que Leonoreta y sus doncellas creyeron que le había cortado media cabeza, pero afirmándose sobre sus piernas, el joven se recolocó el yelmo y tentándose el rostro buscó alguna herida. Recordó por un instante a Oriana y enarbolando el hacha se lanzó sobre el gigante, que aterrorizado lo vio venir. Amadís le dio un gran tajo en la cabeza partiéndole la quijada. Famongomadán, en las ansias de la muerte, seguía blasfemando y más cuando vio la muerte de su hijo. Beltenebros sacó el venablo del caballo y se lo metió por la boca atravesándole la nuca más de un palmo, después tomó el yelmo de Basagante y se cubrió con él para no ser reconocido.

Se acercó a la carreta y puso a todos en libertad. Cuando le preguntaron quién era dijo que un caballero extranjero llamado Beltenebros. También envió al rey Lisuarte los frisones de la carreta y el gran caballo de Basagante, para que lo montase el día de la batalla contra el rey Cildadán.

Los caballeros se lo agradecieron y pusieron los cuerpos de los gigantes sobre la carreta; eran tan grandes que las piernas les colgaban fuera de ella. Leonoreta y sus doncellas cogieron flores e hicieron guirnaldas con las que se coronaron y con mucha alegría se fueron a Londres, donde toda la población salió a ver a los gigantes, preguntándose por el héroe que había acabado con seres tan malignos. Cuando el rey supo del gran peligro de su hija y cómo Beltenebros la había salvado de aquellos quedó maravillado y más cuando se presentó don Cuadragante, declarándose vencido por el caballero extraño. Nadie sabía de aquel caballero, sino lo poco que Corisanda aportó de su estancia en la Peña Pobre.

37

Placeres y dulzores

Beltenebros se despidió de doncellas y caballeros. En la soledad de la ermita con Enil, decidió que lo mejor era que el escudero partiera a Londres en busca de Gandalín, con el encargo de procurar nuevas y buenas armas, y que regresaran en ocho días a la Fuente de Tres Caños.

Cuando se quedó solo se internó en la floresta y juntó un arroyo descansó durante varias horas dejando correr sus pensamientos, revolviendo en su memoria su pasado reciente y otras cosas de mayor elevación. Por la noche, cabalgó hasta el castillo de Miraflores donde le esperaba Durín, que se hizo cargo de su montura y le acompañó hasta un postigo donde Oriana, Mabilia y la Doncella de Dinamarca sostenían una escala por la que subió hasta las habitaciones de su amada.

De los transportes amorosos, besos y lágrimas no hablaremos aquí aunque tal vez lo contemos más adelante. Bástenos saber que Beltenebros fue aposentado en la cámara de Oriana, donde según las angustias pasadas creyó hallarse en el mismísimo Paraíso. Allí estuvo con su señora ocho días, saliendo cada tarde un rato a un hermoso jardín festoneado de árboles, donde continuaban con los sabrosos placeres de la alcoba. Gandalín llegó con las nuevas de la corte, mientras se preparaban las armas de su señor, y le contó cómo Lisuarte mucho dudaba ante la batalla que debía romper contra el rey Cildadán, pues sabía que este se hacía acompañar de una muy brava y cruel gente de gigantes y caballeros muy extraños, así como los de su sangre, que muy versados en armas los había. Cada día procuraba sumar nuevos caballeros a su hueste y ya habían llegado a Londres Floristán, Agrajes, Galaor y Galvanes Sin Tierra y lo más granado de la caballería inglesa. Pero en boca de todos estaba un nombre: Beltenebros, cuyos hechos ya excedían a los de Amadís y esto mucho hería a Galaor y Floristán, que a no ser por la estricta prohibición del rey ya le hubieran buscado para combatir con él hasta la muerte, pues tan ciegos de ira y saña estaban. Lisuarte no lo decía, pero mucho esperaba de la espada de Beltenebros.

Un día estaba el rey departiendo con sus caballeros cuando le anunciaron la llegada de un escudero viejo acompañado de otros dos, vestidos todos con la misma librea. Se presentó ante el rey y puesto de rodillas le saludó en su lengua griega así:

–Señor, llegó ante vos movido por la gran fama de los caballeros, dueñas y doncellas de vuestra corte; es mi esperanza encontrar en ella lo que voy buscando desde hace sesenta años. Y te pido a ti, noble rey, realizar la prueba que nada puede dañarte, ni menguar tu nombre ni el de tus descendientes.

Los caballeros, un poco aburridos por la espera de la batalla, le rogaron al rey que permitiese la prueba, algo que el propio Lisuarte, siempre amigo de novedades, deseaba fervientemente, así que dio su beneplácito. Entonces el escudero viejo sacó una arqueta de jaspe, larga como de metro y medio y ancha de poco más de un palmo, en chapa de oro. Abriola y sacó de ella la espada más extraña que jamás se viera aquella corte. La vaina era de hueso esmeraldino, tan clara que transparentaba la hoja de hierro de la espada. Esta se diferenciaba de las otras espadas en que en la mitad era clara y limpia y la otra mitad ardiente y roja como el fuego. El escudero se la colgó del cuello con una cinta hecha del mismo hueso de la vaina y sacó de la arqueta un tocado de hermosísimas flores, la mitad verdes y de colores tan vivos como si estuvieran recién cortadas y la otra mitad hecha de flores tan secas que parecían a punto de deshacerse en polvo.

El rey preguntó el porqué de tan diversos objetos.

–Buen rey –dijo el veterano escudero–, esta espada sólo puede desenvainarla el caballero mejor amador del mundo, aquel que amare más a su amiga, y cuando saque la espada de su vaina, la mitad que ahora arde se tornará limpia, clara y pura como la otra y el hueso parecerá forjado de un solo temple. En cuanto al tocado de estas flores que veis, si se lo pusiera la dueña o doncella que a su marido o amigo amara en el celestial grado que el caballero de la espada, las flores secas se tornarían tan verdes y lozanas como las otras, sin que ningún humano diferenciarlas pueda. Por estas razones, buen rey, vengo a tu corte tras sesenta años de andar tras esta demanda, pensando que, pues excedéis a todos en fama y honra, aquí hallaré aquello que hasta hoy no ha podido hallar en todas las otras cortes que he visitado.

–Decidme ahora –respondió el rey asombrado– por qué ese fuego tan vivo de esa media espada no quema la vaina.

–Os responderé de grado. Sabed que entre Tartaria y la India hay un mar tan caliente que hierve como el agua sobre el fuego y es todo verde; dentro de este mar se crían unas grandes serpientes mayores que los más grandes cocodrilos, vuelan y son tan ponzoñosas que las gentes huyen de ellas con temor, pero cuando mueren los mismos naturales las aprecian mucho, pues son muy provechosas para medicinas. Estas sierpes tienen un solo hueso grueso y denso que corre de la cabeza hasta la cola. De ese hueso está fabricada la vaina y su guarnición y creado en aquella mar hirviente es más resistente que el propio fuego, es incombustible a la llama. En cuanto al tocado de flores, provienen estas de una isla del mar de Tartaria, a más de quince leguas mar adentro; cuelgan de dos árboles que sólo allí se hallan y nadie ha encontrado en otra parte. La isla está protegida en todo su perímetro por unos remolinos tan bravos y peligrosos que hacen imposible el paso para los hombres y las naves, aunque algunos con gran desprecio de su vida y con sabiduría marítima se aventuran y, si no mueren el intento, las traen y las venden sin precio, pues nunca decaen de su primigenia belleza. Mas ya es de razón que sepáis quién soy. Soy el sobrino del mejor hombre que hubo en su tiempo, el gran Apolidón, señor de la Ínsula Firme. Mi padre fue el rey Ganor, hermano de Apolidón, heredero de su reino, y yo nací de su casamiento con Rafelia, hija del rey de Canonia. Cuando yo tenía ya edad para ser caballero, mi madre, que me quería perfecto, me pidió en don que no fuese nombrado caballero si no de la mano del más leal amador que hubiese en el mundo, ni tomar espada sino de la dueña o doncella que en aquel mismo grado amase. Por decirlo pronto, los más perfectos amadores. Yo pensé en mi tío Apolidón y en su amiga Grimanesa y le concedí el don. Cuando fui a presentarme ante ellos, Grimanesa ya había muerto. Apolidón tenía otra enamorada y, no pudiendo poner remedio, me pidió que volviese en un año y me entregó esta espada y esté tocado y me dijo que la simpleza que había hecho prometiendo tal don la remediase buscando al caballero y la dama que fueran perfectos en sus amores. Y esta es, buen rey, la causa de mi demanda. Probad vos, vuestra reina y toda vuestra corte la espada y el tocado y ojalá alguien lo merezca, pues para él será el provecho y para mí el descanso, quedando para vos la honra si en vuestra corte se hallaren quienes ambas virtudes acreditaren.

El rey accedió a que se realizase la prueba y se decidió que se celebrase el día de Santiago, para el que faltaban cinco días, por ser fecha en la que llegaban a la corte muchos caballeros que había mandado llamar.

Gandalín, que estaba en la corte, cabalgó hasta Miraflores y entró en el patín de los hermosos árboles, donde jugaban al ajedrez Beltenebros y Oriana. Le faltó tiempo para contarles lo que había visto y oído al viejo escudero.

Beltenebros pasó la tarde entera pensando y cuando Oriana le preguntó la causa de su silencio dijo:

–Mi señora, si por Dios y por vos pudiese llevar a efecto mi pensamiento, me haríais muy feliz.

–Mi buen amigo, quien os ha hecho señor de su persona no puede negaros nada.

Él le tomó las manos y besándoselas muchas veces dijo:

–Señora, pienso que si vos y yo ganamos esas joyas, nuestros corazones quedarán unidos para siempre y así se despejarán cuantas dudas los han atormentado.

–¿Cómo podríamos hacerlo sin gran peligro para mí y mis doncellas, que saben el secreto de nuestros amores?

–Iremos encubiertos para no ser reconocidos ni por vuestro padre.

–Sea –dijo Oriana–, que yo estoy segura de ganar ese tocado de flores, pues no hay mujer en el mundo que ame más que yo.

–Yo exigiré a vuestro padre seguridades de que mi voluntad no será forzada y vos iréis cubierta de guantes, capa y antifaz, y nadie sabrá quiénes somos.

Así lo prepararon todo con Mabilia y la Doncella de Dinamarca, que parecían ambas disfrutar de los preparativos mucho más que los dos enamorados. Cuando terminaron, Oriana se presentó ante Amadís, que por mucho que la miró y remiro por todas partes no pudo reconocerla y así dijo el joven:

–Nunca pensé, señora, que me alegraría tanto de no saberos reconocer.

Todos los escuderos se movilizaron buscando el más hermoso palafrén y las mejores armas que hallar pudieran. Cuando ambas encomiendas fueron satisfechas, una tarde Beltenebros salió del castillo y se internó en la floresta donde tantas veces había cazado y se llegó a la Fuente de los Tres Caños, donde se encontró con Enil, que le informó de los asuntos de la corte.

–Volverás a la corte –le dijo al escudero– y le pedirás al rey la seguridad de que mi voluntad no será forzada y a la reina le dirás que voy contra mi voluntad forzado por una doncella, a quien se lo prometí.

Enil dijo que así haría, que volvería con las garantías reales, y retornó a Londres.

38

El triunfo del amor

La Doncella de Dinamarca fue a Londres para decirle a la reina que Oriana se encontraba indispuesta y guardaba cama. En realidad, iba a recabar mayor información que la ofrecida por los escuderos, y así pudo contemplar la entrada triunfal de la reina Briolanja acompañada de cien caballeros y veinte doncellas ataviadas con sus mismos paños negros. Luto que no pensaba quitarse hasta que no llegarán buenas nuevas de Amadís. Venía a estar junto a la reina hasta que tornaran los caballeros o hubiera noticias fidedignas de su caballero.

Cuando supo esto Oriana preguntó a la Doncella, muerta de celos:

–¿Os pareció tan hermosa como dicen?

–Os juro que después de vos es la mujer más hermosa y más apuesta de cuantas he visto. Mucho se duele de vuestro mal y os manda decir que os verá cuando lo tengáis a bien.

–Mucho deseo yo eso –respondió Oriana, que ardía en deseos de conocerla.

–Honradla –dijo llegando Amadís–, que bien se lo merece y más cuando vos habéis tenido algún pensamiento desviado contra ella.

–Amigo –en el tono de Oriana había un punto de irritación–, dejemos eso, aquel no era mi pensamiento verdadero.

–Pues lo pasado, pasado –dijo Beltenebros dando una palmada–, que con el sobrado amor que os tengo, nuestros han de ser espada y tocado.

Así transcurrieron los días hasta el de la prueba. Pasada la medianoche vistieron a Oriana con capa y antifaces y Beltenebros se armó con las nuevas armas. Salieron por un portillo disimulado en la pared de la huerta, cabalgando Oriana en hermoso palafrén y Amadís en un poderoso caballo de aldaba, pues no pensaba justar con nadie. Tomaron el camino de la corte, pero cuando Oriana se vio a solas con su amigo de noche en plena floresta tuvo gran miedo y comenzó a temblar. Perdió el habla y su mente se llenó de dudas. Beltenebros, viendo su gran turbación, le dijo:

–Si hubiera sabido de vuestra duda, por Dios, señora, que no os hubiera propuesto esta aventura. Será mejor que regresemos.

Y tomando por la brida el palafrén dio la vuelta. A Oriana casi se le paró el corazón y dijo:

–Mi buen amigo, olvidad mis miedos tan femeninos al verme en el lugar tan extraño y atended a vuestro ánimo de caballero.

En la Fuente de los Tres Caños esperaba Enil una hora antes de que llegase el alba. Beltenebros dijo:

–Este escudero nos dirá cómo están las cosas en Londres.

Después de recibir las seguridades reales siguieron su camino a buen paso hasta llegar a las puertas de la villa antes del mediodía. Entraron cubiertos y ante su apostura todos los admiraban.

Uno dijo, mirando a Beltenebros:

–Este es aquel buen caballero Beltenebros, el que envió a Cuadragante vencido y el que mató a los jayanes del Lago Hirviente. En él está toda la cifra de la caballería. Por bienaventurada debe tenerse en la doncella a la que acompaña.

Oriana, que todo esto oía, se enorgullecía viéndose señora de aquel que por sus hechos de armas señoreaba tantos corazones.

Llegaron al palacio real, donde tanto el rey y todos sus caballeros como la reina y sus dueñas y doncellas estaban en la sala del trono para comenzar la prueba. Cuando supo de su venida salió el rey a recibirlos a la entrada de la sala.

Ante él se inclinaron de hinojos para besarle las manos, pero el rey no se las dio, antes bien dijo:

–Mi buen amigo, yo debo cumplir vuestra voluntad con gusto, porque ningún caballero me ha servido tanto y tan bien en poco tiempo.

Beltenebros, que había pactado su silencio, inclinó la cabeza con mucha humildad y fue a saludar a la reina. Oriana temblaba, pues pocas cosas puede una hija ocultar a su madre, pero Amadís le apretaba la mano dándole ánimos. La reina la levantó y tomándole las enguantadas manos dijo:

–Doncella, no sé quién sois, pues nunca os vi, pero por las hazañas de vuestro caballero tendréis cuanta honra él merece.

Oriana no respondió y mantuvo la cabeza baja con humildad.

Había llegado el momento de la prueba. El rey y sus caballeros ocuparon una parte de la sala y enfrente se colocó la reina y su séquito. Beltenebros había solicitado al rey un lugar aparte porque quería participar con su doncella al final de la prueba. El rey se lo otorgó.

Comenzó la prueba con el propio rey, que tomando la espada que encima de una mesa estaba intentó sacarla de su vaina, pero sólo consiguió en un palmo.

El viejo escudero, que Macandón se llamaba, dijo con sorna:

–Mi rey, si en vuestra corte no hay otro más enamorado que vos, voy a seguir de escudero por toda la eternidad de los siglos.

Y volvió a meter la espada en su vaina.

Luego lo intentó Galaor, que no sacó más de tres dedos. Y tras él Floristán, Galvanes, Grumedán, Brandoivás, Ladasín, y ninguno superó el palmo, salvo Guilán el Cuidador que saco más de la mitad, para asombro de todos.

–Buen amador sois –dijo con ironía el veterano Macandón–, si hubieseis amado el doble, hubierais ganado la espada y yo mi premio.

Después probaron más de cien caballeros inútilmente, algunos no sacaron ni un par de dedos; a estos Macandón les llamaba los herejes del amor.

Entonces llegó Agrajes y antes de intentarlo miró a su señora Olinda y, henchido su pecho, pensó como leal y verdadero amador que la espada sería suya. Respiró fuerte y tiró con tanta fuerza que sacó toda la hoja quedando dentro menos de un palmo, trató de tirar de nuevo con tal empeño que las llamas le saltaron a la ropa quemándole ligeramente la túnica. Se sintió orgulloso por haber sacado más que nadie, pero Macandón le dijo así:

–Señor caballero, poco ha faltado para vuestra completa felicidad y para mi mayor satisfacción.

Finalmente probaron Falcatrón y Dragonís, recién llegados a la corte, y tampoco pasaron de un palmo.

Macandón les dijo:

–Caballeros, si lo que habéis sacado os sirve de defensa, poco tendréis con que defenderos.

–Verdad decís –respondió Dragonís–, pero si al cabo de esta prueba sois nombrado caballero, poco tiempo os quedará para mostrar vuestra valentía.

Todos se rieron de lo que dijo Dragonís y, como todos habían probado, se levantó Beltenebros y tomando a Oriana por la mano se colocó frente a la espada.

Y Macandón dijo:

–Caballero extranjero, mejor parece mi espada a la que traéis, pero conservadla con vos, porque la mía se ha de conquistar más por la lealtad de corazón que por la fuerza de las armas.

Beltenebros bien se dio cuenta de que el escudero Macandón era amigo de burlas y chanzas y así, sin mediar palabra, tomó la espada y sin esfuerzo la sacó de su vaina; al instante toda la hoja se igualó en claridad.

Cuando esto vio Macandón cayó de rodillas ante Amadís y dijo:

–Oh, buen caballero, Dios te honre, pues así has honrado esta corte. Con mucha razón ha de amarte la que tú amas, si no es la mujer más falsa del mundo. Demando las honras de la caballería de tu mano, pues de otro no las quiero.

–Buen amigo –respondió discreto Amadís–, hágase la prueba del tocado y yo haré con vos lo que demande el derecho.

Entonces santiguó la espada y se la colgó, dejando la suya aparte; después tomó a su señora por la mano y regresó a su lugar. Un gran aplauso de loor se levantó entre todos los presentes y en el corazón de Floristán y Galaor subió la saña, porque consideraban deshonroso que otro caballero pudiera compararse con Amadís e incluso superarlo. De consuno pensaron, terminada la batalla del rey Cildadán, desafiar a Beltenebros, incluso a muerte, para reivindicar la figura de su hermano.

Terminada la prueba de la espada, el rey mandó que la reina y toda las mujeres de la corte se probasen el tocado de flores.

Comenzó la reina, pero las flores no hicieron la menor mudanza. Cuando se retiraba dijo Macandón con un deje de ironía:

–Reina y señora, si el rey vuestro marido no ganó mucho con la espada, parece que vos se lo pagáis con la misma moneda.

La reina quedó un poco avergonzada.

Luego pasaron cuatro infantas, hijas de reyes: Elvida, Estrelleta, Aldeva y Olinda la Mesurada, en cuya cabeza las flores secas comenzaron a reverdecer; todos pensaron que iba a ser la vencedora, pero a pesar del buen rato que se encasquetó el tocado la verdura no volvió. Después de Olinda probaron más de cien dueñas y doncellas, pero ninguna llegó donde esta, y a todas Macandón decía pequeñas burlas y placeres.

Cuando ya no quedaba ninguna por probar, Oriana le hizo una seña a Beltenebros para que la llevase hasta la mesa donde estaba el tocado. Cuando se puso el casquete, las flores secas se tornaron tan verdes y hermosas que se confundieron con las frescas.

Dijo entonces Macandón:

–Oh, buena doncella, vos sois la que busco desde cuarenta años antes de que hubieseis nacido.

Después se vistió con unos paños blancos y se armó con armas blancas como caballero novel. Beltenebros le nombró caballero, le puso la espuela diestra y Oriana le dio una rica espada que él ya traía aparejada para el caso.

Cuando terminó la ceremonia las dueñas y doncellas comenzaron a reír. Aldeva, la más descarada, dijo para que todos le oyeran:

–¡Ay, Dios, qué hermoso doncel y qué elegancia la de todos los caballeros noveles! ¡Este además va a ser novel toda la vida!

–¿Cómo lo sabéis vos? –dijo Estrelleta.

–Porque las vestiduras que trae –dijo otra–, van a durar más que él, si Dios no lo remedia.

Todas volvieron a reír. El nuevo caballero dijo:

–Buenas señoras, daos un punto de discreción en la lengua, que yo estoy mejor de mancebía que vosotras de mesura.

Al rey le gustó el donaire de Macandón, pues no gustaba de la acidez de palabra en las damas.

Beltenebros se despidió del rey entre grandes gestos de admiración a Oriana y al marcharse dijo al rey Lisuarte:

–Señor, tomad a esta doncella y honradla, que bien lo merece, pues su belleza bien ha honrado a vuestra corte.

El rey tomó de la rienda el palafrén de Oriana y la condujo hasta la puerta de palacio, entonces Beltenebros le dijo:

–Señor, quedad con Dios y si por bien tuvieseis que yo sea uno de vuestros caballeros en la batalla, de grado os serviría.

El rey se alegró en lo más íntimo de su corazón y abrazándole se lo agradeció.

Beltenebros se internó por la floresta con su amiga; pronto llegaron a la Fuente de los Tres Caños y de un cerro cercano vieron venir a un escudero que llegándose a ellos les dijo:

–Caballero extranjero, aquel que allí veis es Arcaláus el Encantador, y os manda que me entreguéis a vuestra doncella, pues si os negáis, os cortará la cabeza.

Oriana, al oír el nombre de Arcaláus, quedó tan espantada que apenas pudo sostenerse sobre el palafrén.

Beltenebros se acercó a ella y tomándola por la mano le dijo:

–Esta espada y yo os defenderemos.

Después se volvió al escudero y le dijo:

–Yo soy extranjero y no conozco a ese Arcaláus, ni pienso hacer lo que manda.

Cuando Arcaláus lo supo, ardió en cólera y dijo al caballero que le acompañaba:

–Sobrino Lindoraque, tomad el tocado de esa doncella y dádselo a vuestra amiga, y si el caballero se opone, tajadle la cabeza y a ella colgadla por los cabellos en ese fresno.

Lindoraque cabalgó contra Beltenebros, que lo vio llegar, y supo que era de la raza de los jayanes soberbios, hijo de Cartadaque, gigante de la Montaña Defendida y de una hermana de Arcaláus.

Beltenebros, viéndolo venir hecho un monte de acero, supo que poco podía razonar contra un soberbio y descomedido como lo eran todos los jayanes y así con facilidad esquivó su lanza y le clavó la suya a la altura de la cintura, cayendo al suelo Lindoraque con cuatro palmos de acero en su cuerpo.

Cuando quiso levantarse ya se le echaba encima Beltenebros para rematarlo; queriendo escapar del golpe tropezó y cayó al suelo con tan mala fortuna que la lanza le salió por las espaldas, muriendo en el acto. Arcaláus galopó tratando de socorrerle, pero Beltenebros, que conocía sus trucos, se adelantó en el choque con su nueva espada que pareció estirarse un metro en su hoja y al pasar le cortó la mitad de la mano derribándolo entre una nube de polvo. Ensangrentado se dio la vuelta con Beltenebros tras él, pero Arcaláus arrojó el escudo al suelo y de un salto subió sobre su caballo saliendo a galope tendido.

Beltenebros, que no olvidaba Oriana en ningún instante, no quiso apartarse de su lado y lo dejó escapar. Después ordenó a Enil que cortase la cabeza del gigante, la juntase con el escudo y la media mano de Arcaláus y volviese a la corte para relatar aquella victoria.

Hecho esto, tomó a su señora y después de descansar un rato en una fuente, con la noche ya entrada llegaron a Miraflores, en cuyas cercanías esperaban Mabilia y la Doncella de Dinamarca juntamente con Gandalín y Durín, que guardó los caballos. Entraron en el castillo contando la aventura. Cenaron con mucho gozo y con la luna alta se retiraron a sus aposentos.

39

Vísperas de la batalla de los Gigantes o de los Cien Caballeros

Volvían Lisuarte y Galaor a la villa cuando saliendo de la nada se presentó ante ellos una doncella, trayendo sendas cartas de parte de Urganda la Desconocida. Se las entregó y desapareció tal como había venido.

El rey leyó la suya, que decía así:

> *A ti, Lisuarte, rey de la Gran Bretaña, yo Urganda la Desconocida te saludo y te hago saber que en la batalla cruel y peligrosa que has de librar contra el rey Cildadán, aquel Beltenebros en quien tanto confías perderá su nombre y su fama. Aquel con un solo golpe hará que todas sus grandes hazañas caigan en el olvido. Y tú te has de encontrar en el mayor peligro en que nunca te viste. Y cuando la aguda espada de Beltenebros esparza tu sangre, te verás en peligro de muerte. Aquella será batalla cruel y dolorosa como jamás se ha visto y en ella caerán muchos valientes caballeros en medio de la saña, la crueldad y la inhumanidad. Pero al fin, los tres golpes de Beltenebros inclinarán la victoria a su lado. Mira bien, rey, lo que vas a hacer, pues lo que más arriba se cumplirá sin duda alguna.*

Leída la carta, el rey quedó espantado y confuso, porque Urganda siempre cumplía lo que profetizaba. Embridando su emoción y afectando buen semblante se dirigió a Galaor, que ya había leído la suya y se mostraba apesadumbrado. El rey se paró ante el, le tendió la carta y poniéndole una mano sobre su hombro dijo tratando de sonreír:

–Amigo mío, quiero pediros consejo con la condición de que nadie sepa lo que vamos a hablar vos y yo. Leed mi carta.

Galaor leyó la misiva real y, haciendo un gran esfuerzo, le contestó:

–Señor, según lo que en la mía viene más me conviene recibir consejo que aconsejar, y os diré más, tras leer la vuestra, creo que si algún medio se encontrara para con honra no dar esta batalla, yo lo tendría por bueno y, mi rey y señor, si esto no se puede, por lo menos que vos no participéis en ella porque en vuestra carta se dicen dos cosas muy graves: una, que por la espada de Beltenebros será vuestra sangre derramada y otra, que él será el vencedor. Esto no sé leerlo bien en la carta, pues si ahora Beltenebros está de nuestra parte, según entiendo lo que dice la carta, al final del combate será nuestro enemigo.

El rey reflexionó un instante y dijo:

–Mi buen amigo y mi mejor caballero, vuestro amor hace que no sea bien aconsejado por vos. Pues si Dios me ha puesto en tan alto estado, con causa y razón, y siendo por Él permitido, debo defender cuanto por mi alteza poseo. Así, buen Galaor, yo seré en batalla con la ayuda de Dios.

Don Galaor, viendo el gran corazón del rey, le dijo:

–No sin causa sois el mejor monarca de la Cristiandad y el más honrado. Si los reyes hicieran caso a los flacos y cobardes consejos de los suyos, no alcanzarían a llegar a los altos estados en que la Historia los contempla.

Entonces Don Galaor le mostró su carta que decía así:

A vos, don Galaor de Gaula, fuerte y esforzado, yo Urganda os saludo como a quien aprecio y amo. Quiero que por mí sepáis lo que os acaecerá si entráis en esa dolorosa batalla. Después de ver grandes crueldades y muerte, vuestro cuerpo desfallecerá y vuestra cabeza estará en manos de aquel que con tres golpes decidirá la suerte del combate.

Cuando el rey terminó de leer la carta dijo:

–Amigo, si combatís en esa batalla la carta dice que os espera la muerte. Yo os excuso de participar en ella

–Señor –respondió Galaor–, no pienso obedeceros, pues os serviré en el campo hasta derramar mi última gota de sangre.

–Don Galaor –dijo el rey–, ya veo que es inútil mi mandato. No hablemos más de esto y pongamos nuestra esperanza en Dios. Guardemos las cartas como no leídas, porque si llegaran a ser conocidas gran temor pondríamos en nuestras gentes.

Acogido el rey en su palacio, llegó Enil con la cabeza del jayán colgada por los cabellos del arzón de su rocín, junto con el escudo y la media mano de Arcaláus. Detrás venía una multitud con el nombre de Beltenebros en los labios. Llegado ante el rey, este se maravilló del hecho y comenzó a loarlo, mientras subía la saña en el pecho de don Galaor y don Floristán, que no veían el momento de medirse y vencer o morir ante quien dejaba pequeñas las hazañas de su hermano Amadís.

En la cena llegó el caballero Filispín, aquel que fue enviado a desafiar a los gigantes.

Contó el gran número de ellos que habían pasado a Irlanda, engrosando los haces del rey, y que en cuatro días se presentarían en el puerto de la Vega, donde sería la batalla. También contó que había hallado en el Lago Hirviente al rey Arbán de Norgales y a Angriote de Estraváus en poder de Gromadanza, giganta brava, mujer del muerto Famongomadán, quien en venganza por la muerte de su marido los tenía en cruel prisión, infligiéndoles tales tormentos que tan valientes caballeros deseaban morir varias veces al día.

El rey gran pesar tuvo con esta mala nueva, pero viendo que poco le aprovechaba dolerse ante lo imposible, puso buena cara y alentó a los suyos, esforzándolos para la venidera batalla. Después mandó que todos se aparejasen para el combate, pues la partida sería al día siguiente y no quería llegar al campo de batalla después de sus enemigos.

40

La batalla de los Gigantes o de los Cien Caballeros

Beltenebros estuvo tres días con su señora en Miraflores folgando y celebrando el triunfo de la espada y el tocado. Al cuarto día envió por delante a su escudero Enil y él fue hasta un castillo cercano al lugar de la batalla, propiedad de un caballero veterano llamado Abandeán. Fue muy bien recibido por este, luego llegó Enil y los dos escuderos, sobrinos del huésped, que le informaron de la llegada de Cildadán y sus gigantes. Después llegaron al castillo don Grumedán y Giontes, sobrino de Lisuarte, que habían negociado las condiciones del combate y el tope de cien caballeros por bando.

El huésped les preguntó:

–Sobrinos, ¿cómo son esas gentes, que Dios maldiga?

–Buen tío –respondieron ellos–, son tan grandes, fuertes y destemidos que si Dios no está de nuestro lado, no podremos nada contra ellos.

Se despidieron dejando al buen viejo con gran congoja, buscó a Beltenebros y le comunicó la mala nueva con lágrimas en los ojos, diciendo:

–¡Señor poderoso, no desampares al mejor y más justiciero rey del mundo!

–¡Buen huésped! –dijo Beltenebros–. ¡No desmayéis ante estos jayanes, que la bondad y la justicia vencerán a la soberbia! Y os ruego que os lleguéis al rey para decirle que mañana saldrá de vuestra casa un caballero llamado Beltenebros para engrosar sus filas.

Cuando esto oyó el veterano huésped, dijo contento abrazando a Amadís:

–¿Vos sois el que derrotó a don Cuadragante y mató a los gigantes? Me honra saber que el rey tendrá noticia de vos por mí.

Enil se apartó un instante con Beltenebros y, cayendo ante él de rodillas, le dijo:

–Yo os he servido con lealtad, mi señor; es tiempo de demandaros una merced.

–Demanda lo que quieras –respondió Beltenebros.

–Hacedme caballero y rogad al rey Lisuarte que me incluya entre los cien que le han de defender.

Beltenebros dijo:

–Amigo Enil, no pienses comenzar tu andadura caballeresca en un combate tan peligroso. Te conviene empezar por algo más ligero.

–Mi buen señor –respondió Enil–, si salgo con vida seré contado entre la honra de los mejores cien caballeros que jamás lucharon por Gran Bretaña, y si muero, que la muerte sea bienvenida, porque así estará escrito y mi memoria y fama estarán con las de los otros preciados caballeros que allí han de morir para recuerdo perdurable.

A Beltenebros se le llenó el corazón de piedad y los ojos de llanto; tomando por los hombros a Enil lo levantó del suelo y le dijo:

–Sea, que bien parece que eres del linaje del leal Gandales, mi padre y mi amo.

Luego le rogó al huésped que le diera unas buenas armas para la investidura. Enil veló las armas esa noche y al alba, tras oír misa, Beltenebros le nombró caballero.

Cuando llegaron el rey Lisuarte ordenaba la mesnada de sus caballeros. Beltenebros levantó el ánimo de todos:

–Señor, vengo a cumplir mi promesa y os traigo a un caballero que desea combatir a vuestro lado.

–Sea bienvenido –respondió Lisuarte.

El rey ordenó su hueste. En el centro del haz iba Beltenebros, seguido de Enil, y a su lado el rey flanqueado por Galaor, Floristán y Agrajes. Cerca estaba el buen gigante Gandalac, amigo de Galaor, con sus dos hijos gigantes, Bramandil y Gavus, a quienes Galaor había armado caballeros. En segunda fila estaban Nicorán de la Puente Medrosa, Dragonís, Palomir y su amigo Vinorante y Giontes. Más allá estaban apretados Bruneo de Bonamar y su hermano Branfil, y cerraba el centro un caballero tan fiable como Guilán el Cuidador. Estos iban en el centro de la primera línea y, delante de toda la mesnada, el más honrado y veterano, don Grumedán, caballero de la reina Brisena, portando la enseña del rey.

En frente y al paso venía el rey Cildadán rodeado de veinte gigantes. El rey ordenó a Mandanfabul, señor de la Torre Bermeja, que se ocultase con sus diez mejores caballeros tras un otero y que no se moviese hasta que la batalla estuviese más encarnizada, entonces saldría a matar o capturar al rey Lisuarte para llevarlo a las naves.

Ambos bandos se fueron acercando al trote sin perder la formación. Después lanzaron sus monturas al galope y chocaron, quedando muchos caballeros muertos o llagados y sus caballos sueltos por el campo. Así, acometiéndose unos a otros, pasaron la tercera parte del día luchando sin descanso, maltratados por las heridas y el fervor del verano. Los caballos estaban ya cansados y muchos caballeros perdían sangre por los cortes hasta quedar extenuados y sedientos por el campo de batalla

En aquella hora Beltenebros hacía maravillas con su espada verde, derribando y matando a los que encontraba delante, pero sin olvidar la protección del rey, a quien seguía todas partes. Galaor, Floristán y Agrajes, que veían tales prodigios, movidos por la envidia pretendían igualarlos dando y recibiendo tantos golpes que con su valor eran causa de asombro entre amigos y enemigos. Bruneo, que admiraba a don Galaor, lo seguía a lo más recio del combate sin miedo a los gigantes ni a sus terribles golpes. El gigante Cartadaque, señor de la Montaña Defendida, con una pesada hacha daba tan grandes golpes que ya había descabezado a seis caballeros que yacían entre las pezuñas de sus monturas, aunque perdía mucha sangre por una herida en el hombro que le había infligido la lanza de don Floristán. Galaor, que vio tan gran tajo, apretó la espada, se fue contra él y le soltó un mandoble que de soslayo le partió el casco y le cortó la oreja y un buen trozo de cuero cabelludo. El gigante cayó aullando al suelo, soltando el hacha, pero cuando Galaor iba rematarlo, el jayán dio un salto como un gato garduño y se abrazó al caballero con tanta fuerza que derribó al caballo, que en la caída rompió la cincha y partió la silla. Galaor cayó al suelo entre los brazos del monstruo, que le apretaba tanto que comenzaron a crujir todos los huesos del joven, mientras se le nublaba la vista y sus pulmones se quedaban vacíos. Pero antes de desmayar, Galaor pudo coger un puñal que llevaba oculto en el antebrazo izquierdo y se lo clavó por el visal, rompiéndole los huesos de la nariz y saliéndole la punta por el occipucio. Los brazos del gigante Cartadaque se aflojaron mientras barbotaba una blasfemia. Al instante, cayó muerto. Galaor se levantó hambreando aire para sus pulmones, pero perdió la visión y cayó al suelo en medio de un charco de sangre.

De ambas partes habían visto el enfrentamiento y se juntaron muchos caballeros para socorrerlos, trabando al momento el más duro y cruel enfrentamiento de toda la batalla.

Allí se enfrentaron el rey Cildadán y Beltenebros. Este dio dos golpes en la cabeza al rey, tan grandes que perdió el sentido y cayó como muerto sobre el caído Galaor. Tras ellos llegaban el buen gigante Gandalac y el gigante malvado Albadanzor; se acometieron con pesadas mazas y ambos cayeron a tierra, pero los hijos de Gandalac, que nunca se separaban de su padre clavaron al malvado Albandanzar en tierra con sus lanzas.

Era el cenit de la batalla y ya habían muerto más de la mitad de los caballeros y gigantes, momento en el que Mandanfabul bajó del otero con sus gigantes y caballeros, todos frescos y con armas nuevas y cortantes, y se lanzaron contra el rey.

Beltenebros los vio venir en tropel y llamó a su lado a Floristán y a Agrajes, que flanquearon al rey. A ellos se unieron Bruneo de Bonamar, Branfil y Guilán el Cuidador; también se les unió Enil, que ya se había ganado para siempre buena fama en aquella batalla. Todos ellos estaban heridos, pero con sus caballos formaron una muralla ante el rey. Delante del gigante Mandanfabul venía un caballero llamado Sarmadán el León, el más fuerte y valiente de los de Cildadán, que era su tío. Beltenebros se adelantó hacia él, pero Sarmadán fue más rápido y le atravesó el escudo con su lanza, y el hierro penetró en el pecho rasgándolo levemente. Beltenebros, a su vez, al pasar a su lado le hirió de través en el visal del yelmo, penetrando el acero entre los ojos, quebrando ambos. Sarmadán cayó ciego y sin sentido. Pero Mandanfabul y sus gigantes se arrojaron con fuerza y frescura contra la guardia de Lisuarte, derribando a sus caballeros con facilidad. El rey estaba solo. El malvado gigante se lanzó contra él, esquivando con facilidad la espada real y las de los pocos que podía defenderlo. De un poderoso mazazo destruyó el escudo del rey y con el brazo izquierdo desnudo cogió al rey Lisuarte por el cuello. Lo arrancó de la silla y ahogándolo como un pelele cabalgó hacia las naves. Beltenebros, que vio cómo tan miserablemente era tratado el mejor monarca de la Cristiandad, dijo elevando su espada al cielo:

—¡Oh, Dios mío, no permitáis que lo vea Oriana!

Y picando espuelas hasta hacer sangrar los flancos de su caballo apretó la verde espada y en un supremo esfuerzo alcanzó al gigante que ya pisaba el agua. Le lanzó una estocada contra el brazo izquierdo con el que sujetaba al rey y se lo cortó a la altura del codo, hiriendo al propio Lisuarte, al que le cortó la loriga y la malla, llegando el acero hasta el costado, abriéndole un profundo corte. El rey cayó al mar y el gigante huyó sujetándose al pescuezo de su caballo con las ansias de la muerte. Un poco más adelante cayó con estrépito entre las olas.

Cuando Beltenebros vio muerto al gigante y al rey vivo tratando de levantarse, dijo a grandes voces:

—¡Gaula, Gaula, cierra, cierra, que yo soy Amadís!

Y esto decía ciego de saña, derribando y matando enemigos, que frescos y descansados caían sobre la mesnada del rey. Y lo que más embravecía al joven era ver a su hermano Galaor muerto, pensamiento que no podía sufrir y así no había gigante o caballero que cruzándose con él no matase. Su ejemplo contagió a los suyos que, olvidándose de sus llagas y de su fatiga, multiplicaron su esfuerzo volcando a su favor la batalla, y más cuando vieron de nuevo cabalgar a su rey al lado de Amadís. El campo era suyo, quedando muertos y heridos casi todos los enemigos. Pero Amadís sólo tenía odio y rabia en su corazón pensando en la muerte de su hermano e iba acuchillando a cuantos encontraba sin atender a su rendición.

Aún quedaba un caballero valiente y esforzado en las filas del rey Cildadán, y era Gadancuriel, caudillo de las Negras Turberas de Munster, que cuando vio la rendición de los suyos juntó a cuantos pudo y con la espada alzada se lanzó contra el rey, pero Floristán, que aquel día se cubrió de gloria, se puso delante, protegiéndolo con su estatura, pues de su espada apenas quedaba la empuñadura y un palmo de hoja.

Gadancuriel le hirió fieramente sobre el yelmo y la espada penetró hasta la carne, cayendo del caballo, pero el rey le entró de costado atravesándole con su espada la loriga. Gadancuriel cayó muerto al suelo y ya no hubo quien sostuviera el partido del rey Cildadán, pues en su huida unos morían en el mar y otros en tierra, hasta no quedar ninguno. Entonces Amadís llamó a sus hermanos y díjoles llorando:

–¡Ay, hermanos míos, creo que don Galaor es muerto! ¡Busquemos su cuerpo!

Y fueron donde Amadís lo había visto caído junto al rey Cildadán, pero había tantos muertos que los ocultaban debajo. Con rapidez les dieron la vuelta hasta que Floristán lo reconoció por los colores de la túnica sobrevesta; lo sacaron de abajo y comenzaron a llorar sobre él. Cuando Amadís lo vio, dejose caer del caballo y las heridas se le abrieron formándose en torno un gran charco de sangre. Se quitó el yelmo y el escudo, que estaban destrozados, y se arrodilló ante Galaor abrazando su cabeza. Le quitó el casco y Galaor sintió el aire y se removió. Todos lloraban, pero entre los muertos vieron llegar a doce doncellas en procesión acompañadas de otros tantos escuderos que portaban un lecho cubierto de ricos paños. Las doce hincaron los hinojos ante Amadís y dijeron:

–Señor, venimos a buscar a don Galaor. Si queréis verlo vivo, dádnoslo; si no, cuantos médicos hay en Gran Bretaña no serán suficientes para volverlo a la vida.

Amadís no se fiaba, pero los caballeros le convencieron para que las doncellas se lo llevaran. Entonces Amadís pidió ir con ellas.

–No –respondió la que mandaba–, si lo queréis vivo, dádnoslo ya o no nos iremos en buena hora.

Tras mucho insistir aceptaron llevarse a Ardián, el enano, y a un escudero. Lo subieron al lecho armado y aparentemente muerto. Amadís y todos los caballeros fueron acompañando la procesión hasta el mar, donde las doncellas subieron a una nave. Después, la capitana le pidió al rey Lisuarte el cuerpo del rey Cildadán, que también parecía muerto. Lisuarte se lo concedió y lo subieron al navío. Y alzando las velas abandonaron la ribera con buen viento.

Finalmente, el rey y todos sus caballeros fueron hasta la tienda del rey Cildadán, donde comieron y decidieron enterrar a sus compañeros muertos en un monasterio cercano. Despedidos mensajeros a la reina Brisena, se retiraron todos a curar sus heridas a una buena villa llamada Ganota y el rey dio por terminada y vencida la batalla contra Cildadán y sus gigantes y ordenó que sus hazañas y las de sus caballeros se cantaran, y amonedó su rostro y el de Amadís para recordación de las futuras generaciones.

Mientras ocurrían estos hechos, la hermosa reina Briolanja decidió ir a Miraflores para ver a Oriana, pues tanto una como otra deseaban verse para carear y medir sus hermosuras, pues es propio de las mujeres bellas compararse discretamente con las que consideran sus rivales. La reina Brisena también fue a Miraflores, pues quería que Oriana no se encontrara sola, y llegó acompañada de la hermosa Briolanja.

Cuando ambas jóvenes se vieron cara a cara quedaron espantadas pensando que su rival era la más bella del mundo. Oriana pensó que no había hombre que ante tanta belleza no quedará cautivo y su corazón sojuzgado. A su vez Briolanja comprendió las lágrimas y angustias de Amadís y no se sintió despreciada, pues ante Oriana todas las demás bellezas debían huir como las tinieblas ante la luz del sol.

Así estuvieron ambas de consuno hablando con mucho placer de las cosas que más les agradaba. Y era Amadís el centro de su conversación. Así, Briolanja le contó como él la amaba de corazón y de cómo respetaba su ausencia. Oriana, apretando su corazón, se atrevió a preguntar así:

–Reina y señora, si él es tan bueno y de tan alto linaje, pues será rey de Gaula, ¿por qué no lo tomáis y le hacéis señor de vuestro reino?

–Amiga –respondió con un deje de tristeza Briolanja–, aunque ha mucho que le conocéis, veo que no habéis penetrado en su alma. ¿Pensáis vos que no me tendría por la mujer más bienaventurada del mundo si eso que decís yo lo pudiera alcanzar? Yo bien le pedí casamiento, pero me dejó claro que no pensaba ni en mí ni en otra mujer. Mientras moró en mi corte jamás le oí hablar de ninguna mujer, como es costumbre entre caballeros. Sólo de vos. Y pues lo habéis preguntado os diré que por él estaría dispuesta a perder mi reino y a aventurar mi persona.

En esto y en muchas cosas hablando pasaron allí diez días, al cabo de los cuales acompañaron a la reina Brisena a la villa de Fernisa, que estaba cerca del campo de batalla. Hasta allí llegó la noticia de la victoria y la alegría de saber que el caballero Beltenebros era Amadís. Grande la tuvo la reina Brisena y con ella Oriana y Mabilia que se hicieron de nuevas con la noticia.

41

De la sanación de don Galaor y los nuevos sufrimientos de Oriana

Las doncellas llevaron a don Galaor a un palacio de mármol sostenido por cuatro pilares en medio de un gran jardín y con sus ventanas cerradas por fuertes y poderosas rejas de hierro, tan recias que más prisión que alcázar parecía. Todo el terreno estaba cercado por un alto muro que impedía ver más allá. Al tercer día, don Galaor recuperó la razón y quedó espantado al saberse preso y muy redolido de sus heridas, tanto que comenzó a pensar que era llegada la hora de su muerte.

El rey Cildadán, como Galaor, recuperó a los tres días su entero juicio y se encontró bajo una bóveda de una gran torre, tumbado en una rica cámara junto a un gran ventanal. Se encontró solo y no hallo ninguna puerta en su habitación. Haciendo un gran esfuerzo miró por la ventana y a lo lejos divisó el mar y que allí donde estaba era una alta torre sobre una gran peña solitaria en una isla cercada por el océano más furioso. Por más que lo intentaba no podía recordar nada de la batalla, pero tenía la certeza de su derrota y el fracaso de su ejército. Como varón de buen talento se conformó con su presente y trató de sosegar su corazón mientras sentía gran dolor en su cuerpo llagado, deseando sólo cuidados para salir con vida de la que sintió desolada prisión.

Al día siguiente, don Galaor vio abrir un postigo cubierto por un repostero. Entró en la pieza una bella doncella y tras ella un hombre tan viejo y tan acabado que parecía maravilla que pudiese andar. Llegados junto al lecho, el anciano dijo:

–Don Galaor, pensad en vuestra alma y rezad, pues no podemos garantizar vuestra curación.

Entonces la hermosa doncella sacó dos pomos, uno de hierro y otro de plata y mostrándoselos al herido le dijo:

–Quien aquí os trajo quiere que hagáis su voluntad y si no es así os dejara morir de hambre y dolor.

–Buena doncella, si su deseo es que atente contra los principios de la caballería, yo me dejaré morir.

–Caballero –respondió la doncella–, en vuestra mano está vivir o morir –después despidió al anciano y dijo a don Galaor–. Mi señor, yo quiero salvar vuestra vida y esta vasija de hierro se llenará de la ponzoña de vuestras heridas, mientras os curo con la pomada de esta otra de plata. Dormiréis un sueño muy recio y a los siete días de tomar la melecina seréis libre de marcharos.

Entonces le puso en las heridas un ungüento tan suave y emoliente que la hinchazón y el dolor desaparecieron por ensalmo y don Galaor se encontró tan cómodo y alegre que le dijo la doncella:

–Buena doncella, mucho os agradezco lo que hacéis por mí y si salgo libre y sano por vuestra mano contraeré con vos una deuda eterna. Mas si vuestras fuerzas flaquean y no bastan, haced llegar el mensaje de mi dolorosa prisión a Urganda la Desconocida, en quien tengo puestas todas mis esperanzas.

La doncella comenzó a reír y le dijo:

–¿Tanto confiáis en quien no se preocupa por vuestro dolor?

–Confío tanto que ella sabe que mi voluntad está puesta a su servicio en el momento que pueda levantarme de este lecho de dolor.

–Confiad en mí y olvidaos de Urganda –dijo la joven–. Ahora dormir y descansad, que os quedan siete días para salir del peligro.

Salió por el postigo y al poco tiempo volvió con dos doncellitas muy bellas y bien ataviadas con elegantes paños. Las tres le dieron de comer y las jovencitas se quedaron haciéndole compañía y leyéndole libros de Historia, con el mandato de no dejarle dormir de día. Galaor quedó muy consolado, pues bien vio que la doncella quería cumplir su promesa. Ella se fue dejándole en compañía de las doncellas.

Mientras esto ocurría, el rey Cildadán volvió en sí y se encontró encerrado en aquella torre; pasado un buen rato vio entrar en su habitación a una dueña de mediana edad acompañada de dos caballeros armados. Sin dirigirle la palabra la dueña le cerró las heridas y le dio de comer. Después abandonaron la pieza sin mediar palabra con el rey, que se supo en prisión y sin seguridades para su vida, pero era varón de corazón fuerte y se sintió contento de vivir con pocos dolores.

La doncella que cuidaba de Galaor le preguntó un día qué tal estaban sus heridas. Él respondió que bien y que desearía saber quién era.

–No sabéis, don Galaor, mi nombre. Yo ya os hice un servicio y no os recordaré mi nombre. Suponedlo.

Y sin decir más se fue. Don Galaor se quedó pensando y tuvo la certeza de que era Urganda, la que le dio la espada cuando Amadís le hizo caballero, pero dudaba porque en aquella ocasión la vio muy vieja y acabada y ahora era moza y lozana.

Esperó a que entraran las doncellas, pero en su lugar entraron su escudero y Ardián, el enano de Amadís, que le había sido encomendado; al verlo ambos se abalanzaron besándole las manos entre lágrimas.

Les preguntó cómo habían llegado hasta allí y ellos le respondieron que no lo sabían, pero que estaban enviados por Amadís y Floristán. Después le contaron su peripecia en el campo de batalla y de cómo le metieron en una nave a él y al rey Cildadán.

Galaor preguntó por Amadís.

–Señor –dijeron ellos–, Beltenebros era Amadís y por su esfuerzo se ganó la batalla contra los invasores de Irlanda.

–Grandes cosas –reflexionó Galaor en voz alta– me habéis contado y mucho me alegro de que mi hermano viva, pero me siento quejoso por no comunicarme su secreto.

Así estaban don Galaor y el rey, uno en una gran torre preso y el otro en una casa bien cerrada, y así siguieron hasta curar sus heridas. Fue entonces cuando Urganda se dio a conocer y supieron que estaban en la Ínsula Inencontrable. También les dijo que el duro régimen a que habían estado sometidos era para que pronto curasen sus heridas. Y para que su convalecencia fuera más dulce, mandó a dos sobrinas suyas, hermosas doncellas, hijas del rey Falangriz, hermano de Lisuarte, casado con una hermana de Urganda llamada Grimota. La una se llamaba Julianda y la otra Solisa. De sus visitas a ambos caballeros quedaron preñadas de dos hijos. El de don Galaor fue llamado Talanque y el del rey se llamó Maneli el Mesurado y ambos fueron valientes y esforzados caballeros.

Cuando el rey Lisuarte y sus caballeros mejoraron de sus heridas partieron hacia donde se hallaba la reina y con ella todas las dueñas y doncellas de su casa; también estaban allí Oriana y Briolanja que recibieron con gran contento a Amadís y a los caballeros que quedaron vivos. De nuevo Oriana tuvo algún ataque de celos, pero Mabilia y la Doncella de Dinamarca supieron hacer que le volviera la razón y con ella el placer por la presencia de su amado. Pero como el caballero no puede estar mucho tiempo inactivo, pronto recordaron que Arbán y Angriote se encontraban en dura prisión en la Ínsula de Mongaza. Y así, al mando de Amadís se dispusieron a ir en su rescate más de cien caballeros y el rey dio su permiso para que la expedición se preparase con la mayor presteza.

42

Las profecías de Urganda

Después de cenar el rey se retiró a sus aposentos y antes de dormir se asomó a una ventana y vio venir por el mar dos enormes fuegos que parecían nadar en él.

Pero según se fueron acercando vio que era una gran galera que en su palo mayor y en los masteleros llevaba unas grandes antorchas que en la distancia confundían la visión de quienes las contemplaban, pues las llamas ocultaban la nave y su cercanía infundía pavor en la población que las veía acercarse. La reina y doncellas se retiraron a la capilla del castillo como en tiempo de guerra. El rey cabalgó con su guardia de cincuenta caballeros hasta la ribera, donde se encontró con otros guerreros de su corte dispuestos a la batalla. A la cabeza estaban Amadís y don Guilán el Protector, con las patas de los piafantes caballos ya metidas en el agua.

Lisuarte y los suyos se unieron a ellos. Vieron acercarse la galera cubierta por un paño y saliendo de él apareció una dueña hermosamente ataviada y con una arqueta de oro en las manos. Sin mediar palabra sacó de ella una vela encendida y la arrojó al mar; al instante la gigantescas antorchas se apagaron, quedando en su lugar la luz de unos cirios que iluminaron de ilusión dorada la ribera. En ese instante cayó el paño que cubría la galera y esta se mostró bellísimamente enramada y cubierta de rosas y flores nunca vistas.

Se oyó una música dulcísima y fueron saltando a tierra diez elegantes doncellas con guirnaldas en la cabeza y relucientes ramos de oro en las manos; delante de todos pisó tierra la dueña de la candela. Dirigiéndose al rey se inclinó y con ella todas las doncellas con una graciosa reverencia.

El rey en respuesta inclinó la cabeza y dijo:

–Dueña, gran pavor nos han metido vuestros fuegos, decidnos quién sois, aunque con poco trabajo creo que lo podríamos adivinar.

–Señor –dijo ella sonriendo–, en vano puede el miedo tratar de anidar en vuestro pecho, pero esos fuegos traigo para mi defensa y la de mi doncellas. Y bien sabéis que soy Urganda la Desconocida. Y os vengo a ver, a vos y a la reina, cifra y punto de bondad y virtud.

Volviéndose a Amadís le dijo:

–No busquéis a Galaor, vuestro hermano, que no lo encontraréis ni aunque lo buscasen todos los caballeros del mundo. Os digo más, está tan bien cuidado y con tanto placer como nunca lo estuvo en su vida. Y alegraos, pues muy pronto lo habéis de ver sano y bueno.

–Señora –dijo el rey–, ya es tiempo de ir a palacio.

–Esta noche me quedaré en mi nave –le dijo Urganda–, mañana haré lo que mandáis. Y que vengan a darme escolta Amadís, Agrajes, Bruneo y don Guilán el Protector, porque son caballeros enamorados y muy lozanos de corazón, como lo soy yo.

El rey y sus caballeros volvieron a la villa dejando allí veinte ballesteros para protección del navío. Al día siguiente, con rica escolta, Urganda llegó a palacio donde fue agasajada por el monarca.

La maga le dijo:

–Guardaos, rey, de los malos consejeros, verdadera ponzoña que destruye a los mejores príncipes.

El rey un poco sorprendido le contestó breve:

–Os agradezco el consejo. La reina os espera en sus habitaciones.

Allí la agasajo la soberana acompañada de Oriana y la reina Briolanja. Urganda admiró y comparó la belleza de ambas jóvenes. Después le dijo a la reina:

–Señora, yo he venido a esta corte por ver la gloria y alteza de sus monarcas, pero además aquí hallo la flor de la hermosura representada en estas dos señoras. Y así puedo decir que en vuestra corte se venera con lealtad como en ninguna al amor y a la caballería, como se ha demostrado en las pruebas de la ardiente espada y el tocado de las flores.

Cuando Oriana oyó esto perdió la color y a punto estuvo de caer desmayada, miró a Amadís, que la sostuvo con una mirada donde leía que Urganda jamás les traicionaría. Incluso dijo a la reina:

–Señora, preguntad a Urganda quién fue aquella que ganó el tocado.

–Amiga –dijo sonriendo la reina–, decidnos esto que Amadís ignora.

Urganda le devolvió la sonrisa diciendo:

–Él lo debería saber pues anduvo un tiempo en su compañía.

–¿Yo, señora...? –se asombró Amadís–; desde el primer momento me ocultó con su antifaz su identidad. Yo soy un caballero y nunca forzaría la voluntad de una doncella...

–Entonces –dijo Urganda–, diré lo que sé. Aunque vino como doncella, ella es dueña y ganó el tocado por su gran lealtad para amar. Sabed que es de señorío real y que se duele de no tener a su lado a quien tanto ama. Y ya no diré más, pues conviene encubrir las cosas que exigen que se mantengan encubiertas. Y os digo a vos, señora, que honrando vuestra corte mostró su gran lealtad.

Después de comer, Urganda pidió a la reina que le dejase aposentar con Oriana y la reina Briolanja.

–Como vos deseéis, pero creo que sus locuras juveniles os cansarán pronto –rió la soberana.

Con el permiso real se retiró a las habitaciones de Oriana, en cuya alcoba había cuatro camas que ocuparon Briolanja, Mabilia, Urganda y Oriana.

Allí estuvieron entretenidas hablando de muchas cosas hasta que se acostaron y después que todas dormían Urganda vio que Oriana estaba despierta y le dijo:

–Amiga ya veo que no dormís; no temáis por vuestro secreto que lo que diga será tan oscuro que nadie podrá dañaros.

Oriana dijo:

–Señora, hablad bajo para que no nos oigan.

Urganda dijo:

–No temáis.

Sacó un libro tan pequeño que cabía en la palma de su mano, leyó un párrafo y después dijo:

–Ya no despertarán y, si alguna entra, caerá dormida.

Oriana se acercó a la cama de Briolanja e intentó despertarla, pero no pudo y comenzó a reírse cogiéndola de la cabeza, de los brazos, dándole vueltas y más vueltas; luego hizo lo mismo con Mabilia. Llamó a la Doncella de Dinamarca, que sabía que estaba tras la puerta escuchando: en cuando entró cayó al suelo dormida. Entonces, y entre risas, se acostaron juntas. Oriana cogió de la mano Urganda y le dijo:

–Señora, decidme mi porvenir para poder protegerme y no sufrir tanto como hasta ahora.

–Hija amada, lo que Dios quiere que se cumpla, se cumple, si Él no lo remedia. Pero si tanto queréis saber vuestro futuro, yo os lo diré.

Pero de nuevo Urganda volvió a hablar crípticamente así:

–El fuerte León hambriento se apoderara de tu carne y te meterá dentro de una cueva y saciará su hambre contigo.

–Señora –dijo Oriana aterrada–, mejor sería no haberos preguntado nada, pues gran pavor me ponen vuestras palabras.

–Hija hermosa –río Urganda–, no quieras saber más de lo que puedan resistir tus fuerzas, pero debes saber que muchas veces tememos lo que nos debería alegrar. Olvida el futuro, y pues Dios te ha dotado de tan alta hermosura, goza el presente y señorea sobre aquel que merece ser el señor del mundo entero. Y ya basta por hoy, vamos a despertar estas mujeres.

Sacó de nuevo el librito, lo agitó suavemente y todas volvieron en sí muy alegres.

Al cabo de unos días de gozar del buen trato en palacio, Urganda le pidió al rey que reuniera a toda la corte, pues tenía que contar algo muy importante. Así lo hizo el rey y convocó a los suyos en la sala del trono. Urganda se colocó en el centro, donde todos pudieran verla y oírla.

Después pidió al rey las cartas que les había envido a él y a don Galaor. El rey las mandó traer y leer ante todos. Urganda fue desvelando todos los arcanos e hizo ver a toda la corte cómo se habían ido cumpliendo sus profecías una por una, hasta la que decía que la cabeza de don Galaor sería puesta en poder de aquel que daría los tres golpes de gracia. Y así fue cuando Amadís la sostuvo en su regazo antes de tomar su cuerpo las doncellas.

–Pero ahora quiero deciros el verdadero negocio por el que he venido hasta este reino.

De nuevo se arrancó con una larga profecía donde vaticinaba oscuros y crueles sucesos.

–Buen rey –dijo Urganda–, antes de empezar, mandad que tres secretarios copien mis palabras para que todos sepan que se cumplirán.

El rey confuso lo ordenó y Urganda dijo con voz potente:

–Os quiero decir algunas cosas que han de suceder en los venideros tiempos. Se levantará la contienda entre el gran Culebro y el fuerte León y a uno y otro se les han de unir muchos animales bravos. Llegará el día de la saña y en él muchos sufrirán cruel muerte. El gran Raposo romano será herido por la uña del fuerte León y quedará despedazada su pelleja. Se acuesta entre ambos la oveja mansa de lana negra y su gran humildad amansa la bravura de sus fuertes corazones y aquietará a los unos con los otros. Mas luego bajarán los lobos hambrientos de las ásperas montañas y derrotaran al gran Culebro, obligándole a refugiarse en su guarida, y el tierno Unicornio, poniendo su boca entre las orejas del fuerte León le despertará de su profundo sueño y acudirá en socorro del gran Culebro para librarlo de las rabiosas bocas de los hambrientos lobos. El gran Culebro arrojara toda la ponzoña de sus entrañas y pondrá la blanca cierva en las crueles uñas del León.

Toda la corte quedó perpleja y absorta, pues nada entendían de las palabras de la maga, que recorrió todos los rostros con su mirada. A llegar a Amadís, que estaba pensativo, le dijo:

–Amadís, ¿por qué te preocupas del destino que no puedes cambiar? Te ha de llegar la muerte por la vida ajena y entregarás tu sangre por la sangre ajena. Tú sufrirás martirio, otro sacará ganancia y para ti quedará saña y lejanía. Tu aguda y rica espada tan bien ganada herirá tu cuerpo y darías la mitad del mundo para que se quebrase y fuera hundida en algún lago. Y todo se ha de cumplir como digo.

Todos miraban horrorizados a Amadís, que con semblante sereno le contestó:

–Señora, por las cosas pasadas sabemos que cuanto vaticináis se cumple con verdad. Yo sé que soy mortal y viviré lo que Dios quiera que viva, por eso pongo toda mi fe y mi cuidado en luchar por las cosas grandes y graves donde ganar honra y fama. Esto es lo importante y no pensar en sostener la vida diaria. Así que no temo los males futuros sino los peligros que me esperan a cada instante.

–Sería esfuerzo inútil poner en vuestro corazón temor, lo mismo que vaciar el mar –dijo Urganda.

Y después se despidió del rey diciendo:

–Mi rey y señor, yo ya me voy, pero para vuestro honor os digo que, cual sierpe al espanto, cerréis los oídos a todos y mucho más a aquellos que en quienes sospechéis malas intenciones. Debéis ser sagaz y dudar.

Acompañada por sus cuatro caballeros se fue a su nave y partió dejando por terramar una gran niebla.

43

Amadís contra el mal: Ardán Canileo el Fiero

Paseaba el rey Lisuarte por el campo discutiendo con sus caballeros qué hacer para liberar de sus prisiones al rey Arbán y a Angriote de Estraváus, cuando vieron llegar una nave al puerto. De ella descendió una doncella un palmo más alta que el más corpulento de los caballeros, con sus facciones y sus miembros en razón a su estatura, y así era hermosísima y ricamente vestida.

Apenas pisó tierra se dirigió al rey, que había llegado al puerto:

–Señor, os traigo un mensaje, pero preferiría decíroslo en presencia de la reina.

–Sea –dijo el monarca. Y marcharon a palacio, donde el rey y la reina en presencia de la corte se dispusieron a escuchar a la doncellota.

–Mi nombre es Matalesa, como rezan mis credenciales, y soy emisaria de Gromadanza, la giganta del Lago Hirviente, y antes de deciros el mensaje pregunto si aquí está Amadís de Gaula.

–Buena doncella, yo soy –respondió el joven saliendo de entre los caballeros.

–Parecéis menos al natural que lo que pregona vuestra fama –le espetó desdeñosa la doncella con mal semblante. Y dándole la espalda sacó dos cartas con sendos sellos de oro y la una dio al rey y la otra a la reina. Ambas eran de presentación y credenciales.

Después de leídas dijo:

–Señor, Gromadanza, giganta y señora del Lago Hirviente, su hija la muy hermosa Madasima y Ardán Canileo el Fiero, su protector, han sabido que queréis atacar su tierra y tomarla por la fuerza. Eso no se solventará sin una gran mortandad por ambas partes y proponen el juicio de un combate singular en lugar de una guerra. Los términos son que Ardán combata con vuestro mejor caballero, Amadís, y si lo venciere se llevará su cabeza sangrante para arrojarla al Lago Hirviente y nuestra tierra quedará libre, y si es derrotado, la Isla de Mongaza con su lago quedarán para vos y os traeremos al rey Arbán de Norgales y al distinguido caballero Angriote de Estraváus. Si Amadís tanto los quiere como ellos proclaman aceptará la batalla, y si no lo hace, os mandaríamos sus cabezas.

–Buena doncella –dijo Amadís–, si yo acepto el combate, ¿qué seguridades tenemos de que cumpliréis los tratos, pues raza sois de gigantes y es fama que no respetáis los pactos?

–Yo os lo diré –dijo ella con saña–, pues esperábamos vuestra desconfianza. Las doce doncellas más nobles de nuestra isla acompañarán a la hermosa sin par Madasima y entrarán en poder de la reina Brisena bajo condición de que pierdan sus cabezas si no se cumplen los tratos pactados. Y más aún, que también vendrán en rehenes el jayán viejo Andranguel con sus dos hijos, carceleros de vuestros amigos, y estarán acompañados por nueve caballeros de alto linaje. Así pues suman veinticuatro rehenes más la hermosa Madasima. Vos no podéis ofrecer tanto.

–Es buena fianza –dijo Amadís–. Pero no tendréis respuesta si no coméis conmigo vos y vuestros escuderos.

–¿Por qué me convidáis si sabéis que os desprecio hasta la muerte? –respondió la doncella desde su desdén.

–Buena doncella –dijo manso Amadís–, me pesa vuestra actitud porque yo os aprecio y, si me permitís, quiero honraros. Si queréis mi respuesta, aceptad mi invitación.

–Sea, yo la acepto por quitar inconvenientes, mas no por mi gusto y voluntad.

Amadís dijo entonces:

–Buena doncella, por mis dos amigos y por aumentar el señorío del rey, acepto el combate en el nombre de Dios. Enviad mañana los rehenes.

–Ciertamente, habéis respondido como se esperaba, pero si os echáis atrás el rey perderá el envite.

–No temáis, que el rey está seguro de mi presencia. Comamos ahora.

–Vamos –sonrió ella–, que voy más alegre de lo que pensaba, pues si la firmeza del rey se fija en vos, me doy por satisfecha.

Y dijo a los monarcas:

–Mañana estarán aquí Madasima y sus acompañantes, doncellas, gigantes y caballeros. Ardán Canileo espera cortar pronto la cabeza de Amadís.

Don Bruneo de Bonamar dijo mordiendo las palabras:

–Doncella, a veces uno piensa en cortar cabezas y se la cortan.

–¿Quién sois vos que así respondéis por Amadís? –preguntó airada la doncella.

–Yo soy un caballero que de grado entraría en batalla si Ardán Canileo trajera un compañero.

–Mi hermano os responderá en el campo de batalla.

–Que me place –dijo Bruneo–, ahí va mi gaje y que sea a muerte.

Y tendió al rey la punta de su manto, mientras la doncella Matalesa se arrancó una redecilla de plata para entregársela al rey; al instante sus rojos cabellos cayeron por su espalda. La corte entera profirió una exclamación de asombro ante la resplandeciente cascada.

–Es una llamarada –susurró una doncella.

El rey Lisuarte tomó los gajes a disgusto, pues ya era suficiente con el combate de Amadís. Todos sabían que Ardán Canileo llevaba cuatro años sin conocer la derrota.

Amadís llevó a la doncella sus aposentos. Mientras se preparaba la comida hizo que Gandalín le mostrase la habitación donde tenía sus armas y trofeos. La doncella vio la verde espada de Amadís y le pareció singular e insólita; entonces pidió que la dejasen sola por un momento. Todos creyeron que sería por alguna de esas cosas naturales de las mujeres que no pueden excusarse y salieron de la pieza. La doncella cerró la puerta con llave y sacó la espada de su vaina, a continuación tras probar su hoja la guardó entre los pliegues de una capa grande con capuz que llevaba. Después volvió a abrir la puerta y llamó a uno de sus escuderos, a quien entregó la capa con la espada dentro y le ordenó que la llevase de manera encubierta a la nave. Amadís y Branfil entraron en la cámara y le invitaron a sentarse en un estrado; a continuación Amadís le dijo:

–¿Cuando llegará Madasima?

–Antes de comer –respondió la doncella.

–Queremos salir a recibirla con todos los honores y si ha sufrido de mí una ofensa quiero pedirle perdón y enmendar el yerro.

–La mejora enmienda será vuestra cabeza cortada por Ardán Canileo.

–Yo sabré guardarme de eso. Pero si otra cosa puedo hacer para alcanzar su perdón de grado lo haría, pero eso lo trataría con otro que me odiara menos que vos.

Los dos caballeros se retiraron haciendo una reverencia. Enil se quedó sirviéndola, pero ella estaba tan rabiosa y enojada que se fue sin terminar de comer.

–Escudero –dijo a Enil–, me voy y decid a Amadís que no ha cambiado mi opinión sobre él.

–Bien lo creo, pues pienso que es inútil tener con vos más honores y atenciones.

–Os desprecio a ti y a él –terminó diciendo la doncella, cerrando la puerta con violencia.

Sin más despedida se fue a la nave y apenas pisó tierra entregó la espada a Ardán Canileo, que agradeció mucho cuanto había hecho. Después dijo a Madasima:

–Señora, no me tengáis por caballero si no salgo del combate con honra dejando vuestra tierra libre y no me entreguéis vuestra mano si no mató a Amadís en menos tiempo que un hombre ligero anda media legua.

Ella calló ante tan fervorosas palabras, pues aunque íntimamente despreciaba a Ardán, se encontraba atada a los tratos de su madre, que no veía el momento de vengar la muerte de su marido y de su hijo. Sin pedir su opinión, su madre, la giganta Gromadanza, la había prometido Ardán Canileo si era capaz de llevar a cabo su venganza. Madasima, que era hermosa y noble, no amaba al guerrero, que era feo y brutal, y por nada quería compartir con él su vida y su reino.

Era natural de aquella provincia que Canileo se llama y tenía alguna sangre de gigantes, pues era descomunalmente grande en las hechuras de su cuerpo, más alto y poderoso que otro hombre que no fuese de raza de jayanes. Tenía anchas espaldas, grueso pescuezo, pechos cuadrados y manos y piernas de oso. El rostro era chato y ancho a la manera de un can. La nariz muy ancha y sin hueso y todo rostro brasilado de una piel rojiza, cubierta de manchas negras espesas. Los que le veían por vez primera se admiraban de tan brava catadura a semejanza de un león. Los labios tenía gruesos y vueltos hacia afuera y los cabellos crespos, gordos, que casi no podía entrar peine en ellos, y las barbas otro tanto. Estaba en la flor de la edad de treinta y cinco años y desde los veinticinco nunca encontró caballero o gigante que le excediera en armas y valentía. Era tan huesudo y pesado que sólo le resistía un caballo de gigante. Estaba prometido a la hermosa Madasima por mandato expreso de Gromadanza, su madre, con la condición de que matara a Amadís y preservara sus tierras del Lago Hirviente.

A este ser monstruoso la doncellona le había entregado gozosa la verde espada de Amadís. Ardan, disfrutando del regalo, mandó sacar tiendas de las naves y las plantó en una vega cercana, después muy lozano y orgulloso se paseó blandiendo su arma por el campamento, pensando cómo presentaría a su prometida la cabeza de su contrincante.

También Amadís se reunió en su posada con muchos caballeros y todos se quejaron de que fuese combate singular, y el que más se dolía era don Guilán el Abanderado, pues hacía mucho tiempo que sabía de las hazañas de Ardán y quería estar codo con codo con su campeón si el jayán presentaba otro consigo en el campo de batalla. Esa sería una buena manera de ayudar a Amadís, pues pensaba que Ardán era más fuerte que ningún otro caballero con el que se había enfrentado el joven hasta entonces. Pero también se quejaban sus familiares y amigos: Floristán, Agrajes y los dos Galvanes.

–Señores –se defendió Amadís–, ellos me retan a mí solo y si de otra manera fuera, ¿quién me habría de ayudar sino vosotros? Estad mañana a mi lado antes que llegue al rey y recibamos a Madasima.

Todos se sosegaron un tanto y pasaron la noche hablando de lo que más les agradaba, de combates y mujeres. *Prima luce*, fueron a buscar a Madasima, pero cuando llegaron la encontraron en compañía de Ardán Canileo. La joven vestía paños negros por la muerte de su padre y su hermano, pero su hermosura era tan viva que impresionó a todos y lo mismo se podría decir de sus doncellas.

Ardán la traía por la rienda y detrás venían el gigante viejo, sus hijos y los nueve caballeros que entrarían en rehenes. Cuando se encontraron frente a frente, todos se humillaron con buen semblante y Amadís dijo:

–Señora, la fama de vuestra belleza la tenéis bien ganada con razón y por dichoso se debe tener el que pueda serviros.

Ardán Canileo, que lo vio tan hermoso, sintió el alfiler de los celos y barbotó con saña:

–Caballero, apartaos de nuestro camino y no tengáis el atrevimiento de mirar y hablar así a quien no conocéis.

–Señor –respondió Amadís–, a eso hemos venido aquí, a conocerla y a servirla.

Ardan dijo entonces con desdén:

–Decidme quién sois y veré si merecéis servir a tan alta y doncella.

–No importa quien yo sea, deseo honrarla, pero si queréis saber quién soy, decid vos primero por qué debemos seguir vuestro mandato.

–Yo soy Ardán Canileo, aquel que llaman «El Fiero» y la podré servir mejor en un día que vos en toda vuestra vida, aunque valieseis el doble lo que valéis.

–Bien puede ser –dijo Amadís–, pero jamás lo haríais, ni tenéis tan buen corazón como yo, según se ve por vuestra desmesura y mal talante. Y pues me queréis conocer, yo soy Amadís de Gaula, a quien buscáis para luchar. Si alguna vez enojé a esta señora, le pido perdón y muy de grado me humillo a su servicio.

Ardán Canileo, que ya estaba muy arrebatado por el demonio de los celos, le dijo muy sañudo:

–Si seguís importunado a mi señora, lo pagaréis con vuestra cabeza aquí mismo.

–Esa moneda no la entregaré de grado, pero yo le haré un favor mayor a esta doncella y será estorbar e impedir tan descabalado matrimonio, que me repugna ver revueltas vuestra fealdad con su hermosura

Esto no le pesó a Madasima, que rió por lo bajo y con ella sus doncellas, pero la ira le subió tanto a Ardán que todo el cuerpo comenzó a temblarle y el rostro le tomó un aspecto tan bravo y tan espantoso que aterrorizó a cuantos le miraban, al punto de temer que aquella sería la última batalla de Amadís.

Con la voz temblorosa por la ira dijo al rey:

–Aquí están los rehenes pactados, que ahora Amadís mantenga su palabra...

Pero Amadís no le dejó terminar y dijo:

–Rey Lisuarte, comencemos el combate sin más tardar, y os digo que aunque no lo hubiera prometido, yo lucharía por evitar tan descomunal casamiento. Pero antes quiero que estén aquí los cautivos Arbán y Angriote, pues los quiero libres al instante si venzo en esta batalla.

Así entraron los veinticuatro rehenes, pero os digo que Madasima parecía contenta de estar con la reina Brisena y su hermosa corte, pero Oriana y Mabilia, viendo el continente Ardán Canileo, estaban espantadas y retraídas en su cámara llorando y dudando de si sería bastante toda la sabiduría en armas de Amadís frente aquel diablo.

Se fijó la batalla para el día siguiente y el rey mandó a sus monteros y ballesteros que cercasen con cadenas el campo que delante de su palacio se empleara de palestra. Oriana estaba medio desmayada de miedo en brazos de Mabilia. El rey mandó llamar a su palacio a Amadís y a sus amigos y familiares más cercanos para pasar la noche y al día siguiente escuchar todos juntos misa y armarle caballero ante la Virgen María para protegerle tan grave peligro. Cuando Gandalín llevó las armas a la capilla, no encontró la espada y pensó que esto era señal de gran peligro para su señor. La buscó por todas partes y desesperado estuvo a punto de arrojarse por una ventana al mar, después con la gran angustia en su pecho se fue a palacio y apartándose le dijo a Amadís:

–Señor, cortadme la cabeza, soy un traidor; hacedlo pronto, si no yo mismo me mataré.

Amadís le respondió:

–Estás loco.

–¡Ojalá lo estuviera! Creo que alguien os ha robado la espada verde y han dejado la vaina vacía.

–¿Y por eso te quejas? Pensé que era algo grave. Nos sobran espadas; alguna habrá para vencer a ese demonio con la ayuda de Dios.

Esto lo dijo para consolar al desesperado de Gandalín, pero en su fuero interno mucho le pesó el robo de la espada, pues la tenía por magnífica y una de las mejores del mundo, y más por haberla ganado con la fuerza del gran amor mostrado a su señora. Le pidió a su escudero que no contase a nadie la pérdida y buscó la espada con la que le habían echado al mar, pues también en mucho la tenía. Finalmente, pidió a Oriana que se pusiese durante el combate en un lugar bien visible para él.

En el campo de Ardán Canileo hubo toda la noche danzas, se tañían instrumentos horribles y se entonaban canciones espurias mientras aguardaban el nuevo día confiados.

Amadís durmió aquella noche en la alcoba real, pero estaba tan agitado que pasada la medianoche se despertó angustiado, se levantó sin ruido y se fue a la capilla donde se confesó con el capellán; después, ambos rezaron a la Virgen para que fuera su abogada en la batalla. Con el alba, se levantaron el rey y sus caballeros, oyeron misa y armaron a Amadís. Mabilia le echó al cuello unas reliquias que dijo eran de su madre. Floristán le trajo un caballo de gran alzada, regalo de Corisanda. Guilán le llevaba el escudo, Floristán, la lanza y Bruneo, el yelmo. El rey cabalgaba a su lado con el cetro la mano, toda la villa salió a la calle y a las ventanas para ver a su campeón. Las señoras de la corte con la reina, Briolanja, Madasima y las infantas ocuparon un estrado cercano al rey. Oriana y Mabilia estaban en una ventana donde veían y podían ser vistas por Amadís en todo momento.

Llegó Amadís primero al campo y tomó sus armas. Cuando le encasquetaron el yelmo miró hacia la ventana donde estaba Oriana y al verla se le llenó el corazón de fuerza y un escalofrío le recorrió el cuerpo. Sintió que la mano se le llenaba con la lanza y le pareció que no había caballero en el mundo a quien no pudiera vencer en aquel día.

Tras él entraron los jueces: el viejo y sabio don Grumedán, don Cuadragante y Brandoivás. Finalmente llegó Ardán Canileo, que pretendía hacer una entrada teatral. Venía muy bien armado sobre un gran caballo, armadura de gruesa malla y yelmo y escudo de un acero tan limpio que parecían espejo. Amadís al punto reconoció su espada, la que la doncella le había hurtado. En el puño llevaba una lanza que en su mano parecía poco más que un bastón y no de los más gruesos. Con gran estrépito de aceros entró en el campo mirando retador a Amadís.

Grumedán los llevó a los dos frente a frente y don Cuadragante, tras unos segundos eternos, tocó la trompa y ambos contendientes se atacaron bravamente, pero las lanzas no encontraron los escudos y los caballos chocaron con tal violencia que el de Ardán se rompió el pescuezo y allí murió, el de Amadís se partió el espinazo en dos partes y ya no se pudo levantar. Un montero tuvo que apuntillarlo en el mismo campo.

Amadís, mucho menos pesado que su contendiente, se levantó con rapidez espada en mano y acometió a Ardán, que se incorporó con gran trabajo, un tanto desordenada aquella pirámide de metal.

De nuevo se acometieron ferozmente para espanto de todos los presentes, pues de los yelmos y las espadas parecían salir fuegos y llamaradas. El escudo de Ardán, que no era de madera, a los golpes de Amadís parecía arder, lo mismo que el brazo y la espada del joven.

Aunque Amadís golpeaba con fuerza, sus golpes no llegaban a las carnes del Canileo por la muy recia armadura que lo protegía, mientras que la verde espada atravesaba el acero de Amadís y llegaba sus carnes, tajándolas y saliendo de ellas mucha sangre.

Lo que más favorecía Amadís era su agilidad, con la que esquivaba casi todos los golpes de Ardán, habilidad que desorientaba al jayán, cansado de golpear al aire una y otra vez. Así pasaron unas dos horas cruzándose las espadas o trabándose manos y brazos tan duramente que Ardán Canileo sintió espanto, pues nunca había encontrado caballero ni gigante tan fuerte y tan hábil que pudiera resistirle. Y lo que más le asombraba y le infundía temor era ver cómo su enemigo era más y más ágil cuando el empezaba a sentirse cansado y las heridas le sangraban dolorosamente.

Entonces Madasima tuvo muy en cuenta la promesa de su campeón de acabar con su rival en el tiempo que se recorre media legua y pensó que más quería perder su tierra que verse casada con tal ser monstruoso.

Ambos contendientes pretendían llevar a su contrario a la muerte en combate extremo y a Amadís sólo la viveza y agilidad le salvaban de los de golpes del Canileo, pero con el paso de las horas el escudo, la armadura y la espada estaban casi deshechos y la sangre se le escurría desde los hombros hasta las grebas. Oriana, que sentía cada golpe en su corazón, ya no lo pudo sufrir más y se retiró de la ventana; sin respiración se apoyó en la pared y fue resbalando hasta caer sentada en el suelo; sin poder sujetar su angustia comenzó a arañarse el rostro. Mabilia la levantó a la fuerza sin hacer caso de su llanto y consiguió con dos bofetadas que se pusiera de espaldas a la ventana para que Amadís viera al menos sus hermosos cabellos y creciera su aliento y esfuerzo.

Los jueces comentaban entre ellos la marcha del combate.

–Veo a Amadís muy menguado en sus armas –dijo Brandoivás.

–Su escudo esta inútil –afirmó con pesadumbre don Grumedán.

–Señores –terció don Cuadragante–, yo he probado a Amadís en combate y tiene tanto ardimento que en la dificultad las fuerzas se le doblan y es capaz de mantener intactos la entereza y el aliento; en cambio veo más cansado al monstruo Canileo, que ya le va pesando el escudo y el hierro de tanta armadura. Lo que daña Amadís son las prisas que siente por terminar el combate, que si se contuviese en sus ansias e hiciese mover más a su contrario, pronto lo cansaría, pero su valentía no le deja sosegar un instante.

Amadís, que vio cómo su señora se apartaba de la ventana, pensó que lo había hecho porque temía por su vida y con rabia redoblada se fue contra Ardán, apretando fuerte la espada. Descargó un fendiente sobre el yelmo que aturdió a su contrincante y le obligó a hincar la rodilla en tierra, pero la espada se rompió en tres partes y la más pequeña se le quedó en la mano.

Allí el joven Amadís sintió el pavor de la muerte y con él cuantos los miraban.

Canileo, cuando lo vio desarmado, embrazó con fuerza el escudo y esgrimiendo en alto la espada para que todos la vieran bien dijo:

–Aquí está tu espada, mírala bien, que por ella morirás.

Amadís, aterrorizado, miró hacia la ventana buscando fuerzas en los ojos de su amada, pero al verla de espaldas la supuso anegada en angustia ante su adversa fortuna y en su corazón le creció en tanto la valentía que con total desprecio de su vida se lanzó contra Ardán, que lo esperaba espada en alto. Tal como llegó lo quiso herir, pero Amadís hurtó el cuerpo y el golpe se perdió en el aire.

Antes de que volviera a cargar el brazo, Amadís agarró el escudo de su enemigo por el brocal y lo arrastró con todas sus fuerzas, tanto que Ardán se vio en el suelo. Tomó un pedazo de una lanza y embrazó los restos de su escudo. Ardán se levantó furioso por la pérdida de su rodela y agarró la espada con las dos manos para descargar un golpe definitivo sobre la cabeza de su rival. Amadís se cubrió con las malas tablas que quedaban de su escudo y recibió el golpe que atravesó la madera, su muñequera de acero y llegó hasta las carnes pero sin penetrar en el hueso. El joven, a su vez, sobreponiéndose al dolor le hirió con el hierro de la lanza en la mano derecha a la altura de los dedos, de forma que el Canileo perdió la fuerza y no pudo sacar la espada de la madera.

Amadís aprovechó el momento y tiró de nuevo, llevándose la espada con el escudo, desarmando así a su rival. Lanzó lejos de sí el trozo de lanza y arrancó su espada verde del escudo musitando gracias a Dios. Se fue contra Dardán, que vio cómo flaqueaba su corazón ante la muerte; en un supremo esfuerzo se arrojó sobre Amadís para ahogarlo con un abrazo de oso, pero este se apartó al tiempo que descargaba un golpe sobre el hombro izquierdo del jayán que le cortó la hombrera, la carne y los huesos propios del hombro. Sangrando como un novillo destazado Ardán trastabillaba por el campo con las ansias de la muerte, pero Amadís lo persiguió hasta darle alcance. Ardán corría pesadamente hasta que el joven le agarró por la parte posterior del yelmo, arrancándoselo de la cabeza.

Todos vieron el miedo en el horrible rostro del monstruo, pero Amadís no tuvo compasión y de un tajo seco y limpió le cortó la fiera cabeza con gran alegría de todos, en especial de Arbán y Angriote, que veían así el final de su cadena, de sus angustias y de sus dolores.

Amadís cogió la cabeza y la arrojó fuera del campo, después arrastró el corpachón hasta una peña desde donde lo arrojó al mar y limpiando la sangre de la verde espada la volvió a la vaina.

Al día siguiente, se libró la batalla concertada entre Bruneo y el caballero de Malatesa, la doncella desemejada y ladrona de la verde espada; era este su hermano Madamán el Envidioso. Poco duró el primer envite, pues Madamán cayó de su silla perdiendo su montura, mientras Bruneo apenas se llevó una pequeña rozadura de la lanza. Cuando se encontraron frente a frente, Madamán le pidió que descendiera del caballo y Bruneo aceptó aun sabiendo que su envergadura y fuerza eran mucho menores. Ambos luchaban con fiereza, pues la muerte esperaba al vencido ya que Malatesa había envenenado el corazón de ambos contendientes. Los golpes de los dos destrozaban aceros y maderas y llegaban a las carnes; pronto las armaduras estaban tintas de sangre, los escudos partidos y las espadas melladas. Y cuando así, tan empatados estaban, sucedió algo extraño y pocas veces visto y fue que los caballos, que andaban sueltos por el campo, se enfrentaron en pelea a bocados y coces con la misma porfía y rabia que las de sus amos. La pelea duró hasta que el caballo del Madamán huyó saltando las cadenas de marcación, lo que fue leído como buen augurio por los partidarios de don Bruneo. Y era cierto, pues iba cercando con sus golpes a su contrario hasta que este le dijo:

–Bruneo, el día es largo y hay tiempo para que nos matemos. Tranquilízate un poco, descansemos, curemos nuestras muchas heridas y repongamos nuestras armas que mucho lo has menester.

–Madamán –respondió airado Bruneo–, si tu hermana no hubiera puesto en mi corazón la semilla del odio y de la saña tendría contigo la cortesía que me demandas, pero no quiero darte el descanso para que tú flaqueza manifiesta sea, que quien siembra maldad la misma recoge.

Y le acometió con tanta fuerza que Madamán se retiró hasta refugiarse entre algunas peñas de la parte del mar, pero Bruneo le siguió hasta lo más escarpado y tan cerca lo tuvo que con un empujón contra su escudo lo despeñó desde tanta altura que su cuerpo llegó destrozado en muchos pedazos hasta el agua.

Cuando Malatesa, la desemejada doncella, lo vio, entró en el campo hasta el acantilado y contempló el cuerpo despedazado de su hermano entre las olas. Tomó la espada del muerto y se atravesó de un solo golpe de parte a parte, cayendo de espaldas por el despeñadero, así que todo su cuerpo quedó roto junto al de su hermano. Y así terminó el episodio de Ardán Canileo y sus secuaces.

44

Mentira y habilidad en la Corte de Lisuarte

Pero como la felicidad nunca es eterna y no hay rosas sin espinas pronto acaecieron unos sucesos en la corte de Lisuarte que pusieron en peligro la relación entre el rey y su primer caballero.

El rey Lisuarte tenía entre los de su corte a dos consejeros ancianos, otrora caballeros, Brocadán y Gandandel, cuñados ambos, que ya habían servido a Falangriz, hermano de Lisuarte en el trono, y continuaron en la cercanía de la corona más por la edad de sus crecidos años que por su virtud y buenas obras. Gandandel tenía dos hijos que eran preciados por sus hazañas hasta la llegada de Amadís y sus hermanos y así ya llevaban mucho tiempo en el olvido y lejos de la privanza, cuando su padre, menospreciando las honras recibidas, con malas mañas y por envidia fabricó una gran traición.

Un día pidió audiencia al rey pretextando una gran preocupación:

–Con libertad de juicio y sin pasión ni maldad, sólo atendiendo a vuestro servicio me atrevo a deciros que desde tiempos lejanos y como bien sabréis siempre hubo grandes discordias entre el reino de la Gran Bretaña y el de Gaula, hasta que este quedó sujeto a nuestro señorío como todos los comarcanos vecinos. Ahora veo que Amadís, señor principal de aquel reino, se está metiendo en el nuestro con tanta fuerza y con el aplauso de nuestros naturales que parece a los ojos de muchos que se va a alzar como heredero legítimo. Cierto y verdad es que de este caballero sólo he recibido honra y placeres, pero por el reino y por vos, mi señor, debo olvidar mis intereses. Así pues, mi rey, dicho queda a lo que estoy obligado, descargando mi conciencia. Mandadlo remediar a tiempo antes que la dilación nos traiga mayor peligro para el reino y vuestra grandeza, aunque al presente otra cosa parezca.

El rey le dijo con el continente tranquilo:

–Estos caballeros me han servido tan bien y tan a mi honra y provecho que de ellos no creo esperar menoscabo para los intereses del reino. Y así ha sido desde hace mucho tiempo.

–Majestad –respondió con fingida humildad el cortesano–, desconfiad, tras los grandes servicios se ocultan las más grandes ambiciones.

El rey no quiso continuar con esta conversación y despidió al consejero con gesto perentorio y silencio preocupado. Más tarde, Gandandel le repitió al rey los argumentos de su cuñado, olvidando que don Galaor le libró de la muerte cuando estaba preso en poder de Arcaláus. Con el poder que tiene la maledicencia pronto el rey se fue distanciando de Amadís y los suyos, incluso tuvo gestos de aborrecimiento como dejar de visitarlo herido en el lecho, lo que extrañó a muchos. Amadís, con sanidad de pensamiento, pensaba que el monarca estaría en otros negocios y preocupaciones propios de la corona y que iban más allá de los deseos de unos simples caballeros; así se lo manifestó a sus amigos que como Angriote se mostraban muy resentidos.

El maldiciente y turbio Gandandel no perdía el tiempo y con frecuencia visitaba en su lecho a Amadís mostrándole gran amor, pero entreverando frases en torno a la frialdad del rey para con él. Pero por más sutilezas malévolas que lanzó nunca pudo mover en Amadís la menor saña ni sospecha, hasta que un día el joven con alguna ira le replicó que no le hablase más del rey, pues jamás creería que un hombre de las virtudes de Lisuarte podía preparar algo contra él.

Pasaron unos días y Amadís, ya muy mejorado de sus heridas, acompañado de Angriote y Bruneo fue a ver al monarca. Toda la corte se alegró de verlos buenos, menos Lisuarte, que no los recibió como solía. Amadís siguió sin preocuparse de lo que ya era evidente hasta que el revolvedor le abrazó riendo para decirle:

–Ya te avisé; a veces los hombres se niegan a creer la verdad.

Amadís no le respondió y se fue con Angriote y Bruneo, que mostraban un rostro preocupado y quejoso por el mal recibimiento real.

Amadís decidió acabar con aquella situación y con sana voluntad pidió audiencia al monarca, que aceptó, pero con la presencia de Brocadán y Gandandel, pues los tenía por amigos y consejeros. Se retiraron todos a una huerta y tomaron asiento bajo unos árboles. Amadís dijo:

–Señor, os quiero pedir un don por el que seréis bien servido en el futuro.

–Decid, buen caballero –Gandandel, que mucho parecía privar en ausencia de Amadís, tomó la palabra por el rey, lo que sorprendió y mucho al joven.

–Señor –dijo Amadís–, os pido que a Galvanes, que tan bien os ha servido, le deis la Isla de Mongaza en casamiento con Madasima. Él, que no tiene señorío, lo poseerá a través de la herencia de su esposa. Así haréis gran piedad a ambos.

Gandandel y Brocadán hacían gestos y señales al rey para que lo negarse, pero el rey guardó silencio sopesando los grandes servicios de Galvanes y su gran valentía y la intercesión de Amadís, su primer y principal caballero, y juzgó justa la petición, pero su voluntad ya estaba dañada y malquistada, así que se levantó y dijo con mal semblante:

–No es de buen entendimiento pedir imposibles. Esa ínsula la reina y yo se la hemos dado hace cinco días a la infanta Leonoreta.

Esto dijo más por excusarse que por decir verdad. Los malos mestureros mostraron alegría en sus semblantes, pero Agrajes, de corazón tempestuoso, sintió la ofensa y sin saberse callar dijo con saña:

–Bien decís, señor, lo poco que valen para vos nuestros servicios, pues tan mal los agradecéis.

–Bien dices, sobrino –intervino Galvanes, callado hasta ese momento–, si los servicios no se saben agradecer, los hombres deben buscar donde sean bien reconocidos.

Amadís vio que aquello podía acabar en ruptura y quiso suavizar el momento diciendo:

–El rey no puede daros lo que ya ha concedido con antelación. Señor, otorgad la mano de Madasima y yo os doy, don Galvanes, la Ínsula Firme hasta que el rey haya otra cosa que pueda ofreceros.

Pero Lisuarte con el ceño fruncido dijo desdeñoso:

–Está en prisión hasta que yo posea su tierra y, si no la consigo, le cortaré la cabeza.

Todos se quedaron paralizados por la gravedad de las palabras del monarca, finalmente Amadís recuperado el continente dijo:

–Señor, deberíais conocernos mejor y respondernos con más mesura.

–Ya os conozco bien –insistió el rey con sobrentendidos–. El mundo es grande, marchad por él adelante y buscad quien os conozca y reconozca.

Tan deshonesta y desabrida respuesta fue acusada por Amadís, que dijo:

–Ciertamente, señor, hasta hoy creía que ningún rey tenía tanto conocimiento de las cosas y de los hombres como vos, pero tras este razonamiento que nos habéis mostrado y con vuestro consejo, es hora de que busquemos nueva vida.

–Haced vuestra voluntad –dijo Lisuarte con despecho–, que yo haré la mía.

Y sin más se levantó airado dando por terminada la conversación

Después, acompañado por Brocadán y Gandandel, que le alababan su determinación, se fue a las habitaciones de la reina a quien le comunicó con falso rostro alegre lo acontecido con Amadís. La reina Brisena contristada respondió que de aquella alegría sólo recibía pesar, pues mucho habían ganado con aquellos caballeros y que de su ausencia guardaría pena y tal vez mengua todo el reino y para ellos mismos en lo venidero.

Pero el rey fieramente le dijo:

–Mi reina, no me habléis más de ellos, que yo sé bien que me hago y decid lo que ya he dicho: que fuisteis vos quien me pidió la ínsula para Leonoreta.

–Será vuestro mandato y Dios quiera que sea por bien.

Amadís se fue a sus aposentos con más enojo y melancolía que los que su rostro dejaban traslucir; allí encontró a muchos caballeros a quienes pidió que se reuniesen con él al día siguiente.

Después busco a Durín para que le preparase una entrevista con Oriana aquella misma noche. Volvió con sus amigos, cenaron y bromearon como solían hacer.

–Señores –se despidió Amadís–, os ruego que mañana estéis aquí pues tengo que hablaros de algo que nos incumbe a todos.

Después se reunió con Oriana y tras muchos besos y abrazos, la joven le preguntó el motivo de un encuentro tan precipitado. Entonces le contó lo que le pasará y cómo el rey los había despedido.

–Mi señora –dijo cabizbajo Amadís–, si a él así le place, así se hará; pues si aquí nos quedamos toda la fama que por vos he ganado se perdería. Por eso os pido, señora, pues soy vuestro, que no me mandéis que me quede.

Oriana, al oír estas palabras, sintió que el corazón se le quebraba, pero se esforzó lo más que pudo y le dijo, tomándole de la mano y sonriendo forzadamente:

–Mi único y verdadero amigo, no os quejéis de mi padre, pues no es a él a quien servís sino a mí, y yo por siempre seré vuestra y tendréis mi galardón mientras viva. Y aunque vuestra partida me rompa el corazón, es justo atender más a la razón que al amor desordenado que os profeso. Hágase como queréis y aun os diré más, pues mi padre perdiéndoos a vos va a conocer por vez primera lo que es la mengua del trono y la soledad del que gobierna.

Amadís cuando oyó esto, le besó las manos y llorando dulcemente le dijo:

–Mi única y verdadera señora, aunque hasta hoy haya recibido de vos muchas y grandes mercedes, no siendo la menor volver mi corazón de la muerte a la vida, esta la tengo por la mayor, pues hay que anteponer los casos de honra sobre los de placer y deleite.

En esto y en otras cosas pasaron la noche hablando y mezclando dulzores con muchas lágrimas considerando la gran soledad que en el porvenir les esperaba. Después, acercándose el día, Amadís se levantó y acompañado de su amada, se despidió de Mabilia y de la Doncella de Dinamarca, a quienes encareció mucho el consuelo de Oriana, finalmente se partió tras mil intentos. Volvió a su alojamiento y con el día bien cumplido se reunió con sus amigos tras oír misa. Todos le rodearon y él habló de esta guisa:

–Notorio y sabido es de todos la entrega y hazañas que para mayor gloria del reino de Lisuarte hemos realizado yo, mis hermanos y vosotros mis amigos, y por esta causa es ocioso traerlas a vuestra memoria. Por ello sólo podíamos esperar galardón por justicia, pero o porque la diosa Fortuna las cosas confunde y remueve según su propio oficio o por algunos malos consejeros o porque con la edad el rey muda su condición, os digo aquí que hemos caído en desgracia. El rey ha negado a don Galvanes la tierra de Madasima, sin mirar la honra de todos nosotros recibida y, no contento, su respuesta ha sido tan desmesurada y deshonesta que me da vergüenza contarlo. Y así terminó diciendo que el mundo era grande y que buscásemos quien mejor nos conociese y reconociese. Y pues en la concordia y la amistad hemos estado unidos a sus palabras, ahora en la descortesía y enemistad conviene que sigamos su consejo. Y sabed que no sólo sus palabras nos tocan a nosotros sino a toda la caballería.

Todos oyeron primero absortos y luego indignados las palabras de Amadís y decidieron no servir más al rey.

Angriote, que siempre quería tener su parte en el bien o el mal de Amadís, dijo:

–Señores, ha mucho que estoy junto al rey en esta corte y siempre lo he tenido por hombre de buen talento y ecuánime, es por eso que no concuerdan sus atributos con el trato humillante que ha usado para Amadís y otros caballeros. No tengo duda de que fueron Gandandel y Brocadán, que tan cerca y tanto privan desde hace un tiempo, quienes han confundido su juicio con la maledicencia. Y que ardo en deseos de armarme y decirles en su propia cara que son malos y envidiosos y acusarles de la gran falsedad con que han malmetido al rey contra Amadís. He decidido retar a ambos en combate y si su edad los excusa de tomar las armas, que lo hagan sus hijos para que sostengan las mentiras y maldades de sus padres.

–Buen Angriote –respondió Amadís con triste sonrisa–, no quiera Dios que pongáis vuestra vida al tablero por algo que no sabemos con certeza. Si esos que decís, mostrándose mis amigos, enemigos me han sido, tiempo llegará en que tendrán la pena que merecen por falsos y ese día no excusaré vuestro servicio.

Dirigiéndose a sus caballeros les dijo:

–Señores, yo me quiero despedir de los reyes, si ellos quieren, y marcharme a mis posesiones de la Ínsula Firme. Aquellos que deseen que sigamos juntos me honraréis viniendo conmigo y será para vuestro placer pues aquella tierra es feraz, abundan los cazaderos y es paraíso de hermosas mujeres con quienes los caballeros pueden lozanear y recuestar a su sabor. Allí vendrán a vernos los que nos conocen y otros que han de buscar nuestro amparo y socorro. La ínsula es jardín donde podremos descansar de nuestros trabajos y hazañas, aunque también podemos contar con la tierra de Gaula, de mi padre Perión, así como la Escocia de mi primo Agrajes y el rico señorío de la reina Briolanja, que siempre estará conmigo y con vosotros en buena o mala fortuna.

Don Cuadragante le dijo:

–Despedíos del rey y allí se verá quienes os aman y quieren vuestra compañía.

–Así lo haré –respondió Amadís–, y en mucho tendré a los que me sigan y honren, pero los que piensen en quedarse, que lo hagan, que tan buen rey no se encuentra fácilmente.

El rey cabalgaba cazando con halcones, iba cabizbajo escoltado por sus consejeros y así anduvo un trecho sin hablar hasta que con rostro hastiado se volvió a palacio. Al llegar se encontró con Amadís en la sala del trono; el caballero se acercó al monarca y en voz alta y clara para ser oído por todos dijo así:

–Señor, si algo teméis de mí, vos y Dios lo sabréis, que yo no y no quiero decir más, porque aunque mucho os haya servido con espada y mi escaso consejo, siempre lo he considerado poco pues vos me honrabais más. Ayer me dijisteis que marchara de vuestra corte y así lo haré, si así os place. Me despido de vos no como esclavo, que sólo lo he sido de Dios, y aquí dejo vuestro deseo de honrarme y mi amor de pagaros vuestros favores.

Con él se despidieron Galvanes, Agrajes, Floristán, Dragonís, Palomir, Bruneo de Bonamar, Branfil, Angriote de Estraváus con su hermano Grindonán y su sobrino Pinores y don Cuadragante y su sobrino Landín. En un extremo del palacio estaban Brián de

Monjaste, hijo del rey de España y de una hermana del rey Perión, Gandiel Urlandín, Grandores, Madansil de la Puente de Plata y Ledaderín de Fajarque y Transiles el Orgulloso y Gavarte de Valtemeroso, y cuando vieron que todos aquellos caballeros se despedían se acercaron al rey y tomando la palabra el español dijo:

–Señor, nosotros venimos a vuestra corte para estar cerca de Amadís y sus hazañas; pues esta fue la causa principal; si él no está, nosotros no estaremos ni un día aquí.

El rostro del rey se iba ensombreciendo, y más cuando supo que de aquellos diez primeros caballeros el número había pasado a más de quinientos.

Cuando Amadís quiso despedirse de la reina, Lisuarte se lo impidió porque sabía que ella estaba en contra de esta querella urdida para enfrentarlos. Amadís le presentó sus respetos a través de don Grumedán.

Salió del palacio y se dirigió a su posada donde se reunió con todos los caballeros, armados de punta en blanco y pertrechados con sus mejores moharras, con el acompañamiento de sus escuderos y propios que les llevaban, como hijos de reyes y señores de alto linaje, una abundante impedimenta. Tomaron el camino de la Ínsula Firme para pasar la noche en la ribera a tres leguas de allí, donde Amadís había mandado armar ricas tiendas.

Mabilia, que desde una ventana del palacio de la reina los miraba desfilar, pues desfile era la despedida, lloraba desconsolada. Tan frescos y apuestos los veía que a sus ojos las armaduras semejaban llamear cuando el sol hería los aceros y no había persona que no los admirarse y tuviera por desgraciado al rey que dejaba así partir a caballero tan principal como Amadís.

Mabilia tomó a Oriana de la mano y le dijo:

–Señora, dejad esa miserable tristeza y ese llanto infantil y contemplad orgullosa a vuestro amigo. Alegraos de señorear tal corazón, pues si hasta aquí ha servido a vuestro padre como caballero andante, desde hoy campeará como gran príncipe y ello, mi señora, redundará en vuestra futura grandeza.

Oriana quedó muy consolada con tan sabias palabras y se prometió aplicar gran cordura y discreción para atemperar su pasión y aquel apetito amoroso tan desordenado.

Salieron con Amadís para rendirle honores el rey Arbán de Norgales, Grumedán el defensor de la reina, Brandoivás, Quinorante, Giontes, sobrino del rey y Listorán, famoso por su lanza. Iban tristes, pero Amadís los esforzó diciéndoles que siempre los tendría como amigos en lo que les permitiese su honor de caballeros reales y que no dejasen de servir al rey y más ahora cuando aquellas tormentas los había separado.

–Decidle al rey –afirmó Amadís– que ahora parece claro el vaticinio de Urganda que fue el siguiente: que yo recibiría saña y apartamiento para que otros ganasen mi galardón; pues desde que yo gané para su señoría la Ínsula de Mongaza, volvió su voluntad contra mí sin merecerlo. Pero Aquel Justo Juez pondrá las cosas en su sitio, dando a cada uno su derecho.

Don Grumedán prometió decirle todo al rey y maldijo a Urganda y sus verdaderos vaticinios. Amadís los abrazó uno a uno y, tomando la cabeza de su hueste, se dirigió a la ribera donde estaba su campamento. Todos andaban alegres y se animaban entre sí, diciendo que si tal rey no quería a tan valiente mesnada y en tan poco tenía sus servicios ahora habían por señor al mejor caballero del mundo y con él más, mucho más medrarían sus hazañas. Pero Amadís sentía flaquecer su corazón pensando en la soledad de su señora. En estas pasaron la noche y a al día siguiente se dirigieron a la Ínsula Firme.

A la sazón y llegado el día, el rey, oída misa, se sentó en su trono como era su costumbre y se vio tan escaso de caballeros que no pudo por menos de pensar cuan arrebatadamente se había comportado con Amadís. Gandandel y Brocadán, que le leyeron el pensamiento, se acercaron a seguir destilando el veneno de la palabra, pero Lisuarte, airado, les dijo que despreciaba su consejo, palabras que les aterraron sobremanera. Después, con el rostro furioso, llamó a sus monteros y fatigó la floresta tratando de acallar su conciencia.

Amadís y sus caballeros llegaron a la Ínsula Firme, donde fueron recibidos con redobladas alegrías por sus moradores, pues veían como su señor natural regresaba para afincarse y esto le hacía olvidar, por un tiempo, su insobornable condición de caballero andariego.

Cuando los caballeros vieron el poderío del castillo, la grandeza de la tierra que en setenta leguas se extendía, la abundancia de gente y ciudades, dijeron que era lugar para guerrear contra el mundo entero dados los recursos tan abundantes como poseía y del genio y la traza de sus caminos y murallas que Apolidón había aplicado con sagacidad. En una palabra, supieron que estaban en el mejor lugar y más ameno de la tierra, pues en pocos días visitaron las cuatro moradas que el gran Apolidón había construido para Grimanesa, y disfrutaron como niños de sus prodigiosas maravillas

En aquellos días llegó a la isla el ermitaño Andalod de la Peña Pobre, para acopiar fondos con que levantar el monasterio que le prometiera Amadís. Feliz reencuentro fue el de ambos y tras pasar allí unas jornadas, se volvió a la peña con una abundante renta que Amadís le concedió para el y sus treinta compañeros de cenobio.

Entonces llegó allí Baláis de Carsante, aquel que Amadís sacara de la prisión de Arcaláus, que se fue a despedir del rey cuando supo que Amadís se iba descontento. Cuando le preguntaron nuevas de la corte dijo:

–Muchas son y muy graves. Sabed, señores, que el gigante viejo ha hecho entrega, como prometió, de sus castillos, pero la giganta Gromadanza se niega a entregar su territorio, que cuenta con un castillo inexpugnable y tres plazas fuertes muy poderosas, antes bien y honrando a su marido y a su hijo dice que quiere morir en su defensa. En cuanto a su hija, dice que está muerta para ella pues sabe que no amaba a Ardán Canileo y ahora tiene amores con un caballero de la hueste de Amadís y la desnaturaliza de su estirpe y progenie. En cuanto al rey, jura que si no tiene en su poder los castillos de la giganta en unos días hará descabezar a Madasima y a sus doncellas y luego irá sobre el Lago Hirviente hasta tomarlo y echará a la giganta vieja a los leones.

La indignación corrió por las filas de los caballeros, pero don Galvanes, atormentado en su corazón por la cercana muerte de Madasima, les dijo:

–Señores y amigos, la suerte de Madasima ha sido el motivo por el que hoy nos encontremos lejos de la corte de Lisuarte. Habéis venido siguiendo al más grande entre nosotros que me dio pruebas de amistad defendiendo el derecho de mi doncella. Ahora os pido un esfuerzo más y es que volvamos a defender el derecho con la razón y, si esta no valiese, que lo hagan las armas. Y esto se ha de hacer con vuestra ayuda y con la de Dios.

Floristán dio un paso al frente para unirse a Galvanes, lo mismo hicieron don Cuadragante y el español Brián de Monjaste y a continuación se unieron todos los caballeros y Amadís dijo sosegadamente:

–Y pues que todos estáis con este socorro, dejadme decir mi parecer sobre lo que debe hacerse.

Todos le rogaron que lo hiciese y dijo así:

–Las doncellas son doce y por tanto yo creo que sería justo que sean socorridas por doce caballeros, por la razón y por las armas. Estos son mis elegidos: vos, don Galvanes, el primero, pues el negocio es vuestro principalmente; os acompañaran Agrajes, vuestro sobrino, mi hermano Floristán y mis primos Palomir y Dragonís, don Brián de Monjaste, Nicorán de la Puente Medrosa, Orlandín, hijo del conde de Urlanga, Favarte de Valterroso, Imosil de Borgoña, Madansil de la Puente de Plata y Ledaderín de Fajarque. Son los de más alto linaje, hijos de reyes, duques y condes.

A todos gustó la elección de Amadís y aunque muchos se creían en el derecho a ser designados guardaron silencio respetuoso y acompañaron a los doce a la posada de Agrajes, donde albergaron, y a media noche fueron armados y partieron hacia Tasilana, donde se hallaba la corte de Lisuarte.

45

Donde se multiplican las angustias de Oriana y da fin el pleito de los maldicientes

Cuando se partió Amadís, Oriana buscó a Mabilia y a la Doncella de Dinamarca para compartir sus penas. Ellas, sabedoras de su condición, pensaron que la marcha de su amigo y la soledad eran el motivo de su llanto, pero ella les dijo:

–Otro mal me ha sobrevenido y este es de mayor peligro. Tengo la seguridad, amigas, de estar preñada.

Así contrastaron las señales y certificaron las sospechas, lo que espantó a ambas amigas, aunque no lo dieron a entender, antes y por quitar hierro al asunto dijo Mabilia:

–Señora, no os espantéis que a todo le encontraremos remedio, pero siempre sospeché con fundamento que de tales juegos obtendrías tal ganancia.

Oriana, a pesar de la gran angustia, no pudo dejar de reír y dijo:

–Amigas, debemos dibujar un plan para defendernos y consiste en que según vaya menguando y enflaqueciendo mi naturaleza, yo me apartaré de los míos para no levantar sospechas.

–Bien está –dijo Mabilia–, pero tanto más importante será qué hacer con la criatura.

–Yo os lo diré –dijo Oriana que parecía tenerlo todo pensado–, y aquí voy a pedirte un gran favor –miró a la Doncella de Dinamarca–. Siempre has sido reparadora de mis angustias y dolores, ahora te pido que pongas en menoscabo tu honra para remediar la mía.

–Señora –respondió la doncella–, yo no tengo vida ni honra si no puedo ponerlas a vuestro servicio. Mandadme y cumpliré hasta la muerte.

–La honra que ahora aventuras, mañana la has de ver crecida hasta las estrellas.

La doncella se hincó de rodillas y besó las manos de Oriana.

–Después, mi buena amiga –continuó la sagaz Oriana–, según se acerque el parto iréis a hablar con Balasta, la abadesa del monasterio que levanté para mi honra en Miraflores, y le diréis de mi parte que sois preñada y que cumple llevarlo secreto. La intimaréis, también bajo mi advocación, para que ponga remedio a lo que nacerá, pues lo pondréis a la puerta de la iglesia y ella, ella propiamente lo recogerá y lo pondrá a criar en la casa de Dios y por mi orden que lo hará, porque mucho me debe y me ama. Y de esta manera lo mío quedara encubierto y lo vuestro sólo lo sabrá la abadesa, que bien lo guardará como secreto de confesión.

–Así será –dijeron ambas–, que muy buen acuerdo habéis tomado.

Lisuarte, al ver la resistencia de la giganta Gromadanza, llamó a Madasima y le comunicó que, rotos los pactos con su madre, a él sólo le quedaba como escarmiento y ejemplo para futuros contratos cortarles la cabeza a ella y a sus doncellas.

Madasima. ante tan duras palabras. perdió la color y cayó de hinojos ante Lisuarte y mirándole a los ojos le dijo llorando:

–Señor, el miedo a la muerte enflaquece mi corazón de tierna doncella. Sólo espero que algún caballero mantenga mi derecho, según la orden de la caballería. Y si no lo hubiere, señor, vos que nunca habéis matado doncella o dueña habéis de oír mis rectas razones y que no se cumpla ese dicho de que donde hay poca justicia es grave tener razón.

Gandandel, que veía en la muerte de Madasima la tea para incendiar definitivamente la enemistad entre el rey y Amadís, dijo:

–Señor, estás doncellas están condenadas, pues se ha incumplido la condición inicial de que aquellas tierras os fueran entregadas. No permitidle hablar y ejecutad prontamente la sentencia.

Don Grumedán, primer caballero de la reina, muy sabedor de cosas de honra y caballería dijo:

–Tal crudeza y desmesura no es propia de rey y más cuando sabemos que contra su voluntad esta doncella fue obligada y constreñida por su madre a una relación injusta con un monstruo que defendía exclusivamente el derecho materno sin contar con su libre albedrío. Y he de daros la noticia de que de la Ínsula Firme en tres días llegarán aquí doce caballeros que vienen a defender sus derechos. Y si vos, don Gandandel o vuestros hijos, queréis mantener el crimen contra las doncellas encontraréis quien os responda.

–Don Grumedán –dijo Gandandel–, veo el odio en vuestros ojos. Me habéis ofendido a mí y a mis hijos que mantendrán como caballeros mi opinión.

–Pronto lo veremos y en cuanto a vos, no os quiero ni bien ni mal, sólo os juzgo por vuestros consejos ante el rey.

Lisuarte sentía remordimientos por su trato desconsiderado a Amadís y, como oyó lo que en don Grumedán decía, sintió la necesidad de preguntar quiénes eran los caballeros que vendrían en defensa de las doncellas; al saber sus nombres el rey dijo pensativo:

–Buenos caballeros son.

Cuando Gandandel oyó los nombres lo sintió por sus hijos, pues los sabía muy inferiores en armas a Floristán, Agrajes y los suyos. Despedido del rey, se fue a casa de su cuñado Brocadán con la angustia en su corazón, pues las cosas pensadas por ambos se torcían. Pronto se enzarzaron, echándose las culpas de la confusa situación en que se encontraban, de la ira del rey y del peligro cercano para sus hijos.

Pero como dice la Biblia, no hay maldad oculta que a la luz no salga y así acaeció, pues una sobrina de Brocadán tenía amores con un caballero mancebo llamado Sarquiles, sobrino de Angriote de Estraváus, y en aquel momento lo tenía escondido en un armario escobero de los llamados de destajo, que estaba junto a su alcoba, donde habían folgado aquella noche. Desde su escondite, el asombrado joven oyó cuanto ambos cuñados hablaban y supo todos sus secretos. Aguardó a que ambos se fueran de la casa y, retraído en las sombras de la noche, cabalgó en busca del rey, ante quien de rodillas le dijo:

–Señor, en vuestra casa fui criado, soy vuestro vasallo natural y no soy dudoso de mi fidelidad a vos y al reino. Oculto en un lugar que la discreción me obliga a silenciar oí a vuestros malos consejeros, Gandandel y Brocadán, hablar de sus mentiras y embelecos y de cómo querían la muerte de Madasima y sus doncellas para malmeteros con Amadís y sus caballeros. También temen a los caballeros que han de defender el derecho de esa doncella y que se enfrentarán con sus hijos. Esto es verdad, mi señor, y lo constataréis antes de doce días. Pensad, mi rey, lo que os he contado, que yo me voy con mi tío Angriote.

–Ve con Dios –le respondió pensativo Lisuarte.

Sarquiles cabalgó a marchas forzadas por un atajó a la Ínsula Firme, donde llegó con su caballo exhausto. Ante Angriote y Amadís, que preparaba sus naves para visitar su tierra de Gaula, relató lo que había oído a escondidas y su entrevista con el rey.

Angriote, cargado de razones, con el beneplácito de Amadís decidió ir a la corte para desenmascarar a los malos consejeros. Al día siguiente, partieron tío y sobrino a la corte de Lisuarte, que tras la entrevista con Sarquiles estaba muy pensativo revolviendo las cosas que este le dijera.

Cuando llegaron sus consejeros le dijeron así:

–Señor, parece que rechazáis nuestro consejo.

–Quizás –respondió enigmático el monarca–, mas ¿por qué lo decís?

–Por aquellos caballeros que vienen de la Ínsula Firme, que son vuestros enemigos; quieren salvar a esas doncellas, a las que siguiendo nuestro consejo debéis descabezar, pues si no lo hacéis, nunca conseguiréis sus tierras. Además, debéis prohibir que esos caballeros entren en vuestro reino. Con esto seréis temido y ellos escarmentados. Señor, mandadlo presto, porque las cosas prontamente hechas mayor espanto ponen a los enemigos.

El rey, que no olvidaba las palabras de Sarquiles, se negó a matar a las doncellas sin juicio previo donde poder defenderse y continuo así:

–En cuanto a no recibir a esos caballeros, sean bienvenidos pues son de la estirpe de Amadís, de quien sólo he recibido honores y servicios y ahora siento gran pena por su alejamiento.

Y levantándose de un golpe, se fue con sus caballeros. Ambos consejeros quedaron muy espantados y desconcertados por las palabras del monarca.

Brocadán dijo:

–Ya no podemos volver atrás. Debemos mantener nuestra opinión ante el rey.

–No sé como podremos hacerlo –respondió Gandandel.

Y así se quedaron revolviendo en sus entrañas su ambición y sus errores, que así se quedan los malos cuando ven llegar el fracaso de sus dañados planes.

Al día siguiente cabalgó el rey con su séquito después de misa en busca de los caballeros de la Ínsula Firme; en el fondo de su corazón sentía la alegría de reencontrarse con quienes durante años habían sido sus soldados más leales y eso no podía olvidarlo después de tantos combates, tantas llagas y tantas victorias.

El primero en tomar la palabra fue Galvanes:

–Señor, confiando en vuestra virtud y en vuestra generosidad, os pedimos merced para que Madasima pueda ser oída en sus derechos y aquí somos para mantener su razón, incluso con las armas y la muerte si así fuera preciso.

El rey quiso quitar dramatismo al momento y respondió:

–Descansad en esas tiendas que he mandado plantar para vuestra hueste y yo haré que todo discurra según derecho.

–Señor –dijo Brián de Monjaste–, en vos confiamos según conviene a vuestro alto estado y condición, pero si algo fallara lo achacaremos a vuestros malos consejeros que no guardan vuestra honra ni vuestra fama, y esto si no os pesa quiero demostrarlo, majestad. Y lo digo en defensa de mi primo Amadís, a quién no habéis querido tener a vuestro lado.

–Sosegaos, Monjaste, que tiempo habrá de discutir todo esto y más –fueron las últimas palabras del rey antes de retirarse a sus albergues.

Gandandel y Brocadán pasaron la noche en vela, angustiados en su ánimo, buscando una estrategia para mantener sus cada vez más débiles posiciones. Tras mucho discutir decidieron no dar ni un paso atrás y endurecer su discurso para conseguir la ejecución de Madasima y sus doncellas.

Llegada la mañana, el rey llamó a su presencia a ambos consejeros y les exigió que mantuviesen sus razones ante los caballeros de la Ínsula Firme. El primero en tomar la palabra fue Imosil, que tenía el don de la elocuencia, quien pidió el derecho de ser oídas las doncellas en juicio de garantías.

A ello respondió Gandandel con firmeza:

–Muchos son los que hablan de derecho y pocos los que lo conocen. Vos decís que estás doncellas tienen derecho a ser oídas, pero no hay tal, pues lo perdieron con la muerte y derrota de Ardán Canileo y la negativa de su madre a entregar los territorios del Lago Hirviente a nuestro monarca. El gigante viejo cumplió, entregó y vive él y sus hijos, pero Gromadanza, negando y faltando el pacto contraído, condena su hija.

–Por encima de cuanto decís –replicó Imosil–, están el derecho natural a ser oído, si el sujeto no es traidor o alevoso desleal. Esto se hace en las tierras donde hay justicia y así se lo pedimos al rey.

Gandandel quiso cerrar el debate, diciendo que el razonamiento no era tal y que rey con su buen sentido debía juzgar, pues ya se había oído a ambas partes.

–Pues si a mí dejáis la decisión –concluyó el rey–, me acuesto en la opinión de Imosil y que las doncellas sean oídas.

Y luego fueron por ellas y llegaron tan bellas y atemorizadas que todos los hombres, incluido el rey, sintieron llenarse sus almas de ternura y piedad. Los doce caballeros tomaron a cada una de la mano en un bello cortejo y se sentaron frente al monarca.

Imosil dijo, dirigiéndose a Madasima:

–Señora, estos caballeros han venido a salvaros la vida, a vos y a vuestras doncellas. El rey quiere saber si nos otorgáis defender vuestro derecho.

–Señores –respondió Madasima con una triste sonrisa–, si unas doncellas cautivas y sin ventura pueden otorgar algún derecho para su defensa, en Dios y en vos nos ponemos.

–Sea, mi señora, y ahora vengan quienes dicen contra vos, que os defenderemos con la razón o con las armas y si son hasta doce, aquí están estos caballeros.

El rey miró a sus consejeros y vio que tenían los ojos fijos en el suelo y el rostro empalidecido; guardaron silencio cuando el rey les dijo:

–Muchas veces me habéis dicho que cortara la cabeza a esas doncellas y que vosotros defenderíais esta razón, incluso con las armas las manos. Ahora ha llegado el tiempo de defenderla o vosotros o vuestros hijos. Si no lo hacéis las doncellas quedarán libres y yo sabré que he sido mal aconsejado.

Esa noche llegó la noticia al rey de que la giganta Gromadanza había muerto y cuya última voluntad era entregar sus castillos a Lisuarte para salvar a su hija y sus doncellas. Las tropas reales del conde Latine habían ocupado todas las fortalezas del Lago Hirviente.

Al día siguiente el rey se sentó en su sitial y cuando llegaron los caballeros les dijo:

–Las doncellas son libres y ya no hay pleito, pues tengo en mi poder la tierra y los castillos de la isla.

Todo se alegraron, y más Gandandel y Brocadán, que ocultaron su contento. Cuando llegó Madasima con sus doncellas el rey le dijo, ocultando la muerte de su madre:

–Ya tengo los castillos de Mongaza, quedáis libres.

Madasima dijo:

–Señor, pues que me dejáis libre, me pongo bajo el amparo de mi señor don Galvanes, que tanto ha hecho por mí y mi doncellas.

El elocuente Imosil de Irlanda dijo al rey:

–Señor, apurando el derecho de doña Madasima, juzgo que no debe ser desheredada, pues en puridad ella sólo cumplió el mandato de su madre y esto deben hacer todos los hijos si no quieren ser desnaturalizados. Y si ahí, señor, estáis en ese sitial es para mantener a cada uno su derecho; dad ejemplo con esta doncella.

–Imosil –dijo el rey con un punto de ira–, ya tenéis libres a vuestras doncellas; no me habléis más del otro asunto, porque de esa tierra hasta hoy sólo he recibido enojos. Ahora que ya es mía, la he de defender y además se la he prometido a la infantina Leonoreta.

Galvanes intervino:

—Esa tierra ya era de los abuelos de doña Madasima y ahora yo estoy implicado por su deseo. Os ruego por eso, señor, que reconsideréis los servicios que os hice y no me queráis desheredar, pues yo quiero ser vuestro vasallo y volver a serviros lealmente y lo mejor que pueda.

—Ya estuvo esa tierra en manos de otros más bravos que vos —le espetó con saña Lisuarte.

—Vos la tenéis por el valor de Amadís y él me ayudará.

—Si él os ayuda, Galvanes —dijo rabioso el rey—, otros muchos me ayudarán a mí, que antes no me servían porque os tenía en mi casa.

—Habría que saber —entró en la conversación con furia Agrajes— quién defendía a quién, aunque vos seáis rey y Amadís un caballero andante.

Floristán trató de apartar a Agrajes, cuyo rostro estaba coloreado por la furia, y unos caballeros insultaban a otros hasta que el rey se levantó y tendió el centro para ordenar silencio. Todos tomaron asiento de mala gana y en aquel momento entraron en la sala Angriote de Estraváus y su sobrino Sarquiles.

Se acercaron al rey y de hinojos le besaron las manos. Todos se asombraron de su llegada pues ignoraban la causa de su presencia. Angriote, como de mayor autoridad que su sobrino, relató en voz alta la conversación entre Gandandel y Brocadán.

—Señor —dijo Gandandel—, Angriote con sus palabras deshonra vuestra corte, entrando sin permiso en vuestro reino. Mañana puede venir Amadís a desafiaros a vos mismo, a todo un rey, a su propio rey. Si yo tuviera la edad de cuando defendía con armas a vuestro hermano Falangriz, Angriote no osaría decir lo que ha dicho, pero mi mengua os atañe, mi señor, más a vos que a mí, que tanto y tan bien os he servido.

—No, don Malo —dijo Angriote—, no tratéis de revolver con vuestras falsas mezclas lo que es claro y meridiano como la luz del sol…

—Señor —cortó a su tío el joven Sarquiles—, vos bien conocéis las palabras que os dije de estos falsos consejeros y lo que mis orejas oyeron. Si ellos lo niegan, yo los desafío, y si por viejos excusan, respondan sus hijos que son fuertes y mancebos y ellos son tres y nosotros dos, pero suficientes para mantener la honra de Amadís.

Cuando los hijos de estos vieron a sus padres menguados de razón y escarnecidos por todos se plantaron ante el rey diciendo:

–Señor, Angriote miente de cuanto ha dicho de nuestro padre y de Brocadán. Nosotros los retamos en duelo.

El rey, que no ocultaba sus ganas, dijo:

–Mañana será el combate, pues hoy casi no queda luz.

Apenas había dicho esto cuando se presentó un caballero de nombre Adamás, hijo de Brocadán y de la hermana de Gandandel, varón de gran estatura y valiente, pero tan maldiciente que todos se despegaban de él. Con voz clara y fuerte dijo:

–Sarquiles miente, señor, y yo lo desafío.

Al día siguiente lucharon los tres contra los dos, pero poco duró el combate, pues Angriote y Sarquiles derrotaron con facilidad a los hijos de los consejeros y les dieron muerte.

Los consejeros, al ver la muerte de sus hijos, se retiraron de la ventana con el dolor y la angustia sus corazones. Lo mismo hizo el rey, a quien pesaba la victoria de los amigos de Amadís, hazaña que acrecentaba su gloria y menoscababa la de su corte.

Madasima y los caballeros de la Ínsula Firme tuvieron gran placer y lo mismo Oriana y Mabilia, pues sabían que para Amadís la victoria era el mejor y más preciado galardón. Angriote preguntó a los jueces del combate si había más por hacer y ellos le respondieron que ya había hecho bastante por su honor. Finalmente, todos los caballeros amigos de Amadís se retiraron a sus tiendas, donde los heridos curaron sus llagas.

Pero el odio había anidado en el pecho del rey y cuando consideró que Angriote y los suyos habían sanado de sus heridas les envío un emisario con la orden de abandonar su reino. Ellos, muy quejosos así lo hicieron, pero el rey Lisuarte, no contento con su expulsión, reunió a los grandes señores de su corte ante quienes se quejó de las soberbias de Amadís y sus caballeros. Pidió un castigo para ellos y, aunque don Grumedán y Arbán de Norgales mostraron su desacuerdo, se decidió desafiar a la hueste de Amadís en la Ínsula de Mongaza y enviar a Cendil de Ganota como emisario.

Cendil de Ganota encontró a Amadís, acompañado de mil trescientos caballeros, que habían acudido a cumplimentar a Madasima.

Recibida la carta de desafío, Amadís, con gran dolor en su corazón, aceptó el combate y envió a Gandales para a su vez desafiar al rey y hablar con la reina.

Gandales desafió al rey, pero le comunicó que Amadís como caballero de la reina no participaría en batalla por la Isla de Mongaza, aunque reafirmó su enemistad a Lisuarte. Después habló a la reina y le dijo:

–Señora, yo he venido por orden de Amadís para desafiar al rey y me mandó que os bese las manos y os dijese lo mucho que le pesa estar apartado de vuestro servicio y que por vuestra lealtad no acudirá a la batalla para no causaros enojo. Y lo mismo digo por Agrajes que os pide por merced que le mandéis a su hermana Mabilia, pues ya no tiene por qué estar en vuestra casa.

Oriana tuvo gran pena por estas palabras. La reina y su hija pidieron al rey que no permitiese la salida de Mabilia hasta no verla casada como correspondía a su linaje. El rey así lo hizo y Gandales tuvo que admitirlo. La reina prometió trabajar por la paz entre el rey y Amadís.

Vuelto Gandales a la Ínsula Firme, los caballeros prepararon las naves para ir a la Isla de Mongaza. Amadís con gran dolor en su corazón los despidió llorando, pero orgulloso de verlos a todos tan unidos. Sonaron las trompas y añafiles y se desplegaron las velas. Encabezaba la flota la nave de don Galvanes y Madasima, con un pendón muy hermoso donde figuraban doce doncellas con flores blancas en las manos.

Libro Tercero

46

Amadís de Gaula

La guerra contra el rey Lisuarte había amargado a Amadís y con el corazón compungido decidió viajar al reino del rey Perión, su padre. Acompañado por Bruneo de Bonamar se embarcó hacia Gaula.

A los cinco días llegaron a la Ínsula Triste, de la que era señor un gigante malvado llamado Madarque, que asesinaba a cuanto caballero pisaba sus dominios. Como el oficio de los caballeros andantes era quitar del mundo a los malvados de corazón, embridaron sus miedos y ordenaron al piloto que buscara un buen lugar para desembarcar. Ambos caballeros se armaron y saltaron a tierra con sus escuderos y sus monturas.

Pronto encontraron un castillo sobre un fuerte risco. Se dirigieron a él y oyeron resonar el mugido de un cuerno por la amplia hondonada del valle. El piloto de la nave les había informado de que aquel sonido era cuando el gigante marchaba a combatir contra algún intruso. Decían los que le conocían que salía cegado por una suerte de locura que llegaba a matar a sus propios súbditos.

Amadís y Bruneo se acercaron a la fortaleza a buen paso, cuando saliendo de la floresta se presentó ante ellos su enano Ardián, que completamente descompuesto les dijo:

—¡Mi señor Amadís, socorred a vuestro hermano Galaor y al rey Cildadán!

Ante ellos apareció de pronto el gigante Madarque sobre un gran caballo. Estaba cubierto de acero y en la mano blandía un venablo más grande que un pino. A gritos increpaba a sus hombres:

—¡Apartaos, mesnada de inútiles, pues siendo tantos no podéis con dos simples caballeros! ¡Dejad que mi venablo se goce con su sangre!

Por un momento Amadís se sintió invadido por el pavor, pero haciendo un gran esfuerzo se encomendó a Dios y a su señora Oriana. Cabalgó con la lanza en ristre y antes de que el gigante pudiera armar a su brazo le enjaretó un lanzazo en medio del pecho que dobló en dos al jayán sobre las patas traseras de su cabalgadura, que trastabilló hasta caer arrastrando a su jinete. Grande fue el estrépito de su caída entre una nube de polvo que cuando se disipó dejó ver al jayán aprisionado bajo la panza del bruto con una pierna rota. A la derrota del gigante siguió la de su mesnada, pues Bruneo descabezó a su sobrino y provocó la desbandada de caballeros y hombres de armas.

A ruegos de Cildadán, que era amigo de un hijo del gigante, Amadís le perdonó la vida con la condición de cristianizar la isla. Madarque así se comprometió y ordenó abrir sus mazmorras, de las que salieron setenta dueñas y doncellas y más de treinta caballeros a los que Amadís envió a la reina Helisena.

Amadís y sus amigos, después de comer, entraron en la cámara del gigante, al que estaba curando su hermana Andandona, la giganta más brutal que vio el mundo. Tenía quince años más que Madarque y le había criado como una madre. Sus cabellos blancos, su tamaño descomunal y la fealdad de su rostro la hacían asemejarse al mismo diablo. Disparaba tan bien con su arco que mataba a jabalíes, leones y hasta osos, cubriendo su corpachón con sus pieles. Odiaba a los cristianos y desde aquel día mucho más. Cuando entraron los caballeros se retiró blasfemando y amenazando a los que habían herido su hermano.

Con la alegría del reencuentro de los dos hermanos, aceleraron la aguada y al día siguiente partieron hacia Gaula. Salieron entre cortados y acantilados y desde la roca más alta Andandona les arrojó un dardo que atravesó el muslo de Bruneo. Con la rabia la giganta perdió pie y cayó al agua y, aunque Amadís y Cildadán le clavaron dos saetas en las espaldas, consiguió escapar entre las breñas.

Pronto se olvidaron de ella, pues Bruneo perdía mucha sangre y era preciso llegar a Gaula cuando antes.

Con todo el trapo desplegado y buena empopada avistaron el reino de Perión en pocas horas. Cuando la reina vio a los dos hermanos reconoció al instante a Galaor, a quien no había visto desde que le fuera arrebatado por gigante.

–¡Ay, Virgen María, que aquí están mis hijos!

Al instante perdió el sentido, pero ellos se lo restituyeron con besos y caricias, aunque durante muchos minutos estuvo imposibilitada del don de la palabra.

En estas armonías se solazaban cuando entró su hermana Melicia y su belleza los absortó. Estaban gloriándola cuando llegó Perión acompañado de Cildadán, y todos juntos fueron a ver a Bruneo, que ya estaba cómodamente instalado y cuidado en una cámara de la reina. Se acordó que Melicia fuera su curadora y tanto placía a Bruneo que a cada instante bendecía a la giganta Andandona por haberlo herido.

Así pasaron varios días, hasta que Galaor después de comer pidió consejo sus familiares.

–Señores, aconsejadme, pues mi juicio está confuso. Vos, hermano Amadís, me llevasteis ante Lisuarte y me mandasteis que le sirviese. Por él di mi sangre hasta los arrabales de la muerte. Ahora se han roto vuestros vínculos, yo soy vuestro hermano, pero si me desnaturalizo del rey mi honra quedará menoscabada. Señores, guiadme en lo mío, que también es lo vuestro, y pensad más en mi decoro que en vuestras voluntades

–Hijo –se adelantó Perión a todos como padre y como más sabio–, un rey desmesurado ha ofendido a vuestro hermano. La razón está de nuestro lado, seguid a vuestro familiar, pues Amadís a él os llevó y ahora como enemigo pretende destruir nuestro linaje que tanto y tan bien le ha servido.

–Padre, entiendo vuestras palabras, pero tengo empacho en desnaturalizarme ahora cuando más necesidad tiene el rey de mis servicios…

–Hermano –intervino Amadís–, con licencia de nuestro padre, más allá de nuestra querella, debéis vasallaje a Lisuarte.

–En el mismo brete me encuentro –admitió Cildadán–, pues en mi derrota quedé vasallo del rey a través de la bondad de vuestras armas, Amadís. Creo, Galaor, que es forzoso acudir en ayuda de Lisuarte y más cuando me recuerda esta carta hoy recibida nuestro vínculo. El vuestro y el mío.

47

Guerra en la isla de Mongaza

En pocos días las naves de los caballeros de la Ínsula Firme arribaron a la Ínsula de Mongaza, donde desembarcaron hallando poca resistencia. La ciudad y al castillo que flanqueaban la entrada de la isla se entregaron a don Galvanes reconociendo su señorío.

Al día siguiente, llegaron las naves del rey Lisuarte con Arbán de Norgales a la cabeza; como vio que Galvanes se había hecho fuerte en el castillo y él no tenía un gran contingente decidió armar un buen campamento y esperar al rey Lisuarte.

Galaor y Cildadán llegaron a Gran Bretaña y supieron que Lisuarte se aprestaba a embarcarse para Mongaza. A uña de caballo salieron tras él y le alcanzaron a la entrada de una floresta umbría. Ya veían los fuegos del vivac real cuando les asalto el sueño. Descansaron toda la noche y al día siguiente les despertó la campana de una ermita próxima. Oyeron misa y a la salida vieron a una hermosa dueña acompañada de un doncel muy apuesto. La dueña les rogó que, pues ya que estaban cerca del campamento de Lisuarte, pidiesen al rey que armarse caballero al joven doncel.

Llegados al campamento, grande fue la alegría de Lisuarte al ver a Galaor. Al día siguiente, volvieron todos a la ermita para armar caballero al doncel. Oriana, a petición de este, le ciñó espada. La dueña antes de despedirse entregó apartadamente una carta al rey. En ella la infanta Celinda, hija del rey Hegidio de Dinamarca, le recordaba sus amores de caballero andante, cuyo fruto era aquel hermoso doncel de nombre Norandel.

El rey le mostró la carta a Galaor solicitándole consejo y este le pidió al caballero novel por compañero de armas durante un año, gesto que agradecieron ambos. En cinco días llegaron a Mongaza. Las tropas de Arbán de Norgales, muy inferiores en número a sus adversarias, habían perdido el campamento y se habían hecho fuertes en la sierra, resistiendo los frecuentes ataques de las tropas al mando de Galvanes y Floristán.

El rey Lisuarte, contemplando la derrota de su avanzadilla, con gran saña reunió sus fuerzas y chocó contra los de la Ínsula Firme. Floristán, Angriote, Cuadragante y los suyos, aunque lucharon con denuedo y valor, quedaron muy heridos, perdieron el llano y tuvieron que acogerse a la sierra. Al amanecer, Lisuarte, que había recibido refuerzos durante la noche, acometió a los de las alturas que se vieron obligados a retirarse a la ciudad amurallada donde Galvanes se había preparado para un largo asedio. Lisuarte diseñó un cerco por terramar, pero las defensas eran muy poderosas y Galvanes y Madasima estaban dispuestos a morir antes que entregar la plaza.

El cerco se prolongó por más de trece meses, entre el cansancio y las epidemias de sitiadores y sitiados. Finalmente, Galaor consiguió unas capitulaciones que a regañadientes todos asumieron como honrosas: Galvanes y Madasima entregarían la ciudad y el castillo, se devolverían todos los presos por ambas partes sin contar su número y se concertarían treguas por dos años. Pero Galaor apuró su privanza para conseguir del rey una última gracia que a todos satisfizo: Lisuarte concedía la isla en vasallaje a Galvanes y sus descendientes, con la condición de que pudiese dejarla a voluntad si así lo deseaba, rompiendo la servidumbre.

No poco influyó en el ánimo de Lisuarte la carta del conde Argamonte, donde le comunicaba que los Siete Reyes de las Ínsulas de Landas, con el rey Arábigo y el malvado Arcaláus a la cabeza, se habían levantado en armas con intención de ocupar Gran Bretaña. Argamonte le aconsejaba en la última línea que dejase todo y volviese a su reino.

Pacificada y vasallada Mongaza e incrementado su ejército con el de Galvanes y los suyos volvió a su señorío donde descanso y curó heridas por quince días.

48

El niño Esplandián

Pasaban los meses y a la ausencia de Amadís una nueva preocupación ocupaba el corazón de Oriana: la cercanía del parto. Mabilia y la Doncella de Dinamarca le ayudaron y el Señor quiso que tuviera un hermoso niño.

Mabilia y la Doncella lavaron al pequeño y vieron que tenía algo extraño en el pecho: bajo la teta derecha, unas letras latinas blancas como la nieve, y en el pecho izquierdo, otras griegas, rojas como brasas candentes. No supieron leer las letras y envolvieron al infante en paños riquísimos y lo metieron en un cesto para llevarlo al monasterio de Miraflores como habían acordado. La Doncella llamó a su hermano Durín y ambos por ganar tiempo e ir más ocultos se apartaron del camino real y se internaron en la floresta. Tras un gran trecho, cansados, pararon junto a una fuente a beber y dejaron el cesto apoyado en un árbol. De improviso, apareció una leona siguiendo el rastro de un venado; al verlos emitió un rugido que aterrorizó a los dos hermanos, que huyeron ocultándose tras unos arbustos espinosos. Al rato volvieron sobre sus pasos a la fuente, pero el niño había desaparecido. Entre lágrimas de desesperación, se culparon mutuamente y maldijeron su sino. Finalmente, resolvieron ir hasta Miraflores, donde estuvieron diez días. A la vuelta y afectando buen semblante, la Doncella le dijo a Oriana que el niño estaba a salvo en el convento.

No lejos de la fuente había una ermita antigua en la que moraba un hombre santo de nombre Nasciano, que era fama que hablaba con los animales de la floresta. Conocía a la leona y a sus cachorros con los que compartía algunos bocados de su pobre colación. Aquel día, la leona tras espantar a los dos hermanos, cogió al niño por los paños y lo llevó a sus crías con ánimo de alimentarlas con la carne del pequeñuelo, pero Nasciano oyó los vagidos de la criatura y tras santiguar el envoltorio le dijo a la fiera:

–Vete de ahí, mala bestia y no hagas mal a esa criatura de Dios.

La leona mansamente depositó a los pies del ermitaño al niño y se retiró con sus leoncillos. Nasciano entonces no sabía qué hacer con el infantico, pero al ver como la leona daba de mamar a sus hijuelos le acercó al pequeño a una de sus tetas y le dijo:

–Amamanta a este niño y guárdalo de todo mal.

Así lo hizo durante diez días, después la sustituyeron una cabra y una oveja parida. Unos días más tarde, llegó un ama de cría a la que Nasciano entregó el niño para que lo criase, pero antes lo quiso bautizar y descubrió las letras. Las rojas eran imposibles, pero las blancas se leían con facilidad y decían: Esplandián. Nasciano supuso que era un nombre y con él bautizó al infante.

Hecho esto, el ama se lo llevó a su casa y lo cuidó tan bien que cuantos lo veían tan hermoso gozaban mucho de su belleza y de su destreza con las manos.

49

La batalla del Caballero de las Sierpes

Desde su decisión de no combatir contra Lisuarte por lealtad a la reina, pero en realidad por amor a su señora Oriana, Amadís vivía sus días en Gaula entre tristeza y soledad. Sus jornadas familiares con sus padres y sus expediciones cinegéticas le habían distanciado de su condición caballeresca y sabía que su fama decaería día a día y el menosprecio de su valentía sería el comentario usual entre en el estamento caballeresco.

Una mañana llegó a Gaula Durín, el hermano de la Doncella de Dinamarca, con una carta y noticias de la señora Oriana. Estaban abrazándose cuando fueron atacados por la giganta Andandona que desde un otero les lanzó sendos venablos que no hicieron blanco. Amadís, con la prisa por saber noticias de Oriana, ordenó a Gandalín que acabara con la giganta y le cortara lo cabeza. Así lo hizo y al rato volvió con ella colgada del arzón de su caballo. En su huida montaña abajo el caballo de Andandona había tropezado cayendo sobre ella, después la yegua de Gandalín la había pisoteado sin piedad.

Mientras, Amadís había leído la carta de su señora donde le comunicaba el nacimiento de su hijo y le ordenaba no tomar las armas hasta recibir su orden taxativa. Mucho pesó este mandato al caballero y le dijo a Durín:

–Vuelve y dile a tu señora que le beso las manos por su carta y el nacimiento de nuestro hijo, pero le ruego que tenga piedad de mi honra de caballero y no me deje mucho más en esta holganza que menoscaba mi valentía, pues todos atribuirán mi ausencia a poquedad de corazón y pronto se perderá la gloria que con tanto esfuerzo he ganado.

A los pocos días cuando cazaban en el monte, Bruneo le dijo que aunque el amor a Melicia le ataba a Gaula, su deseo de gloria le obligaba a buscar nuevas aventuras sin más dilación. Amadís sintió gran congoja, pero se justificó diciendo que su padre lo necesitaba para asuntos de gobierno. Bruneo partió y a Gaula llegaron noticias del final de la guerra en la Isla de Mongaza, mientras que por los caminos se pregonaba el menoscabo de su honra. Amadís seguía esperando la orden de su señora.

Finalmente, una doncella le trajo una carta de Oriana en la que le pedía que no interviniese en contra de su padre en la guerra que se iba a romper contra el rey Arábigo, que ya estaba en la Ínsula Leónida. Por intercesión de Mabilia le daba libertad para quedarse en Gaula o ir a buscar aventuras donde quisiese. Amadís sintió alegría al saber que volvería a su actividad caballeresca, «salir de la niebla a la claridad», le dijo a su escudero, pero no sabía qué determinación tomar en la nueva guerra, pues no albergaba talante para combatir al lado de Lisuarte, ni tampoco alinearse contra él, un imposible pues su dueña se lo prohibía. Estaba suspenso y paralizado y así se lo comunicó a su padre Perión.

En estas angustias estaba cuando un día llegó a palacio un caballero alto que llevaba las armas cortadas por muchos lugares y la armadura quebrada. Cuando estuvo cerca, Amadís reconoció a Floristán, su hermano. Perión sintió una gran alegría porque no lo había visto nunca. Aunque Floristán se hincó de rodillas y quiso besar los pies al rey, este lo levantó por los hombros, le estrechó la mano y lo besó en la boca. Después de asearse todos vieron que era muy hermoso y de buen talle. La reina y Melicia lo recibieron como hermano de Amadís y habló con ellas como caballero de buen talento y bien criado. Después Amadís le preguntó por la guerra que iba romperse contra el rey Arábigo y Floristán le dijo:

–El poderío del rey Arábigo es tal y su mesnada tan fuerte que la derrota de Lisuarte es segura y así pagará por las ofensas que nos ha infligido en el pasado.

–Hijo Floristán –dijo Perión como más sabio–, Lisuarte saldrá de esta como siempre ha salido de cuantas dificultades se le han presentado, pero si sucediese lo contrario no debemos alegrarnos de su derrota, pues con ella todos nuestros reinos estarían comprometidos.

El rey Perión quedó muy preocupado por el poderío del rey Arábigo y se retiró pensativo a sus aposentos.

Cuando ambos hermanos quedaron solos Floristán dijo:

–Hermano Amadís, vuestra fama ha decaído tanto que todos piensan que habéis dejado las armas para las que estabais tan señalado.

–Piensan lo que no deben –dijo Amadís sonriendo amargamente–, pero de aquí en adelante esto va a cambiar y se volverá a hablar de mí.

Amadís pasó la noche en vela desazonado, le dolían las palabras de su hermano y mil pensamientos contrarios torturaban su mente.

A primera hora, Amadís condujo a Floristán a la cámara real, mandó salir a todos los cortesanos y solos los tres dijo:

–Padre y hermano, no he podido dormir en toda la noche pensando en la batalla que se prepara, será la más gran grande vista hasta ahora y todo caballero deberá estar en uno u otro bando; por otra parte, mi fama me obliga a participar y quiero hacerlo junto a Lisuarte, no por amor a él, sino porque allí estarán nuestros amigos, incluso han llegado en su ayuda como dices Galvanes, Cuadragante y Monjaste el Español, varones que lo desaman profundamente. Pero participaré encubierto para no ser reconocido por nadie.

El rey Perión le dijo:

–Yo siempre he sido amigo de Lisuarte. Si ahora me siento apartado de él es por las diferencias que con vos y vuestros amigos ha tenido. Si vuestra intención es tal, allí quiero estar yo en esa ocasión de la que hablará la historia. Lo único que siento es no poder llevar a cuanta gente como querría y el nombre de nuestra patria demanda, pero no iremos solos.

Don Floristán dijo:

–La crudeza en el trato de ese rey ha hecho que le desprecie desde el fondo de mi corazón, pero si vos vais, Amadís, yo os he de seguir hasta la última gota de mi sangre; además en el pleito de Mongaza asentamos treguas por dos años, así que mal que me pese quiero estar con los míos. Al fin y al cabo en esa batalla nos defendemos todos del malvado Arcaláus.

Salieron muy contentos de palacio y cuando se disponían a elegir las armas vieron venir a una doncella que se dirigió a ellos, diciéndoles que les traía armas de la Dueña de la Ínsula no Hallada, Urganda la Desconocida, y así les hizo entrega de tres escudos orlados de piedras preciosas, pintados en campo de plata y con serpientes de oro tan extrañas que parecían vivas. Luego les entregó tres mantos de sobreseñales con las mismas figuras de los escudos y finalmente tres yelmos diferentes: blanco para Perión, cárdeno para Floristán y dorado para Amadís, a quien dijo:

–Con estas armas os reconoceréis en combate y os conocerán por los grandes hechos que habréis de acometer.

–¿Cómo ha sabido tu señora –dijo el rey– que estaríamos en la batalla si no lo sabíamos ni nosotros mismos?

–Lo ignoro –respondió la doncella–, pero me dijo que a esta hora os encontraría en este lugar y que os entregara las armas.

El rey ordenó que le diesen de comer y después la joven se volvió a la Gran Bretaña.

A la noche siguiente, partieron con la marea a Gran Bretaña secretamente Perión, sus hijos y una pequeña hueste, pues nadie podía saber su destino; aportaron cerca del campamento de los Siete Reyes. Plantaron su tendejón en una floresta espesa y desde allí enviaron un escudero a espiar los movimientos del ejército enemigo. Al mismo tiempo, Amadís envío una carta a Galaor en la que le confesaba que no participarían en la batalla y que al fin de la misma le rogaba que diese nuevas de su salud. Esto decía por encubrirse mejor.

El escudero volvió aterrado diciendo que el número de combatientes del Arábigo era incontable, gentes venidas de países lejanos y hablando lenguas extrañas. Pronto se daría la batalla, pues según oyó decir a Arcaláus no había bastimentos ni víveres para sostener a tanta gente por mucho tiempo.

A los pocos días volvió el mensajero de la carta a Galaor con nuevas del ejército de Lisuarte.

–Señores, el rey lleva consigo a lo mejor de la caballería andante, pero pierde con mucho en número con sus enemigos. La batalla se dará a los pies de ese castillo que veis sitiado. Lo habitan unas doncellas que han pedido ayuda a Lisuarte. En achaque de rescate se ha de dar la batalla.

Por la noche y desde su altura pudieron ver como el rey Arábigo dividía su ejército en nueve haces. Perión calculó muy por encima de los diez mil hombres. Subido a un árbol, al amanecer, Amadís vio la disposición del ejército de Lisuarte en cinco haces bajando de la sierra al llano del castillo.

El primer haz era español, al mando de Brián de Monjaste, con mil caballeros que su padre le había enviado desde España. Brián había solicitado el honor de romper batalla.

El segundo iba al mando de Cildadán y su gente. El tercero iba gobernado por Galvanes y Agrajes. Amadís, enjugándose una lágrima, pudo distinguir los estandartes de la Ínsula Firme, los suyos. Al frente del cuarto iba el sobrino del rey, Giontes ,y el quinto era el real y en torno a Lisuarte formaban Galaor, don Cuadragante, el fiel Angriote de Estraváus y Gavarte de Valtemeroso. Al frente de todos y con la insignia real bien desplegada marchaba don Grumedán de la Faz Serena, defendido por Guilán el Protector.

Así como oís, los dos ejércitos ocuparon el llano y lentamente se fueron acercando el uno al otro. De repente y saliendo de la alta floresta hicieron su aparición en la vega Perión, flanqueado por sus dos hijos, sobre tres hermosos y altos caballos con las armas de las sierpes, que resplandecían al sol. Se colocaron en medio de ambas mesnadas, levantadas al sol las lanzas con gallardetes serpentinos. Aquellas armas eran desconocidas para ambos contendientes, pero de grado los albergarían entre sus haces. El trío se encontraba más cerca del haz español, que ya se iba a enfrentar a sus enemigos, así que picaron espuelas y los tres se pusieron bajo la enseña de Monjaste que al grito español de «¡España, España, cierra, cierra!» se lanzó contra el haz del rey Trapagán que contra ellos venía.

Largas páginas podríamos contar del combate en que todos los caballeros hicieron prodigios de valor frente a un enemigo muchas veces superior y cuyo equilibrio sólo se sostenía por el heroísmo de los Caballeros de las Sierpes, pero hacia la caída del sol las proezas de Amadís y sus familiares ya no eran suficiente para equilibrar la lucha, pues nuevos contingentes de caballeros frescos cubrían las filas de los caídos en el bando del Arábigo, enviados sabiamente por Arcaláus. Y así entró un nuevo haz al mando de los dos mejores caballeros del encantador: Brontajar de Anfania, en cuyas armas destacaban campanillas de oro y sangre, y Argomades de la Ínsula Profunda, con palomas en campo verde. Aventajaban a todos en estatura y mientras les duraron las lanzas no quedó caballero de Lisuarte sobre su silla; cuando estas se quebraron, sacaron espadas tan descomunales que a cada golpe caía un caballero o dos. Los hombres de Lisuarte huían ante ellos, de suerte que las doncellas del castillo gritaban:

–¡Caballeros del rey, no huyáis, que hombres son y no diablos!

Un clamor se extendía por el campo de batalla:

–¡Vencido es el rey Lisuarte!

Hasta que lo oyó Floristán que airado dijo:

–¿Qué brama toda esta astrosa gente?

Amadís vio que venía hacia él a galope tendido Brontajar, hiriendo y derribando caballeros con su espada colgada del cuello con una cadena. Tan sobrado estaba que la soltaba para agredir con sus puños a sus enemigos a los que derribaba como muñecos de feria.

–¡Santa María me valga! –exclamó Amadís–. ¿Qué mal diablo es este?

Pero no se le arrugó el corazón en el pecho y, tomando una fuerte lanza que le ofreció un escudero, se acordó en aquella hora de su señora Oriana y dijo a Floristán:

–¡Guardad a nuestro padre!

Brontajar, que había oído las maravillas realizadas por el Caballero del Casco Dorado, tomó una lanza muy gruesa y lanzó un baladro que se oyó sobre el estruendo de los aceros por todo el campo de batalla:

–¡Ahora veréis todos la hermosa lanzada con que mataré al Caballero del Yelmo de Oro, si se atreve atacarme!

Ambos lanzaron sus caballos al galope tendido, las lanzas hirieron los escudos falsándolos en astillas y estallando sus astiles.

Desarmados, chocaron sus cuerpos como choca un niño contra una peña dura. Brontajar cayó como un peso muerto de su caballo con todos los sentidos perdidos y en su caída fue arrastrando a su montura, que le aprisionó contra la tierra. Otro tanto sufrió Amadís, que mareado cayó sobre el pescuezo de su montura, soltando su espada que se le quedó inerte pendiente de la cadena. Pero ya llegaban para auxiliarle Perión y Floristán, Galvanes y Monjaste el Español, y con ellos lo que quedaba de la flor y nata de la caballería britana, para cerrar sobre Amadís que poco a poco se fue reponiendo del choque, pero lo primero que oyó fue el grito de una de las doncellas del castillo:

—¡Viva, viva el Caballero del Yelmo de Oro que ha matado la gran diablo!

Palabras que mucho animaron a Amadís, pues pronto se recuperó entre los suyos para aprestarse a defender a Lisuarte, que se veía cercado por el rey Arábigo y Argomades, que ya golpeaba al monarca con su espadón medio descabalgándolo, pero el del yelmo de oro, que vio cómo iba a caer sobre el monarca el espadazo definitivo, interpuso su escudo y su brazo para recibir el golpe. La espada afiladísima rompió el maderamen del escudo, pero por suerte no tocó el brazo, pues se lo hubiera cercenado hasta la mitad, aunque penetró por el fuerte yelmo tres dedos rasgando el cuero cabelludo hasta el casco de hueso. Amadís resistió el dolor y en un esfuerzo definitivo antes de que un velo de sangre cubriera sus ojos soltó un golpe con todas sus fuerzas contra el brazo de su rival, tajando la loriga, la cofia de malla, la carne y el hueso hasta llegar al costado, de guisa que Argomades se quedó sin brazo y con una espada clavada hasta las costillas. Perdió el conocimiento y su caballo encabritado lo sacó del campo de batalla, a morir.

Era el final del combate y se encontraron frente a frente Lisuarte y el rey Arábigo. Lisuarte diole tres golpes con su buena espada y el invasor se retiró maldiciendo a Arcaláus, que le hiciera venir hasta aquella tierra con la promesa de ganarla con facilidad. Cuando los suyos vieron huir herido y desamparado al rey Arábigo, arrojaron al suelo las armas, confiando unos en sus barcos y otros en la cercana sierra, pero casi todos murieron, unos en el mar y otros en tierra.

Ya era noche cerrada cuando Lisuarte dio por ganada la batalla, ocupando las lujosas tiendas de sus enemigos y albergando con sus caballeros en ellas. Los caballeros de las sierpes salieron del campo y volvieron a su tendejón, pero antes Amadís llamó a un escudero y le dijo:

–Decid al rey que los Caballeros de las Sierpes excusamos nuestra presencia porque nos espera otro lugar más lejano, en tierras extrañas, para ponernos a merced de quien no la tendrá con nosotros. Nuestra parte del despojo sea para las doncellas del castillo y devolvedle este caballo al monarca, pues no queremos de él ningún galardón.

Muy chasqueado quedó el rey Lisuarte ante el desaire de los de las sierpes. Cariacontecido preguntó a Galaor:

–Juraría que el del yelmo de oro era Amadís. Nadie sino él sería capaz de los prodigios que hemos visto.

–No, mi señor –respondió Galaor con una triste sonrisa–, mas ojalá lo fuera, pues hace unos días recibí una carta suya donde me decía que seguía en Gaula con Perión y Floristán. Pero quién quiera que sea, Dios le dé buena ventura, pues ha ganado prez y honra sobre todos nosotros.

Después Galaor y Agrajes fueron a descansar aquella noche en la tienda de Arcaláus, que era más rica y hermosa que la del propio rey Arábigo, en la cual hallaron bordados en seda unos grandes tapices donde se narraba la batalla que hubo con Amadís, cómo lo encantó y otras muchas maldades que había hecho.

Al día siguiente se partieron a la villa de Gadampa, donde se encontraba la reina y su hija, que los recibieron con gran honra y alegría.

50

La frustrada venganza del malvado Arcaláus

Perión y sus hijos descansaron y curaron sus heridas en la floresta antes de reembarcar hacia Gaula. El tiempo era propicio, pero al cabo de cinco días el viento roló y el mar se embraveció en tormenta que les desvió de su ruta y hubieron de acogerse a un pequeño golfo al pie de una montaña que llegaba hasta el mar. Descendieron con sus armas y monturas e hicieron una descubierta, mientras sus escuderos y tripulación hacían aguada.

Llegados a un valle, junto a un riachuelo vieron a una doncella abrevando a su palafrén; a su lado estaban dos escuderos y dos doncellas entrenando a unos halconcillos. Apenas los vio, así los reconoció por las armas de las sierpes, mostrando gran alegría la del palafrén, que por gestos mostraba ser muda. Aunque los tres caballeros no entendían su lenguaje, los escuderos y doncellas se lo tradujeron y les trasmitieron la invitación para pasar la noche en su castillo. Atardecía cuando entraron en un rocoso castillo donde fueron recibidos con amabilidades y mucha humildad por las gentes que trataban a la muda de dueña y señora de la fortaleza. Descabalgaron, se despojaron de sus armas y bien cenados y aposentados se durmieron en una amplia cámara, que en realidad era un enorme jaulón sostenido sobre un pilar de hierro que podía subirse o bajarse a voluntad. Cuando se despertaron la oscuridad era total, las paredes, tapices y reposteros habían desaparecido, quedando en su lugar fuertes barrotes de hierro. Oyeron agua y supusieron que estaban cerca del foso del castillo.

Estaban doliéndose de su suerte cuando se abrió una ventana que enmarcó la figura de un caballero grande y membrudo de rostro desapacible, de barba y cabellos más blancos que negros; vestía enteramente de negro y la mano izquierda la llevaba enguantada hasta el codo como los magos. Con una voz que les puso espanto dijo:

–He sabido por vuestras armas que gran pesar me causasteis en la batalla del falso rey Lisuarte. Aquí sufriréis mi venganza, que será cruel y os prevengo que no os ha de alcanzar con una muerte. Yo soy Arcaláus, a quien llaman el Encantador, por si no me habéis reconocido, y sabréis que nunca nadie me ofendió que no me cobrara venganza, a no ser uno solo al que espero me llegue la vida para cortarle las manos.

De repente apareció la bella muda a su lado para decirle con maldad señalando a Amadís:

–Aquel mancebo del fondo a quien no veis la cara es el que traía el yelmo dorado.

Por un momento Amadís recordó su pequeña muerte y el corazón se le encogió en el pecho. Aquella doncella era Dinarda, hija de Ardán Canileo y sobrina de Arcaláus, sutil como ambos en el arte de la maldad.

–Yo os tajaré la cabeza y se la mandaré como agasajo al rey Arábigo –dijo riendo siniestramente Arcaláus.

Se retiró de la ventana y al cerrarla quedó la cámara tan oscura que no se veían los unos a los otros. El rey Perión como más sabio les esforzó, pero de nuevo se abrió la ventana y apareció Dinarda que les dijo:

–No pienso daros de comer, desayunaos con esta noticia. Sabed que llegaron a la puerta del castillo dos escuderos y un enano preguntando por vosotros. Ya están en prisión y mañana me diréis quiénes sois o los haré descuartizar miembro a miembro.

Quienes habían llegado en su busca eran Gandalín, el enano Ardián y Orfeo, repostero mayor del rey Perión, que viendo su tardanza y llegados mejores vientos para la navegación, habían decidido buscar a sus señores. Mucho les pesó a estos su prisión y más la tortura con que injustamente iban a ser castigados y así se lo reclamó Amadís a la doncella, pero volvió el horrible rostro de su tío a la ventana:

–¿Pedís honra y humanidad en el trato? Esa honra guardo yo para Amadís si lo tuviese en esta prisión –dijo con malvada ironía.

–Tío, no los matéis de hambre –dijo la malvada Dinarda.

–Sea, sobrina, mandadles una empanada de tocino, sin gota de agua, que se mueran de sed –y se fue de allí con su séquito entre grandes risotadas.

Pero una doncella, encargada de bajar la comida, que vio a los hermanos tan apuestos y sabiendo de su valentía, se sintió conmovida y puso en un cesto junto a la maldita empanada un barrilete de agua y otro de vino y bajándolo todo con una cuerda les dijo:

–Tened esto y guardadme el secreto, mis señores.

Y sin más palabras que una mirada amorosa se fue. Con aquello cenaron y pues otra cosa no podían hacer descansaron en sus muy buenos lechos con las armas prestas, pensando que si de hambre no morían, sabrían vender caras sus vidas.

Gandalín y sus compañeros estaban en una prisión aún más baja que el jaulón y allí encontraron a una familia: un caballero, su esposa y su hijo, a quienes Arcaláus había robado su castillo cercano y sufrían dura prisión desde hacía más de un año. Ellos les comunicaron el prendimiento y la prisión de sus amos.

–Cuando dormíamos entraron cuatro hombres y dieron vueltas a esa rueda de hierro que está fija en la pared y les oímos decir que con ella se movía a voluntad la cámara de los tres caballeros. Fijaos, ahora está sobre nosotros, pero también dijeron que podían ahogarlos con el agua del foso, si así lo quisiera Arcaláus.

El avisado Gandalín entendió el peligro que corrían su amo y familiares y dijo:

–Si no hacemos algo para sacarlos de esa mazmorra, moriremos todos.

Y los cinco comenzaron a dar vueltas a la rueda y el jaulón comenzó a subir. Perión, que estaba desvelado, sintió que el suelo ascendía y con él toda la cámara, saltó de su lecho y despertó a sus hijos.

–La cámara sube, cuando pare lucharemos hasta la muerte, hijos míos –dijo embrazando su escudo.

Vieron cómo iba creciendo la claridad y se pusieron a la puerta de la cámara. Cuando el artefacto paró, derribaron la puerta y se encontraron frente a unos cuantos peones a los que mataron con facilidad. Salieron al exterior acabando con cuantos encontraban al grito de:

–¡Gaula, Gaula, nuestro es el castillo!

Arcaláus oyó los gritos y espantado huyó desnudo a la torre del homenaje, se encerró tras dos puertas y vio por una ventana cómo los de las sierpes ocupaban el patio y el muro mientras los suyos huían sin mando, pero no osó salir, aunque daba voces diciendo que sólo eran tres hombres, pero todos huían en desbandada. Gandalín y los suyos pidieron socorro a gritos hasta que Amadís y sus familiares los liberaron rompiendo los candados.

Antes de cabalgar, el rey Perión ordenó quemar el castillo con Arcaláus dentro. Así estuvo dos días y al tercero volvieron los suyos, que habían huido con Dinarda a un monte cercano, y lo encontraron medio muerto de sed y ahogado por el humo, había perdido sus poderes, que no su maldad, y tardó varias semanas en recuperarse.

Llevaban unos cuantos días descansando en sus palacios de Gaula Perión y sus hijos cuando fueron avisados de la llegada de una nave. Pocos minutos después llegaba a tierra un batel con Galaor y Norandel, el hijo de Lisuarte, ambos se habían juramentado en una demanda de búsqueda de los Caballeros de las Sierpes. Muy alegre fue Amadís de reencontrarse con su hermano, aunque en nada varió su propósito de partir en busca de aventuras, pues sentía que los trece meses pasados en Gaula habían menoscabado su gloria y era necesario reponerla con nuevos hechos de armas. Don Galaor le dijo que contento iría con él si no tuviese la palabra empeñada en la demanda de los de las sierpes. Esto pesó a Amadís, que propuso a su padre decirles la verdad a los recién llegados una vez que él estuviera lejos. Don Floristán le pidió muy encarecidamente que le dejase acompañarle, pero él deseaba pasar solo por las dificultades para alcanzar, le dijo, la muerte o la gloria.

Después que hubo partido Amadís, Perión llamó a Galaor y Norandel y les dijo:

–Vuestra aventura es acabada, venid conmigo.

Y llevándolos a la cámara de las armas les mostró las de las sierpes, quebradas y abolladas por todas partes. Los dos caballeros hubieron sentimientos mezclados, ya pasaban del agradecimiento por tanta valentía hasta la envidia por lo realizado con ellas.

–Hijo Galaor, nosotros éramos los de las sierpes. Ahí están los yelmos –dijo Perión pasando un brazo por los hombros de su hijo.

Norandel le pidió aquellas armas para su padre Lisuarte y Perión gravemente se las concedió en un gesto generoso.

Allí estuvieron catorce días y bien descansados volvieron a Gran Bretaña. Llegados, se fueron al palacio real y ante los reyes contaron cuanto Perión les había relatado. Después Lisuarte tomó uno a uno los yelmos preguntando por sus poseedores. Galaor los fue reconociendo y al llegar al dorado dijo:

–Ved, señor, este del que realizó por vos el más alto de todos los servicios, el que sólo él pudo hacer, este es de Amadís. Y desde hoy ellos son llamados los Tres de la Fama, pues ella para ellos es y será y para vos quedará la victoria.

Finalmente. Lisuarte preguntó a su hijo Norandel por el rey Perión:

–Creedme, señor, si os digo que en mundo no hay rey que posea mayores y mejores tierras que las que él posee.

–Que bien sabrán defenderlas si preciso fuere sus hijos –remató don Grumedán.

El rey guardó silencio por no loar a los de Perión, pero mandó poner en la parte más destacada del arco de cristal de su palacio las armas de las sierpes, aunque de nuevo subió a su corazón la ira y la saña contra Amadís y los suyos, pues la mala simiente de Brocadán y Gandandel había echado hondas raíces en su pecho.

51

Infancia y juventud de Esplandián

Cuando Esplandián cumplió cuatro años, Nasciano lo llevó a la ermita consigo. Al verlo llegar le pareció tan fuerte y agraciado que se maravilló y decidió que se educaría allí con su sobrino.

La floresta era su lugar natural de juegos y un día Esplandián tuvo sueño y se tumbó a dormir bajo una copuda haya; hasta allí llegó la vieja leona que al instante reconoció al niño y se echó a sus pies como un corderillo. El sobrino, que lo estaba buscando, fue a llamar a su tío llorando porque un can muy grande quería comerse a su amigo. Cuando llegó la leona estaba jugando con Esplandián, que dijo a Nasciano:

–Hermoso can es este, padre. ¿Es nuestro?

–No, es de Dios, como todas las cosas de la Naturaleza.

–Quisiera que fuera nuestro, pues es muy manso.

–Dale de comer.

Y le dio al niño una pierna de gamo con que le habían obsequiado unos cazadores y el pequeño alimentó a la leona, mientras jugaba con ella.

Desde ese día la leona aguardaba a la puerta de la ermita esperando que terminaran los latinicos y acompañaba a los niños en sus correrías.

Por dar descanso a su persona y placer a los caballeros de su corte, Lisuarte salió de caza llevando consigo a la reina y sus hijas y mandó asentar el campamento en la Fuente de las Siete Hayas, un lugar muy fresco y cercano a la floresta de Nasciano. La reina se quedó con su séquito descansando mientras el rey y sus cazadores se internaban en la floresta.

Alejado de los demás, el rey vio cómo le salía de frente un ciervo muy cansado al que persiguió a caballo, pero de repente vio venir a un doncel de no más de seis años, el más galán que jamás viera, con una leona atada a una traílla. Al ver al ciervo soltó a la leona que derribó al astado y comenzó a sorberle la sangre. El doncel se acercó seguido por otro un poco más mayor. Desjarretaron al ciervo para que la leona comiese a gusto, mientras a la carrera llegaron dos sabuesos, uno negro y otro canelo, que se pusieron a comer junto a la leona. El rey estaba maravillado. Cuando terminó la leona, le pusieron de nuevo la traílla y el mayor se la llevó.

El rey llamó al doncel y le dijo:

–Buen doncel, que Dios te bendiga y te guarde. Dime quién es tu padre.

–Señor, el santo Nasciano me crió y a él tengo por padre.

El niño partió tras el otro a la carrera y el rey se acercó a la ermita donde estaba leyendo el anciano anacoreta. El rey le preguntó por el doncel.

El ermitaño lo reconoció e hincó la rodilla para besarle las manos. El rey, que no quería fiestas, le preguntó directamente por sus padres.

–Señor, yo lo encontré y lo cuido como un hijo.

Después le contó el episodio de la leona y de las letras en las tetillas. El rey estaba absorto.

–Venid mañana a comer a la Fuente de las Siete Hayas y allí estarán la reina y mis hijas. Llevad a Esplandián, a la leona y a Sargil, vuestro sobrino.

El rey volvió a su campamento y don Grumedán le dijo que la reina no había comido y que había recibido de una doncella una carta de Urganda la Desconocida. Abrieron el sello y así rezaba la misiva:

> *Al muy alto y muy honrado rey Lisuarte, yo, Urganda la Desconocida, os aconsejo que cuando apareciere el muy hermoso doncel criado por las tres amas de Nasciano, lo améis y ejercitéis bien, porque él con su valor y decisión os ha de salvar de un peligro en que jamás*

estuvisteis, aun habiendo luchado contra los más duros guerreros. No os engañe su humilde parentesco con el santo hombre pues es de alto linaje y por la leche de la primera ama será de corazón tan férreo y bravío que oscurecerá a todos los valientes de su tiempo. Por su segunda ama será manso, mesurado, humilde y sufrido más que ningún otro hombre del mundo. Por la leche de la tercera ha de ser sagaz, buen retórico y de sutil entendimiento. Protegedle bien en estos años, pues si se logra será en sus empresas excelente y descollará en bondad entre los buenos. Será el primer caballero sin igual y empleará sus armas en servicio de Dios. Y te digo, buen rey, y esto bien te atañe, que este doncel pondrá paz entre Amadís y tú.

Tras leer ambos esposos la carta, Lisuarte le contó a la reina el encuentro con el doncel.

A la mañana siguiente tras oír misa con sus caballeros les leyó la carta de Urganda, todos quedaron maravillados por la fortuna de aquel niño y Oriana deseó fervientemente que aquel doncel fuera su hijo.

Galaor se adelantó a todos y dijo:

–Señor, no dudo que esto se ha de cumplir como todo lo que predice Urganda y mucho me place a mí más que a nadie, pues se cumplirá lo que más deseo, que es la paz entre vos y mi hermano.

Al instante vieron llegar en comitiva al ermitaño Nasciano, a Esplandián con los dos lebreles, detrás venía Sargil, su hermano de leche, con la leona entraíllada, y cerraban la comitiva dos ballesteros, amigos de Nasciano, que llevaban sobre un mulo al ciervo y sobre una mula corzos, liebres y conejos que entre todos habían cazado. Pero todos los ojos estaban puestos en la leona y la estrecha traílla que la sujetaba y, viendo su temor, el rey dijo:

–No temáis, señoras, esa leona es más mansa que un perrillo faldero...

Galaor dijo un poco zumbón:

–No parece gran cosa el montero que la sujeta, si ella se enoja...

Nasciano se adelantó y dio la bendición para todos.

El rey se levantó y tomándolo por el brazo lo condujo ante la reina, la leona seguía aterrorizando con sus dientes a las mujeres del séquito, pero el doncel con gran tranquilidad le dijo a la reina:

–Señora, aquí os traemos esta caza.

–Hermoso doncel –dijo el rey–, partidla como gustéis.

–La caza es vuestra –dijo Esplandián–, gozadla a vuestro placer.

Pero el rey quería probar el talento del muchacho y le respondió:

–Vos habéis cazado y vos repartiréis.

La vergüenza coloreó el rostro del doncel haciéndolo más hermoso. Afirmando la voz dijo:

–Para vos, mi señor y rey, el ciervo.

Y volviendo el rostro a la reina y besándole las manos, le entregó los corzos. Después la belleza de Oriana merecía ser honrada, hincó ante ella la rodilla y, dándole las perdices y conejos, dijo:

–Señora, los hemos cazado con nuestros arcos.

–Hermoso doncel –dijo Oriana, sonriendo dulcemente–, ojalá tengáis la misma ventura en vuestra vida.

Esplandián no entendió las palabras de Oriana, pero las agradeció con una graciosa reverencia. Galaor y Norandel lo abrazaron y el rey pidió a Nasciano que relatara la historia de sus orígenes. Así hizo el santo varón y según avanzaba en su relato, Oriana y sus amigas, Mabilia y la Doncella de Dinamarca, se miraban a hurtadillas unas a otras temblándoles las carnes de placer sabiendo que ante ellas estaba su hijo y más cuando contó lo de las letras de las tetillas.

El rey le pidió al ermitaño que le dejara a los donceles para criarlos bajo su poder y Nasciano, con lágrimas en los ojos y el corazón destrozado por la soledad y el amor, no pudo negarse. El rey puso a Esplandián en manos de la reina para que la sirviese y después ella se lo cedió a su hija que se lo suplicaba con sus ojos. Y por los azares del destino el niño Esplandián quedó al cuidado de su madre.

La reina se confesó con el santo hombre, lo mismo hizo Oriana y le descubrió su secreto, el anciano que se quedó espantado y la reprendió con dureza. Ella, llorando mucho, le dijo que tenía la palabra de casamiento de Amadís y que sólo las maldades de Arcaláus habían retrasado la boda pública. Esto alegró a Nasciano, que supo de la gran misión piadosa de Amadís. La absolvió y tomando a Esplandián de la mano le dijo al rey:

–Niño de Dios, pues por Él me fuiste entregado, que Él te guarde de todo mal. Te logre y defienda y te haga bueno a su santo servicio. Te lo entrego, buen rey.

Y besándolo en la frente, le echó la bendición y se lo entregó al rey.

52

Nuevas aventuras de Amadís

Pequeña se le había quedado la Gran Bretaña a Amadís y su deseo de gloria le llevó a la búsqueda de hombres de tierras extrañas y lenguas diversas. No quiso más compañía que la de Gandalín y el enano Ardián. Llegó a tierras de Alemania donde al poco tiempo ganó gran fama y fue conocido como el Caballero de la Verde Espada o el Caballero del Enano. En estas tierras lejanas pasó cuatro años envuelto en peligros y siempre con el recuerdo doloroso de su señora Oriana en el corazón. Cuando llegó el invierno, temió el frío y pasó a Bohemia, pues le habían hablado de un rey de gentil bondad y corte refinada. También supo que estaba en guerra injusta con Patín, emperador de Roma, a quien Amadís mucho repulsaba por el episodio de Oriana cuando era Beltenebros, como ya se ha narrado. Este Patín, conocido como soberbio y badulaque, pretendía avasallar al rey Tafinor de Bohemia y su resistencia placía a Amadís, que se presentó ante él para ofrecerle su ayuda.

Lo encontró con su corte en una gran barcaza, dentro de un lago, adiestrando halcones con acompañamiento de una capilla de músicos. Grande fue la alegría de Tafinor por su nuevo aliado.

–Mi buen amigo –dijo el rey–, sed bienvenido a mi reino.

–Señor –respondió Amadís–, he sabido que mantenéis guerra injusta con un hombre más poderoso y precisáis por ello de cuanta ayuda extraña que se os pueda ofrecer. Aquí está mi espada y desde hoy consideradme vuestro vasallo natural.

–Caballero de la Verde Espada, las nuevas de vuestras hazañas y vuestra presencia me inducen a pediros ayuda en la guerra que mantengo con el emperador de Roma, quien con soberbia pretende que este reino libre le sea tributario. Hasta hoy me he mantenido firme con la ayuda de mis vasallos y un puñado de valientes caballeros amantes de la justicia, pero muchas son sus tropas y mis fuerzas van menguando con los días y los combates...

–Señor –cerró Amadís–, yo os serviré; juzgad mis hechos por su bondad y no por su fama.

Pues así sucedió que vigilando la frontera hablaban el rey Tafinor con su hijo Grasandor y el Caballero de la Verde Espada cuando vieron acercarse una hueste de doce caballeros. El rey reconoció pronto a Garadán, primo de Patín, y el más soberbio de los caballeros del emperador romano.

Tras los saludos rituales de una embajada, Garadán entregó al rey una carta de credencia del emperador y dijo su mandato:

–Rey, pues como el emperador es de muy más alto linaje que vos y tiene muchas cosas que atender, quiere terminar pronto esta guerra y pretende hacerlo de dos maneras. Elegid la que más os agrade o interese. La primera, una batalla contra su primo Salustanquidio, príncipe de Calabria, de hasta mil contra otros mil combatientes, o la segunda de doce contra doce caballeros; aquí están los míos, a condición de que si vencéis seréis libre para siempre y si sois vencido, seréis su vasallo como lo fue este reino en tiempo del viejo Imperio Romano. Elegid y sabed que, si no lo hacéis, el emperador vendrá en persona y no se irá hasta destruiros completamente.

–Don Garadán –dijo el caballero de la Verde Espada–, mucha soberbia despiden la misiva del emperador y el tono de vuestras propias palabras. El rey os dará respuesta a su debido tiempo, pero ¿podéis darle garantías de que respetaréis su decisión?

–Don caballero –respondió con desprecio Garadán–, por vuestro acento bien se ve que sois extranjero y por vuestras palabras hombre de poco entendimiento, pues respondéis sin el mandato de vuestro rey...

–Yo doy por buenas las palabras del Caballero de la Verde Espada –cortó el rey Tafinor.

Garadán, que conocía la fama del caballero y sus hechos de armas, sintió que formara bajo banderas de Tafinor y deseó ardientemente luchar con él para arrebatarle toda la gloria que había oído ganara en Alemania.

Entonces mandó traer una arqueta y sacó de ella una carta con treinta sellos colgados de hilos de plata rodeando uno de oro. Eran los sellos del emperador y los grandes señores del Imperio; en dicha carta se leían las dos formas de terminar la guerra.

El rey pidió consejo a sus caballeros, pero no lograban ponerse de acuerdo. Finalmente, el conde Galtines propuso que se remitiese la decisión al buen criterio del Caballero de la Verde Espada, quien dijo:

–Grave es tomar una determinación, cuando tantos dependen de ella. Pero si fuera mi caso y tuviera un castillo y cien caballeros y mi enemigo diez castillos y mil caballeros y Dios me hiciese la merced de poder decidir la batalla por igual número de caballeros, estaría contento.

Esto dijo por excusar más opinión, pero el rey lo retuvo y le dijo:

–Amigo, todos somos de vuestro parecer. Será como la victoria del rey Perión contra el rey Abiés, cuando comenzó la fama de Amadís como el más valiente y esforzado caballero de todos los tiempos. No sé si lo conocéis.

–No tuve esa fortuna, pero conozco a dos hermanos suyos que no le van a la zaga en armas y saberes castrenses.

–En recuerdo de esa batalla haremos batalla de doce caballeros –se afirmó el rey.

–Si me permitís yo estaré en ese combate –dijo Amadís para alegría del rey Tafinor.

Don Garadán, que esperaba la respuesta con impaciencia, al saberla dio señales de alegría y más cuando supo que el de la Verde Espada iba participar, pues mucho quería medirse con él.

–Muchas veces los hombres están alegres al comienzo de una empresa, pero el final es otro –sonrió el Caballero de la Verde Espada.

–Vos, caballero –dijo don Garadán, que no podía disimular su antipatía–, en cada pleito queréis hablar, si supiese que vais a estar en la batalla os daría estos guantes de desafío.

El caballero de la Verde Espada los tomó con una inclinación de cabeza:

–Estaré en la batalla y tomo vuestros guantes, y así espero cortaros la cabeza por vuestra soberbia y desmesura.

–¡Ojala fuera ya mañana –dijo don Garadán en voz alta– para que todos vieran cómo castigo vuestra locura!

–No hay que esperar tanto, luchemos hoy –dijo sonriendo el de la Verde Espada– con la condición de que el que quede vivo pueda ayudar mañana a los suyos.

Al instante se armaron, subieron a sus caballos y se lanzaron uno contra otro, ambos se odiaban a muerte y todos los presentes sabían que sólo uno saldría con vida del envite. Espolearon sus monturas y al primer encuentro quebraron sus lanzas que saltaron hechas astillas. Tanta saña se tenían que sin meter mano a las espadas chocaron los escudos y los yelmos y del impacto Garadán salió descabalgado. El Caballero de la Verde Espada quiso lanzarse contra él, pero su caballo tenía una pata rota y tuvo que echar pie en tierra, momento en el que sintió cómo el asta de la lanza de su enemigo se le había clavado en brazo izquierdo. La herida era profunda, pero mordiéndose los labios se arrancó el hierro de un golpe y se lanzó espada en mano contra su enemigo, que ya le esperaba a pie firme, aunque bastante malparado. Le rodeó con facilidad y le soltó tres golpes sobre el yelmo que hicieron tambalearse a Garadán, que medio desmayado dijo:

–Ahora ya os conozco y sé vuestras tretas. Descansemos un rato y volvamos al combate.

Amadís, con el brazo ensangrentado, supo leer la fatiga en la voz de su rival y dijo con ironía:

–Descansar sería vergonzoso para vos y no quiero avergonzaros. Vamos, volved al campo, que ya habéis descansado bastante.

Don Garadán creía que el ardid iba a surtir efecto y por eso le pesó pues estaba maltrecho, pero recobrando su soberbia se dispuso a luchar. El Caballero de la Verde Espada giraba golpeándole por todo el cuerpo; finalmente, saltó como un tigre propinándole un fendiente encima del casco que quebrándoselo y partiéndole la cabeza sonó como una calabaza reventona. Luego limpió su espada, se arrodillo y dio gracias a Dios.

Los caballeros romanos estaban aterrorizados mientras llevaban el cadáver hacia las tiendas, pensaban que estaban derrotados de antemano hasta que sobre los lamentos se impuso la voz tonante del heredero imperial, el caballero Arquisil, afeándoles su cobardía y exigiendo ser él quien se enfrentara al Caballero de la Verde Espada. Esto alentó a los suyos, que pasaron la noche enardeciéndose unos a otros y al punto y hora ya estaban en su lugar esperando a los caballeros de Bohemia. Así vieron venir a Amadís y a su lado a Grasanor, el heredero, y a otros diez valientes.

Arquisil se adelantó hacia el Caballero de la Verde Espada. Quebraron lanzas y el romano quedó medio descabalgado y Amadís fue a luchar contra otros, pero su rival se repuso y cargó de nuevo contra él. Amadís, que no esperaba el ataque, sintió que se le abría el yelmo y lanzó un espadazo que cortó a Arquisil medio hombro. De nuevo volvió ayudar a Grasanor y sus compañeros, que ya tenían medio derrotados a los romanos, pero Arquisil, dejando un reguero de sangre por toda la palestra, seguía persiguiéndolo por todo el campo sin temer sus golpes. Finalmente Amadís, que bien sabía apreciar la bravura del romano, ya casi escapándose de él gritó:

–¿Pero no hay quien me defienda de este caballero?

Grasanor y los suyos le acometieron derribándole con facilidad, pues estaba muy herido y ya iban a matarlo cuando Amadís dijo:

–Señor, ya habéis hecho más de lo que os permiten vuestras fuerzas. Yo no deseo vuestra muerte. Sed razonable y rendid vuestra espada.

–Yo ya no puedo hacer más, me rindo a vos y os pido que me mantengáis con vida.

–Vos, valiente caballero Arquisil, en adelante dependeréis de mi decisión y ya nunca más volveremos a enfrentarnos –dijo Amadís.

Así vencedores los bohemios se retiraron y curaron sus heridas. Cuando el Caballero de la Verde Espada estuvo recuperado le manifestó al rey su deseo de partir, angustiado por la larga ausencia de su señora.

Aún estuvo varios días Amadís recorriendo los predios del rey bohemio y este a la víspera de su partida le pidió un don que no le embarazaría en su camino, ni menoscabaría su honra.

–Yo os lo concedo –dijo Amadís.

–Buen amigo, decidme vuestro nombre en secreto.

Tanto insistió el rey que Amadís se lo dijo.

–¡Ay, caballero bienaventurado! –dijo el rey llorando de alegría–, ¡Bendita sea la hora en que nacisteis, que tanta honra dais a vuestro linaje y a cuantos tenemos el honor de amaros! Quiera Dios que algún día pueda pagaros tanto bien, marchad con Dios.

El Caballero de la Verde Espada se dirigió a las Islas de Romania, donde era fama que las habitaban gentes bravías. No fue una estancia fácil, dicen crónicas que muchas veces cayó herido, pero siempre tuvo el amparo de Dios que le otorgó una y otra vez la victoria. En Romania venció a grandes gigantes y su fama voló por todo el Mediterráneo hasta llegar al Helesponto. Mas los grandes peligros y trabajos jamás pudieron apartar de su mente y su corazón las encendidas llamas de su amor y el dolor de la ausencia que lo consumían lejos de su dama Oriana, pero allí estaba Gandalín que con sus consejos impidió que se hubiera deshecho en lágrimas, recordándole que había elegido libremente y por un tiempo el deseo de gloria sobre las dulzuras del amor.

Después pasó a Grecia por el puerto de Sadiana y apenas desembarcó su gobernadora Grasinda quiso agasajarlo, pero Bradansidel, caballero follón, soberbio y valiente, que la amaba en secreto, lo desafió sin motivo. Amadís se vio obligado a luchar y con su victoria ensanchó su fama derrotando al caballero. Por sus malas palabras y tras perdonarle la vida, Amadís obligó a sus escuderos a que, atado sobre la silla y puesto en el caballo al revés llevando el rabo en la mano y el escudo a la espalda, así lo pasearan por las ciudades para su escarnio y ejemplo de aquellos caballeros que con su soberbia menosprecian a los que no conocen.

Pero no sin dolor terminó Amadís aquella aventura, pues una parte de la cuchilla de la lanza de Bradansidel acabó clavada en su cuello, circunstancia que aprovechó la dueña Grasinda, que se apresuró a invitar al caballero como huésped de su villa. Aceptado que fue por Amadís, entraron ambos en la ciudad en triunfo: ella, amada por sus súbditos y él, admirado a partes iguales por su belleza y gallardía en el campo de batalla. Llegaron al palacio de la dueña y tras asearse vistieron al joven con una capa escarlata rosada. Cuando la dueña lo contempló a su sabor creyó que en mundo no habría hombre tan hermoso e hizo venir a un médico muy versado en heridas para que le curara la herida de la garganta.

–Caballero, estáis herido en un lugar muy peligroso, preciso es descansar o podéis tener graves problemas.

–Maestro, aquí estaré hasta cuando mi cuerpo me pida cabalgar, pues no me conviene más descanso ni reposo, ya que mi misión me obliga más allá de lo que mi corazón desea.

Y acto seguido rompió a llorar con mucha vergüenza, hasta que limpiándose presto las lágrimas recuperó la alegría en su semblante.

Todos se retiraron por consejo del médico y él quedó en su lecho pensando en la señora Oriana, mezclando el gozo de los recuerdos con los tormentos de la ausencia, hasta que agotado se adormeció.

De la bellísima Grasinda os diré que se retrajo en su cámara sin dejar de pensar en la hermosura del caballero y en sus grandes hazañas. Y pues era viuda, hermosa y noble sobrina del rey Tafinor, determinó tener por marido a tan sin par caballero. Aunque al verlo llorar supuso que estaría enamorado de alguna mujer, decidió cortejarlo con amabilidades mientras estuviera en su palacio. Y así lo hizo con sus doncellas durante varios días, pero una mañana, no pudiendo sufrir más, le preguntó a Gandalín el motivo del llanto.

El avisado escudero respondió:

–Señora, tanto el enano como yo llevamos poco tiempo a su servicio. Pero desde el principio nos pidió que no le preguntáramos por su linaje, ni hacienda. Hemos visto hazañas que nos han puesto en gran espanto, tanto como para poder deciros que es el caballero más valiente y generoso del mundo.

Gandalín, que ya había pasado por otras angustias semejantes, vio cómo Grasinda tenía la cabeza baja, los ojos húmedos y silencio en la voz, señales de amor por su señor y quísole quitar aquella pasión imposible con estas palabras:

–Mi sueña y señora, yo le veo muchas veces llorar con tanta angustia que es milagro cómo su corazón puede sostenerse con vida.

Y ello sólo puede ser debido al demasiado amor que por alguna mujer tiene y lo sufre con esfuerzo y sin remedio.

El tiempo fue curando las llagas, pero la del cuello era más rebelde y lo mismo el amor de Grasinda, que no hacía más crecer con la conversación y contemplación del caballero y, cuando este estuvo en disposición de poderse armar, habló con ella y le dijo que su destino no era otro que Grecia y Constantinopla, donde esperaba ver al emperador.

–Yo quiero ayudaros en ese viaje –dijo Grasinda, pugnando por no llorar– y así os pienso dar una buena nave, con sus marineros y alimentos para un año. También os acompañará el maestro Elisabat, que con tanta sabiduría y esmero os ha curado. Pongo la condición de que volváis de aquí en un año. Volved y os pediré el don que mi corazón lleva mucho tiempo deseando y servirá para que se acreciente vuestra honra. Descansad cinco días más, mientras se preparan los bastimentos de la nave y después partid con Dios

Esto lo dijo con gran presencia de ánimo, pero sintiendo que las cuerdas de su corazón se partían con cada palabra.

53

La espantable aventura del Endriago

Despedido que fue con todas las honras, el Caballero de la Verde Espada no se dirigió en derechura a Grecia sino que se entretuvo por las Ínsulas de Romania que todavía no había visitado y después otras de las que llaman Cícladas y pertenecen al señorío de Constantinopla; mucho tiempo discurrió, siendo herido muchas veces y otras tantas curado por el maestro Elisabat, pero alcanzando la victoria y la honra, extendió más y más su fama. Pero tantas idas y venidas en el círculo que forman tales islas hicieron que los marineros comenzasen a sentir fatiga y se querellaron ante el maestro Elisabat, pidiendo ir a Constantinopla, pues pronto se consumiría el plazo de un año que habían acordado con la señora Grasinda y ningún beneficio iban sacar. Amadís consintió y cambiaron la derrota con alegría de todos.

El viento fue favorable los primeros días, pero súbitamente el mar se embraveció y cambiaron los vientos. Muchas veces estuvieron a punto de naufragar y sólo les mantenían las oraciones sobre la desesperación, pues no había lugar para comer o dormir. Así anduvieron ocho días entre vientos y tempestades hasta que un remolino los lanzó a tierra saliendo de la muerte a la vida.

Pero pronto cayeron en mayor angustia, llorando y arañándose los rostros, hasta que el Caballero de la Verde Espada preguntó el motivo al maestro Elisabat que le contestó así:

–Estamos en la llamada Isla del Diablo. Fue dominio del gigante Badanguido, el cual, experto en maldades, hizo tributarios a los demás gigantes comarcanos. Estaba casado con una giganta mansa y de buena condición que procuraba remediar el mal de su marido con piedades y buenas obras, algo imposible, pero en lo que se esforzaba día a día entre las burlas de su esposo. Después de muchos años de matrimonio y para su desgracia tuvieron una hija; creció hermosísima, mas como la belleza suele ir aparejada con la vanagloria y esta con el pecado de jactancia, viéndose tan lozana y apuesta, tan digna de ser amada por todos y por nadie, pues, dada la braveza de su padre, no había gigante galán que se atreviera a requerirla de amores, buscó como ultimo remedio amar de feo y desleal amor su propia sangre. Y la gran hermosura de ella, la poca conciencia, mala condición y nula virtud del padre pronto hicieron que ardiera el carnal deseo. Y así decidieron matar a la giganta, noble esposa y madre. Un día iban ambas hablando por la huerta cuando la joven fingió ver algo en el fondo de un pozo. Su madre se asomó al brocal y ella con todas sus fuerzas la arrojó dentro y aun oyendo sus gritos dejó que se ahogara. Entonces pidió ayuda llorando, acudieron todos desesperados, pero el gigante les dijo: «No lloréis, es la voluntad de los dioses». Pues sus falsos ídolos le habían pronosticado que si se casaba con su hija engendrarían al ser más fuerte que en el mundo hallar se pudiese. Desvergonzadamente y para escarnio de la muerta, ese mismo día se desposó con su hija Badanguida que con el paso de los meses dio a luz a un ser monstruoso y diabólico. Tenía el cuerpo y el rostro cubierto de pelo y encima unas capas de conchas superpuestas unas a otras, tan fuertes que no había arma que las pudiera atravesar. Las piernas y los pies eran de oso y encima de los hombros tenía unas alas tan grandes que le llegaban hasta los pies y no tenían plumas sino que eran de un cuero negro como la pez, tan duro que ninguna arma podía cortarlo y se cubría con las tales como hace un guerrero con un escudo. Debajo le salían unos brazos muy fuertes de león, también cubiertos de conchas más finas, las manos tenía de águila con cinco dedos y uñas tan fuertes y grandes que no había en el mundo cosa que no pudiese deshacer con ellas. Tenía dos dientes en cada quijada que le salían de la boca, puntiagudos como de tres palmos, y los ojos redondos y rojos como brasas, se veían desde lejos y todos huían cuando refulgían. Saltaba tan ligero que no había venado que no cazase; comía y bebía pocas veces y algunas épocas del año, ninguna. Pero lo que le gustaba era matar humanos u otras criaturas vivas y cuando hallaba leones u osos que se defendían, les lanzaba un humo negro mezclado con fuego que salía de sus narices hasta ahogarlos o abrasarlos. Daba unas voces que ponían espanto y olía tan mal que no había cosa que no emponzoñase. Tal es el monstruo llamado Endriago, cuyo cuerpo, por el dañado amor de sus padres, es fosa donde anida el Diablo.

El Caballero de la Verde Espada quedó tan espantado que preguntó:

–Maestro, ¿cómo una cosa tan espantosa pudo nacer de cuerpo de mujer?

–Yo os lo diré, pues lo leí en un libro de la biblioteca de Constantinopla cuyo emperador era dueño de esta isla. Cuando Badanguida sintió las señales del embarazo, alegre se lo comunicó al gigante que supo así que era cierto lo que le habían anunciado sus ídolos. Les ofreció sacrificios humanos en agradecimiento y se dispuso a recibir a su hijo. Preparó cuatro amas de cría. Aquel ser diabólico crecía en el seno materno con rapidez y dolor. El bellísimo rostro de la giganta se ennegreció y los ojos se le pusieron amarillos y purulentos; aunque sufría fieros dolores ella lo resistía, pues los ídolos le habían dicho que sería una criatura impar, algo jamás visto en los siglos del mundo. En su desordenada cabeza albergó la idea de matar a su padre y casarse con su hijo. En el tiempo dio a luz.

»Las amas de cría que partearon a la giganta cuando vieron al monstruo quedaron espantadas, pero obligadas por el gigante atendieron a la madre y a su cría. Una de ellas, más atrevida que las otras, le ofreció su pecho, pero el monstruo lo chupó con tal fuerza que tras la leche absorbió toda su sangre hasta dejarla muerta. Las otras se lo entregaron al gigante, que al verlo prorrumpió en salvajes carcajadas y se lo ofreció a sus ídolos. En el templo estaban sus tres dioses: uno en figura de hombre, otro de león y el tercero de grifo. Multiplicó sus sacrificios y les preguntó por las calidades de su hijo. El que tenía figura de hombre respondió así:

»–Posee el albedrío de los hombres, pues está llamado a destruir a los cristianos.

»El ídolo configurado de león le dijo:

»–Yo quise dotarle de gran crueldad y fortaleza y así le doté de las defensas de los más recios animales.

»Y el de figura de grifo dijo:

»–Yo le di alas, uñas y ligereza superior a todos los animales de la tierra, para que volando reinara sobre ellos

»El gigante les preguntó cómo debía criarlo y ellos le dijeron:

»–Busca otras amas para que lo amamanten y también ellas morirán día a día, como ha muerto la primera. Eso será por espacio de treinta días, después rechazará el pecho de la última y se criará sano y fuerte con la leche y la sangre de tus ganados durante un año; pasado este ya se habrá logrado y será más grande y hermoso que vosotros. Y te decimos que ni tú ni tu mujer ni otra persona lo vean en todo ese año, fuera de la última y trigésima mujer que ha de criarlo.

»Así creció esa bestia esquiva. Al cabo del año, el gigante, que oía voces espantosas, decidió verlo. Cuando entraron en la cámara, lo vieron correr y saltar y, cuando la giganta se acercó, corrió hacia ella y volando hasta sus hombros le clavó las uñas en el rostro, le rajó las narices y le arrancó los ojos, se afincó en su cuello le chupó su sangre hasta dejarla muerta. El gigante echó mano a su espada para cortarle la cabeza pero no le dio tiempo, pues el diablo le destrozó el rostro en un momento.

»Después aquella bestia saltó por encima de él, voló por la puerta de la cámara sin dejar de emponzoñar con su aliento a toda la gente del castillo y se fue a la montaña.

»En pocos días la isla quedó despoblada. Unos murieron y otros se fueron por el mar. Y así está desde hace más de cuarenta años.»

El Caballero de la Verde Espada dijo:

–Maestro, jamás oí cosas tan horribles. Os ruego ahora que por la mañana digáis misa porque quiero enfrentarme a ese ser monstruoso.

Pasaron la noche los marineros espantados pensando en el combate desigual. Cuando llegó el alba, el maestro celebró misa y el caballero la oyó humildemente. Luego se armó y bajó a tierra sólo acompañado de Gandalín.

–Amigos –dijo sereno–, voy a buscar al endriago y a combatir con él.

Gandalín se había armado para ayudarle y estaba montado en su caballo llorando fuertemente. Amadís le dijo así:

–Desármate, pues perderás la vida si te enfrentas a ese monstruo y yo quiero que puedas contar la aventura de mi muerte a Oriana.

Gandalín de mala gana se quitó la armadura y fue con él al castillo. Lo hallaron habitado sólo por unas oscuras aves y con las puertas abiertas como si estuviera abandonado. Gandalín fue hasta la nave, todos bajaron y se acogieron a sus muros, pues continuaba la tormenta. Amadís les dijo:

–Voy a luchar contra él y si lo venzo, Gandalín tocara la bocina y sabréis que ese monstruo ha muerto. Si muero, no habrá señal alguna. Mientras tanto, cerrad bien esas puertas y traed provisiones, que aquí estaréis a salvo hasta que sea el tiempo de navegar.

Trataron de disuadirle una vez más, pero fue imposible, pues ni siquiera tomó en cuenta los sabios consejos del maestro Elisabat, que reunió a todos en la iglesia del castillo para rezar por Amadís. Ardián, el enano, se mesaba los cabellos y se arañaba el rostro maldiciéndose por servir a un hombre que despreciaba la vida y que con sus manos quería acabar con un monstruo que durante cuarenta años se había burlado del emperador de Constantinopla y su máquina de guerra.

Amadís entró en un valle de altas montañas y de peñas que formaban grandes concavidades, se volvió y dijo a Gandalín, que lloraba sonoramente:

–Ten esperanza, Gandalín, y da voces para que nos oiga ese cachidiablo. Si muero lleva a mi señora mi corazón, que es suyo enteramente.

Al poco rato, apareció el endriago entre unas rocas. Venía echando humo y llamas por la nariz, rechinaba los dientes con tanta saña que saltaban chispas, las conchas crujían con un ruido fúnebre y batía las alas con una fiereza que ponía espanto. El maestro Elisabat había dicho la verdad, incluso se había quedado corto, dijeron al unísono los dos hermanos.

Cuando el endriago estuvo cerca comenzó a dar grandes saltos y horrísonas voces, como alegrándose de ver un hombre después de mucho tiempo. Los caballos se encabritaron, amenazando con derribar a sus jinetes. El Caballero de la Verde Espada descabalgó y ordenó a Gandalín que se llevara las monturas. Como hombre destemido, perdido todo el miedo, pues sabe que sólo le espera la muerte, embrazó la lanza y se cubrió con el escudo. El endriago lanzó un chorro de denso humo negro y el caballero con la lanza bien empuñada se metió por medio. Apenas lo distinguió cuando le clavó la lanza en un ojo, saltándoselo. El monstruo, medio ciego, lanzó un alarido terrible y rabioso, se arrancó la lanza mordiendo el asta y la cuchilla se le clavó en la lengua y las encías. Saltó sobre Amadís, pero su propio humo se lo ocultó, pues andaba sin tiento aullando en un mar de sangre que le entraba por la boca y casi no le dejaba respirar. Amadís sacó la verde espada, que al sentirse exigida vibró centelleando en su mano, se acercó por el costado ciego y soltó un fendiente con todas sus fuerzas, pero la espada rebotó en la armadura de las conchas. El endriago lanzó sus garras y le agarro el escudo con tanta fuerza que el caballero cayó al suelo. Ciego de ira, despedazó el escudo dando tiempo al caballero para incorporarse, pero su espada no cortaba y sin escudo se encontraba desnudo; se encomendó a Dios y se lanzó contra el segundo ojo, era una locura pero el Altísimo le guió el brazo y la espada fue a hundirse en una de las ventanas de la nariz de la fiera. Allí se juntaron las dos fuerzas frente a frente y la espada caló tan profunda que llegó hasta los sesos. Desesperado el maligno ser, en las ansias de la muerte se abrazó a su enemigo y sus uñas pedernales rasgaron sus defensas penetrando en la piel y las carnes buscando la entraña, pero las fuerzas abandonaban al monstruo que abrió los brazos y se desplomó al suelo. También Amadís supo que estaba cerca su muerte y con supremo esfuerzo metió la espada en la boca de su enemigo, una y otra vez hasta que no alentó. Amadís, agotado y sangrante, cayó rodando y perdió el sentido, pero antes vio cómo salía por la boca del endriago una pelota de fuego:

era el espíritu del diablo, al tiempo que estallaba un trueno que amenazó con derribar las paredes del castillo.

Gandalín corrió hacia su señor y con una simple mirada supo de la gravedad de sus heridas. Amadís apenas alentaba y al ver a su hermano dijo con un hilo de voz:

–Querido hermano Gandalín, me muero. Os he querido a toda vuestra familia que es la mía. Lleva mi corazón a Oriana y dile que fue suyo desde el primer momento que la vi. Sabiendo que ella lo posee mi alma recibirá descanso donde quiera que vaya.

Gandalín no contestó, pero subiéndose a un otero tocó la bocina lo más fuerte que pudo. Ardián, que estaba en lo más alto de la torre comenzó a gritar. Pronto vieron a Gandalín sobre el alcor. El maestro Elisabat acudió a toda prisa con el botamen de sus medicinas. Encontró al Caballero de la Verde Espada tendido en el suelo con las ropas y sus carnes destrozadas. De aquel cuerpo dolorido se levantaba un débil quejido. El maestro Elisabat dijo con voz firme:

–Ánimo, buen caballero, ahora es el momento de poner todo vuestro esfuerzo en querer seguir viviendo. Esforzaos y no temáis, que aquí estoy para socorreros con todos los saberes de la ciencia.

Amadís reconoció la voz del médico y quiso inútilmente levantar la cabeza, pero las fuerzas se le escapaban. Con ayuda de Gandalín, el maestro tendió su manto en el suelo y colocaron encima al caballero herido. Lo desarmaron y cuando vio las heridas, a pesar de su experiencia, quedó espantado. Dudó de que todo talento y esfuerzo fueran suficientes para poder salvar al más valiente caballero.

Con mucho cuidado estudió las heridas, calculó los daños y con alegría vio que las llagas no pasaban de la piel y las carnes, las terribles garras con sus uñas no habían llegado a lo profundo de las entrañas. Creció en su corazón la esperanza. Le concertó los huesos y las costillas, le cosió las carnes, le emplastó las medicinas y cosió aquellos terribles cortes; finalmente, le ató el cuerpo para sujetarle los humores. Y poniéndole en la nariz una esponja con un bálsamo para expulsar la ponzoña, sintió que el cuerpo iba alentando un poco más. Gandalín, que vio las señales de recuperación de su amo, se hincó de rodillas y comenzó a besar las manos del maestro, al tiempo que le pedía que empleara toda su sabiduría con su señor.

Con ayuda de los marineros prepararon unas andas y lo instalaron en la mejor cámara del castillo. Pasó la noche entre gemidos y murmullos incoherentes. El maestro se tumbó en una esterilla a los pies del lecho y fue dispensándole medicinas y cambiándole la esponja por donde expulsaba la negra ponzoña de los pulmones. Al alba pareció que el herido sosegaba su sueño. Llegada la mañana, el caballero se sintió conmovido por unos grandes espasmos, el mal hacía crisis y Elisabat supo que allí el cuerpo se jugaba la vida o la muerte. Los pulmones emitieron un largo silbido y comenzaron a expulsar por la boca y las narices un líquido maloliente y negro como la pez.

–Es la ponzoña que quiere salir –dijo asustado el medico, que jamás había contemplado tales transportes.

Esta situación duró varios minutos y al final la paz pareció llegar al rostro y al cuerpo del herido. El maestro Elisabat creyó por un momento que el joven había muerto, pero al instante recobró la respiración y abriendo los ojos preguntó dónde estaba. El médico le tomó la mano y se la besó e hizo traer algo de comer, era preciso recuperar fuerzas. Después volvió a adormecerse hasta la hora de vísperas, en que volvió con todos sus sentidos, reconoció a los presentes y habló con cierta energía. Lo peor ya había pasado, dijo Elisabat; era el tiempo de las medicinas.

Todos se alegraron, pero más Gandalín y el enano Ardián, que de corazón más entrañable lo amaban. Todos pidieron a Gandalín que contara el combate. Él dijo que lo haría de buena voluntad si antes el maestro Elisabat le tomaba juramento ante los Santos Evangelios de que cuanto iba a relatar era verdad, pues eran cosas maravillosas las que contaría. Así lo hizo y quedaron espantados, pues era la mayor hazaña que habían escuchado. Todos querían ver al endriago y el maestro les dio esponjas para que no les penetrase la ponzoña.

Durante veinte días duró la convalecencia del caballero y un día el maestro le dijo:

–Señor, gracias a Dios y sólo por Él estáis restablecido; es hora de hacernos a la mar, pues ya van escaseando las provisiones y cuanto más tiempo sigamos en la isla más nos han de faltar.

El Caballero de la Verde Espada respondió:

–Gracias le sean dadas y dejando su parte, también estoy en deuda con vos, maestro, y me duele no poderos dar el galardón que merecéis, pues soy, como veis, un caballero pobre, que no posee más que unas armas rotas y un caballo cansado.

–Señor –dijo humildemente el sabio maestro–, no quiero más satisfacción que la que toca a mi gloria por haber salvado de la muerte al mejor caballero que ciñó espada. Y el galardón que no reyes ni grandes señores podrán darme es veros de nuevo dando socorro a cuantos necesiten de vuestra ayuda.

Amadís sintió la vergüenza y el empacho de los buenos ante las alabanzas, por muy merecidas que fuesen, y dijo así:

–El tiempo ha mejorado y quiero ir a Constantinopla a ver al emperador, mas quiero cumplir con la señora Grasinda y así estaremos lo justo para cumplir mi promesa y poder devolverle alguna de las grandes mercedes que de ella he recibido.

54

En Constantinopla

El emperador de Constantinopla se enteró de la muerte del endriago por una carta que le envió el maestro Elisabat y a los pocos días llegaron a la ínsula los caballeros imperiales Gastiles y el marqués de Saluder, hermano de la bella dueña Grasinda. Venían a buscar al Caballero de la Verde Espada y por expreso deseo del emperador llegaban acompañados por pintores y escultores para inmortalizar al monstruoso endriago y la victoria de Amadís. Allí pasaron tres días y al cuarto volvieron a Constantinopla con buen tiempo, acompañados del Caballero de la Verde Espada, muy mejorado de sus llagas. Cuando llegaron al puerto las gentes se asomaban a las ventanas para verle y el emperador salió a su encuentro rodeado de los grandes señores del Imperio. El emperador lo abrazó como si fuera un igual y le dijo:

–Caballero, habéis ganado con vuestro esfuerzo mayor honra que ningún otro desde que el mundo existe.

–Señor –respondió Amadís–, mi persona estará siempre a vuestro servicio.

Mientras se dirigía a palacio iba contemplando cuanto de maravilloso poseía la ciudad y la multitud de gentes extrañas que por ella pululaban. Nada de lo que había visto hasta entonces podía compararse con lo que ahora vivía. El palacio excedía todo cuanto podía imaginar y creyó que allí estaba reunida toda la hermosura del mundo.

El emperador lo condujo a un suntuoso aposento rodeado de fuentes y extraños árboles de todas partes del mundo. Quedaron con él Elisabat, el maestro, para seguir curando sus heridas, Gastiles y el marqués Saluder para cumplimentarle y hacerle compañía.

Por calles y plazas se hablaba de su hermosura y de su valor. Descansaron el resto del día y a la mañana siguiente oyeron misa con el emperador y después fueron a las habitaciones de la emperatriz. Ante ella Amadís se hincó de rodillas y dijo:

–Hace muy poco que hablo vuestra lengua, la he aprendido del sabio maestro Elisabat. Mandadme, señora.

La emperatriz le tomó de la mano y le hizo sentar en un rico estrado. Todas las damas de la corte querían saber de sus aventuras y él respondía con tanta gracia y discreción que admiraba a cuantos le oían.

Entró entonces en la cámara la princesa Leonorina, acompañada por dos infantas, hijas del rey de Hungría. La princesa no tendría más de nueve años y a todas excedía en hermosura. Se acercó a la emperatriz y se sentó en un estado más bajo, a su lado. Amadís recordó que Oriana tenía esa edad cuando comenzó a amarla y recordando aquellos tiempos le vinieron las lágrimas a los ojos. Todos se admiraron de verlo llorar y él, embargado por una gran vergüenza, torpemente se limpió los ojos.

El emperador quiso saber cómo un caballero tan valiente y destemido mostraba en público tanta flaqueza y se preguntó cuál sería ese misterio. Llamó al maestro y le preguntó, este le contestó:

–Señor, no sabría decir el motivo de llanto, pues es el caballero más discreto que he conocido. Pero es cierto que con frecuencia le he visto apartadamente llorar y suspirar con tanta angustia que creo que le atormenta una gran pena de amor y soledad de la que ama.

–No hay duda, ese mal es de amores –respondió pensativo el emperador.

Todos pretendían que Amadís se quedase en aquellos reinos y así se lo pidieron encarecidamente, pero él deseaba volver cuanto antes con su amada Oriana y así le respondió al emperador:

–Señor, no me culpéis por no cumplir con vuestros deseos, pues si lo hiciese la muerte no me dejaría mucho tiempo a vuestro servicio.

Aquella respuesta corroboró el pensamiento general de la corte: el caballero más valiente y más ardido se dolía de amores ausentes. En aquel momento hizo su entrada la hermosa Leonorina; llevaba en la cabeza una rica corona y portaba otra más rica en sus manos. Se dirigió al caballero y le dijo:

–Caballero, jamás he pedido a nadie un don. Quiero pedíroslo a vos.

–Pedid lo que queráis, que lo cumpliré hasta la muerte.

–Pues si sois tan generoso os pediré tres dones.

Y quitándose la corona de la cabeza dijo:

–El primero es que me digáis quién es la doncella más hermosa que hayáis visto en vuestra vida y cuando estéis con ella la coronaréis.

Luego tomó la otra corona en la que había muchas piedras preciosas y perlas de gran valor y dijo:

–Esta la entregaréis a la dueña más hermosa que conozcáis y decidle que quiero conocerla. Pero antes de pediros el tercer don, quiero saber qué vais a hacer con las primeras coronas.

–Lo que yo haré –dijo Amadís– será cumplir enseguida el primer don –tomó la primera corona y la puso sobre la cabeza de la infantina–. Pongo esta corona en la cabeza de la más hermosa doncella que conozco y si alguno dijere lo contrario, tendrá que defenderlo con las armas.

Leonorina se ruborizó entre el aplauso general.

–Señora –le dijo Amadís–, pedid el tercer don.

–Os ruego que me digáis por qué llorasteis y quién es la que tiene tal señorío sobre vos y sobre vuestro corazón.

A él se le mudó la color del rostro y todos lo notaron. Hubo un silencio y por fin dijo:

–Señora, os lo ruego, olvidaos de ese don, pedid otro.

–Ese quiero y no otro –respondió la niña muy imperial.

Amadís bajó la cabeza y quedó pensativo. Todos supieron que era muy difícil contestar, pero de repente levantó la cabeza con semblante alegre y mirando a la niña le dijo:

–Señora, bien veo que estoy atado a mi promesa y que como caballero debo cumplir, y así digo que cuando aquí entrasteis por primera vez y os vi, me vino al corazón un recuerdo del tiempo en que yo tenía vuestra edad. Y como acostumbramos recordar lo bueno y lo agradable la remembranza de aquellos días infantiles me hizo llorar de cándida emoción como todos habéis visto.

–Decidme quién manda vuestro corazón –se impacientó la infantina, a quien no satisfacían las fintas de Amadís.

–Yo os lo diré contra mi voluntad –sonrío Amadís–. Sabed, señora, que la que yo más amo es la misma a quien enviáis la corona, la dueña más hermosa de cuantas vi y de cuantas hay del mundo. Y no queráis saber más de mí, pues con estas palabras he cumplido mi promesa.

–Sí, cierto es –dijo el emperador acudiendo en auxilio del caballero–, pero de tal manera que no sabemos ahora más que antes.

–Pues yo creo que ya he dicho demasiado y todo ha sido por serviros, señora.

El emperador vio cómo Amadís estaba molesto y pidió a su hija que se disculpara. Esta dijo:

–Caballero de la Verde Espada, perdonarme, pues he querido forzar vuestra voluntad. Aquí os entrego este anillo en prueba de mi afecto. Aceptadlo y disculpad la trampa que os tendí y de la que habéis salido con tanta sutileza.

Y se lo entregó. Amadís tomó el anillo, que era el más hermoso y extraño que nunca había visto. El emperador dijo:

–No encontraréis otro como este. Lo labró mi abuelo Apolidón. No se si habéis oído hablar de él.

–He pasado por la Ínsula Firme, donde están las grandes maravillas que él dejó.

–Ya sé –dijo el emperador– que Amadís, hijo del rey Perión de Gaula, mostrándose más valiente en armas que él, ganó la isla. Y si no estuviera tan alejada de mis posesiones pensaría que él sois vos.

El Caballero de la Verde Espada se sintió avergonzado y guardó silencio.

Por estas palabras, Amadís retrasó hasta seis días de su estancia en la corte y más se hubiera quedado, pero se acercaba el plazo fijado por Grasinda. Finalmente, y entre grandes extremos de amor se despidió, pero la hermosa Leonorina, que estaba presente, le agarró por el manto y le dijo:

–Yo os pido que os quedéis dos días más, siendo mi huésped y de mis doncellas, porque queremos hablar con vos sin que nadie nos moleste. Y si no me lo concedéis, haré que os prendan mis doncellas y nada ni nadie os podrá salvar.

Le rodearon entonces más de veinte doncellas muy hermosas y Leonorina, muy risueña dijo:

–¿Qué contestáis?

–Señora, yo no puedo desobedecer esa orden y más cuando yo estoy por mi ley de caballero andante a vuestro servicio. Ojalá algún día pueda pagaros las mercedes que recibo y que os agradezco por mí y por los caballeros de mi linaje.

–Habéis hecho bien en aceptar –dijo riendo una de las doncellas–, pues de no hacerlo os veríais en mayor peligro que con el endriago.

–Así lo creo –dijo él–, porque mayor mal me puede venir enojando a los ángeles que al diablo.

En estas armonías gozó visitando la ciudad en compañía de Gastiles y Saluder, que le mostraron las cosas más extrañas y maravillosas del primer emporio de la Cristiandad y después en el palacio disfrutó con la amable conversación de la emperatriz hasta que fue requerido por Leonorina y sus damas que le preguntaban por las maravillas de la Ínsula Firme: las imágenes de Grimanesa y Apolidón, el Arco de los Leales Amadores y la Cámara Defendida. Más tarde quisieron saber de sus aventuras y las de otros caballeros y finalmente exigieron la descripción de la corte de Lisuarte y el nombre de las más hermosas dueñas y doncellas de la reina. Y hablando de ello, volvió el recuerdo de Oriana y Amadís, recordando tantos años de ausencia, sufrió un gran desmayo y por un tiempo estuvo fuera de sentido.

Llegó, que todo llega, el tiempo de partir y todas las señoras de la corte querían darle joyas muy ricas, pero él no las quiso tomar, salvo el regalo de la reina Menoresa, que eran seis espadas, de las más guarnecidas y mejor templadas que pudieran hallarse en el mundo.

Y así con tanta honra se despidió de la corte de Constantinopla.

55

La resoluta Grasinda

El Caballero de la Verde Espada partió de Constantinopla en triunfo. El tiempo era bueno y todo le hacía feliz, salvó el pensamiento de su señora Oriana, de la que llevaba separado más de seis años, cuatro en Alemania y dos en Romania y Grecia. En pocos días la nave llegó al puerto de Sadiana, donde esperaba la dueña Grasinda, con sus vestidos más ricos y montada en un imponente caballo de aldaba. Al día siguiente, oída la misa, dijo al Caballero de la Verde Espada:

–Hace un año me concedisteis un don y es tiempo de que os lo cobre.

–Señora, pedid lo que queráis para que empiece a cumplirlo prontamente.

–Sabed, caballero, que un año antes de vuestra arribada a estas tierras se celebraron las bodas del duque de Basilea y allí se reunieron las más bellas mujeres de Romania. El marqués, mi hermano, a quien vos ya conocéis, no sé si por amor fraternal o por locura, dijo en voz alta para que todos lo oyeran que mi hermosura excedía la de todas cuantas dueñas estaban allí y si alguno lo contrario decía que él lo defendería con las armas. Sea como fuere, por desidia o por certeza, ninguno respondió y yo quedé como la dueña más hermosa. Mi corazón quedó muy contento, pero yo sería feliz si con vos pudiese alcanzar un nuevo deseo.

–Señora –dijo el Caballero de la Verde Espada con voz templada, pero un poco preocupado, pues sabía que aquellos desafíos de mujer nunca terminaban bien–, haced vuestra demanda.

–Yo sé que en la corte del rey Lisuarte, señor de Gran Bretaña, se encuentran las mujeres más bellas del mundo. Quiero que me llevéis allí y me hagáis ganar, hasta por las armas, tal estado: la gloria de la hermosura sobre cuantas doncellas allí hubiere, y después quiero que me llevéis a la Ínsula Firme para probar en la Cámara Encantada mi hermosura. Este es el don que os pido.

Amadís empalideció al instante y con un hilo de voz respondió:

–¡Ay, señora! Queriéndome honrar me ponéis a las puertas de la muerte.

Pues bien sabía que aquella demanda le haría perder a su señora Oriana o le llevaría a la deshonra. Maldecía la hora en que llegó a Romania cuando recordó con alegría que Oriana ya no era doncella, y además tuvo la certeza de que en cuanto le explicara el asunto del desafío su señora entendería que todo lo hacía forzado por esas promesas a las que se ven obligados por sus leyes los caballeros andantes, pues Oriana sumaba a la belleza, el talento y la de bondad. Y así, alegre y con sanidad de espíritu, hallado el remedio, se hacia volvió Grasinda con buen semblante y le dijo:

–Os pido perdón por el enojo que os he causado, pues quiero cumplir vuestra demanda y si dudé fue porque pensaba encaminar el viaje hacia otra dirección, pero los grandes honores que he recibido de vos me obligan a dirigirme derechamente a la corte de Lisuarte.

–Caballero, gran preocupación habíais asentado en mi alma –dijo Grasinda con rostro desconfiado ante los cambios de humor de Amadís, y tendiendo sus hermosos brazos y poniéndolos en torno a los hombros del caballero, con su mejor sonrisa le perdonó y dijo:– ¿Cuándo será el día en que por el valor de vuestras armas seré coronada sobre las más hermosa doncella de Gran Bretaña y pueda volver con esa gloria a estas mis posiciones?

–Señora –dijo el Caballero de la Verde Espada–, debéis saber que pasaremos por tierras extrañas con gentes de lenguajes desvariados y sufriremos graves peligros, creo que vos no deberíais transitar por tales sufrimientos, pero será necesario para que quede realzada vuestra hermosura y su gloria.

–Señor, más apreció vuestra valentía que vuestro consejo. Hagamos el viaje por mar, mejor que por tierra.

–Mi señora –dijo él–, yo os he de guardar y servir en el nombre de Dios.

Como faltaban bastimentos para la nave, Amadís decidió distraerse con la caza por unos días, matando grandes venados que en aquellas montañas abundaban, hasta que internándose un día con Gandalín en lo más profundo de unas breñas oyeron unas voces de dolor que decían:

–¡Ay, desgraciado Bruneo de Bonamar! ¡Ya no verás a tu gran amigo Amadís de Gaula por quien tanto afán y trabajo has llevado por estas tierras extrañas! Es tiempo de morir. Y mi buen amigo Angriote de Estraváus, ¿dónde estáis ahora, que en esta hora de mi muerte no puedo tener de vos ni consuelo ni ayuda? Recibid mi último pensamiento vos, mi señora Melicia, flor y espejo de todas las damas del mundo, pues ya no seré vuestro más leal vasallo y vuestro amado servidor.

Calló gimiendo y suspirando dolorosamente.

Amadís, que lo oyó, saltó entre la maleza hasta llegar a su amigo y levantando su cabeza dijo:

–Bruneo, mi gran amigo Bruneo, yo soy Amadís, a quien tanto habéis buscado. No temáis, que Dios os salvará con la ayuda del mejor maestro en heridas, él os sabrá devolver la salud.

Don Bruneo lo reconoció al instante y aunque medio desmayado por la mucha sangre perdida abrazó al joven entre lágrimas. Amadís, llorando, llamó a Gandalín y le ordenó que le ayudara a desarmar a su amigo, después lo cubrieron con sus tabardos y pidió a su hermano y escudero que a uña de caballo fuese a la villa a buscar al maestro Elisabat y le contase el gran aprieto en que se encontraba. Así el mancebo pronto llevó al sabio ante el enfermo. Pulsó sus llagas y las encontró hinchadas por el frío de la noche, pero su talento y saber se impusieron y los emplastos obraron el milagro del descanso y el sueño en el herido, con gran alegría de Amadís.

Prepararon unas andas para trasladar al herido cuando vieron acercarse a un jinete que traía cortadas dos cabezas en el arzón de su caballo y en su mano derecha un hacha tinta de sangre. Pronto reconocieron a Lasindo, el escudero de Bruneo, quien tras las alegrías del reencuentro les dijo que tales cabezas pertenecían a dos caballeros que dijeron a Angriote que habían matado a Bruneo y él con gran saña se las tajo y me ordenó que se las presentarse por si aún vivía.

–Vive, vive –dijo Amadís–, y allí lo tenéis.

–Ahora os lo contaré todo –y tras abrazar a su señor y verlo mucho más bueno dijo así–. Señor Bruneo, estas son las cabezas de los caballeros que os hirieron y os las envía vuestro leal amigo, que sabedor de la traición que sufristeis pronto vendrá con vos, pues se quedó en un monasterio a curarse una mala herida en la pierna y que necesita cuidados urgentes.

–¿Cómo nos encontrará? –preguntó Bruneo.

–Él me dijo que viniese a los más altos árboles de esta floresta donde os encontraría, según le dijo uno de esos traidores antes de morir y no sabéis las amargas lágrimas que vierte ahora por vos.

–Lasindo –dijo el Caballero de la Verde Espada–, busquemos a Angriote y vos, maestro, llevad a don Bruneo a la villa.

Pero no hubo que hacerlo porque ya llegaba Angriote a galope tendido, perseguido por cuatro caballeros que le exigían combate.

Angriote volvió su caballo contra ellos, embrazó el escudo y se dispuso a luchar, pero antes llegó Amadís, que con las prisas y el aprieto había tomado las armas de Bruneo. Cuando Angriote las vio, sintió una gran alegría, pero no había tiempo para explicaciones y Amadís ya se lanzaba sobre el primer caballero, que no era otro que aquel Bradansidel, el caballero soberbio y descomedido que había recorrido las ciudades y las aldeas de Romania llevando la cola del caballo en la mano y al que por burla ahora llamaban el Caballero Al Revés. Amadís lo reconoció por sus armas y decidió acabar el combate de una sola lanzada y así encontró un hueco entre el casco y el yelmo y por ahí le metió la lanza, traspasándole el cuello y arrojándole de la silla cayó muerto al campo. Se volvió contra los tres que quedaban y, muy alta la saña derribó con prontitud a dos ante el estupor de Angriote, pues creía muerto a Bruneo, al que jamás había visto repartir golpes tan certeros. Cuando se acercó al último caballero, este vio tan mal aparejada la contienda que volvió grupas y huyó.

El de la Verde Espada se destocó del yelmo y acercándose a Angriote con lágrimas en los ojos dijo:

–Ahora sé, mi leal Angriote, el valor de la amistad, esa que habéis demostrado buscándome por tanto tiempo con tanto peligro y por tierras tan extrañas.

–Mucho queda por decirnos, pero decidme dónde está nuestro malaventurado Bruneo.

Amadís le dio las buenas nuevas y pasando cerca de uno de los caídos vio que estaba con vida y Amadís le preguntó así:

–Mal caballero que Dios confunda, decid por qué sin motivo queréis matar a caballeros andantes, decid la verdad pues quiero tajaros la cabeza y si fuisteis vos quién hirió al caballero de estas armas con que me revisto.

–Somos caballeros amigos de Bradansidel, a quien ultrajó el Caballero de la Verde Espada, y como supimos que estos caballeros le buscaban, mientras ese de vuestras armas bebía en la Fuente de las Hayas, desarmada la cabeza y las manos, yo le arrebaté la espada de la vaina, lo derribamos del caballo y le dimos tantas heridas que lo dejamos por muerto y así creo que ha de estar.

–¡Mal caballero! –dijo Amadís–, no os mataré porque los malos cobardes mueren muchas veces.

Y allí lo dejaron tirado.

Tomaron camino de la villa de Sadiana y se fueron contando las aventuras. Amadís preguntó por las cosas de la Gran Bretaña y Angriote se las fue narrando, aunque hacía año y medio que él y Bruneo lo buscaban, pero tuvo tiempo para contarle la llegada de Esplandián y él le narró la aventura del endriago.

Y así, hablando y hablando llegaron a la villa donde fueron recibidos con gran placer por Grasinda. Comieron y fueron a ver a don Bruneo, a quien encontraron en buena disposición. Este sería el momento de narrar las alegrías de los tres amigos bajo la mirada atenta de Grasinda.

El Caballero de la Verde Espada les contó el don que la dueña le había pedido y cómo iba a volver por mar a Gran Bretaña y esto alegró mucho a Bruneo y Andreote, que cumplida su demanda deseaban fervientemente volver a sus tierras.

Y así estuvieron muchos días folgando hasta que Bruneo estuvo en condiciones de levantarse para navegar y lo hicieron en una hermosa flota con comida para un año y abundante gente de mar y tierra.

Un domingo radiante del mes de mayo se hicieron a la mar. Con viento favorable bordearon las costas de España y cuando el caballero de la Verde Espada se vio cerca de la Gran Bretaña rezó a la Virgen por haberle sacado sano y salvo de tantos peligros y le trajese con bien al territorio de su señora Oriana. Hizo un círculo con las naves y exigió bajo juramento a sus hombres que a partir de aquel momento le nombrasen como el Caballero Griego y sólo se dirigiesen a él por este nombre. Después ordenó a Gandalín que le trajese las espadas de la reina Menoresa y las repartió así: dio una a Bruneo y otra a Angriote, que se maravillaron al ver la riqueza de su guarnición. El Caballero Griego tomó otra para así y ordenó que se guardase la verde espada para no ser reconocido por ella.

Grasinda viajaba con un gran mareo y ordenó que la sacasen de su camareta pues hambreaba un poco de aire fresco. Vieron cómo se acercaba una nave y le preguntaron su procedencia.

–Somos de la Ínsula Firme –contestaron– y aquí hay dos caballeros que os dirán lo que queráis.

Uno de los caballeros se adelantó y preguntó así:

–Os diremos cuanto queráis saber, pero antes querríamos conocer si tenéis noticia del caballero Amadís de Gaula, pues todos sus amigos lo andan buscando, penando y muriendo, por tierras extrañas. Yo soy Dragonís y mi compañero es Enil, y vamos a recorrer en su busca todo el Mediterráneo.

Cuando el Caballero Griego, que se cubría el rostro, oyó esto las lágrimas le subieron a los ojos viendo la lealtad de sus familiares y amigos.

Preguntó a Dragonís:

–Nada sabemos de él y ahora os ruego me digáis dónde está el rey Lisuarte.

–Sabed que está en su villa de Tagades, gran puerto de la costa de Normandía, y allí ha convocado cortes para buscar consejo entre sus hombres buenos, pues se pregunta si ha de dar a su hija por mujer del emperador de Roma que así se la pide. El emperador Patín ha enviado una rica embajada al frente de su primo Salustanquidio, príncipe de Calabria y de la reina Sardamira, para acompañarla con una escolta de trescientos caballeros, y el emperador ya llama emperatriz de Roma a la bella Oriana.

Cuando esto oyó el Caballero Griego se le estremeció el corazón y se quedó sin habla. Pero cuando Dragonís relató las amarguras de Oriana y cómo había enviado su queja para que le llegara a Amadís, su corazón se sosegó y esforzó su ánimo pensando en los dolores de su amada y que lo romanos no serían tantos ni tan fuertes que no pudiera vencerlos con los suyos. Y se sintió tan alegre y lozano como si ya los hubiera derrotado.

Después preguntó noticias de la Ínsula Firme.

–Hace cuatro días llegaron don Cuadragante y su sobrino Gavarte de Valtemeroso. Venían a buscar consejo con Floristán y Agrajes, pues todos están a punto de salir a la demanda y búsqueda de Amadís. La reina Sardamira ya está en Miraflores y le habla a Oriana de las grandezas de Roma y de los poderosos reyes y príncipes que van a estar bajo su imperio, pero sabemos que Oriana no quiere el casamiento con el emperador y esas noticias nos las han traído Agrajes y Floristán. Pues este se ha enfrentado a unos cuantos caballeros romanos de la reina Sardamira y los ha dejado bastante maltrechos.

Amadís llamó al enano Ardián y a su hermano Gandalín y les dijo:

–Ahora pasaréis a la nave de mi primo Dragonís y le contaréis todas mis aventuras, volveréis a la Ínsula Firme y juntaréis a todos los hermanos y amigos y les diréis que no salgan en mi busca, antes bien que preparen naves y hombres porque en quince días estaré allí.

Cuando Gandalín y el enano pasaron a la nave y fueron reconocidos por Dragonís y Enil mucho se alegraron y más cuando supieron tantas buenas nuevas. Tornaron velas y volvieron a la Ínsula Firme con la noticia.

Con buen viento el Caballero Griego se dirigió al puerto de Tagades, allí estaba el consejo que el rey había hecho llamar.

El rey dijo así:

–Siempre os he pedido consejo para mi bien. Ya sabéis que el emperador de Roma me pide la mano de mi hija mayor para hacerla emperatriz. Yo quiero entregársela, pues sería dueña del más alto señorío de la Cristiandad y él vendría en mi ayuda si yo lo necesitase. Mi hija menor Leonoreta heredará Gran Bretaña. Aquí estáis los grandes señores de mi reino para darme vuestro parecer.

–Dios nos guarde de enojaros –dijo don Grumedán en nombre de todos–; decís que casaréis a vuestra hija muy honradamente con el hombre del mejor señorío, pues yo opino lo contrario, pues la ponéis bajo la sujeción de un hombre extraño y ya no tendrá ni mando y poder. Pensáis que el emperador os podría ayudar, pero este es un conocido badulaque que os pondrá en mil afrentas sin provecho y estaréis sojuzgado por él. Así, señor, lo que vos tenéis por honra yo lo tengo por deshonra y os ha de sobrevenir, pues de los necios como este emperador nada bueno se puede esperar. Y lo que decís de dar a vuestra hija Leonoreta el señorío de Gran Bretaña, no lo hagáis nunca, pues enfrentaréis a las dos. Esto os digo con sanidad de espíritu, pero os lo dejaré escrito, para que podéis reflexionar sobre ello.

Mucho le pesó al rey la opinión del consejo, pero no lo demostró, aunque estaba decidido a hacer su voluntad. Finalmente, llamó a su tío, el conde Argamonte, que era muy viejo y estaba muy enfermo de gota. Apretado por el rey llegó a palacio donde le esperaba Lisuarte, que tomándole por la mano en la misma puerta, le hizo sentar a su lado y exigió su consejo.

–Mi señor –dijo el anciano conde–, muy difícil me parece aconsejaros, pues si os contradecimos os enojaréis y si os complacemos seremos desleales con el reino. Vuestra intención es buena: hacer de vuestras hijas grandes y honradas señoras, pero bien puede ocurrir lo contrario. El emperador romano, hombre de escaso criterio, como ya sabréis, al tomar por mujer a Oriana, tendrá el derecho a heredar este reino y no dudéis que si puede lo hará, pues es conocido de todos por su ambición. Y así, esta tierra libre por los siglos de Cristo podrá quedar sujeta a los emperadores de Roma, sin que Oriana tuviese más mando que aquel que el emperador quisiese otorgarle. Este es mi consejo, rey y sobrino, que te doy, aunque no dudo que tú sabrás lo que debes hacer.

Ya llegaban a tierra las naves de la hermosa Grasinda y divisaban la montaña de Tagades cuando el Caballero Griego decidió enviar a tierra a una doncella que hablaba francés, lengua que Lisuarte entendía. La enviaron con un escrito y vestida con elegantes vestiduras jamás contempladas, y como era hermosa y de floreciente edad maravillaba a cuantos la miraban. Entró en un batel con una buena escolta y se dirigió a tierra, donde fue recibida por Esplandián, que en la playa adiestraba unos azores. Pidió ser llevada ante el rey como mensajera y tras los protocolos correspondientes le entregó una carta que decía así:

> *Al muy alto rey de la Gran Bretaña, yo, Grasinda, señora de la hermosura sobre todas las dueñas de Romania, mando besar vuestras manos y os hago saber que he llegado vuestras tierras de bajo la protección del Caballero Griego. Y la causa de mi venida es porque así como fui juzgada la más hermosa dueña de toda la de Romania, así ahora quiero alcanzar la gloria de ser más hermosa que todas las doncellas de vuestra corte, que es fama son hermosas entre las hermosas. Y si algún caballero quisiera salir valedor de ellas y contradecir mi alto estado ha de ajustarse a estas condiciones: la primera, será batallar con el Caballero Griego, y la segunda, deberá poner en una columna una corona tan rica como la mía, para que el vencedor pueda darla a aquella en cuyo nombre combatiere. Y si estáis de acuerdo con mis peticiones, os pido seguridades a para mi, para el Caballero Griego y para todo mi séquito. Y si el primer caballero fuera vencido por el mío, pueden salir dos, tres o cuantos quisieren que contra todos mantendrá mi derecho el Caballero Griego con su alta valentía.*

Leída la carta, el rey dijo un poco zumbón, entre las sonrisas de la corte:

–Por Dios que muy hermosa ha de ser la dueña y muy diestro en armas el caballero. Gran fantasía y no poca soberbia viene en esta carta, pero variados son los deseos y las voluntades que se asientan en el corazón de hombres y mujeres. Sea pues satisfecha la demanda que nos hace la doña Grasinda. Podréis marcharos, doncella, y llevad las seguridades que pide a vuestra señora.

Vuelta a sus naves la doncella, Salustanquidio, primo del emperador romano, se levantó y con él todo su séquito de caballeros y así dijo:

–Señor y rey Lisuarte, os pedimos un favor que será para vuestro provecho y nuestra honra.

–Mucho me placerá complaceros en cualquier demanda que solicitéis.

–Os pedimos la defensa de vuestras doncellas, pues mejor lo haremos que vuestros caballeros, ya que bien conocemos a los griegos y más temen el solo nombre de Roma que todas las armas de la Gran Bretaña.

Don Grumedán se levantó indignado en defensa de la caballería britana, pero Lisuarte había concedido su favor y extendió su cetro para cerrar la disputa.

Grumedán se sintió ofendido y desafió a Salustanquidio y los suyos para cuando terminarán el pleito con el Caballero Griego.

Mucho desagradó este desafío al rey, pues no quería malquistarse con los romanos y menos en asuntos de honor. El viejo conde Agramón, famoso por su buen juicio, le dijo:

–Sobrino y mi rey, mandad a los romanos a sus posadas, que mengua es para la corona tener que sufrir tales desafíos.

El rey así lo hizo y el conde se quejó indignado a Lisuarte de la soberbia romana, también le recordó su error al apartar de la corte a Amadís y sus hermanos y terminó diciendo que se retiraba a su tierra porque no quería ver los llantos y amarguras de la señora Oriana, pues tenía por cierto que se la entregaría al emperador.

El rey le pidió que se quedara hasta el final del desafío, pues era sabedor de la lengua griega y necesitaba un intérprete.

56

Grasinda, dueña de la hermosura

Al día siguiente, Grasinda descendió de la nave acompañada por cuatro doncellas y tras oír misa marcharon al palenque. Iba tan apuesta en su palafrén y adornada con tan lindas y extrañas vestiduras de oro, piedras y perlas preciosas, que todos alababan su hermosura y el moreno color meridional de su rostro, nunca visto en Gran Bretaña. No hubo mujer que no la viera y que no sintiera el puntazo de la envidia.

Llevaba sobre su cabeza la corona, mostrando ser la más hermosa de todas las dueñas de Romania y el Caballero Griego la llevaba de la rienda, vestido con nuevas armas blancas, hechas por Grasinda y de los mismos colores las sobreseñales. Otrosí venían encubiertos Bruneo y Angriote. A paso tendido llegaron a la plaza donde había una columna de mármol alta como la estatura de un hombre, sobre la que en los torneos se ponían los escudos, yelmos, ramos de flores, guantes y otras señales de desafío. Llegados allí el Caballero Griego y su compañía, vieron en sus estrados al rey, a su lado los romanos y a su frente Salustanquidio, con unas armas negras entre las que nadaban unas sierpes de oro y de plata. Era tan grande como un gigante y llevaba un caballo de mayor alzada todavía.

Cuando el Caballero Griego llegó al campo vio a la reina y sus infantas, pero no vio a Oriana, que estaba todavía en Miraflores; al no hallarla se le estremeció su corazón de soledad. Miró a Grasinda, que estaba medio desmayada ante el porte gigantesco de Salustanquidio, y le dijo muy templado:

–Señora, no os espantéis por ver hombre de tan desmesurado cuerpo, que Dios está conmigo y os haré ganar lo que tanto vuestro corazón ansía.

Entonces tomó la corona de su cabeza y la puso encima de la columna de mármol, volvió donde estaban sus escuderos y eligió una de las tres lanzas que le ofrecían. Saludó al rey en lengua griega y al galope se puso en el extremo de su campo. El rey no entendió lo que dijo y le preguntó a su tío que le respondió:

–Todo lo hace porque se lo ha pedido esa hermosa dueña y dice que está contento de no tener que luchar contra tus caballeros.

El rey pensó que su tío no había entendido muy bien la parla del Caballero Griego y contestó:

–Creo que contemplaremos una hermosa justa.

Entre los caballeros del rey se levantaron murmullos de admiración por la apostura del Caballero Griego y hubo varios que la compararon con la de Amadís.

Salustanquidio se sintió indignado por la admiración que el Caballero Griego había levantado en las bancadas y dijo con voz indignada:

–Ahora veréis cómo aquel que tan hermoso va armado quedará frío y deshonrado por mi primera lanza.

Se dirigió hacia donde estaba Olinda y dijo:

–Señora, quiero vuestra corona, pues os amo por encima de todas. Yo os la devolveré con aquella que está sobre la columna y con ella entraréis en triunfo en Roma como señora mía.

Olinda, la enamorada de Agrajes, enrojeció indignada, pues nada sabía de estos amores y no le quiso entregar la corona. La reina se la quitó de la cabeza y se la lanzó a Salustanquidio, que la colocó sobre la columna. Después buscó su lugar en la palestra.

Al instante se acometieron al galope de sus caballos, las lanzas bajas, enristradas y bien cubiertos por los escudos. Ambos parecían dos montañas de acero. Chocaron en mitad del campo. El Caballero Griego alcanzó a su enemigo en el reborde del escudo, su lanza lo rompió y el asta resbaló buscando la armadura, pero esta era muy fuerte y no pudo atravesarla, aunque el impacto descabalgó a Salustanquidio. La lanza de este también atravesó el escudo del Caballero Griego y se clavó entre el avambrazo y el codal de acero, sin llegar a la carne de nuestro héroe. Allí estaba el romano en el suelo como muerto. Poniéndole la cuchilla de la lanza en el rostro, el Caballero Griego dijo:

–Por vuestro talante creo que entregaréis a mi dama la corona como la más bella.

Salustanquidio no respondió y el caballero dijo en su lengua griega al rey:

–Gran rey, aunque ese caballero ya ha perdido su soberbia, no quiere entregar la corona a la dama a quien represento. Otorgádmela vos o le cortaré la cabeza

El conde se lo tradujo y ya iba a entregar la corona, cuando don Grumedán le dijo al oído:

–Señor, dejad que el caballero haga lo que quiera, pues en los romanos hay más artes y engaños que en la raposa, y si se salva, irá diciendo que estaba en disposición de continuar el combate y que vos os habéis precipitado.

Aunque lo dijo en bajo, todo lo oyeron y una sonora carcajada recorrió la bancada real.

El Caballero Griego bajó del caballo para cortarle la cabeza, pero el rey le indicó que tomara la corona como señal del triunfo de su dama. Después, se acercó a Grasinda, colocó con una reverencia la corona de las doncellas en su cabeza y volvió a la columna para colocar su escudo en señal de desafío y gritó fuerte:

–Este escudo desafía a todos los romanos y sólo a ellos.

En ese instante entraron en la palestra dos caballeros romanos, revestidos de ricas armas y hermosos caballos. Eran Gradamor y Lasamor. Sin humillarse ante el rey fueron directamente a la columna y uno de ellos destrozó el escudo mientras decía con saña:

–¡Maldito sea quien permita que un escudo griego desafíe a un caballero romano!

El Caballero Griego, cuando vio su escudo hecho pedazos sintió que la sangre del corazón le subía a los ojos. Apartándose de Grasinda, tomó su lanza y sin la protección del escudo se lanzó contra los caballeros romanos. De un lanzazo descabalgó a Gradamor, que le había falsado el escudo, con un lanzazo en el yelmo; el romano cayó al suelo como un peso muerto, pero pronto dio señales de recuperación. El Caballero Griego arrojó la lanza y tomó la espada para lanzar un golpe a Lasanor por encima del hombro, cortándole parte del espaldar, un poldrón y tajándole la carne hasta el hueso, le arrancó el escudo y lo tiró al polvo. Ya estaban los dos en el suelo y, como no quería ventaja sobre ellos, el Caballero Griego saltó del caballo. Aunque ambos estaban muy maltratados, sin dejarles organizar su defensa les lanzó una lluvia de golpes, a Lasanor le dio un tajo en la pierna izquierda y lo derribó. Gradamor sintió terror y corrió a pedir merced al rey, pero el Caballero Griego le cortó el camino y a punta de espada le obligó a dar vueltas alrededor de la columna entre la burla de la corte; finalmente, de un empujón lo arrojó al suelo. Le rompió el escudo sobre sus espaldas y le puso la espada en el rostro. El romano entre lágrimas solicitó piedad.

El Caballero Griego hizo como que no le entendía y le obligó a subir encima de la columna, cuando estaba arriba lo derribó de un solo golpe como a un monigote y cayó al suelo. Luego, arrastrando a los dos por el suelo, los llevó ante el rey y juntó sus cabezas. Todos creyeron que los iba a degollar de un solo tajo.

Esplandián, que contemplaba el combate junto a otro doncel llamado Ambor, hijo de Angriote, estaba maravillado, fue corriendo hasta el caballero y le dijo:

–Señor, estos caballeros ya no pueden defenderse, vos habéis demostrado una maestría sin igual, tenéis la gloria del combate y os recordará la fama, por todo ello perdonadles la vida y entregádmelos.

Amadís creyó reconocer en el doncel algo suyo, tal vez tanta hermosura, pero haciendo como que no entendía pretendió seguir adelante hasta que Esplandián llamó con grandes voces al conde Argamón, que se lo tradujo así:

–Os pide esos caballeros, que se los deis.

Mirando la apostura del doncel dijo Amadís:

–Se lo otorgo.

Después Esplandián y Ambor subieron sobre unos palafrenes a los heridos, Amadís preguntó al conde en su lengua griega quién era el doncel y de quién era hijo.

El conde se lo dijo y Amadís, mirándole a los ojos, extendió su mano en señal de aceptación con estas palabras en griego:

–Joven generoso, que Dios os haga bienaventurado.

El Caballero Griego y Grasinda se despidieron de los reyes y se embarcaron de nuevo. Pero Angriote y Bruneo, por mandato de Amadís se quedaron atrás en una galera que volvió con noche cerrada a Tagesta para ayudar a don Grumedán en el desafío que tenía concertado contra los romanos.

El rey Lisuarte estaba determinado a entregar a su hija al emperador. El sobrino del rey, Giontes, fue con la reina Sardamira a buscar a Oriana a Miraflores, que de tanto llorar y llorar había perdido sus fuerzas y hubo que traerla en unas andas pues era incapaz de sostenerse en pie, amorteciéndose a cada instante. La acompañaban Mabilia, Olinda y la Doncella de Dinamarca. Cuando los reyes salieron a recibirla se arrojó a los pies de su madre, que trató de consolarla, pero la princesa dijo:

–Madre y señora, sabed que la distancia entre nosotras será para siempre porque mi muerte está cercana.

En el corazón del rey se mezclaban dos sentimientos: el dolor del padre y las razones del hombre de estado.

Cuando vio llorar amargamente a su hija ante los romanos llamó a Arbán y le dijo:

–Decid a Oriana que siento el mayor pesar del mundo por su comportamiento, pero que contenga su llanto y que venga hasta mí.

Cuando se acercó el rey le dijo:

–Hija, dime lo que quieras, que yo te oiré con amor de padre.

–Padre, si me entregáis a los romanos sólo espero la muerte, o porque ella me venga o porque yo misma me la he de dar. Yo desde aquí renuncio a todos mis derechos al trono en favor de Leonoreta o de quien vos queráis. Pero sabed que si me casáis con el romano, os levantaré tales querellas que pronto serán vuestros enemigos.

Mucho pesaron estas palabras al rey, pero nada podía mudar su propósito.

El conde Argamonte, Arbán y don Grumedán apartaron al rey bajo unos árboles y su tío le dijo:

–Rey y sobrino, todos pensamos que vuestra hija debe seguir en estos reinos. Decídselo así a lo romanos.

–Buen tío –dijo el rey–, yo debo cumplir lo prometido.

–Os pido licencia para retirarme a mi tierra –dijo el anciano conde.

–Id con Dios –respondió rey.

Después se reunió los romanos y les dijo:

–Señores, ya veis que lleváis a la princesa contra su voluntad y la de todos mis vasallos. Dentro de tres días os la entregaré.

Salustanquidio, un poco repuesto de las heridas, dijo:

–Todo se hará como vos lo mandéis. Cuando llegue a Roma y vea el gran señorío y como tantos reyes y príncipes se humillan ante ella para servirla, no pasará mucho tiempo sin que mude su voluntad.

Y después le pidió al rey por merced que le entregara Olinda, pues estaba herido de amores por ella y quería tomarla por esposa. El rey se lo concedió.

El caballero romano Maganil y sus hermanos con gran soberbia le dijeron a don Grumedán:

–Anciano, mañana se cumple el plazo de nuestra batalla, se acerca el día de vuestra vergüenza. Combatiremos tras la misa.

El rey ordenó silencio y despidió a los romanos. Después habló con Grumedán.

–Don Grumedán, yo quiero luchar con vos en la batalla.

Los dos se abrazaron llorando.

–No os lo permitiré, señor –dijo don Grumedán–, que tengo caballeros en mi casa para defender mi honra.

–Pues si así lo creéis –dijo el rey–, sólo puedo rogar a Dios para que os ayude.

Don Grumedán se fue a su posada muy quebrantado, pues aunque tenía buenos caballeros no eran los que había menester. Pasó la noche rezando y al día siguiente vistió su loriga blanca con sobreseñal roja y cisnes blancos. Todavía no se había acabado de armar cual entró la doncella francesa de Grasinda, que le dijo:

–El Caballero Griego os envía a sus dos mejores compañeros de armas y no busquéis otros. Y también os envía su espada, ya probada en los golpes que dio en la columna de piedra cuando aquel caballero romano le andaba huyendo.

Los caballeros eran, como supone el sabio lector, Bruneo y Angriote, que habían desembarcado secretamente por orden de Amadís para ayudar al veterano Grumedán.

Mantenían el campo por el rey Arbán y el conde de Clara, Serolís el Flamenco, y por los romanos Salustanquidio y Brondajel, pero poco duró el combate, pues acaeció entonces lo que nunca se vio en un torneo y fue que los caballeros de la casa del rey descabalgaron a sus contrarios en el primer encuentro. Estos quedaron muy malheridos y como se vieron en peligro de muerte solicitaron el perdón de don Grumedán.

Todos los romanos quedaron avergonzados y se retiraron a sus posadas con los heridos. Los caballeros de Grumedán fueron a besar las manos del rey y le dijeron:

–Señor, os saludamos y nos retiramos a las naves del Caballero Griego, en cuya compaña somos muy honrados y venturados.

Se despidieron, pero la doncella que con ellos viniera se acercó al rey y le dijo:

–Señor, escuchadme en secreto.

El rey se apartó con la joven y ella le dijo:

–Señor, vos habéis sido el rey más apreciado de la Cristiandad y el más querido entre las doncellas, pero hoy viendo lo que hacéis a vuestra hija desheredándola, piensan que hacéis un contradiós, pues Él la hizo vuestra heredera. Sus llantos son un mal ejemplo para el mundo, pensad una vez más vuestra decisión.

El rey se quedó con mal semblante y la doncella se fue con sus caballeros y con buen viento pronto alcanzaron las naves del Caballero Griego, al que informaron de la decisión del rey. Todos se dolían menos Amadís, que estaba muy alegre con aquellas nuevas pues ya había tomado la decisión de atacar a los romanos. Al día siguiente llegaron a la Ínsula Firme.

Cuando Gandalín reconoció la nave de su señor, tocó un olifante y la alegría se extendió por toda la isla.

Grasinda, al ver tanta gente y la alegría que mostraban, quedó maravillada pero mucho más cuando oyó que decían señalando al Caballero Griego:

–¡Por fin ha llegado nuestro señor!

Se lo preguntó al Caballero y él le respondió así:

–Mi señora Grasinda, os pido perdón por haber encubierto mi persona durante tanto tiempo. Sabed que yo soy Amadís de Gaula, señor de esta Ínsula Firme y esos que veis formados en guardia de honor son los caballeros de mi linaje.

–Señor –dijo Grasinda–, mucho se alegra mi corazón con esta nueva, pero más triste queda por no haberos honrado como merece hombre del más alto linaje y haberos tratado como un simple caballero errante.

En estas sutilezas y armonías celebraban el encontrarse en el señorío de Amadís, mientras los romanos daban las velas al viento alegres de llevarse a la emperatriz y así lo pregonaron, izando una gran oriflama sobre el mástil de la nave capitana, donde iba Oriana en una rica cámara, acompañada por Mabilia. Cerraron la puerta con siete candados, siguiendo las recomendaciones de Lisuarte, y en alcoba de al lado se aposentó la reina Sardamira. Olinda y otras dueñas y doncellas del séquito imperial fueron llevadas a la nave de Salustanquidio que ordenó empopar hacia Roma.

Llevaban dos días de navegación cuando vieron llegar por estribor entre la tierra y ellos una flota que quería cortarles el paso, pronto vieron que se dividía en tres haces. El primero lo formaban las naves al mando de Agrajes con don Cuadragante, Dragonís y Listorán de la Torre Blanca. Atacando por el sur venían las naves de Floristán y Gavarte de Valtemeroso. Y finalmente un poco más retrasadas llegaban las de Amadís y sus vasallos de la Ínsula Firme, que enrumbaron contra la capitana. Cuando los romanos vieron que la flota se dividirá en tres haces no albergaron ninguna duda: eran enemigos.

–¡Armas, armas, que nos ataca extraña gente!

Pronto se aprestaron al combate y dispusieron ballesteros para batir a los que intentaban abordar las naves. Los primeros que entraron en combate fueron Floristán y Gavarte de Valtemeroso, que asaltaron las naves del duque de Ancona y del arzobispo de Talancia, que tenían gente muy marinera, bien armada y recia, y así se trabó fuerte batalla entre ellos. Después chocaron las naves de Agrajes y don Cuadragante contra la de Salustanquidio, donde estaba la hermosa Olinda; ríos de sangre comenzaron a empapar el tablamen de la cubierta. Amadís ordenó dirigir la proa contra la que portaba la enseña del emperador y se dispuso a saltar sobre ella. Antes de hacerlo le dijo a Angriote:

–Angriote, amigo más fiel, tratad de ayudarme esforzadamente en este paso honroso donde me espera la muerte y aquí terminará mi honra y mi buena fortuna. No os apartéis de mí.

–Mi señor –dijo él–, pondré la vida en ello. Dios está con nosotros.

Al acercarse las naves unas a otras el cielo se nubló por la gran cantidad de saetas, piedras y lanzas que de una a otra parte se arrojaban. Los de Amadís pretendían abordar la nave de los romanos, pero ellos eran más numerosos y no les permitían acercarse, defendiéndose con garfios de acero y muchas saetas. Tantiles de Sobradisa, mayordomo de la reina Briolanja, que estaba subido en el castillo de la nave, hombre de raza hercúlea, cogió un ancla gruesa y pesada atada a una cadena y desde el castillo la lanzó contra la proa de la nave enemiga. Tiraron fuerte de la cadena y el ancla se clavó en el maderamen; después fue fácil juntar las naves. Amadís se lanzó entre los romanos con gran saña y tras él Angriote y Bruneo. El salto fue largo por su gran ímpetu y cayó de rodillas en medio de los enemigos. Comenzó a recibir muchos golpes, pero se levantó enseguida con su verde espada en la mano y vio que sus amigos estaban a su lado y tajaban a los romanos. Entonces empezó decir a grandes voces:

–¡Gaula, Gaula, que aquí está Amadís!

Al oír las voces la Doncella de Dinamarca tomó por los brazos a Oriana, que estaba medio muerta, y le dijo:

–¡Ánimo, señora, que viene a socorrernos vuestro leal amigo!

Amadís se lanzó hacia dónde estaba Brondajel y le dio un golpe por encima del yelmo, dejándole tendido en la cubierta. Al ver caído a su jefe, los demás se rindieron pidiendo merced. Amadís, al ver las ricas armas del herido, pensó que sería el capitán de la nave, le quitó el yelmo y le dio un golpe con la manzana de la espada al tiempo que le preguntaba dónde estaba Oriana. Él indicó con la mirada la cámara de los candados. Allí se dirigieron, derribaron la puerta y vieron a Oriana, a Mabilia y a la Doncella de Dinamarca. Amadís se arrodilló ante su señora y quiso besarle las manos, mas ella, olvidada de respetos humanos, se arrojó en sus brazos llorando a lágrima viva. Mabilia estaba de rodillas ante él, pero Amadís sólo tenía ojos para su señora y no podía ver nada más. Al cabo de un rato la vio, la levantó y abrazándola con mucho amor le dijo:

–Mi querida prima, mucho he deseado veros.

Quiso salir para ver cómo iba la batalla, pero Oriana no estaba dispuesta a separarse de él y le dijo:

–Señor, por Dios, no me desamparéis nunca más.

–No temáis, señora –dijo él–, que os dejo con treinta caballeros que os sabrán cuidar. Yo voy a socorrer los nuestros que tienen dura batalla.

De un salto salió de la cámara sin mirar atrás. La nave estaba tomada. Mandó que no se matase a nadie y pasó a la nave de lado donde estaba Gandalín con cuarenta caballeros, mas a lo lejos se oyó el nombre de Agrajes y se dirigió allí. Y cuando llegó Cuadragante había entrado ya en la nave de Salustanquidio. Aquello era una carnicería, pues Agrajes y los suyos herían y mataban sin dar cuartel. Cuando los romanos vieron a Amadís, se arrojaron al agua. Agrajes tenía a los pies a Salustanquidio, que pedía merced, pero Agrajes, que tenía noticia de su amor por Olinda, le cortó la cabeza y todos los enemigos se rindieron. Encima de los castillos pusieron los estandartes de Agrajes y don Cuadragante. Agrajes buscó a Olinda, su señora.

Un caballero dijo a Amadís:

–Señor, Floristán tiene prisioneros al duque de Ancona y al arzobispo de Talancia.

Subió al mástil y vio que la flota romana estaba desbaratada. Unos pocos botes huían en desbandada. Amadís celebró consejo en la nave capitana y cuando preguntó por Floristán le dijeron que estaba con la reina Sardamira y ambos estaban a los pies de Oriana pidiéndole mercedes para que la reina no fuera muerta ni deshonrada. Cuando llegó Amadís le dijo a la reina:

–No temáis nada, señora, pues estáis defendida por el mejor caballero, mi hermano don Floristán, y por la señora Oriana hemos sabido de vuestro leal comportamiento con ella.

La reina preguntó a don Floristán:

–Decidme quién es este caballero tan mesurado y tan vuestro amigo.

–Amadís es, mi señor y mi hermano, a quien todos seguimos en socorro de Oriana.

Asombrada quedó la reina al saber que Floristán era hermano del más alto caballero cristiano.

Después fue llevada al estrado de Oriana que la recibió con amor y honra.

Era el momento de decidir en consejo qué camino tomar para proteger a Oriana. Unos caballeros pensaban que había que llevarla la Ínsula Firme, otros a Gaula, Agrajes ofreció Escocia, su tierra y la de Mabilia. En medio de la discusión llegó la Doncella de Dinamarca y dijo:

–Señores, cese la discusión. Oriana os agradece vuestro esfuerzo y os ruega que la llevéis a la Ínsula Firme, donde quiere estar hasta recobrar el amor de sus padres.

–Así cumpliremos sus deseos hasta la muerte –dijo don Cuadragante–; no habrá mejor lugar de defensa que el señorío de Amadís. Allí esperaremos a Lisuarte y al emperador de Roma, si se atreven a forzar su libertad y justicia.

Libro Cuarto

57

Oriana, señora de la Ínsula Firme

Mientras los vencedores celebraban su triunfo sobre la escuadra romana y se preparaban para repartirse el despojo, tras poner en prisión a Brondajel de Roca, mayordomo mayor del emperador Patín, al duque de Ancona y al arzobispo de Talancia, se hicieron las honras fúnebres por el príncipe Salustanquidio. La actuación valerosa de este príncipe movió a duelo a ambos bandos y el llanto se extendió por toda la escuadra, de modo que el rumor llegó a la nao de Oriana y así la reina Sardamira tuvo noticia de la muerte de aquel caballero. Al instante, llorando fuertemente mostró tanto su pesar que movió a lástima a Oriana y sus damas, quienes rodearon a la reina con un manto de cariño, y Mabilia, más experta en consolaciones por su experiencia en los transportes emocionales de su señora, consiguió que Sardamira fuera acondicionando su espíritu y más cuando Floristán acudió a mostrarle sus condolencias. Finalmente, ya muy recuperada, fue invitada por Oriana a sentarse a su lado en el estrado donde aquellas altas señoras le dieron amplias pruebas de afecto y compañía.

Después la tranquilidad se extendió por la flota y un general sentimiento de alegría se posesionó de las almas de todos los caballeros cuando se tomó el rumbo de la Ínsula Firme para una vez allí determinar qué política seguir con un rey tan descomedido como Lisuarte. A la vista de tierra tanto desde el castillo como de las naves se rompieron muchos tiros de bombarda en señal de bienvenida y adornados bateles salieron de la isla para recoger a tan insignes doncellas, dueñas y caballeros.

Grasinda, que oyó la grita que se extendía por la ciudad, se vistió con sus mejores galas para recibir a Oriana, que por las grandes nuevas que sonaban por todas partes llegaba como señora de la isla. Decidió ante dama de tanta fama vestir con los vestidos que guardaba para probarse en la Cámara Defendida y encima de sus hermosos cabellos se puso sólo la rica corona que había ganado sobre todas las doncellas britanas de la corte de Lisuarte. Así ataviada y con un gran séquito de dueñas y caballeros llegó hasta el puerto donde atracaba la nave de la princesa, que la vio tan resplandeciente desde cubierta que no pudo dejar de preguntar a Bruneo quién era aquella dama y sabida su identidad ordenó que se la honrase y amase mucho por los grandes servicios y favores que Amadís había de ella disfrutado.

Las damas se midieron discretamente con la mirada y los que las contemplaban también lo hicieron con asombro y admiración, mientras amabas se abrazaban no pudiendo creer que en persona mortal se alcanzara tanta belleza.

Al punto llegó Amadís y, loando a ambas, contó a Oriana los favores recibidos en Bohemia y después acompañó a su señora y a la dueña Grasinda a su alojamiento que era una torre que había levantado el sabio Apolidón en medio de un jardín ornado con árboles venidos de todo el mundo y un lago que hacía las delicias de quienes allí se albergaban, todo cercado por un muro de piedra y pizarra de betún que desde fuera semejaba una brillante cinta negra, mientras dentro dominaba el resplandor de un suelo losado de piedras blancas como el cristal y otras rojizas como el rubí, que Apolidón había traído de unas islas de Oriente donde el sol con su gran fervor varía sus colores originarios de las cosas.

Allí quedó aposentada Oriana con sus damas y ella decidió que ningún caballero entrara en aquella torre hasta no llegar a algún acuerdo con su padre; Amadís lo aceptó a regañadientes por ser el deseo de su señora, que venía muy quebrantada, y aunque aparentaba estar contento en su corazón anidaba la congoja por saberla tan cerca y tan lejos, y más cuando sabía que más pronto que tarde se rompería guerra con el rey Lisuarte. Y así no podía estar tranquilo, aunque todos se sintieran seguros en la Ínsula Firme, pues él conocía al rey y sabía que se estaba cuajando una tormenta de grandes dimensiones, ya que dos príncipes tan poderosos como el emperador de los romanos y el rey de Gran Bretaña estaban desafiados. Todos aceptaron el parecer de don Cuadragante, que no era otro que enviar embajadores a Lisuarte para que, reconocidos los errores, hubiera paz entre el padre y la hija, pero, sabido el carácter orgulloso del rey, si esto no fuera factible y la guerra fuera inevitable, preciso sería comenzar a pedir ayuda a parientes y aliados y prevenir con tiempo el conflicto.

Ese mismo día llegó a la ínsula Brián de Monjaste el Español, después de pacificar con éxito el reino de su padre que había sido atacado por los africanos. Mucha alegría sintió cuando salió a recibirle Amadís, a quien había buscado inútilmente.

–¿Aquí estáis vos, Amadís? Pues en vuestra procura venía. Debéis saber que con buscaros ya hemos tenido bastantes aventuras.

Amadís le abrazó y le dijo con humor:

–¡Ah, Monjaste, don Brián! Estos señores me dicen que os deje entrar en la isla, donde os tenemos preparada una buena prisión.

Después de bien aposentado, Agrajes y Floristán le llevaron consigo y fueron a ver a Oriana, que estaba en la cámara de la reina Sardamira con Olinda, Mabilia y otras dueñas y doncellas. Brián fue a arrodillarse ante Oriana y le quiso besar las manos, pero ella le abrazó y le dio la bienvenida con mucha cortesía.

Brián le dijo:

–Después de la batalla con los reyes de las islas me fui a España para arreglar las cosas de mi padre con los africanos. Allí supe que mi primo Amadís había ido a tierra de oriente y que nada se sabía de él. He venido aquí con el propósito de buscarle pero mi suerte ha sido encontrarle en ocasión de que pueda ayudarle y a vos serviros.

En esta conversación estaban cuando llegaron Agrajes y Floristán, que con mucho acatamiento le dijeron lo que el Consejo había decidido. Ella lo dio por bueno, pero que no olvidasen que lo primero era la paz con el rey, pues veía en sus palabras más preparativos para la guerra que deseos de paz y reconciliación.

En realidad así era, pues tras el consejo, Amadís decidió buscar los apoyos guerreros para la empresa. Hablo primero con Grasinda, a la que fue a buscar a sus aposentos y le pidió que enviarse al maestro Elisabat a su tierra para que levantase una gran flota con la que defendería sus intereses y la honra de Oriana. Ella lo aceptó y Amadís le dijo:

–Yo creo, señora, que vos sois el ejemplo para el mundo de la nobleza y de la virtud. Os ruego que el maestro Elisabat vaya ante el emperador de Constantinopla con mi petición, pues es hora de aceptar su ofrecimiento de otro tiempo.

Después Amadís a llamó a Tantiles, el mayordomo de la hermosa reina Briolanja, que había vuelto a su señorío de Sobradisa, y le pidió que fuese a solicitar a su señora gente de armas para defender la Ínsula. Tantiles le respondió:

–Ha llegado el momento tan querido por mi señora de poder devolver alguno de los favores que tanto os debe; puedo deciros que mandará a lo más florido de su caballería.

Llamó a Gandalín y le dijo que fuese a Gaula a ver al rey Perión, de quien sabía que recibiría la mayor ayuda, pues como padre le socorrería con razón o sin ella. Y le dio una carta para el rey donde le pedía que le enviase a Melicia para que acompañara a Oriana, pues ya era hora de que su belleza y discreción fueran conocidas por todos.

También Cuadragante habló con su sobrino Landín para que fuese a Irlanda y tratara de traer socorros de parte de su reina. Otrosí hizo Bruneo de Bonamar, que mando a su escudero para que partiese a ver a su padre el marqués y a su hermano Branfil. Finalmente, Amadís decidió enviar a Isanjo, gobernador de la Ínsula Firme, con una carta para el rey Tafinor de Bohemia, pidiéndole hombres y barcos para el combate que se acercaba.

Antes de partir los emisarios, los caballeros decidieron pedir una recepción a Oriana para comunicarle sus decisiones, pero sobre todo querían ver a sus damas y más que ninguno Amadís, a quien se le hacía casi imposible la vida teniendo tan cerca a su amada. Vestidos con sus armaduras y con sus espadas relucientes se presentaron en la torre de Oriana y sus damas, a quienes saludaron con gran reverencia. Después Oriana se reunió con Monjaste, a quien le pidió mesura en la embajada con su padre, pues sabía que los dos eran de genio vivo y pronto les subía la saña al corazón.

Finalmente, Amadís pudo verse con su señora; se le llenaron sus ojos de lágrimas, le tembló el corazón y perdió el habla. Oriana se hizo cargo de su situación y le tomó las manos por debajo del manto y apretándoselas con mucho amor le dijo:

–Mi único y verdadero amigo, mi dueño y señor, aunque nuestras desventuras nos han traído al lugar que más deseábamos para estar cerca el uno del otro, nuestra desdicha que parece infinita ha hecho que convenga que estén apartados nuestros cuerpos, que no nuestras almas. Vos y yo sabemos que conviene que nuestros amores sigan encubiertos, aunque suframos grandes congojas y fatigas.

–Yo, señora –dijo Amadís–, yo casi no puedo vivir, pero lo único que os pido es que no me olvidéis en vuestro pensamiento y que me mandéis algo en que pueda serviros, pues esto será el único remedio para mi apasionado corazón.

Las lágrimas le caían a hilo por el rostro y Oriana con el corazón roto le dijo:

–Mi querido Amadís, no sabéis cuánto me conduelo con vos y bien creo lo que me decís. Por Dios, os pido que liberéis vuestro corazón de estas urgencias y fatigas. Debo volver a cumplimentar a esos señores que tanto os aman. Quedad, Mabilia os contará cosas que hasta ahora habéis ignorado.

Y así su prima le relató toda la historia de Esplandián. Amadís no podía hablar de la alegría que embargaba su corazón, cuando recobró la palabra dijo:

–Señora mía, cuando vi a este doncel al terminar el combate con los romanos algo sentí en mi pecho, como si aquel muchacho fuera algo mío, no sé si su apostura, su hablar mesurado o aquellos los ojos que son los de Oriana, algo me decía que podía ser hijo mío. Ahora que lo sé con certeza soy el hombre más alegre del mundo y no cambiaría ese hijo por todo el poder del universo. Y esto lo digo porque es hijo de Oriana. Muchas fatigas hemos pasado sobre todo en nuestras soledades y distanciamientos, pero sé que desde ahora con la llegada de este hijo todo se podrá remediar.

Vos, que habéis sido en los malos tiempos su mejor reparo, no dejéis de aconsejarla y esforzarla pues sé que vienen los mejores tiempos. Sobre todo decidle que no es culpable, ni ante Dios ni ante su padre, pues tantos hombres buenos estamos en su servicio y no tememos ni al emperador de Roma ni al rey Lisuarte. Esperaremos la llegada de nuestros emisarios, sobre todo de Monjaste, que nos ha de traer la paz o la guerra, pero mientras tanto debéis darle fuerzas y pedidme cuanto pueda para servirla.

58

La saña de Lisuarte

Cuando los romanos abandonaron la Gran Bretaña, el rey Lisuarte volvió a sus palacios con el corazón henchido de tristeza. Recorrió sus salas buscando a sus caballeros y sólo encontró a Brandoivás, que le dijo que la reina estaba en su cámara llorando con mucho dolor. Cuando ella lo vio entrar cayó desmayada y poco a poco el rey consiguió que volviera en sí. Cuando estuvo en mejor disposición y más reposada, su esposo le dijo:

–Señora, por vuestra dignidad de reina no conviene mostrar tanta flaqueza ante ninguna adversidad, sobre todo cuando tanta honra y provecho va a recibir vuestra hija que no va a ser despojada de sus bienes, antes bien pronto será coronada como la mayor princesa que nunca hubo en nuestro linaje.

La reina no pudo responder nada, se cubrió el rostro con las manos y se arrojó al lecho llorando desconsoladamente.

El rey la dejó en manos de sus doncellas y volvió a sus palacios, donde halló a don Grumedán y al rey Arbán, quienes mostraban gran tristeza en sus gestos y semblantes. Para aliviar su espíritu decidió salir con sus monteros de caza, pero su confuso corazón tampoco hallaba descanso en la floresta. Mas como muchas veces acontece, la Fortuna parece no contentarse con los disgustos y enojos que los hombres con sus decisiones se buscan, si no que con mucha crudeza ella los aumenta y recrece, siguiendo su propio estilo que es el de no sujetarse a ningún orden. Y así estaba el rey por aquellos días cuando se presentaron ante él algunos de los romanos que habían huido de la derrota infligida por los caballeros de la Ínsula Firme. Llegados ante el monarca y llorando de sus ojos le contaron lo acaecido.

El rey sintió un gran dolor por la muerte de Salustanquidio y por el desafío que representaba la derrota para sus planes; ordenó remediar a los romanos y volvió a la ciudad para hablar con la reina, a quien encontró en su cámara mucho más sosegada.

Con gesto adusto le espetó así:

–Dueña y señora, en las cosas de poca importancia pueden los hombres mostrar cierta melancolía, porque pasan pronto y se olvidan con rapidez, pero en los asuntos graves, en esos que mucho duelen, especialmente en los casos de honra es donde hay que mostrar un exterior tranquilo y gran rigor en la venganza. Digo esto porque pienso cargar la mano sobre Amadís y sus amigos por el mal cometido contra los romanos y el robo de mi hija.

La reina quedó paralizada y en silencio. Como amaba mucho a su marido pensó que era menester poner concordia antes que encender discordia y tras pensárselo dijo:

–Señor, aunque estáis muy quejoso y dolido por lo pasado, debéis juzgarlo desde aquel tiempo en que vos también erais un caballero andante y no podéis asombraros por el comportamiento de esos caballeros, que ante las lágrimas y quejas de vuestra hija han corrido en su socorro y se la han arrebatado a los romanos. Señor, la injuria y la venganza es para el emperador, pues a él le toca mucho más que a vos.

El rey muy sañudo le respondió:

–Señora, tened en cuenta vuestra dignidad, que en lo que a mí toca responderé desde la grandeza que mi estado y el vuestro requiere.

La reina, que bien le conocía, quedó con gran congoja, pues sabía que aquella respuesta significaba guerra. Consolada por sus damas le anunciaron la llegada de Durín, el hermano de la Doncella de Dinamarca, que llegaba con una carta de Oriana. En ella su hija pedíales amparo y perdón y rogaba a su padre que por nada del mundo rompiera guerra contra los caballeros de la Ínsula Firme.

La reina, acabada la carta, llamó a su esposo y se la entregó. Poco le satisfizo su lectura, pero por dar a su esposa algún contentamiento le dijo:

–Reina, pronto llegará una embajada de esos caballeros con la que tal vez pueda suavizarse algo el agravio recibido. Si así no sucediera, sabed que mantendré mi honra con las armas para que no se menoscabe mi fama.

La reina llamó a Durín y le dijo que volviera y dijera a Oriana que nada se sustanciaría hasta la llegada de los embajadores, pero que tenía su bendición como hija.

Unos días más tarde y precedidos de sus heraldos con sus cartas credenciales llegaron a Londres don Cuadragante y Brián de Monjaste. Según iban por las calles hacia palacio las gentes que los reconocía y que sabían de su lealtad y valor maldecían en voz alta a los traidores que habían malmetido al rey contra tales caballeros e inculpaban a este por haber permitido el consejo de envidiosos. Llegaron acompañados por una multitud y cuando entraron en la antesala el rey les recibió con mucha cortesía y buen talante.

Con voz firme don Cuadragante dijo:

–Conviene a los grandes príncipes escuchar a los mensajeros tratando de embridar la pasión si la embajada no es de su agrado y de la misma manera los embajadores deben decir con palabras honestas el mandato encomendado sin esperar peligro. Venimos a vos, rey Lisuarte, por mandato y ruego de Amadís de Gaula y de los caballeros de la Ínsula Firme, quienes andaban por tierras extrañas engolfados en sus aventuras cuando supieron que vos, desoyendo las recomendaciones de los mejores consejeros de vuestro reino, y más por imponer insanos deseos que por razón y justicia, quisisteis en contra de su voluntad desheredar a vuestra hija y entregársela a los romanos. Dios quiso que nosotros pudiéramos remediar tal agravio que se hacía contra el reino y contra Oriana y así, sin voluntad de injuriar, vencimos a los romanos y llevamos a vuestra hija con gran reverencia, como obliga su nobleza y real estado, a la Ínsula Firme, donde la dejamos acompañada de las más altas y nobles señoras y defendida por los más valientes caballeros. Así ellos, reunidos en consejo, os requieren para buscar remedio en el agravio cometido contra vuestra hija a fin de que le restituyáis el amor que merece. Y sabed, rey Lisuarte, que si tenéis algún resentimiento contra nosotros, quede su respuesta y sanación para otro tiempo, porque no sería justo mezclar la limpia dignidad de la princesa con lo dudoso de nuestra relación.

–Caballeros –respondió rey conteniendo su gesto a duras penas–, porque las muchas y duras palabras sólo emponzoñan las embajadas, será mi respuesta breve y con la paciencia que merece vuestra demanda. Vosotros habéis cumplido lo que satisface a vuestras honras con más soberbia que valentía, porque poca gloria se gana asaltando a los que navegan sin recelo y bajo mis seguridades, y así cuando hayáis dado satisfacción a esta grave afrenta, podremos hablar de lo que pedís.

–Vemos vuestra voluntad –dijo Brián de Monjaste–; de nuestros actos daremos cuenta a Dios y que cada parte se disponga a defender su honra.

Despedidos discretamente por el rey salieron del palacio acompañados por Grumedán, que les guió hasta sus naves. La tristeza embargaba el semblante de los tres amigos, pues sabían que pronto iban enfrentarse en el campo de batalla a no mediar milagro. Por romper el hielo y dar satisfacción a su curiosidad don Grumedán preguntó por Amadís.

A lo que respondió Monjaste:

–Vino ante vosotros llamándose Caballero Griego y trayendo consigo a la dueña que venció por su belleza a todas las de esta corte, tan mal defendidas por los caballeros romanos.

–¡Santa María me valga! –dijo don Grumedán–, Amadís era el Caballero Griego, como todos suponíamos. Pero os haré otra pregunta: los caballeros que me ayudaron en la batalla que tenía aplazada contra los romanos, ¿quiénes eran?

Brián volvió a responderle riendo:

–Vuestros amigos Angriote y Bruneo.

El linajudo y leal Grunedán reiteró el amor y voluntad hacia los caballeros exiliados y les hizo saber que si en su mano estuviera ya hubiera terminado hace mucho tiempo aquel tuerto. Así fueron hablando hasta salir de la villa y cerca del puerto vieron venir a Esplandián, acompañado de Ambor, hijo de Angriote; por las piezas cobradas ambos volvían de caza, cuando llegó ante ellos Esplandián los saludó. Brián, absorto en la belleza del doncel, preguntó a don Grumedán quién era y este le dijo:

–Se llama Esplandián y Urganda grandes cosas predijo para él.

–Su fama ha llegado hasta la Ínsula Firme –dijo Cuadragante–. Llamadle.

Tras los saludos el joven quiso enviar una encomienda al Caballero Griego, que tanta cortesía usó dándole a los caballeros romanos heridos.

–Sabed, doncel, que el Caballero Griego ahora se llama Amadís.

Cuando Esplandián oyó esto dijo:

–¿Es ese Amadís de quien se cuentan tan altas glorias y tan loado es por su mesura y cortesía? Dios quiera que algún día pueda pagarle la honra que me hizo.

–Pronto será, doncel –dijo Monjaste–, y que Dios os haga hombre tan bueno como os supo hacer hermoso.

59

Vísperas de sangre

Marcharon los embajadores de la Ínsula Firme y el rey Lisuarte se reunió con sus más cercanos consejeros: Arbán de Norgales, Guilán el Cuidador y don Grumedán de la Faz Serena. Sin más prólogo el rey les dijo así:

–Amigos, ya sabéis la afrenta que mi dignidad ha recibido de esos caballeros y en la gran mengua de mi honra en que ahora me hallo.

Arbán de Norgales, veterano y caballero muy cuerdo, supo leer la intención de su rey y dijo mesurado:

–Señor, estos caballeros y yo hemos hablado del caso por extenso y sabemos que vuestra última voluntad es no aveniros en concordia con Amadís y los suyos y romper guerra con ellos. Si es así debéis con mucha diligencia y gran discreción buscar aliados para tal empresa, pues sabemos que ellos ya han comenzado a reclutar amigos contra vos y conocido su gran linaje encontrarán no pocos apoyos. Y por estas causas y otras que por conocidas de todos me ahorro en exponer debéis requerir los auxilios del emperador de Roma, a quien más que a vos toca este negocio de la venganza, como bien dijo nuestra reina Brisena.

El rey se tuvo por bien aconsejado y envió a Guilán a Roma, para que con tacto narrara al emperador y los suyos la muerte de Salustanquidio, el asalto a la flota y el secuestro de la reina Sardamira y de la emperatriz Oriana.

–Y que todo el mundo sepa –continuó Lisuarte– que ellos son ladrones y nosotros grandes príncipes que nos vemos obligados a castigar este insulto, y debemos hacerlo presto pues las injurias crecen con la dilación del escarmiento.

A continuación Lisuarte envió a Brandoivás a la Isla de Mongaza para que exigiera gente de guerra a don Galvanes y le recordara su condición de vasallo y desde allí se pasara a Irlanda para pedir lo mismo al rey Cildadán, para que como vasallo acudiera con todas sus fuerzas. Finalmente, mandó a Filispín que buscase a Gasquilán, rey de Suesa, gran buscador de honras y hazañas, y le dijese que estaba ante la ocasión que tanto había ambicionado para mostrar la valentía y el ardimento de su corazón: enfrentarse con Amadís. Y ordenó levar levas por todos sus señoríos y contratar mercenarios de lejanas tierras, gentes de buenos caballos y peritos en armas.

Todo el mundo conocido se conmovió en ayuda de uno y otro bando, lo que no pasó inadvertido a Arcaláus el Encantador, el más malo entre los malos y siempre atento y dispuesto a atizar discordias y a aprovecharse de las disensiones entre Lisuarte y Amadís, pues eran los hombres a quien más odiaba del orbe. Así acordó levantar una tercera hueste para destruir a los que sobreviviesen tras la batalla que se avecinaba, y con este pensamiento, ya por tierra, ya por mar, llegó a los reinos del rey Arábigo, que todavía andaba maltrecho después de la Batalla de los Siete Reyes. Arcaláus, haciendo uso de su sutileza y alabando la grandeza del rey, necesitó muy poco para convencer al convencido de que esta vez sería la definitiva y la Gran Bretaña, su gran deseo, caería en sus manos con ayuda de Barsinán de Sansueña y el linaje giganteo de Dardán el Soberbio, jayanes siempre dispuestos cobrarse la venganza y colgar la cabeza de Amadís del arzón de sus caballos. Completó su obra de maledicencia cuando convenció al rey de la Ínsula Profunda, el feroz hereje Matamil, para que participara en la que se presumía fácil empresa y destruyera para siempre el cristianismo. El apóstata ya veía sus ídolos triunfantes en las iglesias de medio mundo.

Los enviados de Amadís recorrían los mares. Cuando Cuadragante y Brián volvían de su embajada se cruzaron con el navío real de la reina Briolanja, que se dirigía a la Ínsula Firme para apretar su coraje al corazón de Oriana, y ya había ordenado aprestar sus ejércitos para auxiliar a Amadís. Continuaron juntos el viaje a la Ínsula Firme. Mucha alegría recibió Oriana con la llegada de su amiga, que pronto intimó con la reina Sardamira, a quien costaba creer que tanta belleza se pudiera juntar en aquellas dos jóvenes.

Llegado el día Monjaste y Cuadragante se reunieron con el Consejo y en pocas palabras relataron la contestación de Lisuarte.

–Señores y amigos –dijo Agrajes–, como sospechábamos la respuesta del rey ha sido breve, pues no quiere otra cosa que nuestro sometimiento o el rigor. Oriana nos pidió que templásemos la saña de nuestras palabras en la embajada. Así hicimos. Pero ahora quedo libre de tal freno y os digo que me siento alegre de que haya guerra, porque bajo la apariencia de paz, pudiera ser que Lisuarte y el emperador de Roma juntasen sus muchas fuerzas y nos destruyeran si nos encontraran desapercibidos. Por eso, señores, tengo por buena guerra conocida que paz y concordia simuladas.

Mientras tanto el maestro Elisabat llegó al señorío de Grasinda y se reunió en consejo con sus principales caballeros. Ordenó que se preparase la flota con todos los hombres de armas que pudieran aprestarse. Encargó tales trabajos a un sobrino suyo llamado Libeo y a uña de caballo partió a Constantinopla, donde el emperador lo recibió con los brazos abiertos. El maestro le entregó la carta del Caballero de la Verde Espada donde le informaba que era Amadís de Gaula, lo que llenó de gozo al emperador. Después Elisabat le narró minuciosamente todo lo que les había pasado desde su partida de Constantinopla y toda la corte se alegró de la derrota romana, pues era conocida su rivalidad en el oriente cristiano.

El emperador vio que era la oportunidad de cobrarse viejos agravios de antaño y dar un buen golpe a Roma y dijo:

–Maestro Elisabat, notables hazañas me habéis contado y pues el valiente Amadís necesita mi ayuda contad con lo mejor de mi ejército, que yo empeñé mi palabra y es momento de que la cumpla, pues es la de un emperador.

Gastiles, su sobrino, le pidió encarecidamente y de rodillas ir al frente del ejército imperial, pues quería devolver en el linaje del emperador los favores recibidos de Amadís.

–La flota y el ejército –ordenó el emperador– irán a vuestro mando y tendréis a vuestro lado al marqués Saluder y espero que Roma recuerde con dolor vuestras proezas.

Gandalín, por su parte, llegó a Gaula, donde fueron recibidas las nuevas de Amadís con gran alegría. El rey Perión, siempre dispuesto a defender a su hijo, dijo así:

–Todo lo que esté en mi mano se ha de hacer, pero te mando que no digas nada de esto a Galaor, pues está muy enfermo desde que volvió de la corte de Lisuarte; aunque su mal es de origen desconocido y los físicos no dan con él, yo soy su padre y conozco la condición de mis hijos; debes saber que se niega, como ese rey malvado quiere, a enfrentarse su hermano y la lealtad y obediencia a su señor natural choca con su linaje y preso de gran confusión se encuentra a las puertas de la muerte con todos los humores muy revueltos. Desde que llegó de Londres guarda cama sin fuerzas ni espíritu para empuñar las armas, pues la exigencia de enfrentarse a su hermano Amadís no la puede sufrir y lo tiene postrado con un gran dolor de corazón. Te ruego, Gandalín, que tampoco digas nada de esto a Norandel, pues ya me encargaré yo de decírselo. Ve con Galaor y háblale de su hermano, pero oculta el motivo de tu venida.

Gandalín fue a la alcoba donde estaba y lo encontró tan flaco y apergaminado que apenas pudo reconocerlo. Galaor se alegró de su presencia y llorando preguntó por Amadís:

–Señor –dijo Gandalín–, queda en la Ínsula Firme sano y bueno y con el deseo de que pronto os reencontréis, pues no sabe de vuestro mal.

Norandel también le preguntó por Amadís y el escudero les contó las proezas del endriago y sus victorias en las islas de Romania. Norandel animó a Galaor a dejar su enfermedad y seguir a su hermano. Perión lo cogió de la mano y hablando de otras cosas lo sacó de la alcoba y le dijo que se fuera a Londres con su padre, pues Galaor debía guardar cama durante un tiempo y la exaltación de sus ánimos lo ponía en gran alteración según era su mucha flaqueza.

Y así llegada la noche Norandel se despidió de Galaor diciendo:

–Mi señor, debo volver con mi padre Lisuarte, porque veo que vuestra dolencia va a ser larga y yo soy desde hace poco caballero y no he ganado tanta honra como vos.

Don Galaor con gran pena lo despidió y lo encomendó a Dios, finalmente entre lágrimas le dijo:

–Norandel, mi joven amigo, besad la mano de vuestro padre Lisuarte y decidle que quedo su servicio, aunque estoy más muerto que vivo, como veis.

Lasindo, el escudero de Bruneo, llegó a Bonamar y le contó al marqués Valladas y a Branfil los hechos de armas contra romanos. Mucho se dolió el joven Branfil por no haber participado en ellos y de rodillas le pidió a su padre el marqués mandar las tropas que le solicitaba su hermano.

–Hijo –dijo el marqués–, no te congojes, pues vas a mandar a lo más granado del ejército de Bonamar, de cuyo valor ha de hablarse en los siglos venideros.

Isanjo, gobernador de la Ínsula Firme, llegó a Bohemia y se entrevistó con el rey Tafinor, que llamó a su hijo Grasandor y le dijo:

–Hijo, mucho le debemos al Caballero de la Verde Espada, que desde hoy es el glorioso Amadís de Gaula, de quien cuentan las mayores hazañas y de cuya amistad nos alabamos. Lee su carta y prepara un ejército para que sus peticiones queden satisfechas.

–Padre –dijo Grasandor–, no puedo esperar a levantar esa gente de guerra que Amadís solicita. Deseo partir ya a la Ínsula Firme y poner mi brazo a su disposición. Os ruego que el conde Galtines se encargue de levantar ese ejército. Yo deseo partir con los veinte caballeros de mi guardia para empezar a pagarle la deuda que le debemos.

–Hijo –dijo el rey–, hubiera deseado que fueras tú quien hiciera los preparativos y eligiese los soldados, pero veo tu resolución y acepto que vayas cuanto antes a ponerte bajo las órdenes del primer caballero cristiano.

Landín, sobrino del don Cuadragante, viajó secretamente a Irlanda y habló con la reina a espaldas del rey Cildadán, obligado tributario de Lisuarte. La reina pensó que sería buena ocasión para acabar con este y conseguir con su derrota que el reino de Irlanda volviera a ser libre y no vasallo de Gran Bretaña. Le envió seiscientos caballeros que deseaban antes la muerte que luchar bajo los estandartes de Lisuarte

Por su parte los emisarios del rey Lisuarte recorrían el mundo en busca de auxilios. El rey Cildadán, en su condición de vasallo, a regañadientes, levantó un ejército. Galvanes suplicó a su rey que no le mandase combatir contra Amadís ni contra Agrajes y si le obligaba le devolvería la isla de Mongaza rompiendo su vasallaje. El rey, con gran disgusto pues mucho necesitaba de su ayuda, comprendió las razones de Galvanes y le dijo que ya vendría el tiempo en que necesitase de su espada y sus tributos. Gran alegría recibió Gasquilán de Suesa, que prometió levantar un poderoso ejército y mandó decirle al rey que esperaba cortar la cabeza de Amadís y ponerla en la cuchilla de su lanza.

También le llegaron noticias al rey de que el rey Arábigo, Barsinán de Sansueña, Arcaláus el Encantador y muchas gentes extrañas preparaban una gran armada, pero nadie le supo decir cuál podía ser su destino. Lisuarte, que era perro viejo y conocía la inclinación de Arcaláus, tuvo por cierto que aquel nublado más pronto que tarde reventaría en sus reinos

Guilán llegó a Roma en veinte días y encontró al emperador Patín rodeado de mucha gente, esperando nervioso la llegada de la que llamaba la emperatriz Oriana. Había recibido una carta de Salustanquidio donde le informaba de su salida de Gran Bretaña y ya tardaban mucho en llegar. Don Guilán entró armado como venía del mar e hincando de rodillas ante el emperador le entregó la carta que llevaba. Antes de leerla dijo Patín:

–Don Guilán, sed bienvenido. Supongo que venís con Oriana, mi emperatriz. Decidme dónde queda y mi gente la traerá de inmediato.

–Señor –dijo mesurado don Guilán–, ni Oriana ni vuestros hombres han venido. Por favor, leed la carta.

El emperador quedó demudado, pues no podía creer lo que contaba la misiva real.

–¿Es cierto que Oriana ha sido robada y mi primo muerto?

–Así es, señor. Los caballeros de la Ínsula Firme han enviado una embajada del rey, pero él no ha querido tomar ninguna resolución hasta que vos, a quien toca tanto esta afrenta, lo supierais. Y os hace saber que si pensáis como él, que deben ser castigados con la máxima dureza, procuréis aparejar el mejor ejército en el tiempo más breve para que no crezca más la injuria.

–Caballero –respondió el emperador mal conteniendo su ira–, volved y decid al rey vuestro señor que esta injuria y la venganza de ella yo la tomo a mi cargo y que se despreocupe, pues de mi crueldad se hablará por muchos años. Yo quiero emparentar con él no para darle preocupaciones y disgustos, sino para vengarle de quien se ha atrevido a ofendernos.

No muy contento abandono don Guilán los palacios del emperador. Era caballero muy cuerdo y muy templado y la liviandad de aquel Patín presagiaba mengua y deshonra para su rey. Y así volvió su camino llorando muchas veces el gran yerro y la intolerancia de su señor, por cuya gran culpa estaba enfrentado el reino a Amadís y a todo su linaje, y sabía que de aquella batalla sólo un mar de sangre y de odio profundo sería la cosecha.

El momento era de gran agitación y los dos bandos trataban de aumentar sus contingentes. El más diligente fue el rey Perión, que trajo consigo tres mil caballeros; el rey Tafinor de Bohemia envió dos mil caballeros. Tantiles, mayordomo de la reina Briolanja, trajo mil doscientos caballeros. Branfil, hermano de Bruneo de Bonamar, llegó con seiscientos escogidos. De Irlanda llegaron sólo seiscientos caballeros a escondidas de su rey. El rey de España envió a su hijo Brián de Monjaste dos mil caballeros. El del rey Languines de Escocia envió mil quinientos caballeros con Gandales. Serían buenos, pero pocos, si no llegaba la gente del emperador de Constantinopla con muchos caballeros al mando de su sobrino Gastiles.

Todos se pusieron bajo el mando del rey Perión de Gaula, primero en llegar y más cercano por su condición de padre de Amadís.

Cuentan algunos cronistas que nunca se vio hueste tan escogida y abundante como aquella, en tanto que Oriana, con el corazón dividido entre su esposo y su padre, veía como cada día aumentaba en cantidad y calidad el ejército de la Ínsula Firme. Maldecía su ventura y llorando desde los balcones pesándole más y más esta discordia de la que se culpaba, sabiendo que la batalla venidera sería de gran perdición de gentes y, si Dios no lo remediase, llegaría por su causa. Ni siquiera Mabilia, que contemplaba con admiración tan esforzado batallón, tantas y tan relucientes armas y bordadas tiendas, podía levantarle el ánimo.

La primera providencia del rey Perión, tras aposentar a su gente, fue visitar a su sobrina Oriana y llevarle saludos y afectos de su tía la reina y de su prima Melicia. Después trató de consolarla culpando a Lisuarte por haber cedido a la intolerancia y no a la concordia con sus mejores caballeros.

Fueron días aquellos, mientras se preparaba el combate, de muchas relaciones entre caballeros y damas y así cruzaron miradas inflamadas el joven mancebo Grasandor y la discreta Mabilia, entre las sonrisas de su hermano Agrajes. Hasta la reina Briolanja concedió el perdón a su primo Trión, único familiar vivo, tras hacerle jurar lealtad eterna, y le concedió el mando de sus tropas.

Llegó Baláis de Carsante e informó a Perión de que Lisuarte había plantado su campamento cerca de Vindilisora con cerca de seis mil caballeros y que muy pronto llegaría el emperador de Roma con un número mucho mayor. En camino estaba Gasquilán, rey de Suesa, con ochocientos caballeros, y Cildadán con dos mil. Pensaban estar allí no menos de quince días, pues la tropa de Roma vendría muy golpeada por la mar.

Al amanecer del día siguiente llegó al puerto el maestro Elisabat con la gente del señorío de Grasinda, quinientos caballeros y arqueros. Pronto deseó cumplimentar al rey que lo recibió en su tienda y con mucho placer le agradeció cuando estaba haciendo por su hijo. El maestro le dijo:

–Mi señor, os traigo dos nuevas que os conviene saber: el emperador de Roma está llegando con más de diez mil de a caballo, pero el emperador de Constantinopla nos manda ocho mil y llegarán dentro de tres días.

Al fin llegaron los romanos con su emperador al frente, venían como ya se ha dicho muy cansados de la mar y deseosos de descanso y comida caliente. Patín, hombre impetuoso y acelerado, dominado por la pasión más que por la grandeza de su estado y la reflexión, deseaba comenzar pronto el ataque, pero Lisuarte le recomendó que esperara algunos días para recomponerse de viaje tan largo.

Pronto empezaron a llegar noticias al campamento de Lisuarte, pues el caballero Arquisil había visitado a Amadís para pedirle que suspendiera su vasallaje y le permitiera combatir al lado del emperador, como le fue concedido. Volvió el Arquisil hablando de la gran calidad de los caballeros de Amadís, lo que preocupó mucho en el campo de su señor, que decidió esperar quince días para reunir mayor tropa. Cuando todos estuvieron bien descansados el emperador dividió a su gente en tres haces. El primero al mando de Floyán, hermano de Salustanquidio, con dos mil quinientos caballeros. El segundo para Arquisil con otros tantos. Estos dos romperían el combate y detrás de ellos iría el propio emperador con cinco mil caballeros, los mejores llegados de los cuatro puntos del Imperio. Tal estrategia se la presentó a Lisuarte y le rogó que sus hombres abrieran al el campo. El rey lo acepto con buen semblante y gran preocupación, pues no tenía gran fe en el valor militar de los romanos, pero estaba obligado a conceder aquella honra al que se consideraba el más ofendido. Patín había creído que con sus solas tropas podría cercar la Ínsula Firme y obligar a Amadís a devolverle a Oriana; las noticias de Arquisil llenaron de preocupación a Lisuarte y el emperador se vio obligado a aceptar las disposiciones del rey.

Quien a su vez dividió a su gente en dos haces: el primero al mando de Arbán de Norgales con tres mil caballeros, entre los que estaban su hijo Norandel, don Guilán y Brandoivás. El otro la componían dos mil caballeros al mando de Cildadán y Gasquilán. El resto quedaron bajo su mando y dio el estandarte real a don Grumedán, que con mucho pesar y angustia en el corazón ocupó la cabeza del ejército.

El rey Perión reunió en su tienda a todos los capitanes y a los caballeros de mayor linaje y les dijo que Lisuarte y el emperador sólo admitían la guerra como solución y puesto que a ella estaban abocados responderían con la misma moneda. Y así, había decidido no esperar su llegada a la Ínsula sino llevar la batalla a tierra y buscar al enemigo. Sería la primera sorpresa y procedió a dividir en haces el ejército para que todos supieran bajo qué enseña y a qué capitán tenían que acudir. Todos aceptaron esta disposición y le rogaron que por edad, dignidad real, sabiduría militar y por el gran valor demostrado a lo largo de su vida, se hiciese cargo y mando de aquella elegida tropa. Él aceptó de grado y ordenó formar el ejército en medio de la amplia vega. Subido en un caballo muy grande y muy hermoso, armado con muy ricas armas, se colocó en el centro de su tropa, acompañado de tres escuderos y diez pajes. Por su edad tenía la cabeza y la barba blancas, el rostro encendido por el ardimento de su corazón y poseía una voz firme y timbrada que cuando los suyos oyeron perdieron todo temor. Adelantando su caballo dijo:

–Caballero Cuadragante, os encomiendo la vanguardia y el primer haz. Os acompañarán Amadís, Angriote y Gavarte con mil quinientos hombres. Sobrino Agrajes, tomad el segundo haz con Bruneo, Branfil y su gente, seréis mil seiscientos caballeros. Vos, joven Grasandor, iréis con mi hijo Floristán, Dragonís y Landín, con la gente de vuestro padre el rey Tafinor y con Trión y la gente de la reina Briolanja seréis dos mil seiscientos caballeros. El cuarto haz será para vos, sobrino Monjaste, con vuestra gente española y tres mil caballeros del emperador de Constantinopla. Vos, caballero Gandales, acudiréis con mil caballeros del Gaula a los sitios de mayor peligro. Y yo cerraré con Gastiles y cinco mil caballeros del emperador de Constantinopla.

El emperador de Roma y Lisuarte partieron de Vindilisora a paso tranquilo para no cansar a hombres y bestias y así el primer día no anduvieron más de tres leguas y pararon a descansar en un gran llano. Partieron con el alba del segundo día y pronto supieron por las gentes del lugar que se acercaban las tropas de Perión y que se encontraban a poco más de dos jornadas. Sabido esto, Lisuarte ordenó a Ladasín el Esgrimidor que con cincuenta caballeros fuese descubriendo la tierra delante de la hueste unas tres leguas. Al tercer día, se encontraron frente a frente con los batidores de Perión, Enil y cuarenta caballeros. Como ambos tenían prohibición de pelear ocuparon los terrenos fronteros a una distancia de poco más de media legua y en medio un campo muy grande y muy llano. Ninguno de los ejércitos tenía ventaja y decidieron levantar campamentos fortificados para caso de derrota. Todo era actividad en uno y otro real, aparejando armas, bestias, medicinas y el fardaje que lleva un ejército en campaña.

Gandalín buscó a su señor Amadís y con lágrimas en los ojos le suplicó que le armase caballero. Amadís llorando se negaba, pero su hermano de leche le apretaba mucho recordándole los peligros y los amores en los que le había acompañado para bien o para mal y cómo habían compartido pasos honrosos tan grandes y señalados. Ahora ante esa batalla ya no podía excusarse más. Gandalín le presentó las armas que había preparado y Amadís le dijo:

–¡Oh, mi verdadero amigo y hermano! Esta noche velarás las armas en la capilla del rey mi padre y por la mañana tras la misa, el rey te nombrará caballero.

–Señor –dijo Gandalín–, sólo quiero ser nombrado caballero por el mejor. Por vos.

Y llorando se abrazaron ambos hermanos.

Así estuvieron frente a frente los dos ejércitos durante dos días y en ese tiempo llegaron noticias de que el ejército del rey Arábigo se ocultaba protegido entre las florestas de una montaña cercana.

Lisuarte ordenó que la gente civil se refugiase en las ciudades e hiciera acopio de provisiones, pues no sabía las intenciones de aquella hueste, pero la preocupación por la batalla cercana le hacía olvidarse de ese peligro, pues ya no era tiempo de sumar un nuevo temor.

Transcurrió un día más desde que los campamentos estuvieran terminados; el emperador Patín comenzó a impacientarse porque deseaba combatir y volver a su tierra cuanto antes, como acontece a los hombres accidentales y de poco fundamento, que acostumbran a poner pasión en las cosas para presto aborrecerlas con liviandad, pues no saben aparejar los tiempos con las necesidades.

Perión, cuando vio que todos los bastimentos estaban preparados, las armas afiladas y las bestias piafantes prontas para el combate, decidió que había llegado la hora y dijo a sus capitanes que pregonaran a todos que al alba se celebraría una misa de campaña y que cada gente se pusiese bajo la enseña de su capitán porque la batalla se daría sonada la hora prima. Lo mismo hizo el ejército contrario.

60

La primera batalla

Llegada el alba de la batalla, en los dos campos sonaron trompas y añafiles y se oyeron tan nítidos que parecía como si ambos ejércitos estuvieran juntos. Las huestes comenzaron a armarse, los escuderos a ensillar caballos, los clérigos celebraban misas en los alberos de las tiendas y los caballeros se apresuraban a ponerse bajo sus estandartes, lábaros y oriflamas.

Nadie podría contar la batalla en su totalidad y el mejor cronista no pasaría de contar alguno de tantos episodios que se dibujaron en el tapiz de la sangre. Comenzaremos por el emperador de Roma, que recio de cuerpo y sobre hermoso caballo salió de su tienda luciendo armas negras, así como el yelmo y escudo. En él llevaba pintada la figura de una bella doncella que semejaba a Oriana. Sobre el negro del manto de sobrevesta llevaba bordada una gruesa cadena de oro como divisa y juraba que la llevaría hasta poner en ella a Amadís y a los suyos. Llegaba flanqueado por sus capitanes Floyán, hermano de Salustanquidio, y Arquisil, su heredero más cercano. De su tienda salió Lisuarte también con armas negras y águilas blancas y una de ellas en el escudo y lo mismo Cildadán de Irlanda, vasallo de Lisuarte, vestido de riguroso negro por su condición de tributario.

En el frente contrario, Perión llevaba armas de acero limpio con sobrevesta de seda colorada e iba montado en un hermoso caballo español de los que mandó el padre de Brián de Monjaste. Amadís llevaba las armas verdes con leones de oro, las mismas con las que venció a los gigantes Famongomadán y a su hijo Basagante. Don Floristán el Bueno llevaba unas armas coloradas con flores de oro. Don Cuadragante las llevaba pardillas. Todos llevaban hermosas armas menos Arbán de Norgales, Guilán, el Protector y el alférez real, don Grumedán de la Faz Serena, que llevaban las llamadas de campaña, para mostrar a su rey su lealtad y la tristeza de tener que luchar contra sus amigos. Tampoco llevaban en sus cimeras los airones de plumas en señal de obligada obediencia.

Gandalín se presentó ante Amadís para que le hiciera caballero. Este, tomándolo por la mano, le dijo:

–Hermano, sé prudente y en esta batalla no te separes de mí, para que pueda socorrerte si el caso lo requiere. A mi lado has participado en muchas batallas, pero nunca has combatido espada en mano; yo te cuidaré y tú cuida de mí cuando sea menester.

Gandalín asumió lo que su hermano le decía y ambos fueron ante Perión, que le besó en las mejillas y le ciñó espada, para que siempre tuviera memoria de la gran honra que recibía y por quien la tomaba. Amadís le puso la espuela diestra y el escudero así quedó investido caballero.

De nuevo sonaron las trompas y ambos ejércitos salieron de sus campamentos y se alinearon en el llano, después pusieron los caballos al paso y fueron acercándose distinguiendo los estandartes enemigos. Sobre todos destacaban los del emperador de Roma, que había pedido que sus mesnadas rompieran el combate. Amadís buscaba los pendones de Lisuarte y los distinguió con facilidad; se alegró de verlos muy atrasados, pues no deseaba enfrentarse en combate singular con el padre de su señora Oriana y así darle enojo. Pero sabía que otros caballeros deseaban matar al rey, pues lo odiaban tras los episodios de la Isla de Mongaza, cual era el caso de Agrajes, que tenía jurado al monarca como enemigo mortal y esperaba este combate para vengarse de la infamia sufrida por su tío Galvanes.

Fueron acercándose los haces y del bando de Lisuarte salió a galope tendido un escudero que a grandes voces apellidaba Amadís. Este se adelantó levantando su mano y el faraute le dijo que Gasquilán, rey de Suesa, hijo del gigante Madarque, derrotado por

Amadís, le desafiaba no por enemistad, sino por emular su gran fama y deseaba hacerlo en combate singular a la vista de todos, pues no podría hacerlo en la batalla por el estorbo de los otros caballeros. Le decía que sentía gran envidia pues tras vencer a su padre había usado con él de gran cortesía y ese era un loor con el que excedía a todos los caballeros conocidos y no podía sufrirlo.

Amadís aceptó el desafío no sin poner de manifiesto su malestar pues era demanda no motivada por afrenta, pues la envidia o la emulación eran cosas de poco momento, no contempladas por la orden de caballería.

Y así, un poco a disgusto y contrapelo, se celebró este desafío. Gasquilán, con armas de espejo, montaba sobre un caballo de los llamados de gigante, pues él también era de linaje jayán y enarbolaba una gran lanza de un hierro largo y limpio. En el mundo de la caballería era tenido más por follón y soberbio que por valiente y preocupaba poco a Amadís, y más cuando le vio salir a galope tendido gobernando poco a su caballo. Chocaron ambos, se rompieron las lanzas y Gasquilán salió despedido de la silla y su corpachón cayó a peso sobre su brazo derecho, el de la espada, quebrándoselo y quedando inerte en el suelo, como muerto. El caballo de Amadís cayó al suelo con la cerviz rota y su caballero medio desmayado por el golpe, pero al instante se rehízo y espada en mano se arrojó hacia Gasquilán.

El emperador de Roma, que ardía en deseos de entrar en combate, creyendo muerto a Gasquilán, lo mismo que cuantos habían visto el combate, gritó a Floyán para que cargara y defendiera el cuerpo del caído. Por el lado contrario, don Cuadragante picó espuelas para defender a Amadís seguido por todo su haz. Pero el primero en llegar al palenque fue Gandalín que, echando pie a tierra y apoyando la contera de su lanza, esperó como un piquero la llegada de Floyán para herir bajo el petral a su caballo, que cayó a tierra arrastrando a su jinete. Allí chocaron los primeros haces para defender a sus paladines.

Los romanos eran muchos más y pudieron rescatar el cuerpo de Gasquilán, mientras Angriote ofrecía un caballo a Amadís. Cuadragante, Gavarte de Valtemeroso y Landín eran un muro frente ante el que se estrellaba Floyán y los suyos. Fueron llegando caballeros y con el ruido no se oían las órdenes de los líderes y se generalizó la lucha por toda la vanguardia. Había muchos caballos sueltos sin sus jinetes, que morían pisoteados entre la multitud. Floyán, con un nuevo caballo, quería vengar a Salustanquidio y cargó contra Angriote, se enzarzaron en un duro combate tan igualado que hubieran estado tres días peleando en vano, pero pasó por allí un caballero de Irlanda, criado de don Cuadragante, a quien Floyán derribó de un solo golpe y su presencia distanció a ambos caballeros.

Amadís, con Gandalín y Baláis, viendo que el frente romano era infranqueable, buscó un costado del haz y entraron en él poniendo espanto a los que no los esperaban y huyendo como hace el ganado ante la tormenta. Así derribaban caballeros hasta que les salió al encuentro Flamíneo, hermano bastardo de la reina Sardamira, buen caballero en armas, que se lanzó contra Amadís; chocaron rompiendo lanzas. Amadís le quiso herir en el costado con la espada, pero falló el golpe e hirió al caballo en la barriga, sacándole las tripas, dando en el suelo con el caballero.

Poco a poco don Cuadragante había deshecho el muro romano y tuvo que llegar Arquisil para cerrar los huecos que dejaban los caídos. Había recomenzado la batalla y ya había más de mil caballeros en el suelo. Arquisil cayó a tierra abrazado a Landín, y Floyán, que iba donde más recio estaba el combate, gritó:

—¡Caballeros de Roma, defended a vuestro capitán!

Allí chocaron los hombres de Angriote con los de Flamíneo y eran tantos unos y otros que pudieron salvar a Arquisil y a Landín, que muy quebrantados estaban. Pero los romanos eran más e inclinaban el campo sobre todo cuando entro en la pelea el emperador con su gran caballo. Se lanzó contra Carsante y lo derribó sin dificultad y después cargó contra Baláis, que muy fatigado estaba y más su cabalgadura, que no pudo sufrir el envite del bridón imperial y cayó al suelo, arrastrando a su caballero por el polvo. Ya dijimos que el emperador Patín era amigo de grandes gestos y al ver a sus dos enemigos en el suelo se desentendió de ellos y, poniendo a dos patas a su caballo en medio del palenque, dijo a grandes voces:

—¡Roma, Roma, a ellos mis caballeros, que no escape ninguno con vida!

Y se lanzó en medio de la lucha dando grandes golpes hasta que se encontró con Cuadragante, que era más alto y que le tiró un mandoble sobre el airón penachado del yelmo que le dejó muy aturdido, perdiendo los estribos y medio desmayado, tanto que se metió entre los suyos ocultándose tras un mar de lanzas. Tomó su lugar un caballero mancebo llamado Constancio, hermano de Brondajel, que enristró a Cuadragante falsándole el escudo e hiriéndole en el brazo, haciendo que también tomase cuartel tras los suyos.

Animado por el momentáneo éxito, Constancio no paró, sino que cambió el rumbo hacia donde Amadís estaba, mas cuando vio las maravillas que este hacía con la espada quedó espantado y pensó que era el diablo que había llegado para destruir a Roma entera, y más lo creyó cuando vio cómo un caballero amigo, gobernador del principado de Calabria, caía bajo su espada, partido en dos el yelmo y su cabeza dividida como una calabaza madura; cuando lo vio, Constancio supo que aquella batalla estaba perdida y llamó a Floyán para unir esfuerzos y tratar de frenar a quien tanta mortandad les causaba.

—¡Vamos, Floyán, a ese, tú por un lado y yo por el otro!

Cayeron sobre Amadís dándole golpes por todos los lados, pues eran caballeros valientes y esforzados. Amadís en un supremo esfuerzo se salió de los golpes y, revolviendo su espada con un molinete, golpe ventajista que jamás realizaba si no estaba en minoría, descargó sobre Constancio tal golpe sobre el yelmo que este cayó a plomo sobre la tierra. En su defensa salieron más de veinte romanos que golpearon a Amadís sin hacerle caer al suelo, hasta que llegó el segundo haz de Grasandor y Floristán en su auxilio.

Fue providencial su llegada, pues Agrajes, Bruneo y Angriote estaban ya descabalgados y en gran peligro. Así se equilibró el combate de nuevo con la llegada de tropas frescas en cada bando, pero de nuevo eran más los romanos y, aunque Floristán y los suyos hacían prodigios de valor, el campo iba cayendo para el emperador, hasta que sonó el olifante y todos supieron que llegaba la zaga de Gandales con ochocientos caballeros con armas y monturas frescas. La llegada de su padre animó a Amadís y Angriote, que juntaron sus tropas contra Patín, que tras el espadazo de Cuadragante estaba más a gobernar que a pelear. Los de Gandales hacían gran sangría en las filas romanas, que comenzaron a retirarse en medio de cierto desorden hasta que la zaga de Arbán de Norgales los protegió por orden de Lisuarte.

Caía el sol y todavía quedaba mucha gente por entrar en batalla. Lisuarte, que conocía al enemigo, sabía que guardaba en refresco tropas excelentes, toda la gente española y sus buenos caballos, y los romanos ya habían sufrido bastante aquel día. Ambos bandos tenían muchas bajas y la noche llegaba con rapidez. Lisuarte ordenó dejar el campo, que quedó para Amadís y los suyos, que recogieron sus heridos dejando a los romanos sin matar, pero muchos estaban tan malheridos que murieron sin recibir auxilios.

Pasadas unas horas llegaron unos monjes para dar extremaunciones y al ver tan gran mortandad y tantos lamentos de heridos pidieron a los dos bandos una tregua para curar a los llagados y enterrar a tantos muertos que podían desencadenar epidemia. Perión, Lisuarte y el emperador lo dieron por bueno y se dio tregua de un día para desembargar el campo. En curas y prácticas piadosas se pasó el día y al alba se armaron de nuevo para empezar la llamada por los cronistas segunda batalla.

61

La segunda batalla

Los reyes Lisuarte y Perión decidieron encomendar sus vanguardias a los que no habían intervenido en la primera batalla. Arbán y todos los caballeros de su haz ocuparon las primeras filas y guardando sus espaldas estaban los hombres del rey Cildadán. La reserva quedaba para el emperador de Roma, con los capitanes y caballeros que aún pudieran empuñar la espada.

En el bando de la Ínsula Firme, el rey Perión dio la vanguardia a los españoles de Brián de Monjaste y Gastiles de Constantinopla les seguiría, guardándoles las espaldas con el segundo haz. Detrás en la retaguardia quedarían los que ya habían combatido.

Sonaron trompas y añafiles y los dos primeros haces chocaron con estrépito de aceros. Allí más de quinientos caballeros perdieron sus monturas. Brián y Norgales se encontraron frente a frente y comenzaron a golpearse con saña, olvidando viejas amistades de otros tiempos. Por el bando de la Lisuarte entraron Norandel y don Guilán, haciendo mucho daño en las primeras filas, pero un caballero español llamado Fileno con un nutrido grupo de jinetes los hizo retroceder. Por un momento Arbán de Norgales y Brián de Monjaste dejaron su combate personal para reorganizar sus fuerzas respectivas, pero los españoles estaban muy frescos y arrollaron a sus contrarios, que a no ser por la intervención directa del propio Lisuarte y el rey Cildadán con sus reservas hubieran sido exterminados.

Por primera vez se veía en la vanguardia la enseña de Lisuarte y su visión tuvo el mismo efecto que el olor de la sangre de un cordero para una manada de lobos. Perión enardeció a los suyos al grito:

—¡Gloria para el traiga esa enseña!

Y una bandada de caballeros se lanzó derechamente hacia ella. Lisuarte supo que su vida estaba en peligro y con el corazón crecido se lanzó hacia ellos. El rey Perión se encontró frente a frente con el rey Cildadán y buscaron a otros con quien luchar.

La confusión se generalizó y los caballeros apenas podían utilizar sus espadas. El emperador creyó que la peor parte la llevaban Lisuarte y los suyos, como así era, y lanzó a todos sus caballeros tratando de dar el asalto definitivo. Estrategia vista por los escaramuceros de la Ínsula Firme, que tocaron el olifante de Perión para llamar a Amadís y los hombres que quedaban ocultos. El estruendo era tan grande que resonaba por los valles cercanos como el mugido de un buey gigantesco. Muchas doncellas y dueñas habrían de llorar aquella carga. Allí estaba la flor y nata de la caballería cristiana y por muchos años sería imposible sustituir a tantos y tan buenos caballeros muertos. ¡Ay, rey Lisuarte, cuánto habrás de sufrir por tu intolerancia!

Agrajes era una fiera tras su presa, ya estaba cerca de los estandartes reales cuando vio a Lisuarte que, tras derribar a Dragonís con la lanza, pretendía rematarlo con la espada. Con un grito que subió por encima del estruendo y que paralizó por un instante todos los brazos, barbotó:

—¡A mí, Lisuarte, mal rey, a mí, que soy el que más te odia!

Lisuarte se lanzó contra él y tas un duro intercambio de golpes tiraron las espadas y se abrazaron tratando de derribarse mutuamente; muy igualados estaban, pero frente al ardimento de Agrajes el rey era más fuerte de cuerpo e iba llevando la mejor parte. Ya sacaban las dagas para herirse cuando Perión con Floristán y otros entraron por medio; lo mismo que hicieron Guilán, Brandoivás y el alférez don Grumedán que defendieron al rey con sus cuerpos. Pero los dos contendientes estaban tan trabados y enclavijados sus aceros que era imposible separarlos. Entre todo el gentío surgió don Cuadragante que, echando mano al rey por cuello, lo levantó como una pluma, pero el rey Arbán se abrazó a Cuadragante y los cuatro volvieron a golpearse con las manos en el polvo. La confusión era total y el emperador y Cildadán entraron con todos los caballeros que les quedaban y lo mismo Gastiles y Grasandor con los bohemios. Parecía que el emperador con su guardia personal inclinaba la batalla para los suyos, pero la llegada de Perión y sus hijos Floristán y Amadís, Gandalín, Galtines y Tirón puso al descubierto que allí se acabaría todo, pues ya no había más hombres, armas y caballos.

Amadís y el emperador quedaron frente a frente. Amadís se lanzó contra su guardia personal y Floyán, que lo reconoció por el manto de sobrevesta, supo que la vida de su príncipe tocaba a su fin si él no lo remediaba, y echando mano de una gran maza de combate se dispuso a golpear al de Gaula, que no se había apercibido de su presencia, pero Floristán vio la maniobra y lanzó a su caballo, que apenas había intervenido en el combate, sobre la multitud para chocar con Floyán que ya descargaba el golpe. El bruto, espoleados su ijares en sangre hasta el costillar, saltó contra su contrario derribándolo mientras la maza caía sobre el hombro de Floristán, destrozando la loriga, la cota y hundiendo el hombro hasta el hueso. Ambos cayeron al suelo, pero el conde Galtines de Bohemia metió su gigantesco bridón de combate para proteger a Floristán de las coces y las herraduras, mientras Floyán era destrozado por los cascos de un caballo sin jinete.

Amadís había perdido el interés por el combate y sólo quería matar al emperador; hacía cosas con la espada que ponían espanto en sus rivales que huían ante él, y así, finalmente, llegó ante Patín y le descargó un golpe sobre la cimera de yelmo que lo aturdió y le hizo caer del caballo, pero según se derrumbaba le asestó otro sablazo por entre el hombro y el cuello, que destrozó el barbote y la gola, entrándole por la carne hasta el corazón. Cuando llegó al suelo ya estaba muerto. Así lo vieron los romanos que estaban más cerca y gritaron pidiendo ayuda; llegaron los haces de Arquisil y Flamíneo cargando contra Amadís y Floristán, que a su vez se vieron respaldados por Galtines, Gandalín y Trión, que formaron un muro con los suyos.

Más lejos se libraba la batalla de los reyes, Perión contra Lisuarte. Era la parte más dura y la igualdad era muy grande, hasta que de nuevo sonó el olifante que significaba la llegada del viejo Gandales y los españoles de Monjaste. Eran los últimos seiscientos, que se ocultaban en un bosquecillo y decidieron el combate. La guardia de Lisuarte se hundió y sólo resistía Arbán en un cerrillo desde el que llamó al rey diciéndole:

–Señor, retiraos o muerto sois.

El rey se vio solo, defendido por Guilán el Protector y su alférez, el veterano don Grumedán, que mantenía firme la enseña real, pero tuvo que ser el gran Cildadán de Irlanda el que con sus últimos diez caballeros salvara al rey, llevándolo detrás de la última línea de romanos que, desmoralizados por la muerte de su emperador, apenas ofrecían resistencia. Lisuarte envió a su hijo Norandel, a Guilán y Ladasín para que los reforzaran, pero era empeño inútil, pues Agrajes, Perión y los escaramuceros de Gandales los ponían en fuga, haciendo de nuevo peligrar el estandarte real.

Amadís vio que las fuerzas de Lisuarte estaban desbaratadas y el rey perdido sin remedio, pues los romanos se habían desentendido por completo de la lucha y se retiraban al campamento con el cadáver del emperador haciendo un gran duelo. La noche se acercaba y el cerro defendido por Arbán de Norgales estaba cercado completamente.

Amadís, que temía la venganza de Agrajes, se presentó ante el rey Perión y humildemente le dijo:

–Padre y señor, la noche se nos ha venido encima y dentro de poco no veremos nada y si asaltamos el cerro podríamos matarnos entre nosotros. Nuestros enemigos están tan quebrantados que no se atreverán a atacarnos.

El rey, que era muy sagaz, con gran pesar de su corazón caló la intención de Amadís de salvar al padre de Oriana y dijo:

–Hágase tu parecer, hijo Amadís, y el Señor, que sabe el fondo de las cosas, sabrá que esta bondad se hace por su servicio, ya que está en nuestras manos la destrucción de todos nuestros enemigos.

Agrajes, con fuego en los ojos y la loriga tinta de sangre, mirando con rabia a Amadís dijo para que lo oyeran todos, hasta los del cerro:

–¿Qué es esto, primo Amadís? ¿Ahora que tenéis a nuestros enemigos vencidos y desbaratados, ahora que tenemos humillado a ese rey soberbio, ahora los queréis salvar?

–Primo Agrajes, sólo quiero salvar a los nuestros para que no se entrematen, que nuestros enemigos ya están vencidos y no ofrecen defensa ninguna.

–¡Ay, Amadís, Amadís, primo y señor mío! –dijo Agrajes, que también intuía las intenciones de su carnal–, si no quieres vencer, nunca podrás señorear y no pasarás de ser un caballero andante, pues en tan alta ocasión te vence la piedad. Pues tú y Dios lo queréis hágase vuestra voluntad.

Se retiraron de la falda del cerro y ambos bandos volvieron a sus campamentos. Se concedieron dos días de tregua para enterrar a los muertos, que eran muchos, pero sobre todo al emperador, que para los suyos era más importante que todos los otros.

62

Haya paz entre los príncipes cristianos

Lisuarte quedó muy afligido porque estaban los suyos muy rotos y con gran flaqueza, sobre todo los romanos, a los que no veía con fuerzas para sostener una tercera batalla. Así se lo confesó al rey Cildadán y le dijo que ya sólo esperaba luchar con honra y morir con la espada en la mano. Al día siguiente repitió a sus capitanes lo mismo: de aquel campo saldría vencedor o muerto. Apenas terminó su parlamento, Arquisil, cabeza y general de los romanos, dijo:

–Rey, los romanos venimos del mas excelente linaje de la historia y estos señores y yo pretendemos ser fieles a la tradición de la excelencia egregia de nuestros antepasados, por eso os decimos que mañana, cumplida la tregua, ocuparemos la cabeza de la batalla en honor a nuestro emperador.

El rey Cildadán, de valor tranquilo y sereno, dijo desenvainando la espada:

–Los romanos nos dan una lección que no esperábamos y mucho celebro las palabras del bravo Arquisil, que a tanto nos obligan. Y yo digo por mí que ya deseo que acabe la tregua, pues sólo pienso en la batalla, en la que si Dios no me da la victoria, tampoco quiero que me dé la vida y me conceda una muerte honrosa.

Pero cuenta la historia que aquel santo hombre llamado Nasciano, que a Esplandián criara como un hijo, supo de la batalla entre estos grandes reyes y, convencido de que la mortandad que devendría y del gran peligro en que se encontraría la Cristiandad, sería la más grave desde la muerte de Cristo. Supo que todo era por Oriana y pensaba que en sus amores estaba el germen y la maldad de aquella guerra en que se desangraban los mejores reinos. Y aunque estaba baldado por la edad, haciendo un supremo esfuerzo llamó a Sargil, su sobrino y amigo de juegos de Esplandián, y subido encima de un asno se dirigió a la Ínsula Firme. donde estaba Oriana. para que ella en santa confesión le abriera su corazón y le diera permiso para hablar con Lisuarte.

Cuando llegó la ínsula, Perión y sus hombres ya habían partido hacia el campo de batalla. Oriana, deshecha en llanto, le contó su relación con Amadís, su matrimonio secreto, pues por tal valía una promesa de Amadís, y el fruto de sus amores, Esplandián, y le permitió que lo hiciera público si con ello paraba aquella sangría suelta entre cristianos, extremo que alegró mucho al santo ermitaño, que se puso de nuevo en camino hacia el palenque, donde llegó después de la segunda batalla. A su vista se ofreció un mar de sangre y desolación, los llantos y los ayes de dolor subían al cielo; desesperado alzó las manos hacia el Altísimo y lloró con mucha piedad por la salud de los vivos y por la paz de los muertos. Se dirigió al real de Lisuarte, que lo recibió con muestras de gran alegría y con lágrimas en los ojos le pidió su bendición.

El santo ermitaño se apartó con el rey en privado y le dijo:

–Andaba en mi ermita donde os encontré cuando me llegaron noticias de esta sangrienta batalla. También supe el motivo de ella y cómo habéis querido desheredar y casar a vuestra hija con el emperador de Roma. Debéis saber, rey Lisuarte, que tal casamiento no es posible, no por la recomendación que os hicieron tantos y tan altos señores, sino por otro motivo incuestionable y por el que me he atrevido a presentarme ante vos. Sabed, alto rey, que vuestra hija está unida en matrimonio con el marido que Nuestro Señor le ha concedido.

El rey, cuando esto oyó, pensó que aquel santo varón tenía descabalada la cabeza por la edad y había perdido el seso.

Nasciano, sonriendo, tomó al rey de la mano y mirándole a los ojos le dijo:

–Rey Lisuarte, tu hija está casada con Amadís de Gaula desde hace mucho tiempo, desde que la salvó de la maldad de Arcaláus y de su amor ha nacido ese infante llamado Esplandián.

El rey se quedó atónito y preguntó atropelladamente:

–Vos no me engañaréis jamás, santo Nasciano. Juradme por Dios que mi hija está casada con Amadís.

–Amadís es el marido de vuestra hija y Esplandián es vuestro nieto.

El rey creyó morir en ese instante y pensó en tanta sangre derramada inútilmente. En un momento se juntaron en su memoria todos los hechos pasados desde la llegada de Amadís a su corte, el parecido de Esplandián y aquellos ojos que la reina Brisena decía que eran los de Oriana.

Pero el rey era un hombre práctico y pensó que no había que llorar por la sangre derramada sino evitar que se derramara más sangre todavía.

–Santo Nasciano, amigo mío, aunque ya no esperaba de la vida más que dar y recibir la muerte para satisfacer mi honra, vuestras palabras me determinan a pediros que seáis mediador de la paz y la concordia con esos caballeros de la Ínsula Firme. Id y hablad con Amadís, pero no olvidéis que yo soy el rey y por ello os ruego que no le descubráis mi propósito, antes bien pulsad su parecer y veamos si se iguala con mis deseos, si así es procurad concertar la paz con provecho y honra para todos.

El ermitaño se hincó de rodillas ante el rey llorando de sus ojos.

Al salir de la tienda se encontró con Esplandián, acompañado de Sargil, a quien la reina había enviado en busca de noticias de la batalla. El rey, al ver a su nieto, sintió que la saña y el odio desaparecían de su corazón. Esplandián se arrodilló ante el santo Nasciano, que le bendijo, y después de entregarle las cartas de Brisena, la reina, fue a besar las manos del rey.

Nasciano partió hacia el campamento de Amadís llevando a Esplandián consigo. Llegaron a la tienda de Amadís cuando este celebraba consejo con sus caballeros. Amadís, ahora con la tranquilidad del diálogo y lejos de la saña del combate, se asombró al contemplar su belleza. Don Cuadragante se lo presentó, pero Amadís seguía confundido sin dejar de mirar los ojos del doncel e incluso sintió que algo dentro de él se alteraba y sintió deseos de abrazarlo, pero el joven le dijo:

–Señor, este es el santo Nasciano que desea hablar con vos.

Al entrar el ermitaño todos se arrodillaron y le pidieron la bendición. Él los bendijo y haciendo un aparte con Amadís le habló así:

–Hijo mío, vuestra vida ha sido azarosa desde el momento en que nacisteis. El Señor os ha colmado de dones sobre todo en belleza, discreción y valentía. Hoy todos os consideran por vuestras hazañas el primer caballero de la Cristiandad. Ante vos vengo para pedir la paz.

–Santo ermitaño –respondió Amadís–, si Dios ha querido que yo recibiera tales dones sabed que tenéis en mí al primer paladín de la concordia.

Ante tal disposición Nasciano le contó lo hablado con el rey Lisuarte, su reacción al saber su casamiento con Oriana y su deseo de concertar la paz.

Amadís le dijo con el corazón alegre:

–Si es tal es el espíritu y propósito de Lisuarte, yo desde aquí lo tomo como padre y señor a quien servir.

Amadís pidió al rey Perión que hablase con Nasciano y después reunió a sus principales caballeros para que diesen su opinión sobre la paz. Todos declinaron en Perión la decisión final, pues hasta aquel instante les había gobernado con sabiduría.

–Rey Perión –dijo Angriote–, por vuestra dignidad real, por vuestro valor personal en el campo de batalla y por vuestra templanza, estos príncipes y caballeros os han elegido para que los guieis en las cosas de la guerra y de la paz. Todos confían en vuestra determinación y ninguno osará contradeciros. Y puesto que tenemos las honras tan crecidas pues hemos vencido la sinrazón de ese rey, si queréis conocer nuestro parecer, si Lisuarte y los suyos piden la paz, debemos concedérsela y enviar embajadores y que sean don Cuadragante y Brián de Monjaste, que ya tienen experiencia en esos tratos.

Por los de Lisuarte se nombraron embajadores al rey Arbán de Norgales y a Guilán el Protector, y pronto concertaron una tregua donde los de la Ínsula Firme se retirarían a una jornada de camino, mientras los romanos con el rey podrían celebrar con el boato exigido las exequias del emperador de Roma en la ciudad de Luvaina.

Llegada la mañana, sonaron las trompas en los campamentos, se levantaron las tiendas y cada ejército se puso en marcha.

63

La tercera batalla

Habíamos dejado al rey Arábigo, a Barsinán, señor de Sansueña y a Arcaláus el Encantador con su ejército metido en lo más profundo de la montaña, esperando el aviso de sus batidores, que constantemente tenían vigilados los campamentos de Lisuarte y Amadís. El pensamiento del rey Arábigo era dejar que las batallas duraran lo más posible para que mayor fuera el desgaste de ambos bandos. Abrazaba muchas veces a Arcaláus alabándolo y agradeciéndole que hubieran comenzado aquella empresa y le prometía grandes mercedes, pues con la victoria podrían resarcirse con creces de todo lo perdido.

Llegaron sus escuchas y le dijeron que ambos campamentos se habían levantado y que era el momento de atacar al rey Lisuarte antes que Amadís, pues de su gobierno dependía todo el reino y su ejército parecía casi vencido; oído y valorado el examen de los batidores, el rey Arábigo decidió atacar por la noche porque así pensaba estarían más descuidados. Envió a un sobrino suyo, de nombre Esclavor, para que encubiertamente siguiese el rastro del ejército real mientras ellos iban avanzando por el interior de la sierra. El rey Lisuarte, que tenía recelo de aquella gente, también desplazó a sus escaramuceros, que le informaron de los movimientos de Arcaláus, pero a pesar de sus apercibimientos bien sabía que tenía a la gente maltrecha de las batallas pasadas. Llamo a Cildadán con todos los capitanes y les ordenó que tuviesen a su gente armada y en buen orden, pues esperaba de un momento a otro el ataque de aquellos enemigos. Algunos de sus caballeros le aconsejaron que secretamente mandará una embajada al rey Perión para pedirle auxilio porque la gente contraria a era mucha y muy descansada; estas fueron peticiones de don Grumedán y Brandoivás, pero el rey, que temía siempre la pérdida de su honra más que la seguridad de sus hombres, les respondió que fiasen más en su espada que en sus dudosos aliados y luego mandó a Filispín que vigilase el movimiento de las tropas enemigas con veinte caballeros. Mandó reposar a su tropa, pues ya habían andado más de cuatro leguas y las bestias estaban muy cansadas y animó diciendo a sus caballeros que pensaba llegar a Luvaina antes de la noche y les quedaba mucho camino. Filispín fue directo a la montaña y descubrió a Esclavor y sus espías; envió aviso al rey instándole a que se acercara a la villa a marchas forzadas, aun sabiendo que no estaba preparada para resistir un asedio. Esclavor supo que había sido descubierto y envió un emisario a su tío, animándole a que bajara presto de las montañas, pero este era asunto difícil porque debían pasar por muy malos pasos para salir de ellas, que si habían sido buenas para defenderse por lo ásperas y fuertes ahora para atacar eran lo contrario. Arcaláus le dijo al rey Arábigo que no se preocupara si llegaba Lisuarte a la villa, pues esta tenía un muro tan bajo que defenderse dentro de ella era más peligroso que en campo abierto.

–Dejad, señor, que entren en esa ratonera y los exterminaremos en sus callejuelas –fueron sus palabras.

Pero quiso Dios que Nasciano enviara a Esplandián y a su sobrino a la búsqueda del rey Lisuarte para preparar un nuevo encuentro de embajadores en Luvaina. Tanta prisa se dieron que llegaron donde estaba descansando el rey y allí vieron cómo pronto iba a ser atacado. Decidieron volver grupas y avisar al rey Perión del peligro en que se encontraba Lisuarte y su mesnada.

Perión cómodamente se había asentado en una ribera de muchos árboles y cómodos prados para restañar las heridas pasadas. Hasta allí llegó Esplandián, que fue a la tienda de Amadís, a quien informó de las angustias por las que pasaba Lisuarte y su ejército. Amadís con rapidez se entrevistó con Perión, su padre, y le suplicó que le diese licencia para socorrer al ejército real.

–Hijo, haz lo que quieras, toma los mejores hombres, que yo te seguiré a continuación.

Luego mandó tocar trompas y añafiles preparando la mesnada. Amadís se llevó consigo a don Cuadragante, a su hermano Floristán y a Angriote de Estraváus con cuatro mil caballeros y, aunque estaban muy cansados, exigiendo mucho sus caballerías se encaminaron al encuentro de Lisuarte.

El rey Arábigo ya había bajado a la vega y se acercaba al ejército real cuando cayó una noche tan oscura que no se veían los unos a los otros

Los batidores de ambos ejércitos mantuvieron durante toda la noche escaramuzas y el alba descubrió que unos y otros se hallaban muy cerca, tanto que era inútil excusar batalla por más que la ciudad de Luvaina se encontrara a la vista de todos.

Entonces Lisuarte hizo dos haces con su gente: el primero se lo dio al rey Cildadán, con Norandel, su hijo, y Arbán de Norgales con dos mil caballeros. El segundo fue para Arquisil con otros dos mil. Después pasó revista, animando al combate, y pudo comprobar cómo los hombres estaban muy heridos, las armas rotas, los caballos reventados y sedientos, pues en dos días apenas habían tenido descanso y la moral no era de victoria.

El rey Arábigo colocó en la delantera a Barsinán, señor de Sansueña, con dos mil caballeros, este era el más furibundo pues deseaba como único don vengar la muerte de su padre y de su hermano Gandaloz, a quien Lisuarte había mandado despeñar desde la torre de Londres. Arcaláus mandaba el segundo con cinco mil caballeros y el propio rey Arábigo se ocultó tras una loma con lo mejor de su ejército, su guardia de tres mil caballeros y los fieros jinetes de la Ínsula Sagitaria, que tenían por fama comer carne humana.

El día había amanecido muy claro y todos se acometieron reciamente sin los toques de clarín acostumbrados. En la primera carga muchos caballos quedaron sin jinete. El combate estaba muy igualado, aunque los del rey Arábigo llevaban ventaja en caballos y armas. Arbán de Norgales desbarataba el haz de Barsinán y Arcaláus tuvo que acudir en su socorro, combatiendo con la mano izquierda con la misma habilidad con que había empleado la derecha, pero los de Lisuarte aguantaban bien, tanto que Arcaláus, cegado por la rabia, pues creía en una victoria fácil, pidió ayuda al rey.

Este se presentó con los de la Sagitaria, que contaban con buena infantería, ocasionando gran estrago en los caídos, a los que degollaban sin piedad. Este último arreón no lo pudo aguantar la vanguardia de Lisuarte, que perdió el campo.

Viendo la batalla perdida, el rey se colocó en vanguardia con sus mejores hombres mientras ordenaba retirarse al resto tras el muro de Luvaina. Protegiendo aquella huida dicen los cronistas que Lisuarte mostró como nunca su bondad y esfuerzo con las armas ante un enemigo muy superior y con él sus caballeros. Casi todos murieron y otros fueron derribados de sus caballos y presos como don Grumedán y Arbán de Norgales, el mejor paladín del rey.

Lisuarte pretendió liberarlos, pero Norandel y el rey irlandés Cildadán le obligaron a recogerse en la villa. Entró el último y tras él se cerraron las puertas. Hecho el recuento de efectivos se vio que muy pocos se habían salvado.

Desde el muro los defensores contuvieron a los de Arcaláus con ballestas y arcos, mientras el brujo quemaba a la vista del rey Lisuarte sus enseñas. Tan borracho de victoria estaba que ordenó matar a los cautivos, pero el rey Arábigo se lo impidió, diciéndole que se sufriese, pues pronto tendrían en su poder a Lisuarte y se lo entregaría para que disfrutara con sus maldades.

Gran tristeza embargaba el corazón de Lisuarte, viéndose vencido y desbaratado y la más de su gente perdida, muertos o presos, y él y sus pocos fieles a resguardo de aquella flaca muralla de tierra donde no les cabía más que esperar la muerte.

El Arábigo reunió a los suyos y pidió consejo a sus mejores caballeros para tomar la ciudad. Entre ellos reinó el desacuerdo, que así suele suceder cuando la Fortuna es favorable. Algunos decían que sería bueno descansar y preparar bien el asalto para impedir la huida del rey; otros decían que habría que atacar de inmediato antes de que organizaran su defensa o pudieran recibir refuerzos. Oído esto por el rey Arábigo, determinó apretar a los defensores por dos puntos. El norte para el duque de Bristoya y Barsinán y el sur para el rey de Ínsula Profunda y Arcaláus, mientras él esperaría en la zaga con los de la Ínsula Sagitaria, a los que había prometido el degüello cuando entraran en la ciudad. Había que darse prisa porque apenas quedaban dos horas de luz antes de que llegara la noche.

Cuando las tropas ocuparon sus posiciones el rey Arábigo ordenó el asalto y aunque fueron recibidos con una lluvia de flechas y piedras pronto alcanzaron la muralla, que era muy baja y en algunos puntos rota; así pronto ambos ejércitos se juntaron y confundieron como si luchasen en campo abierto. Al principio los de Lisuarte aguantaron el envite, pero poco a poco se fue imponiendo el número, mas Dios quiso enviar la noche más oscura y con ella el tiempo de restañar las heridas y descansar para acabar al amanecer aquella batalla que ya duraba demasiado, en palabras de Arcaláus.

Amadís, con el permiso de su padre, salió a uña de caballo en busca del rey Lisuarte, pero el camino era largo y a pesar de sus esfuerzos supo que no llegaría antes del amanecer. Ordenó que los guías y escaramuceros caminaran siempre en la falda de la montaña con la esperanza de cortar las vanguardias del rey Arábigo, pero se perdieron y desorientaron. La desesperación llegó al corazón de Amadís y maldijo mil veces su desventura. Don Cuadragante, que también estaba muy preocupado por su tío el rey Cildadán, se le acercó y le dijo:

–Señor, no os descorazonéis y sufríos en vuestra congoja. El Señor, que todo lo ve, nos guiará por el buen camino.

Un tanto galvanizado por estas palabras Amadís le dijo a Gandalín:

–Toma una escuadra de batidores y sube a la montaña. Desde allí avistarás los fuegos de campamento del enemigo.

Así lo hizo Gandalín y vio al fondo las luces de Lovaina y los fuegos de rey Arábigo.

Rompía el alba y los dos ejércitos se prepararon para el asalto. Los de Arcaláus contentos por la cercana victoria y los de Lisuarte tan heridos y desmayados que apenas podían sostener sus armas. Pronto no pudieron resistir en la muralla y la lucha llegó a las calles y las casas, donde desde las ventanas las mujeres y los niños ayudaban con chuzos y agua hirviendo; al instante todos se vieron revueltos en las callejas y travesías. El rey Arábigo penetró con los de la Ínsula Profunda, haciendo una gran sangría con sus cuchillos.

El duque de Bristoya y Barsinán tanto empujaron que toda la hueste del rey Lisuarte se vio apretada en una calle cerrada por ambas salidas. Era el fin, pero Dios con su misericordia quiso que llegara Amadís por la puerta el sur y Cuadragante por la del norte con sus gentes gritando:

–¡Gaula, Gaula!

–¡Irlanda, Irlanda!

Mataban a quienes se oponían a su paso y pronto la batalla dio un vuelco y el Arábigo y Arcaláus vieron perdido el campo y huyeron dentro de una casa, donde fueron capturados. Pronto la noticia se extendió entre sus caballeros que huyeron o se entregaron pidiendo misericordia.

Cuando Floristán capturó al de Bristoya y a Barsinán, Amadís aseguró el campo y le dijo a Gandalín:

–Ve y dile a Cuadragante que me voy, pues no quiero ver al rey Lisuarte.

El rey, herido con cinco llagas, que ya se daba por muerto, no sabía quién le había socorrido y se lo preguntó a don Guilán, que le dijo mirándole a los ojos:

–Señor, no quién puede ser, sino quién suele ser. Pues ya es hora de que sepáis que siempre es Amadís y caiga de vuestros ojos esa venda de odio que un desdichado día os pusieron dos malos consejeros.

–Detenlo, Guilán, que soy herido y voy como puedo –respondió el monarca con un hilo de voz.

Don Guilán picó espuelas y a grandes voces lo detuvo en las puertas de la ciudad; cuando Amadís lo vio se paró, pues mucho le amaba desde sus tiempos de doncel. También vio cómo cargaba al rey malherido y tuvo gran pena, olvidando por un momento la discordia y recordando al varón más esforzado y cuerdo que había conocido.

Uno a uno fueron llegando todos los caballeros y cuando vieron abrazados al rey con Amadís, todos fueron a besar las manos del monarca, unos de mejor grado que otros.

Cuando Brandoivás llegó con la noticia de que había comenzado el degüello, el rey mandó a don Guilán y a Norandel para que prohibieran tal aberración.

Amadís pidió al rey permiso para salir a encontrarse con Perión y su hueste, pero Lisuarte no se lo permitió, pues ya no quería separarse de él ni un momento.

Arbán y Grumedán llegaron con las manos atadas y ensangrentados; sus guardianes habían huido. El rey pensaba que habían muerto y todos los abrazaron con alegría. Sonaron las trompetas y todos vieron cómo llegaba el rey Perión con los suyos. Lisuarte pidió otro caballo, pero ninguno estaba en mejores condiciones que el suyo y así hubo de presentarse ante Perión, a quien abrazó con buen talante. El de Gaula, que lo vio tan cubierto de heridas, le dijo con buen humor:

–Me parece, buen señor, que nosotros no os hicimos tanto, pues creo que no salisteis de vuestro campamento tan malparado, aunque vuestras armas tampoco estuvieran paradas en las fundas, ni tampoco veo a vuestra real persona a la sombra de las tiendas jugando a las tablas.

–Señor–respondió Lisuarte–, he querido que me vieseis de esta guisa para que sepáis cuál era mi estado cuando me socorrió Amadís con estos caballeros.

Perión, que a pesar de la edad tenía un corazón valiente y bondadoso, dijo:

–Muchas gracias doy a Dios, pues hasta aquí han llegado las discordias de este pleito y volvéis, señor, a ser servido por mis hijos y mi linaje; más allá de las cosas que han pasado entre nosotros, siempre fue mi deseo que os obedecieran más como a padre que como a señor.

–Dejemos lo pasado –dijo Lisuarte–, ya que pienso que hay motivo para estar unidos por mucho tiempo.

El rey Lisuarte no se olvidaba de Agrajes, gran pilar entre los de Gaula, y preguntó por él, pues quería eliminar todo rastro de enojo y sabía que era el más ofendido de todos los caballeros. Perión le dijo que venía con la impedimenta, pues no quería participar en el combate si no era obligado.

El rey Lisuarte se obligó y dijo:

–Buscadle, pues no ha de terminar este día sin que yo pueda poner fin a su enojo.

Amadís se ofreció par ir a buscarlo y, tras contarle la batalla, le pidió que terminara su querella con el rey.

Tras pensárselo un momento Agrajes dijo:

–Mi señor primo, lo hago por vos, pues vos lo queréis.

Cuando se presentó ante el rey quiso besarle las manos, pero Lisuarte lo abrazó y lo retuvo mientras le decía:

–Agrajes, ¿qué tenéis por mayor afrenta? ¿Este abrazo público conmigo o el que teníamos revueltos por el polvo?

Todos rieron, menos Agrajes que con mucha mesura dijo midiendo las palabras:

–Señor, aún ha de pasar algún tiempo para que pueda con verdad responder a lo que me preguntáis.

64

Los frutos de la victoria: concordia y paz

Después Lisuarte pidió al rey Perión que no partiese a sus reinos mientras curaba sus heridas en un monasterio cercano. Aunque deseaba ir a la Ínsula Firme no deseaba enemistarse de nuevo con Lisuarte y a regañadientes se quedó descansando. El maestro Elisabat cuidó a todos los enfermos y el rey estuvo más de diez días cruzado en la cama, aunque recibía frecuentes visitas de sus caballeros, que le distraían sin tocar cosas de guerra o paz, sino hablando mucho de Arcaláus, su mala condición y de su capacidad para revolver en guerra a tantas gentes y tantas veces. Esta conversación dio pie al sagaz Grumedán para hablar de la natural inclinación humana hacia el mal y cómo, siguiendo tal apetito de la voluntad y superando la justa razón, madre y señora de las virtudes, ahora se veía viejo y enfermo sólo esperando la muerte o la piedad de sus enemigos.

Perión, que no conocía a don Grumedán, le tuvo por uno de los más discretos varones que había conocido y supo por qué estaba siempre como buen consejero cerca de Lisuarte, aunque este le hubiera desoído mucho en los últimos tiempos, pero allá van leyes, donde quieren reyes, le dijo Amadís.

Unos días más tarde llegó el santo Nasciano para confesar al rey Lisuarte, que preguntó quién había llevado a Amadís la noticia del ataque de Arcaláus y el Arábigo.

–Esplandián fue –dijo Perión, para mayor asombro del monarca, que abrazó al joven con tal cariño que Amadís intuyó que su relación con Oriana ya no era secreta.

También llegó Gasquilán, rey de Suesa, muy mejorado de las heridas recibidas en el combate singular con Amadís; aunque quiso ser amable tanto su envidia como su natural soberbia le enfrentaron de nuevo con su vencedor y tuvo que ser Cildadán el que pusiera paz entre ambos entre un coro de burlas de los caballeros presentes.

El rey Perión deseaba marcharse, pero los días pasaban y Lisuarte le rogaba una y otra vez para que se quedara, pues deseaba dejar todo en paz para siempre y su persona era necesaria, así que decidió quedarse para ver en qué paraba tanta buena voluntad.

Todo empezó a aclararse cuando Amadís habló con Arquisil, a quien dijo:

–Yo sé que según la línea de vuestra sangre, muerto el emperador, no hay sucesor, ni heredero más cercano que vos y que sois muy amado de todos, pues si de alguno no lo erais, ese era el emperador, que envidiaba vuestra gallardía frente a su soberbia y mala condición. Quiero reunir aquí a Brondajel, al Arzobispo de Talancia y al Duque de Ancona, que tengo presos en la Ínsula Firme, para que con los romanos que están con vos os juren emperador.

Arquisil, que esperaba prisión, no pudo ocultar su alegría y agradeció a Amadís aquel inmenso don.

Después ambos fueron a la posada donde Gandales tenía en prisiones a Arcaláus y al rey Arábigo, a los que hallaron sentados en una cama con la misma ropa con que fueron capturados, pues se negaban a desnudarse y a todo aseo, esperando la muerte.

Amadís le dijo:

–¿Cómo estás, Arcaláus?

–¿Quién lo pregunta?

–Yo soy Amadís de Gaula, a quien tanto deseabas ver.

–Reconozco en ti, aunque mucho tiempo ha pasado, aquel Amadís que yo tuve en prisión allá en el castillo de Valderín. Ahora me arrepiento de aquella piedad que tuve por tu tierna juventud y tu hermosura, pues mucho me has atribulado desde entonces, hasta acabar en este estrecho calabozo donde casi me obligo a pedirte misericordia.

–Si la tuviera, ¿dejarías de hacer males en el futuro?

–No –dijo el mago–, por edad, hábito y voluntad ya no puedo cambiar y mudar en mi vejez mi mala condición, que se remonta a mi juventud y edad madura.

–¿Qué ganaría yo si te soltara?

–Yo te entregaría todos mis castillos y mis tierras, quedando para mí lo más necesario, y tal vez tu bondad haga en mí la mudanza que hasta hoy no he conocido.

–Arcaláus, si alguna esperanza tengo de enmienda de tu mala condición es el conocimiento que de ti tienes de malo y pecador. Esfuérzate y consuélate para liberar tu alma, que tan encadenada has tenido durante tanto tiempo.

Arcaláus sonrió enigmático y dijo:

–Mira, Amadís, a este rey sin ventura, que tan cerca ha estado de ser uno de los primeros príncipes del mundo y en un momento la variable Fortuna ha derribado y puesto en feroz cautiverio. Que te sirva de ejemplo a ti y a los que tienen algún poder, y debes saber que en los fuertes corazones está el saber vencer y perdonar.

Amadís no le respondió, pero aunque admiró sus hermosas razones, recordó que su maldad jamás le llevó a perdonar a sus adversarios, que muchos habían sido.

–Palabras, señor –dijo Arquisil –, sólo palabras.

Después se fueron al monasterio y Amadís mandó a su enano Ardián que fuera a la Ínsula Firme e informara a su señora Oriana de cuanto había acaecido, y le dio una carta para el gobernador Isanjo en la que le pedía que enviara a los romanos presos.

Así lo hizo el enano y Oriana fue muy contenta cuando supo que su padre estaba vivo y repuesto de sus heridas. También le contó las proezas de Esplandián y ella le preguntó por las disposiciones de su padre.

–Señora, sólo sabría deciros que mucho entretiene al rey Perión, a mi señor Amadís y a cuantos caballeros llegaron hasta allí diciendo que pronto y con mucha paz se despachará un asunto importante.

Llegaron las reinas y mucho hablaron con el enano entre chanzas y verdades de la belleza de Esplandián y después se marchó con la carta para Isanjo, que leída soltó a los más de doscientos romanos que prisioneros tenía en una torre. Les dio bastimentos y los mandó con el enano al monasterio donde se reunieron, lejos de la presencia de Arquisil, con Amadís que les informó de su decisión para el trono de Roma. Ellos quisieron aconsejarse con Flamíneo, que estaba herido, y tras oírse en las opiniones consideraron justo que fuera emperador Arquisil y le prometieron vasallaje. Él juró respetar fueros y costumbres y concedió las mercedes que con razón le pidieron.

Llegó el día en que Lisuarte con mejor disposición de salud se levantó de la cama y con él los caballeros heridos a quienes había curado el maestro Elisabat; llamó entonces a reyes y grandes señores de ambas partes, los reunió en la iglesia del monasterio y sentado en un trono puesto en medio del presbiterio dijo con la mejor y más emplastada voz que pudo:

–Honrados reyes y famosos caballeros, es tiempo de olvidar las cosas pasadas, pues si no lo hiciésemos los vivos nos igualaríamos a los muertos. Hasta aquí he detenido al muy noble rey Perión de Gaula y a todos los caballeros y príncipes de su parte para que todos oigáis lo que quiero decir.

Y volviéndose hacia Amadís siguió:

–Esforzado caballero Amadís de Gaula, no es mi costumbre, como sabéis, loar a nadie en su presencia por el empacho que recibe, pero debo recordar ante estos reyes y señores las cosas pasadas entre vos y yo desde el día que llegasteis a mi corte como caballero de la reina Brisena. Eras muy joven cuando venciste a Dardán el Soberbio y por aquel tiempo trajiste a mi servicio a tu hermano Galaor, el mayor don que nunca se hizo a ningún rey del mundo. Cuando fui engañado y capturado con mi hija Oriana por el malvado Arcaláus el Encantador, sin poder ser defendido por ninguno de mis caballeros y con gran peligro para nuestras vidas y nuestros reinos, Galaor y tú nos salvasteis y defendisteis la vida de la reina Brisena, que estaba cercada en la ciudad de Londres. Pasado cierto tiempo, en la batalla de los Cien Caballeros concertada contra el rey Cildadán, que con tanta lealtad me ha sabido servir y cuyo vasallaje hoy levanto aquí, venciste a don Cuadragante y más tarde diste muerte a Famongomadán y Basagante, su hijo, los más grandes jayanes de todas las islas del mar; liberaste de ellos a mi hija Leonoreta y a sus dueñas y doncellas y a diez caballeros que llevaban presos en una carreta. En aquella gloriosa batalla mataste de un solo golpe a Sarmadán el León y a Mandanfabul, el jayán de la Torre Bermeja, que ya me tenía fuera de la silla y cogido del cuello me llevaba a sus barcos; ahí se decidió la victoria. Qué decir de la conseguida sobre aquel valiente y famoso Ardán Canileo, llamado por unos el Dudado y por otros el Malo, al que no podían vencer ni cuatro caballeros y que también cayó bajo vuestra espada. Dirás que a todo ello estabas obligado por ser caballero de la reina, pero yo quiero apurar el argumento recordando lo que por mí habéis hecho después de que por obra de los malos consejeros volviera en saña mi corazón y os obligara a marchar de mi casa como enemigo y contrario, a ti y contigo a todos estos grandes señores. Y quiero recordar que en el momento de nuestra mayor enemistad viniste a salvarme en la gran batalla con el rey Arábigo y otros reyes de extrañas naciones que venían a sojuzgar nuestros reinos, y lo hiciste acompañado de tu hermano Floristán y de tu augusto padre, el rey Perión, y por vuestra ayuda aseguramos mi persona y nuestro reino. Y ya llegando al final, en la última batalla casi vencido por los enemigos nos sacaste de la muerte, a mí y a todos estos señores que me están escuchando, que todavía mana la sangre de nuestras heridas y apenas nuestras almas han encontrado reposo después de tanta muerte. Y ahora os preguntó a todos vosotros, señores, ¿qué galardón se puede dar que iguale tan grandes servicios como yo he recibido de este caballero? Ninguno, salvo que obligada estará mi persona mientras duren mis días y me comprometo a entregarle estos reinos y señoríos, que tantas veces ha defendido, para que los reciba en casamiento con mi hija Oriana y, puesto que por su voluntad y sin yo saberlo, ya se han unido en matrimonio, así sabiéndolo todos queden por mis herederos y sucesores de mis reinos.

Amadís se hincó de rodillas y besándole las manos al rey dijo conteniendo la emoción:

–Señor, cuantos loores habéis dicho se podían excusar, pues los de mi linaje mucha honra hemos recibido de vos y a vos estamos obligados. Por ello, no quiero daros las gracias, pero por entregarme a la princesa Oriana os serviré todos los días de mi vida con la mayor obediencia que nunca tuvo hijo con padre, ni servidor con señor.

65

Y fueron felices

Gran alegría produjo en los presentes la declaración del rey Lisuarte, pues con ella se apagaban los grandes fuegos que tanto tiempo los habían emponzoñado, pues unos y otros con gran soberbia se acusaban de las muertes de sus deudos y con las palabras del monarca todos quedaron satisfechos.

También se preguntaban por qué el rey había dicho que Amadís y Oriana estaban juntos en matrimonio, pues nadie lo sospechaba y tuvo que ser el santo Nasciano el que a ruegos rey lo reafirmará.

Asombro fue para el doncel Esplandián enterarse de cuál era su nueva familia, sus padres y sus abuelos; cuando el ermitaño los presentó todos se unieron en un abrazo.

Amadís le dijo al rey Lisuarte:

–Señor, el emperador romano está sin esposa y si estáis de acuerdo podéis concederle la mano de Leonoreta, vuestra hija; que sus bodas se celebren con las mías y así todos quedaremos como vuestros hijos.

El rey lo tuvo por bueno y lo otorgó; después preguntó al rey Perión si tenía noticias de Galaor, su hijo.

–Noticias tengo de que algo mejor se encuentra de como lo dejé.

–Yo os ruego que enviéis por él –dijo Lisuarte– y decidle que vaya a Vindilisora, donde voy a buscar a la reina y a mi hija Leonoreta para celebrar por deseo de Amadís las bodas en la Ínsula Firme, en los extraños aposentos de Apolidón.

Agrajes se hincó de rodillas ante el monarca y pidió que también asistiesen a ellas Galvanes y Madasima, y el rey dijo que le placía y así todos aparejaron sus navíos y se dirigieron hacia la Ínsula Firme.

En pocos días llegó Lisuarte a Vindilisora, pero no estaba satisfecho pues la honra y la ganancia que había conseguido eran bien escasas, pues se libró de ser vencido y muerto por el arrojo y la generosidad de Amadís, contra el que había ido como enemigo mortal y ahora por su noble condición se llevaba toda la gloria. Cuando se quedó solo sintió un gran cansancio vital, pues también se sentía culpable de tantas muertes entre cristianos y en soledad las lloró con desespero. Y así, con alegría fingida y gesto muy altivo llegó donde la reina estaba con sus dueñas y doncellas llevando de la mano al doncel Esplandián. Gran alegría tuvo la reina abrazando a su nieto y después recogiéndose con el rey en su cámara hablaron largo y tendido.

–Dueña y señora –dijo el rey–, sabéis que mucho me pesa no haber podido evitar tantas muertes como han sucedido y os digo que no hay emperador ni príncipe en el mundo que se duela hoy más que yo sintiendo culpa tan grande. Y quitando la saña y pasión del medio, puedo deciros que no habrá mejor marido que Amadís para nuestra hija Oriana y sabed también que he decidido que Leonoreta sea la emperatriz de Roma y que vos y yo las casemos en la Ínsula Firme. Sufríos conmigo por tantos caballeros muertos, pero os ruego que mostréis en el rostro tanta alegría como merecen estas bodas y olvidad las afrentas pasadas.

Mucho se alegró la reina por estas palabras y abrazó a su marido, que parecía haber recuperado la sensatez de nuevo.

Perión y sus caballeros emprendieron camino a la Ínsula Firme con Amadís y el emperador de Roma. Iban muy contentos y hacían pequeñas jornadas pernoctando en lugares apacibles y tranquilos. Cuando llegaron a la ínsula fueron recibidos en una hermosísima huerta por Oriana y todas las grandes señoras que allí estaban elegantemente vestidas, tanto que era maravilla verlas e incluso algunos de los caballeros romanos que no las conocían dijeron que no parecían personas terrenas ni mortales sino que habían bajado del cielo enviadas por Dios; en una palabra, resumió uno, eran ángeles en la tierra.

Muchos caballeros tenían allí a sus amadas y deseaban departir tranquilamente con ellas, tal era el caso de Agrajes, Floristán, Cuadragante y Brián de Monjaste, que se fueron con la reina Sardamira, Olinda y Grasinda, que estaban juntas. Otro tanto hizo Bruneo con su amada Melicia. Amadís tomó de la mano a Grasandor, hijo del rey de Bohemia, lo llevó frente la infanta Mabilia, su prima, y le dijo:

–Mi buena señora, atended a este príncipe y procurad honrarle.

Eso deseaba Grasandor, que ya estaba prendado de tan discreta doncella.

Amadís se presentó ante Oriana, llevando de la mano al emperador, que quedó espantado ante la gran hermosura de la dama, tanto que no pudo por menos de decir a su benefactor:

–Mi buen señor, yo creo verdaderamente que estas damas no son nacidas como las otras mujeres, sino que son obra del gran sabio Apolidón, que con gran arte las hizo y las dejó en esta ínsula encantada, pues debo deciros que yo he recorrido el mundo por sus cuatro puntos y jamás he hallado tanta belleza junta, a no ser en el mismísimo cielo.

Llegó el rey Perión acompañado de Briolanja y Grasinda y comenzaron a hablar con el emperador de las bellezas y prodigios a contemplar en la isla, momento que aprovechó Amadís para reunirse en con su amada Oriana.

Retirados en el fondo del jardín y tomados de la mano, mirándole a los ojos le dijo con gran humildad:

–Señora, ¿cómo podré pagaros del acierto de haber descubierto nuestros secretos amores?

Oriana dijo encampanada:

–Señor, ya no es tiempo de que me hagáis tantas cortesías, ni que yo las reciba, pues desde hoy yo soy mujer que debe obediencia a su marido y en adelante quiero conocer vuestro amor sin velos ni tasas y que me tratéis como la razón y no la caballería consiente y no de otra manera, y de esto no se debe hablar más, pues todos, hasta mi padre, el primero, deben saberlo. Y ahora, señor –Amadís descubrió un retintín nuevo en el tono de su amada–, ahora decidme qué os parece vuestro hijo Esplandián.

–Esplandián, señora –dijo Amadís un poco apocado–, se parece tanto a vos en gestos y maneras que siendo así ya no hay más que decir. Vendrá con vuestro padre, que quería llevárselo a la reina.

Después cenaron y tras larga sobremesa se retiraron a sus posadas, pero antes el rey Perión llamó a su hijo en un aparte y le dijo:

–Puesto que has mostrado razón y buen sentido en todas tus cosas, quiero tu consejo para decidir en algunas peticiones y solicitudes que se me hacen. Busca a quién entreguemos a tu hermana Melicia para que sea bien empleada su virtud y hermosura; otro tanto hay que hacer con tu prima Mabilia y no olvides que Briolanja, la reina, está en edad perfecta para tener marido. Recuerda también a esas dos bellas mujeres que hoy he conocido, Grasinda y la reina Sardamira, aunque debes escuchar la opinión del emperador, que es su familiar. Y para terminar digo que te acuerdes de tus hermanos, pues también están en disposición de tener mujeres con las que poder dejar generaciones que sostengan la vida y el recuerdo de las memorias de nuestro linaje. Y hazlo pronto, porque las buenas obras si se dilatan pierden su valor y decaen en su intención.

Amadís se hincó de hinojos ante su padre y le besó las manos.

A la mañana siguiente juntó en la posada de Agrajes a todos los grandes señores y les dijo:

–Mis buenos señores, que las fatigas pasadas den paso a la felicidad presente ganada por vuestra honra y prez en tantas batallas. Así creo que una nueva etapa comienza y debe hacerlo desde el amor, por eso os digo que se manifieste sin empacho vuestra voluntad eligiendo a vuestras damas, pues muchas y virtuosas están presentes y merecen el vencimiento de vuestros corazones. Tomadlas.

Mucho se alegraron de esta decisión y en cuanto a casamientos son señalados los de Agrajes y con su señora Olinda, Bruneo de Bonamar tenía puestas esperanzas en su señora Melicia, Grasandor dijo que era mancebo que nunca había amado hasta conocer a la infanta Mabilia, a quien demandaba por mujer.

Don Cuadragante dijo:

–Mi buen amigo Amadís, el tiempo y la juventud los he dedicado a las armas y a mis caballos, tiempo es de cambiar de estilo y, si ella quiere, elijo a Grasinda, a quien tomaría por esposa.

Don Floristán dijo:

–Pensaba pasar a Alemania, a los territorios de mi madre y de los que soy natural, pero creo que si ganara la voluntad de la reina Sardamira mudaría mis propósitos.

Los otros caballeros le dieron las gracias, pero eran muy mancebos para el matrimonio y estaban en la edad de buscar aventuras con las que ganar honra y nombradía.

–Buenos señores –continuó Amadís–, pues en estas batallas habéis derramado mucha sangre y llagas todavía no cerradas, tiempo es de recoger señoríos por vuestros servicios y valor. Señor don Cuadragante, pues sois hijo y hermano de rey, sedlo vos también y habed el señorío de Sansueña, pues su señor es vuestro prisionero y así debe seguir. Don Bruneo, dos reinos lleváis: mi hermana Melicia que en sí ya es uno y el del rey Arábigo, que morirá en prisiones, y así dejaréis el marquesado de vuestro padre para Branfil, vuestro hermano. Don Floristán tendrá el reino de Cerdeña de su señora Sardamira y ruego al emperador le conceda el señorío de Calabría, que pertenecía a Salustanquidio y será bien gobernado. Agrajes y Grasanor, conformaos con ser los herederos de los reinos de vuestros padres en Escocia y Bohemia, y yo me quedo con este rinconcillo de esta Ínsula Firme hasta que Nuestro Señor decida si alguna vez podemos tener más. Tampoco olvido a mi hermano Galaor, para el que reservo a la muy hermosa reina Briolanja.

Y todas las relaciones las bendijo el santo Nasciano, quedando las bodas para cuando se celebrasen las de Amadís y el emperador.

Cuando estuvieron bien descansados un día dijo Amadís a su padre Perión, paseando por el jardín:

–Señor, es tiempo de que enviéis a buscar a la reina mi madre y a mi hermano Galaor, a quien con mucho amor he preparado como esposa a la hermosa reina Briolanja, con la que siempre será bienaventurado.

–Que así se haga y que vayan a por ella tres de sus caballeros, que bien pueden ser Angriote, Branfil y Bruneo, quien aun siendo tu gran amigo también es caballero de la reina.

Llamaron a Isanjo, que era el último que tenía noticia de don Galaor, que dijo así:

–Señores, por unos mercaderes que venían de Gaula he sabido que vuestro hermano ya está bueno, que anda levantado y pasea por la ciudad aunque todavía está harto flaco.

Todos se alegraron con aquellas nuevas y el rey más que ninguno, pues aunque él lo ocultaba tenía el corazón afligido y acongojado por aquel extraño mal de su hijo, a quien había visto tan enfermo con dolencia tan larga que en el fondo de su corazón pensó muchas veces que pudiera perderlo, y una vez más Lisuarte y sus venganzas habrían sido culpables de aquel daño.

Llegado otro día, los tres caballeros de la reina prepararon una nave en la que metieron sus armas y caballos y con sus escuderos y buenos marineros se hicieron a la mar. Como el tiempo era bonancible llegaron pronto a Gaula, donde fueron muy bien recibidos. Cuando los vio don Galaor sintió una gran alegría y aunque estaba todavía muy convaleciente fue corriendo para abrazarlos y así estuvo llorando con ellos un buen rato y les confesó lo siguiente con cierta desesperación:

–¡Oh, mis señores, mis buenos amigos, este mal que me aqueja y me enflaquece lo tengo agarrado al corazón y no me permite cabalgar en vuestra compañía con las armas en la mano y lo peor es que no sé cuánto va a durarme!

Angriote le dijo:

–Olvidaos de él y disfrutad sólo de las noticias que os traeremos.

Entonces contaron minuciosamente las batallas y la gran honra conseguida por Amadís; asimismo Galaor escuchó con alegría las noticias de su cercano casamiento con la reina Briolanja, pero donde más se turbó fue cuando escuchó los combates de sus familiares con el rey Lisuarte. Llorando dijo:

–¡Por Santa María, bien me imagino las angustias por las que ha pasado el rey Lisuarte sin mi ayuda! Ahora sé que Dios me ha hecho señalada merced dándome esta grave dolencia, pues estoy por lealtad obligado a su defensa, incluso frente mi padre y mis hermanos, pero sé que eso me hubiera roto el corazón más que mi cuerpo y me hubiera llevado a la muerte.

En silencio todos se condolieron con él. Después entregaron a la reina Helisena la carta de su esposo para que preparase su marcha a la Ínsula Firme. La reina dio gracias a Dios y, tomando a su hijo Galaor de la mano, le dijo:

–Hijo mío Galaor, lee esta carta y toma esfuerzo para que vayamos a ver a tu padre y hermanos. Anímate, pues vas encontrar a tu rey Lisuarte, pero también a los tuyos, con más honra de la que él deseara.

–Cierto, señora –dijo Angriote–; podéis decir que vuestro hijo Amadís es hoy flor y fama del mundo de la caballería. Y pues su boda será la más hermosa que han visto los tiempos, os ruego que lo más presto preparéis vuestra ida.

Los preparativos duraron ocho días y aparejadas todas las cosas necesarias para el viaje entraron en las naves con gran alegría y comenzaron a navegar camino de la Ínsula Firme. Pero las cosas nunca caminan por donde quieren los hombres y así los tres caballeros de la reina se engolfaron en una aventura en defensa de la reina de Dacia, a la que unos malsines habían menoscabado su honor, pero este es asunto ajeno al importante y del que salieron con gloria para sus armas y el honor restituido para aquella reina. Mientras, Galaor y la reina Helisena siguieron su camino hasta llegar a la Ínsula Firme sin más contingencias.

Amadís estaba esperándolos y de rodillas besó las manos de su madre, después abrazó don Galaor largo rato y le preguntó por su mal y su mejoría.

–Y mejor me he de encontrar –dijo Galaor riendo–, pues sé que los enojos y la saña con el rey Lisuarte son cosa del pasado.

Amadís presentó a la reina su madre al emperador de los romanos y todos en hermosa comitiva fueron a las mansiones de Oriana. Cuando entraron en su palacio, el emperador traía de la rienda al palafrén de la reina, que descabalgó en sus brazos.

Después penetraron en un gran patio donde estaba Oriana, que tenía por las manos a las reinas Briolanja y Sardamira, las tres se hincaron de hinojos ante Helisena en obediencia como madre. Tras ellas llegaron Mabilia, Melicia y Grasinda y después todas las señoras. Así acompañada la llevaron a sus aposentos.

Mas tarde llegó Galaor, que también fue agasajado por Oriana, que mucho le amaba, tanto por amor a su hermano Amadís como por ser el mejor caballero de su padre.

Amadís tomó a la reina Briolanja de la mano y se la entregó a su hermano, que la tomó sin ningún empacho, pero la reina se enrojeció, lo que la hizo más hermosa. Hacía muchos años que no se veían y, aunque bella antes, era muy moza y ahora estaba en sazón de edad y hermosura. Galaor se prendó de ella y, aunque muy aficionado a las mujeres había sido hasta aquel momento, otorgó a su reina el corazón para siempre. Y lo mismo le sucedió a ella, pues reconoció su gran valor en las armas y su gran parecido con Amadís, amén de sus buenas maneras. Y desde aquel momento se unieron sus voluntades y tuvieron unidos la más graciosa y honrada vida de todos cuantos allí estaban. Y tuvieron hijos que con el paso del tiempo serían hermosos y señalados caballeros y ganaron grandes tierras y señoríos, como se contará en otro ramo de esta historia, que se llama *Las sergas de Esplandián*.

Y así quedaron aposentados y durante los días que antecedieron a las bodas todos pudieron disfrutar de las maravillas de la isla, tanto las naturales como las artificiales creadas por Apolidón, así como de los montes y cazaderos abundantes donde los caballeros distrajeron sus ocios.

El rey Lisuarte, después que llegó a Vindilisora, ordenó a la reina que preparase las cosas necesarias, ayudada por su mayordomo mayor Arbán de Norgales para ir la Ínsula Firme. Dijo el rey que quería poco acompañamiento y así sólo fueron en su séquito Cildadán, don Galvanes y Madasima, llegados de la Ínsula de Mongaza.

Sabiendo que llegaban los últimos anduvieron a buen paso y llegaron a dormir a cuatro leguas de la Ínsula. Conocido este extremo por Amadís ordenó que fueran a recibirlos a dos leguas de la isla y así se hizo, pues al día siguiente salieron en gran comitiva con la reina Helisena a la cabeza seguida de las otras, Briolanja y Sardamira y todas las dueñas y doncellas.

Jamás se vio tanta elegancia ni tanta riqueza en los vestidos que sobre sí y sobre sus palafrenes llevaban estas señoras, y ha quedado memoria de ello en las crónicas que los reyes Perión y Lisuarte mandaron escribir sobre estas bodas.

Todo aquel cortejo anduvo a paso tendido por una amplia vega hasta llegar a la vista del rey Lisuarte y los suyos. Quienes primero se adelantaron fueron ambos reyes. El rey Perión llegaba acompañado del emperador y los otros caballeros unos pasos atrás. Allí todos se abrazaron. Amadís venía un poco más atrás hablando con don Galaor, su hermano, que aún estaba convaleciente y apenas podía sostenerse sobre un caballo.

Cuando vieron al rey los dos hermanos, se apearon de un salto, aunque el rey a grandes voces les dijo que no lo hiciesen; llegados ante el soberano se hincaron de rodillas y le besaron las manos. Detrás venía la reina con Esplandián guiando su palafrén. Don Galaor apenas pudo levantarse del suelo cuando Lisuarte lo hizo, cayeron los dos llorando de los ojos y se abrazaron durante un muy largo rato. Lo hicieron sin hablar, pues tal era su sentimiento y unos decían que era por el placer de haberse reencontrado, pero otros por lo bajo opinaban que había entre ellos memoria de otras cosas pasadas y que de haber estado los dos juntos en la batalla tal vez otro hubiera sido el desenlace. Sea como fuere y pues que no estamos en sus corazones, aquel abrazo fue de los hombres que mucho se amaban.

La reina Brisena tenía abrazada a Oriana mientras le besaba en los ojos y las mejillas y en tal trance estaban que hubieran caído ambas al suelo si no fuera por los caballeros que las sostuvieron.

—¡Oh, hija mía, quiera Dios y su merced que los trabajos y fatigas que esta tu gran hermosura nos ha dado se remedie ahora con mucha paz y alegría de aquí en adelante!

Oriana no podía hablar, sólo lloraba de placer. Y detrás llegaron las reinas Briolanja y Sardamira que pudieron levantarlas, y ellas comenzaron a hablar con la reina con mucha cortesía. Leonoreta llegó corriendo a besar a Oriana y esta la abrazó y besó muchas veces, y después hicieron lo mismo las dueñas y doncellas de la reina su madre.

Hecho recibimiento caminaron todos juntos confundidos hasta la Ínsula. Cuando la reina Brisena vio que tantos caballeros y tantas dueñas y doncellas a quien ella muy bien conocía todos estaban bajo la voluntad de Amadís quedó muy asombrada, tanto que perdió el habla. Hasta aquel momento había pensado que no había corte más fastuosa que la de su marido, pero ante lo que contemplaba en la Ínsula Firme, la suya parecía la de un simple conde y no de los más altos. Por dondequiera que pasara la vista veía cómo todos andaban tras Amadís, lo trataban como a un rey y cuando hablaba con algún cortesano este se tenía por el más honrado, y así se maravillaba de cómo pudo conseguir tan gran alteza un simple caballero dedicado sólo a sus armas y caballo. Sintió la reina el puntazo del envidia, pues tan gran estado quisiera ella para su marido, pero se consoló sabiendo que tal varón era para su hija, mas como era muy cuerda supo controlar su emoción y con rostro alegre y corazón turbio reía y hablaba con todos los caballeros y señoras que se encontraba a su alrededor.

El rey, mientras tanto, larga conversación tuvo con Galaor y ambos no se separaron ni momento.

De camino hacia los palacios, Oriana no podía quitar los ojos de Esplandián, al que mucho amaba y la reina madre que lo vio le dijo:

–Hija, dad la mano a ese doncel y que él os lleve.

Oriana tenía gran deseo de besar y abrazar a su hijo, pero sentía empacho por estar en presencia de tantos caballeros y señoras. Mabilia llegó a su lado y le dijo sonriendo:

–Señora, ¿os parece esta buena comida para la leona y sus hijos?

–¡Ay, amiga y señora! –respondió Oriana–. ¡Por Dios, no hagáis que lo recuerde, que aún ahora se me aflige en el corazón de pensarlo!

–Pues no menos peligros pasó su padre cuando era más pequeño en la mar y si Dios quiere este le habrá de superar en bondad, belleza y valentía.

–Yo os digo, amiga –dijo riendo Oriana–, que sólo deseo que Dios haga que no tengan par como hasta hoy han llegado cada uno en su edad.

Y así hablando unos con otros llegaron al castillo de la Ínsula Firme, donde el rey Lisuarte y la reina su mujer fueron aposentados con Oriana y en las mansiones de la reina Sardamira, Perión y su esposa. Amadís había ordenado poner las mesas en una rosaleda umbría en la huerta; allí comieron ricamente con gran abundancia de viandas, vinos y frutas que muchos no habían visto jamás.

Al día siguiente, los reyes se juntaron para concertar los casamientos. Estaban a la sombra de unos copudos árboles junto a la fuente del castillo cuando oyeron grandes voces que venían del mar. Preguntaron que sucedía y les dijeron que por el mar venía la más espantosa cosa y más extraña de cuantas habían visto en aquella ínsula.

Entonces los reyes se armaron y cabalgaron al puerto donde ya estaban otros caballeros. La reina y todas las señoras se refugiaron en lo más alto de la torre, desde donde podían contemplar el mar. El ruido era grande y a todos mantenía paralizados sin saber muy bien de dónde provenía.

Sobre el agua empezó a subir un humo tan negro y espantable como nunca habían visto y al poco rato se comenzó a disipar y vieron en medio de la rada una serpiente mucho mayor que la mayor nave del mundo y tenía unas alas tan grandes que extendidas eran más que un disparo de arco y la cola tenía enroscada hacia arriba más alta que una gran torre.

La cabeza era monstruosa y la boca tenía unos dientes gigantescos y unos ojos rojos tan espantosos que no había persona que se atreviese a mirarlos y de cuando en cuando echaba por las narices aquel humo tan negro que ahora subía hasta el cielo y amenazaba con cubrirlo todo. Soltaba ronquidos y silbidos tan fuertes y tan espantosos que parecía que quería hundir el mar y la tierra y de vez en cuando soltaba bocanadas de agua tan grandes por la boca y tan fuertes que ninguna nave podría acercarse a ella sin riesgo de ser hundida.

Los reyes y caballeros, pasado el primer asombro, empuñaban sus espadas, pues eran valientes, pero se miraban unos a otros sin saber qué hacer ante tan espantosa visión. La serpiente se fue acercando y dio por la rada tres o cuatro vueltas, mostrando todo su poderío y sacudiendo las alas tan fuerte y con tan gran crujir de conchas que ponía terror en todas las almas. Los caballos se desbocaron y huyeron por el campo. Unos opinaban que habría que embarcarse y atacarla y otros decían que habría que esperar a que saliera a tierra y si así hiciese ya sabrían mejor combatirla.

En estas angustias estaban más indecisos que maravillados cuando vieron cómo por un costado de la serpiente salía un batel cubierto por un palio de oro muy rico y protegiendo a una dueña dos donceles ricamente vestidos y dos enanos muy feos que manejaban los remos y acercaban velozmente la barca a tierra.

Lisuarte se atrevió a decir:

–No tengo ninguna duda de que esa dueña es Urganda la Desconocida, que ya otra vez nos aterrorizó en mi villa de Fenusa cuando vino con otro monstruo por la mar.

–También yo creo eso –dijo Amadís–, pues una vez que hemos visto el batel creo que ya no hay ningún diablo del que nos tengamos que preocupar.

Poco a poco se fue acercando la barca a tierra y en efecto conocieron que era la dueña Urganda. Los reyes y grandes señores fueron a recibirla por la parte donde atracaba. Saltó a tierra de la mano de ambos donceles y luego fue a besar las manos de Lisuarte, pero el rey la abrazó y lo mismo hicieron el rey Perión y el rey Cildadán. Entonces ella giró la cabeza y vio al emperador, a quien dijo:

–Señor, aunque vos no me conocéis, yo bien sé quién sois y la grandeza y condición de vuestro estado y por eso quiero deciros que pronto vais a recibir algún favor por mi parte, vos y vuestra emperatriz, y aunque os parezca que estoy lejos de vuestra tierra para mí no es gran trabajo recorrer ese camino en menos de un día.

El emperador respondió así:

–Mi buena amiga y señora, estoy contento de haberme ganado vuestro amor y vuestra buena voluntad. Y pues que me ofrecéis vuestra virtud espero que no olvidéis esta promesa, pues yo sabré agradecéroslo con todas mis fuerzas.

Urganda le dijo enigmática:

–Yo os restituiré el primer fruto de vuestra generación.

Después se volvió hacia Amadís y díjole con la mejor sonrisa irónica:

–Mucho deseaba volveros a abrazar, noble caballero, aunque la favorable Fortuna en tanta grandeza os ha ensalzado y puesto en la cumbre que ya no tendréis en mucho los servicios y placeres de gente tan débil como yo. Pero sabed que ahora que habéis llegado a la cima, ahora os será más necesario sostener todo lo que habéis conseguido con doblado trabajo y no dudéis que la Fortuna nunca está contenta cuando os ha hecho llegar a semejantes alturas, pues llegará el tiempo en que os muestre con fiereza sus banalidades y pondrá en mayor mengua y menoscabo vuestra gran honra, al punto de que perderéis en un instante lo ganado con tanto esfuerzo.

Amadís le respondió:

–Señora, según los grandes beneficios que de vos he recibido y por el gran amor que siempre me mostrasteis, por muy poderoso que fuera, muy pobre me sentiría si no pusiese mi persona y mi honra a vuestro servicio para cuantas cosas por vos me fueran mandadas, y no me importaría aventurar cuanto tengo para asegurar lo que digo.

–Os creo, caballero –respondió la maga.

Y volviéndose a sus enanos les ordenó que trajesen tres palafrenes para ella y sus donceles, y después con un silbido hizo que volvieran todos los caballos que se habían espantado ante su llegada.

Después llevaron a Urganda hasta la torre donde estaban las reinas y sus damas. En la puerta se encontró con Esplandián, al que alegremente dijo:

–A vos, bello doncel, os encomiendo mi tesoro para que lo guardéis.

Y le entregó a sus dos donceles. Entró en la huerta con tal dignidad y fue tan bien recibida como ninguna mujer lo fuera y, girando en torno a sí, dijo contemplando la hermosura y galanura de tantas reinas y princesas:

–En un día he visto a los mejores y más virtuosos caballeros que en el mundo han sido y a las más honradas y hermosas reinas, princesas y señoras que nunca nacieron. Digo por tanto que hoy y aquí está la perfección, pues se junta en uno la alteza de las armas y la beldad de la naturaleza, y todo ello es mantenido por el amor como la máxima lealtad que pueden ofrecer los hombres.

Dichas estas palabras y sin esperar respuesta se metió en la torre y pidió licencia a dueñas y señoras para departir a solas con Oriana, Briolanja, Melicia y Olinda, pues su conversación le proporcionaba gran placer, como en otra ocasión había disfrutado.

Los reyes acordaron celebrar las bodas al cuarto día y que las fiestas durasen quince jornadas; transcurridas estas, todos volverían a sus tierras. Llegó el día señalado y todos los novios se juntaron en los palacios de Amadís y se vistieron de tan ricos y preciados paños como su gran estado demandaba y lo mismo hicieron las novias en las mansiones de Oriana. Ambos cortejos se unieron en el jardín y en una sola comitiva se dirigieron a la iglesia, donde el santo hombre Nasciano tenía preparada la ceremonia.

Terminada esta, Amadís se llegó al rey Lisuarte y le dijo:

–Mi padre y mi señor, quiero pediros un don que os será fácil concederme.

–Yo lo otorgo –dijo el rey satisfecho.

–Pues, señor, mandad a Oriana que antes de la hora de la comida pase por el Arco Encantado de los Leales Amadores y después traspase la Cámara Defendida, pues hasta hoy nunca ha podido hacerlo debido a la gran tristeza que la embargaba, a pesar de que yo se lo he suplicado y rogado muchas veces.

El rey le contestó:

–Buen hijo y señor, es para mí fácil cumplir lo que me pedís, pero tengo algún recelo de que pongamos alguna turbación en esta fiesta y así pudiera acontecer con lo que me pedís para mi hija Oriana.

–No tengáis cuidado –respondió Amadís sonriendo–, mi corazón me dice que felizmente ha de salir triunfante en ambas pruebas.

Entonces el rey llamó a su hija, que estaba departiendo con otras jóvenes y le dijo:

–Hija mía, vuestro marido me pide un don para que vos lo cumpláis y es que conviene que antes de comer paséis por el Arco de los Leales Amadores y la Cámara Defendida.

Cuando esto oyó la gente de la corte muchos se alegraron de que la princesa más bella se atreviese con esta prueba, mas en otros puso gran turbación pensando en el gran número de damas que allí habían fracasado, y si así ocurriera con Oriana su estado decaería con gran menoscabo y vergüenza. Mas como vieron que el rey lo mandaba pues Amadís lo demandaba, todos tuvieron por bueno que la princesa pasará las pruebas.

Llegados ante la primera, Melicia y Olinda dijeron a sus esposos que también querían probar aquella aventura, lo que alegró los corazones de ambos al ver la gran lealtad con la que se habían comportado en sus ausencias, pero temiendo algún revés que pudiera acaecerles les dijeron que ellos estaban bien contentos y satisfechos con sus voluntades y que no era preciso ni necesario pasar por tan duras pruebas; mas ellas insistieron tanto que los nuevos esposos no tuvieron más remedio que aceptar sus deseos.

Allí descabalgaron todos ante el arco y decidieron que entraran primero Melicia y Olinda y lo hicieron una tras otra; pasaron la puerta y sin ningún intervalo fueron bajo el arco y entraron en la casa donde Apolidón y Grimanesa estaban y la trompa sonó muy dulcemente y todos los presentes se sintieron muy serenados con aquella música, que nunca habían oído antes.

Oriana esperó un poco y con paso firme llegó a la puerta, entonces buscó con la mirada a Amadís y le sonrió, a continuación se colocó bajo el arco y la imagen comenzó con la música, y cuando pasó el arco la trompa comenzó a lanzar por su boca tantas flores y rosas que todo el campo quedó cubierto de ellas, y la música se hizo tan dulce y tan diferenciada de las anteriores que entonces todos sintieron gran deleite y desearon que nunca terminara aquel momento y aquel son, pero tal como pasó el arco cesó la música. Oriana se encontró con Olinda y Melicia, que estaban mirando las estatuas y sus nombres que ya estaban escritos en el jaspe, y cuando la vieron fueron a abrazarla para volver a contemplar juntas aquellas imágenes que parecían vivas. Y Oriana miraba atentamente a Grimanesa y todas las demás estatuas y vio claramente que ninguna de aquellas era tan hermosa como ella, pero sintió la mordedura de la duda para la segunda prueba en la cámara, pues para la primera nunca dudó de su triunfo, pues su corazón jamás había amado a nadie sino a su amigo Amadís.

Allí estuvieron ensimismadas de felicidad un rato y mucho más hubieran estado de no ser el día de su boda y saber que mucha gente las esperaba. Decidieron salir las tres juntas e iban tan contentas y lozanas que quienes las vieron creían que en poco rato habían crecido sus hermosuras. Gran placer tuvieron sus tres maridos, Amadís, Agrajes y Bruneo, que también habían superado aquella aventura con anterioridad. Y así, cuando las vieron correr hacia ellos, la trompa comenzó a verter flores sobre sus cabezas y una música muy alegre. Y tal como llegaron sus maridos las abrazaron y besaron y los seis unidos salieron en busca del resto de damas y caballeros.

Fueron a toda prisa a la prueba de la cámara y allí solo triunfaría la más bella. Cuando iban a comenzar la prueba Grasinda se acercó Amadís y le dijo:

–Yo quiero aventurar mi hermosura o no podría volver a mi tierra sin tratar de acabar esta prueba.

Amadís, que solamente estaba pensando en Oriana, le respondió cortésmente:

–Mi buena señora, es propio de vuestra grandeza de corazón intentar triunfar donde tantas hermosas han fracasado. Adelante.

Y tomándola de la mano la colocó con las otras damas, y con una reverencia deseó suerte a las cuatro, pero todo era amablemente fingido, pues deseaba fervientemente el triunfo de Oriana.

Grasinda, muy ansiosa, solicitó un ser la primera en intentarlo y, tras encomendarse a Dios, entró en la Cámara Defendida. Sin dificultad llegó al padrón de cobre, pasó adelante y cerca del padrón de mármol fue detenida, pero a pesar de la dificultad consiguió dar un paso hacia delante. Pero allí fue sujeta sin ninguna piedad por sus hermosos cabellos y lanzada fuera con tal fuerza que perdió el sentido. Don Cuadragante la tomó en sus brazos y, aunque sabía que no sufría ningún mal, sintió gran pena, pues este caballero, que hacía ya muchos años que no era mozo, nunca había sentido su corazón cautivado por el amor de ninguna dama y ahora con esta el diosecillo ciego había cargado tanto la mano que bien podríamos decir que ninguno de los presentes amaba tanto como él a su señora.

A continuación llegó Olinda la Mesurada, de la mano de Agrajes, gesto que le daba gran fuerza, aunque ambos sabían, a pesar del amor que se profesaban, que ella no iba a igualar la hermosura de Grimanesa. Llegando al sitio la dejó y ella entró y fue directamente al padrón de cobre, lo pasó sin dificultad y de allí con buen paso tendido se dirigió al de mármol y nada sintió. Con el corazón alegre pretendió seguir, mas no pudo dar ni un paso pues la resistencia fue tan dura que aunque mucho lo porfió no pudo seguir adelante y fue arrojada violentamente fuera como la anterior.

Melicia entró con muy gentil continente y lozano corazón, pues ella era muy alegre y muy hermosa. Con rapidez pasó los dos padrones con tanta soltura que Oriana quedó demudada de pesar. Mas tratando de dar el mismo paso que Olinda fue golpeada y sacada sin ninguna piedad y tan desmayada que parecía muerta. Don Bruneo hacía gestos de rabia por tal mal trato, pero no movía a piedad a los presentes, sabedores del poco peligro de aquel desmayo, y mucho se reían de sus excesos de enamorado.

Finalmente le tocó el turno a Oriana, que llegó acompañada por su esposo Amadís; en su rostro parecía que se había juntado toda la hermosura del mundo. Se colocó en la piedra de entrada con pasos muy sosegados y rostro muy honesto, se santiguó y se encomendó a Dios. Decidida entró y sin que nada sintiese pasó los dos padrones y cuando entró a la cámara sintió que muchas manos la empujaban y la agarraban por detrás, tanto que hasta tres veces la voltearon hasta el padrón de mármol, entre el asombro de todos los presentes. Pero ella no hacía otra cosa sino tratar de desasirse con sus muy hermosas manos y por más que la sujetaban paso a paso iba siguiendo adelante. Y así con mucha porfía y gran entereza de corazón y sobre todo por su gran hermosura, que era mucho mayor que la de Grimanesa, como ya se ha dicho, llegó hasta la puerta de salida de la cámara muy cansada y se agarró a uno de los quicios. Entonces salió aquel brazo y aquella mano, agarraron la suya y al instante se oyó un coro de más de veinte voces que cantaban:

–Bienvenida sea la noble señora que por su gran belleza ha vencido la hermosura de Grimanesa y hará compañía al caballero Amadís que, por ser más valiente y esforzado en armas que aquel Apolidón, que en su tiempo par no tuvo par, ganó el señorío de esta Ínsula Firme.

Entonces el brazo y la mano suavemente colocaron a Oriana en el centro de la cámara, donde se vio tan alegre como si fuera dueña y señora de todo el mundo, tanto por su hermosura como por el poderío de su señor Amadís.

Al instante, Isanjo, el caballero gobernador de aquella ínsula, se adelantó a todos y dijo en voz alta y clara:

–Señores, los encantamientos de esta ínsula en este punto son deshechos y terminados, pues así fue establecido por aquel que los hizo, ya que deseó que no durasen en cuanto se encontrasen quienes venciesen sobre él y Grimanesa como estos señores han hecho. Y ahora, ya vencidos los encantamientos, entren todos los hombres y mujeres en esta bella cámara y gocen de ella.

Entonces Amadís ordenó que se celebrase allí el banquete de bodas, que duró hasta entrada la noche y después los nuevos matrimonios se retiraron a diferentes alcobas, los esposos con sus esposas donde cumplieron sus grandes y mortales deseos, olvidando los muchos peligros y grandes afanes que había sufrido, y los caballeros hicieron dueñas a las que no lo eran, y las que lo eran gozaron con placer de sus muy amados maridos.

Cuenta la historia que pasadas estas grandes fiestas de bodas que se hicieron en la Ínsula Firme, Urganda la Desconocida pidió a los reyes que juntasen a todos los caballeros, dueñas y doncellas porque les quería decir la causa y razón de su venida. Así se hizo y cuando todos estaban sentados les habló con estas palabras:

–Mis señores, yo ya sabía que habrían de celebrarse estos grandes esponsales, como también supe de tantas muertes y pérdidas como han sucedido entre vosotros, pero no pude impedirlo, pues así estaba escrito en las estrellas y Dios es testigo de cuanto digo. Pero también os predije otras cosas que se han ido cumpliendo.

Entonces miró a Oriana y dijo:

–Mi buena señora y muy hermosa novia, en la villa de Fenusa me rogasteis que os dijese lo que había de suceder y yo os dije que mejor era no saberlo, pero insististeis en vuestra voluntad y os dijese cómo el León de la Ínsula Dudada saldría de sus cuevas y con sus grandes bramidos espantaría a vuestros ladrones y él se apoderaría de vuestras carnes que devoraría dando descanso a su hambre. Esta es la Ínsula Dudada, que bien se puede llamar así por las grandes cuevas, escondites y encantamientos que posee, los ladrones son esa flota de los romanos que fue desbaratada y destruida por el León, vuestro marido, que con sus fuertes brazos se apoderó de vuestras carnes hasta poseeros por completo. Ahora ya sabéis que os dije la verdad.

Después dijo mirando a Amadís:

–De cuanto os predije todo se ha cumplido y fue lo primero que vuestra sangre daríais por la ajena y así fue en la batalla contra Ardán Canileo el Malo, pues la entregasteis por vuestros amigos presos, Arbán de Norgales y Angriote de Estraváus, y ¿qué galardón ganasteis con esto? La saña y enemistad de vuestro rey, los sangrientos sucesos de la Ínsula de Mongaza y la envidia de los malos consejeros que hasta aquí ha traído la discordia.

Y volviéndose a Lisuarte le dijo:

–Recordad también vos, rey Lisuarte, que os avisé para que os guardarais de los malos cortesanos que os habían de llevar a la discordia y que sería este doncel Esplandián quien pondría paz entre vosotros.

Y volviéndose a este le dijo:

–Tú, muy hermoso y bienaventurado doncel Esplandián, yo te doy esta gran serpiente que me trajo y en ella serás armado caballero con aquellas armas y caballo que tienes ocultas y encerradas y harás con ellas tales cosas, llamándote el caballero de la Gran Serpiente, que asombrarán al mundo.

Se levantó y mirando a toda la corte dijo:

–Mis bellas señoras y valientes señores, ya es tiempo de irme a otra parte donde no puedo excusar mi presencia. Una advertencia para vos, Amadís, que tenéis preso aquí al malvado Arcaláus: guardaos de él y dejadlo en esa prisión y tomad estos anillos, uno para vos y otro para Oriana, y mientras los llevéis en vuestras manos nada podrá dañaros, ni espada, ni encantamiento. Y a ese malvado no lo matéis, pues con una muerte no podrá pagar tantos males como ha ocasionado: ponedlo en una jaula de hierro para que todos lo vean y así morirá muchas veces.

Les entregó los más raros y hermosos anillos jamás forjados, mandó que le trajesen su palafrén y acompañada de todos llegó hasta la ribera del mar, donde la esperaban sus enanos y el batel aparejado. Entró en la gran serpiente, que de nuevo despidió un humo tan negro que durante cuatro días cubrió el puerto, y al cabo de ellos desapareció. Allí estaba la serpiente sola y señera.

Al día siguiente, el emperador Arquisil demandó licencia a Amadís para regresar a su tierra con su esposa y el caballero Floristán, nuevo rey de Cerdeña y Calabría. Llevaron consigo los cuerpos del emperador Patín, del esforzado Floyán y del príncipe Salustanquidio. Y cuentan las crónicas que el nuevo emperador fue recibido con mucho amor por los suyos y lo mismo se supo ganar Floristán en sus nuevos señoríos. Ambos fueron aliados para siempre.

Despedidos estos, todos los príncipes comenzaron a marchar a sus tierras, pero antes había que ayudar a ganar los señoríos de Sansueña, los territorios de rey Arábigo y la Ínsula Profunda.

Antes de partir el rey Lisuarte honró al rey Cildadán y le recordó que le liberaba del vasallaje y ofrecía la hermandad para los dos reinos. Cildadán el Leal lo agradeció y ofreció su amor y fraternidad en lugar de la obediencia obligada y el desamor que engendra el odio en generaciones.

Bruneo decidió acompañar a su tío Cuadragante a conquistar el señorío de Sansueña y el reino del Arábigo, que estaban fronteros y comarcanos, para repartirse entre ambos los territorios. Agrajes y Angriote decidieron unirse a la expedición, que juzgaban muy peligrosa. Brián de Monjaste, de camino a España, también les acompañó con su caballería. Todavía podría chapuzarse en otra aventura con sus amigos, dijo con su facundia habitual.

Galaor, ya casi repuesto, se marchó con Dragonís, a quien Amadís le había concedido la Ínsula Profunda, pues a su rey, que había escapado de la degollina de Luvaina, unos mercaderes lo vieron ahogarse cerca de la Pequeña Bretaña. A esta expedición se unió don Galvanes con su gente de la Ínsula de Mongaza.

Gastiles, sobrino del emperador de Constantinopla, se quedó el último para poder escribir todo el relato como le había pedido su tío.

Amadís se quedó en la Ínsula Firme tras despedir a sus padres. Grasandor pidió quedarse un tiempo con él para llevar a su corte de Bohemia los modos y las formas de la caballería inglesa. Con Oriana se quedaron Mabilia, Melicia, Olinda y Grasinda, cuyos esposos volvían a las aventuras y a las encrucijadas. Esplandián y los otros donceles se quedaron en la ínsula pues eran muy jóvenes y les quedaban muchos años para su investidura.

Amadís, en compañía de Oriana, fue cerrando heridas y ambos olvidaron agravios y desventuras. Rigió y administró con ventura y justicia sus tierras y salió de su ínsula muchas veces para ayudar a sus amigos en el gobierno de sus tierras, a cobrar grandes hazañas y a deshacer agravios y entuertos contra dueñas, doncellas, viudas e indefensos.

Y aquí se da fin a
los cuatro libros del muy
esforzado y virtuoso caballero
Amadís de Gaula, en los cuales se
narran muy por extenso las grandes aventuras
y peligrosas batallas que en su tiempo vencieron él y
muchos caballeros, tanto de su linaje como amigos suyos.
GAUDETE.

Un epílogo necesario

Y así en felicidad y concordia debía terminar nuestra novela, pero el autor embebecido con el ansia de aventuras no se quiso sujetar a las armonías de un final feliz.

Amadís, gran vencedor y príncipe de la paz, se quedó con su amada Oriana a disfrutar de los placeres de su Ínsula Firme, pero su corazón guerrero se aburría y recordaba sus hazañas cada día, aunque el temor a la saña y la ira de su señora bastaran para ahuyentar las veleidades de una vuelta a las armas y las encrucijadas.

Le acompañaba en sus cacerías Grasandor, esposo de Mabilia, confidente de Oriana. Un día persiguiendo a un jabalí por un monte cerca del mar, nuestro héroe se vio obligado a remediar la desventura de Darioleta, aquella servidora de su madre Helisena que tanto había hecho por él en su nacimiento. Envió a Grasandor a palacio para tranquilizar a Oriana, pues el caso era excusado y así se vio combatiendo en la Ínsula Bermeja con el gigante Balán y su hijo Bravor, del linaje de Madanfabul. Terminada con bien la aventura descansó unos días. Mientras, Grasandor lo buscaba por el mar encontrando aventuras y caballeros que lo guiaron hasta la Torre Bermeja donde se reencontraron ambos amigos.

Un mayordomo de Madasima, llegado por mar en una fusta, les dio noticias de Galaor, Bruneo, Cuadragante y Dragonís y de cómo iban ganando los territorios que Amadís les asignara. Llegando a la Ínsula Firme se encontraron con Gandalín, en un lugar llamado la Peña de la Doncella Encantada, que les dio noticia del otro grupo de amigos, aquellos que encabezaba Agrajes.

En una ermita hallaron a la mujer del malvado Arcaláus que, ocultando su identidad y con engaños, pidió a Amadís un «don en blanco», esto es, la concesión de algo que ignora el demandado en su calidad de caballero, y así fue como el nigromante consiguió, sorprendido Amadís en su buena fe caballeresca, su libertad perdida en la batalla de Luvaina. Finalmente Amadís pudo abrazar de nuevo a su esposa.

Aquí debiera terminar nuestra historia, pero el autor quería, siguiendo la costumbre de la literatura de caballerías, dejar abierto el final y darnos noticia de otro protagonista: el rey Lisuarte.

Cuando volvió a su reino con su esposa la reina Brisena ni la caza, ni los bufones de palacio, ni los asuntos de la nación procuraban descanso y sosiego a su ánimo. Hombre entrado en años, comenzó a recordar con dolor los pasados tiempos y el esplendor de aquella corte, espejo de la caballería, que tanta fama le había dado en el mundo cristiano y aun entre infieles. Ahondó en su corazón buscando el auténtico motivo de su desazón y con facilidad y dolor supo que aunque vencedor había perdido aquella *autoritas* de la que había gozado tantos años, fruto no tanto de su valentía cuanto de su talento y sagacidad. Cierto era que muchos habían sido sus errores con Amadís y los suyos, cierto el menoscabo de su honra y largo el río de sangre que sus decisiones habían propiciado. Se fue tornando triste, pensativo, retraído y hubo consejero que le hablo de su misantropía. Fatigaba los montes acompañado de un solo ballestero y un día, en la espesura de la floresta, vio como un hombre maltrataba a una doncella. Persiguió al malhechor, pero fue emboscado, atado y amordazado. En la ribera esperaba un navío oculto que partió con Lisuarte a un destino desconocido.

Pronto llegó a la corte la noticia de su secuestro y tras unos días de espera la reina llamó a todos sus caballeros que llegaron en procura real desde los cuatro puntos cardinales. También compareció Urganda que pronosticó el ascenso de una nueva promoción de caballeros y a su cabeza el hijo de Amadís y nieto de Lisuarte, Esplandián, en cuyo honor Rodríguez de Montalbo escribirá la segunda parte de Amadís, *Las Sergas de Esplandián*.

Índice onomástico

Abiés: rey de Irlanda. Tras ocupar las tierras de Perión, es derrotado y muerto por el Doncel del Mar, futuro Amadís.
Abiseos: asesina a traición a su hermano Tragadán, padre de Briolanja, para ocupar el trono de Sobradisa. Será vencido por Agrajes y Amadís.
Adamás: hijo del maldiciente consejero Brocadán. Morirá en duelo defendiendo el honor de su padre.
Agrajes: primo de Amadís e hijo de Languines, rey de Escocia y hermano de Mabilia. Enamorado y casado con Olinda. Amigo de Amadís, forma con él contra los romanos para rescatar a Oriana.
Amadís de Gaula: también Doncel del Mar, Beltenebros, Caballero del Enano, Caballero de la Verde Espada, Caballero Griego. Hijo de Perión de Gaula y de Helisena, hija del rey Garínter de la Pequeña Bretaña. Primer caballero de la corte de la reina Brisena. Enamorado y esposo de Oriana, recorre el mundo en busca de aventuras para ganar honra y prez ante su dama y el mundo de la caballería. Enfrentado a Lisuarte por la maledicencia de dos consejeros, se enfrentará a él y al emperador romano Patín, a quien matará en combate. Al final de obra y centuplicada su honra y fama, la maga Urganda la Desconocida le insta a que deje la vida de caballero errante y se dedique a gobernar sus posesiones.
Ambor de Gandel: hijo de Angriote y amigo de Esplandián.
Andalod: ermitaño de la Peña Pobre. Auxilia a Beltenebros.

Andandona: giganta hermana de Madarque. Ataca y hiere a Bruneo. Por orden de Amadís, Gandalín le corta la cabeza después de despeñarse.

Andranguel: gigante viejo de la Ínsula de Mongaza. Rehén de Lisuarte en el episodio de Madasima.

Angriote de Estraváus: caballero vencido por Amadís y enviado por este a servir en la corte de Lisuarte. Prisionero en Mongaza, es liberado por Amadís y en el pleito de Madasima acompaña a Amadís frente a Lisuarte.

Apolidón: hijo de un rey de Grecia y de la hermana del emperador de Constantinopla. Máximo experto en artes mágicas, conquista la Ínsula Firme, jardín de encantamientos y belleza que ofrece a su amada Grimanesa. Tendrá que abandonar la ínsula para coronarse emperador de Grecia.

Arábigo, rey: con Arcaláus el Encantador ataca a Lisuarte en las batallas de los Siete Reyes y de Luvaina, siendo derrotado en ambas. Preso con Arcaláus.

Arbán de Norgales: rey de Norgales y caballero de Lisuarte. Defiende a la reina frente a Barsinán. Con dolor acompaña a Lisuarte contra Galvanes y sus caballeros en la Ínsula de Mongaza y después contra Amadís.

Arcaláus el Encantador: el enemigo más poderoso de Amadís, a quien engaña y vence por dos veces. Instigador de Barsinán y el rey Arábigo contra Lisuarte, fracasa, es apresado y expuesto en un jaulón.

Ardán Canileo el Fiero, el Malo o el Dudado: jayán monstruoso. Enamorado de Madasima, que desprecia su fealdad. Es derrotado y muerto por Amadís.

Ardián: Matután en la versión portuguesa y en ciertos romances. Enano de Amadís, forma con Gandalín el dúo de apoyo a su señor.

Argamonte, conde: tío y consejero de Lisuarte. Discrepa del rey en el episodio de Oriana y los romanos. Indignado con las decisiones de su sobrino, se retirará de la corte.

Argomades de la Ínsula Profunda: caballero del rey Arábigo, derrotado por Amadís.

Arquisil: caballero romano de gran valentía, vencido y perdonado por Amadís con la condición de estar siempre a su disposición.

Amadís le permite luchar al lado del emperador Patín. Muerto éste es nombrado emperador por consejo de Amadís. Se casa con Leonoreta, hermana de Oriana.

Badanguida: giganta, hija de Badanguido, ambos asesinos de su madre y esposa. De su relación incestuosa nacerá el Endriago.

Badanguido: gigante. Padre del Endriago.

Baláis de Carsante: caballero preso por Arcaláus, es liberado por Amadís. Mata a la malvada doncella que enfrentó a los hermanos Amadís y Galaor. Con la hueste de Amadís y Galvanes se enfrenta a Lisuarte.

Balasta: abadesa de Miraflores. Aliada de Oriana.

Barsinán: señor de Sansueña. Por incitación de Arcaláus ataca Londres y es vencido por Amadís. Muere quemado por Lisuarte.

Basagante: gigante, hijo de Famongomadán, con quien rapta a Leonoreta. Muerto por Beltenebros.

Beltenebros: ver Amadís.

Bradansidel: caballero soberbio, derrotado por Amadís cabalgará montado al revés para eterna punición de su desmesura. Peleará de nuevo con Amadís y morirá.

Brandoivás: caballero de Lisuarte. A regañadientes combate a su lado contra Amadís, que le libró de la prisión de Arcaláus.

Brandueta: hija de Antebón de Gaula, asesinado por Palingues y vengado por Galaor. Enamorada de Galaor, yacerá con él.

Branfil: hermano de Bruneo. Se alineará con Amadís contra Lisuarte. Marqués de Troque; por renuncia de su hermano, rey de Arabia.

Brián de Monjaste: hijo de Ladasán de España y de una hermana de Perión. Combate a lado de Galvanes contra Lisuarte y después con su caballería ayuda a Amadís contra los romanos.

Briolanja: hija del rey Tragadán de Sobradisa, asesinado por su hermano Abiseos. Recupera el trono por la intervención de Amadís, de quien se enamora y, según algún relato, lo droga y yace con él varias noches, robándole la razón. Visita a Oriana, a quien confiesa ambiguamente sus amores. Amadís la casa con Galaor, su doble.

Brisena: hija del rey de Dinamarca, esposa del rey Lisuarte, madre de Oriana y señora de Amadís. Sufre entre protestas y por obligación las injustas decisiones de su marido.

Bristoya, duque: enemigo de Lisuarte y Amadís. Muere en duelo contra Agrajes y Galvanes.

Brocadán: mal consejero de Lisuarte. Con Gandandel malmete y enemista a Lisuarte con Amadís y los suyos, sembrando la malquerencia en la corte. Sus hijos y valedores serán derrotados y muertos.

Brondajel de la Roca: mayordomo y primer caballero del emperador Patín. Apresado por Amadís en el combate naval. Liberado, elige emperador a Arquisil.

Brontajar de Anfania: caballero distinguido del rey Arábigo. Morirá en combate.

Bruneo de Bonamar: también de Bonabal, según los textos. Hermano de Branfil. Enamorado y casado con Melicia. Caballero de Lisuarte, acompaña a Amadís en sus aventuras. Es herido en Oriente cuando busca a su amigo y recupera la salud por los cuidados del maestro Elisabat. Combate al lado de los caballeros de la Ínsula Firme en el rescate de Oriana. Amadís le concederá los territorios del rey Arábigo.

Cartadaque: gigante. Señor de la Montaña Defendida. Muerto por Galaor.

Celinda: hija del rey Hegidio. Tiene una relación amorosa con el rey Lisuarte cuando este era caballero errante; de ella nacerá Norandel, prohijado por Galaor.

Cendil de Ganota: heraldo de Lisuarte. Lucha en su ejército contra Amadís y después contra el rey Arábigo.

Cildadán: rey de Irlanda. Tributario de Lisuarte. Caballero con un gran sentido de la lealtad, es el primer caballero del rey contra Galvanes y Amadís. Al final del combate contra el Arábigo queda libre de su vasallaje con Lisuarte.

Constancio: caballero romano, hermano de Brondajel. Combate y muere luchando contra Amadís.

Corisanda: amiga de Floristán, a quien exige una y otra vez pruebas de valor en desafíos con cuantos caballeros llegan al territorio de Gravisanda. No soporta su ausencia y lo sale a buscar. Encuentra a Beltenebros en la Peña Pobre.

Cuadragante: se enfrenta a Beltenebros quedando derrotado, pero como amigo del protagonista. Pasa a la corte de Lisuarte para estar cerca de Amadís y milita en el ejército de Galvanes contra el rey. Flanquea a su amigo Amadís como faraute en los últimos combates contra Lisuarte y el rey Arábigo. Se casa con Grasinda y se queda con el señorío de Sansueña.

Darasión: hijo soberbio del regicida Abiseos y primo de la destronada Briolanja. Combate contra Amadís y muere bajo la espada de Agrajes.

Dardán el Soberbio: mal caballero, aterroriza sus comarcanos hasta que es vencido por Amadís. En las ansias de la muerte mata a su amiga porque le afea la derrota y se suicida.

Darioleta: doncella de Helisena, intermediaria en los amoríos entre esta y el rey Perión, de los que nacerá Amadís. Ayudará en su nacimiento y lo echará al mar en un dornajo.

Doncella de Dinamarca: fiel doncella de Oriana. Siempre a su disposición. Busca a Amadís y encuentra a Beltenebros en la Peña Pobre. Con su hermano Durín pierden al infante Esplandián en la floresta cuando lo llevan a Miraflores.

Dragonís: primo de Amadís. Lucha contra Lisuarte al lado de Galvanes y Amadís. Se casa con Estrelleta y conquista la Ínsula Profunda.

Durín: hermano de la Doncella de Dinamarca. Es el mensajero de Oriana, cuya carta enajena a Amadís. Lleva con su hermana a Esplandián al monasterio de Balasta, pero lo pierden. Como caballero ayuda a Amadís contra el Arábigo.

Elisabat, maestro: médico y clérigo al servicio de Grasinda. Acompaña y cura a Amadís en sus aventuras en Oriente y en especial en su victoria sobre el Endriago. En compañía de su señora participa en todos los sucesos del libro cuarto.

Enil: también Emil, según los textos. Sobrino de Gandales. Escudero de Beltenebros, después Amadís le armará caballero. Forma con Galvanes contra Lisuarte y los romanos en el rescate de Oriana. En las últimas batallas estará junto a Amadís.

Esclavor: sobrino y caballero del rey Arábigo.

Esplandián: hijo de Oriana y Amadís. Criado en su infancia por el santo Nasciano, hermano de leche de su sobrino Sargil. Hallado por Lisuarte, en su primera juventud sirve a su madre Oriana con Ambor. Tiene un destacado protagonismo cuando avisa a su padre de que el rey Arábigo tiene cercado a Lisuarte. Urganda profetiza su resplandeciente futuro.

Falangriz: hermano de Lisuarte. Rey de Gran Bretaña.

Famongomadán: sangriento gigante del Lago Ferviente. Padre de Basagante, con quien secuestra a Leonoreta y a sus damas para sacrificarlas ante sus ídolos, pero la llegada de Amadís lo impide con la muerte de los jayanes.

Filispín: también Filispinel, según los textos. Caballero y hombre de confianza de Lisuarte.

Flamíneo: hermano de la reina Sardamira. Combate contra Amadís y contra el rey Arábigo, siendo herido.

Floristán: también Florestán, según los textos: Hijo de Perión y de la princesa de Zelandia. Hermano de Amadís, a quien derriba juntamente con Galaor y Agrajes. En la discordia toma partido por Galvanes y participa en la victoria naval contra los romanos. Se alinea con Amadís contra el Arábigo. Amadís lo casa con Sardamira y Arquisil le concede el señorío de Calabria.

Floyán: caballero romano, hermano de Salustanquidio. Es muerto por Floristán.

Galaor: hijo de Perión y Helisena. Raptado por el buen gigante Gandalac. Caballero rijoso, dijo Menéndez Pelayo de él. Salpica su biografía de aventuras amorosas y heroicidades sin cuento. Herido y medio muerto, amortecido, en la batalla contra el rey Cildadán, es curado por mediación de Urganda. Por lealtad lucha con Lisuarte contra Galvanes y consigue para este el vasallaje de la Ínsula de Mongaza. Estando en Gaula cae enfermo de un extraño mal, lo que le impide enfrentarse con Amadís defendiendo a Lisuarte. Físicamente muy parecido a su hermano Amadís. Se casará con Briolanja.

Galpano: llamado el Malvado. Mal caballero desflorador de doncellas. Morirá a manos de Amadís.

Galtines, conde: jefe del ejército de su primo, el rey Tafinor de Bohemia. Es enviado por este para defender a Amadís en la querella con el rey Lisuarte.

Galvanes sin Tierra: tío de Agrajes, a quien venera. Se enamora de Madasima y por causa de su herencia se divide la corte de Lisuarte. Conquista Mongaza y es recibido como su señor, aunque acabará poseyéndola en vasallaje. En la tregua se alinea con su rey contra los Siete Reyes de Arcaláus. Se niega a luchar contra Amadís.

Gandalac: el buen gigante que rapta al pequeño Galaor. Luchará en el ejército de Lisuarte contra Cildadán, dando muerte al gigante Albadanzor.

Gandalín: hijo del caballero Gandales. Hermano de leche (collazo) de Amadís, su escudero fiel y paño de lágrimas. Armado caballero en el libro cuarto por Amadís, lucha a su lado en todo momento.

Gandandel: mal consejero de Lisuarte, consigue emponzoñar con su cuñado Brocadán el corazón del rey enfrentándole a Amadís. Ambos verán morir a sus hijos por culpa se su maledicencia.

Garadán: caballero soberbio. Primo y heraldo de Patín, morirá en duelo con Amadís.

Garínter: veterano rey de la Pequeña Bretaña. Padre de Helisena y abuelo de Amadís.

Gasquilán el Follón: hijo de Madarque, señor de Suesa. Desea vengarse de Amadís y de su caballerosidad. Ayuda a Lisuarte contra Amadís, a quien reta antes del combate y es vencido. Caballero poco querido por los de su rango, baldado por Amadís no participará en los combates posteriores.

Gavarte de Valtemeroso: se alinea con Galvanes en defensa de los derechos de Madasima. Fiel a Amadís, lucha siempre a su lado.

Giontes: sobrino de Lisuarte. Embajador ante Patín, a quien le notifica el rapto de Oriana. Fiel a su tío, pertenece su guardia personal en todos los combates.

Grasandor: hijo de Tafinor, rey de Bohemia. Con sus hombres auxilia a Amadís y se enamora de Mabilia, con quien se casa. Se queda en la Ínsula Firme.

Grasinda: dueña hermosísima. Sobrina de Tafinor de Bohemia. Se enamora de Amadís, será desengañada por Gandalín, pero obligará a su amado a defender por las armas su belleza en la corte de Lisuarte bajo el falsinombre del Caballero Griego. Se casa con Cuadragante.

Grimanesa: esposa de Apolidón, que creará para ella las maravillas y encantamientos de la Ínsula Firme. Allí viven en completa felicidad hasta su elección como emperadores de Grecia.

Grindalaya: enamorada de Arbán de Norgales. Prisionera de Arcaláus, es liberada por Amadís. Buscando a su enamorado llegará a la corte de Lisuarte y será dama de la reina Brisena.

Gromadanza: también Gromadaza, según los textos. Giganta esposa de Famongomadán, llamada también la Giganta Vieja. Carcelera de Arbán y Angriote, a los que tortura sin piedad. Promete su hija a Ardán Canileo, pero muerto este se niega a cumplir lo pactado y no entrega la isla a Lisuarte, condenando así a Madasima. Finalmente, en las ansias de la muerte cederá la isla para salvar a su hija.

Gronovesa: se casa con Angriote a petición de Amadís.

Grumedán: caballero y ayo de la reina Brisena. Siempre leal a Lisuarte, del que es abanderado. Ejerce como juez en el combate entre Amadís y Ardán Canileo. Inútilmente defiende ante el rey los derechos de Madasima. Vence a Maganil y sus hermanos con la secreta ayuda de Bruneo y Angriote. Es hecho prisionero en la batalla contra el rey Arábigo, pero finalmente es liberado.

Guilán el Cuidador: también llamado el Protector, según los textos. Caballero de la guardia personal de Lisuarte. Lleva a la corte las armas de Amadís. Es embajador de Lisuarte ante la corte de Patín. Mediador en la tregua entre el rey y Amadís.

Helisena: también Elisena, según los textos. Hija del rey del rey Garínter. Producto de sus amores con Perión nacerán Amadís, Galaor y Melicia.

Imosil: defensor de Madasima. Lucha al lado de Lisuarte contra los Siete Reyes. Se alineará con los caballeros de Galvanes y participará el rapto de Oriana.

Isanjo: gobernador de la Ínsula Firme y hombre de confianza de Amadís en sus territorios. Embajador en Bohemia, solicita hombres contra Lisuarte. Proclama el final de los encantamientos de Apolidón en la Ínsula Firme tras el triunfo de Oriana.

Landín: sobrino y heraldo de Cuadragante ante Lisuarte. Lucha en su ejército frente a los Siete Reyes. Participa en el rapto de Oriana y combate junto a Amadís contra el rey Lisuarte.

Languines: rey de Escocia. Padre de Agrajes y Mabilia.

Lasindo: escudero de Bruneo de Bonamar. Mediador de los amores de su señor con Melicia. Será armado caballero por Amadís, participando a su lado en los combates de libro cuarto.

Leonoreta: hija de Lisuarte y hermana de Oriana. Por su capricho, Beltenebros debe luchar contra diez de sus caballeros, que debían de ser de poca categoría, pues primero son derrotados por este y más tarde capturados por Famongomadán. Beltenebros liberará a la infantina y a toda su escolta de doncellas y mediocres caballeros. Por intervención de Amadís, Lisuarte concederá su mano a Arquisil, emperador de Roma.

Lisuarte: rey de Gran Bretaña, esposo de la reina Brisena y padre de Oriana. Gobierna una fastuosa corte en la que brilla con luz propia Amadís. Todo es concordia hasta que sus malos consejeros Brocadán y Gandandel consiguen malquistarlo con su primer caballero. Se sucederán los enfrentamientos entre ambos a partir del episodio de la Ínsula de Mongaza hasta llegar al combate armado y la posterior reconciliación entre ambos. Casará a su hija con Amadís y los nombrará sucesores.

Mabilia: hija del rey Languines, hermana de Agrajes y amiga íntima de Oriana, con la que permanecerá a pesar de la división de la corte en el enfrentamiento entre el rey y Amadís. Se casará con Grasandor de Bohemia.

Macandón: eterno escudero. Sólo puede ser armado caballero por quien saque de su vaina la Verde Espada, que tomará de la mujer que reverdezca un ajado tocado de flores. Lleva buscando al caballero y a la dama sesenta años. Amadís y Oriana conseguirán la espada y el tocado. Macandón será armado caballero.

Mandanfabul: gigante del ejército de Cildadán. Derrotado por Beltenebros.

Madasima: hija de Famongomadán. Rehén de Lisuarte en el duelo entre Amadís y Ardán Canileo. Prometida de este a la fuerza, acepta a Galvanes como esposo y señor de Lago Ferviente, piedra de toque en la discordia de Lisuarte con Amadís.

Melicia: hija de Perión y Helisena. Dama y amiga de Oriana. Cuida del herido Bruneo y se enamora de él. Se casarán.

Menoresa: reina de la Ínsula de Gadabasta. Regala seis magníficas espadas al Caballero de la Verde Espada.

Nasciano: ermitaño y hombre santo. Cría a Esplandián. Se lo dará a la reina Brisena, que a su vez se lo cederá a su madre Oriana. Sabedor de las discordias entre Lisuarte y Amadís, pondrá paz entre ambos en plena batalla, tras relatar a Lisuarte, con permiso de Oriana, el matrimonio secreto entre esta y Amadís. Desposará a caballeros y damas tras la paz entre el rey y Amadís.

Nicorán de la Puente Medrosa: caballero del rey Lisuarte en todos los combates.

Norandel: hijo de Lisuarte y la princesa Celinda. Es apadrinado por Galaor. Combate al lado de su padre en las batallas del libro cuarto.

Olinda la Mesurada: princesa noruega, amiga y dama de Oriana. Enamorada de Agrajes. Es pretendida por el romano Salustanquidio, muerto a manos de Agrajes en la batalla naval por Oriana. Se casará con su amado, heredero de Escocia.

Oriana: hija del rey Lisuarte y de la reina Brisena. Amada y amante de Amadís, a quien atormentará con sus celos. De naturaleza impresionable, caerá en transportes y amortecimientos de los que saldrá auxiliada por sus amigas y damas. Será madre de Esplandián. Pide encarecidamente a su padre que no la case con Patín de Roma, aunque sus ruegos son desoídos, lo que ocasiona su rapto por Amadís y la definitiva ruptura con Lisuarte y la guerra abierta. Nasciano pondrá paz entre las partes dando a conocer su matrimonio secreto con Amadís, con quien se casará públicamente, y heredará Gran Bretaña.

Patín: emperador de Roma. Soberbio y descomedido, se enamora de Oriana cuando es caballero y acaba derrotado por Beltenebros. Como emperador solicita la mano de Oriana y Lisuarte se la concede para escándalo de la corte. Derrotada su flota y robada la novia, decide vengarse con ayuda de Lisuarte, pero es nuevamente derrotado y muerto por Amadís.

Perión de Gaula: esposo de la reina Helisena. Padre de Amadís, Galaor, Melicia y Floristán. Famoso por su valentía, es aliado de Perión hasta la discordia de este con Amadís. Capturado con sus hijos por Arcaláus, escapan e incendian el castillo con el nigromante dentro. Por petición del estamento caballeresco manda la hueste de Amadís contra Lisuarte y los romanos. Acepta la paz tras la petición de Nasciano.

Salustanquidio: destacado caballero romano. Primo de Patín, príncipe de Calabria y embajador ante Lisuarte para solicitar la mano de Oriana. Se enamora de Olinda y se la lleva Roma con intención de casarse con ella, pero en la batalla naval es muerto por Agrajes.

Sardamira: reina de Cerdeña y embajadora de Roma para la petición de mano de Oriana. Tras la derrota naval formará parte de la corte de Oriana. Se casará con Floristán.

Sargil: sobrino de Nasciano y collazo de Esplandián, le acompañará a la corte de Lisuarte.

Sarquiles: sobrino de Angriote. Amante de Gandaza, sobrina del maldiciente Brocadán, se entera por casualidad, emboscado en un escobero, de los planes de este y Gandandel para enfrentar a Lisuarte con Amadís. Siempre al lado de su tío, en el combate por la Ínsula de Mongaza será capturado por Lisuarte, a quien seguirá en las batallas del cuarto libro.

Tafinor: rey de Bohemia, a quien auxilia Amadís contra Roma. Ayuda a este en su lucha contra Lisuarte con tropas al mando de su hijo Grasandor y el conde Galtines.

Trión: hijo menor del regicida Abiseos. Pretende destronar a su prima Briolanja, pero fracasa, vencido por Cuadragante. Perdonado por su reina y prima, forma en el ejército de Amadís contra Lisuarte y el Arábigo.

Ungán el Picardo: hermeneuta del sueño de Perión.

Urganda la Desconocida: maga capaz de presentarse bajo apariencias diversas, por eso es Desconocida. Adivina el futuro que presenta bajo relatos encriptados. Entrega una lanza mágica al novel Amadís y a Galaor una espada de similares características. Predice los grandes hechos y desgracias de Amadís y asombra con los futuros hechos de Esplandián, a quien regala su nave serpentina y lo nombra como caballero de la Gran Serpiente. Protege con unos anillos a los esposos Amadís y Oriana para que se defiendan del malvado Arcaláus. Siempre desaparece misteriosamente.

Este libro se terminó de imprimir
en marzo de 2012.